rororo

Cathrin Moeller, Diplomsozialpädagogin, arbeitete unter anderem in Resozialisierungsprojekten. Neben der Arbeit an den eigenen Texten, darunter der *Spiegel*-Bestseller «Wolfgang muss weg», coacht sie kulturelle Bildungsprojekte. Sie wohnt mit ihrem Mann, einem Kriminalhauptkommissar, in der Nähe von Leipzig. «Todesglut» ist der erste Fall der «Akademie des Verbrechens» auf Rügen.

CATHRIN MOELLER

TODES-GLUT

KRIMINALROMAN

Rowohlt Taschenbuch Verlag

Originalausgabe
Veröffentlicht im Rowohlt Taschenbuch Verlag,
Hamburg, Juni 2022

Covergestaltung und -abbildung HAUPTMANN & KOMPANIE
Werbeagentur, Zürich
Satz aus der Garamond Premier Pro
bei Pinkuin Satz und Datentechnik, Berlin
Druck und Bindung GGP Media GmbH, Pößneck, Germany
ISBN 978-3-499-00804-7

Die Rowohlt Verlage haben sich zu einer nachhaltigen
Buchproduktion verpflichtet. Gemeinsam mit unseren
Partnern und Lieferanten setzen wir uns für eine
klimaneutrale Buchproduktion ein, die den Erwerb
von Klimazertifikaten zur Kompensation
des CO_2-Ausstoßes einschließt.
www.klimaneutralerverlag.de

MIX
Papier aus verantwortungsvollen Quellen
FSC® C014496
FSC www.fsc.org

Samstag, 7. September 2019

KAPITEL 1

Das Sanierungsobjekt glich einer hohlen Kulisse. Das Dach löchrig, Zwischendecken eingestürzt, die Treppe aus Holz marode, nackte Stütz- und Außenmauern erinnerten an Knochen eines Skeletts.

Er musterte sie, wie sie mit dem Rücken zum Geländer des inneren Baugerüstes stand und freudestrahlend auf eine mit Bauschutt übersäte Fläche zeigte.

«Und dahinten kommt das Schlafzimmer hin, mit großem Panoramafenster. Jeden Morgen aufwachen mit Meerblick, herrlich.»

Sie nahm eine Zigarette aus der Schachtel, steckte sie sich zwischen die Lippen und suchte nach dem Feuerzeug. Getrieben von der Gier nach Nikotin durchwühlte sie ihre Handtasche. Sie runzelte die Stirn.

«Haben Sie Feuer?», fragte sie ihn.

Er lächelte, zog sein Feuerzeug aus der Jackentasche und stieß es kraftvoll gegen ihr Brustbein. Sie verlor das Gleichgewicht. Es knackte, als die provisorische Holzbrüstung nachgab. Ihre Augen weiteten sich vor Entsetzen, ihr Schrei ging unter im Rufen der Kraniche.

Dumpf landete ihr Körper zwei Etagen tiefer auf dem Fundament, aus dem Bewehrungsstäbe wie Spieße herausragten.

Eine der rostigen Eisenstangen hatte sich durch ihren Rücken gebohrt und trat aus dem Bauch wieder aus. Er hielt sich die Hand vor den Mund. Schrecklich, was auf einer ungesicherten Baustelle alles passieren kann.

Nach vorn gebeugt, betrachtete er sein Werk aus der Vogelperspektive. Da lag sie, in einer öligen Pfütze auf dem Beton, Arme und Beine unnatürlich verdreht. «Entschuldige, Dorothea, aber du siehst aus wie ein aufgespießtes Hähnchen», rief er nach unten.

Er musste grinsen. Zweifellos, er besaß ein Talent zum Töten. Die Kraniche flogen im roten Licht der untergehenden Sonne weiter in die Ferne. Tief durchatmend leckte er sich die Lippen. Die Seeluft schmeckte salzig. Im Hintergrund rauschte die Ostsee. Was für ein herrlicher Moment, an einem wunderschönen Flecken Erde. Vorsichtig stieg er die Treppe hinab.

Als er unten ankam, hatte ihr Blut schon eine Lache gebildet. Es mischte sich mit dem Diesel, dessen Geruch ihm scharf in die Nase stieg. Ihr Körper zuckte noch. Ihre Augen blickten flehend und waren unnatürlich aus den Höhlen getreten. Er lächelte ihr zu. Ein Mensch im Todeskampf sollte kein grimmiges Gesicht sehen. So grausam war er nun auch wieder nicht.

Er würde ihren letzten Wunsch erfüllen. Er holte seine Zigaretten raus, zündete Dorothea eine an und steckte sie ihr zwischen die Lippen. Schnell trat er ein paar Schritte beiseite.

«Na komm, nimm noch einen Zug», sagte er in aufmunterndem Ton und schaute aus sicherer Entfernung, wie ihr die Zigarette fast in Zeitlupe aus dem Mundwinkel rutschte.

Als die Glut die Flüssigkeit auf dem Boden berührte, entzündete sie sich explosionsartig. Eine Stichflamme schoss empor, und das Feuer strahlte unmittelbar eine enorme Hitze ab.

Er entfernte sich ein paar weitere Schritte. Fasziniert schaute er in die Flammen. *Das Hölzchen brennt gar hell und licht, das flackert lustig, knistert laut …*

Erst als es anfing, bestialisch nach verbranntem Fleisch zu stinken, wendete er sich ab. Das wäre erledigt.

Mit einem Lied auf den Lippen verließ er das Grundstück mit Meerblick, in Alleinlage an der Steilküste unweit von Binz. Dort kehrten die Touristen an der Strandpromenade wahrscheinlich gerade in einem der zahlreichen italienischen Restaurants zum Abendessen ein. Auch er verspürte Hunger. Den Hunger nach mehr.

Die Zeit war reif, es zu Ende zu bringen. Ab jetzt würde es jedem so ergehen, der seine Pläne durchkreuzte.

Montag, 9. September 2019

KAPITEL 2

Die Abendsonne tauchte die Häuser der Altstadt von Bergen, der Inselhauptstadt von Rügen, in ein oranges Licht. Charlotte eilte über den Markt zur Stadtinformation im historischen Benedixhaus, einem liebevoll restaurierten Fachwerkbau von 1538. Die Luft an diesem Septemberabend war warm, und sie hatte ihre Strickjacke ausgezogen und über ihre grasgrüne Beuteltasche gelegt. Eine Windböe wehte ihr eine Haarsträhne ins Gesicht. Es spiegelte sich im Schaufenster der Tourist Information. Mit einem letzten Blick prüfte Charlotte ihr Äußeres. Die dunkelbraunen Locken, kombiniert mit einer randlosen Brille, dazu das wadenlange Tupfenkleid. Der Look machte sie zehn Jahre älter und zehn Kilo schwerer. Völlig unscheinbar und ausgesprochen provinziell. Perfekt passend zu der Reisegruppe, die den Rundgang schon begonnen hatte und gerade um den Brunnen auf dem Marktplatz stand.

In ihrem Körper breitete sich die gleiche Anspannung aus, die sie von mündlichen Prüfungen kannte. *Du hast alles mit Bravour bestanden, also hör jetzt auf, dich verrückt zu machen.* Sie atmete tief durch, marschierte auf die Gruppe zu und mischte sich unter die älteren Herrschaften. Hier eine Geste, da ein Lächeln und dort ein freundliches Wort genügten, um mit den Tagestouristen ungezwungen Kontakt aufzunehmen.

Der Anfang war gemacht. *Konzentrier dich, bleib locker und lass dich auf die Situation ein!*

Die älteren Damen und Herren hörten der Gästeführerin, die das historische Gewand einer Fischerfrau trug, aufmerksam zu. «1540 bezeichnete man den heutigen Marktplatz als *Olde Richt-stede.* Alte Zeichnungen belegen, dass hier ein Pranger stand, an dem Verurteilte öffentlich ausgestellt wurden. Am Schandpfahl daneben hat man die Gesetzesbrecher ausgepeitscht. Manch einen bis zum Tode. Der Brunnen erinnert an den Pfuhl, den es hier einst gab. Große Brände zogen später nicht nur den Marktbereich mit der Kirche immer wieder in Mitleidenschaft. 1538 fielen hier 55 Bauten den Flammen zum Opfer, 1690 brannte das Rathaus ab, 1724 sogar 64 Gebäude und 2016 die Stadtbibliothek, ein weiteres wichtiges Ziel auf unserem Rundgang.» Sie hob den Arm und gab die Richtung vor, in die sie nun laufen würden. «Weiter geht's zu den schaurigsten Tatorten auf den verbrecherischen Spuren der von Bredows, deren Bluttaten bis in das 21. Jahrhundert reichen.»

Das klang überraschend interessant, fand Charlotte. Sie hatte den Inhalt der Stadtführung nicht bewusst ausgewählt, aber eine Krimitour passte zu ihrem Vorhaben. Sie nahm es als gutes Zeichen und musterte die Gästeführerin, ihre schwarze Tracht und den kegelförmigen Hut, unter dem ein freundliches, frisches Gesicht rosig strahlte. Offenbar ernährte die Frau sich gesund und verbrachte viel Zeit an der frischen Seeluft. Der offene Blick, das ehrliche Lächeln und die entspannte Körperhaltung sprachen dafür, dass sie ausgeglichen war und ihren Job liebte. Sie wirkte kompetent und hatte keine Angst, vor einer Menschenmenge zu reden. Charlotte spürte eine leise Bewunderung in sich aufsteigen, sie selbst wurde bei Präsentationen vor mehr als zehn Personen immer nervös. Sie blinzelte. *Nicht ablenken lassen, konzentriere dich gefälligst!*

Bereits auf dem kurzen Weg bis zum Sagen- und Märchenhotel, einem rot getünchten Fachwerkbau, kam Charlotte mit drei älteren Herrschaften ins Gespräch. Sie waren über siebzig, braun gebrannt, wirkten recht fit und trugen im Gegensatz zu vielen anderen Leuten in ihrem Alter farbenfrohe Kleidung im Matrosenstil. Hannelore, Sigrid und Eddi hatten sich gleich mit Vornamen vorgestellt und Charlotte das Du angeboten. Sie erfuhr, dass sie alle drei aus demselben Dorf in Sachsen kamen und zusammen eine Woche Urlaub auf Rügen machten, dass Hannelore eine Hüftprothese hatte, dass Sigrid verwitwet war und dass Eddis Goldzahn ein Vermögen gekostet hatte. Charlotte plauderte und bemühte sich, unbeschwert mit ihnen zu lachen. Langsam wurde sie lockerer, auch wenn sie den dreien ihr freundschaftliches Theater nicht abkaufte. *Ihr wollt mir weismachen, dass ihr die besten Freunde seid, aber das stimmt nicht. Ihr seid eifersüchtig aufeinander und versucht euch vermutlich schon ein Leben lang gegenseitig zu übertrumpfen.* Sie spürte, dass sie die drei Rentner anstarrte. *Stopp!* Sie musste sich auf das konzentrieren, was von ihr erwartet wurde. Nervös rückte sie sich die Brille zurecht. Nun musste es bald ernst werden.

Plötzlich stolperte sie über die eigenen Füße. Solche Missgeschicke passierten ihr oft, wenn sie sich in Menschen einfühlte, die sie gerade bewusst beobachtete. Dann war sie abgelenkt, weil sie in Gedanken sofort Persönlichkeitsprofile produzierte. Aber so wie jetzt auf Kommando zu stolpern, bedurfte einiger Übung. Eine Stunde hatte es gestern zu Hause gedauert, bis es absolut natürlich aussah. Die Geduld zahlte sich jetzt aus.

Hannelore reagierte überraschend geistesgegenwärtig, fing sie auf und stützte sie. Blitzschnell griff Charlotte der alten Dame in die Handtasche. Hatte sie etwas bemerkt? Nein, erleichtert stellte Charlotte fest, dass Hannelore sie nur besorgt ansah.

Sie gingen weiter. Charlotte ließ keine Zeit verstreichen. Vor dem Maklerhaus, einem imposanten Bau mit einer Uhr und einem barocken Balkon, lächelte sie Eddi charmant an und bat um ein Selfie mit ihm, um näher an seine Schultertasche heranzukommen. Er posierte bereitwillig neben ihr, und sie spürte, wie er unauffällig an ihrem Hals roch. Ein Schatten legte sich über sein Gesicht. Mein Parfüm erinnert ihn vermutlich an eine schmerzhafte Erfahrung, einen Verlust, dachte sie und konnte ihm nicht böse sein, dass er ihr so nah gekommen war. Sie umarmte ihn hinter dem Rücken und griff dabei in seine Umhängetasche. Schnell zog sie ihre Hand wieder zurück, als er sie irritiert musterte. Nein, auch er hat nichts bemerkt, sie erinnerte ihn bloß an jemanden. Noch immer lag eine Traurigkeit auf seinen Zügen. Wahrscheinlich würde er sie jetzt nicht mehr aus den Augen lassen. Charlotte schenkte ihm einen mitfühlenden Blick, drückte seine Hand und bedankte sich.

Sie schlenderten zur oberen Dammstraße hinüber, wo sich der Rest der Gruppe im Café Meyer ein Eis kaufte. Charlotte entschied sich für eine Kugel Schokolade und tat entsetzt, als sie Sigrid ungeschickt mit dem Eis die Jacke beschmierte.

«Dafür gibt es doch Waschmaschinen», sagte die Rentnerin und beteuerte, dass sie nicht böse war.

Charlotte entschuldigte sich überschwänglich und versuchte, den Schaden mit ihrem Taschentuch zu beseitigen. Dabei ließ sie die Finger der anderen Hand unauffällig in Sigrids Jackentasche gleiten. *Du tust nur so,* dachte sie. *Dein verkniffener*

Gesichtsausdruck verrät, dass deine Freundlichkeit nur gespielt ist. Du bist stinksauer auf mich, weil du nun den ganzen Tag mit diesem Fleck auf der Brust herumlaufen musst. Akkurat sitzendes Haar, keine Knitterfalte an der Kleidung, und jetzt dieser Fleck. Eine Katastrophe! Noch dazu, weil deine sogenannte Freundin Hannelore ihre Schadenfreude offen zeigt. Dafür würdest du sie am liebsten vergiften. Das wird dich den ganzen Tag grämen, aber du reißt dich zusammen und willst dir nichts anmerken lassen.

«Kommen Sie, Kindchen, sonst verpassen wir noch die Hälfte der Schauergeschichten.» Sigrid hakte Charlotte unter, und beide beeilten sich hinterherzukommen. Charlotte war ganz zufrieden damit, wie die Dinge liefen.

Die Reisegruppe schlenderte an der Trattoria Russo vorbei. Eine Duftwolke nach frisch gebackener Pizza wehte herüber. Charlottes Blick blieb an einem jungen Mann hängen. Er saß im Biergarten bei einem Espresso, die Schiebermütze ins Gesicht gezogen. Selbst aus der Entfernung meinte sie, seine intensiven wasserblauen Augen sehen zu können. Es verunsicherte sie, dass er sie beobachtete. Das war nicht abgemacht. Das Schmunzeln um seinen Mund wurde breiter, als sie sich noch einmal zu ihm umdrehte. Charlotte presste die Lippen zusammen und warf ihm einen warnenden Blick zu. Er wollte sie aus dem Konzept bringen. Und was noch schlimmer war: Hannelore, die nun links neben ihr lief, schien ihn ebenfalls bemerkt zu haben.

«Meine Liebe, Sie müssen lächeln, wenn Ihnen ein Mann mit so einem Engelsgesicht schöne Augen macht», sagte sie und zwinkerte geheimnisvoll.

Obwohl sie erleichtert war, dass Hannelore ihr nicht auf die

Schliche gekommen war, wuchs in Charlotte die Anspannung. Sie spürte, wie ihr Nacken verkrampfte.

Die Gästeführerin an der Spitze der Gruppe blieb stehen und zeigte in Richtung Jasmunder Bodden, wo hinter dem Waldgebiet des Rugard die Turmspitze des Jagdschlosses der von Bredows zwischen den Wipfeln hervorblitzte.

«Auch wenn das Herrenhaus von Weitem wie ein Spukschloss anmutet, heute muss niemand mehr vor den Bewohnern zittern», sagte sie. «Nach jahrhundertelangem Raubrittertum und Morden haben die von Bredows eine private Akademie gegründet, die seit 2015, also nunmehr vier Jahren, im Jagdschloss untergebracht ist. Wir Rügener bezeichnen sie landläufig als *Die Akademie des Verbrechens.*» Sie malte Gänsefüßchen in die Luft. «Eine Ausbildungsstätte, in der die Studierenden alles über Kriminalität, ihre Entstehung, Ausführung und Bekämpfung in Vergangenheit und Gegenwart erlernen.»

«Also eine Polizeischule», fasste Eddi zusammen.

«Nein, eine private Hochschule, die offiziell *Academy of Criminal Investigation* heißt. Ziel ist es, mit einem interdisziplinären Studium neue Wege zu gehen, um eine Elite auszubilden, die den heutigen hohen Anforderungen der Verbrechensbekämpfung allumfassend gewachsen ist.»

Sigrid neigte den Kopf zu Charlotte. «Eine jahrhundertealte Verbrecherbande, die in ihrem Schloss das Verbrechen erforschen lässt», sagte sie kichernd. «Wer weiß, was die hinter den dicken Mauern wirklich treiben?»

«Wo kann man dann mit diesem elitären Abschluss arbeiten?», fragte Eddi. «Der Staat knausert doch so schon bei den Ausgaben für seine Polizei. Ich glaube kaum, dass er bereit ist, teure Eliteabsolventen von einer Privatschule einzustellen.» Er sah Charlotte an, als wüsste sie die Antwort darauf, aber sie lächelte nur und zuckte ratlos mit den Schultern. Sigrid, die sich immer noch an ihrem Arm festhielt, verdrehte die Augen.

Die Fremdenführerin reckte den Kopf. «Darauf kann ich Ihnen leider keine Antwort geben. Am besten, Sie schauen sich einmal auf der Homepage der Akademie um.» Sie nannte ihnen die Internetadresse. «Ich weiß nur, dass die Bewerberinnen und Bewerber mindestens 23 Jahre alt sein und sich einem harten Auswahlverfahren unterziehen müssen. Und dass der Abschluss international anerkannt ist.»

Die Kirchenglocken läuteten. Achtzehn Uhr. Charlottes Zeit war fast um. Ihr Blick schweifte leicht nervös über den Kirchplatz, auf den sie abbogen, und tatsächlich, da war er wieder. Jetzt stand er mitten auf dem Platz, lässig an einen Baum gelehnt, die Schiebermütze in den Nacken geschoben, und beobachtete sie aus dem Augenwinkel. Ihre Blicke trafen sich, was Hannelore nicht verborgen blieb. Sie stupste Charlotte in die Seite und lächelte vielsagend.

«Der meint es ernst.»

Charlotte holte tief Luft und sah, wie der junge Mann auf seine Armbanduhr tippte. *Ich weiß, wie spät es ist*, dachte sie.

Nicht nur die Möwen auf dem Kopfsteinpflaster schien der Glockenschlag aufzuscheuchen, auch die Gästeführerin beschleunigte ihren Schritt. Sie unterbrach die Gespräche in der Gruppe und zeigte mit dem ausgestreckten Arm auf das Fachwerkhaus, über dessen Eingang «Stadtbibliothek» stand.

«Unser nächster Tatort. Hier haben wir es mit einem aktuelleren Kriminalfall zu tun», rief sie laut, stieg die Stufe des Eingangsportals hinauf und drehte sich zu ihnen um.

«Vor drei Jahren brannte das Gebäude, das hier vorher stand, bis auf die Grundmauern ab. Ein Inferno wie in Salem. Der Buchbestand von 63 534 Exemplaren wurde fast komplett vernichtet. Und die Feuerwehr fand bei den Löscharbeiten menschliche Überreste.»

Die Damen und Herren rings um Charlotte warfen sich entsetzte Blicke zu. Sigrid faltete ihre Hände wie zum Gebet.

«Eine Leiche», flüsterte sie.

Die Rentner tuschelten, und die Gästeführerin hob zur Ruhe mahnend die Hand. Sie war mit ihren Ausführungen noch nicht fertig. «Es ist ein Rätsel, das die Polizei bis heute beschäftigt, denn die Identität der verbrannten Frau wurde nie geklärt.»

«Trotz der technischen Möglichkeiten mit DNA-Gedöns und was es da sonst noch alles gibt?», fragte Hannelore.

«Manche Verbrechen haben sie mit der modernen Technik erst nach zehn oder zwanzig Jahren aufgeklärt», murmelte ein Glatzkopf neben ihr.

«War es denn überhaupt ein Verbrechen?», wollte Sigrid wissen.

Die Gästeführerin wiegte den Kopf hin und her. «Vermutlich schon. Höchstwahrscheinlich Brandstiftung.»

Hannelore tippte Charlotte an. «Ich muss mal für kleine Mädchen», flüsterte sie, dann vertraute sie Charlotte ihre Handtasche an und verschwand in der Bibliothek.

«Meistens sind es die Feuerwehrleute selbst», verkündete Eddi.

Okay, das reichte. Charlotte schaute auf ihr Handy, das sie vor der Tour stummgeschaltet hatte. Das Display zeigte drei Anrufe in Abwesenheit von ihrer kleinen Schwester. Hoffentlich war nichts passiert. Charlottes Schwester war erst sieben, und es kam selten vor, dass sie so oft hintereinander anrief. Charlotte würde sie gleich zurückrufen. Die Rentner um sie herum redeten laut durcheinander. Das war ein guter Moment, um zu verschwinden, und Krümel musste nicht warten.

Charlotte tippte auf die Nummer und hielt das Telefon ans Ohr. Mit einem entschuldigenden Blick entfernte sie sich von der Truppe und beschleunigte dann ihren Schritt in Richtung Kirche. Jetzt ging niemand ran. Ein ungutes Gefühl kroch ihr den Rücken hoch. Sie warf ihr Handy in die Handtasche und versuchte, die Sorge beiseitezuschieben. Krümel würde es wieder versuchen, und sie musste sich jetzt auf das Hier und Jetzt konzentrieren. Sie bog um die Ecke und huschte in die Kirche.

Drinnen roch es nach feuchtem Stein und verbranntem Kerzenwachs. Es war so kühl, dass sie fröstelte. Suchend schaute sie sich um. Das schummrige Licht des Kronleuchters reichte nicht bis in die Nischen, deshalb sah sie die beiden erst, als sie aus einer dunklen Ecke traten. Anscheinend waren sie die Einzigen in der Kirche. Blitzschnell zog Charlotte sich die Perücke vom Kopf und fuhr sich mit den Fingern durch das glatte rote Haar, das ihr seit Kurzem nur noch bis auf die Schultern fiel. Sie setzte die Brille ab, schlüpfte aus den Schuhen und dem übergroßen Kleid, unter dem sie Shorts und ihr Lieblings-T-Shirt mit dem Eulenprint trug. Sie zog die Flipflops an, während sie ihre Verkleidung rasch in den Rucksack stopfte, den Marcus ihr hinhielt.

«Wo bleibst du denn? Wir dachten schon, du gehst die komplette Runde mit», flüsterte er, setzte die Schiebermütze ab, löste den Haargummi und fuhr sich mit den Fingern durch die blonden Locken, die seine weichen Gesichtszüge umspielten. Er sah tatsächlich aus wie ein Engel, dachte Charlotte, doch das täuschte. Er hatte es faustdick hinter den Ohren. Und seine Ungeduld nervte sie.

«Du hast versucht, mich aus dem Konzept zu bringen», beschwerte sie sich.

«Nein, habe ich nicht. Ich wollte lediglich beobachten, wie du dich anstellst. Damit ich dir für die ein oder andere Situation noch Tipps geben kann.»

«Lügner. Du und mir Tipps geben! Du hast bloß Angst, dass ich besser bin als du», sagte sie empört. «Eine der Rentnerinnen hat deinen Blick bemerkt. Das hätte danebengehen können, du Idiot.» Sie ballte die Fäuste.

Marcus winkte ab. «Aber sie hat ihn falsch gedeutet. Wenn ich das aus der Entfernung richtig gesehen habe, hat sie gelächelt.»

Charlotte verschränkte die Arme vor der Brust. Eigentlich mochte sie Marcus. Sie beide verband eine ähnlich schwierige Kindheit, außerdem war er ein brillanter Beobachter mit einer blitzschnellen Auffassungsgabe und ein geschickter Taschendieb. Privat war er ein echter Kumpel. Mit ihm konnte sie sonntags im Bett Chips essen und stundenlang Serien gucken, ohne dass sie sich um die Fernbedienung stritten, ohne Angst, dass er die Situation ausnutzte und falsche Schlüsse zog. Hatte sie irgendwelche Schwierigkeiten, reichte ein Anruf, und Marcus war da. Sogar nachts. Auf der anderen Seite war er nervtötend ehrgeizig und musste aus allem immer einen Wettstreit machen. Er war ein schlechter Verlierer, dabei wusste Charlotte, dass er mit seiner selbstgefälligen Arroganz nur sein Minderwertigkeitsgefühl überspielte. Je nach Stimmung tat er ihr leid, oder sie war genervt.

Bevor sie etwas entgegnen konnte, hob Borowski, der ihnen stumm zugehört hatte, die Hand und unterbrach ihren Schlagabtausch. «Was hast du zu bieten?», fragte er Charlotte und sah sie erwartungsvoll an.

Sie leerte ihre Tasche und zeigte ihre Ausbeute: eine Uhr, zwei Kreditkarten sowie Hannelores Handtasche.

Borowski begutachtete die Stücke. Charlotte bewunderte ihren Lehrer, weil er sich mit jeder Verkleidung, die er trug, binnen einer Sekunde authentisch in die Person verwandelte, die er gerade verkörpern wollte. Genau wie der Gentleman-Gauner Arsène Lupin, dessen Geschichte er ihnen zur Pflichtlektüre auferlegt hatte. Jetzt, in der Rolle als Pfarrer, strahlte Borowski mit jedem Blick, jeder Bewegung eine innere Ruhe aus, wie sie fast nur Geistliche haben. Außerdem sah er verdammt gut aus.

Marcus zog die Stirn in Falten. «Ganz schön mager, Madame Übervorsichtig.»

«Ich bin halt nicht so leichtsinnig wie du», entgegnete Charlotte schnippisch, um ihre Verunsicherung zu überspielen. «Und das ist ja noch nicht alles. Ich weiß, wo Sigrid, die eine ältere Dame, ihren ersten Kuss bekommen hat, und ich kenne das Amazon-Passwort von dem Rentner mit Strohhut. Wir könnten ohne Ende einkaufen. Außerdem habe ich erfahren, dass die dritte, Hannelore, allein wohnt und am Wochenende nach Gran Canaria fliegt.» Sie wedelte mit der gestohlenen Handtasche. «Wir könnten in ihr Haus, wenn wir wollten, aber das werden wir ja nicht tun.»

Trotz der Sticheleien von Marcus breitete sich eine gewisse Zufriedenheit in ihr aus, vor allem wenn sie sich zurückerinnerte, wie aufgeregt sie vorher gewesen war. Ein Gefühl, das sie selten verspürte, denn ihr Anspruch an sich selbst war sehr hoch. Sie musste noch viel lernen, aber das war in Ordnung, denn deswegen veranstalteten sie das alles ja. «Und auch die Rolle als Altenpflegerin haben sie mir abgekauft. Ich habe drei Jobangebote bekommen.»

Marcus lachte auf, während er immer noch lässig an die Steinsäule gelehnt stand. «Und was hast du noch? Ist Sigrid verheiratet?» Er zog seinen Blouson aus, drehte das karierte Futter nach außen und schlüpfte wieder hinein.

Mist, auf einen Ring hatte sie in ihrer Aufregung gar nicht geachtet. Dabei war das explizit ihre Aufgabe gewesen. Charlotte zuckte mit den Achseln.

«Lass mich dich aufklären», sagte Marcus wichtigtuerisch, klebte sich einen Schnauzbart an, setzte eine Sonnenbrille auf und tauschte die Schiebermütze gegen eine Basecap. «Sie ist verwitwet, denn sie trägt an der rechten Hand zwei goldene Eheringe übereinander. Die hättest du ihr übrigens mit etwas mehr Geschick ganz leicht vom Finger ziehen können. Außerdem hat sich dieser Rentner mit Strohhut heute Morgen beim Rasieren geschnitten, was wohl an den zitternden Händen liegt, die in Kombination mit dem zögerlichen Schritt entweder auf eine beginnende Parkinsonerkrankung oder übermäßigen Alkoholkonsum hinweisen.»

Milde lächelnd stoppte Borowski Marcus' Redefluss. «Gut, wir wissen, dass du der beste Beobachter bist. Aber lasst uns rekapitulieren: Was hat Charlotte richtig gemacht?»

«Also gut. Sie hat unseren Grundsatz angewendet», sagte Marcus und warf ihr einen aufmunternden Blick zu. «Verunsichere deine Zielperson. Sei die Lösung ihres Problems. Das schafft Vertrauen, dann kannst du zuschlagen. Das hat Charlotte besonders in der Situation mit dem Eis sehr geschickt angestellt.»

«Richtig. Allerdings verlief das Zuschlagen noch zu zögerlich. Da braucht es noch etwas mehr Mut», sagte Borowski. Er warf die Ausbeute in Hannelores Handtasche, und Marcus nahm sie an sich. Draußen ertönte das Martinshorn eines Polizeiautos.

Borowski horchte auf. «Los, wir müssen uns beeilen.»

Charlotte malte sich schnell die Lippen rot an, und Marcus machte sich auf den Weg zum Ausgang. Plötzlich durchschnitt das schrille Klingeln eines Handys die Stille in der Kirche. Charlotte zuckte zusammen. Sie kannte den Ton. Mit starrem Blick schaute sie zu Marcus. Der blieb abrupt stehen, drehte sich um und hielt Hannelores Handtasche hoch. Charlotte rannte zu ihm, riss ihm die Tasche aus der Hand und fischte ihr Handy mit der gelben Hülle heraus. Marcus sah sie entgeistert an.

«Bist du wahnsinnig? Das hätte verdammt schiefgehen können. Stell dir vor, die alte Dame findet nachher ihre Handtasche auf der Bank wieder. Sie wird nachsehen, was fehlt. Und das höchstwahrscheinlich in Anwesenheit der Polizei. Dann steckt da dein gelbes Handy drin. Den Rest kannst du dir denken, oder? Auch wenn wir heute nur üben und alles zurückgeben, ist das Ganze illegal, und die Polizei sollte besser nichts davon mitbekommen.»

«Ich weiß», sagte Charlotte schuldbewusst. Das Handy musste ihr vorhin in die falsche Tasche gerutscht sein. Es klingelte immer noch. Sie schielte auf das Display.

«Meine kleine Schwester, es könnte wichtig sein», sagte sie in entschuldigendem Ton.

«Wichtiger als was?», sagte Marcus erbost. «Willst du, dass uns die Polizei erwischt, weil du jetzt unbedingt mit deiner kleinen Schwester sprechen musst?»

Charlotte schaute auf das klingelnde Telefon in ihrer Hand und nahm das Gespräch an. Marcus fluchte.

Am anderen Ende hörte Charlotte Krümel weinen.

«Er will das Monster mit mir suchen.»

Charlotte kannte diese Erziehungsmaßnahme ihres Stiefvaters, der auch ihr so die Angst hatte austreiben wollen, als sie noch ein Kind war. Sie registrierte, dass ein Polizist in Uniform zum Kirchenportal hereinkam und sich suchend umschaute. Marcus wollte durch das linke Seitenschiff nach draußen verschwinden, aber die Tür war abgeschlossen. Borowski betete vor dem Altar. Einer der Polizisten beobachtete Marcus, der abdrehte und in der Tür mit der Toilettenaufschrift verschwand. Der Mann lief ihm hinterher. *Mist!*

«Du musst keine Angst haben. Es gibt kein Monster im Keller», sprach Charlotte leise ins Telefon. Beim Gedanken daran, wie ihr Stiefvater sie als Kind stundenlang dort unten im Dunkeln eingesperrt hatte, roch sie wieder die modrige Feuchtigkeit und hörte das Gurgeln der Abflussrohre, das damals wie das Atmen einer lauernden Bestie geklungen hatte. «Krümel, wo ist Mama?»

«Schläft.»

Um diese Zeit? Das bedeutete, sie war betrunken und bekam nichts von dem mit, was ihr unberechenbarer Ehemann mit ihrer siebenjährigen Tochter anstellte.

«Okay. Sag ihm, du hast dich geirrt. Es gibt kein Monster dort unten. Dann lässt er dich in Ruhe.»

«Aber …»

«Vertrau mir!», sagte sie und legte auf. Mehr konnte sie im Moment nicht für ihre Schwester tun. Später würde sie ihre Mutter anrufen und sie zur Rede stellen. Sie würde ihr wieder mit dem Jugendamt drohen. Das zog meistens, dann riss sie sich zumindest für einige Zeit zusammen und schaute ihrem Ehemann auf die Finger. Noch war Charlotte nicht so weit, dass sie Krümel zu sich nehmen konnte, aber das war ihr Ziel.

Sie steckte das Handy ein und beschleunigte ihren Schritt in Richtung Toilette. Irgendwie musste sie den Polizisten von Marcus ablenken.

«Hallo, hier bin ich!», rief sie dem Mann zu, der die Klinke der Toilettentür herunterdrückte. Er drehte sich zu ihr um und ließ los.

«Das ging aber schnell! Haben Sie ihn erwischt?»

«Wen erwischt?» Der Polizist guckte sie irritiert an.

Völlig aufgelöst erzählte Charlotte ihm eine verworrene Geschichte von einem Typen, der sie bis auf den Kirchplatz verfolgt und belästigt hat. «Mir blieb nur, mich in die Kirche zu flüchten. Ich bin ja so dankbar, dass Sie so schnell gekommen sind.»

Der Polizist hörte ihr aufmerksam zu, und sie beobachtete, wie Marcus hinter seinem Rücken aus der Tür schlüpfte und verschwand. Aus dem Augenwinkel sah sie, wie Borowski ihr einen anerkennenden Blick zuwarf. Na also. So blöd schien sie sich gar nicht anzustellen.

Mittwoch, 11. September 2019

KAPITEL 3

Henry knallte Professorin Wellers Dossier wütend auf den langen Eichentisch im Lehrerzimmer. Die Krawatte schnürte ihm den Hals zu. Er zog den Knoten auf, nahm sie ab und riss sich das Jackett vom Leib, das ihn wie ein Korsett einzwängte. Am raumhohen Bücherregal blätterte Strafrechtsprofessor Tatter in einem Wälzer. Seinen Mund umspielte ein hämisches Lächeln. Er trug wieder die alberne Fliege um den Hals, und eine Hand zwirbelte die Spitze seines Ziegenbartes, während er Henry abschätzig musterte. Henry Zornik lächelte übertrieben offen und warm zurück. Es war nicht das erste Mal, dass man ihm so arrogant begegnete. Ertappt schloss Tatter das Buch und verließ den Raum. Henry hängte das Jackett über die Stuhllehne an seinem Platz. Er ärgerte sich über Tatter und über sich selbst.

Professorin Lucia Bertolli, die am anderen Ende des Tisches saß, schaute über den Rand ihres Laptops zu ihm herüber. Die Italienerin mit der schwarzen Mähne schenkte ihm einen ehrlich interessierten Blick aus ihren unterschiedlich gefärbten Augen, eins blau und das andere braun. Die Iris-Heterochromie, eine seltene Laune der Natur, sah faszinierend aus.

«Schlecht gelaufen?», fragte sie mit diesem schönen italienischen Akzent.

«Das kann man wohl sagen.»

Es war erst sein zweiter Tag an der Akademie, und Professorin Bertolli, die forensische Pathologin, die er auf Anfang dreißig schätzte, war die einzige von den ehrwürdigen Professoren, die ihm bei den kurzen Begegnungen im Haus freundlich zugelächelt hatte. Die anderen hatten keinen Zweifel an ihrer Auffassung gelassen, dass er mangels Doktortitel ein unwürdiger Nachfolger von Dorothea Weller sei.

«Domani ti sentirai meglio. Wie sagt man? Morgen wirst du dich besser fühlen.»

«Leicht gesagt.» Henry massierte sich die Stirn.

«Wo ist das Problem?»

Er zeigte auf das Dossier. «Die Studierenden langweilen sich, wenn ich die Aufzeichnungen von Weller für meine Vorlesung nutze. Das ist zu verkopft. Zu wissen, dass Kriminalitätsopfer in der Definition von Sutherland & Cressey nicht auftauchen, wird ihnen später im Job nichts nützen.»

«Verstehe.» Lucia Bertolli kaute auf ihrer Unterlippe.

Henry trat ans Fenster und schaute in den weiten Garten im englischen Cottage-Stil. Die Sonne schien von einem strahlend blauen Spätsommerhimmel. Schwarze Wolken und Regen hätten besser zu seiner Stimmung gepasst. Wahrscheinlich war er zu blauäugig gewesen, als er sich vorgestern innerhalb weniger Minuten von der Rektorin überreden ließ, den Lehrauftrag an der Akademie zu übernehmen. Sie hatte ihm die Unterrichtsvorbereitungen seiner Vorgängerin übergeben. Erst nachdem er das Material nachts in seinem Wohnwagen durchgearbeitet hatte, war ihm bewusst geworden, was man von ihm erwartete. Kriminologie in rein theoretischen Abhandlungen zu vermitteln. Das war er nicht. Er war hier schlichtweg falsch.

Natürlich glich es einem Ritterschlag, an der *Academy of Criminal Investigation* Kriminologie unterrichten zu dürfen. Nie hätte er gedacht, dass man ihn als Lehrkraft an die kleine private Hochschule mit internationalem Renommee holen könnte, die nur fünf Kilometer von seiner Heimatstadt Bergen entfernt lag. Von dem einmaligen Curriculum mit seiner innovativen Fächerzusammenstellung, die von Kriminologie über Forensik, Kriminalpsychologie, Strafrecht, Cyberkriminalität, Selbstverteidigung, Schießtraining, Waffenkunde und Rechtsmedizin bis hin zur verdeckten Informationsbeschaffung reichte, hatte er schon vorher gehört. Mit diesem ganzheitlichen Ansatz konnte er sich vorstellen, dass hier eine neue Generation von Verbrechensbekämpfern ausgebildet würde. Spezialkräfte, die nicht nur Formalien und Gesetzesvorschriften auswendig lernen, sondern auf der Höhe der Zeit stehen. Auch deshalb hatte er vorgestern nicht lange überlegt, als die Rektorin sich überraschend bei ihm gemeldet hatte, weil sie kurzfristig einen Ersatz für ihre Kriminologie-Professorin brauchte. Dorothea Weller war am Samstag bei einem tragischen Unfall auf der Baustelle ihres Hauses ums Leben gekommen. Auch wenn Henry noch nie unterrichtet hatte, erschien ihm dieser Dozentenjob ideal. Die Aufgabe entsprach seinem Fachgebiet und löste eines seiner zwei dringlichsten Probleme. Aber so mies, wie gestern und heute die ersten Veranstaltungen gelaufen waren, musste er sich schleunigst etwas überlegen.

Henrys Smartphone vibrierte in der Hosentasche. Er nahm es heraus und schaute auf das gesprungene Display. Das Jugendamt. Er ahnte, was sie von ihm wollten. Nervös fuhr er sich durchs Haar, eilte nach draußen auf den Flur und suchte sich eine Ecke, wo er ungestört reden konnte.

«Guten Tag, Herr Zornik. Mein Name ist Jakob, ich bin die Sachbearbeiterin der Adoptionsvermittlungsstelle. Ihr Antrag auf Adoption von Matti Grabner ist vor drei Wochen bei uns eingegangen.»

Seitdem hatte er täglich mit einer Rückmeldung gerechnet. Das diese nun telefonisch erfolgte, war ein gutes Zeichen. Hätten sie seinen Antrag von vornherein abgelehnt, hätten sie ihn wahrscheinlich schriftlich informiert. Henry spürte leise Hoffnung in sich aufsteigen.

«Es geht zunächst um Formalien. Sie haben vergessen, Ihre Adresse in das Formular einzutragen, und Sie haben Ihre wirtschaftlichen Verhältnisse unzureichend dargelegt.»

«Ich habe im Antrag geschildert, dass ich die letzten fünf Jahre in Brasilien gelebt habe und erst seit vier Wochen wieder in Bergen bin», antwortete er. «Natürlich gibt es da noch ein paar Dinge zu regeln. Aber es ist mir ernst. Ich will Matti adoptieren.»

Matti war der Sohn seiner ehemaligen Kollegin Hanna. Der besten Kollegin, die er je gehabt hatte. Sie war vor fünf Jahren bei einem Einsatz umgekommen. Danach war Henry regelrecht aus Deutschland geflüchtet. Der Kleine lebte seitdem bei seiner Großmutter. Nun war auch die Oma gestorben, und Matti war ins Heim gekommen, weil es keine weiteren Verwandten gab. Vater unbekannt. Zu wissen, dass der Junge ganz allein war, ließ Henry nachts nicht schlafen. Wenn er darüber nachdachte, erinnerte er sich an seine eigene Kindheit ohne Zuwendung und Geborgenheit. Dass Matti dasselbe widerfahren könnte, ertrug er nicht. Deshalb war er aus Brasilien zurückgekehrt.

«Ich kenne die Kriterien für eine Adoption und bin bemüht, alle zu erfüllen.»

«Sehr gut. Ich würde dann gerne einen Termin wegen der Überprüfung Ihrer Wohnverhältnisse machen. Passt es Ihnen in einer Woche, am 18. September gegen 10 Uhr?»

Er wohnte in einem Camper auf dem Naturcampingplatz am Nonnensee. Kaum ein Ort, der das Amt davon überzeugen würde, dass Henry sein Leben im Griff hatte und angemessen für Matti sorgen konnte.

«Ja, die Adresse schicke ich Ihnen dann per E-Mail.» Er beendete das Gespräch.

Sie hatten den Antrag nicht grundsätzlich abgelehnt, dachte er hoffnungsvoll. Aber eine Woche Zeit, um eine Wohnung zu finden, das könnte schwierig werden. Henry spürte die aufsteigende Unruhe. Hätte er den Termin besser hinausgezögert? Er schüttelte den Kopf. Nein, das hätte bei der Dame vom Amt vielleicht Zweifel geweckt. Er würde schon eine Lösung finden, beruhigte er sich und lief ins Lehrerzimmer.

Dort stand Lucia Bertolli am Bücherregal und schien nach einem Buch zu suchen. Henry setzte sich nachdenklich an seinen Platz. Wie sollte er nur an eine passende Wohnung kommen und gleichzeitig seinen Unterricht stemmen?

Die Tür ging auf, und Borowski, der Dozent im Fach Tarnen und Täuschen, trat in steifem Schritt herein. Er war Mitte dreißig und gelernter Schauspieler. Heute trug er eine auffällige Brille, das braune Haar war glatt gescheitelt und nach hinten gegelt. Mit der grauen Stoffhose und dem zugeknöpften kurzärmeligen Hemd unter dem Westover sah er aus wie ein Mitarbeiter aus dem Stadtarchiv. Vielleicht kam er gerade von einem Außeneinsatz zurück, bei dem er mit den Studierenden die verdeckte Informationsbeschaffung in einer Behörde geübt hatte.

Noch voll in seiner Rolle, richtete er förmlich das Wort an

Henry und verbeugte sich leicht. «Die Chefin verlangt nach dir.»

Henry hörte einen Unterton heraus, den man als Warnung verstehen konnte. Borowski war der einzige Dozent, der ihm bei der ersten Begegnung gestern das *Du* angeboten hatte. Henry vermutete, dass Borowski in ihm einen Verbündeten in der feindlichen Welt der Intellektuellen sah, weil auch er keinen Doktortitel besaß. Er zog sich sein Jackett wieder an. Den Schlips ließ er weg.

Mit ungutem Gefühl schob Henry die schwere Eichentür zum ehemaligen Herrenzimmer auf. Sein Blick glitt durch den Raum, binnen Zehntelsekunden nahm er jedes Detail auf. Die Rektorin thronte hinter dem überdimensionalen Schreibtisch, auf dem farblich sortierte Mappen lagen. Der dreiarmige Leuchter an der Decke spendete trübes Licht. Beatrice Krohn, eine elegant gekleidete Frau, die er auf Anfang vierzig schätzte, wirkte strukturiert. Genau den Eindruck hatte er schon bei seiner ersten Begegnung mit ihr vor zwei Tagen gehabt. Sie hasste Chaos und hatte gerne alles unter Kontrolle. Garantiert schlief sie immer erst eine Nacht über eine Entscheidung, bevor sie sie traf. Nun grub sich eine Zornesfalte in die Stirn der dezent geschminkten Frau. Trotz ihrer geringen Körpergröße füllte sie den Raum mit einem Selbstbewusstsein, hinter dem eine hohe Kompetenz und Menschenkenntnis steckte, so wie Führungskräfte sie haben sollten. Doch der ernste Blick sah nach Ärger aus. Henry sah das leichte Zucken um ihre Mundwinkel. Vermutlich wog sie ab, wie sie ihm beibringen sollte, dass sie mit seiner spontanen Einstellung einen Fehler begangen hatte. Sie war es gewohnt, schwierige Situationen diplomatisch zu lösen, aber jetzt steckte sie offenbar in der Zwickmühle. Henry unterdrückte den aufkommenden Unmut. Er wusste, dass er einen Fehlstart hingelegt hatte.

Beatrix Krohn wies auf den leeren Stuhl vor dem Schreibtisch hin, doch er blieb in gebührendem Abstand stehen.

«Sie wollen mich sprechen?».

Sie nickte. «Wie Sie wissen, nehmen unsere Studierenden ihr Studium sehr ernst. Einige haben sich beschwert und angedroht, dass sie Ihren Kurs verlassen wollen.» Sie machte eine Pause. «Ohne Studenten kann ich Ihren Vertrag nicht aufrechterhalten.»

Er lag also richtig mit seiner Einschätzung. Henry brauchte einen Moment, um die Vorwürfe sacken zu lassen. Er fühlte sich zu Unrecht angegriffen, schließlich hatte er doch nur getan, was sie von ihm verlangt hatte.

«Ich habe lediglich die Unterlagen von Professorin Weller benutzt, die ja eine im Haus geschätzte Kollegin war. Etwas anderes war außerdem in der Kürze der Zeit gar nicht möglich. Aber das tut auch nichts zur Sache. Wir können die Angelegenheit abkürzen. Ich gebe meinen Lehrauftrag zurück.» Mit Kritik, besonders wenn sie seine Kompetenz infrage stellte, konnte er schwer umgehen.

«Abgelehnt! Nehmen Sie Platz!»

Er verstand nicht. «Wozu? Es ist mir und Ihnen doch klargeworden, dass ich diesem Job nicht gewachsen bin.»

«Mensch, Zornik, Sie waren ein erfahrener Ermittler, die Speerspitze der Mordinspektion Stralsund mit 98 Prozent Aufklärungsquote.»

«Das mag sein, aber das ist lange her. Und dieser ganze Theoriekram ist nicht mein Ding.»

Ja, er hatte sich verrechnet. Das hatte er schon beim Durcharbeiten von Wellers Dossier kapiert. Trotzdem hatte er sich darauf eingelassen. Wohl, weil er jemand war, der es zumindest probierte, bevor er hinschmiss.

Sie runzelte die Stirn. «Das muss es doch auch nicht. Ich hatte die große Hoffnung, Sie könnten den jungen Leuten Ihre Fähigkeiten vermitteln, sich in Mörder und Opfer gleichermaßen hineinzudenken, die Sie einst berühmt gemacht haben.»

«Wenn das so einfach wäre. Informationen sammeln, beobachten, auf sein Bauchgefühl hören, Szenarien analysieren, das Unmögliche ausschließen und daraus Schlussfolgerungen ableiten, das lernt ein Ermittler genauso wenig aus Büchern wie der Chirurg das Operieren allein durch das Studium der Anatomie.» Henry schüttelte den Kopf. «Außerdem kann die vorschnelle Anwendung dieser Fähigkeiten verflucht noch mal tödlich enden.»

«Das kann jede Straßenüberquerung auch», entgegnete Beatrice Krohn knapp und schaute ihn erwartungsvoll an.

Henry starrte durch sie hindurch. Vor seinen Augen erschienen zwei Bilder von Hanna. Auf dem ersten stand sie mit ausgebreiteten Armen lachend in der Brandung neben der Seebrücke Sellin und versuchte, Matti ins Wasser zu locken. Auf dem zweiten lag sie an gleicher Stelle, kalt und bleich, mit ausgestochenen Augen, zugenähtem Mund und gefalteten Händen, in denen sie eine blutgetränkte Rose hielt. Die Erinnerung ließ ihn innerlich zusammenzucken. Seine Schuld. Sie hatte sich seine Vorgehensweise bei der Aufklärung von Morden abgeguckt. Er hätte …

«Alles okay mit Ihnen?» Die Worte der Rektorin rissen ihn aus den schmerzhaften Gedanken.

«Ja. Sie haben mir vorgestern die Unterrichtsvorbereitungen meiner Vorgängerin in die Hand gedrückt. Ich dachte, ich soll die theoretischen Abhandlungen aus den Unterlagen vermitteln ...»

Beatrice Krohn presste kurz die Lippen zusammen. Sie schien ihre Ungeduld nur schwer unterdrücken zu können. «Das sollte Ihnen doch nur als roter Faden dienen. Vielleicht muss ich mich etwas klarer ausdrücken: Natürlich haben Sie freie Hand, Ihren Kurs zu gestalten, wie Sie es für richtig halten. Verbindlich ist nur, welche Themen grundsätzlich abgehandelt werden müssen, weil die am Ende geprüft werden. Wie Sie das anstehende Thema Viktimologie gestalten und vermitteln, entscheiden Sie selbst. Und da habe ich vollstes Vertrauen. Oder anders formuliert: Lassen Sie sich gefälligst was einfallen!»

Zurück im Lehrerzimmer war Henry allein. Was für ein blödes Missverständnis. Er musste zugeben, bei allen Zweifeln feuerte die Ansprache der Rektorin ihn an. Gleichzeitig setzte sie ihn unter Druck. Aber er wollte einen guten Job machen. Das war schon immer sein Anspruch. Außerdem verschaffte ihm diese Stelle die wirtschaftliche Stabilität, die er brauchte, um Matti adoptieren zu dürfen. Ihn packte der Ehrgeiz, die Herausforderung anzunehmen.

An seinem Platz lag ein Buch auf dem Dossier. «Methoden für motivierendes Lernen», murmelte Henry und blätterte darin. Wer hatte ihm das hingelegt? Machte sich Professor Tatter etwa lustig über ihn? Oder hatte Lucia Bertolli sich Gedanken gemacht, wie sie ihm helfen konnte? Im Kapitel «Projektbezogene Lehre» steckte ein zusammengefaltetes Blatt Papier, daran heftete ein ausgeschnittener Zeitungsartikel. Er klappte das Papier auseinander. Es war ein Plakat, auf dem die Stralsunder Polizeiinspektion um Mithilfe der Bevölkerung bei der Identifizierung eines Opfers beim Brand der Stadtbibliothek Bergen im November 2016 bat. Den Fall kannte er nicht. Zu diesem Zeitpunkt hatte er bereits zwei Jahre am anderen Ende der Welt in Brasilien gelebt und zu vergessen versucht, was mit Hanna passiert war.

Der Zeitungsartikel aus der Rügener Rundschau trug das Datum vom 30. Juni 2019 und berichtete davon, dass die Identität des Brandopfers trotz intensiver Bemühungen der hiesigen Mordkommission auch nach zweieinhalb Jahren nicht geklärt werden konnte.

Die Staatsanwaltschaft hat die Ermittlungen unter Leitung des Hauptkommissars Blume eingestellt, weil er und sein Team keinerlei Hinweise auf Fremdverschulden fanden. Die Untersuchungen haben ergeben, dass die unbekannte Tote selbst die Brandstifterin gewesen sein muss.

Henry konnte nur den Kopf schütteln. Man schloss doch keinen Aktendeckel, wenn das Opfer noch keinen Namen hatte! Aber das war typisch für seinen ehemaligen Kollegen, der den Details schon immer zu wenig Aufmerksamkeit schenkte und aus spärlichsten Beweisen stets voreilige Schlüsse zog. In der Zusammenarbeit mit ihm hatte er sich manchmal gefragt, ob es an Blumes fehlender Leidenschaft für den Beruf oder schlicht an Dummheit lag, dass er so schlampig ermittelte. In Henrys Kopf ratterte es. Eine Täterin, die sich selbst in Brand gesetzt hatte und die scheinbar niemand vermisste? Ein ungewöhnlicher Fall. Es begann ihn in den Fingern zu jucken. Eine unbekannte Tote würde ziemlich gut zum Thema seiner Vorlesung passen: *Warum ist das Opfer das Opfer?* Anhand dieses interessanten Beispiels könnte er mit den Studierenden praktisch üben, wie man bei einer Ermittlung vorging, um einem unbekannten Opfer einen Namen und eine Biografie zu geben. Und es war ein Fall, bei dem sie vor Ort ermitteln könnten. Gefährlich werden könnte den Studierenden diese alte Geschichte nicht. Die Ermittlungsakte zu besorgen, wäre vermutlich auch kein Problem. Zwar nicht legal, aber Martha würde ihm schon helfen. Oder? Immerhin hatte er sich fünf Jahre nicht bei ihr gemeldet. Er sah auf die Uhr. Kurz nach eins. Am besten, er würde gleich rüber nach Stralsund ins Polizeiarchiv fahren.

Henry hörte, dass sich hinter ihm die Tür zum Lehrerzimmer öffnete. Er drehte sich um. Borowski trat mit einem Packen Unterlagen in der Hand ein. Er hatte sein Buchhalterkostüm ausgezogen. Lässig in Jeans, grauem T-Shirt, das dunkelbraune Haar zerzaust im kantigen Gesicht, sah er aus wie ein Mann, der sein Tagewerk vollbracht hatte und sich nun dem Spaß des Lebens widmen konnte. Was für ihn zweifellos Sport bedeutete. Flacher Bauch, breite Schultern, gestählte Oberarme und die sonnengebräunte Haut: Henry vermute, dass Borowski draußen trainierte. Schwimmen, Radfahren, Laufen, und das alles in Verbindung mit Kraftsport. Wahrscheinlich absolvierte er auch regelmäßige Cross-Einheiten.

«Und war's schlimm?» Borowski sah ihn an, als versuchte er zu ergründen, was hinter Henrys Stirn vorging.

«Wie du siehst, ist mein Kopf noch dran.»

Sein Kollege lächelte milde. «Mach dir nix draus. Startschwierigkeiten gehören dazu.»

«So?», sagte Henry und merkte selbst, dass es zu schroff klang. Anscheinend hatte sich unter den Kollegen schon herumgesprochen, dass die Rektorin ihn sich zur Brust genommen hatte, weil die Studierenden nicht mit ihm zurechtkamen. Henry fühlte sich wie ein Idiot. Aber das würde sich ab jetzt ändern.

Borowski lief mit verkniffenem Lächeln an ihm vorbei und legte seine Unterlagen in sein Fach. Er war offenbar beleidigt von Henrys unfreundlicher Reaktion. Verlegen kratzte Henry sich am Kopf. Er trat einen Schritt auf Borowski zu. «Hat Professorin Bertolli mir das hingelegt?»

Borowskis Blick wanderte zu dem Buch, auf das Henry zeigte.

«Keine Ahnung, aber es ist gut. Das habe ich mir zu Beginn meiner Tätigkeit auch reingezogen.» Er schien Henrys Entschuldigung anzunehmen.

«Ich bin gespannt. Und ich habe auch schon eine Idee, wie ich den Studierenden das Thema Opfer und Opferwerdung vermitteln kann.» Henry tippte auf das Plakat, das zwischen den Seiten hervorlugte.

Borowski lächelte zufrieden. «Du machst mich neugierig, Henry. Was hast du vor?» Doch Henry schüttelte nur den Kopf: «Nimm's mir nicht übel, aber das verrate ich noch nicht. Nur eins steht fest: Professorin Wellers Theorievorlesung werden die Studierenden nicht mehr wiedererkennen.»

KAPITEL 4

Der Baumarkt im Gewerbepark Sassnitz wirkte am frühen Nachmittag wie ausgestorben. Eine Lautsprecherstimme pries ihm alle Vorteile eines absolut diebstahlsicheren Vorhängeschlosses an, das sich nur durch den Fingerabdruck des Besitzers öffnen ließ. Interessant. Über die Anschaffung eines solchen Schlosses wollte er sich aber jetzt keine Gedanken machen. Zielstrebig schob er den Einkaufswagen durch die Regalreihen und füllte ihn mit drei Benzinkanistern, Kabelbindern, reichlich Isolierband, mehreren Packungen robuster Abdeckfolie, einem ordentlichen Elektrotacker für Klammern und Nägel sowie schwarzen Jutesäcken. Bei den Kettensägen schwang er verschiedene durch die Luft und entschied sich für ein Modell, das ihm leicht in der Hand lag, aber mit seiner hohen Akkulaufzeit und der Umdrehungszahl trotzdem leistungsfähig schien. Die Plastikfässer, die er brauchte, mussten unbedingt säure- und laugenbeständig sein. Er lud zwei ein und marschierte zur Kasse, drehte dann aber doch noch mal um. Beinahe hätte er den Elektrodraht und den Fensterkitt vergessen. Er ließ den vollen Wagen an der Seite des Hauptgangs stehen und eilte zur Elektroabteilung, wo er auf Anhieb fand, was er suchte. Das war ein insgesamt erfreulich erfolgreiches Einkaufserlebnis. Er bezahlte in bar, lud auf dem Parkplatz alles in den Transporter und bestellte sich am Imbisswagen ein Matjesbrötchen. Während die nette Verkäuferin im blau-weiß gestreiften Fischerhemd seine Mahlzeit zubereitete, plauderte er mit ihr über das Wetter, das sich heute genauso launisch verhielt wie das Meer. Im Moment zogen sich dunkle Wolken am Himmel zusammen. Schade, an ihrem einzigen freien Nachmittag wäre sie gerne an den Strand gegangen, erzählte sie ihm.

«Regen ist doch erst, wenn die Heringe auf Augenhöhe vorbeischwimmen», sagte er zwinkernd. «Dat löpt sich allens torecht.»

«Jo.» Sie bot ihm den letzten Backfisch zum halben Preis an, aber er schüttelte den Kopf.

«Wat de Buur nich kennt, dat frett he nich?» Sie hob die Brauen.

Er lachte. In Wirklichkeit hasste er Backfisch, der ihn an übergroße Fischstäbchen erinnerte. Die hatte seine Mutter ihm als Kind zu oft reingezwungen. Wenn er sie erbrach, tauschte sie den Teller aus und lud ihm zur Strafe die doppelte Portion auf. Dann blieb sie neben ihm am Tisch stehen und beobachtete mit strengem Blick, wie er die labberigen «Finger» herunterwürgte. Ein Chor Schiffshörner unterbrach seine Gedanken an früher. Der Ruf nach Ferne hallte aus dem Hafen herüber und übertönte das Kreischen der Möwen, die sich unter dem verwaisten Stehtisch vor dem Imbiss um eine Fritte stritten.

«Guten Appetit!» Die Verkäuferin reichte ihm das reichlich belegte Matjesbrötchen. Es sah appetitlich aus und duftete frisch. Ihm lief das Wasser im Mund zusammen. Er gab ihr ein ordentliches Trinkgeld, schlenderte quer über den leeren Parkplatz, während er das Brötchen aß, wischte sich Mund sowie Hände ab und warf die Serviette in einen Mülleimer am Straßenrand. Zurück am Transporter schwang er sich hinters Lenkrad und dachte, dass *sein* Feierabend in weiter Ferne lag. Es gab noch einiges zu tun. Doch vorher musste er unbedingt Möhren und Katzenfutter kaufen. Er startete den Motor. Da setzte Platzregen ein, und das Fauchen einer Windböe kündigte ein stürmisches Sommerende an. Genau richtig für sein Vorhaben.

KAPITEL 5

«Träume ich? Oder bist du es wirklich?», begrüßte ihn Martha ungläubig und rieb sich die müden Augen. Mit schmerzverzerrtem Gesicht quälte sie ihren fülligen Körper aus dem Drehstuhl, über dessen Lehne ihre Strickjacke mit den bunten Bommeln hing, wie damals. Überhaupt schien es, als wäre in Marthas Reich die Zeit stehen geblieben: derselbe Anblick, derselbe muffige Aktengeruch. Sogar das Licht flackerte wie beim letzten Mal vor fünf Jahren, als er hier unten im Polizeiarchiv war.

«Henry Zornik!» Martha trat auf ihn zu, aber ihr Lächeln erreichte ihre Augen nicht. «Dass du dich hierher traust.» Er ignorierte ihren Tadel und umarmte sie. Sie wirkte distanziert, anscheinend war sie immer noch sauer auf ihn.

«Wie geht es dir, meine Liebe?», fragte er und überspielte sein schlechtes Gewissen.

«Wie du siehst, Unkraut vergeht nicht. Mir macht die Hüfte wieder zu schaffen, aber sonst ist alles paletti. Noch elf Monate und neunundzwanzig Tage, dann hab ich es geschafft.»

«Nein, das kann nicht sein. Das glaube ich nicht. Du gehst bald in Rente? Du bist doch höchstens vierzig.»

«Schmeichler.» Früher hatte sie ihn bei solchen Äußerungen scherzhaft in die Seite geboxt. Da waren sie noch ein eingespieltes Team gewesen. Dass er damals quasi über Nacht aus dem Job und von der Insel geflüchtet war, muss ihr wie ein Verrat vorgekommen sein, den sie bis heute nicht vergessen hatte.

«Hattest wohl Sehnsucht nach der alten Heimat da drüben am anderen Ende der Welt. Oder was hat dich wieder an unsere Küste gespült?»

«Hannas Mutter ist vor vier Wochen gestorben.»

«Ach Mensch, das tut mir leid.»

Er nickte. «Ich kümmere mich um Matti und habe vor, ihn zu adoptieren.»

«Das geht so einfach?»

«Nein, es ist kompliziert. Aber das bin ich Hanna schuldig.» Die aufsteigende Trauer machte ihm den Hals eng. Er musste schlucken.

«Du bist Hanna nichts schuldig.» Marthas Ton war angriffslustig. «Es war ihre Entscheidung, den Köder für den Rosenmörder zu spielen.» Sie hatte schon damals nicht verstanden, dass Henry sich die Schuld gegeben und alles hingeschmissen hatte. «Du machst das, weil du Henry Zornik bist, der sich für alles Unrecht auf dieser Erde verantwortlich fühlt. Kommst du denn mit Matti zurecht?»

«Er wohnt im Heim, ich besuche ihn jeden Freitag. Sonntags verbringen wir schon den ganzen Tag zusammen, außerhalb. Langsam hat er mich als festen Bestandteil in seine Routine integriert. Das funktioniert gut. Wir nähern uns an. Ich weiß mittlerweile, wie er tickt, und glaube, dass er mir vertraut.»

«Und du? Ich meine, es ist eine Riesenverantwortung. Du warst immer ein Einzelgänger, der voll auf seine Arbeit fixiert war, ein Ermittler mit Leib und Seele.»

Er wusste, dass sie ihm genau das übelnahm. Dass er sich

wegen Hannas Entscheidung und den Folgen damals selbst aufgegeben hatte.

«Ich weiß, und das habe ich hinter mir gelassen. Im Umgang mit Matti, mit seiner direkten, kindlichen Art, entdecke ich Seiten an mir und im Leben, die mir einfach guttun.»

«Wenn du meinst.» Sie seufzte. «Heißt das, du bleibst hier, oder willst du ihn mit nach Brasilien nehmen?»

«Das habe ich noch nicht entschieden.» Henry wollte das Thema wechseln. Erst mal musste mit der Adoption alles glattgehen, dann konnte er sich überhaupt die Frage stellen, wie es genau weitergehen sollte. Ihm fielen Frau Jakob und der Besichtigungstermin in einer Woche ein. «Kennst du jemanden, der kurzfristig eine bezahlbare Wohnung in Bergen oder Umgebung vermietet?»

Sie schüttelte den Kopf. «Ich kann mich umhören, aber auf der Insel eine Wohnung zu bekommen, die auch noch bezahlbar ist, kommt einem Sechser im Lotto gleich.»

Dass es schwierig werden würde, wusste er. Er musste sich kümmern und durfte das Ganze nicht aus den Augen verlieren. Aber zunächst war etwas anderes wichtiger. Henry reichte ihr die Bäckertüte. Martha steckte ihre Nase hinein.

«Schokocroissants. Die hast du mir früher immer gebracht, wenn du mich bestechen wolltest», stellte sie stirnrunzelnd fest. Ihr konnte man einfach nichts vormachen. Henry lächelte zur Bestätigung. Sie hatte ihn unter der Hand bei etlichen nicht ganz der Dienstvorschrift entsprechenden Recherchen unterstützt und damit zur Lösung des ein oder anderen Falls beigetragen. Ob sie heute noch dazu bereit war, ihm auf diese Weise zu helfen, konnte er gerade ganz schwer einschätzen. Würde sie ablehnen, könnte er es sogar verstehen.

«Kaffee?», fragte Martha und holte zwei bunte Keramikbecher aus dem Schrank. In beide goss sie dampfende Flüssigkeit aus der Thermoskanne, die auf dem Schreibtisch stand.

«Den Stuhl hol dir selber. Ich muss mich wieder setzen.»

Dass sie ihn nicht gleich fortschickte, wertete er als gutes Zeichen. Henry nippte am Kaffee. «Eigentlich wollte ich …»

«… nicht lange herumreden», beendete sie seinen Satz.

«Entschuldige, Martha, es ist nur, ich habe wenig Zeit.»

Sie forschte in seinen Augen. «Du hast den gleichen Blick wie damals, wenn du auf Mörderjagd warst. Worum geht es?»

In knappen Worten erzählte er von seinem Dozentenjob, legte ihr das Plakat und den Zeitungsartikel hin. «Du kennst mich. Ich möchte einen ordentlichen Job machen. Außerdem brauche ich dringend das Geld, für die Finanzierung von Mattis Hundetherapie und die Wohnung. Nach meiner Rückkehr hab ich drei Wochen aushilfsweise als Alarmanlagenberater für einen Schlüsseldienst gearbeitet. Mit Ende der Saison ist der Bedarf gesunken. Ohne gutbezahlten Job kann ich die Adoption vergessen. Der Fall bietet sich geradezu an, meinen Studierenden zu vermitteln, was getan werden muss, um ein unbekanntes Opfer zu identifizieren.»

«Nur deshalb?», sagte sie und machte keinen Hehl daraus, dass sie ihm nicht glaubte. «Du kannst es nicht ertragen, dass der Aktendeckel eines Falles geschlossen wurde, obwohl das Opfer noch unbekannt ist.»

«Ich bin kein Ermittler mehr», sagte er und merkte selbst, wie hohl diese Aussage klang.

«Und das kannst du genauso wenig ertragen.» Sie lächelte wissend. Martha kannte ihn besser, als ihm lieb war. Henry fuhr sich durchs Haar. Er konnte sie nicht belügen.

Sie beugte sich vor und berührte ihn am Arm. «Henry, komm zurück!»

«Das will ich nicht.»

«Dann lass die Finger davon!» Ihr Gesichtsausdruck wurde ernst.

Henry wurde hellhörig. «Warum?»

«Wenn Blume spitzkriegt, dass du ihm als privater Ermittler ins Handwerk pfuschst, wird er dich drankriegen», sagte sie. Es sollte beiläufig klingen, aber Henry hörte ihren besorgten Unterton heraus. Es wäre nicht das erste Mal. Francesco Blume hatte ihn schon früher manchmal beim Kommissariatsleiter angeschwärzt, wenn Henry bei Ermittlungen Formalitäten umgangen hatte. Er kannte seinen Ex-Kollegen gut genug, um zu wissen, dass er damit nur von der eigenen Unzulänglichkeit ablenken wollte. Weil er nie verkraftet hat, dass Henry einfach besser war.

Martha seufzte. «Du willst sowieso nicht auf mich hören, stimmt's?»

Nein, das wollte er nicht. «Obwohl Francesco den Fall nicht aufgeklärt hat, ist er danach zum 1. Kriminalhauptkommissar befördert wurden. Ungewöhnlich, oder?» Er sah Martha fragend an.

«Manchmal bedarf es einiger besonderer Beziehungen ...» Sie hob vielsagend die Brauen.

Ja, schleimen konnte Francesco schon immer gut.

«Henry, wenn du es partout nicht lassen kannst, sei bitte vorsichtig», sagte Martha. «Wenn er das spitzkriegt und dich anzeigt, könnte das dein Vorhaben gefährden, Matti zu adoptieren.»

«Heißt das, du hilfst mir, an die Akte zu kommen?»

«Was bleibt mir denn anderes übrig.»

«Danke, Martha.» Er trat auf sie zu und drückte ihr einen Kuss auf die Wange. «Ich passe auf, versprochen.»

Martha stieß ihn mit gespielter Empörung zurück und wischte sich die Wange ab. «In diesem Fall sind einige Pannen passiert, aber das siehst du dann selbst in der Akte.» Ihre kleinen Finger tippten auf der Tastatur herum, dann drehte sie ihm den Computerbildschirm zu. «Wir haben umsortiert. Alle Fälle haben dreizehnstellige Aktenzeichen bekommen. Das war die grandiose Idee des neuen Revierleiters. Noch so ein Wichtigtuer wie Blume, der am Syndrom der Selbstüberschätzung leidet und auf die Einhaltung aller möglichen Formalien pocht. Nach acht Monaten haben die da oben in der Zentrale ihn schon wieder weggelobt. Sein Auftrag zur Umstrukturierung blieb uns erhalten. Eine Heidenarbeit. Ohne meinen fleißigen Praktikanten hätte ich das damals gar nicht geschafft. Als gäbe es in dieser Polizeidirektion nichts Besseres zu tun, als ein funktionierendes System auf den Kopf zu stellen.»

«Manche Leute tun, was sie können, um ihre Spuren zu hinterlassen.»

«Ja, was rege ich mich noch auf! Wie gesagt, elf Monate und neunundzwanzig Tage, dann können die mich alle kreuzweise.»

Sie tippte auf den Computerbildschirm. «Im Regal drei findest du, was du suchst. Pass auf, dass du beim Kopieren nichts durcheinanderbringst. Du weißt, wie penibel Blume ist. Sollte er, was ich nicht glaube, je wieder in diese Akte schauen.» Sie reichte ihm einen alten Ordner und schrieb einen fünfstelligen Code auf einen Zettel. «Den musst du an dieser Höllenmaschine eingeben, dem neuen Kopierer. Viel Erfolg!» Sie hob die Hände. «Und was auch immer du findest, sag es mir lieber nicht.»

KAPITEL 6

Im Radio sang Leonard Cohen *Hallelujah.* Leise summte er mit. Um ihn herum herrschte vollkommene Dunkelheit. Allein der Lichtkegel der Tischlampe setzte sein Werk wie ein Bühnenscheinwerfer in Szene. Was für eine Fummelei. Mit einer Hand hielt er die Dynamitstangen zusammen. Mit der anderen stopfte er die verschiedenen farbigen Drähte in die richtigen Löcher, doch sie rutschten immer wieder raus, sobald er sie losließ. «Verdammte Scheiße», murmelte er und riss das Isolierband mit den Zähnen von der Rolle ab. Das Klebeband klebte gut, nur nicht dort, wo es kleben sollte. Fluchend ließ er Draht und Dynamitstangen los. Bisher hatte alles immer einwandfrei funktioniert. Er lehnte sich zurück, atmete mehrmals tief durch. Sein Puls normalisierte sich. Nur so durfte er weiterarbeiten. Zu seinem eigenen Schutz.

«Hallelujah, halleluujaah», sang er den Refrain laut mit. Cohen verstummte. Ein Moderator übernahm und lud alle Einsamen der Nacht ein, ihre Ängste und Sorgen mit ihm und dem Rest der Nation zu teilen, der genauso schlaflos war. Er stand auf, schaltete das Radio aus und trank den Rest Kaffee, der im Pott mittlerweile kalt geworden war. Dann startete er einen neuen Versuch. Den fünften. Tatsächlich schaffte er es diesmal, die Einzelteile miteinander zu verbinden. Er betrachtete das Ergebnis von allen Seiten. So richtig professionell sah das Ganze ja nicht aus. Basteln war noch nie seine Stärke gewesen. Aber wen juckte es? Hauptsache, das Ding ging mit ordentlichem Bums hoch. Er nahm sich die Anleitung, die er sich im Darknet besorgt hatte, und las noch einmal nach, wie er den Zeitzünder installieren musste. Dann steckte er alles sorgfältig zusammen und legte den Sprengsatz vorsichtig in ein Paket. «Mit dieser Methode habe ich zu wenig Erfahrung», murmelte er. Aber er musste flexibel sein, sonst könnten Parallelen erkennbar werden. Das wäre zu riskant. Nachdenklich steckte er sich eine Zigarette in den Mundwinkel. Er lief in den Flur, wo in der Ecke das Notstromaggregat brummte. Das Geräusch wurde begleitet von rhythmischen Schlägen, Metall auf Stein, die durch die verschlossene Tür am anderen Ende des Gangs drangen. Genervt verdrehte er die Augen. Es sollte endlich Schluss sein mit dem Klopfen. Sein Blick wanderte von der Tür zum Feuerzeug in seiner Hand. Beim nächsten Gewitter würde er die Wirkung der Explosion testen.

KAPITEL 7

Unglaublich! Es war einfach unglaublich, was Henry da las.

Seit Stunden saß er in seinem Wohnwagen auf dem Bett, inmitten von Kopien: Vernehmungsprotokolle von Zeugen, Obduktionsberichte, Berichte der Kriminaltechnik über die Spurenauswertung, Gutachten der Brandermittler, Tatortbilder mit markierten Überresten einer verkohlten Leiche. Fotos der Menschenmenge, die sensationslüstern den Löscharbeiten zuguckte. Letztendlich hatte sich fast nichts ermitteln lassen. Die spärlichen Bemühungen seines ehemaligen Kollegen, die Identität des Brandopfers festzustellen, waren allesamt gescheitert. Aus zertrampelten Tatortspuren, Zeugenvernehmungen, die wegen falscher Fragen nichts aussagten, und verloren gegangenen Asservaten – wie war das möglich? – hatte Hauptkommissar Francesco Blume einen Tathergang und ein Motiv für die Brandstiftung zusammengebastelt, das jeder Logik entbehrte und Henrys Erfahrung widersprach. Das Brandopfer konnte nicht die Brandstifterin sein. Hätte sie sich tatsächlich aus Versehen entzündet, wäre sie nicht mitten im Brandherd stehen geblieben, dem dunkelsten Fleck auf den Tatortbildern, wo man ihre Überreste gefunden hatte. Das widersprach dem menschlichen Fluchtinstinkt. Lichterloh brennend wäre sie mindestens zwei, drei Meter aus der Gefahrenzone weggerannt. Er legte die Fotokopie des Leichenfundortes beiseite. Nachdenklich streichelte er seinen Kater Ernesto, der sich neben ihm auf der Zeitung zusammenrollte, in der Henry eine Wohnungsanzeige rot markiert hatte. Das Tier blinzelte ihn aus dem Augenwinkel an, als wolle es ihm sagen: Mach endlich das Licht aus und schlaf! Doch Henry war weit davon entfernt, auch nur ein Auge zu schließen. Dass die Leiche an dieser Stelle im Eingangsbereich der Belletristikabteilung gelegen hatte, einem fensterlosen Raum, konnte eigentlich nur bedeuten, dass ihr der Weg in den Flur versperrt gewesen war. Er suchte in den Zeugenvernehmungen die Aussage der Bibliotheksleiterin. Sie hatte das Gebäude nach Ende der Öffnungszeiten als Letzte verlassen. Er las: *Alle Innentüren der Abteilungen, die man über den Flur erreicht, standen offen.*

Henry kratzte sich am Kinn. Dann suchte er in den Unterlagen, bis er den Grundriss der Bibliothek fand. Er verglich die Fundorte der verformten und zum Teil geschmolzenen Türinnenschlösser. Das Schloss, das der Tür zur Belletristikabteilung zugeordnet war, wurde nicht wie die anderen einen Meter von der Türöffnung entfernt im Innenraum gefunden, sondern direkt an der linken Seite des verbrannten Türrahmens, unmittelbar neben den Überresten der Leiche. Die Tür musste zu gewesen sein, als sie verbrannte. Wieso hatte das niemand beachtet? Er suchte die Großaufnahme des entsprechenden Schlosses und schaute es sich genauer an. Der Schließriegel ragte etwa einen Zentimeter aus der halb geschmolzenen Blende heraus. Die Tür war nicht nur zu gewesen, sondern verschlossen. *Verfluchte ...!* Das Opfer hatte sich ja wohl kaum selbst in dem fensterlosen Raum eingesperrt, in dem das Feuer ausbrach.

«Mord?», murmelte er vor sich hin und schaute ungläubig aus dem Fenster, wo das Morgengrauen bereits hinter den Wipfeln des Waldes leuchtete. «Das war Mord.»

Donnerstag, 12. September 2019

KAPITEL 8

Die Zeiger der Wanduhr standen auf 10.01 Uhr. Eine Minute nach Vorlesungsbeginn bei dem Neuen. Charlotte saß in der mittleren Bankreihe zwischen Marcus und Neda. Dahinter hatten sich Aron und Sophie platziert. Ansonsten war der kleine Hörsaal leer. Von zwölf Teilnehmern schienen sieben den Kurs «Angewandte Kriminologie» zu schwänzen. Was zu erwarten gewesen war. Der Neue hatte sie in den ersten beiden Sitzungen so gelangweilt, dass einige mit dem Argument, es handele sich um Wikipedia-Wissen und dafür müssten sie nicht um acht aufstehen, angekündigt hatten, nicht mehr zu kommen. Sie hatten sich wohl auch bei der Rektorin beschwert.

Die schwere Holztür zum Hörsaal öffnete sich knarrend, und Zornik kam schwungvoll herein.

«Guten Tag!», grüßte er knapp.

Er wirkte überraschend souverän und entschlossen, als er die Treppe herunter nach vorne eilte. Charlotte schmunzelte. Irgendwie freute sie sich darüber, dass der Mann mit dem rasierten Kopf und der Figur eines Triathleten nicht aufgegeben hatte. Sie schätzte ihn auf Anfang bis Mitte vierzig. Hinter dem scharfsinnigen Blick aus dunklen Augen und den kantigen Gesichtszügen mit Dreitagebart meinte sie einen empfindsamen Menschen zu sehen, der durch seine distanzierte Haltung etwas verbarg, das ihn innerlich belastete. Sie konnte sich gut vorstellen, dass er ein fähiger Ermittler war, der nicht lockerließ, bevor er den Mörder in einem Fall schnappte. Das hatte sie zumindest gehört. Sie hoffte, viel von ihm lernen zu können.

Dass er noch nie unterrichtet hatte, war ihr, wie allen anderen, gleich am ersten Tag aufgefallen. Der Grund für seine Unsicherheit lag aber nicht in mangelnder fachlicher Kompetenz. Er hatte sich einfach nur verkrampft. Jetzt, in Jeans, Kapuzenshirt und Parka, sah er nicht mehr so verkleidet aus wie im Anzug. Er wirkte frischer, obwohl sie in Anbetracht seiner tiefen Augenringe vermutete, dass er schlecht bis kaum geschlafen hatte.

Neda rückte ihre Brille zurecht, als traute sie ihren Augen nicht. «Was ist denn mit dem passiert?»

«Meinst du, dass er seinen Jugendweiheanzug gegen Jeans und Parka getauscht hat?», fragte Marcus Neda über sie hinweg. «Oder seine kämpferische Haltung?»

«Beides.»

Zornik legte die Ledertasche auf das Pult. Den Parka behielt er an, nahm ein Stück Kreide und strich den Kurstitel «Angewandte Kriminologie» an der Tafel durch. Er drehte sich zu ihnen um und sagte: «Vergessen Sie die Theorie! Sie wollten mehr Praxis? Die werden Sie jetzt bekommen.»

Charlotte war verblüfft. Der fast leere Hörsaal schien ihn nicht im Geringsten zu entmutigen.

«Wow! Was für eine Metamorphose.» Marcus lehnte sich zurück und schlug die Beine übereinander. Ihm schien zu gefallen, was er sah.

«Da bin ich aber gespannt», raunte Aron ihr ins linke Ohr.

Sophie schüttelte langsam den Kopf. «Der hat doch was genommen.»

Neda drehte sich zu Sophie um. «Sei doch froh, dass deine Beschwerde etwas bewirkt hat.»

«Abwarten.»

Ach, Sophie, dachte Charlotte und seufzte über ihre Kommilitonin, bei deren Anblick die meisten keine Tochter aus reichem Hause vermuteten: Metall im Gesicht, Tätowierung am Hals, abgewetzte Lederjacke, derbe Boots und tiefschwarze Haare. Charlotte hatte den Eindruck, Sophie grenzte sich damit in erster Linie von ihrem konservativen Elternhaus ab, mit dem sie auf keinen Fall in Verbindung gebracht werden wollte. Zu ihrer Fassade gehörten auch der stets gelangweilte Gesichtsausdruck und ihre provokative Art Kommilitonen und Dozenten gegenüber. In Wirklichkeit, das wusste Charlotte, strebte Sophie nach Bestnoten und war überdurchschnittlich intelligent. Sie hatte gegenüber Charlotte einmal erzählt, dass sie als Kind schon begonnen hatte, ihre Nannys auf die Probe zu stellen. Genauso testete sie jetzt jede Dozentin und jeden Dozenten. Es war eine Art Kräftemessen. Zornik hatte sich gestern von ihr verunsichern lassen. Deshalb war er bei Sophie durchgefallen. Test nicht bestanden. Dass sie heute überhaupt im Hörsaal erschienen war, konnte nur bedeuten, dass sie mit dem Neuen noch nicht fertig war.

«Ab heute werden wir uns einzig und allein damit beschäftigen.» Zornik schrieb den Kurstitel an die Tafel: «*Wie man einen Mörder fängt*». Er öffnete die Ledertasche und hielt einen dicken Ordner hoch. «Hören Sie gut zu, ich werde mich nicht wiederholen.»

Marcus und Neda setzten sich aufrecht hin. Im Raum herrschte gespannte Stille.

«Vor drei Jahren brannte in Bergen die Stadtbibliothek bis auf die Grundmauern ab. In der Asche fand man die Überreste einer Leiche, eine unbekannte Frau, die bis heute nicht identifiziert wurde. Nach Auswertung der Spuren und Zeugenaussagen landete der Fall auf dem Stapel eingestellter Verfahren gegen Unbekannt. Sie werden sich diese Akte im Sekretariat kopieren, sie lesen und Notizen machen.»

Aron hob die Hand. «Ist das ein Beispielfall aus irgendeinem Lehrbuch?»

«Die Auflösung des Rätsels finden Sie auf der letzten Seite oder in den Prüfungsfragen unserer Vorgänger», machte sich Sophie lustig.

Zornik setzte ein überlegenes Lächeln auf. «Da täuschen Sie sich gewaltig. Aber bitte, tun Sie sich keinen Zwang an und überprüfen Sie, was ich sage. Übrigens ist das eine Grundvoraussetzung für Ihren späteren Beruf. Glauben Sie nicht alles, was man Ihnen erzählt.» Er legte die Akte auf das Pult, schloss seine Tasche und schulterte sie. «Sie haben 24 Stunden Zeit, mir Ihre Eindrücke, Fragen und Meinungen zu präsentieren. Dann werden wir uns hier mit dem Thema Opferwerdung, speziell auf diesen Fall bezogen, weiter auseinandersetzen. Und bitte käuen Sie nicht das wieder, was bereits als Fazit hier drinsteht.» Er zeigte auf die Akte. «Ich will *Ihre* Sichtweise und *Ihre* Meinung! Und zwar von jedem und jeder Einzelnen. Also keine Gruppenarbeit. Sie werden die Fakten und Ihre Ideen erst im Hörsaal präsentieren und miteinander diskutieren, vorher nicht.» Er sah alle nacheinander an. Niemand sagte etwas. «Ich sehe, keine Fragen, also los, beeindrucken Sie mich!»

«Wie stellen Sie sich das vor?», rief Sophie empört. «Die Akte ist wahnsinnig umfangreich, so wie sie aussieht. Wir haben auch noch andere Fächer mit Studienaufgaben.»

Schimmerte da etwa ihr Perfektionismus durch? Charlotte war überrascht. Ihre Mitstudentin, die in allen Fächern zu den Besten gehörte, hatte anscheinend ausgerechnet jetzt Angst zu versagen.

Zornik schüttelte verärgert den Kopf. «Glauben Sie im Ernst, dass da draußen bei echten Einsätzen irgendwer Rücksicht auf Ihre privaten Befindlichkeiten oder Verpflichtungen nehmen wird? Vielleicht sollten Sie Ihre Einstellung überprüfen, Frau ...?»

«Sophie Dresen», sagte Sophie.

«Ich kenne Ihre Motivation nicht, Frau Dresen, und ich weiß auch nicht, warum Sie alle sich für diese Ausbildung beworben haben. Es muss einen Grund geben, dass Sie zu den Auserwählten zählen. Aber wenn Sie nicht bereit sind, Opfer zu bringen, sind Sie falsch hier und wählen besser gleich ein anderes Studium.»

Das hatte gesessen.

Neda, die auf ihrem Laptop herumtippte, flüsterte: «Hey, das ist kein Lehrbuchbeispiel. Die Bibliothek in Bergen ist tatsächlich vor drei Jahren abgebrannt.»

«Ich weiß, ich habe am Montag so eine touristische Krimi-Tour mitgemacht. Die Gästeführerin hat davon erzählt», erwiderte Charlotte leise, doch Zornik hatte sie gehört.

«Wenn Ihr Getuschel etwas mit diesem Kurs zu tun hat, wäre ich auch an Ihrem Beitrag interessiert.»

Sie wiederholte laut, was sie Neda erzählt hatte.

«Huh! Das war bestimmt zu gruselig für unsere kleine

Charlotte», hörte sie Sophie hinter sich flüstern. Ihr leises Gekicher machte Charlotte so wütend, dass sie unterm Tisch die Faust ballte. Marcus legte ihr die Hand auf den Arm. Am liebsten wäre sie aufgesprungen und hätte Sophie eine reingehauen, aber sie unterdrückte den Impuls, wusste sie doch genau, dass es nur Sophies Unmut über Henry Zornik war, den sie auf Charlotte projizierte. Sie drehte sich betont beherrscht um, lächelte Sophie an und schubste langsam ihre Federmappe vom Tisch.

Sophie sprang auf, als hätte sie ihr eine Eiswasserdusche verpasst. «Spinnst du?»

Charlotte grinste und drehte sich wieder nach vorn, von wo Henry Zornik sie genervt ansah.

«Sind Sie mit Ihren Streichen fertig, Frau …?»

«Charlotte Klein.»

«Ich dachte eigentlich, ich bin an einer Eliteakademie und nicht in der ersten Klasse der Grundschule», sagte er.

Neda ergriff das Wort. «In der Zeitung stand, dass Polizei und Feuerwehr den Brand als tragischen Unfall deklariert und abgeschlossen haben.»

«Wie ich sehe, recherchieren Sie bereits», lobte Zornik.

Marcus, der Strichmännchen an den Rand seines Collegeblocks malte, blickte auf. «War das ein Fall, an dem Sie mitgearbeitet haben?»

«Nein, ich bin vor fünf Jahren wegen eines Fehlers aus dem Polizeidienst entlassen worden.»

«Na, toll! Ein gescheiterter Ex-Bulle maßt sich an, uns was beibringen zu wollen», zischte Sophie boshaft.

Ach, Sophie, dachte Charlotte. Es würde den ganzen Tag dauern, bis ihre Mitbewohnerin die Stacheln einfuhr. Das kannte sie schon. Charlotte konzentrierte sich wieder auf die Ausführungen des Dozenten.

«Lesen Sie zwischen den Zeilen. Schauen Sie die Bilder genau an, wenn Ihnen etwas kurios oder unlogisch vorkommt, stellen Sie sich zunächst Fragen. Achten Sie auf jedes Detail, besonders auf Ungereimtheiten im Tathergang. Meist entpuppen sich diese als Ansatz einer Spur. Bringen Sie die Informationen aus den Protokollen und Berichten und Ihre eigenen Eindrücke von den Fotos mit Ihrem Wissen über Brandstiftungen in Zusammenhang. Dann haben wir einen Ausgangspunkt.» Er kratzte sich am Kopf, als hätte er etwas vergessen, und stellte die Tasche wieder auf dem Lehrerpult ab. «Ihre Namen», bat er. «Es wäre leichter, wenn ich Sie mit dem Vornamen ansprechen dürfte.» Alle nickten zustimmend. Er zeigte auf Charlotte und Sophie, sagte: «Charlotte und Sophie habe ich mir gemerkt. Und Sie sind?»

«Aron.»

«Neda.»

«Marcus.»

Er nickte. «Namenskärtchen wären sehr hilfreich, um Sie im Gedächtnis zu behalten. Danke! Danke auch für Ihre Bereitschaft, mir nach den Startschwierigkeiten eine zweite Chance zu geben.» Dabei sah er einen Moment besonders in Sophies Richtung, die sich, so schien es zumindest Charlotte, augenblicklich etwas entspannte. Vielleicht würde er den Test doch noch bestehen?

KAPITEL 9

Henry verabschiedete sich und verließ den Hörsaal. Die Tür hinter sich schließend, hörte er, wie seine Studierenden bereits zu diskutieren begannen. Er atmete tief durch. Sophie hatte wieder provoziert. Offensichtlich respektierte sie ihn nicht, noch nicht. Trotzdem hatte er den Eindruck, bei allen fünf die Neugierde geweckt zu haben, auch bei ihr. Er unterdrückte den Anflug von Euphorie. Noch war das Spiel nicht gewonnen. Morgen würde sich zeigen, ob sie weiter am Kurs teilnahmen.

Entschlossen lenkte er seine Schritte durch den Korridor, vorbei an den mit blutroter Seidentapete verkleideten Wänden, an denen die Ahnengalerie der von Bredows hing. Der letzte Rahmen war leer. Der Anblick erinnerte Henry an sein anderes Problem: Hanna, Matti, die Adoption. Er musste sich um die Wohnung kümmern. Er blieb stehen, zückte sein altes Handy und wählte die Nummer des Vermieters aus der Zeitungsannonce, den er bereits gestern mehrfach zu erreichen versucht hatte. Dieses Mal hatte Henry Glück. Der Mann ging an sein Telefon. Doch die Wohnung war schon vergeben. Mist! Seine Internetrecherche heute Morgen hatte auch keinen Treffer gebracht. Und ihm blieben nur noch sechs Tage. Völlig in Gedanken bog Henry Richtung Treppe ab, die nach unten zum Foyer führte, und stieß scheppernd gegen eine ausgestellte Ritterrüstung. Im letzten Moment griff er zu und verhinderte, dass sie mit einem Höllenlärm die Stufen herunterpolterte.

Lucia Bertolli, die gerade die Treppe heraufkam, eilte ihm zu Hilfe und fing den eisernen Handschuh auf, der sich vom Arm der Rüstung gelöst hatte.

«Ups!», rief sie und versuchte schimpfend, das Teil wieder an seinem Platz zu befestigen. «Dannazione! Maledizione ...» Nach einigen erfolglosen Versuchen gab sie genervt auf, klappte das Visier der Rüstung hoch und stopfte die Eisenhand hinein. Sie schüttelte den Kopf. Henry roch den cremigen Duft ihres Haares und atmete extra tief ein.

«Sie haben es aber eilig. Ihre Vorlesung ist bereits vorbei?», fragte die Italienerin und schaute auf ihre Armbanduhr. Das Modell aus Holz mit blauem Ziffernblatt korrespondierte, wie Zornik mit einem schnellen Blick bemerkte, mit Perlenkette, Handtasche sowie Gürtel und passte perfekt zu ihrem pastellfarbenen Wollkostüm. Ihr klassischer Stil wirkte keineswegs aufgesetzt oder altbacken, sondern unterstrich ihre stolze Persönlichkeit.

«Eigentlich wollte ich Ihnen bei Ihrer Stunde ein wenig zuhören.» Sie schenkte ihm ein seltsam verlegenes Lächeln. «Ich bin heute zu zeitig dran. Mein Seminar beginnt erst in einer Stunde.»

«Ach so! Verstehe.» Henry suchte ihren Blick, doch Lucia Bertolli wich aus. Er klemmte die Ledertasche unter den Arm. «Sie sollen mich kontrollieren.»

Die forensische Pathologin schloss einen Moment die Augen. «Ich bin eine schlechte Lügnerin, stimmt's?», sagte sie und presste die rot geschminkten Lippen zusammen.

Er schmunzelte. «Ziemlich schlecht. Keine Sorge, ich verstehe Professorin Krohn.»

«*Kontrollieren* ist aber wirklich übertrieben. Ich soll Ihnen ein wenig, wie sagt man, unter die Arme greifen. Die Chefin ist von Ihren Fähigkeiten überzeugt. Und deshalb wollen wir Sie unbedingt an dieser Schule halten.»

«Das ist nett, und tatsächlich habe ich Ihren Rat bereits umgesetzt.»

Sie kniff fragend die Augen zusammen.

«Das Buch, Frau Bertolli.»

«Ach, das Buch.» Sie schmunzelte.

Hatte er also recht gehabt mit seiner Vermutung. «Was halten Sie von einem Kaffee? Ich lade Sie ein. Denn die Stunde ist schon vorbei, Sie sind zu spät.»

Hinter ihnen erklangen Schritte, wenig später gingen seine fünf übrig gebliebenen Kursteilnehmer grüßend in Richtung Ausgang an ihnen vorbei. Lucia Bertollis Augenbrauen schnellten besorgt in die Höhe.

«Keine Sorge. Sie fliehen nicht. Sie haben eine Aufgabe», beantwortete Henry ihren skeptischen Blick.

«Molto bene!», sagte sie. «Wenn Sie Unterstützung brauchen?»

«Genau die brauche ich. Kommen Sie! Ich erkläre Ihnen, um was es geht.»

Gemeinsam liefen sie die Treppen zum Foyer hinunter. Unten hielt er ihr die Tür zur hinteren Steinterrasse auf, dem Freisitz der Akademie-Cafeteria, und folgte ihr nach draußen. Schwüle schlug ihm entgegen. Er kam sich vor wie in Brasilien. Dort war die warme Luft so feucht, dass er zu Beginn oft das Gefühl gehabt hatte, Watte einzuatmen. Sie schritten durch einen Steinbogen mehrere Stufen zur Terrasse hinab, wo zwischen Statuen auf Sockeln und exotischen Kübelpflanzen einige Tische und Stühle standen. An beiden Seiten führten Treppen weiter in den Garten hinunter, in dem man um diese Jahreszeit der Blütenpracht beim Sterben zusehen konnte. Inmitten der verwelkenden Pflanzen lag ein Seerosenteich, über dem Libellen tanzten. Der leicht muffige Algengeruch des Teichwassers kroch ihm in die Nase und erzeugte in seinem Kopf für den Bruchteil einer Sekunde Bilder von Tod und Verwesung, doch er schob sie schnell beiseite. Eine Gruppe Studierender übertönte das Plätschern der Wasserfontäne. Sie lümmelten um zwei zusammengeschobene Tische herum, unterhielten sich angeregt und lachten.

«Dort?» Henry wies auf ein ruhiges Plätzchen zwischen Oleander und Palmen.

Als sie die Terrasse überquerten, schaute das Grüppchen zu ihnen herüber. «Hejoo! Hejo!», stimmten sie spontan einen Chorgesang an und jubelten. «Wir haben gewonnen, Prof!»

Professorin Bertolli lachte und hielt sich den Finger auf den Mund. «Psst, nicht so laut!» Sie deutete auf das Gebäude, in dem noch Unterricht stattfand. «Ich stehe zu meinem Wort. Ihr könnt den anderen sagen, wir treffen uns heute Abend gegen sieben im Störtebeker, dann löse ich meine Wettschuld ein.»

Henry beobachtete die Szene neugierig. Die jungen Leute sangen voller Freude weiter: «Hejoo! Hejo!»

Doch Lucia Bertolli hob beide Hände. «Tranquillamente!»

Die Gruppe stand auf, sang leise weiter und zog tänzelnd ab.

«Sie sind solche Kinder!» Lucia musste lächeln.

Henry nickte. «Eine verlorene Wette ist schmerzhaft.»

«Sì! Die Schande ist schwer zu verkraften.»

Er schaute sie fragend an.

«Das Champions-League-Spiel AS Rom gegen Bayern München. Was für eine Niederlage.» Ihre Augen sprühten Funken, als wäre sie immer noch wütend über den Ausgang des Spiels. Sie sah seinen erstaunten Blick. «Sie interessieren sich nicht für Fußball?»

«Doch, aber ich hätte nicht erwartet, dass Sie ein so enthusiastischer Fan …»

«Ich bin Römerin», fiel sie ihm ins Wort. «Ich habe den Lokalpatriotismus quasi mit der Muttermilch aufgesogen. Mein Vater hat mich von klein auf in die Kurve ins Stadion mitgenommen. AS Rom ist einfach die beste Mannschaft der Welt.»

«Ich denke da eher an den FC Barcelona», sagte er und musste schmunzeln, als sie empört die Augen aufriss.

«Was? Der Klub ist völlig überschätzt. Ohne Messi würden die dritte Liga spielen.»

Ihre Leidenschaft amüsierte ihn.

«Kommen Sie doch mit heute Abend, Henry.»

«Ich weiß nicht.» Er stellte die Ledertasche auf den Stuhl, holte die Brieftasche und seine Kopie der Ermittlungsakte heraus. Die Professorin setzte sich an den Tisch. Er reichte ihr den Ordner und bat sie, den Bericht der Rechtsmedizin zu lesen und ihm ihre Einschätzung zu geben. «Möchten Sie einen Kaffee oder einen Cappuccino?»

«Ich nehme eine Latte.» Sie schlug die Akte auf. «Was ist das?»

«Das Ermittlungsverfahren im Fall der Stadtbibliothek, die am 20. November 2016 in Bergen abgebrannt ist. Das Plakat, auf dem die Polizei um die Mithilfe der Bevölkerung bei der Identifizierung des Brandopfers bat, steckte doch in dem Buch, das Sie mir auf den Platz gelegt haben. Ebenso wie der Presseartikel über die Einstellung des Verfahrens.»

Lucia Bertolli sah ihn fragend an. «Welches Plakat? Und welcher Artikel? Aber ja, von dem Brand habe ich gehört. Als ich an die Akademie kam, habe ich eine Fremdenführung mitgemacht. Mir ist immer wichtig, etwas über die Vergangenheit der Region zu erfahren, in der ich lebe. Auch wenn ich nur eine begrenzte Zeit bleibe. Nur wer die Vergangenheit kennt, kann die Gegenwart begreifen. Das ist mit Orten das Gleiche wie mit den Menschen.» Sie lächelte überzeugt. «Aber der Brand in der Bibliothek, war das nicht ein Unfall?»

Er nickte. «Meine ehemaligen Kollegen kamen zu dem Schluss, dass der Brandstifter, besser gesagt die Brandstifterin, selbst zum Opfer geworden ist.»

«Sie sind anderer Auffassung?»

«Ja. Ich habe mich letzte Nacht durch die Ermittlungsakte gearbeitet und bin auf einige Einzelheiten gestoßen, die mir widersprüchlich und unlogisch erscheinen.» Er kratzte sich an der Stirn. «Mehr möchte ich dazu noch nicht sagen.»

«Ich soll mir eine unvoreingenommene Meinung bilden?»

Er nickte. «Den Fall würde ich gerne mit meinen Studierenden untersuchen. Wir behandeln das Thema Viktimologie und beschäftigen uns mit Fragen wie: Gibt es eine Beziehung zwischen Opfer und Täter, wenn ja, welche, wie spielt die Tat da hinein? Welches Motiv könnte es geben? Ich habe ihnen die Aktenkopie mit der Aufgabe gegeben, einen neuen Ansatz zu finden.»

«Capisco!»

«Ich würde gerne Ihre Sicht auf die Fakten des Autopsieberichtes hören.»

Während sie zu lesen begann, lief Henry in den Seitentrakt, wo sich Gutsküche und Ausschank befanden. Es roch wie in einer Bäckerei nach Kaffee, Brot und frischem Kuchen. Sein Magen meldete Hunger, also kaufte er zwei Stück Käsekuchen.

Mit voll beladenem Tablett kam er zurück. Borowski saß auf Henrys Platz, ohne Verkleidung, wie es schien. Entweder trat er seinen Arbeitstag erst an, oder er war mit dem Unterricht heute schon fertig. Er schien etwas Witziges gesagt zu haben, denn Lucia Bertolli lachte herzhaft. Henry spürte, wie die Luft zwischen den beiden knisterte.

Stirnrunzelnd trat er an den Tisch und positionierte den Milchkaffee und einen Tortenteller vor Lucia.

Borowskis Blick löste sich von ihr, wanderte erst zu ihm und dann zu dem Foto der Brandleiche in der aufgeschlagenen Akte. «Entschuldigt, ich will auch nicht weiter stören. Das sieht nach Arbeit aus.» Er stand auf und trat beiseite, damit Henry sich setzen konnte. Dann beugte Borowski sich zu ihm herunter und raunte in sein Ohr, gerade so laut, dass Lucia es hören konnte: «Sie ist eine Koryphäe auf ihrem Gebiet. Soweit ich nicht selbst unterrichte, sitze ich in ihrem Hörsaal und lausche. Ihre Vorträge machen süchtig.»

«Er übertreibt!», wehrte sie ab.

Borowski lächelte breit. «Sie ist einfach zu bescheiden.» Er richtete sich auf und schulterte seinen Rucksack. «Wenn du ihr erst mal zugehört hast, Henry, wirst du mir beipflichten.»

Henry hob die Brauen. *Du bist in sie verknallt, mein Freund. Das ist der Grund, warum du in ihre Vorlesungen rennst.* Aber er konnte das verstehen, denn auch auf ihn übte der Charme seiner Kollegin eine gewisse Anziehungskraft aus.

«Addio!», rief sie. «Hugo, sehen wir uns heute Abend im Störtebeker?»

Borowski grinste. «Hab schon gehört, du löst deine Wettschulden ein.»

«Das Gerücht verbreitet sich schneller als ein Lauffeuer», sagte sie fröhlich und winkte ihm hinterher, als er über die Terrasse davonging. «Du bist jedenfalls herzlich eingeladen!» Dabei strahlte sie über das ganze Gesicht. Schade, dachte Henry. Anscheinend empfand auch sie mehr als Sympathie für den Täuschen-und-Tarnen-Kollegen. Da hatte Henry wohl keine Chance. Gemessen an Borowski besaß er den Charme und Humor einer Wassermelone. Aber es gab ja auch genug andere Dinge, auf die er sich konzentrieren musste. Den Brand zum Beispiel. Henry tippte auf den Ordner.

«Und was sagen Sie zum Autopsiebericht?»

Ihr Gesichtsausdruck wurde ernst. Konzentriert blätterte sie durch die Leichenfotos. «Die Obduktion von Brandopfern mit ausgedehnter Verkohlung und Substanzdefekten des Leichnams ist mit Schwierigkeiten verbunden, aber das muss ich Ihnen als erfahrenem Mordermittler nicht sagen. Aufgrund fehlender Fingerabdrücke bestanden nur die Möglichkeiten eines Gebiss- und DNA-Abgleichs in der Datenbank vermisster Personen. Was leider erfolglos war. Mehr konnten die Rechtsmediziner zur Identifizierung nicht tun. Da es auch keinen Verdacht gab, wer die Person sein könnte, konnten keine alten Röntgenaufnahmen vom Zahnarzt zum Vergleich der Zahnstellung herangezogen werden. Und Kronen hatte sie nicht.»

«Eine Frau mit einem Supergebiss.» Henry trank einen Schluck Kaffee und hörte aufmerksam zu.

«Dass es sich um eine Frau gehandelt hat, ergab die DNA-Profilanalyse, und das scheint mir eindeutig. Die forensische Zahnuntersuchung hat das Ergebnis bestätigt. Bei Frauen ist der obere mittlere Schneidezahn breiter als der Eckzahn. Bei Männern sind beide gleich breit.»

Henry lehnte sich zurück. «Ach! Das wusste ich nicht.»

Sie blätterte um. Konzentriert fuhr sie in ihren Ausführungen fort. «Die Bestimmung des Alters anhand der Überreste an gefundenen Knochen ist vage, da Feuer Knochen zerstört beziehungsweise mindestens in Größe und Form verändert. Es wurde eine Altersdiagnostik der Gebissüberreste vorgenommen. Der Mittelwert aus den odontologischen Altersschätzungen ergab, dass die Frau zum Tatzeitpunkt zwischen dreiundzwanzig und dreißig Jahre alt war. Meiner Ansicht nach ist das realistisch.»

«Todeszeitpunkt und Todesursache?»

Sie blätterte um, las und schaute sich die Bilder an. Es entstand eine kurze Pause. Henry gab ihr die Zeit und trank seinen Kaffee.

«Die Anzeichen von verschlucktem und eingeatmetem Ruß in Magen und Lunge lassen darauf schließen, dass die Frau in den Flammen beziehungsweise am Rauch gestorben ist. Sie war also lebendig, als sie sich entzündet hat.» Lucia drehte ihm die Akte zu und zeigte auf das Foto der verkohlten Leiche. Henry war es gewohnt, solche grausamen Bilder mit einer rationalen Brille zu betrachten. Anders wäre die professionelle Auseinandersetzung mit tragischen Fällen wie diesem kaum möglich. Doch tief drinnen versetzten sie ihm immer noch einen Stich, wenn er sich in das Leid des Opfers einfühlte.

«Schauen Sie hier. Es liegt eine ausgeprägte Fechterstellung vor. Beim Verbrennen hat sich die Muskulatur der Leiche zusammengezogen. Dadurch ist der Todeszeitpunkt verfälscht. Totenflecken sind bei der völlig verkohlten Leiche auch nicht mehr erkennbar gewesen. Ich kann auf den ersten Blick keine Ungereimtheit oder ein Versäumnis der rechtsmedizinischen Analysen erkennen. Dass die Frau durch Stich- oder Schussverletzungen zu Tode kam und postmortal angezündet wurde, schloss der Unterzeichner, Dr. Martinek, eindeutig aus. Diese Verletzungen hätte man trotz der Verkohlung leicht feststellen können.»

Henry nickte. Er kannte Peter Martinek gut und wusste, dass sein alter Kollege immer gründlich gearbeitet hatte. «Und wäre sie erwürgt worden, hätte sie keinen Ruß in der Lunge gehabt», fügte er hinzu. Er gabelte ein Stück des Käsekuchens auf und schob es in den Mund. Der sahnige Quark zerging auf der Zunge.

«Destra», stimmte die forensische Pathologin ihm zu.

Er wischte sich Krümel von der Wange. «Mhm! Der ist gut.»

Lucia Bertolli ging nicht darauf ein. Sie musterte ihn nachdenklich. Henry konnte zusehen, wie sich eine Falte in ihre Stirn grub.

«Obwohl ...» Es entstand eine kurze Pause. Sie blätterte noch einmal zurück. «Eigentlich ist nicht auszuschließen, dass die junge Frau mit einem stumpfen Gegenstand bewusstlos geschlagen oder anderweitig betäubt wurde.»

Genau das hatte er auch in Erwägung gezogen. Er beugte

sich zu ihr vor. «Dann hätte sie den Rauch eingeatmet und wäre erstickt.»

Nach allem, was er letzte Nacht aus der Akte herausgelesen hatte, war Lucia Bertollis Annahme auch eine logische Erklärung für einen Tathergang mit dieser Spurenlage. Die Möglichkeit, dass der Täter das Brandopfer zuerst bewusstlos geschlagen und dann in der Belletristikabteilung eingesperrt hatte, bestand. Entweder hatte er die junge Frau beim Einbruch überrascht oder diesen selbst inszeniert.

«So, nun sind Sie dran. Warum denken Sie, dass es Mord war?», fragte sie und griff nach dem Milchkaffee.

Er klärte sie über seine ersten Schlussfolgerungen der letzten Nacht auf. «Bei dieser Ermittlung sind ziemlich viele Pannen passiert. Ich kenne Charakter und Arbeitsweise des leitenden Hauptkommissars. Unter Erfolgsdruck hat er aus wenigen Indizien voreilige Schlüsse gezogen und fix ein Ergebnis abgeliefert, obwohl das Opfer noch nicht einmal identifiziert war. Meine Überzeugung: Erst wenn man das Opfer und seine Biografie kennt, kann man es in Beziehung zu der Tat setzen.» Er lehnte sich zurück. «Der typische Brandstifter ist männlich, jung und einsam.»

Sie rührte den Milchkaffee um und nickte. «95 Prozent der Brandstiftungen fallen auf diesen Tätertypus zurück.»

«Wobei davon noch mal 10 Prozent Serientäter sind, die Dutzende von Straftaten dieser Art auf dem Kerbholz haben», ergänzte er.

«Lassen Sie mich raten: Ihnen stößt auch auf, dass eine Frau die Brandstifterin gewesen sein soll.» Sie trank einen Schluck.

Er nickte zustimmend. «Und dass sie nach Jahren niemand vermisst.»

Ihre Augen blitzten auf. «Schätze ich Sie richtig ein? Ihnen juckt es in den Fingern, den Fall selbst zu lösen.» Sie stellte die Tasse ab.

«Ja.» Er zog die Akte zu sich herüber und zeigte auf das Bild der verkohlten Leiche. «Man schließt keinen Aktendeckel, wenn das Opfer noch namenlos ist.»

KAPITEL 10

Verdammtes Mistviech!», wetterte er, ließ die Ratte in den Blecheimer fallen und wischte sich das heraustropfende Blut der Bisswunde am T-Shirt ab. Er beobachtete, wie sie panisch im Kreis lief, fiepte, sich auf die Hinterbeine stellte und mit kleinen Sprüngen versuchte, ihrem Gefängnis zu entfliehen. «Du denkst immer noch, du kannst entkommen.»

Der Überlebenskampf dieser Kreatur, von dem nur er wusste, wie aussichtslos er war, brachte ihn zum Lächeln. Er horchte in sich hinein. Mitleid spürte er keins, eher Befriedigung, weil es in seiner Macht lag, das Leben in diesem tierischen, behaarten Körper auszulöschen. Kurz und schmerzlos oder lang und qualvoll. Allein seine Entscheidung. Draußen krachte es gewaltig. Das Gewitter tobte direkt über ihm. Der perfekte Zeitpunkt für einen Probelauf.

Er rieb sein Ohrläppchen und betrachtete einen Moment lang nachdenklich die Ratte. Es war zwecklos, das Tier war zu klein für den Test.

«Heute ist dein Glückstag.» Er hob den Eimer hoch, schaute ihr direkt in die kleinen Augen. «Du solltest mir dankbar sein.»

Er brachte sie zu den anderen zurück in den Käfig. Das rhythmische Klopfen nebenan ging über in lautes Scheppern.

Ein Geräusch, das ihm durch den Körper fuhr wie das Kratzen von Fingernägeln auf einer Schiefertafel. Ein Geräusch, das nicht von alleine aufhören würde und ihn zunehmend nervte.

KAPITEL 11

Am frühen Nachmittag ging die Welt in einem Sommergewitter unter. Platzregen setzte ein. Charlotte trat in die Pedale. Sie fuhr auf dem Stedarer Weg, der von Bergen durch das Rugarder Waldgebiet in Richtung Buschwitz zum Jasmunder Bodden führte. Schnell bog sie nach links in die mit Pappeln gesäumte Allee zum Landgut Bredow ein. Schon von Weitem sah sie den Turm des Jagdschlosses, das inmitten eines weitläufigen, etwa zehn Hektar großen Geländes lag. Riesentropfen platschten auf sie herab. Windböen peitschten ihr ins Gesicht. Sie sprang vom Rad und stemmte sich zu Fuß gegen den Sturm. Das Knacken der Äste über ihr hörte sich gefährlich an. Zweige und Blätter wirbelten durch die Luft. Blitze zuckten am schwarzen Himmel. Donner grollte. Fast hatte sie es geschafft. Sie schob das Rad die Anhöhe hinauf, passierte das schmiedeeiserne Tor und näherte sich dem ehemaligen Gesindehaus. Dort wohnte sie in einer Dreier-WG mit Neda und Sophie. Ein weiß getünchtes Fachwerkgebäude, etwa hundert Meter vom Haupthaus, dem Jagdschloss, entfernt.

Im Hausflur schüttelte sie sich wie ein nasser Hund. Fröstelnd schnappte sie die Einkaufstüte aus dem Fahrradkorb, doch plötzlich riss das durchweichte Papier, und fünf Äpfel und eine Familienpackung Rote Grütze fielen auf den Boden.

«Tolle Sauerei!», schimpfte sie. Der Grütze-Brei sah aus wie ein Stück blutige Körpermasse nach der Detonation einer Bombe. Sie rettete die Äpfel und verstaute sie in der Beuteltasche, dann wischte sie die Grütze mit Papiertaschentüchern auf und warf alles in die Mülltonne hinterm Haus. Bei dem Gedanken, ohne Nervennahrung die Ermittlungsakte studieren zu müssen, blies sie genervt die Backen auf. Noch mal zum Supermarkt zurückzufahren, kam bei dem Wetter nicht infrage.

Im engen Flur hörte sie die Stimmen von ihren Mitbewohnerinnen und Marcus und Aron. Sie holte ein Handtuch aus dem Bad und trocknete sich ab, dabei lauschte sie. Die vier diskutierten in der WG-Küche über den Fall. Sie ärgerte sich. Warum hatten sie ihr nichts von dem Treffen gesagt? Missmutig betrat sie den Raum. Ihre Kommilitonen saßen mit Bierflaschen in der Hand im Halbdunkel um den Holztisch aus Gerüstbohlen, über dem eine eimergroße Metalllampe hing. Regen peitschte gegen die Fensterscheibe. Donner krachte.

Charlotte schaltete das Licht an und wusch die klebrigen Äpfel in der Spüle. «Schön, dass ihr euch Zorniks Anweisungen widersetzt und den Fall besprecht. Hatte er nicht ausdrücklich darum gebeten, dass sich jeder einzeln ein Bild machen soll?», sagte sie, ärgerte sich jedoch sogleich über ihre Zickigkeit. Sie öffnete den Kühlschrank. In ihrem Fach lag eine verwaiste Tomate. Charlotte legte die Äpfel dazu.

Sophie verdrehte die Augen. «Du kannst uns ja verpetzen.»

Neda bot Charlotte von der Schokolade an, die auf dem Tisch lag. «Komm schon, sei nicht beleidigt!»

«Ein Bier?», fragte Aron.

Offenbar hatten sie wenigstens ein schlechtes Gewissen, weil sie ihr nicht Bescheid gegeben hatten.

Marcus grinste überlegen. «Was will Zornik schon machen, wenn wir zusammenarbeiten? Uns alle rausschmeißen?» Er zog den Stuhl neben sich unterm Tisch hervor. «Also komm, setz dich zu uns. Regeln sind dazu da, gebrochen zu werden.»

Charlotte lächelte versöhnlich und nahm die Einladung an. Draußen krachte es abermals gewaltig. Früher hatte sie sich bei Gewitter immer unter der Bettdecke verkrochen und war bei ihren gelegentlichen Heimaufenthalten von den anderen Kindern ausgelacht worden. Heute wusste sie, dass sie hier drinnen sicher war. Auch wenn Sophie gerne mal mit ihr stänkerte und sie wie ein unmündiges Kind behandelte, weil sie die Jüngste der Truppe war, fühlte sie sich in dieser Runde fast wie in einer Ersatzfamilie. Hier war sie nicht allein. Hier war sie eine Außenseiterin unter Außenseitern, die alle das gleiche Ziel verband: Sie wollten das Bestmögliche aus sich herausholen, um nach ihrer Spezialausbildung mitzuhelfen, die Welt da draußen etwas gerechter zu machen.

«Ich hatte noch keine Gelegenheit, in die Akte hineinzulesen», sagte sie entschuldigend.

Sophie zuckte die Schultern. «Nicht nur du bist überfordert. Wir alle hatten noch keine Zeit, uns damit zu beschäftigen.»

«Ich bin nicht überfordert», sagte Charlotte.

«Schön, dann bin ich wahrscheinlich die Einzige, die für den morgigen Test in Strafrecht noch üben muss.»

Charlotte runzelte die Stirn. «Was willst du denn üben? Du hast doch schon im Unterricht volle Punktzahl geschafft.»

«Das kommt nicht von allein.» Sophie schnippte mit den

Fingern. «Und diese Aktensitzung hier hatte ich tatsächlich nicht eingeplant.» An ihrem schiefen Lächeln sah Charlotte, dass sie sich immer noch über Zornik ärgerte.

«Ja, wir wissen, dass du lernst», mischte Marcus sich ein. «Aber manchmal übertreibst du es mit deinem Perfektionismus.»

«Hey, wer im Glashaus sitzt, sollte nicht mit Steinen werfen», konterte Sophie. «Du bist ja nun auch nicht gerade Mister Ich-habe-Mut-zur-Lücke, was die Vorbereitung auf Klausuren betrifft.»

Das stimmte. Marcus wollte sich und allen stets beweisen, dass er nicht der Trottel war, für den ihn seine Familie hielt. Soweit Charlotte wusste, waren Marcus' Verwandte alle Kleinkriminelle. Er redete kaum darüber, aber in einem sehr vertrauten Moment hatte er ihr erzählt, wie sein Vater ihn schon mit fünf Jahren zu Einbrüchen mitgenommen hatte. Der kleine Marcus musste stets draußen im Dunkeln Schmiere stehen, weil er sich beim Klauen dumm anstellte. Dabei hatte er oft Angst bekommen und war abgehauen. Dafür gab es dann hinterher Prügel, und alle machten sich über ihn lustig.

Charlotte sah, dass sich Sophies Gesichtszüge etwas entspannten. Der neue Dozent hatte ihr fehlende Motivation unterstellt. Das traf ihren wunden Punkt. Denn das Gegenteil war der Fall. Alle wussten, dass sie dieses Studium absolvierte, um sich von ihrem Vater abzugrenzen. Ein Multimillionär, den sie verachtete, weil er seinen Reichtum in ihren Augen durch dubiose Geschäfte erworben hatte.

Sophie schob einen Fuß unter den Oberschenkel. «Außerdem müssen wir uns sowieso beeilen, schließlich wollen wir doch zu Bertollis Party.»

«Denkst du, ich bleibe zu Hause sitzen und lese die ganze Nacht?», erwiderte Aron. Im Gegensatz zu Sophie wollte er im Sinne der Familientradition unbedingt in die Fußstapfen seines Vaters treten, eines hochdekorierten SEK-Beamten a. D. Obwohl Aron alle Prüfungen zur Aufnahme an die staatliche Polizeischule mit Höchstpunktzahl bestanden hatte, hatten sie ihn wegen der eingeschränkten Sehfähigkeit nicht angenommen. Es hieß, sein Vater hätte eine große Summe für die private Hochschule gespendet, damit Aron seinen Traum von der Elitekarriere doch noch verwirklichen konnte.

Marcus faltete die Hände wie zum Gebet. «Mädels, hört auf, euch zu beschweren. Seht es mal anders: Ist doch cool, dass endlich mal was los ist. Besser als die Theorie bei Dorothea Weller ist es allemal, also …»

«Also sollten wir endlich anfangen», fiel Neda ihm ins Wort.

Sie gingen systematisch vor und trugen Tatzeitpunkt, Tathergang, Todesursache und Fundort der Leiche zusammen. Neda riss die Führung an sich. Sie war klein, unscheinbar, aber zäh und mit messerscharfem analytischem Verstand. Eine Meisterin der Recherche, die alle technischen Tricks beherrschte, um im digitalen Universum an die gewünschten Informationen zu kommen. Sie war quasi mit ihrem Laptop verwachsen.

Aron beschrieb Karteikarten. Sophie und Marcus schafften auf der Pinnwand neben dem Kühlschrank Platz, auf der sie alle Daten zur Spurenlage sammelten. Sie diskutierten intensiv, aber kamen auf keinen gemeinsamen Nenner. Nach zwei Stunden ohne Pause betrachteten sie ihr Werk. In ihrer Küche sah es aus wie im Besprechungsraum einer Soko auf dem Polizeirevier. Von der Schokoladentafel war nur das Papier übrig, etliche Bierflaschen leer. Ihre Wangen rot vor Eifer.

«Der 20. November war der Buß- und Bettag, ein kirchlicher Feiertag, an dem die arbeitende Bevölkerung aber nur in Sachsen frei hat», ergänzte Marcus und strich mit den Fingern über seine Augenbrauen. «Und vergib uns unsere Schuld!»

«Unwichtig, oder?» Aron hielt den Stift mit der Spitze nach oben.

«Schreib's auf!», befahl Neda. Sie konnte sehr bestimmend sein. Charlotte nahm an, dass die Kriegsszenarien in Syrien und die Flucht über die Balkanroute, auf der Nedas Schwester von Schleppern vergewaltigt und getötet wurde, sie innerlich so stark gemacht hatten.

«Ich komme noch zu keinem Ansatz, bevor ich nicht alle Zeugenvernehmungen gründlich gelesen habe», sagte Sophie.

Aron stimmte ihr zu und schaute auf die Uhr. «Das schaffen wir aber jetzt nicht mehr, wenn wir pünktlich im Störtebeker sein wollen.»

Marcus verschränkte die Arme vor der Brust. «Um den Tathergang nachvollziehen zu können, müsste man sich außerdem mal die Räumlichkeiten ansehen.»

«Dann Abflug! Du hast noch zehn Minuten», sagte Sophie und zwinkerte ihm zu. «Um 17 Uhr schließt die Bibliothek.»

«Toller Witz.» Marcus streckte sich auf dem harten Stuhl, offenbar hatte er Rückenschmerzen.

Charlotte ließ ihren Blick über die Kärtchen an der Pinnwand wandern. Beim Wort Brandbeschleuniger blieb sie hängen. «Wo hat die Täterin den her? Mitgebracht oder vor Ort gefunden?», sagte sie und merkte, dass die anderen sie anstarrten. Sie begründete ihre Frage. «Es macht einen Unterschied, ob sie die Tat geplant oder spontan durchgeführt hat. Laut Fazit der Ermittler war die Brandstifterin eine Einbrecherin, die aus Wut über die leere Geldkassette den Laden angezündet hat.» Charlotte stand auf und stellte sich neben die Pinnwand. Ihr tat allmählich auch der Rücken weh. «Lassen wir einmal außer Acht, dass Brandstifter zu 95 Prozent männlich sind.» Sie schloss die Augen. «Ich brauche Geld. Die Kassette ist leer. Ich weiß nicht, wohin mit meiner Wut. Dieser Scheißladen! Ich spüre das Feuerzeug in meiner Hosentasche, hole es raus und sehe es an. Ähm. So oder so ähnlich.» Sie schüttelte sich und öffnete die Augen. Die anderen guckten sie entgeistert an. Charlotte setzte sich wieder hin. «Also, was ich damit sagen will. Frust wäre ein starkes Motiv, weil durch Zerstörung innere Spannungen abgebaut werden. Der Täter kann mit geringstem Aufwand, er braucht nur ein Feuerzeug, den größtmöglichen Effekt erzielen.»

Aron schrieb die Frage *Woher stammt der Brandbeschleuniger?* auf eine Karte und heftete sie an die Pinnwand.

«Außerdem sind Brandstifter oft Serientäter. Sie fangen klein an, dann wird der Schaden immer größer. Der Anteil an Minderbegabten ist bei Brandstiftern überdurchschnittlich groß», gab Neda wieder, was sie an ihrem Laptop recherchierte. «In dieser Richtung würde ich ansetzen und Informationen über Brände in der Region vor dem 19. November zusammentragen. Vielleicht gibt es da eine Querverbindung.»

Sophie winkte ab. «Ach was! Vielleicht wollte unsere Unbekannte einfach clever sein und mit dem Brand ihre Spuren verwischen? Dabei hat sie sich leider selbst ein Ei gelegt. Fall gelöst!»

«Wenn es so einfach wäre, hätte Zornik uns den Fall bestimmt nicht gegeben», widersprach Charlotte.

Sophie zuckte mit den Schultern. «Meine Konzentration lässt nach, ich denke, wir haben genug Futter, um ihn morgen zufriedenzustellen.» Sie stand auf und rieb sich die Nasenwurzel.

Charlotte verschränkte die Arme vor der Brust. «Ich denke, wir wollen den Fall zu Ende besprechen?»

«Miss Marple!» Sophie rollte die Augen. «Morgen ist auch noch ein Tag, um das Rätsel zu lösen. Ich lerne jetzt noch eine Stunde Strafrecht, und dann geht's ab zum Feiern.»

Die anderen packten auch zusammen. Charlotte ließ die Schultern hängen. Jetzt aufhören, nur weil Sophie es sagte? Einmal mehr wurde deutlich, wer in ihrer Gruppe der Leithammel war. Mittlerweile saß sie ganz allein am Tisch. Sie schaute aus dem Fenster. Gewitter und Regen hatten aufgehört. Zwischen den Wolken blinzelte die Sonne hervor. Sie trommelte mit den Fingern auf die Tischplatte, bevor sie sich einen Ruck gab und sich entschlossen aufrecht hinsetzte. Dann würde sie jetzt eben alleine weitermachen.

KAPITEL 12

Das Gewitter entlud sich direkt über dem kleinen Campingplatz am Nonnensee, drei Kilometer nordwestlich von Bergen. Es krachte gewaltig. Henry unterbrach seine Übungseinheit Capoeira zwischen den Kiefern vorm Wohnwagen, die er zum Abreagieren gebraucht hatte, weil heute alle Anläufe, eine Wohnung zu finden, gescheitert waren. Das nonverbale Zwiegespräch mit einem Schattengegner erdete ihn. Er hatte den Kampftanz der Sklaven in Brasilien erlernt und praktizierte ihn fast täglich als Workout, um Kraft, Fitness und Beweglichkeit zu trainieren. Dabei war er lange kein Meister. Mit der grün-blauen Kordel besaß er gerade mal den 1. Schülergrad.

Er lief in den Wohnwagen, trocknete sich Haare, Gesicht und den nackten Oberkörper ab. Dabei erhaschte er einen Blick auf sein Spiegelbild. Zufrieden stellte er fest, dass der leichte Bauchansatz, den er vor zwei Monaten an sich festgestellt hatte, verschwunden war. Henry kochte sich einen Cafezinho. Ein weiteres lieb gewonnenes Ritual, das er aus der Fremde mitgebracht hatte. Der *kleine Kaffee*, in Brasilien ein Zeichen für Gastfreundschaft, war immer wieder ein erschütternd starkes Erlebnis. Das geballte Koffein, das er mit sieben Stück Zucker zubereitete, konnte Tote zum Leben erwecken.

Den ersten Schluck trank er gleich im Stehen und spürte sofort, wie ihm das Blut durch die Adern raste.

Er setzte sich auf die Polsterbank, stellte den kleinen Kaffee auf den Tisch und rührte die braune Flüssigkeit in der Tasse um. Er überlegte. In puncto Wohnungsproblem würde er heute nichts mehr erreichen. Selbst Murat konnte ihm so kurzfristig nicht weiterhelfen, hatte ihm aber versprochen, sich bei seinen Kunden umzuhören. Vielleicht ergab ja sein Besuch bei Matti morgen eine Lösung. Frau Haberland kannte doch die halbe Insel und hatte einen guten Draht ins Rathaus und zu Sponsoren, die sicher auch Immobilien hier besaßen. Hoffentlich würde sie ihn unterstützen. Immerhin hatte er den Eindruck gehabt, dass sie seinen Adoptionsantrag befürwortet und es begrüßen würde, wenn er Matti zu sich nähme. Der Gedanke an den Kleinen versetzte Henry in eine gewisse Vorfreude. Er sollte ihm morgen etwas mitbringen. Etwas Sinnvolles, vielleicht Lego oder ein Buch. Er trank noch einen Schluck und wandte sich der Akte zu, die auf dem Tisch lag. Systematisch breitete er die Unterlagen aus und nahm, mit einem Stift bewaffnet, den Gedankenfaden von heute Mittag in der Cafeteria wieder auf.

Nein, das Opfer konnte den Brand nicht gelegt haben. Also musste mindestens eine zweite Person am Tatort gewesen sein. Ein Komplize, eine Komplizin? Hoch konzentriert betrachtete Henry die Fotokopien. Der pathologische, der psychotische, der Rachebrandstifter oder der gefühlsmäßig gestörte kindliche Serienbrandstifter, sie alle hatten eins gemein: Sie mischten sich fast immer unter die Menschenmenge, die den Löscharbeiten zusah. Er versuchte, sich in den Täter hineinzuversetzen.

«Ich bin wie gefesselt von der Faszination des Feuers. Es ist so einfach, alles zu zerstören und Schaden anzurichten. Diese Flammen, so heiß, so hell, und dieser beißende Rauch sorgen dafür, dass sich eine tiefe Zufriedenheit in mir ausbreitet. Allerdings nur für kurze Zeit ...» Er griff nach einem der Bilder, die die Schaulustigen hinter dem Absperrband zeigten. Alles alte Leute, denen er die Tat nicht zutraute. «Nicht zu vergessen die kriminellen Brandstifter, die aus Profitgier handeln oder durch Vernichtung der Spuren ein anderes Verbrechen verdecken wollen.» Sein Blick glitt suchend über die Unordnung auf dem Bett.

Ernesto schnurrte zusammengerollt auf ein paar herumliegenden Klamotten und ließ sich von dem Gewitter draußen nicht stören. Der Instinkt hatte das Tier rechtzeitig nach drinnen getrieben. Katzen besaßen einen sechsten Sinn, sie verhielten sich kurz vor Wettereinbrüchen komisch. Das lag am ausgeprägten Tastsinn und der Fähigkeit, hochsensibel auf Vibrationen zu reagieren. Henry beobachtete seinen Kater gern und fand es faszinierend, welche Schlüsselreize er beim Beutefang wahrnahm. Auslösendes Element der Jagd war immer ein kaum vernehmbares Geräusch; ein Knistern, Kratzen oder Mäusewispern, das Ernestos Aufmerksamkeit erregte und seinen Instinkt in Gang setzte. In diesem Verhalten des Katers entdeckte Henry Parallelen zu seinem früheren Ich. Auslösender Faktor seiner erfolgreichen Ermittlungen war immer ein Schlüsselreiz gewesen. Das konnte ein Wort, eine Geste, eine Ungereimtheit, ein Detail am Fundort der Leiche sein, die ihn triggerten, ihm keine Ruhe mehr ließen und ihn auf den richtigen Weg und schließlich zum Erfolg führten. Bis zu seiner letzten Ermittlung hatte er sich unbesiegbar gefühlt. Was hatte ihn zu Fall gebracht? Routine oder Überheblichkeit? Die Frage konnte er bis heute nicht beantworten.

Mit einem Schluck Kaffee spülte er die miesen Gedanken herunter, die ihm, wenn er sie nicht rechtzeitig beiseiteschob, den Boden unter den Füßen wegzuziehen drohten. Mal sehen, ob die fünf Studierenden seinen Hinweis, wie man einen ersten Ansatzpunkt für eine Spur findet, verstanden hatten. Er war gespannt, was ihnen beim Lesen der Akte aufgefallen war.

Er griff das nächste Foto, das die Polizei von den Schaulustigen gemacht hatte. In der zweiten Reihe hinter einem Greis in Filzpantoffeln sah er einen jungen Mann. Etwa eins achtzig groß. Kein Leichtgewicht. Die Wollmütze tief in die Stirn gezogen. Henry bemerkte einen schwarzen Strich am rechten Ohrläppchen unter dem Mützenrand. Eine kleine Stahlcreole, vermutete er. Das Gesicht des Mannes war unrasiert. Henry sah nur einen Ausschnitt der linken Hälfte. Mist, dass die Augen und der Mund verdeckt waren. Der Kerl hatte den Kopf gesenkt, er hielt sich die linke Hand vor den Mund. Es schien, als versteckte er sich hinter dem Vordermann. Weil er nicht auf das Polizeifoto wollte? *Warum bist du dann am Tatort?*

«Weil du beobachtest, ob sie dort etwas finden, von dem nur du weißt», murmelte Henry vor sich hin. «Du hast Erfahrung und willst auf keinen Fall in den Fokus der Ermittlung geraten.»

Henry schaute noch genauer hin. Auf dem sichtbaren Handrücken entdeckte er drei winzige schwarze Punkte zwischen Daumen und Zeigefinger. Eine Tätowierung, die sicher von einem Knastaufenthalt stammte. Der Typ kam ihm verdächtig vor. Er suchte nach einer Liste der Personalien, die von den direkten Schaulustigen üblicherweise aufgenommen werden. Doch er fand keine. Keine Liste! Blume hatte den einfachsten Grundsatz der Ermittlungsarbeit in einem Brandfall schlicht missachtet.

Draußen hatte sich das Gewitter verzogen. Henry schlüpfte aus der Trainingshose, zog sich um und verließ den Wohnwagen. Es wurde Zeit, dass er sich sein eigenes Bild vom Tatort machte.

KAPITEL 13

Die Strecke von drei Kilometern bis in die Altstadt von Bergen legte er im Sprint in zehn Minuten zurück. Er stellte sein Fahrrad auf dem Kirchplatz an der Bibliothek in den Fahrradständer und schloss es ab. Henry schaute sich um. Der heftige Gewitterguss hatte die Kronen der umstehenden Kugelakazien zerzaust. Auf dem nass glänzenden Kopfsteinpflaster lagen abgebrochene Zweige. Er hörte, wie das letzte Wasser gluckernd in die Gullys abfloss. Die Kirchenglocke schlug sechsmal. Sein Blick folgte dem Geräusch und wanderte an dem gewaltigen Gebäude nach oben, das gegenüber der Bibliothek fast eine ganze Seite des Platzes einnahm. Henry drehte sich um und schaute in die andere Richtung. Dort war der Biergarten der Trattoria Russo gut mit Gästen gefüllt. Erstaunlich. Anfang September war die Hauptsaison auf Rügen eigentlich vorbei.

Er beobachtete die Menschen, die redend und lachend mit ihren Gläsern an den Tischen saßen. Sie wirkten frei und unbeschwert, wie er auch gern wieder wäre. Doch das war lange her. Allein wenn er sonntags mit Matti am Ostseestrand Drachen steigen ließ, schaffte er es, diesen ganzen Dreck zu vergessen, in dem er bei der Mordinspektion jahrelang gewühlt hatte. Der erste Mord in seiner Laufbahn war eine junge Frau, die von einem Sadisten bestialisch vergewaltigt und gefoltert worden war. Das Bild des zarten Körpers, der blutüberströmt, mit völlig verdrehten Gliedmaßen und zugeschwollenen Augen vor ihm dalag, an das eigene Bett gefesselt, hatte sich schmerzhaft in sein Gehirn gebrannt, wie ein Mal, das man nie wieder loswird. Wochenlang verfolgte es ihn im Schlaf, begegnete ihm in Albträumen, aus denen er schweißgebadet aufschreckte. Erst nach unzähligen Fällen schaffte er es, eine professionellere Distanz zu Opfern und Hinterbliebenen aufzubauen, aber unberührt ließen ihn diese tragischen Schicksale nie. Auch deshalb konnte er jetzt nicht so tun, als würde ihn das, was er in der Ermittlungsakte gelesen und gesehen hatte, nichts angehen.

Er ging auf die Bibliothek zu und blieb vor dem Portal stehen. Sie hatten das denkmalgeschützte Fachwerkhaus an der gleichen Stelle originalgetreu wieder aufgebaut. Obwohl er nach seiner Rückkehr vor vier Wochen mehrmals hier vorbeigelaufen war, hatte er es zwar wahrgenommen, aber nie eingehend betrachtet. Neben dem Eingang hing ein Schild mit den Öffnungszeiten. Die Bücherei war donnerstags ab 17 Uhr geschlossen. Den Leseausweis konnte er frühestens morgen nach der Vorlesung besorgen.

Verfluchte! Zu gerne hätte er gleich heute die Räumlichkeiten angesehen und der Bibliothekarin ein paar Fragen gestellt. Ärgerlich, dass ihn jetzt Öffnungszeiten ausbremsten. In seinem früheren Polizeijob hatte ihn das nicht aufgehalten. Ein Anruf bei der Stadtverwaltung und man hätte ihm alle Türen geöffnet und die Personen herbeordert, die ihm seine Fragen beantworten konnten. Auch eines Leseausweises hätte es nicht bedurft. Diese Zeiten waren vorbei. Aber statt sich nur zu ärgern, bemerkte er noch ein anderes Gefühl: Die neue Herausforderung verursachte so was wie Nervenkitzel. Er musste sich etwas einfallen lassen, um an die nötigen Informationen zu kommen. Das alte Jagdfieber erfasste ihn.

Henry stellte sich mitten auf den Platz, drehte sich einmal langsam um seine eigene Achse. Keine Kameras, die den Platz überwachten. Mit der Kirche im Rücken fixierte er den Bibliothekseingang.

Laut Francesco warst du also eine Einbrecherin. Geben wir ihm eine Chance mit seiner Theorie. Du brauchtest Geld. Wofür? In der Tageskasse gab es laut Mitarbeiter nie viel zu holen. Es hätte aber gereicht, um dein Problem zu lösen. Dieses Problem war dringend. Ansonsten hättest du am Bahnhof ein Fahrrad klauen und es verkaufen können. Bist du suchtkrank? Als Alkoholikerin hättest du Schnaps im Supermarkt mitgehen lassen können. Dein Problem wäre gelöst gewesen. Nein, du bist drogensüchtig.

Henry verschränkte die Arme vor der Brust und stützte mit einer Hand das Kinn ab.

Du kennst dich hier aus, kennst die Bibliothek, weißt, dass es dort die Tageskasse gibt.

Unauffällig umrundete er den frei stehenden einstöckigen Fachwerkbau, der am Giebel keine Fenster hatte, bis er wieder vor dem Eingangsportal stand. Er versuchte, sich in die Rolle eines Diebes hineinzuversetzen, der das Objekt seiner Begierde ausspioniert.

Die Tür war an dem Abend verschlossen. Du wolltest keinesfalls gesehen werden.

Henry rüttelte an der massiven Holztür, die zwar einen offenbar alten Eisenknauf, aber ein modernes Sicherheitsschloss hatte. Ob es das vor drei Jahren auch gab, musste er in den Ermittlungsunterlagen überprüfen.

Ohne Werkzeug kommst du nicht rein. Du bringst das Brecheisen mit, das du dann zum Öffnen der Geldkassette benutzt. Damit könntest du eine Scheibe einschlagen. Aber das wäre zu laut. Zu gefährlich, dass ein Anwohner aus dem Fenster guckt und dich sieht. Weißt du, ob es eine Alarmanlage gibt?

Es gibt keine, aber es gibt eine Kassette mit Bargeld, und das weißt du, weil du den Ort entweder genau kennst oder ausspioniert hast. Entweder, oder? Nein, du stehst unter Suchtdruck. Da brichst du nirgendwo ein, wo nicht klar ist, ob es überhaupt Bargeld gibt.

Sie muss gewusst haben, dass in der Kasse immer Geld ist. Alles andere machte keinen Sinn, wenn er Francescos Vermutung folgte, dass sie das Haus aus Wut angezündet hat, weil die Kassette an dem Abend doch leer war.

Verfluchte! Irgendwie überzeugte ihn diese Theorie noch nicht, auch weil sie nicht zu der verschlossenen Tür passte, hinter der die Leiche gefunden wurde.

Außer du wurdest von jemandem überrascht und hast dich versteckt. Vielleicht kanntest du ihn sogar, und er ist dir gefolgt. Ein Kumpel, der auch Geld brauchte. Vielleicht seid ihr zusammen rein und habt euch gestritten, weil an diesem Abend nichts zu holen war. Vielleicht bist du dabei unglücklich gefallen. Dein Kumpel dachte, du bist tot, und wollte seine Spuren verwischen.

Henry erinnerte sich an den Mann mit der Wollmütze auf dem Foto der Schaulustigen. Da war keine Faszination in seiner Haltung, kein Voyeurismus. Eher Vorsicht. Angst, dass die Polizei etwas fand, was die Flammen hatten verschlingen sollen.

Henry kratzte sich am Kinn. Spätestens morgen musste er

sich rasieren. Und die Wohnungssuche durfte er bei all den Ermittlungen auch nicht aus dem Blick verlieren. Aber jetzt stand das Sammeln von Eindrücken auf Priorität eins. Er versetzte sich wieder in die Rolle der unbekannten Brandstifterin, doch er bekam keinen Draht zu ihr.

Falscher Ansatz? Das Bild passte einfach nicht. Mit Wut im Bauch, dem Suchtdruck und einem Brecheisen hätte sie doch eher randaliert und die Bücher aus den Regalen gefegt, wäre abgehauen, um woanders Bargeld aufzutreiben. Einen Brand zu legen, hätte zu lange gedauert. Wäre zu aufwendig gewesen. Der Tathergang ergab mit dem Motiv, das Francesco ihr unterstellte, keinen Sinn. Zumal Henry sich nicht vorstellen konnte, dass sie den Brandbeschleuniger mitgebracht hatte. Außer ihr Ziel war die Zerstörung der Bibliothek gewesen. Aber warum? Weil es ein Ort war, mit dem sie negative, sogar schmerzliche Erfahrungen verband? Arbeitete dort jemand, den sie bestrafen oder symbolisch vernichten wollte?

In jedem Fall hattest du eine Beziehung zu dem Ort und zu den Menschen, die dort arbeiten. Doch niemand vermisst dich.

Henry suchte nach der Adresse, die der Zeuge Willi Schmidt angegeben hatte. Es war das Haus neben der Trattoria. Der damals Dreiundachtzigjährige hatte bei offenem Fenster schlaflos im Bett gelegen und war wegen des beißenden Geruchs aufgestanden. Er hatte aus seiner Dachgeschosswohnung die brennende Bibliothek gesehen und sofort die Feuerwehr gerufen. Hatte er davor etwas bemerkt? Etwas, das er noch nicht gesagt hatte? Es kam immer darauf an, welche Fragen man stellte. Man brauchte eine Vision und das richtige Gespür. Das hatte Francesco nie besessen.

Henry las die Namen auf den Klingelschildern am Kirchplatz 2. Den Familiennamen Schmidt gab es nicht mehr. Entweder war der alte Herr verstorben, lebte im Altersheim oder seine Kinder hatten ihn zu sich geholt.

Er klingelte bei Hinrichsen im Erdgeschoss. Eine vollschlanke Frau um die fünfzig mit blondem Topfschnitt und Brille öffnete kauend das Fenster.

«Guten Appetit!»

Sie lächelte. «Sie wünschen?», fragte sie mit vollem Mund.

«Ich wollte eigentlich zu Herrn Schmidt im Dachgeschoss. Und kann den Namen am Klingelschild nicht finden.»

Frau Hinrichsen schluckte ihren Bissen herunter. «Entschuldigung!» Sie putzte sich die Krümel vom Mund. «Der ist schon seit fast drei Jahren tot.»

«Wissen Sie, wann genau er gestorben ist?»

Sie nickte. «Das war am 20. November 2016. Ich erinnere mich so gut daran, weil in der Nacht davor die Stadtbibliothek gebrannt hat. Willi hatte es bemerkt und die Feuerwehr gerufen. Wahrscheinlich hat ihn das alles zu sehr aufgeregt. Er war schon über achtzig.»

«Das ist ja traurig. Woran ist er denn gestorben.»

«Das Herz.»

Henry bedankte sich, und Frau Hinrichsen schloss das Fenster. Merkwürdig, dass Willi Schmidt am Tag nach der Brandnacht an Herzversagen gestorben war. Kurz sah Henry das Bild des Mannes mit der Wollmütze vor seinem inneren Auge. Eine Möglichkeit? Dem würde er nachgehen, aber vorerst kam er hier noch nicht weiter. In seinem Tatendrang ausgebremst, drehte Henry um. Sein angerosteter Ermittlungsmotor brauchte wohl etwas Schmiere, um wieder anzuspringen. Half eine andere Perspektive? Sein Blick wanderte zum Kirchturm. Von oben sah er vielleicht etwas, das seinen Geist beflügelte.

Er lief zum Hauptportal der Kirche, drückte die Klinke an der Tür herunter. Verschlossen. Mürrisch trat er zurück, da hörte er Geschrei aus Richtung Markt.

Henry umrundete den Backsteinbau. Ein Hilferuf verstummte mit dem Zufallen der Seitentür am Kirchenschiff. Da stimmte etwas nicht. Er lauschte. Kein Geräusch drang nach außen. Behutsam öffnete er die Tür. Drinnen war es düster. Allein die Kerzen auf dem Altar spendeten gelbes Licht, das aber nicht bis in die Nischen drang. Er roch Wachs und feuchten Stein. Die Kirchenbänke waren menschenleer. Plötzlich hörte er aus der letzten finsteren Ecke hinter den dicken Steinsäulen vor dem Turmaufgang einen erstickenden Schrei. Jemand hielt einer Frau den Mund zu.

Scheiße!

Sofort tauchten in seinem Kopf Bilder auf, die er lieber vergessen hätte. Doch sie ließen sich nicht löschen. Zarte Frauenkörper, die blutüberströmt, von ihren Peinigern gefoltert und wie Müll entsorgt worden waren.

Henry zog die Tür lautlos ins Schloss. Leise, aber rasch pirschte er sich im Schatten der Steinsäulen heran.

«Ey, die blöde Fotze hat mich gekratzt», schrie ein Kerl auf.

«Wahrscheinlich will sie es mal so richtig besorgt haben», sagte ein Zweiter.

«Wenn es so wäre, wärst du garantiert der Letzte, an den ich mich wenden würde», erwiderte eine Frauenstimme. «Und jetzt lasst mich los und gebt mir meine Tasche zurück. An deiner Punktetätowierung sehe ich, dass du schon im Knast warst.

Der Raubüberfall hier wird dich ganz schnell wieder dorthin zurückbringen.»

«Huuu, jetzt hab ich aber Angst», vernahm Henry die Stimme eines Dritten.

«In meiner Geldbörse sind acht Euro und fünfzig Cent. Die Beute steht in keinem Verhältnis zu dem, was euch bevorsteht, merkt ihr das nicht?»

«Quatsch uns mal kein Ohr ab, Schlampe, vielleicht bin ich ja gar nicht scharf auf deine Kohle, sondern auf dich.»

Henry schaute vorsichtig um die Ecke und sah, wie eine rothaarige junge Frau von zwei Männern festgehalten wurde. Seine Studentin. Charlotte Klein aus der ersten Reihe. Und zwei der Kerle kannte er auch: Baumann und Loose, Mehrfachtäter, die die meiste Lebenszeit hinter Gittern verbracht hatten.

Sich windend trat Charlotte dem Dritten gegen das Schienbein, der mit dem Rücken zu Henry stand und mit dem Finger über ihre Wange strich. Das war doch Kuntze, ein übler Gewalttäter, den er selbst vor elf Jahren wegen Totschlags ins Gefängnis gebracht hatte. Der Jugendrichter hatte ihn damals zur Höchststrafe von zehn Jahren verurteilt. Henry schüttelte den Kopf. Offenbar hat der Gefängnisaufenthalt aus ihm keinen besseren Menschen gemacht.

Kuntze packte Charlotte Klein am Hals. «Noch einmal, und ich zünde dich an!» Er holte ein Feuerzeug aus der Hosentasche und drückte auf den Zünder.

«Hey!» Henry sprang hinter der Säule hervor und trat Kuntze in die Kniekehlen. Der ließ vor Schreck das Feuerzeug fallen, knickte mit den Beinen ein, fiel auf die Knie und schrie auf. Baumann und Loose sahen ihn wie erstarrt an, dann ließen sie die Studentin los und rannten in Richtung Ausgang. Henry sah den beiden hinterher. Die würde er schon erwischen, er hatte sie ja erkannt. Charlotte rieb sich den Hals, während Henry Kuntzes Arm griff, ihn kräftig nach hinten bog und ihm das Knie in den Rücken rammte. Er drückte den Kerl auf den kalten Steinboden. Als Kuntze schmerzhaft stöhnte, sah Henry zu Charlotte Klein auf.

«Alles in Ordnung?»

«Ja, geht schon.»

«Ich rufe die Polizei, dann wandert dieser Kerl», er verdrehte Kuntze den Arm kräftig nach hinten, «zumindest für einen Tag in den Bau.»

Sie winkte ab. «Nein, nein, lassen Sie mal. Es ist ja noch nichts passiert.» Sie sammelte den Inhalt ihrer Tasche auf.

Henry überlegte. «Gehen Sie schon mal vor und warten Sie bitte draußen, ich komme gleich.»

Sie entfernte sich.

Wenn er jetzt die örtliche Polizei rief und sie Kuntze nachher sowieso wieder laufen ließen, würde der Mistkerl sich kaputtlachen. Der Kerl hatte schon damals keinen Respekt gehabt, weder vor dem Gesetz noch vor seinen Hütern. Er verstand nur eine Sprache: Gewalt. Henry drückte fester zu und riss Kuntzes Kopf an den Haaren auf die Seite, sodass er sein Gesicht sah.

«Kuntze, wenn ich noch einmal sehe, dass du einer Frau Angst machst, bringe ich dir höchstpersönlich das Fürchten bei.» Am liebsten hätte er seine Faust wie einen Vorschlaghammer auf Kuntzes Gesicht niederfahren lassen. Doch er riss sich zusammen.

«Drecksbulle!», brüllte Kuntze. «Dich mach ich fertig!»

«Versuch's! Nur zur Info, ich bin schon lange kein Polizist

mehr und muss mich an keine Regeln halten. Also überleg dir genau, was du tust. Ich habe dich im Blick.»

Dann ließ er los, stand auf und klopfte sich den Dreck von der Hose. Kuntze sah zu, dass er fortkam.

Henry bückte sich nach dem Feuerzeug und hob es auf. Er drückte den Zündknopf und betrachtete die Flamme. *Verfluchte!* Der Kerl mit der Wollmütze auf dem Foto der Schaulustigen, das war Kuntze. Er hatte ihn auf dem Foto nicht gleich erkannt, weil der Kerl in den letzten elf Jahren ziemlich an Gewicht zugelegt hatte.

Henry ging zügig nach draußen. Die Studentin war weg. In großen Schritten umrundete er die Kirche. Von Kuntze, Loose und Baumann keine Spur. Er erinnerte sich, dass sie früher immer auf dem Kirchplatz abgehangen hatten. Das war, bevor Henry Kuntze in den Knast gebracht hatte.

Henry rechnete. Das Foto bewies, dass er im November 2016 wieder draußen gewesen sein musste. Nach acht Jahren vorzeitig entlassen, sicher wegen guter Führung. Dumm war Kuntze ja nicht. Eher ein krankhafter Lügner, kaltblütig, frei von Schuldbewusstsein und jeglicher Angst vor negativen Konsequenzen. Ein Typ, der Freude an abstoßender Gewalt hatte. Wer weiß, wem er da drinnen etwas vorgegaukelt hatte, dass man annahm, er hätte eine gute Sozialprognose. Scheißkerl. Er würde ihn im Visier behalten.

Henry sah seine Studentin mitten auf dem Kirchplatz stehen. Sie hatte ihm den Rücken zugewandt und schaute auf das Portal der Bibliothek. Er ging auf sie zu, blieb auf halber Strecke stehen und zögerte. Was machte sie da? Er hörte, dass sie leise ein Selbstgespräch führte. Offenbar arbeitete sie an seiner Aufgabe. Henry war verblüfft. Ihr abgeklärter Umgang mit dem Übergriff – sie schien schon wieder zur Tagesordnung überzugehen – konnte nur bedeuten, dass sie schon weitaus schlimmere Gewalt erfahren hatte, womöglich in ihrer Kindheit. Kinder, die häusliche Gewalt miterlebten, konnten diese Erfahrung in der Konfliktlösung und Traumabewältigung nutzen. Darüber gab es kriminologische Studien. Henry setzte sich auf eine Bank und lauschte.

«Ich war nur einmal mit meiner Schulklasse hier. Bücher haben mich noch nie interessiert. Bücher verbinde ich mit meiner Schwäche. Ich kann schlecht lesen. Hier wurde ich vorgeführt. Alle haben mich ausgelacht, wenn ich Buchstaben zusammengestammelt und nicht erfasst habe, wie das Wort heißt oder was der Satz bedeutet. Obwohl meine Schulzeit und der Besuch in der Bibliothek schon einige Jahre zurückliegen, kann ich nicht vergessen. Ich verbinde diesen Ort mit einer tiefen Demütigung. Jedes Mal, wenn ich hier vorbeikomme, empfinde ich mich erst recht als eine Verliererin, eine Ausgestoßene.» Als spürte sie, dass sie beobachtet wurde, drehte sie sich um und erschrak. «Hören Sie mir schon lange zu?»

«Eigentlich wollte ich Sie fragen, ob Sie wieder okay sind.»

«Ja, ja», wehrte sie ab. «Seit einem Jahr lerne ich an der Akademie Jiu Jitsu. Damit kann ich mich bereits ganz gut verteidigen. Mein Versuch, die Situation mit Worten zu entschärfen, hat nicht funktioniert, aber wären Sie nicht gekommen, hätte ich im nächsten Moment zurückgeschlagen. Trotzdem danke!»

Er nickte. «Machen Sie ruhig weiter mit Ihrem Gespräch.»

Ihr Lächeln wirkte verlegen. «Es war nur ein Versuch, einen Draht zum Opfer zu bekommen.» Sie setzte sich neben ihn.

«Brandstifter handeln doch meistens aus Frust. Sie spüren eine enorme Wut, ein Rachebedürfnis aus einem bestimmten Grund, das sie mit keinem anderen Mittel stillen können. Dieses Motiv haben die damaligen Ermittler auch der Brandstifterin unterstellt, ohne sie überhaupt identifiziert zu haben. Sie kennen weder ihre Biografie noch ihre Beziehung zum Ort der Straftat. Die Ereignisse wurden ausschließlich aus den Tatortspuren rekonstruiert. Die Schlussfolgerungen sind meiner Meinung nach überstürzt getroffen worden. Wahrscheinlich mussten die Ermittler nach zweieinhalb Jahren endlich irgendein Ergebnis vorweisen.»

«Sie haben eine psychologische Herangehensweise.»

«Ich komme ursprünglich aus dieser Richtung und habe vor der Ausbildung an der Akademie meinen Bachelor in Psychologie abgeschlossen. Ich wollte aber keine Therapeutin werden.»

«Ich nehme an, Ihnen ist beim Lesen der Ermittlungsakte etwas aufgefallen. Und nun verfolgen Sie diese Spur.»

Ihre Augen blitzten auf, dann nahm ihr Gesicht einen gespielt ernsten Ausdruck an. «Tut mir leid, unser Dozent hat uns verboten, außerhalb des Hörsaals darüber zu reden.»

«Ich finde es sehr vernünftig, dass Sie sich an seine Anweisungen halten. Was denken Sie, befassen sich die anderen vier auch mit dem Fall? Ich hatte heute das Gefühl, auf einiges Misstrauen und Widerstand zu stoßen.»

«Ich sage es mal so, sie sind angefixt. Wir haben den ganzen Nachmittag darüber diskutiert.» Sie biss sich auf die Zunge.

«Äh, ich meine …» Ihr Blick wanderte hilfesuchend zum Himmel.

«Verstehe», sagte Henry lächelnd. «Sie haben abgewogen,

ob Sie den Dozenten in die Wüste schicken, den Kurs abwählen oder ihm nach dem Fehlstart noch eine Chance geben.»

Sie nickte verlegen. «Ich denke, morgen werden alle vier da sein. Außer sie verschlafen.»

Er runzelte die Stirn.

«Sie feiern mit Professorin Bertolli im Störtebeker.»

«Stimmt ja! Die Wettniederlage. Und Sie gehen nicht hin?»

Charlotte strich sich eine Haarsträhne aus dem Gesicht. «Ich gehe nicht so gerne auf Partys. Dafür ist mir meine Zeit zu kostbar.»

«Sie lassen sich da ein Stück Leben entgehen.»

Charlotte schmunzelte. «Wieso sind Sie dann hier, Herr Zornik?»

«Gute Frage. Anscheinend aus dem gleichen Grund wie Sie. Aber wissen Sie was, manchmal muss man etwas machen, das mit dem Fall nichts zu tun hat, damit das Unterbewusstsein die gewonnenen Eindrücke kompostieren kann. Deshalb gehen wir jetzt beide zum Störtebeker und verschwenden unsere Zeit.»

Charlotte stand unschlüssig da.

«Kommen Sie schon. Wir werden doch Professorin Bertolli nicht beleidigen und ihre Einladung ausschlagen. Na los!»

KAPITEL 14

Sie bogen in die Seestraße ein. Das Störtebeker war gerappelt voll, wie immer. In der Zeit seiner fünfjährigen Abwesenheit hatte sich hier nichts geändert. Die Raucher standen in Trauben vor der Eckkneipe. Eine Qualmwolke schwebte über ihren Köpfen. Obwohl sie laut redeten, übertönten sie den Chor der Fußballfans kaum, die drinnen vor dem Bildschirm über dem Tresen ihre Mannschaft anfeuerten. Gerade kippte die Stimmung, von Jubel über Enttäuschung zu Unmut. Anscheinend hatte ein Fußballer die Chance auf ein Tor verspielt. Die Raucher verstummten, drehten sich um und verfolgten das Spiel durch die Scheibe. Auch bei ihnen kochten die Emotionen hoch. «Spiel endlich ab!», brüllten einige, andere beschimpften den gescheiterten Torschützen: «Vollidiot!»

Charlotte neben ihm machte ein entsetztes Gesicht. «Und da wollen Sie wirklich reingehen?»

Henry nickte entschlossen und bahnte ihnen den Weg durch die Menge nach drinnen. Er entdeckte Lucia Bertolli in der hintersten Ecke. Die Professorin prostete mit einem Bier in der Hand den jungen Leuten um sich herum zu. Borowski neben ihr strahlte. Der gut aussehende Hugo zog mit seinem Charme nicht nur die Bewunderung der Italienerin auf sich. Es standen auch einige Studentinnen bei ihm, die ihn regelrecht anhimmelten. Anscheinend machte er einen Witz, und alle lachten. Sie wirkten miteinander vertraut, wie eine Familie, zu der sich Henry nicht zugehörig fühlte. Er wusste, dass er das nach zwei Tagen nicht erwarten konnte, dennoch ertappte er sich dabei, dass er eifersüchtig war. Eifersüchtig auf die Unbeschwertheit, mit der sie den Moment genossen und offenbar alle Sorgen und Ängste abschalten konnten. Er ärgerte sich über sich selbst und wäre am liebsten gegangen. Doch da hatte sein Kollege ihn schon gesehen, winkte ihm freudig zu, tippte Lucia Bertolli an und flüsterte ihr etwas ins Ohr. Auf ihren zum Zopf gebundenen Haaren trug sie eine Basecap mit AS-Rom-Aufdruck. In Turnschuhen, Jeans und dem Fantrikot ihres Klubs wirkte sie zweifellos selbst wie eine Studentin. Ihr suchender Blick fand Henry, und sie winkte ihn herüber. Er rang sich ein Lächeln ab und steuerte auf die Gruppe zu.

«Schön, dass Sie da sind, Henry. Oh, und Sie haben Charlotte mitgebracht! Nehmt euch ein Bier.» Lucia Bertolli zeigte auf den Kasten, der mitten auf dem Tisch stand, und wurde dann von einem Mädchen, das ein Tablett voller Cocktailgläser anschleppte, in ein Gespräch verwickelt. Henry nahm ein Bier und bekam von Borowski einen Öffner in die Hand gedrückt. Er hebelte den Deckel der Flasche auf und schaute Charlotte an. Sie stand immer noch stocksteif da und hielt sich an ihrer Beuteltasche fest. Dabei wirkte sie wie ein Schaf, das sich in der Großstadt verlaufen hatte. Eine gewisse angespannt-ruhige Panik.

Henry reichte ihr die Flasche.

«Danke, aber ich mag keinen Alkohol», sagte sie.

Das war eine klare Ansage. Er zog den Arm zurück und trank einen Schluck. Längst hatte er registriert, dass unter den etwa zwanzig Studierenden auch die anderen vier aus seinem Kurs waren. Der Große mit der Boxernase und der Narbe über dem Mund, Aron, drängelte sich zu ihnen durch. Er war angetrunken, klopfte Charlotte auf die Schulter und drückte ihr einen Cocktail in die Hand.

«Bitte!», sagte er und ließ sein Glas gegen ihres klirren. «Prost!»

Ohne eine Miene zu verziehen, nahm sie seine freie Hand und gab ihm das Glas zurück. «Du weißt, ich mag keinen Alkohol.»

Das Mädchen hatte ihre Prinzipien. Das gefiel Henry.

«Spaßbremse!», sagte Aron beleidigt. Offensichtlich verkraftete er den Korb nicht.

Borowski, der die Szene auch beobachtete, kam Henry zuvor, schob Aron beiseite und legte ihm die Hand auf die Brust. «So wird das aber nichts mit den Frauen.»

«Pff! Als ob ich was von der wollte.» Aron drehte ab und verschwand nach draußen. Er würde es verkraften. Henry trank einen Schluck und lächelte Borowski zu, der mit den Schultern zuckte. Offenbar dachte er das Gleiche.

Henry umringten drei andere Studenten mit kurz geschorenen Haaren und trainierten Oberkörpern, die er nach der ersten Vorlesung nicht wieder in seinem Hörsaal gesehen hatte.

Der Dunkelhaarige ergriff das Wort: «Frau Bertolli sagt, Sie haben Ihren Kurs umbenannt und lösen jetzt einen echten Fall?»

Henry suchte Lucias Blick. Sie lächelte und hob den Daumen. Dass sie Werbung für ihn machte, war ihm einerseits unangenehm, zugleich freute er sich darüber.

«Entschuldigen Sie, dass wir gestern und heute dem Kurs

ferngeblieben sind und nicht Bescheid gesagt haben», fügte ein Blonder hinzu.

«Zumindest haben Sie ein schlechtes Gewissen», sagte Henry schmunzelnd. «Seien Sie morgen früh pünktlich und besorgen sie sich vorher die Unterlagen von Ihren Mitstudierenden. Und das nächste Mal, wenn Sie sich in meinem Unterricht langweilen, nehmen Sie Ihren Mut zusammen und kommen auf mich zu, anstatt zu schwänzen. Ich bin zwar Ihr Dozent, aber deshalb noch kein unfehlbarer Mensch.»

Sie nickten. Ein untersetzter Student mit leichtem Bauchansatz trat hinzu, der sein kariertes Hemd bis zum Hals zugeknöpft hatte. Der war gestern und heute auch nicht da, erinnerte sich Henry.

«Noch ein Schwänzer», sagte er.

Der junge Mann kratzte sich verlegen am Kinn.

«Sie brauchen sich jetzt keine Ausrede auszudenken, warum sie dem Kurs ferngeblieben sind. Ich verstehe das. Meine zweite Chance habe ich heute bekommen. Ihre bekommen Sie morgen.» Henry warf ihm einen aufmunternden Blick zu. «Aber eins muss klar sein: Ich wiederhole mich nicht und backe keine Extrabrötchen für Nachzügler. Es wird kein Spaziergang. Ich erwarte, dass Sie Lösungen und neue Ansätze finden. Das bedeutet, Sie müssen sich wie bei einer echten Ermittlung über das normale Maß hinaus in die Arbeit hineinknien.»

Die Augen der vier leuchteten.

«Das ist genau das, was wir wollen», sagte der Zugeknöpfte. «Was nützt es mir später, wenn ich die Theorie beherrsche und praktisch überhaupt nicht weiß, wo ich bei einer Ermittlung ansetzen soll?»

Der Dunkelhaarige nickte eifrig. «Ich will später Verbrechen aufklären und keine Statistiken auswerten.»

Das verstand Henry, auch wenn die Vorstellungen der Studenten von seinem Beruf wahrscheinlich ziemlich naiv waren.

«Überlegt es euch gut. Nicht dass ihr dann nach zwei Tagen wieder hinschmeißt, weil ihr überfordert seid.»

Bevor jemand antworten konnte, gesellte sich eine Studentin mit raspelkurzen blauen Haaren dazu. Sie kannte Henry nicht.

«Stimmt es, dass Sie den Fall der abgebrannten Stadtbibliothek in Ihrem Kurs neu aufrollen, weil Sie denken, dass es Mord war?»

Henry musterte sie. Ihre blauen Haare erinnerten ihn an ein junges Mädchen, das damals mit Kuntze zusammen gewesen war, kurz bevor er ihn wegen des Totschlags an Piet Jansen verhaftet hatte. Die Studentin sah ihn erwartungsvoll an.

«Entschuldigung, ähm ... Sie haben gestern und vorgestern noch nicht an meinem Kurs teilgenommen, oder?»

«Ich bin wegen eines familiären Zwischenfalls erst heute Nachmittag angereist.»

«Verstehe. Ich hoffe, nichts Schlimmes?»

Sie zuckte die Schultern, und ihr Blick wurde traurig. «Meine Oma ist verstorben.»

«Mein aufrichtiges Beileid», sagte er mitfühlend. «Bitte besorgen Sie sich die Unterlagen Ihrer Mitstudierenden. Wenn Sie dann Fragen haben, sprechen Sie mich einfach an.»

Henry wandte sich ab, trank sein Bier aus und stellte die leere Flasche zurück in den Kasten. Er musste unbedingt wissen, was aus diesem Mädchen mit den blauen Haaren geworden war, die damals immer mit Loose, Baumann und Kuntze abhing. Am besten heute noch. Er wandte sich zum Gehen, da tippte ihn Lucia Bertolli an. Sie lächelte verschmitzt.

«Meraviglioso! Na, wer sagt es denn. Ihr Kurs füllt sich wieder. Kommen Sie mit nach draußen zum Rauchen?»

Die Italienerin zog ihn mit sich durch die Menge, blieb dann aber mit Blick auf den Bildschirm über dem Tresen abrupt stehen. Sie hob die Arme und brüllte: «Buona a nulla! Du Nichtsnutz. Komm, spring von der Brücke!» Kopfschüttelnd lief sie weiter nach draußen auf die Straße. Dort hielt sie ihm die offene Marlboroschachtel hin.

«Danke, ich hab damit vor Jahren aufgehört.»

Sie zündete sich eine Zigarette an. «Ich habe es auch mehrfach versucht, Nikotinpflaster, Akupunktur. Tutte fandonie! Wie heißt es? Alles Unsinn. Der Wille ist entscheidend.»

Henry schmunzelte. Was das Fachvokabular anging, sprach Lucia Bertolli ein nahezu fehlerfreies Deutsch, aber umgangssprachlich, besonders wenn es emotional wurde, schien sie sich lieber in ihrer Muttersprache auszudrücken. Das fand er überraschend anziehend.

Lächelnd verdrehte sie die Augen. «Ich bin einfach zu schwach.» Sie zog am Filter und blies den Rauch nach oben. «Ich dachte, ich werbe ein bisschen für Sie. Nur fünf von zwölf Teilnehmern in einer Vorlesung, das ist doch deprimierend. Das lohnt die Vorbereitung nicht.» Sie klopfte die Asche über einem sandgefüllten Blumentopf auf der Schaufensterbank ab. «Ich schätze, dass Sie es mit Ihrer neuen Herangehensweise schaffen, sie zu begeistern. Jedenfalls waren Marcus, Neda und Aron von Ihrer Verwandlung begeistert und motiviert, sich mit Ihrer Aufgabe auseinanderzusetzen. Charlotte war von Anfang an von Ihnen überzeugt, genau wie ich.»

«Nun übertreiben Sie aber», wehrte er verlegen ab.

Sie schüttelte den Kopf. «Selbst Sophie hat sich vorhin positiv über Sie ausgesprochen. Das will was heißen.»

«Aha!» Henry zuckte mit den Schultern. Mehr fiel ihm als Antwort nicht ein. Er hatte nicht das Gefühl, sich verwandelt zu haben, eigentlich hatte er sich nur auf sich selbst besonnen. Es stimmte, sie hatten ihm heute interessiert zugehört. Ein winziger Erfolg. Aus kleinen Dingen Freude zu gewinnen, ist eine Kunst, die wenige beherrschen. Henry übte noch. Er wollte diesen hoffnungsvollen jungen Leuten beibringen, wie ein Mörder zu denken. Und um sie so gut wie möglich auf die spätere Realität in diesem Beruf vorzubereiten, durfte er sie nicht in Watte packen.

«Kommen Sie, gehen wir ein Stück!» Lucia hakte sich bei ihm unter und lenkte ihn auf die andere Straßenseite, wo sie sich ungestört unterhalten konnten.

«Seit wann unterrichten Sie eigentlich an der Akademie?», fragte er.

«Seit zwei Jahren.»

Er nickte. «Das Gesamtkonzept ist sehr innovativ und mutig, gerade weil es sich in seiner Fächerzusammenstellung ausschließlich und so tiefgehend mit der Kriminalitätsbekämpfung befasst. Allein forensische Pathologie, Kriminalpsychologie, angewandte Kriminologie, Kriminaltaktik, Kriminaltechnik und Strafrecht werden in einem Umfang gelehrt, der in einem herkömmlichen Polizeistudium undenkbar ist, weil der Nachwuchs dort auf einen breit gefächerten Einsatz in der Polizei vorbereitet wird, was eben auch Verkehrsdelikte oder Einsätze bei Demonstrationen umfasst. Jiu Jitsu und Schießtraining zur Eigensicherung sind wie bei der gewöhnlichen Polizeiausbildung notwendig, aber Tarnen und Täuschen?» Henry hob die Hände. So ganz überzeugte ihn die Notwendigkeit von Borowskis Unterricht und seiner Methode des Rollenspiels in Verkleidung noch nicht.

Lucia Bertolli schaute sich um, bevor sie ihm mit ihrem Blick aufforderte weiterzusprechen. Automatisch senkte Henry die Stimme. «Dieses und einige andere Fächer erinnern mich eher an die Ausbildung von KGB- oder Stasi-Agenten; Anlegen toter Briefkästen, Geheimcodes, Abschütteln von Verfolgern.»

«Ich komme aus einem Land, in dem die Mafia ganze Regionen kontrolliert. Korruption und Morde sind an der Tagesordnung.» Lucia Bertolli nahm den letzten Zug ihrer Zigarette. «Mein Vater hat als Staatsanwalt dagegen gekämpft und verschwand eines Tages spurlos. Da war ich fünfzehn. Dass er eliminiert wurde, konnte nie bewiesen werden, weil seine Leiche nie aufgetaucht ist. Staatliche Verbrechensbekämpfung, pah! Die Behörden kommen mit ihren Methoden und Mitteln im Kampf gegen organisierte Kriminalität, Geldwäsche, Terror und Mord schon lange an ihre Grenzen. Waffenhändler, Drogendealer, Zuhälter, Schlepper, terroristische Zellen und Auftragsmörder arbeiten zunehmend raffiniert und sind grenzübergreifend vernetzt.» Sie blieb stehen, warf die glimmende Kippe auf den Boden und drückte sie mit dem Schuh aus. «Ein Problem, das sich in Europa immer mehr ausbreitet.»

Er nickte zustimmend. Da hatte sie wohl recht. «Auf der anderen Seite wird die Polizei nicht nur hier in Deutschland durch Datenschutzbestimmungen und wachsende Bürokratie ausgebremst. Außerhalb dieses Regelwerks beschaffte Indizien haben ja gar keine Relevanz vor Gericht, auch wenn sie noch so offensichtlich die Täterschaft beweisen. Ohne dass Richter und Staatsanwälte eine TKÜ erlauben, kann nicht einmal ein einfaches Telefongespräch zwischen einem bekannten Dealer und seinem Boss abgehört werden. Übertritt der behördliche Ermittler seine Befugnisse, sitzt ihm gleich die Dienstaufsichtsbehörde im Nacken.» Das hatte Henry als Polizeibeamter zur Genüge erlebt. «Dann gibt es noch die Staatsanwälte, Richter und Polizisten, die auf der Gehaltsliste fragwürdiger Personen stehen, Prozesse zugunsten des Angeklagten beeinflussen oder gar Ermittlungen platzen lassen. Wer im Gerichtssaal die besseren Argumente in die Waagschale wirft, bekommt recht und einen Freispruch. Leider lassen sich mit einem hübschen Sümmchen nicht nur die cleversten Strafverteidiger kaufen, sondern unter Umständen auch die Gegenseite.»

«Sì!» Sie hob die Kippe mit zwei Fingern auf.

Henry merkte, wie er sich in Rage geredet hatte. Nicht alle Kollegen waren ehrlich. Und dass ihn schlitzohrige Anwälte vor Gericht wegen seiner Ermittlungsmethoden auseinandernahmen, gehörte damals zur Routine. Ebenso oft hatte er erlebt, dass die Tat des eiskalten Mörders, der ohne Skrupel gehandelt hatte, mit seiner schlechten Kindheit entschuldigt wurde, und nicht selten war es ihm vorgekommen, als zählten die Rechte der Täter mehr als die der Opfer. Henry hatte nie verstanden, wieso Anwälte für Menschlichkeit gegenüber einem Mörder warben, der selbst ein vollkommen entmenschlichtes Verhalten an den Tag gelegt hatte.

Lucia Bertolli lief zum nächsten Papierkorb, entsorgte die Zigarettenkippe, kam erhobenen Hauptes zu ihm zurück und schaute ihm ins Gesicht. «Ich bin davon überzeugt, das Richtige zu tun, wenn ich den Studierenden mein Wissen in forensischer Pathologie vermittle. Es ist mein Beitrag, um für mehr Gerechtigkeit in der Welt zu sorgen. Gier, Macht und Gewalt dürfen nicht die Oberhand gewinnen.»

Sprachlos sah er sie an. War das ein Déjà-vu? Das hatte er alles schon einmal gehört, von dem Menschen, der ihm am nächsten gestanden hatte. Hanna.

Lucia Bertolli berührte seinen Arm. «Ich würde mich sehr freuen, wenn Sie weiter dabei wären.»

Verlegen schaute Henry zum Störtebeker hinüber. Sie hatte recht, was blieb ihnen anderes übrig, als sich weiter auf der richtigen Seite des Gesetzes einzusetzen. Auch wenn das immer schwieriger wurde.

Er sah Borowski aus der Kneipe kommen, der sich suchend umsah. «Hier seid ihr!», rief er über die Straße und kam ihnen entgegen. «Lucia, die Kids wollen wissen, ob sie noch einen Kasten Bier bestellen dürfen.»

Sie lachte und hakte Henry unter. «Gehen wir wieder rein!»

Er schüttelte den Kopf. «Für mich wird es Zeit, danke für das Bier.»

«Sie wollen doch nicht etwa schon schlafen gehen?»

«Ich möchte für morgen vorbereitet sein, wenn der Hörsaal wieder voll ist.»

«Schade, aber comprendo!»

«Wir sehen uns!», sagte er und lief die Seestraße in Richtung Kirchplatz zurück. Es stimmte. Damit die zukünftigen Ermittler auf Höhe der Zeit mitspielen konnten, bedurfte es mutiger Ausbildungskonzepte in der Verbrechensbekämpfung. Henry beschleunigte seinen Schritt. Dazu wollte er beitragen.

Mittlerweile wirkte die Kleinstadt wie ausgestorben. Am Himmel über ihm funkelten tausend Sterne. Erst jetzt spürte er, dass es sich merklich abgekühlt hatte. Henry zog den Reißverschluss seines Parkas bis zum Kinn zu. Der Hochsommer, in dem er vor vier Wochen zurückgekehrt war, ging eindeutig zu Ende. Nach fünf Jahren in Brasilien, wo die Temperaturen nie unter 20 Grad fielen, musste er sich an das rauere Klima erst wieder gewöhnen.

Bis jetzt fühlte sich seine Rückkehr beinahe wie Urlaub an. Er wohnte noch in seinem Wohnwagen, und das vermittelte ihm die Illusion von Freiheit. Die Freiheit, einfach abhauen zu können, wenn er die Nase voll hatte. Doch er wusste, dass er sich damit selbst belog. Er würde nie abhauen und Hannas Sohn im Stich lassen. Nicht nur aus Schuldgefühlen, nein. Er hatte Matti längst in sein Herz geschlossen. Freundschaft oder Vatergefühl? Das konnte er sich nicht beantworten. Henry hatte keine Kinder. Hanna war die einzige Frau gewesen, mit der er sich eine Familiengründung hätte vorstellen können. Doch sie war tot.

Pünktlich mit dem zehnten Glockenschlag bog er auf den Kirchplatz ab. Hier war niemand mehr unterwegs. In gemächlichem Schritt umrundete Henry das Gotteshaus. Er setzte sich auf die Bank gegenüber der Stadtbibliothek und versuchte, das Bild des Mädchens zu schärfen, das damals vor elf Jahren an Kuntzes Seite war. Raspelkurze blaue Haare, große braune Rehaugen, schwarz geschminkt. Mit ihren sechzehn Jahren hatte sie eine zierliche Statur wie eine Zehnjährige gehabt, trug immer bunte Ringelstrümpfe zu Springerstiefeln. Ihr Name fiel ihm nicht ein.

Die Studentin eben hatte diese Erinnerung wachgerufen.

Zum Zeitpunkt des Brandes musste das Mädchen mit den Ringelstrümpfen etwa vierundzwanzig Jahre alt gewesen sein. Henry überlegte. Bergen war eine Kleinstadt. Hier hatte er als Jungspund bei der Polizei angefangen, und obwohl er nach drei Jahren zur Mordkommission der Kriminalinspektion Stralsund rekrutiert worden war, war er der Region verbunden geblieben; er hatte sogar weiterhin hier gewohnt, anstatt aufs Festland zu ziehen. Auch wenn er nicht alle mit Namen kannte, konnte er doch unterscheiden, ob eine Person ihm fremd war oder ob sie von hier kam. Die kleinen und großen Ganoven der Insel kannte er noch heute. Ihm wurde bewusst, dass er das Mädchen mit den blauen Haaren, das damals immer ein Teil der Gruppe um Kuntze war, seit seiner Rückkehr aus Brasilien vor vier Wochen nicht gesehen hatte.

Sie konnte während seiner langjährigen Abwesenheit weggezogen sein. Vielleicht hatte sie auch geheiratet, Kinder bekommen, trug jetzt eine bürgerliche Frisur und hatte enorm zugenommen, sodass er sie nicht mehr erkannte. Die Kirchenglocke verstummte. Alarmiert erhob er sich. Er schloss das Fahrrad auf, das immer noch gegenüber an der Bibliothek stand. Auch ohne Cafezinho raste ihm plötzlich das Blut durch die Adern. Da war sie wieder, seine Intuition, sein Bauchgefühl. Das Bild der Schaulustigen bei den Löscharbeiten, die Begegnung mit Kuntze und die raspelkurzen blauen Haare fühlten sich an wie eine Spur, die er dringend verfolgen musste.

KAPITEL 15

Eine Viertelstunde später öffnete Henry unter strenger Beobachtung seines Katers eine Dose Katzenfutter und schnitt sich am scharfen Blech den Daumen auf. Blut tropfte auf den Boden des Wohnwagens. Fluchend hielt er die Hand unter das kalte Wasser der Spüle. Mit der anderen suchte er im Einbauschrank über seinem Kopf nach Toilettenpapier für einen provisorischen Verband.

«Geht gleich los!», sagte er mahnend zum Kater, der ungeduldig die Nase in die Blechdose steckte. Henry zog die Dose weg. Ernesto guckte ihn böse an. «Siehst du, was passiert, wenn man zu gierig ist. Gib mir drei Sekunden, okay?» Er legte sich den Verband um, füllte das Katzenfutter in Ernestos Napf und schob dem Tier die Schüssel hin.

«Bitte sehr. Zufrieden?»

Der Kater fraß und beachtete ihn nicht weiter.

«Okay, Dankbarkeit fürs Dosenöffnen zu erwarten, ist wohl unangebracht.» Er streichelte dem Tier mit den weißen Pfoten über den grau getigerten Rücken, stellte ihm frisches Wasser hin, sagte «Zu Diensten, mein Herr» und deutete eine Verbeugung an, die der Kater mit einem arroganten Seitenblick beantwortete. Fehlte nur, dass er abschätzig das Maul verzog. Henry schmunzelte. Er nahm seinem vierbeinigen Freund die vornehme Zurückhaltung nicht übel. Vor drei Wochen hatte er entschieden, den Streuner ins Haus zu lassen. Seitdem teilten sie Tisch und Bett. Henry versorgte das Tier mit Futter, aber der Kater kümmerte sich auch um ihn. Dass er Ernestos Geschenke, die toten Mäuse vor der Tür, verschmähte, war ja nur Henrys Problem, nicht das des Katers.

Henry wischte das Blut vom Boden weg. Er hatte Hunger. Schnell briet er sich fünf Eier und setzte sich mit der Pfanne und einem Kanten Brot an den Tisch, auf dem noch die Ermittlungsunterlagen vom Nachmittag ausgebreitet lagen.

Während er aß, blätterte er zügig in den Zeugenbefragungen. Er suchte nach einer bestimmten Aussage. Bingo! Ein Anwohner hatte auf drei Männer verwiesen, die sich immer bis spät in die Nacht am Kirchplatz aufhielten, grölten und soffen. Eine junge Frau schien nicht dabei gewesen zu sein. Einen der Männer kannte der Anwohner als den Karsten Baumann, der im Rosenweg wohnte. Das passte. Baumann hatte beim Verhör dann seine Kumpel Loose und Kuntze benannt. Kuntze war anscheinend nie befragt worden, aber Loose hatte ausgesagt, dass die drei in der Brandnacht nicht vor Ort gewesen seien. Grund: Am Vorabend hatten sie von der Polizei einen Platzverweis wegen ruhestörendem Lärm erhalten.

Über Looses Begründung, dass es außerdem zu kalt gewesen sei, schüttelte Henry nur den Kopf. Am Abend davor hatte sie die Kälte nicht gestört. Wie hatte sich Francesco mit dieser Antwort zufriedengeben können? Die Aussagen rochen nach Absprache. Zu oft hatten diese Jungs schon einem Polizisten bei Vernehmungen gegenübergesessen. Denen entlockte man mit direkten Fragen kein Geständnis mehr. Solche Kerle knackte man nur, wenn sie sich in ihren eigenen Lügen so verstrickten, dass sie sich selbst überführten. Aber dafür war sein Ex-Kollege nicht clever genug. Er verstand die Sprache und Denke der Straße eben nicht. Henrys Vorteil dagegen war, dass er selbst in einer Sozialsiedlung im Plattenbau aufgewachsen war, in prekären Familienverhältnissen mit einer alleinerziehenden Mutter und einem älteren Bruder. Raue Umgangsformen hatten zur Tagesordnung gehört.

Henry blätterte um, schob sich eine Gabel voll Ei in den Mund und verschluckte sich. Eine Beschwerde der Stadtbibliothek wegen Lärm auf dem Kirchplatz. Dort hatte am 18. November eine Lesung stattgefunden. *Verfluchte!*

Ernesto rollte sich satt und frisch geputzt neben Henry auf der schmalen Polsterbank zusammen. Er streichelte den Kater. «Ich muss noch mal los, mein Freund, was erledigen.»

Schnell schrieb er sich die Adresse des Schwächsten der drei auf einen Zettel. Hauptsache, Baumann wohnte noch dort.

Den Rosenweg im südlichen Bergen säumten einstöckige Einfamilienhäuser und Doppelhaushälften, einfache Siedlungshäuser aus den Sechzigern mit rotem Ziegeldach, die typisch für die Inselmitte waren. Vor der Nummer zehn bremste er ab, stieg vom Rad und lehnte es an den Holzzaun. Dahinter blühten im Vorgarten Dahlien zwischen Gartenzwergen. Das Grundstück sah aufgeräumt aus, auch wenn er die vielen Keramikfiguren kitschig fand. Eine reine Geschmackssache. Ein Weg aus grauen Pflastersteinen verband das Gartentor mit dem Hauseingang. Die Straßenlaterne war defekt. Selbst wenn er sich bückte und nah heranging, war die winzige Schrift auf den beiden Klingelschildern kaum zu entziffern. Henry knurrte. Allein wegen der fehlerhaften Taschenlampenfunktion sollte er das unschlagbare Angebot seines Kumpels Murat für ein gebrauchtes iPhone annehmen und sein altes Smartphone endlich gegen ein neues eintauschen. Bisher hatte er sich standhaft geweigert, weil er an dem alten Telefon hing und keine Notwendigkeit sah, einen Gebrauchsgegenstand auszutauschen, der noch halbwegs funktionierte. In der Welt wurden so schon zu viele Ressourcen verbraucht und Unmengen an Müll produziert. Bei dem Plantagenjob in Brasilien und dem Aushilfsjob in Murats Schlüsseldienst nach seiner Ankunft auf Rügen war das halb kaputte Smartphone ausreichend gewesen. Er benutzte es ja nur zum Telefonieren. Er trieb sich weder in sozialen Netzwerken herum, noch surfte er im Internet. Wenn es was zu recherchieren gab, nahm er den Laptop.

Er entzifferte zweimal Baumann und klingelte unten, weil hinter den zugezogenen Vorhängen das Licht eines Fernsehers flackerte.

Eine Minute regte sich nichts. Henry betrachtete das Grundstück. Zaun und Hausfassade hatten schon bessere Zeiten gesehen und wirkten selbst im Dunkeln renovierungsbedürftig. Wahrscheinlich fehlte den Bewohnern das Geld. Der Vorhang bewegte sich, dann öffnete eine pausbäckige Frau im Bademantel mit streng zusammengebundenem Zopf das Fenster und hängte ihren Busen heraus.

«Frau Baumann?»

«Was gibt's?» Sie musterte ihn argwöhnisch.

«Ich suche den Karsten.»

Die Dicke lachte bitter auf. «Willkommen im Klub.»

«Wo wohnt der denn jetzt?»

«Keine Ahnung, bei mir ist er vor zwei Jahren rausgeflogen. Dieses Arschloch soll bleiben, wo der Pfeffer wächst.»

«Verstehe, das hört sich nach Ärger an.»

«Der Döskopp hat auf meinen Namen Schulden gemacht.»

Henry nickte. «Ich habe ihn heute am Kirchplatz mit zwei anderen Helden gesehen. Loose und Kuntze. Könnte er bei einem der beiden untergekrochen sein?»

«Loose haust in der Kleingartensparte am Campingplatz.»

«Danke, dann versuche ich's dort. Wenn ich ihn treffe, werde ich ihn an seine offenen Rechnungen erinnern. Okay?»

Sie winkte ab. «Vergessen Sie's! Bei dem ist eh nix zu holen.»

Henry radelte auf dem gleichen Weg zurück, den er gekommen war. Zehn Minuten später, kurz nach elf, erreichte er das Tor der Gartensparte *Kranichnest* im nördlichen Bergen. Über ihm eine einzige funktionierende Straßenlaterne. Sie beleuchtete ein Schild des Immobilienbüros Winkler & Partner, das in naher Zukunft den Bau von Luxusferienwohnungen auf dem umzäunten Gelände ankündigte. Ein Abrissbagger stand bereits auf dem Weg am Rande des gegenüberliegenden Sonnenblumenfeldes, das sich den Hügel bis zum Waldrand des Rugards hochzog. Wahrscheinlich füllte die Gemeinde mit dem Verkauf die klamm gewordene Haushaltskasse, wie üblich. Woher das Geld der privaten Investoren stammte, interessierte die Kommunen kaum. Die Nachfrage nach Grundstücken und Häusern auf Rügen war groß. Das trieb die Preise in exorbitante Höhen. Manche redeten schon von Sylter Verhältnissen.

Im Schutz der Dunkelheit – die restliche Straßenbeleuchtung war entweder kaputt, oder die Gemeinde sparte Strom in dem Gebiet, das ihr ohnehin nicht mehr gehörte – schob er das Fahrrad an Hecken vorbei, hinter denen die kleinen Gärtchen und Hütten lagen.

Es dauerte nicht lange, bis er den einzigen Garten fand, der bewohnt schien. Eine ungepflegte Parzelle, hüfthohes Unkraut überwucherte die Beete links und rechts des Weges. Das Gartentor hing schief in der Angel. Wildes Blattwerk versperrte ihm die Sicht auf die beleuchtete Terrasse vor einer Holzbaracke. Henry hörte Flaschen klappern. Zigarettenrauch wehte bis zu ihm herüber.

Er lehnte das Fahrrad an die Hecke und öffnete das Gartentor, das aus der Angel sprang. Er legte es ins Beet. Leise pirschte er sich an die Terrasse heran und lauschte, was hinter dem mit Hopfen überwucherten Sichtschutz vor sich ging. Volltreffer! Loose und Baumann saßen auf der Terrasse und redeten miteinander. Dummes Zeug, wie Henry feststellte. Sie klangen angetrunken. Baumann musste pinkeln, stand auf und schlurfte in die Laube. Henry trat ins Licht.

«Guten Abend!»

Loose fiel vor Schreck die Kippe aus dem Mund. Blitzartig umklammerte er die Flasche neben seinem Klappsessel, bereit, sie als Waffe zu benutzen.

«Lass es!» Henry erhob den Finger. «Du kannst froh sein, dass ich vorhin in der Kirche keine Polizei gerufen habe, sonst würdest du jetzt in der Arrestzelle auf dem Revier sitzen.» Loose nahm den Arm runter. «Erwartest du jetzt etwa Dankbarkeit?»

«Nein, ich erwarte, dass ihr endlich mit der Scheiße aufhört, die ihr da vorhin abgezogen habt. Wie oft warst du schon im Bau?»

«Fffuzzzznn Mal», nuschelte Loose unverständlich.

«Offenbar gefällt es dir dort.»

Henry setzte sich auf den Stuhl, der mit der Lehne an der Laube stand. Von hier aus hatte er den Zugang zum Garten im Blick und den Rücken geschützt.

«Was willst'n von mir?» Loose machte ein misstrauisches Gesicht.

«Kann ich ein Bier haben?»

«Neben dir im Kasten.»

Henry nahm sich eins und öffnete den Deckel an der Kante des Tisches, auf dem unzählige leere Flaschen und ein überfüllter Aschenbecher standen. Dazwischen fielen ihm drei benutzte Schnapsgläser auf.

«Gab's was zu feiern?»

«Wieso?»

«Das sieht nach Besuch aus. Hätt ja sein können, dass du Geburtstag hast.»

«Was soll das Gelaber, Zornik, los, rück raus damit, was du willst.»

Henry wusste, dass er auf direkte Fragen keine Antworten bekäme. Loose war zu misstrauisch. Hier half nur Taktik: Verständnis für seine Situation.

«Kommt es eigentlich oft vor, dass die Polizei dir, Baumann und Kuntze vor der Stadtbibliothek Platzverweis ausspricht?»

«Nö, wie kommst'en darauf.» Loose kniff irritiert die Augen zusammen.

Henry trank einen Schluck. «Aber am 18. November 2016 wurdet ihr vom Kirchplatz vertrieben. Warum? Das ist ein öffentlicher Platz.»

«Ey, das ist fast drei Jahre her, wie soll ich das noch wissen?»

«Habt ihr euch zu laut unterhalten, oder passt ihr den feinen Leuten von der Stadtverwaltung wegen der Touris nicht ins Bild?»

Vielleicht konnte er Loose ja mit etwas unverfänglichem Small Talk herauslocken. Er musste ihm das Gefühl geben, dass er auf seiner Seite stand.

Loose musterte ihn. «Wenn du kein Bulle mehr bist, bist du wohl neuerdings in die Politik gegangen und auf Wählerfang? Was soll der Scheiß?»

«Hat euch das damals wütend gemacht?» Henry nahm einen weiteren Schluck.

«Die Bullen lassen uns am Kirchplatz immer in Ruhe. Nur dieses eine Mal sind wir dort vertrieben worden, weil sich so eine blöde Fotze von der Bibliothek beschwert hatte, der *Herr Schriftsteller* könnte sich bei seiner Lesung nicht auf den Text konzentrieren.» Loose lachte gehässig auf.

Henry beobachtete jede Regung von ihm. Der nach innen gekehrte Blick verriet, dass er sich erinnerte. Damit Loose jetzt nicht dichtmachte, musste er sich auf dessen Ebene begeben.

«Und hat die Bücherschlampe wenigstens ihre Strafe gekriegt?»

«Einen Tag später hat die Bude lichterloh gebrannt», sagte Loose. Genugtuung lag in der Stimme.

Henry registrierte sein fieses Grinsen, die tiefe Befriedigung eines Menschen, der sich selbst für benachteiligt hielt und sich am Leid anderer aufrichtete.

«Hab davon gehört. In der Nacht vom 19. zum 20. November. Da war ich noch am anderen Ende der Welt unterm Zuckerhut. Rio de Janeiro.»

«Schön für dich!» Loose trank.

«Mensch, das war ja dann nur einen Tag nach eurem Platzverweis. Da haben die Bullen dich doch bestimmt verdächtigt?»

«Ich war das aber nich.»

«Das habe ich auch nicht behauptet. Aber du weißt, wer es war. Hast gut dichtgehalten.» Henry wusste, dass er sich hier auf dünnes Eis begab.

Loose wich mit seinem Blick aus. «Ist das ein Verhör oder was? Ich lass mich doch von dir nich verarschen! Verpiss dich von meinem Grundstück, Zornik!»

«Hey, ich will dich nicht verarschen. Eigentlich suche ich nur nach einem Mädchen, das jetzt wohl eine junge Frau ist. Blaue Haare, braune Rehaugen, bunte Ringelstrümpfe, die hat damals vor elf Jahren, bevor Kuntze eingefahren ist, immer mit euch im Klubhaus rumgehangen. Weißt du, was aus der geworden ist?»

Looses Augen blitzten auf. Er wusste, wen Henry meinte. «Die muss damals so sechzehn gewesen sein», hakte er nach.

Loose zuckte mit den Schultern. «Keine Ahnung, was aus der geworden ist.»

Henry glaubte ihm nicht. «Weißt du noch, wie sie hieß?»

Loose blies die Backen auf. «Sahra …?» Er nahm den nächsten Schluck und zündete sich eine Zigarette an.

Henry nickte. «Kannst du dich noch erinnern, wann du sie das letzte Mal gesehen hast?»

«Als Kuntze aus dem Knast kam … Im Herbst vor drei Jahren.»

«Ach», sagte Henry und musterte Loose abschätzend. Schon eigenartig, wie präzise er sich an alles erinnerte. Das wirkte genauso einstudiert wie die Antworten, die er in den Protokollen der Zeugenvernehmungen gelesen hatte.

Plötzlich krachte es hinter Henry. «Was war, als ich aus dem Knast kam?», fragte eine Stimme. Es war Kuntze, der mit Baumann hinter der Holzhütte hervortrat und zwei Schnapsflaschen in der Hand hielt.

«Die Sahra war doch damals immer mit uns am Kirchplatz», sagte Loose.

«Ich kenne keine Sahra.» Kuntze knallte die Flaschen auf den Tisch und baute sich breitbeinig mit verschränkten Armen vor Henry auf. «Verpiss dich, Zornik!»

«Doch, Mann.» Loose rollte die Augen. «Die Durchgeknallte mit dem Stoffhasen, die sich gespritzt hat.»

«Halt bloß die Fresse, Loose!», brüllte Kuntze seinen Kumpel an. Blitzschnell zog er ein Messer aus der Gesäßtasche, drückte Henry in den Stuhl und hielt ihm die Klinge an die Kehle. «Hör auf, alten Schlamm umzugraben!»

«Sonst?», fragte Henry und hielt dem Blick seines Angreifers stand, der sich tief über ihn beugte. Kuntze war schon immer grob gewesen, er hatte keinerlei Frustrationstoleranz.

«Bist du tot!»

«Ich riskiere es.» In einer fließenden Bewegung drückte Henry Kuntzes Hand mit dem Messer weg und schlug ihm gleichzeitig die Bierflasche in seiner Linken über den Schädel. Kuntze taumelte zur Seite. Das war der Moment, den Henry nutzte. Er gab ihm einen Tritt, sprang auf und rannte zum Garten hinaus, schwang sich auf sein Rad und raste los. Baumann hetzte hinter ihm her. Henry hörte noch, dass Kuntze ihn zurückpfiff.

«Lass nur, den kriege ich schon.»

Völlig außer Puste kam Henry auf dem Campingplatz an. Er durfte Kuntze nicht unterschätzen. Das wilde Flackern in seinen Augen ließ keinen Zweifel daran, dass er es mit seiner Drohung ernst meinte. Und er kannte Kuntze, der schreckte nicht davor zurück, Henry platt zu machen, wenn es nötig war. Kuntze war eine fiese Ratte. Und wenn Ratten sich in die Enge getrieben fühlten, griffen sie an. Nachdenklich schloss er sein Fahrrad am Wohnwagen an. Er spürte, wie etwas Blut aus der Schnittverletzung an seinem Hals drang, das er mit seinem Ärmel abwischte.

Sahra. Wenn sie sich gespritzt hatte, ahnte er, wo er nach ihr suchen musste.

KAPITEL 16

Er war ihm bis zum Campingplatz gefolgt. Nun stand er hinter einem Baum und beobachtete, was in Zorniks Wohnwagen vor sich ging. Hinter zugezogenen Vorhängen brannte Licht. Wahrscheinlich brütete er über der Frage, wie er an Sahra herankam. Ein Messer am Hals würde Zornik nicht davon abhalten, weiter herumzuschnüffeln und nach ihr zu suchen. So gut kannte er ihn. Und das musste er unbedingt verhindern.

Im Wohnwagen ging das Licht aus. Gespannt wartete er ab, was passierte, und duckte sich tiefer ins Gebüsch. Seine Finger umklammerten das Feuerzeug in seiner Hosentasche. Er könnte ihn sofort platt machen, zum Beispiel, indem er den Wohnwagen anzündete. Wenn er vorher noch die Tür blockierte, würde der Scheißkerl in seinem eigenen Saft gebraten. Voller Inbrunst malte er sich aus, wie Zornik schreiend und lichterloh brennend seinem Gefängnis zu entkommen versuchte.

«Doch weh! Die Flamme fasst das Kind. Die Schürze brennt; es leuchtet weit. Es brennt die Hand, es brennt das Haar. Es brennt das ganze Kind sogar», murmelte er einen Teil des Reimes vor sich hin, den er als Neunjähriger hatte auswendig lernen müssen, nachdem seine Mutter ihn beim Spielen mit Kerzen erwischt und ihn dazu gezwungen hatte, die Finger in

die Flamme zu halten. Er musste grinsen. Nein, es war noch zu früh. Erst einmal sehen, wie weit der Scheißkerl mit seinen Ausgrabungsarbeiten kam. Er musste seine Grenzen ausloten, er musste sehen, wie weit er gehen konnte. Zornik Angst einzujagen, würde ihm ein diebisches Vergnügen bereiten. Er holte sein Handy aus der Jackentasche. Es wurde Zeit, einen Anruf zu tätigen.

Freitag, 13. September 2019

KAPITEL 17

Im Treppenhaus des Gutshauses roch es nach Bohnerwachs. Der Geruch erinnerte Henry an früher. Als Schüler war er oft zu spät gekommen. Es war an der Tagesordnung gewesen, dass er den Bus verpasste, seine Mutter hatte ihn weder geweckt noch ein Pausenbrot geschmiert. Sie war Kellnerin, kam erst nachts von der Arbeit und stand morgens nie mit ihren Jungs auf. Sein Bruder und er mussten früh lernen, sich selbst zu versorgen.

Heute war Henry pünktlich und hatte gefrühstückt. Obwohl er kaum geschlafen hatte, fühlte er sich hellwach. Ein Workout Capoeira am See bei aufgehender Sonne, ein Cafezinho und die Aussicht, dem Rätsel des unbekannten Brandopfers auf die Spur zu kommen, reichten aus, um seine Lebensgeister zu wecken. Außerdem freute er sich auf den Besuch bei Matti im Kinderheim. Wenn er ihm Lego mitbrächte, könnten sie nach der Vesper gemeinsam bauen. Darüber würde Matti sich bestimmt mehr freuen als über ein Buch, bei dem Henry leicht danebengreifen konnte, weil der Junge Texte las, die Neunjährige üblicherweise nicht interessierten. Also Lego, entschied er. Am besten etwas, das selbst Erwachsene herausforderte. Mit Schrecken fiel ihm ein, dass er heute Morgen vergessen hatte, bei der Wohnungsgenossenschaft in

Bergen anzurufen. Gleich nach dem Unterricht musste er sich kümmern.

Henry reihte sich in den Strom der Studierenden ein. Sie eilten mit lässig über die Schultern geworfenen Rucksäcken, Kopfhörern im Ohr und Smartphones in der Hand zu den Hörsälen und Seminarräumen im ersten und zweiten Stock. In Hörsaal 4 bog niemand ab. Er blieb vor dem Eingang stehen. Kein Mucks drang durch die schwere Eichentür. Die Stille verunsicherte ihn. Ob sie alle gekommen waren? Ihr Interesse gestern Abend war groß gewesen.

Schwungvoll drückte er die Tür auf. Der Hörsaal, in den höchstens fünfzig Leute reinpassten, war zu einem Viertel gefüllt, und er spürte eine gewisse Erleichterung. Eine bunte Schar junger Leute saß schwatzend in den Reihen, die wie in einem Kino aufsteigend angeordnet waren. Frau von Bredow hatte beim Umbau der Gutshalle zum stilechten Hörsaal keine Kosten und Mühen gescheut. Die Studierenden sollten schließlich in einem angemessenen Rahmen lernen, der bestenfalls dem konservativen Bild einer ehrwürdigen Privathochschule entsprach. Die jungen Leute kamen Zornik in diesem Moment vor wie ein frischer Wind, der den Staub in den jahrhundertealten Mauern aufwirbelte. Ihre moderne Kleidung und die jugendliche Unbeschwertheit bildeten einen erfrischenden Kontrast zu den schweren eichenholzgetäfelten Wänden und der bemalten Stuckdecke, von deren Mitte ein wuchtiger Kristallleuchter hing.

«Guten Morgen!», grüßte er und lief die Treppe zum Pult hinunter.

Er warf die Tasche auf den Stuhl und ließ seinen Blick über die Studierenden schweifen. Charlotte, Marcus und Neda, die

Studentin mit dem blauen Haar, die vier Schwänzer und vier unbekannte Gesichter saßen startbereit mit iPads und aufgeklappten Laptops in den Bänken. Vor jedem stand ein Namenskärtchen. Aron und Sophie fehlten.

Sein Blick traf den von Charlotte. Sie schmunzelte. Da steckte Lucia Bertolli den Kopf zur Tür herein. Sie strahlte, hob den Daumen und setzte sich mit Borowski in die letzte Reihe.

Henry rieb sich die Hände. Alle sahen ihn erwartungsvoll an.

Er begrüßte seinen Kurs, nahm die Kreide und gab für die Nachzügler abermals Inhalt sowie Marschrichtung bekannt.

«Was wir hier versuchen werden, ist, uns in die Täter hineinzuversetzen, um ihre Taten zu verstehen. Die Devise ist: Denkt wie ein Mörder.»

Das Mädchen mit den blauen Haaren, das laut Namenskärtchen Sushi hieß, meldete sich. «Denkt wie ein Mörder, das klingt nach einer simplen Formel. Aber wie stelle ich das an? Ich kenne den Mörder ja noch nicht.»

«Die Frage ist berechtigt», sagte Henry und lehnte sich an das Pult. «Ausgangspunkt bei Tötungsdelikten ist fast immer der Fund einer Leiche. Jeder bekannte Fakt zur Ausführung der Tat entspricht einem Puzzleteil: die Auswahl des Ortes, des Opfers, die Art der Kontaktaufnahme, die Mordwaffe und deren Benutzung, die Entsorgung der Leiche oder ihre außergewöhnliche Präsentation. Welche Spuren hat der Täter hinterlassen, welche fehlen? Setzt man nun all diese Informationen zusammen und bedient sich kriminologischer Methoden, die Täter anhand bestimmter Kriterien in Profile einordnen, entwickelt man eine erste Theorie zum Täter und zu dessen Motiv, die es im Laufe der Ermittlung zu beweisen oder zu überarbeiten gilt. Man muss als Ermittler gewillt sein, die eigene Hypothese wieder umzustoßen, wenn sich neue Erkenntnisse ergeben. Glauben Sie mir, das kann sehr frustrierend sein.»

Ein Raunen ging durch die Menge.

«Übrigens hilft es, einen Tathergang nachzuvollziehen, wenn man ihn auch körperlich durchspielt, und nicht nur in Gedanken.» Er stieß sich vom Pult ab. «Eine beliebte Methode, die wir noch näher kennenlernen werden. Darüber hinaus habe ich mich neben der Analyse aller technischen Spuren, die den Täter überführen, immer bemüht, so schnell wie möglich den Hintergrund verdächtiger Personen zu verstehen: Beziehungen, Lebensweise, die biografische Entwicklung. Das Gleiche gilt natürlich auch für das oder die Opfer. Gab es eine Verbindung zwischen Täter und Opfer oder deren Umfeld?» Er ließ seinen Blick durch den Hörsaal gleiten. «Bringt man nun alle Puzzleteile in den richtigen Zusammenhang, ergibt sich ein Gesamtbild, anhand dessen man die Tat, das Motiv des Mörders zu verstehen beginnt, und bestenfalls kann man ablesen, was er als Nächstes vorhat. Ist Ihre Frage damit beantwortet?»

Sushi nickte.

«Ich wiederhole mich ungern, aber ich möchte noch einmal darauf hinweisen, dass Sie bei der Informationsbeschaffung verdeckt vorgehen müssen.» Er verwies auf Borowski. «Ihr Dozent für Tarnen und Täuschen gibt Ihnen dazu sicher wertvolle Tipps.» Borowski guckte etwas überrascht, fühlte sich aber in seinem Ego geschmeichelt, das konnte Henry sehen. «Und bitte tauchen Sie nicht alle gleichzeitig in der Stadtbibliothek auf, um sich den Tatort anzusehen.»

Alle nickten. «Charlotte und Sie beide!» Henry zeigte auf Marcus und Neda. «Sie haben einen Wissensvorsprung in unserem Fall des unbekannten Brandopfers. Ich bitte Sie, die Fakten ohne Bewertung vorzutragen. Damit alle am gleichen Ausgangspunkt starten können.»

Charlotte und die anderen zwei sprachen abwechselnd. Offenbar hatten sie sich gut vorbereitet. Die Studierenden hörten aufmerksam zu. Henry fasste das Wichtigste in Stichpunkten an der Tafel zusammen.

«Danke!», sagte er dann, lehnte rücklings an das Pult und wartete, bis alle die Köpfe hoben. «Ich denke, nun sind wir auf gleicher Höhe.» Er legte die Kreide auf den Tisch und wischte die Hände am Tafellappen ab. In Henry wuchs die Begeisterung für seinen neuen Job. Er trat neben den Stuhl, auf dem seine Tasche stand, packte eine Eieruhr aus und stellte sie auf das Pult. «Jetzt sind Sie dran. Jeder von Ihnen hat eine Minute Zeit, seine Gedanken und vielleicht auch schon eine erste Arbeitshypothese vorzutragen!»

Mehrere Arme schnellten hoch. Henry zeigte auf einen jungen Mann mit auffälliger Brille und las den Namen Lucas laut vom Pappschild, das vor ihm auf dem Tischchen stand. Lucas erhob sich.

«Die Indizienlage deutet meiner Meinung nach nicht eindeutig darauf hin, dass Opfer und Brandstifter identisch sind. Sie sagten, es konnte keine Stich- oder Schussverletzung am Opfer nachgewiesen werden. Wie ist es mit stumpfer Gewalt? Die Frau könnte vom Brandstifter niedergeschlagen und zum Zeitpunkt des Brandausbruches bewusstlos gewesen sein. Dann wäre sie auch an einer Rauchvergiftung gestorben.»

«Interessanter Ansatz!», sagte Henry. Daran hatten Lucia

Bertolli und er ja auch schon gedacht. Er zeigte auf Marcus und stellte die Eieruhr nach.

«Das angenommene Motiv und der vermutete Tathergang machen mich stutzig. Ich glaube kaum, dass die Unbekannte den Brandbeschleuniger in der Bibliothek gefunden hat. Wenn sie ihn mitgebracht hat, kam sie bereits in der Absicht, den Laden anzuzünden.»

Henry nickte. «Jede Tat bedeutet immer, der Täter traf Entscheidungen. Was glauben Sie? Handelt es sich um eine spontane oder eine geplante Tat?»

Wieder schossen Arme nach oben. Der Enthusiasmus der Studierenden übertrug sich auf ihn. Er zeigte auf Neda.

«Sie musste sich den Brandbeschleuniger ebenso wie das Einbruchswerkzeug beschaffen.»

«Ja», rief Robert. «Und sie musste vorher genau überlegen: Wie komme ich ungesehen in das Gebäude und wie wieder weg?»

«Entweder kannte sie sich aus oder hat das Gebäude vorher ausspioniert», warf Charlotte ein. «Man muss zwischen pathologischer Brandstiftung, also Pyromanie, die ihre Ursache in einer Impulskontrollstörung hat, und einer Brandstiftung mit zielführendem Motiv wie zum Beispiel einem politischen Akt, Vertuschung einer Straftat oder Versicherungsbetrug unterscheiden. Pyromanen empfinden einen unwiderstehlichen Drang, Feuer zu legen. Aber auch wenn der Handlungsimpuls spontan auftritt, so ist die Handlungsausführung geplant. Da wir die Identität des Opfers und damit deren Biografie nicht kennen, ist es unmöglich, die Straftat einzuordnen.»

«Sehr gut!», schaltete Henry sich wieder ein. «Charlottes Ausführungen weisen Ihnen den Weg. Grundvoraussetzung jeder erfolgreichen Ermittlung im Falle eines unnatürlichen Todes mit unbekanntem Opfer ist, neben der Aufnahme jeder noch so kleinen oder unbedeutend erscheinenden Spur am Tatort und Fundort, die Identifizierung der Leiche. Nur so kann man das Opfer mit der Tat in Beziehung setzen und die wichtigste Frage beantworten: *Warum ist das Opfer das Opfer?* Allein diese Erkenntnis kann den Ermittler zum Motiv des Täters führen.» Henry rieb sich die Kreide von den Handflächen. «Jedes unbeachtete Detail bedeutet eine Lücke in der Beweisführung. Deshalb ein Tipp: Schulen Sie Ihre Beobachtungsgabe. Gehen Sie in Cafés, auf Bahnhöfe, flanieren Sie an der Strandpromenade in Binz und studieren Sie das Verhalten der Menschen.»

Die Tür zum Hörsaal sprang auf. Aron und Sophie traten ein, guckten erstaunt und liefen die Treppe hinunter zu den vorderen Sitzreihen.

«Schön, dass Sie auch zu Ihrem gebuchten Kurs gefunden haben», sagte er.

Beide machten keine Anstalten, sich für ihr Zuspätkommen zu entschuldigen. Lag es an ihrem Zustand? Die beiden waren offensichtlich völlig verkatert.

«Bitte kommen Sie her», sagte Henry, winkte sie mit einer einladenden Handbewegung zu sich und forderte sie auf, sich zu ihren Mitstudierenden umzudrehen. «Keine Sorge, es geschieht Ihnen nichts.» Er stellte sich neben die zwei und wandte sich an die Zuhörer auf den Rängen. «Was fällt Ihnen an Sophie und Aron auf?»

«Tiefe Augenringe», sagte Marcus.

Neda legte den Kopf schief. «Blasse Gesichtshaut?»

«Sophie ist heute ungeschminkt und hat einen etwas gequälten Gesichtsausdruck», stellte Sushi fest.

Der Zugeknöpfte, auf dessen Namensschild Ludwig stand, zeigte auf Aron. «Er hat das T-Shirt links herum an.»

Henry nickte. «Welche Schlussfolgerungen ziehen Sie aus Ihren Beobachtungen?»

Ludwig zuckte die Schultern. «Beide haben letzte Nacht zu viel getrunken und heute Morgen verschlafen.»

«Weiter?»

Charlotte übernahm das Wort. «Sie haben sich über sich selbst geärgert, weil ihnen die Teilnahme am Kurs wichtig ist. Deshalb haben sie sich beeilt, in die Akademie zu kommen und dabei nicht auf ihr Aussehen geachtet.»

«Unser Erscheinungsbild, unsere Mimik, Gestik, unsere Haltung, das alles sagt mehr über uns aus, als uns manchmal lieb ist.» Henry lächelte Aron und Sophie zu, die etwas verdattert wirkten, was sicher auch am Restalkohol in ihrem Blut lag. «Danke, Sie dürfen sich setzen.»

Die zwei tauschten einen Blick und nahmen in der ersten Reihe Platz.

«Ich nehme an, Sie haben den Weg trotz ihrer körperlichen Beschwerden auf sich genommen, um uns Ihre ersten Ideen zu der Ermittlungsakte vorzutragen. Fühlen Sie sich in der Lage, uns Ihre Meinung zu den Fakten mitzuteilen?» Die beiden nickten. Henry merkte, dass sein verständnisvoller Ton gut ankam. Er zog die Eieruhr auf, stellte sie an die Tischkante. «Jeder hat eine Minute. Wer möchte beginnen?»

«Ganz einfach, Brandopfer und Brandstifter sind identisch», sagte Sophie knapp. Ihre Stimme klang belegt. Oje, da hat aber jemand mit einem Riesenkater zu kämpfen. Henry rechnete ihr hoch an, dass sie überhaupt zum Unterricht gekommen war. Sophie suchte den Blick ihrer Kommilitonen, offenbar erhoffte sie sich deren Unterstützung. Ihr Selbstbewusstsein, mit dem sie hier auftrat, war also nur Fassade. Das hatte er schon vermutet.

«Sie kommen zu dem gleichen Ergebnis wie die Ermittler vor drei Jahren. Können Sie das begründen?»

Sophies Mundwinkel zuckten. Sie atmete tief durch. «Ausgehend von der Spurenlage und dem rechtsmedizinischen Ergebnis sind die Schlussfolgerungen der Polizei nachvollziehbar. Ich sehe keinen Mord. Dafür fehlt mir die Fantasie.»

«Oder Sie geben sich mit der einfachsten Lösung zufrieden?», gab Henry zu bedenken.

Als Sophie nicht antwortete, stand Aron auf. Henry stellte die Eieruhr neu ein.

«Die Frage ist doch: Wer bricht in eine Bibliothek ein, um die Tageskasse zu knacken? Das muss jemand sein, der weiß, dass es dort überhaupt eine Tageskasse mit Einnahmen gibt. Mahngebühren, Jahresbeiträge ... Wir sind davon ausgegangen, dass nur jemand von solchen Einnahmen weiß, der selbst in einer Bibliothek angemeldet ist oder sogar dort arbeitet.»

«Mitarbeiter, Reinigungspersonal und die Leser der Bibliothek wurden alle befragt, sind am Leben und ...», begann Sophie, doch Henry unterbrach sie.

«Stopp! Ihre Redezeit war bereits um.»

Aron setzte sich schwer atmend. Der Kater des jungen Mannes schien ebenfalls beachtlich zu sein. Henry schmunzelte.

«Was meinen Sie?», fragte er die anderen. «Wie sieht es mit ehemaligen Mitarbeitern, Lesern und Reinigungspersonal aus?»

Sophie hob den Kopf. «Dazu habe ich nichts in der Akte gelesen.»

«Gut erkannt, Sophie! Wir machen morgen weiter.» Henry lächelte sie aufmunternd an.

«Aber morgen ist Samstag», widersprach sie.

«Tut mir leid. In diesem Kurs werden wir unter realen Ermittlungsbedingungen an der Lösung des Falls arbeiten. Das bedeutet, Ihr Wochenende ist gestrichen.»

Die Studierenden tuschelten miteinander.

«Es ist Ihnen freigestellt, an diesem Kurs teilzunehmen oder nicht», rief Henry und freute sich, dass alle sitzen blieben. Er machte eine bedeutungsvolle Pause, dann schaute er einen nach dem anderen an, bevor er sprach. «Um die Sache noch spannender zu gestalten, gibt es neben der Zeitbegrenzung Ihrer Präsentationen ab sofort eine weitere Regel. Wir werden in einen Wettstreit treten. Wer den Fall vor mir löst, hat den Kurs bestanden.» Henry las die Überraschung in allen Gesichtern.

«Ohne Abschlussprüfung?», fragte Marcus hoffnungsfroh.

«Sie haben es erfasst. Ich hoffe, das ist Ansporn genug für Sie, sich Tag und Nacht mit dem Rätsel zu befassen. Also seien Sie kreativ. Ruhm und Ehre gebührt am Ende nur demjenigen, der das Kardinalindiz findet, das den Täter oder die Täterin und sein oder ihr Motiv entlarvt.»

Die Studierenden redeten aufgeregt miteinander. Henry packte die Eieruhr weg.

«Charlotte, Sie sammeln die zusammengefalteten Namenszettel ein. Die kommen alle hier rein!» Er kippte die Kreidekiste aus und stellte sie auf das Lehrerpult. «Morgen ziehen wir dann die Reihenfolge ihrer Beiträge.»

Sophie schien nicht zu wissen, was sie davon zu halten hatte. «Wer zum Schluss dran ist, hat Pech, oder wie?», fragte sie matt.

«So sieht es aus. Das Leben ist hart und oft ungerecht», sagte Henry, schaute Sophie dabei aber mitfühlend an.

Erschöpft ließ sie den Kopf auf die Tischplatte sinken.

«Glückwunsch!», rief Lucia, nachdem die Veranstaltung offiziell beendet war. Sie lief zusammen mit Borowski die Stufen zu ihm herunter.

«Eine sehr interessante Vorlesung», lobte der junge Kollege. «Henry, du hast mich als Fan gewonnen. Zumal mich das Thema beruflich interessiert. Auch als Schauspieler muss ich quasi in die Psyche des Charakters eindringen und bei Bedarf auch die Motive eines Verbrechers nachvollziehen, um ihn authentisch darstellen zu können. Ich hoffe also, es stört dich nicht allzu sehr, wenn ich deinem Unterricht hin und wieder als stiller Zuhörer beiwohne. So wie ich es auch bei Lucia mache.»

«Wenn es deine Zeit zulässt, gerne», sagte Henry und sah, wie Borowski zu Lucia schielte.

«Deine Idee mit dem fächerübergreifenden Ansatz finden wir übrigens genial», fuhr Borowski fort.

«Ja, wir werden den Fall auch in unsere Unterrichtsstunden einfließen lassen.» Lucia nickte. «Vorausgesetzt, du bist damit einverstanden.»

Henry freute sich.

«Ups! Jetzt habe ich Sie einfach geduzt.»

«Das war aus meiner Sicht längst überfällig.» Er lächelte. «Gehen wir es an!»

KAPITEL 18

Er stand oben auf dem Kirchturm und beobachtete, wie Zornik das Fahrrad vor der Stadtbibliothek anschloss. Seit gestern Abend hatte er jeden seiner Schritte verfolgt. Pünktlich mit dem Glockenschlag um eins ließ die Bibliothekarin, eine junge Frau mit blondem Zopf, die Besucher hinein. Zornik folgte ihr. Ganz bestimmt nicht, um Bücher auszuleihen.

Genau das hatte er erwartet. Deshalb musste Zornik gestern schon hier am Kirchplatz gewesen sein, dachte er argwöhnisch. Schlechtes Timing! Ob er schon auf der Suche nach dem Alten war, der damals die Feuerwehr gerufen hatte? Tja, zu spät! Wie gut, dass er damals so geistesgegenwärtig gehandelt hatte. Er war ja nicht blöd. Trotzdem hatte er ein ungutes Gefühl. Musste er sich Sorgen machen? Wenn Zornik Witterung aufnahm, verfolgte er die Spur hartnäckig. Er würde sich die Räume ansehen und versuchen, den Tathergang zu rekonstruieren. Doch er würde nichts finden.

Beim Gedanken daran, wie Zornik sich den Kopf zerbrach, musste er grinsen. *«Verbrannt ist alles ganz und gar. Das arme Kind mit Haut und Haar. Ein Häuflein Asche blieb allein. Und beide Schuh so hübsch und fein»*, murmelte er vor sich hin.

Zornik würde der Bibliothekarin ein Loch in den Bauch fragen. Obwohl, ohne Dienstausweis konnte er nicht mehr so einfach vorgehen wie früher, als er noch ein echter Bulle war. Schade, dass er nicht zusehen konnte, wie Zornik sich anstellte, dachte er hämisch und wünschte dem Mann, den er zutiefst verachtete, dass er sich gründlich blamierte. Er nahm einen letzten Zug von seiner Zigarette und drückte die glimmende Kippe am Fenstersims aus. Dabei stellte er sich vor, wie er dem Bullen den Kehlkopf zerquetschte. Dann steckte er die Kippe ein, um keine Spuren zu hinterlassen. Auch wenn Zornik schon lange nicht mehr ermittelt hatte, durfte er ihn nicht unterschätzen. Gut, dass die Bibliothekarin neu war und nichts über den Brand sagen konnte. Sonst hätte er sich auch um sie noch kümmern müssen.

KAPITEL 19

Henry wartete vor der Stadtbibliothek, die freitags um 13 Uhr öffnete. Er spürte ein Kribbeln im Nacken, irgendwie hatte er das Gefühl, beobachtet zu werden. Damit, dass Kuntze ihn nach dem nächtlichen Vorfall ausspionierte, hatte er gerechnet. Unauffällig drehte er sich nach allen Seiten um, schaute sogar zum Kirchturm hoch. Doch da war niemand. Eigentlich konnte er sich gut auf seinen Nacken verlassen. Der hatte zwanzig Jahre Erfahrung und war einst polizeilich geschult worden. Henry zuckte mit den Schultern.

Pünktlich mit dem Glockenschlag ließ die Bibliothekarin ihn und einige andere Besucher hinein. Die junge Frau mit aschblondem Flechtzopf, sonnengebräunter Haut und sportlicher Figur sah aus wie eine Wassersportlerin, die den ganzen Tag an der frischen Luft trainierte, statt ihre Nase in Bücher zu stecken.

Schwungvoll schritt sie voran, stellte sich hinter den Tresen und verlangte freundlich lächelnd Henrys Leseausweis.

«Genau deshalb bin ich hier», sagte er und ließ den Blick durch den Raum und über das Regal hinter ihr schweifen. Die Geldkassette für Jahres- und Mahngebühren bewahrten sie zumindest nicht sichtbar auf.

«Sie möchten Leser bei uns werden.»

«Sie haben es erfasst.»

«Sind Sie Tourist? Für die haben wir gesonderte Bedingungen.»

«Nein.»

«Dann bräuchte ich bitte Ihren Personalausweis.»

Er gab ihr seinen Reisepass. Als sie die Adresse in São Paulo sah, zog sie die Augenbrauen hoch.

«Ich bin erst seit vier Wochen zurück und noch auf Wohnungssuche. Zurzeit lebe ich auf dem Campingplatz am Nonnensee», erklärte er.

Sie nickte ihm zu und übertrug seine Daten in den Computer. Der Drucker summte und spuckte ein zweiseitiges Formular aus, das er unterzeichnete. Sie nannte ihm die Jahresgebühr von zwanzig Euro. Er übergab ihr einen Fünfzigeuroschein und beobachtete genau, wo sie ihn ablegte. Ihre Hand verschwand unter dem Tresen und kam im nächsten Moment wieder hervor, drei Zehner zwischen Daumen und Zeigefinger. Henry bedankte sich für das Wechselgeld und hörte, wie sich ein Metalldeckel schloss. Aha, da unten stand die Geldkassette. Um zu wissen, wo es etwas zu holen gab, bedurfte es also keiner Insiderkenntnisse, man musste die Bibliothekarin nur einmal beim Abkassieren beobachtet haben. Das könnte für Francescos Annahme sprechen, dass Brandopfer gleich Brandstifterin gleich x-beliebige Einbrecherin war. Die Bibliothekarin überreichte Henry Leseausweis sowie Quittung.

«Herzlich willkommen als neuer Leser in unserer Stadtbibliothek!», sagte sie in feierlichem Ton und informierte ihn über alles Wissenswerte zum Ausleihen von Büchern. «Wenn Sie die Ausleihfrist überschreiten, fallen pro Buch ein Euro Mahngebühren pro Tag an.»

«Muss ich die bei Ihnen in bar bezahlen?»

«Ja, aktuell leider noch. Wir erhalten erst zum Jahresende eine Registrierkasse, sodass die Kunden dann auch mit EC-Karte bezahlen können.»

«Oh, da kommt bestimmt täglich ein Sümmchen zusammen.»

Sie überging seine Frage mit einem Lächeln. Wie eine Stewardess im Flugzeug wies sie ihm den Weg zu den einzelnen Abteilungen und erklärte, wo er die Toiletten und im Ernstfall den Notausgang fand.

«Verstehe, das ist der Stadtverwaltung nach dem Brand vor drei Jahren sicher wichtig. Ich habe zu dem Zeitpunkt im Ausland gelebt und es nur in der Zeitung verfolgt. Das Inferno muss ein ziemlicher Schock für Sie gewesen sein.»

Sie schüttelte den Kopf. «Ich arbeite erst seit einem Jahr hier und kenne die alte Bibliothek gar nicht.»

Wie schade. Dann brauchte er gar nicht weiter zu fragen. Sie war die falsche Ansprechpartnerin. Als Polizist hätte er jetzt nach jemandem verlangt, der zum Tatzeitpunkt auch hier gearbeitet hat, aber das konnte er in seiner neuen Rolle, quasi als verdeckter Ermittler, natürlich nicht tun. Er mahnte sich zur Geduld. Vielleicht funktionierte eine andere Strategie. «In der Zeitung stand, dass die Räume wieder originalgetreu aufgebaut wurden ... Ob das stimmt, werden Sie auch nicht wissen, oder?»

«Doch, man hat selbst die Abteilungen nach dem gleichen System angeordnet.»

Hinter Henry trat eine Mutter mit quengelndem Kleinkind auf dem Arm und einem Korb Büchern in der Hand von einem Fuß auf den anderen.

«Entschuldigung, ich halte den ganzen Verkehr auf», sagte er.

Die Bibliothekarin lächelte geduldig. «Viel Spaß beim Stöbern!»

Aufmerksam spazierte Henry durch die Räume und achtete auf Details. Der Fußboden war aus Holz. Den musste es im alten Gebäude auch gegeben haben. Bei Fliesen oder Betonboden hätte sich das Feuer nicht so schnell ausgebreitet. Er verglich die Raumaufteilung gedanklich mit dem Grundriss in der Akte und stellte fest, dass es keine Türschwellen gab. Ordentliches Brennmaterial ohne Barrieren. Der etwa zwanzig Meter lange Flur verband die verschiedenen Abteilungen miteinander. Henry blieb stehen. Am anderen Ende sah er den blonden Wuschelkopf aus seinem Kurs. Marcus. Noch einer, der Eindrücke sammelte. Der Junge trat aus einer offenen Tür in den Flur, entzündete mit einer Handbewegung ein imaginäres Streichholz und warf es auf den Boden, an die Stelle, wo damals der Brandbeschleuniger verschüttet worden war. Gespielt erschrocken sprang er zurück in den Raum. Henry lief den Flur bis zu ihm hinunter und sah, wie sein Student im fensterlosen Raum verzweifelt nach einem Ausgang suchte.

«So weit ist sie nicht gekommen», unterbrach Henry das Spiel. «Die Leiche lag im Eingangsbereich.» Er freute sich darüber, dass der junge Mann seinen Hinweis aus der Vorlesung zum besseren Verständnis des Tathergangs erprobte.

Marcus verschränkte die Arme vor der Brust. «Sie könnte zurückgerannt sein. Aber, stimmt, das ergibt keinen Sinn.» Sein Blick wanderte im Raum umher, in Gedanken schien er den in der Akte beschriebenen Ablauf der Tat noch mal durchzuspielen. «Ich bin in einer Familie von Dieben aufgewachsen, mein Vater hat mich bereits als Fünfjährigen auf seine Beschaffungstouren mitgenommen», sagte er, ohne Henry anzusehen. «Mit Einbrechern und deren Denke kenne ich mich bestens aus.»

«Ach», sagte Henry erstaunt.

«Ohne zu wissen, ob es was zu holen gibt, geht selbst der Dümmste nirgendwo blind rein. Das wäre ja wie russisch Roulette. Außerdem hat jeder Dieb einen Plan, wie er nicht nur ungesehen in das Objekt rein-, sondern auch wieder rauskommt. Ob das am Ende funktioniert oder man improvisieren muss, ist erst mal uninteressant.» Er fuhr sich mit der Hand durch die Haare. «Sie haben gesagt, wenn wir einen Mörder schnappen wollen, müssen wir wie einer denken. Denke ich wie eine Einbrecherin, also unsere unbekannte Tote, ist der beschriebene Tathergang einfach unlogisch. Sie wusste, dass es eine Tageskasse gab, erwartete eine bestimmte Summe Geld. Nun war die Kasse an dem Abend leer. Vor Wut verschüttet sie Spiritus, der in der Akte als Brandbeschleuniger benannt ist. Die dunkle Pfütze war ziemlich groß. Es muss sich also um einen vollen Kanister, schätzungsweise mindestens 5 Liter, gehandelt haben. Eine handelsübliche Menge, wenn man ein Gewerbe hat. Ich nehme an, den hat sie aus der Besenkammer genommen.» Marcus zeigte auf die Tür neben sich. Henry drückte die Klinke herunter. Die Tür war abgeschlossen.

«Ich habe bereits nachgesehen», sagte der Junge verschmitzt, was Henry ein Lächeln entlockte.

«Dort stehen mehrere Kanister mit spiritushaltiger Reinigungslösung im Regal. Was sie übrigens auch gewusst haben muss, denn das Zeug steht ja hier nicht offen rum.»

Henry nickte. Der Junge war clever und anscheinend mit allen Wassern gewaschen. Das gefiel ihm.

«Und weiter?», fragte er interessiert. Marcus' letzte Erkenntnis war entscheidend, denn sie engte den Täterkreis ein. Es war eine schlaue Strategie, Blumes Ergebnis, dass das Opfer eine Einbrecherin und die Brandstifterin war, an den Anfang der Überlegung zu stellen und auf dieser Grundlage den Tathergang zu rekonstruieren. Damit hatten sie gerade die Erkenntnis gewonnen, dass für den von Blume angenommenen Tathergang Insiderwissen nötig gewesen war.

Marcus verschüttete gerade imaginäre Flüssigkeit aus einem imaginären Behälter und zündete ein ebenso imaginäres Streichholz an. «Sehen Sie, wo ich stehe? Von hier aus kann ich mich rückwärts entfernen, die Flucht ergreifen und von draußen zufrieden zusehen, wie die Bude abfackelt. Nur ein Idiot hätte sich in den Eingang eines fensterlosen Raumes gestellt und sich den Fluchtweg selbst abgeschnitten.»

«Außer?»

«Außer sie wurde überrascht, aber auch dann macht es keinen Sinn, dass sie dort im Türrahmen gestanden hat.» Nachdenklich änderte Marcus noch mal seine Position und spielte den möglichen Ablauf erneut durch. «Sehen Sie, das ist unlogisch!»

«Sie gehen also davon aus, dass der Fundort der Leiche und der angenommene Tathergang der damals ermittelnden Beamten nicht plausibel sind.»

«Richtig! Aber auch die andere Variante ist nicht logisch. Angenommen, sie wollte nur die Bibliothek anzünden und nicht klauen, dann hätte sie sich doch vorher zum Selbstschutz rückversichert, dass sie unbeschadet aus dem Gebäude rauskommt. Dann hätte sie sichergestellt, denselben Weg, auf dem sie in das Haus eingedrungen ist, auch wieder raus nehmen zu können.»

«Selbstmord?»

«Der geht einfacher und schmerzloser.»

«Vielleicht wollte sie ein Zeichen setzen?»

«Nachts? Wo niemand zusieht? Das glaube ich nicht. Und dann hätte man irgendwas gefunden, das genau darauf hinweist. Nein, so wie sich die Lage darstellt, muss jemand anderes den Brand gelegt und ihr absichtlich den Weg abgeschnitten haben.»

Henry klopfte Marcus auf die Schulter. «Nicht schlecht. Ich nehme an, Sie machen dieses Studium, um sich von Ihrer Familientradition zu lösen. Warum?»

Marcus hob den Blick und sah ihn direkt an. «Meinen Geschwistern und mir wurde auf brutale Art und Weise beigebracht, andere Menschen zu bestehlen und zu betrügen. Uns wurde eingetrichtert, das geschehe alles zum Wohle der Familie. Dabei profitierte nur einer davon, mein Onkel. Spätestens als er meiner Schwester die Hand verstümmelt hat, damit sie beim Betteln mitleiderregender aussieht, war mir klar, dass wir Kinder nur Marionetten waren.»

Henry nickte. «So schlimm Ihre Erfahrungen waren. Jetzt können Sie auf andere Art Nutzen daraus ziehen. Sie sind auf dem richtigen Weg.»

Er lächelte Marcus noch einmal zu, dann drehte er sich um und lief wieder zurück in Richtung Eingang. Auf halber Strecke kam er an der Sachbuchabteilung vorbei und blieb stehen, weil sein Blick auf eine professionell geschminkte Jugendliche in superengen zerrissenen Jeans fiel, die beim Einräumen von Büchern fast einschlief. Ihr Gesichtsausdruck ließ keinen Zweifel an ihrer Lustlosigkeit. Fast glaubte er, so etwas wie Aggression in ihrer Körperhaltung zu lesen. Keine Leserin. Eine Praktikantin? Die war garantiert nicht freiwillig hier. Henry fiel Charlottes Herleitung von gestern Abend ein, dass die unbekannte Einbrecherin die Bibliothek vielleicht angezündet hat, weil sie eine Demütigung mit dem Ort verband. Es fühlte sich zwar nicht wie eine Spur an, aber es war eine Möglichkeit, die man nicht außer Acht lassen sollte.

Er trat neben sie an das Regal, zog irgendein Buch heraus, schlug es auf und betrachtete die Bilder, ohne sie wirklich wahrzunehmen. Sie musterte ihn von der Seite, murmelte etwas wie «pervers» und sortierte seufzend weitere Bücher vom Wagen ins Regal. Erst jetzt bemerkte er, dass er ein Buch über Reiten für Anfänger in der Hand hielt, in dem kleine Mädchen abgebildet waren.

«Du hast es wohl nicht so mit Büchern?»

«Lass stecken, Alter! Kümmere dich um deinen Scheiß, klar?» Sie drehte sich weg.

«Brauchst du Kohle?»

«Kohle!» Sie lachte schallend. «Was bist'n du für'n Perversling. Seh ich so aus, als würde ich dir einen blasen? Bah!»

«Falsch verstanden, Mädchen. Ich wollte damit sagen, dass es ziemlich offensichtlich ist, dass du die Arbeit hier nicht freiwillig machst, um dein Taschengeld aufzubessern.» Er stellte das Reitanfänger-Buch zurück ins Regal.

Sie lachte bitter. «Als ob ich für den Drecksjob Geld kriege.»

«Wer zwingt dich dann dazu?»

«Der Jugendrichter, du Prollo», pöbelte sie.

Aha! Sie musste also gemeinnützige Stunden ableisten, weil sie eine Jugendstrafe bekommen hatte. Offenbar war die Bibliothek eine Einsatzstelle der Staatsanwaltschaft für gemeinnützige Arbeit. Ob das vor drei Jahren auch schon der Fall gewesen war, musste er überprüfen. Und dann musste er in der Ermittlungsakte die Listen der Beschäftigten und ehemaligen Beschäftigten durchgehen, ob dort Jugendliche aufgeführt waren, die aus diesem Grund in der Bibliothek gearbeitet hatten.

«Was ist denn hier los?», unterbrach die Bibliothekarin die Unterhaltung. «Jennifer, benimmst du dich mal! Wir sind hier in einer Bibliothek und nicht im Klubhaus. Entschuldigung!», sagte sie an Henry gerichtet, nachdem sie Jennifer zu ihrer Kollegin geschickt hatte. «Jugendliche, die durch ihre Familien keinen Bezug zu Literatur oder Kultur mitbekommen haben, wissen oft nicht, wie man sich in dieser Umgebung verhält.»

«Deshalb bieten Sie straffällig gewordenen Teenagern das Ableisten von gemeinnützigen Stunden an?»

«Nicht nur das. Gerade für Kinder und Jugendliche aus bildungsfernen Schichten initiieren wir zusätzlich kulturelle Projekte, um sie an das Medium Buch heranzuführen.»

Henry wurde hellhörig. Vielleicht konnte sie ihm ja doch weiterhelfen. Er durfte nur nicht zu forsch vorgehen, sonst würde er ihr Misstrauen erregen. In Momenten wie diesen vermisste er seinen Dienstausweis schmerzlich.

«War das Ihre Idee?» Er schenkte der Bibliothekarin einen anerkennenden Blick.

Sie winkte ab. «Nein, das Konzept habe ich von meiner Vorvorgängerin übernommen. Die Bibliothek hat sich schon immer sehr bemüht, Kinder und Jugendliche auf kreative Weise für das Lesen zu begeistern.»

Henry deutete Richtung Tür. «Und motzen alle Jugendlichen so rum, die hier ihre Strafe abarbeiten?»

«Wir haben auch schon welche bekehrt, aber für die meisten kommt die Begegnung mit diesem Ort zu spät. Sie sind wütend, dass sie gezwungen werden, ihre Zeit hier zu verbringen.»

«Vielleicht fühlen sie sich gegenüber den Besuchern minderwertig», sagte er.

Die Bibliothekarin zuckte mit den Schultern. «Das kann natürlich auch sein.»

«Kam es vor, dass diese Jugendlichen hier was zerstört haben?»

«Klar, zerrissene Bücher, zerbrochene CDs, aufgeschlitzte Kissen in der Kinderleseecke. Meine Vorgängerinnen wurden mehr als einmal beschimpft.»

«Verstehe.»

Er musste unbedingt die Listen der Befragten überprüfen. Hoffentlich waren diese Jugendlichen aufgeführt. Was er allerdings bezweifelte, so schlampig wie Francesco gearbeitet hatte. In diese Richtung hatte der wahrscheinlich gar nicht erst gedacht.

«Sie fragen, als wären Sie vom Gericht.» Ihr Blick wanderte in Henrys leeren Korb. «Geht es um die Verlängerung unseres Antrages bei der Staatsanwaltschaft als Einsatzstelle für gemeinnützige Arbeit? Oder hat sich jemand beschwert?» Ihr Gesichtsausdruck wurde wachsam.

«Nein, ich interessiere mich nur allgemein.»

«Sie haben ja bis jetzt noch gar nichts gefunden. Kann ich Ihnen irgendwie weiterhelfen?», fragte sie, jetzt in distanzierterem Ton.

Sein Blick fiel auf das Schild zu den Kinder- und Jugendbüchern. «Eigentlich suche ich ein Buch mit Zaubertricks für meinen Neffen», sagte er schnell. Hoffentlich kaufte sie ihm diese Ausrede ab. Verdeckt zu ermitteln, war mühsamer als gedacht, er musste seine ganze Geduld aufbringen, was ihm verdammt schwerfiel.

«Da sind Sie hier falsch.» Sie brachte ihn zum richtigen Regal, in dem eine ganze Reihe Bücher und Spiele zum Thema Zaubern standen.

«Danke!», sagte er und warf einen Blick auf die Wanduhr. Er musste sich sputen. Ihm blieben noch dreißig Minuten bis zu seinem Besuch bei Matti – ihm etwas Neues von Lego zu kaufen, würde er gar nicht mehr schaffen.

Die Bibliothekarin wich nicht von seiner Seite. Anscheinend traute sie ihm nicht.

«Das ist ja eine Riesenauswahl.» Er fuhr mit dem Zeigefinger über die Buchrücken, griff eines heraus, las den Titel und packte es in den Korb. «Vielleicht noch einen von diesen Zauberkästen?» Er nahm einen aus dem Regal. Das Lego würde Matti beim nächsten Mal bekommen. Heute wollte er mit dem Jungen zaubern. Ein Spiel, das ihn selbst als Kind begeistert hatte. Matti würde es auch mögen.

KAPITEL 20

Das Kinderheim, in dem Matti lebte, war in einer Villa mit einem großen, parkähnlichen Garten untergebracht, die in einer ruhigeren Nebenstraße am Rugard lag.

Wenn Henry ihn freitags besuchte, kam er um Punkt 14 Uhr. Erst spielten sie eine Runde Scrabble, dann gab es den Nachmittagsimbiss, und danach plauderten sie oder bauten Lego. Ein Blick auf die Uhr verriet Henry, dass er heute eindeutig zu spät dran war. Er trat in die Pedale, überquerte die Ringstraße, die in die B 96 mündete. Die schnellste Transitstrecke zwischen Deutschland und Schweden endete im Fährhafen Sassnitz.

Vor dem Eisenzaun, dessen Pfeilspitzen ihn um eine Kopflänge überragten, stellte Henry das Fahrrad ab. Dahinter tobten Kinder verschiedenen Alters auf dem Abenteuerspielplatz, einem großen Piratenschiff aus Holz. Die großzügige Spende eines Förderers, der Vermieter einer Ferienwohnanlage auf der Insel war.

Am liebsten hätte Henry den Termin heute ausfallen lassen, um weiterzuermitteln, aber das konnte er dem Jungen nicht antun. Matti war hochsensibel, und Henry wollte nicht, dass der Junge sich zurückgestoßen fühlte, weil Henry andere Dinge wichtiger waren. Was natürlich nicht stimmte. Warum hatte er bloß diesen Wettbewerb ausgerufen? Hinzu kam, dass er nach wie vor eine Wohnung finden musste, und zwar schnell. Da hatte er sich ganz schön was eingebrockt.

«Henry Zornik für Matti Grabner», meldete er sich an der Sprechanlage und lief tief in Gedanken versunken über den Kiesweg zum Haus, ohne die Kinder auf dem Freigelände zu beachten. Er wusste, dass Matti nicht unter ihnen war. Ein Blick nach oben genügte. Der Neunjährige saß mit ernstem Gesicht am Fenster seines Zimmers und wartete auf Henry. Er war vier Minuten zu spät, das war Matti sicher nicht entgangen.

Henry winkte ihm zu und beschleunigte seinen Schritt, der Kies unter seinen Sohlen knirschte. Im Foyer fing ihn eine Erzieherin ab. «Herr Zornik, es gibt da ein Problem. Frau Haberland will Sie sprechen.» Sie zeigte auf die geschlossene Tür, an der *Heimleitung* stand.

«Gut, ich kläre das hinterher.» Er ahnte, worum es ging. Die ausstehende Bezahlung der Therapiestunden. Das hatte noch drei Stunden Zeit. Oder ging es etwa um den Adoptionsantrag? Frau Haberland befürwortete sein Vorhaben zwar, aber er hatte auch eine gewisse Skepsis wahrgenommen, ob er es schaffen würde, sich sieben Tage die Woche angemessen um Matti zu kümmern.

Die Erzieherin schüttelte den Kopf, dass ihr Pferdeschwanz wackelte. «Die Chefin möchte gleich mit Ihnen reden.»

Henry knurrte. Ein dumpfes Gefühl breitete sich in seinem Bauch aus. «Gut, aber ich muss Matti wenigstens Bescheid sagen. Er hat mich schon gesehen und wundert sich sonst. Sie wissen, wie ihn jede winzige Veränderung im Ablauf stresst.»

Zwei Stufen auf einmal nehmend, eilte er die Treppe hoch, klopfte an Mattis Tür und steckte den Kopf ins Zimmer. Der Neunjährige saß stocksteif am Tisch, auf dem er bereits das

Scrabble-Spiel aufgebaut hatte. Sein Blick war auf die Uhr an der Wand gegenüber gerichtet.

«Zu spät!», rief er vorwurfsvoll. «Exakt fünf Minuten und achtundvierzig Sekunden. Das wird knapp. Uns bleiben genau vierundzwanzig Minuten und zwölf, elf, zehn, neun, acht Sekunden für unser Spiel, bevor 145 Gramm Blaubeermuffin und 175 Milliliter Waldkräutertee serviert werden.»

«Tut mir leid, wir müssen unser Spiel noch um ein paar Minuten verschieben.» Henry trat neben ihn an den Tisch. «Frau Haberland will was Dringendes mit mir besprechen, das wohl keinen Aufschub duldet.»

Matti sah zu ihm auf, dann richtete er den Blick wieder auf die Wanduhr. Wortlos wischte er mit einer einzigen Handbewegung das Brettspiel vom Tisch. Seine Enttäuschung traf Henry wie ein Schlag in die Magengrube. Den Jungen damit zu vertrösten, dass sie einfach eine halbe Stunde später spielen würden, machte keinen Sinn. Für ihn war der Punkt, mit Henry Scrabble spielen, in seiner Tagesordnung für heute erledigt. Henry mochte sich kaum vorstellen, welche Enttäuschung er in dem Kleinen auslösen würde, wenn er wegen der Ermittlung oder der Wohnungssuche einmal einen Besuch ganz ausfallen lassen würde. Das aufgebaute Vertrauensverhältnis wäre wieder zerstört.

«Bis zur Vesper bin ich zurück, versprochen.»

«Dreiundzwanzig Minuten, einundzwanzig, zwanzig, neunzehn Sekunden.»

Matti würde die Zeit rückwärts zählen, bis Henry wiederkam. Er sollte sich beeilen. Henry presste die Lippen zusammen und machte sich auf den Weg zur Heimleitung.

Frau Haberland saß hinter ihrem unaufgeräumten Schreibtisch über einem Haufen Papiere gebeugt und empfing ihn mit säuerlicher Miene. Sie setzte die Lesebrille ab. «Herr Zornik! Nehmen Sie bitte Platz.»

Henry blieb stehen. «Was gibt es so Dringendes, das Sie Mattis Routine unterbrechen und den Jungen unnötig in Aufruhr versetzen?»

«Tut mir leid, ich habe gleich einen wichtigen Termin beim Bürgermeister. Die Stadt hat für das Folgejahr wieder die Zuschüsse gekürzt.»

«Ist das nicht jedes Jahr das gleiche Spiel?»

«Wem sagen Sie es! Eine never ending story.» Sie winkte ab. «Sie sind bei der Hundetherapeutin für August immer noch im Rückstand. Sie hat mir gedroht, Mattis Therapiestunden einzustellen. Zukünftig fordert sie die Bezahlung im Voraus.»

Frau Haberland schob ihm die Mahnung über den Tisch.

Er rechnete. Das Dozentenhonorar würde für seine Lebenshaltungskosten inklusive Matti und die Hundetherapie sicher reichen, vorausgesetzt, er fand eine Wohnung, die in sein Budget hineinpasste.

«Ich weiß, Sie bemühen sich, und Ihnen ist das wichtig, aber wenn es Ihnen finanziell nicht möglich ist, dann müssen wir die Hundetherapie abbrechen.»

«Das kommt nicht infrage!» Er steckte die Mahnung ein und versprach, sie noch heute zu überweisen. Die Hundetherapie war das Einzige, was Matti bisher geholfen hatte, besser mit seiner Trauer über den Verlust von Mutter und Großmutter zurechtzukommen. Henry räusperte sich. «Kennen Sie vielleicht jemanden, der eine bezahlbare Wohnung vermietet?»

«Ich kann mich umhören. Aber, Herr Zornik, ich muss Sie

das fragen: Haben Sie sich das wirklich richtig überlegt mit der Adoption?»

Henry runzelte die Stirn. Er ärgerte sich, dass sie seine Absicht anzweifelte. Er hatte sich diesen Schritt sehr wohl überlegt.

«Bitte verstehen Sie mich nicht falsch», sagte Frau Haberland und atmete tief durch, weil ihr offenbar die richtigen Worte fehlten. «Sie tun Matti gut und er Ihnen sicher auch, aber er ist kein einfaches Kind und wird Ihre Aufmerksamkeit rund um die Uhr beanspruchen. Sie sind berufstätig. Können Sie ihm wirklich diese Struktur und Routine geben, die er braucht?»

Henry rang sich ein Lächeln ab. «Seine Mutter und seine Großmutter waren auch berufstätig. Ich hatte nie den Eindruck, dass es ihm dort an etwas gemangelt hätte. Mir ist bewusst, worauf ich mich einlasse. Struktur und Routine sind wichtig. Und ich gehe nicht davon aus, dass ich im Zusammenleben mit Matti alles richtig machen werde. Sicher wird es hier und da Konflikte geben, aber das Entscheidende für sein Wohlbefinden ist doch, dass er in Liebe und Geborgenheit aufwächst und eine feste Bezugsperson hat, der er vertrauen kann.»

Frau Haberland schien peinlich berührt, sie räusperte sich hinter vorgehaltener Hand. Henry wandte sich zum Gehen.

«Da gibt es noch etwas. Tim, unser neuer Erzieher, hat gesagt, heute Vormittag im Park wurden er und Matti von drei verwahrlosten Männern angehalten. Sie haben ihn umringt und Matti angesprochen.»

Henry erschrak. «Was wollten sie von ihm?»

«Sie haben nur gesagt, Matti soll Ihnen bei Ihrem nächsten Besuch einen schönen Gruß ausrichten.»

«Haben die Männer Matti oder Ihren Mitarbeiter bedroht?»

«Nicht direkt. Aber gibt es da etwas, was ich wissen sollte? Ist der Junge in Gefahr?»

Henry ignorierte die Frage. «Ist es möglich, dass Matti vorläufig nicht das Heimgelände zum Spaziergang verlässt?»

Sie seufzte. «Das unterbricht dann aber seine Routine.»

«Bitte!»

«Wir werden es versuchen, aber bringen Sie das schnellstens in Ordnung. Sie wollen doch das Adoptionsverfahren nicht gefährden.» Frau Haberland zog eine Augenbraue hoch. «Während der Prüfung müssen Sie sich darauf gefasst machen, dass man Ihre Lebensverhältnisse zum Wohle des Kindes genau unter die Lupe nimmt.»

Als er in Mattis Zimmer zurückkam, war alles unverändert. Matti saß am Tisch mit Blick auf die Uhr und zählte die Sekunden und Minuten rückwärts. Die Einzelteile des Brettspiels lagen über den Fußboden verstreut.

Henry bückte sich und sammelte das Spielbrett, Würfel und Holzbuchstaben auf, verstaute alles in der dazugehörigen Schachtel und legte sie in das offene Regal, in dem außerdem einige komplizierte Legomodelle standen.

«Zehn, neun, acht, sieben ...»

Die Tür schwang auf, und Melanie, eine stets fröhlich lächelnde Erzieherin, brachte ein Tablett herein, darauf zwei Teller mit Muffins und zwei mit Tee gefüllte Tassen. Henry nahm es ihr ab und bedankte sich. Noch bevor Matti bei null angekommen war, saß Henry am Tisch und stellte das Tablett zwischen ihnen ab.

«Du hast dein Versprechen eingehalten», sagte Matti mit steinerner Miene, aus der nie zu lesen war, was er empfand. Er nahm einen Muffin, biss hinein und kaute.

Erst als er aufgegessen und sich die Krümel vom Mund und vom Tisch gewischt hatte, rührte er den Tee an, trank einen Schluck. Dann stellte er die gleiche Frage wie immer: «Wie läuft's bei der Arbeit?»

Henry erzählte ihm von dem neuen Job, den Studierenden, dem Fall, der ihm Kopfzerbrechen bereitete, und dem Wettstreit, den er angezettelt hatte.

«Bis jetzt sind ihre Ideen nicht besser als meine. Aber der eine, er heißt Marcus, der ist gut. Ein junger Mann mit kreativen Ansätzen auf der Suche nach eigenen Lösungen.»

«Du siehst dich in ihm. Er macht dir Konkurrenz, aber du willst gewinnen», stellte Matti mit regungsloser Miene fest, und Henry war sich nicht sicher, ob er in den Augen des Jungen ein Aufblitzen sah. «Schon Goethe hat gesagt: Nichts ist schrecklicher als ein Lehrer, der nicht mehr weiß als das, was die Schüler wissen sollen.»

«Das stimmt, der Lehrer sollte immer schlauer sein als seine Schüler», sagte Henry und holte Zauberbuch und Zauberkasten aus dem Bibliotheksbeutel. «Ich habe dir etwas mitgebracht.»

Gespannt packte er alles auf den Tisch. Matti warf einen Blick darauf, ohne etwas zu sagen. Henry schlug das Buch irgendwo in der Mitte auf und las den Text zu einem Kartentrick vor, der auf der Seite erklärt wurde. Er klatschte in die Hände. «Okay, das probieren wir jetzt. Ich hatte als Kind auch einen Zauberkasten. Ein Geschenk zu Weihnachten.»

Henry lächelte. Das war das einzige Weihnachtsfest, an das

er glückliche Erinnerungen hatte, dachte er. Seine Mutter hatte einen neuen Freund gehabt, das machte sie großzügig und gut gelaunt. Aus heutiger Sicht wusste er, dass sie dem Neuen nur hatte imponieren wollen. Kaum war er nach Silvester wieder aus ihrem Leben verschwunden gewesen, behandelte sie Henry und seinen Bruder wie Dreck, der ihr nur an der Hacke klebte, weil sie zweimal nicht aufgepasst hatte.

Mit großer Geste entnahm Henry dem Zauberkasten drei Goldmünzen und ein Tuch. «Ich zeige dir einen Trick, den ich als Kind stundenlang geübt habe.»

Er ließ die Goldmünzen erst verschwinden, bevor er sie Matti aus Ohren und Nase zog. Dabei vollführte er ausschweifende Gesten wie ein Magier, der tausend Zuschauer zum Staunen bringen wollte. Matti verzog keine Miene. Henry langweilte ihn. Sein kleiner Freund hatte die Nummer längst durchschaut.

«Dein Trick basiert auf einer optischen Täuschung. Du hast falsche Reize gesetzt, auf die ich schauen sollte, und mich zu überlisten versucht, ganz nach dem klassischen Prinzip: Schnelle Bewegung deckt langsame Bewegung, große Bewegung deckt kleine Bewegung. Netter Versuch, von deinem Problem abzulenken.»

So war er, knallhart und direkt.

«Du kennst dich anscheinend gut mit Zauberei aus.»

«Nein. Wir verfügen nicht über wirkliche Zauberkräfte. Der Zauberer unterhält sein Publikum mittels Täuschung. Da gibt es drei Möglichkeiten: die Sinnestäuschung, die Wahrnehmungstäuschung und die Denktäuschung. Wobei Letztere am schwersten zu durchschauen ist. Dabei bringt der Zauberer das Publikum gezielt auf die falsche Fährte, sodass eine bestimmte Erklärung zum Greifen nah ist. Natürlich ist die Erklärung falsch, und selbst bei längerer Betrachtung führt sie nicht zum Ergebnis. Der Zuschauer hat sich aber so in diese Idee verrannt, dass er das eigentliche Geheimnis übersieht», beendete Matti seinen Vortrag.

Henry gab auf und packte den Zauberkasten zusammen.

«Erzähl mir vom Tatort.» Mattis Blick fokussierte den Schriftzug *Bergener Stadtbibliothek* auf dem Beutel, den die Bibliothekarin Henry mitgegeben hatte.

Er setzte sich an den Tisch, erzählte von Marcus' Versuchen, den Tathergang zu rekonstruieren, und von der Begegnung mit der lustlosen Jugendlichen. «Wenn der damalige Ermittler die Jugendlichen übersehen hat, die in der Bibliothek Sozialstunden ableisten mussten, und sie in der Liste der Beschäftigten nicht aufgeführt sind, gibt es eine Lücke in der Beweisführung. Das muss ich unbedingt überprüfen, weil einer von ihnen mich vielleicht zum Namen des Brandopfers führen könnte.»

Matti hörte ihm zu, ohne Zwischenfragen zu stellen. Wie so oft kam er Henry dabei fast wie ein Roboter oder Computer vor, der alle Informationen aufnahm und in einem komplizierten Programm verarbeitete, um dann sein Ergebnis zu verkünden, meistens in eine Geste oder einen kryptischen Satz verpackt. Für Henry kamen diese Nachrichten verschlüsselten Botschaften oder einem Orakel gleich, das er, ein normal intelligenter Mensch, meist erst später verstand. Wenn es ihm gelang, bewunderte er Mattis Kombinationsfähigkeit.

Nach einer kurzen Minute des Schweigens fragte Matti jetzt nach einem Feuerzeug. Henry kramte in den Jackentaschen und reichte ihm das von Kuntze, das er in der Kirche an sich genommen hatte. Der Junge machte es an und hielt die Flamme an das leere Muffinförmchen aus Papier auf seinem Teller. Es fing Feuer und brannte lichterloh. Henry sprang auf und nahm ihm das Feuerzeug weg.

Beim Blick in Henrys Augen lächelte Matti kalt. «Feuer besitzt die Macht zu vernichten. Mit dem Stadtbrand von Rom, heißt es, wollte Nero Platz schaffen für einen riesigen goldenen Palast.»

KAPITEL 21

Charlotte saß im Schneidersitz inmitten der ausgebreiteten Kopien der Polizeiakte auf dem Bett. Durch ihre Zimmertür drang Musik und Stimmengewirr an ihr Ohr. Obwohl es ihr heute Morgen so schlecht gegangen war, hatte Sophie heute Abend schon wieder zur Party in die WG-Küche geladen, um ihren fehlerfreien Test in Strafrecht zu feiern. Ihr schrilles Lachen übertönte alles. Charlotte versuchte, sich zu konzentrieren. Es fiel ihr schwer.

Sie recherchierte im Internet und rief die Begriffserklärung für «visionäre Intuition» auf. Eine Fähigkeit, von der sie annahm, dass Zornik sie hatte, denn nur so konnte sie sich seine früheren Ermittlungserfolge von über 98 Prozent Aufklärungsquote erklären.

«Ein Visionär mag nicht alles bis ins letzte Detail begründen können, aber er vertraut seiner Intuition», las sie flüsternd vor sich hin. Charlotte schmunzelte. Das galt auch ein wenig für sie selbst. Sie war in der Lage, anhand ganz weniger Informationen Persönlichkeitsprofile von Menschen zu erstellen. Ein Blick reichte aus, um aus ihrem Verhalten Rückschlüsse auf den Charakter zu ziehen. Auch bei Toten funktionierte das, sofern sie einen Namen hatten. Anhand des sozialen Umfeldes, der Biografie und der Wohnverhältnisse konnte sie ziemlich zutreffend schlussfolgern, was für Menschen sie einmal gewesen waren. Auch hier hätte dieses Talent ihr helfen können. Aber dieser Fall war eine Gleichung mit zu vielen Unbekannten. Wo sollte sie ansetzen?

Sie las den Obduktionsbericht noch einmal und schaute sich die Fotos der Leichenteile genau an. Bei den Überresten eines Implantats, einer Titanplatte, blieb sie hängen, drehte und wendete die Kopie immer wieder. *Acht oder neun?* Die Ermittler hatten die letzte Ziffer der Seriennummer als neun gelesen. Sie sah darin aber eine Acht, der lediglich ein Stück des unteren Bogens fehlte. Der konnte leicht weggeschmolzen sein, oder?

Ihre Tür wurde aufgerissen. Eine Wolke süßlicher Luft strömte herein, dann stolperte ein bärtiger Student aus dem Abschlusssemester in ihr Zimmer. Entweder angetrunken oder bekifft.

«Entschuldigung», lallte er. «Ich dachte, das wäre die Toilette.»

«Zwei Türen weiter!» Charlotte schüttelte angewidert den Kopf. Hier war es heute nicht besser als zu Hause. Ihre Eltern hatten auch ständig Besuch, mit dem sie nächtelang saufend im Wohnzimmer saßen. Es hatte quasi zur Tagesordnung gehört, dass nachts zwielichtige Typen in ihr Zimmer gestolpert waren, weil sie sich in der Tür geirrt hatten. Sie wischte die Gedanken an diese unschönen Szenen in ihrer Kindheit weg und versuchte sich wieder auf die Unterlagen zu konzentrieren. Im Licht der Nachttischlampe drehte und wendete sie abermals die Fotos.

Je länger sie die Seriennummer betrachtete, desto sicherer war sie, dass der fehlende Bogen tatsächlich weggeschmolzen war. Sie öffnete ihren Laptop und googelte die Eigenschaften von Titan. Der Schmelzpunkt des Metalls lag bei 1668 Grad, seine Festigkeit verlor es aber schon ab 685 Grad. Es war also durchaus möglich, dass die Seriennummer im Obduktionsbericht eine falsche Ziffer enthielt. Charlotte nahm sich den Collegeblock, notierte ihre Entdeckung als möglichen Fehler, als Lücke in der Beweisführung. Auf einem Schmierzettel malte sie die winzigen Ziffern der Seriennummer auf dem Foto exakt in vergrößerter Form nach. Sie war sich unsicher. Aber eine falsche Ziffer bedeutete eine falsche Seriennummer.

Charlotte stutzte. Was war denn das? Das konnte doch nicht möglich sein? Sie benutzte ein weiteres Schmierblatt. Tatsächlich. Sie hatte sich nicht verguckt, da gab es noch einen offensichtlicheren Fehler. Deshalb hatte die Ermittlung zur Identifizierung des Brandopfers anhand dieses Implantates damals bei einem alten Mann geendet, der noch lebte. Charlotte legte Stift und Papier beiseite und atmete tief durch, als ihr die Tragweite dieser Entdeckung bewusst wurde. Ihr Herz schlug schneller. Wie einen Schatz versteckte sie ihren Zettel als Lesezeichen im Buch *Grundlagen der Tatortarbeit*. Zufrieden legte sie Stifte und Aufzeichnungen auf den Fußboden neben das Bett. Sie stellte sich den Wecker, löschte das Licht und versuchte zu schlafen. Zwecklos. Sie konnte nicht schlafen, und es lag nicht nur am Lärm, sondern auch am Adrenalin, das ihr durch die Adern rauschte.

KAPITEL 22

Kurz vor zehn Uhr abends brütete Henry in seinem Wohnwagen über den Vorbereitungen für den nächsten Tag. Natürlich könnte er sich einfach anhören, was die jungen Leute bei der Auseinandersetzung mit der Ermittlungsakte für Gedanken entwickelt hatten, und darauf aufbauen. So wie es in Ermittlungsteams üblich war: Bei Besprechungen wurden die Fakten zusammengetragen, ausgewertet und Hypothesen gebildet. Aber das reichte ihm nicht. Wenn er ehrlich zu sich war, wollte er seinen Schülern zwar beibringen, wie man vorging, lösen wollte er den Fall aber selbst. Das war schon immer sein Anspruch gewesen: möglichst als Erster ins Ziel einzulaufen. Außerdem hatte er mit dem Wettbewerb etwas losgetreten, dem er sich stellen und das er auch zu Ende bringen musste. Schließlich wollte er nicht wie ein Versager dastehen. Im Moment tappte er aber im Dunkeln. Wie vermutet, waren auf den Listen der Beschäftigten keine Jugendlichen aufgeführt, die gemeinnützige Stunden abgeleistet oder in Sozialprojekten mitgemacht hatten. Entweder hatten zum Zeitpunkt des Brandes keine derartigen Aktionen stattgefunden, oder Francesco hatte einfach nicht danach gefragt. Dabei wäre die Ermittlung von ehemaligen Teilnehmern dieser Angebote immens wichtig gewesen. Henry ärgerte sich über seinen Ex-Kollegen. Entweder war Francesco mit diesem Fall überfordert gewesen oder hatte keine Lust gehabt. Eine vertane Chance, die vielleicht entscheidend gewesen wäre, um die Identität des Brandopfers festzustellen.

Wie kam er nach drei Jahren an die Namen der Jugendlichen? Über die Staatsanwaltschaft? Den Jugendrichter? Er ermittelte verdeckt! Eigentlich konnte ihm nur Martha helfen. Man müsste sich im Archiv des Jugendgerichts alle Akten der jungen Frauen ansehen, die damals im Alter des Brandopfers gewesen waren und im Jahr des Brandes zu gemeinnützigen Stunden verurteilt wurden. In diesen Akten war vermerkt, wo sie ihre Strafarbeit abgeleistet hatten. Eine Sisyphusaufgabe. Jetzt geisterten ihm nicht nur Kuntze und diese Sahra im Kopf herum, sondern auch diese Liste und Mattis geheimnisvoller Satz. Ganz abgesehen von der Adoption und der Wohnungssuche, die ihm ebenfalls schlaflose Nächte bereitete.

Der Junge hatte in seinen Informationen einen Zusammenhang erkannt, an den er selbst noch nicht beziehungsweise nicht vorrangig gedacht hatte. *Feuer besitzt die Macht zu vernichten.* Das hatte er ihm mit dem Muffinförmchen vor Augen geführt. *Feuer vernichtet … gnadenlos. Zum Beispiel das, was man hasst.* Ihm kamen die Bücherverbrennung und die Reichspogromnacht der Nazis in den Sinn, die damit Angst und Schrecken verbreitet und ihre Macht demonstriert hatten.

Hexen wurden zur Bestrafung auf Scheiterhaufen verbrannt, als Sündenböcke für Missstände. Henry schüttelte den Kopf. Diese Zeiten waren vorbei, obwohl …

Nero habe Platz schaffen wollen für einen riesigen goldenen Palast, hatte Matti gesagt. Es hieß doch, er habe diesen Brand nicht selbst gelegt, aber dazu angestiftet. Platz zu schaffen… das konnte man mit Brandstiftung gleichsetzen, besonders mitten im engen Stadtzentrum. Wer wollte Platz schaffen? Waren es Immobilien-Spekulanten, die an dem Grundstück in seiner exponierten Lage interessiert waren, um teure Eigentumswohnungen oder noch ein Einkaufszentrum zu bauen? Dann war es egal, ob sie den Brand selbst legten oder in Auftrag gaben. Letzteres war wahrscheinlicher. Ziel der Auftraggeber wäre, die Nutzer des Gebäudes durch dessen Vernichtung zu vertreiben. Vielleicht wollte der Besitzer ja nicht verkaufen?

Henry massierte sich die Schläfen. Angenommen, Einbrecherin und Brandstifter waren sich im Objekt zufällig begegnet. Der Brandstifter schlug die Einbrecherin bewusstlos, zündete sie mit dem Haus an, um die Zeugin loszuwerden. Oder sie war vor ihm eingestiegen, hatte sich in der Belletristik-Abteilung versteckt, und der Brandstifter hatte sie gar nicht bemerkt … Henry verstrickte sich immer mehr in Gedanken und hatte bald das Gefühl, einen Knoten im Kopf zu haben. Er ließ den Stift sinken und rieb sich die Augen. Weder in dem abgebrannten noch in dem wiederaufgebauten Gebäude gab es Eigentumswohnungen, Laden- oder Gewerbeflächen. Seine Theorie der beauftragten Brandstiftung, um an das Grundstück zu kommen, passte also nicht. Und wenn man eine Stadtbibliothek niederbrennt, wird da wieder eine entstehen, oder? Er musste herausfinden, wer im Grundbuch stand, wem das Gebäude davor und hinterher gehörte. Henry stand auf. Er brauchte frische Luft und trat vor die Tür. Trotz des guten Wetters war der kleine Naturcampingplatz am Nonnensee leer. Wen es jetzt für einen Wochenendtrip auf die Insel zog, der suchte sich einen der Campingplätze zwanzig bis dreißig Kilometer entfernt und in direkter Nähe der Badeorte an der Küste

Ostrügens aus; Prora, Göhren und Lobbe. Bis auf eine Rockergruppe, die vor drei Stunden am Schlagbaum angekommen war, teilte er sich den Ort lediglich mit fünf Dauercampern.

Die Rocker saßen grölend unten am Wasser um ein Lagerfeuer und läuteten das Wochenende mit reichlich Alkohol ein.

Der Ruf nach Ruhe hallte durch die Dämmerung, am klaren Himmel leuchteten bereits unzählige Sterne und ein Halbmond. Die Baumwipfel rauschten im Wind und trugen Brandgeruch in Henrys Nase. Sein Blick fiel auf den Katzennapf, den er vor einer Stunde gefüllt hatte. Ernesto hatte ihn nicht angerührt.

Henry wunderte sich, weil das Tier sonst sofort zur Stelle war, wenn er sich dem Futternapf mit der Dose näherte. Als hätte er hinter einem Baum gelauert und nur darauf gewartet, dass Henry sich endlich erbarmte, ihm etwas zu fressen zu geben. Wo sich der Kater wohl heute rumtrieb? Plötzlich spürte er ein leichtes Kribbeln im Nacken. Wieder hatte er das Gefühl, beobachtet zu werden, warum, konnte er nicht sagen. Er ließ sich nichts anmerken und blieb nur kurz stehen, bevor er wieder in den Wohnwagen ging. Drinnen zog er die Vorhänge zu, löschte das Licht und spähte durch die Schlitze in alle Richtungen, ob sich irgendwo etwas rührte.

Am Waldrand sah er einen breitschultrigen Glatzkopf in Lederweste mit Eterno Brother-Patches auftauchen. Der Rocker torkelte von Baum zu Baum, konnte sich kaum auf den Beinen halten. Er kam direkt auf Henrys Standplatz zu. Die brennende Kippe im Mundwinkel, öffnete er seine Hose, stützte sich mit der ausgestreckten Hand am Wohnwagen ab und pinkelte in den Futternapf des Katers. Empört riss Henry die Tür auf. Der Rocker glotzte ihn schief grinsend aus seinen kleinen Schweinsaugen an. Er schwitzte trotz der Kühle, atmete schwer. Sein massiger Körper sah untrainiert aus. Ein hirnloser Idiot mit hohem Blutdruck dank verkalkter Arterien.

Henry trat nach draußen. «Verpiss dich!».

«Halt's Maul und mach, dass du wieder reinkommst. Los, ab in die Blechbüchse!» Er schloss den Reißverschluss seiner Hose und hob beide Arme. «Buh!», rief er, um Henry zu verschrecken.

Ohne den Kerl aus den Augen zu lassen, griff Henry den Klappspaten neben der Tür. Langsam nahm er die Hand mit dem Spaten nach vorn und sagte in ruhigem Ton: «Du nimmst jetzt diesen Napf, gehst dort an den Baum und schüttest deine Pisse weg, dann spülst du ihn mit Wasser aus dem blauen Kanister aus. Ansonsten ...»

«Was?» Mit Blick auf den Klappspaten lachte der Rocker auf. Erst dann hielt er inne und starrte Henry an. Bei dem Kerl dauerte es offenbar etwas länger, bis der Groschen fiel. «Huh, jetzt hab ich aber Angst!»

Henry wehrte den Faustschlag des Kerls mit dem Klappspaten ab, platzierte den Griff auf der massigen Brust und drückte ruckartig die Arme durch. Der Rocker kippte nach hinten. Henry sprang halb über den am Boden liegenden Mann, holte mit der Schaufel aus und sagte: «Wenn du dich noch einmal in der Nähe meines Wohnwagens erleichterst, wirst du deine eigene Pisse saufen, das verspreche ich dir.»

Er ließ die Schaufel Richtung des Gesichts des Rockers sausen und bremste kurz vor dem Aufprall ab. Die erwünschte Wirkung trat ein. Der Kerl rappelte sich hoch und stolperte davon.

Henry klopfte sich den Staub von der Kleidung, schüttete

den Katzennapf am nächsten Baum aus, wusch ihn aus und füllte ihn erneut mit Futter. Als er Äste im Gebüsch knacken hörte, nahm er den Spaten sofort wieder auf. Henry lauschte angestrengt.

Nichts passierte. Er ging rein, wollte die Tür abschließen und fluchte, weil der Schlüssel klemmte.

Die Situation mit dem Rocker hatte ihn in Aufruhr versetzt. Der Typ hatte nicht damit gerechnet, dass jemand im Inneren des Wohnwagens war. Vielleicht war es ja doch Zufall gewesen, dass Einbrecherin und Brandstifter zeitgleich, aber mit verschiedenen Absichten am selben Ort aufeinandertrafen? Nein, Kuntzes Satz *Hör auf, in altem Schlamm herumzuwühlen* klang eindeutig nach einer Warnung. Dieses Flackern in seinen Augen, als er ihm das Messer an die Kehle gedrückt hatte, war eindeutig Angst gewesen. Angst, dass Henry etwas fand, das Kuntze das Genick brach. Keine Angst, wieder im Knast zu landen, sondern Todesangst. Vielleicht hatte Kuntze …? Beauftragte Brandstiftung, um Platz zu schaffen? Zusammen mit dieser Sahra? Vielleicht hatte es Streit gegeben …

Henrys Intuition, seine Erfahrung mit Straftätern, sagte ihm, dass ein anderes Motiv als Frust oder Wut hinter der Brandstiftung steckte. Gleich morgen würde er sich umhören, ob ein Investor auf das Grundstück und das Gebäude am Kirchplatz scharf gewesen war. Gleich morgen würde er mit Martha wegen der Liste reden. Gleich morgen musste er sich um eine Wohnung kümmern, denn mit diesem Problem war er heute auch keinen Schritt vorangekommen. Verdammt! Morgen war Samstag, das Wochenende bremste ihn in jeglicher Hinsicht aus. Im Moment hatte er keine Ahnung, wie er die ganzen Baustellen gleichzeitig stemmen sollte. Mit einer

Dienstmarke hätte er zumindest weniger Probleme bei der Informationsbeschaffung gehabt. Jetzt, wo sein Jagdinstinkt geweckt war, konnte er es nur schwer ertragen, so ausgebremst zu sein. Seine innere Stimme sagte laut und deutlich: *Such Sahra!*

Das Grundbuchamt war geschlossen; um mit Martha und Vermietern zu telefonieren, war es zu spät; aber jetzt, kurz vor 23 Uhr, war genau die richtige Zeit, um am Park vor dem Bahnhof mit den Junkies zu reden, die tagsüber eher selten anzutreffen waren. Vielleicht erfuhr er dort etwas über dieses Mädchen.

Henry zog sich die Jacke über und lief hinaus. Er schwang sich gerade auf sein Rad, da fiel ihm auf, dass der Katzennapf leer war. Henry schaute sich um. Doch Ernesto war nirgendwo zu sehen.

KAPITEL 23

Charlotte saß im Unterricht und starrte an die Tafel, wo der Lehrer mit einem Stock auf die Ziffern einer Zahlenfolge zeigte und vorlas. Alle Kinder sprachen ihm im Chor nach: «1, 2, 3, 4, 6, 5, 7, 8.»

Charlotte meldete sich. «Die Reih…»

Ein Poltern riss sie aus dem Traum. Erschrocken setzte sie sich auf. Ihre Zimmertür stand offen, Licht aus dem Flur erhellte den Raum. Aron versuchte, neben ihrem Bett wieder auf die Füße zu kommen. Völlig betrunken musste er über die Weinkiste gefallen sein, die sie als Beistelltisch benutzte. Leselampe, Wecker und ihre Aufzeichnungen lagen auf dem Teppich.

Aron lallte. «Lotti, du bist mein Stern, ich liebe dich!» Er ließ sich neben sie aufs Bett fallen.

«Hör auf mit dem Blödsinn!», sagte sie und versuchte, ihn wegzuschieben, während Arons Arme sie wie Krakenbeine umschlangen.

«Du bist so schön. Meine Lotti. Küssen, ich will dich küssen.»

Sie wehrte ihn ab. «Geh weg, du stinkst.»

Er kroch in ihr Bett, legte sich neben sie in die Kissen und schnarchte. Charlotte setzte sich auf. Entgeistert schaute sie auf den schlafenden Aron, der sich ganz schön breitmachte.

«Das ist nicht dein Ernst?» Sie rüttelte ihn wach. Aron drehte sich knurrend um. Sie hob die Hände und fluchte. «Ich fasse es nicht!»

Charlotte kletterte über Aron hinweg und lief im Schlafanzug in die Küche. Dort saßen nur Sophie und Marcus am Tisch. Marcus verschob wie ein Hütchenspieler blitzschnell drei Becher und tauschte sie immer wieder miteinander. Sophie beobachtete ihn aus zusammengekniffenen Augen und rieb sich die Hände.

«Dieses Mal hab ich's genau gesehen.» Sie zeigte auf den mittleren Becher.

Marcus grinste überlegen und lüftete ihn in Zeitlupe. «Verloren!»

«Ach Mann! Du bescheißt doch!»

«Bin ich Hütchenspieler, oder bin ich Hütchenspieler?» Er lachte laut.

«Wie geht das?», fragte Sophie frustriert.

Charlotte trat an den Tisch. «Bevor Marcus dich in die Geheimnisse seiner Taschenspieltricks einweiht, könntet ihr mir bitte mal helfen, Aron aus meinem Bett zu bugsieren?»

Sophie hob die Brauen. «Der ist doch lecker. An deiner Stelle wäre ich froh.» Sie musterte Charlottes ausgewaschenen Overall mit Bärchenmotiven.

Charlotte rollte die Augen und ging zurück in ihr Zimmer, Sophie folgten ihr kichernd, und sie schauten auf den schlafenden Aron.

«Er ist völlig betrunken», sagte Charlotte.

«Und ich habe mir schon Sorgen gemacht.» Grinsend boxte Sophie sie in die Seite. «Der hat sich nur verirrt. Der will nichts von dir.»

«Blöde Kuh!», antwortete Charlotte und verschränkte die Arme vor der Brust.

Marcus rüttelte an Arons Bein. «He, aufstehen!»

Aron brabbelte etwas Unverständliches, fuchtelte mit den Armen herum, drehte sich zur Wand und rollte sich wieder ein.

«An deiner Stelle würde ich die Gelegenheit mit dem Schnuckelchen nutzen ...», sagte Marcus süffisant.

Charlotte gab ihm einen Klaps auf den Arm.

«Du könntest wenigstens kompromittierende Fotos von ihm machen und ihn später damit erpressen.» Marcus spitzte den Mund.

«Ich heiße ja nicht Marcus!»

«Ein bisschen Spaß muss sein.»

Grimmig verschränkte Charlotte die Arme vor der Brust.

«Tja, da wirst du dir wohl einen anderen Schlafplatz suchen müssen», sagte Sophie. «Du kannst bei mir auf dem Sofa pennen.»

«Danke!» Charlotte stellte Beistelltisch und Leselampe wieder an ihren Platz und sammelte ihre Aufzeichnungen ein. Okay, blöd gelaufen, aber Sophies Sofa war immer noch weicher als der Fußboden. Wecker und Unterlagen nahm sie mit.

Sophie klappte das Sofa aus, warf ihr ein Kissen und eine Decke hin. Mit Blick auf Charlottes Collegeblock fragte sie: «Du willst noch lernen?»

«Immerhin bin ich jetzt wach.»

«Dann komm mit in die Küche.» Sophie lächelte. «Wir nehmen noch einen Schlaftrunk.»

Als die Turmuhr zwölf schlug, hatten die zwei Frauen es immer noch nicht geschafft, Marcus' geheimen Taschenspielertricks auf den Grund zu gehen. Er war zu schnell. Charlotte gähnte. «Los, wir müssen ins Bett», sagte sie mit schwerer Zunge. «Schon Mitternacht.»

Sophie hob die Rotweinflasche. «Einer geht noch!», sagte sie und verteilte den Rest auf Charlottes und ihr Glas.

Marcus schmollte. «Ihr trinkt immer allein.»

«Du kriegst nur was ab, wenn du uns verrätst, wie der Trick mit den Hütchen funktioniert», sagte Charlotte und tauschte einen verschwörerischen Blick mit Sophie.

«Das ist Erpressung! Nie im Leben.»

«Okay, neues Spiel!», kündigte Sophie an, legte die leere Flasche auf den Tisch und drehte sie. «Wahrheit oder Pflicht!» Der Flaschenhals zeigte auf Charlotte. Sophie sah sie an. «Was hast du als Letztes gegoogelt?»

«Visionäre Intuition!», antwortete sie nicht ganz wahrheitsgemäß. Marcus und Sophie kicherten. Offenbar wurden sie immer betrunkener.

Jetzt war Charlotte mit Drehen dran. Der Flaschenhals blieb vor Sophie stehen. Charlotte hob die Brauen. «Mit welchen Akademie-Studenten hast du schon geschlafen?»

«Max, Paul und ... Das war's!» Sophie drehte die Flasche. Sie blieb vor Marcus stehen. «Deinen Hütchenspieltrick verrätst du uns nicht, aber vielleicht, was du heute in der Bibliothek zu unserem Fall herausgefunden hast.»

«Vergesst es, Mädels, ich nehme Pflicht!»

Sophie lehnte sich in ihrem Stuhl zurück. «Du musst deinen nackten Hintern zum Fenster raushängen.»

«Gut!» Marcus stand auf, öffnete das Fenster und zog die Hosen runter.

Charlotte und Sophie kreischten vor Lachen, als er ihnen

die nackten Pobacken zum Abschluss zudrehte und süffisant mit der Hüfte kreiste. Er zog die Hose hoch und drehte die Flasche. Der Hals zeigte wieder auf Charlotte. Marcus rieb sich die Hände.

«Du hast zuletzt visionäre Intuition gegoogelt. Worauf hat dich deine Intuition bei der Auseinandersetzung mit unserem Fall gebracht?»

«Moment.» Sie hob den Zeigefinger «Pflicht!»

Marcus faltete die Hände. «Dann musst du Sophie einen Zungenkuss geben.»

«Igitt!», beschwerte Sophie sich. «Vergiss es!»

«Dann musst du die Wahrheit sagen!», bestand Marcus auf der Spielregel und grinste frech.

«Irgendwas stimmt bei der Seriennummer der Titanplatte nicht. Das muss reichen. Den Rest erfahrt ihr morgen. Zufrieden?» Sie blickte in die Runde. «Gut, ich bin dran! Macht euch auf was ganz Intimes gefasst» Charlotte trank ihr Weinglas aus und drehte die Flasche.

KAPITEL 24

Er beobachtete, wie Zornik den Wohnwagen verließ. Wo wollte der um die Zeit hin? Der Scheißkerl würde nicht lockerlassen bei seiner Suche nach Sahra.

Der Einschüchterungsversuch über den Jungen hatte also nichts gebracht. Dann musste er wohl etwas deutlicher werden. *«Minz und Maunz, die Katzen erheben ihre Tatzen. Sie drohen mit den Pfoten. Der Vater hat's verboten! Miau! Mio! Miau! Mio! Lass stehn! Sonst brennst du lichterloh!»*, summte er.

Zornik würde Sahras Spur verfolgen, und als erfahrener Polizist, der sich nicht nur mit dem Ort, sondern auch mit den Menschen hier auskannte, würde er wissen, wo er suchen musste. Noch wollte er ihn nicht platt machen. Nein, das hob er sich für später auf, zuerst würde er ihm ein bisschen Erfolg gönnen. Dabei verspürte er schon jetzt große Lust, diesem Scheißkerl die Hölle heiß zu machen, ihm so richtig Angst einzujagen und ihn zu quälen, genau wie er es mit Sahra gemacht hatte. Er wusste auch schon, wie er das anstellen würde. Der Gedanke erregte ihn, gab ihm dieses Gefühl von Macht. Ein Gefühl, das wie Medizin wirkte und ihn zutiefst befriedigte. Er warf die Kippe weg und trat sie aus. Ab jetzt würde das Spiel richtig beginnen.

«Seine Tränen werden fließen, wie's Bächlein auf den Wiesen.»

KAPITEL 25

Henry stellte das Fahrrad am Bahnhof ab, schloss es an und klapperte die altbekannten Treffs der Junkies im Park gegenüber ab. Gleich an der ersten Bank roch er Cannabis.

Das waren ja noch halbe Kinder ... Kopfschüttelnd lief er vorbei und fragte sich, warum an diesem Drogenkonsum- und -umschlagplatz kein Polizeiwagen Streife fuhr.

Am liebsten hätte er den Halbwüchsigen das Zeug abgenommen und dafür gesorgt, dass sie nach Hause gingen. Doch er war nicht befugt.

Ärgerlich lief er weiter in den Park hinein. In dunklen Ecken sah er vereinzelt Jugendliche mit Rucksack auf dem Rücken und Handy am Ohr neben ihrem Fahrrad warten. Andere standen zu zweit am Wegesrand und steckten bei seinem Anblick hastig ihre Hände in die Taschen. Wieder fragte er sich, wo die verdammte Polizei war. Er konnte doch nicht der Einzige sein, der mitbekam, was hier im Park abging. Dagegen musste man etwas unternehmen!

Er näherte sich der zweiten Bank, um die sich vier heruntergekommene Gestalten versammelt hatten. Drei Männer, eine Frau. Um die vierzig. Gesichter, die er aus seiner Anfangszeit als Polizist auf der Insel kannte. In ihrem Leben hatte sich nichts geändert. Sie hatten all die Jahre ungenutzt verstreichen lassen.

Henry trat auf die Gruppe zu. Ein Hüne mit Hakennase und fettigem Haar, das ein Gummi im Nacken zusammenhielt, schien sich an ihn zu erinnern und lief quer über die Wiese weg. Aber Henry hatte ihn erkannt: Hinnark Jansen, der Bruder des Mannes, den Kuntze damals totgeschlagen hatte. Eigentlich hatten alle zur gleichen Clique gehört. Aber unter Alkohol war es zwischen Anführer Kuntze und Hinnarks Bruder zu einem Streit gekommen, der ausgeartet war. Kuntze hatte Piet Jansen zusammengeschlagen, weil der ihn nicht respektierte. Als Piet bereits am Boden lag, hatte er ihm einen Besenstiel in den Anus gerammt und ihn innerlich so schwer verletzt, dass Piet Jansen im Krankenhaus verstorben war.

«He, Hinnark!», rief Henry und rannte dem Flüchtenden über die Wiese hinterher.

Hinnark drehte sich um, trat dabei in ein Loch, knickte um und stürzte. «Scheiße!», fluchte er, richtete sich auf und rieb sich den Knöchel. Er konnte offenbar nicht auftreten und blieb stöhnend im nassen Gras sitzen. Der Fuß schwoll schon an. «Dafür zeige ich dich wegen Gewaltanwendung im Dienst an.»

«Ich habe dich gar nicht angerührt. Und: Wer wegrennt, hat was zu verbergen, oder?» Henry schnappte sich Hinnarks Schultertasche, die er bei dem Sturz verloren hatte. Er öffnete den Verschluss und holte fünf Päckchen Koks heraus.

«Alles klar!»

«Ey, Mann, das ist nicht meins. Keine Ahnung, wie das in meine Tasche gekommen ist. Das muss mir irgendjemand untergejubelt haben», versuchte Hinnark sich herauszureden.

Henry legte die Päckchen auf die Wiese und griff erneut in

die Tasche. «Und das hier gehört dir auch nicht?» Er wedelte mit einem fingerdicken Geldbündel vor Hinnarks Nase.

«Mein Wochenlohn vom Bau.»

Henry zählte das Geld. «Zweitausend in einer Woche. Respekt! Und ich verdiene fünftausend Euro beim Fischen an einem Tag!» Hinnark schwieg, er wirkte ertappt.

«Aber heute ist dein Glückstag.» Henry steckte das Geld wieder in die Tasche zurück. Das Kokain in den Tüten verstreute er auf der Wiese. Hinnark wollte ihn daran hindern, kam aber mit dem angeschwollenen Fuß nicht hoch. «Alter, bist du wahnsinnig?»

«Wir wollen doch beide nicht, dass das Zeug in falsche Hände gerät und kleine Mädchen oder Jungs abhängig macht.»

Hinnark vergrub das Gesicht in den Händen. Er fing an zu schwitzen. «Die bringen mich um», murmelte er. «Die killen mich.»

«Tja, Berufsrisiko. Man sollte sich vorher überlegen, mit wem man sich auf Geschäfte einlässt.»

Der Hüne hielt ihm die ausgestreckten Arme hin. «Dann nimm mich doch fest, los!»

Henry schüttelte den Kopf. «Den Gefallen kann ich dir leider nicht tun. Ich bin schon seit fünf Jahren kein Polizist mehr. Du bist also völlig umsonst weggerannt.»

«Scheiße! Was willst du dann von mir, Zornik?»

«Wir machen einen Deal. Du hilfst mir bei der Suche nach einem Mädchen ...»

«Du willst ficken?»

«Nee, Hinnark, ich versuche herauszufinden, wo Sahra abgeblieben ist. Für einen Klienten.» Auf keinen Fall wollte er Hinnark auf die Nase binden, warum er sie suchte. Er beschrieb ihm das Mädchen mit den blauen Haaren, wie er sie von damals vor elf Jahren in Erinnerung hatte. «Sie heißt Sahra und müsste jetzt so 26 Jahre alt sein. Weißt du, wo ich sie finden kann?»

«Bist du ein Privatdetektiv geworden, oder was?»

«Richtig erkannt», log Henry. Ganz verblödet schien der Kerl ja nicht zu sein.

«Und wo ist jetzt der Deal?»

«Wenn du mir sagst, für wen du das Kokain vertreibst, sorge ich dafür, dass sie dich leben lassen.» Ein Anruf bei einem ehemaligen Kollegen der Drogenfahndung reichte, um die Dealer aus dem Verkehr zu ziehen.

Jansen nannte ihm die Namen von zwei Albanern, die einmal pro Woche auf die Insel zum Abkassieren kamen. «Aber von mir hast du das nicht!»

«Schon klar. Sehe ich dich allerdings noch mal dealen, werde ich dich anzeigen. Du bist doch kein Idiot! Hör auf damit.»

Dann erzählte Jansen ihm, dass Sahra mit Kuntze zusammen gewesen war, nachdem der aus dem Knast kam, und das, obwohl ihr alle abgeraten hatten, weil Kuntze ein brutales Schwein war.

«Der hat nichts gelernt im Knast.»

«Was du von dir ja auch nicht behaupten kannst», gab Henry mit Blick auf die leeren Kokstütchen zurück.

Hinnark presste beschämt die Lippen zusammen.

«Sahra. Was ist mit ihr?», erinnerte Henry ihn an seine Frage.

«Obwohl Kuntze sie geschlagen hat, war sie ihm ergeben wie ein Hund. Wenn dir einer was zu dem Mädel sagen kann, dann der», sagte Jansen und versuchte aufzustehen. Henry half ihm hoch.

«Hab ich schon versucht, Kuntze gibt mir keine Antwort,

hat ziemlich aggressiv reagiert.» Henry deutete auf seinen Hals, wo Kuntzes Messer eine schmale rote Linie hinterlassen hatte. «Er hat mir sogar gedroht, mich umzubringen, wenn ich in der Vergangenheit herumwühle. Das hat mich natürlich erst recht neugierig gemacht. Weißt du, was er damit meinen könnte?»

«No way! Mit dem habe ich schon lange nichts mehr zu tun.»

Hinnark trat vorsichtig auf. Henry betrachtete den angeschwollenen Knöchel, verzog mitleidig das Gesicht und suchte ihm einen langen Ast im Gebüsch. «Vielleicht geht es damit besser. Du musst das kühlen.»

Jansen stützte sich auf den Stock und humpelte neben Henry her. Es gelang notdürftig, aber es gelang. Henry gab ihm seine Umhängetasche zurück, die er sich schräg über die Schultern hängte.

«Hat diese Sahra einen Nachnamen?»

Jansen blieb stehen. «Was willst du eigentlich wirklich von ihr? Hat sie was angestellt?»

«Ich will nur ausschließen, dass sie tot ist. Kuntzes Busenfreund Loose hat gestern gemeint, dass sie seit November vor drei Jahren nicht mehr gesehen wurde.»

«Stimmt, das kommt hin. Auf dem Weihnachtsmarkt damals habe ich Kuntze mit 'ner Blonden gesehen. Keine Ahnung, was die Weiber an dem finden.» Hinnark überlegte. «Im Sommer davor kam er aus dem Knast. Da war die Sahra ständig an seiner Seite, hing immer mit ihm, Loose und Baumann auf dem Kirchplatz ab. Es hieß, sie hat auch für ihn angeschafft.» Langsam kamen sie an den Weg und in die Nähe der Bank, um die sich Jansens Kumpel vorhin versammelt hatten. Die hatten sich in alle Winde verstreut. Überhaupt war der Park wie ausgestorben. Allein Henrys Anwesenheit hatte die illegalen Geschäfte an diesem Ort gestört. Ein Signal, das die Polizei mit ihrer Präsenz setzen müsste, auch wenn es nur eine kleine Maßnahme wäre, die den Handel mit den Drogen nicht ausrotten würde.

Sie waren allein, trotzdem hatte Henry wieder das Gefühl, beobachtet zu werden. Offenbar ging es Jansen ähnlich, denn er schaute sich bei jedem Rascheln im Gebüsch suchend um. Mit gedämpfter Stimme fragte er: «Denkst du, dass Kuntze die Kleine umgebracht hat?»

«Der Brand in der Stadtbibliothek im November 2016, gab es da irgendwelche Gerüchte?»

«Denkst du etwa, die unbekannte Tote ist Sahra?»

«Vielleicht. In der Zeitung stand, dass die Polizei davon ausging, das Brandopfer war die Brandstifterin, wahrscheinlich eine Einbrecherin.» Henry runzelte die Stirn und sah Hinnark an. «Du hast nichts gehört, dass die Kleine was mit dem Brand in der Stadtbibliothek zu tun gehabt haben könnte?»

«Sie war ein Junkie, unberechenbar, wenn sie einen Affen hatte.» Er zuckte mit den Schultern.

«Und Kuntze?»

Jansen hob die Hände. «Über den sage ich lieber nichts.»

«Du hast Angst vor ihm.»

«Wer ihm in die Quere kommt, den macht er platt. Ich will nicht wie mein Bruder enden. Frag Mona, die hat damals hin und wieder Service bei Sahra gemacht», sagte Jansen.

«Wo finde ich Mona?»

«Die wohnt in der blauen Villa mit dem Möwenmotiv am alten Bahnübergang.» Er zeigte Richtung Gleise.

Henry nickte und bedankte sich, dann überließ er Jansen

sich selbst, der mit geschwollenem Fuß und auf seinen Ast gestützt an der Bank zurückblieb.

Um 0.18 Uhr kam er am alten Bahnwärterhaus an. Er roch Katzenpisse und verfaulten Fisch. Henry rieb sich die Nase. Es dauerte einen Moment, bis er den Ekel überwand.

Drinnen flackerte das Licht einer Kerze hinter scheibenlosen Fenstern. Vor der Türöffnung hing eine graue Wolldecke. Henry stieg über herumliegende Steinbrocken, Blechdosen und Flaschen. Er trat auf Glas, es zerbrach klirrend und knirschte unter seinen Sohlen. Spätestens jetzt hatte die Bewohnerin garantiert mitbekommen, dass Besuch im Anflug ist. Er erwartete kaum, dass er willkommen war.

«Mona? Ich soll dir einen schönen Gruß von Hinnark Jansen bestellen», rief er von Weitem und kletterte über Holzpaletten und anderen Sperrmüll. Als die graue Wolldecke zur Seite geschoben wurde, blieb er stehen. Im Türrahmen stand eine abgemagerte Frau mit Basecap in Röhrenjeans, die ihre dünnen Beine betonten. Das Gesicht ausgezehrt, mit zahnlosem Mund. Ihr Kapuzenshirt war genauso fleckig wie ihre Haut im Gesicht und an den Händen, die von Eiterbeulen übersät war. Glasige Augen sahen ihn fragend an.

Verfluchte! Henry erkannte seine einstige Klassenkameradin Mona Friedrich, in die er als Vierzehnjähriger unsterblich verliebt gewesen war. Ein Haufen Elend, mehr war nicht von seiner Sitznachbarin von damals übrig geblieben. So wie sie aussah, war sie nicht erst seit gestern auf dem Dreckszeug, sondern jahre-, wenn nicht jahrzehntelang.

«Mona Friedrich!», sagte er. Sie kniff die Augen zusammen, als müsse sie genau hinsehen.

«Ich bin's, Henry.» Er ging auf sie zu. «Du hast mich in Mathe und Bio immer abschreiben lassen.»

Sie lachte rau, aber die Augen blieben stumpf. «Henry Zornik, du bist wieder da.» Ihre Stimme klang erschöpft. Ein Lächeln lag auf den verkrusteten Lippen. Wenigstens erkannte sie ihn und wusste offenbar, dass er der Insel lange Zeit den Rücken gekehrt hatte.

«Seit vier Wochen.»

«Ich würde dich ja reinbitten, aber bei mir ist nicht aufgeräumt. Hier gibt es auch keinen Stuhl. Und dass ich dich in mein Bett lasse, dafür ist es zu spät», sagte sie abwesend. Vielleicht dachte sie daran, wie sie ihn damals hatte abblitzen lassen. «Was treibt dich zu mir?»

«Ich brauche mal wieder deine Hilfe.»

«Du bist doch nicht etwa süchtig? Lass bloß die Finger von dem Zeug. Versaut einem das ganze Leben, siehste ja.»

«Hinnark Jansen hat gesagt, du wüsstest vielleicht, wo ich Sahra finde. Sie müsste jetzt um die 26 Jahre alt sein», sagte Henry und beschrieb ihr das Aussehen des Mädchens, wie er es von damals erinnerte. «Er hat gesagt, du hast ihr manchmal beim Spritzen geholfen.»

«Ein ungeschicktes Ding, hätte sich beinahe selbst umgebracht, traf einfach nicht die Vene. Ich musste ihr immer wieder zeigen, wie es richtig geht. Die hab ich schon ewig nicht mehr gesehen.»

«Erinnerst du dich an das letzte Mal?»

Sie schien nachzurechnen und zählte an den Fingern ab. Die Nägel waren verdreckt, und der blaue Lack war abgeblättert. «Im Herbst vor drei Jahren, denke ich. Wenn du drauf bist, verlierst du jedes Zeitgefühl. Kuntze war aus dem Knast zurück. War das vor drei Jahren, als die Stadtbibliothek abgebrannt ist?»

Henry nickte.

«Danach war sie weg.»

«Und du bist nicht zur Polizei gegangen?»

Mona blies geräuschvoll Luft aus. «Nur weil ich Service bei ihr gemacht habe, bin ich nicht ihre Mutter.»

«Verstehe», sagte Henry. Der Zusammenhalt unter den Junkies reichte immer nur bis zur nächsten Spritze. «Wie hat sie sich das Geld dafür beschafft?»

«Sie war jung und hübsch. Im Sommer findet sich immer ein Tourist.»

«Und wenn keine Touristen da sind?»

Mona zuckte mit den Schultern. «Mit Betteln überlebst du nur in der Großstadt.»

«Also hat sie geklaut?»

«Kleinigkeiten eben. Alles, was man zu Geld machen kann. Du hast mehr Angst vor dem Turkey, als erwischt zu werden. Du würdest für den nächsten Schuss deine Großmutter umbringen, wenn du so an Stoff kämst. Ich hab sie immer wieder gewarnt und zu Malte ins Nest geschickt.»

«Nest?»

«Die Drogenberatung in der Möwe.»

Henry kannte die Möwe. Das war früher eine Pension gewesen. Er beobachtete, wie Mona die Augen verdrehte und ein Schauer durch ihren Körper lief. Sie wurde unruhig und begann, sich überall zu kratzen. Die Wirkung des Heroins ließ nach. Es machte keinen Sinn, weiter zu fragen. Sie hatte gerade mit sich selbst zu tun.

«Geh jetzt. Ich will nicht, dass du mich in diesem Zustand

siehst.» Ihr Mund klappte unkontrolliert auf und zu. Sie wandte sich ab und schob die Wolldecke zur Seite. «Hau ab, Zornik.»

«Eine Frage noch, dann bin ich wieder weg. Kanntest du ihren Nachnamen?»

«Die hieß wie der Typ, der unserer Biolehrerin den Frosch ins Klassenbuch gelegt hat.»

Henry zog die Stirn kraus und versuchte, sich an seine Klassenkameraden zu erinnern. «Engelmann oder Hennig?»

«Das war der Engelmann, der musste deswegen doch zum Direktor.»

«Sahra Engelmann. War sie mit ihm verwandt?»

Mona schüttelte den Kopf. Sie verschwand in ihren Unterschlupf. Er hörte, wie sie Selbstgespräche führte, pfiff und Zeug durch die Gegend schmiss. Sie war wie verwandelt. Sekunden später stolperte sie mit der Spritze in der Hand nach draußen, lief irre kichernd durch den Müll, rief «Verpiss dich!». Ihre Stimme klang weinerlich.

Abrupt blieb sie stehen, zog das Sweatshirt hoch, hielt es mit dem Kinn fest und setzte sich einen Schuss neben den Nabel in die Bauchvene. Henry kam sich merkwürdig hilflos vor, dazustehen und zuzuschauen, aber er schaffte es nicht, sich wegzudrehen. Erst als sie fertig war, fand er seine Stimme wieder.

«Danke, Mona, du hast mir geholfen. Kann ich irgendwas für dich tun?»

«Du kannst mich nicht retten, Zornik. Ich bin schon lange verloren.» Ihr Körper erschlaffte erleichtert. Der Blick verklärte sich vom Rausch.

Henry atmete tief durch, um seine Erschütterung über

Monas Schicksal in den Griff zu bekommen. «Was ist schiefgelaufen? Du warst damals die Beste beim Abi.»

«Ich *musste* immer die Beste sein. *Das* ist schiefgelaufen.» Ihre Stimme klang schleppend. Mit geschlossenen Augen sprach sie weiter: «Meine Eltern hatten hohe Ziele. Medizinstudium in Lübeck, der Stress vorm ersten Staatsexamen. Wir haben alle was genommen. Wer einmal leckt, der weiß, wie's schmeckt.» Sie lachte bitter auf. «Dieses Zeug war einfach nur geil. Wenn ich drauf war, war die Angst zu scheitern weg. Du willst es immer wieder, dieses unbeschwerte Gefühl vom ersten Mal. Dann bin ich durch die Prüfungen gerauscht. Hab mich nicht mehr nach Hause getraut. Ich war eine Schande für meine Eltern.» Mona kaute zwanghaft auf ihrer Lippe herum. «Bin nach Hamburg und am Bahnhof gelandet. Meine Eltern haben den Kontakt zu mir abgebrochen. Als sie vor vier Jahren bei einem Autounfall gestorben sind, hab ich mich zur Beerdigung hergewagt. Bin dann geblieben, dachte, hier kriege ich es in den Griff, aber die Sucht ist stärker.» Sie raffte sich in Zeitlupe auf. Den Blick völlig nach innen gekehrt, nahm sie ihn nicht mehr wahr. Sie taumelte ins Haus. Ein Güterzug ratterte in ohrenbetäubendem Lärm vorbei.

Vierzig Sekunden, dachte Henry. Vierzig Sekunden dauerten alle Güterzüge. Das hatten sie als Kinder einmal mit der Stoppuhr gemessen. Mona hatte dieses Experiment im Zusammenhang mit einer Berechnung in Physik vorgeschlagen. Sie war ihm damals in den naturwissenschaftlichen Fächern um ein Tausendfaches überlegen. Deshalb schrieb er auch so oft bei ihr ab. Was hätte aus ihr werden können, wenn sie bei den Drogen genauso entschieden nein gesagt hätte wie zu ihm, als er mit ihr gehen wollte.

KAPITEL 26

Auch wenn ihn Monas Schicksal traurig machte, empfand Henry auf dem Rückweg zum Campingplatz so etwas wie Zuversicht. Er war auf der richtigen Spur. Ihn überkam sogar ein wenig Stolz, weil er den Namen des Mädchens mit den blauen Haaren an nur einem Tag ermittelt hatte. Und das ohne Dienstmarke. Der Name *Sahra Engelmann* fühlte sich wie ein Durchbruch an. Fast wie ein kleiner Sieg.

«Willkommen zurück!», murmelte er vor sich hin und trat euphorisch in die Pedale. Am Haus Möwe bremste er scharf, stieg vom Rad und las das Schild an der Haustür. Die Drogenberatungsstelle *Das Nest* hatte Montag bis Freitag von 10 bis 18 Uhr geöffnet. Im Notfall konnte man den Sozialarbeiter Malte Möhring aber auch mobil erreichen. Henry speicherte die Nummer in sein Smartphone ein. Er zögerte. 1.12 Uhr. Ohne Dienstausweis konnte er den Mann nicht mitten in der Nacht herausklingeln, nur wegen einer Frage. Bei allem Erfolg durfte er jetzt nicht übermütig werden.

Fünfzehn Minuten später schloss er das Fahrrad an der Kiefer neben dem Wohnwagen an. Vom Wipfel rief ein Käuzchen. Er schaute sich nach Ernesto um und klapperte mit dem Napf, um ihn anzulocken. Die Grillen zirpten wie in einer lauen Sommernacht. Durch die Bäume sah er den Schein des Lagerfeuers am Seeufer. Er schmeckte den beißenden Rauch, der selbst hier noch in der Luft lag. Die Rocker feierten immer noch grölend und hörten so laut Musik, dass er sicher kein Auge zubekäme.

Er tröstete sich damit, dass die Biker spätestens am Sonntag wieder verschwinden würden, vielleicht sogar schon heute, wenn sie ihre Geschäfte auf der Insel erledigt hatten. Denn dass sie zur Erholung nach Rügen kamen, konnte er sich kaum vorstellen. Ein geheimes Bandentreffen schloss er auch aus. Da wären längst Ermittler der Abteilung für organisierte Kriminalität im Ort und auf dem Campingplatz aufgetaucht. Die hätte er bemerkt. Die geheimen Treffen liefen dank Abhörtechnik und zum Frust der Gangs selten so geheim ab, wie sich die Organisatoren das wünschten. Stattdessen lieferten Banden und Polizei sich das typische Räuber-und-Gendarm-Spiel, bei dem die Seite der Räuber meistens gewann. Das bisschen Schikane der Polizei hatte allenfalls eine homöopathische Wirkung, die den Rockern, ihren Hintermännern in den Armani-Anzügen und deren Anwälten höchstens ein müdes Lächeln entlockte. Es war, als würde man versuchen, ein Krokodil mit einem Haarnetz einzufangen.

Hinter ihm raschelte es im Gebüsch. Henry lauschte. Er war sich sicher, ein leises Mauzen gehört zu haben. «Ernesto, komm!», rief er, schloss den Wohnwagen auf und ließ die Tür hinter sich für den Kater offen. Er räumte die Unterlagen auf dem Tisch zusammen, stellte die benutzte Pfanne in die Spüle und nahm sich eine volle Wasserflasche aus dem Kühlschrank, in dem nur ein paar Scheiben Käse, ein Stück Räucherfisch und drei Tomaten lagen. Er nahm den Teller mit dem Räucherfisch heraus und stellte ihn draußen neben den leeren Futternapf des Katers, rief erneut nach dem Tier und horchte. Da war es wieder. Das leise Geräusch kam aus dem Busch. Henry holte seine Taschenlampe, doch nach einem kurzen Aufflackern gab sie den Geist auf. Seufzend schraubte er den Deckel ab und suchte in der Besteckschublade nach Batterien. Er fand nur die leere Verpackung sowie Kerzen und zündete eine an. Beim ersten Windhauch im Freien verlöschte sie.

«Ernesto?» Henry wühlte sich im Dunkeln durch das Dickicht. Ekliger Brandgeruch stieg ihm erneut in die Nase. Er rief nach dem Kater und folgte dem Mauzen, das immer kläglicher und schwächer wurde. Hatte Ernesto sich etwa verletzt und war im Gestrüpp der Brombeeren hängen geblieben, die hier überall wild wuchsen?

Henry schob die Sträucher beiseite und fasste beherzt in die Dornen. Er fluchte und blieb stehen, da sah er seinen Kater auf dem Waldboden liegen. Sofort vergaß er seinen Schmerz. Ernesto zitterte und krampfte. Jemand hatte ihn wie ein Spanferkel auf einen Stock gespießt und über Bauch und Pfoten angesengt. Den Kopf zur Seite gedreht, hing dem Kater die Zunge raus. Er blutete aus Anus und Maul. Henry legte ihm die Hand aufs Herz. Es schlug nur noch schwach.

«Das tut mir so leid.» Er strich dem Tier über die geschlossenen Augen. Ernesto wimmerte zitternd, atmete flach. «Das tut mir so leid.»

Mit Tränen in den Augen küsste er das Tier auf den kleinen Kopf, während er mit einer fahrigen Bewegung den Hals des Katers umfasste und ihm mit einem Ruck das Genick brach, um ihn von den Qualen zu erlösen. Dann heulte Henry. Er vergrub sein Gesicht in Ernestos Fell und weinte bitterlich. Nach einer gefühlten Ewigkeit wischte er sich die Nase am

Ärmel ab, stand auf und trug das tote Tier auf beiden Händen in den Wohnwagen. Draußen hörte er Äste knacken. Da war jemand. Er bewaffnete sich mit dem Klappspaten, verließ den Wohnwagen und horchte. Das Rascheln und Knacken entfernte sich. Er lief dem Geräusch hinterher, das sich in der Dunkelheit verlor, und blieb erst vorne am Schilfsaum des Sees stehen, unweit der Stelle, wo acht Rocker ums Feuer saßen und herumblödelten. Henry beobachtete die Szene argwöhnisch. Der Vice President, den er am Patch auf der Kutte erkannte, lief abseits mit einem Anzugträger am Wasser entlang. Sie diskutierten. Den Anzugträger kannte er aus dem Citycenter. Das war der Inhaber des Immobilienbüros Winkler & Partner in der zweiten Etage über Murats Schlüsseldienst. Seine angegrauten Haare verliehen ihm ein aristokratisches Aussehen. Gut gekleidet, in teurem Stoff und mit glänzend polierten Schuhen, trat er forsch und überlegen auf, so wie man sich einen mächtigen Mann vorstellt. In der Körperhaltung des Vice President hingegen las Henry eine überraschende Unterwürfigkeit, die sicher aus einer geschäftlichen Abhängigkeit herrührte. Es war eindeutig, wer hier der Chef war. Die beiden Männer wurden in gebührendem Abstand von zwei bulligen Members bewacht.

Henry pirschte sich heran. Da lief doch ein krummes Geschäft. Plötzlich trat er auf etwas Hartes. Ernestos Halsband. *Verfluchte Schweine!* Er hob das Halsband auf und umklammerte es mit der Faust. Am liebsten hätte er sich den Fetten gegriffen, der vor Stunden an seinen Wohnwagen gepinkelt hatte. Doch allein gegen acht Rocker kam er nicht an. Besser, er zog sich zurück. Schließlich wollte er auch nicht, dass ihn der Immobilienmakler erkannte.

Ein Schlag traf hart seinen Hinterkopf. Henry taumelte völlig benommen, dann spürte er den festen Griff unter seinen Armen. Er schaute sich um. Zwei Rocker hatten ihn aufgefangen, sicher waren sie es auch, die ihn niedergeschlagen hatten. Sie nahmen ihm den Spaten ab und schleiften ihn zum Feuer. Es waren also nicht acht, sondern zehn.

Der Tätowierte zu seiner Rechten fragte die anderen: «Kennt den jemand?»

Henry sah, wie sie Blicke tauschten. Niemand sagte etwas.

«Ist das ein Bulle?» Der Typ mit Narbengesicht und Bürstenschnitt, der ihn am linken Arm festhielt, verpasste ihm einen Schlag in die Magengrube. «Bist du ein Bulle?»

Henry stöhnte. Da stand der Glatzkopf mit dem Stiernacken auf und schlenderte grinsend auf ihn zu.

«Das ist kein Bulle, das ist der Typ aus dem Wohnwagen, der mich beim Pinkeln gestört hat.» Er nahm seinem Kumpel Henrys Klappspaten ab, sah das Katzenhalsband und riss es ihm aus der Hand. «Oh, der Katzenpapi hat wohl seine Mieze verloren.» Er grinste. «Damit eins klar ist, mich stört niemand beim Pinkeln!» Er warf das Halsband im hohen Bogen ins Feuer, holte mit dem Spaten aus und schlug Henry mit der Schaufel in den Bauch.

Henry krümmte sich, konnte einen Moment nicht mehr denken, er war nur noch Schmerz. Er versuchte, sich loszureißen, doch die zwei Kerle neben ihm packten nur fester zu.

Stiernacken warf den Spaten zur Seite und ging wieder zu seinem Platz am Feuer. «Soll der Chef entscheiden, was wir mit ihm machen.»

Ganz schlecht, dachte Henry. Er hatte etwas gesehen, was niemand sehen sollte. Immobilienmakler und Bandenchef trafen sich nicht ohne Grund heimlich. Er musste weg, bevor Winkler ihn im Lichtschein des Feuers unter die Lupe nahm.

«Feiges Arschloch!», rief Henry dem Stiernacken hinterher, undeutlich und leiser als beabsichtigt. Aber wie erhofft, drehte sich Stiernacken in Zeitlupe zu ihm um und richtete seinen fetten Finger auf ihn: «Und jetzt sagt der Katzenpapi brav Entschuldigung.»

Henry formte lautlos das Wort «Entschuldigung».

«Was? Ich hab dich nicht verstanden?»

«Wenn du es hören willst, musst du schon rankommen», brachte Henry etwas lauter hervor.

Stiernacken kam zurück und beugte sich zu Henry vor, das Gesicht nur Zentimeter von seinem. Er öffnete den Mund, sodass Henry seine Bierfahne roch.

«Ich höre», sagte er, grinsend um den Beifall seiner Kumpel heischend. Henry schoss mit dem Kopf nach vorn, schlug mit der Stirn gegen Stiernackens Nase und hörte ein Knacken. Gleichzeitig stieß er den beiden Kerlen links und rechts seine Ellenbogen in die Rippen. Er nutzte das Überraschungsmoment und rannte los in den Wald, sprang hinter einem umgestürzten Baum in eine Kuhle und presste sich von unten gegen den Stamm. Sein Atem ging schnell. Sein Puls raste. *Verfluchte!*

Er wischte sich das Blut aus dem Gesicht.

Lautes Geschrei hallte durch die Nacht. Es vermischte sich mit näher kommendem Sirenengeheul. Polizeiwagen, mehrere! Sie fuhren schnell. Henry spähte durch die Äste. Drei Fahrzeuge bogen auf den Zeltplatz ein. Mit quietschenden Bremsen kamen sie zwischen den Bäumen und Wohnwagen zum Stehen. Flackerndes rotes und blaues Licht erhellte die Nacht. Vielleicht hatte jemand von seinen Nachbarn wegen des Lärms die Polizei gerufen. Wagentüren flogen auf. Polizisten stiegen aus. Motorräder sprangen an und fuhren mit aufheulenden Motoren davon. Henry atmete auf.

Erst als er sicher war, dass seine Verfolger von ihm abgelassen hatten, um selbst abzuhauen, kroch er hervor und beobachtete, wie die Polizisten einen Rocker in Handschellen abführten und mitnahmen.

Henry schleppte sich quer über den Campingplatz zurück zum Wohnwagen. Auf dem Weg kamen ihm andere Camper im Schlafanzug entgegen. Geweckt von Blaulicht und Martinshorn hatten sie den Polizeieinsatz aus sicherer Entfernung verfolgt. Jetzt war die Sensation vorbei, und sie wanderten zurück ins Bett.

Ihm taten alle Knochen weh. Aber er lebte. Im Gegensatz zu Ernesto. Traurig senkte Henry den Kopf. Schlafen war keine Option. Zuerst musste er das tote Tier begraben, das war er seinem kleinen Freund schuldig. *Der Klappspaten.* Den hatte er verloren. Vielleicht lag er vorne am Strand. Henry machte kehrt und lief in Richtung See. Das Zeltlager der Rocker war verwaist, alle Motorräder waren verschwunden, das Feuer fast heruntergebrannt. Die Polizei hatte die Zelte nicht durchsucht, also handelte es sich tatsächlich nur um eine Anzeige wegen ruhestörenden Lärms. Er fand den Klappspaten dort, wo ihn der Stiernacken hingeworfen hatte. Henry hob ihn auf, blieb an der Feuerstelle stehen und starrte in die Glut, über der die Flamme an Kraft verlor. Hoffentlich hatte der Inhaber von Winkler & Partner ihn nicht als Mitarbeiter von Murats Schlüsseldienst erkannt. Sie waren sich öfter im Citycenter begegnet. Henry kratzte sich am Kopf. Wer Geschäfte mit Rockerbanden macht, hat vielleicht auch schon mal einen Brand in Auftrag gegeben? Er dachte an Kuntzes Drohung. Unbedingt musste er herausfinden, ob sich Kuntze und der Inhaber von Winkler & Partner kannten. Vielleicht hatte Kuntze auch mit einem der Rockerbrüder zusammen im Knast gesessen? Das würde er herausfinden. Aber zuerst musste er wissen, ob Sahra Engelmann lebte.

Den Spaten schwingend, marschierte Henry zurück und begrub den Kater.

Samstag, 14. September 2019

KAPITEL 27

Charlottes Kopf fühlte sich an wie eine Betonkugel. Mit Mühe öffnete sie die Augen. Die Lider wogen zentnerschwer. Das wenige Sonnenlicht, das durch die Schlitze der Jalousien fiel, blendete sie, und sie kniff die Augen zusammen. Ihre Hand suchte nach dem Wecker auf dem Beistelltisch neben ihrem Bett.

Kein Beistelltisch? Angestrengt wanderte ihr Blick durchs Zimmer. Fremdes Zimmer!

Ruckartig setzte sie sich auf. Verdammt, sie lag auf Sophies Sofa, weil Aron gestern Abend völlig betrunken in ihrem Bett gelandet war. Sophie schien aufgestanden zu sein. Charlotte lauschte. Absolute Stille. Wie spät? Ihr war übel. Eigentlich trank sie nie Alkohol, und gestern hatte sie gleich vier Gläser Rotwein in sich hineingeschüttet. Oder waren es fünf gewesen? Marcus und Sophie hatten immer wieder nachgeschenkt. Vorsichtig stellte sie die Füße auf den Teppich. Bloß nicht den Kopf bewegen!

Charlotte stand auf und tappte über die Kopien der Ermittlungsakte, die auf dem Fußboden verstreut lagen. War sie das gewesen? Sie konnte sich nicht erinnern. Eine halbe Flasche Wein, und sie hatte einen Filmriss. Na prima! Am liebsten würde sie sich wieder hinlegen, so schlecht ging es ihr. Kein Wunder, dass ihre Mutter nach den ständigen Saufgelagen morgens nie aus dem Bett gekommen war und auf Charlottes Bitten und Fragen nicht selten mit den Worten «Lass mich einfach sterben!» reagiert hatte. Genauso fühlte sich Charlotte jetzt. Sie wollte sterben. Beim Gedanken an den Rotwein kroch ihr die Übelkeit den Hals hoch. Sie hielt sich die Hand vor den Mund, rannte zur Toilette und übergab sich. Erschöpft wusch sie sich das Gesicht. Jetzt ging es ihr etwas besser. Im Kopf baute zwar immer noch ein Trupp Bergmänner mit Presslufthämmern Gehirnmasse ab, die ließen sich aber zumindest zum Teil mit Aspirin vertreiben.

Sie schlurfte in die Küche, holte sich ein Glas aus dem Schrank und füllte es mit Wasser. Dabei fiel ihr Blick auf die Wanduhr. 9.28 Uhr. Charlotte erstarrte. Sie hatte verschlafen. Um Punkt 9 Uhr hatten sie sich mit Zornik zur Sondervorlesung im Hörsaal treffen wollen, wo jeder seinen Ermittlungsansatz vortragen sollte. Panisch lief sie durch die Wohnung. Alle anderen waren weg. Selbst von Aron in ihrem Bett war nichts mehr zu sehen. Warum hatte sie denn niemand geweckt? Wutentbrannt warf sie die Schmerztablette ein, zog sich an, putzte sich die Zähne, klaubte hastig ihre Unterlagen zusammen und machte sich auf den Weg zur Akademie.

Leise öffnete sie die Tür zum Hörsaal, schlich sich hinein und setzte sich am Rand auf den ersten freien Platz. Sophie beendete soeben einen Vortrag. Sie saß in der ersten Reihe, drehte sich zum Rest des Kurses um und lächelte zufrieden.

Charlotte sah zu Zornik, der sie aufmerksam musterte und eine Augenbraue hochzog. Schnell murmelte sie eine Entschuldigung. Ihr war klar, dass er ihren Kater bemerkte.

«Wir haben noch eine Minute bis zur Pause. Bitte, Charlotte, welche Lücke in der Beweisführung haben Sie entdeckt», sagte er und nahm den letzten Zettel aus der Kreideschachtel.

«Die Seriennummer der Titanplatte ...»

«Tut mir leid, diesen Ansatz hat Sophie bereits vorgetragen», unterbrach er.

Mit einem Mal war sie hellwach. Der Würgereiz übermannte sie. Sie sprang auf, hielt sich die Hand vor den Mund und rannte zur Toilette, vor der sie würgend auf die Knie fiel.

«Du bist so eine miese Diebin, Sophie! Das war meine Entdeckung», sagte Charlotte und stellte sich ihrer Kommilitonin draußen am Fahrradständer in den Weg. Sie kochte innerlich.

Sophie verschränkte die Arme vor der Brust und trat ihrerseits einen Schritt auf Charlotte zu. «Diese Unterstellung ist ja wohl das Letzte! Ich habe es nicht nötig, irgendjemanden zu bestehlen. Du bist so was von undankbar. Ich überlasse dir mein Sofa und helfe dir, weil du total betrunken und völlig orientierungslos warst, stelle dir sogar noch einen Eimer hin ...» Sophie holte den Fahrradschlüssel aus der Jackentasche und versuchte Charlotte zur Seite zu schieben. Die blieb wie angewurzelt stehen und packte ihre Mitbewohnerin am Ärmel. Auf einmal war alles glasklar. «Du hast mich reingelegt!»

Sophies Blick gefror zu Eis. Sie rammte Charlotte den Ellenbogen in die Seite. «Miss Marple, du bist nun mal nicht die Einzige, die den Fehler entdeckt hat.»

«Du lügst doch!» Charlotte war kurz vorm Platzen. «Nachdem ich bei Wahrheit oder Pflicht die Seriennummer erwähnt habe, hast du es darauf angelegt! Du hast mich betrunken gemacht!»

«Ach was!», lachte Sophie höhnisch. «Ich kann mich nicht daran erinnern, dass ich dir die Flasche mit Gewalt in den Mund gesteckt hätte.»

«Du hast meine Unterlagen durchwühlt, weil du wissen wolltest, was ich zu der Seriennummer herausgefunden habe. Und dann hast du mich mit Absicht nicht geweckt, damit du mir zuvorkommen kannst. Ich wette, du hast dich überhaupt nicht mit dem Fall beschäftigt.»

«Tss! Träum weiter.»

Charlotte packte Sophie am Ärmel. «Wir gehen jetzt zu Zornik, und du sagst ihm, dass es mein Ansatz war.» Mittlerweile hatten sich mehrere Studierende um sie herum versammelt und schauten zu, wie sie und Sophie miteinander stritten. Sophie riss sich los und drehte ihr blitzschnell den Arm um.

«Pass mal auf, Küken. Offenbar leidest du unter Wahnvorstellungen. Wenn du mich noch einmal angreifst und verleumdest, werde ich dafür sorgen, dass du von der Schule fliegst.»

Kräftige Hände trennten die beiden Frauen. Sie gehörten zu Neda. Borowski kam hinter ihr über den Hof.

«Hört sofort auf!» Er schüttelte missbilligend den Kopf. «Ich will gar nicht wissen, wer angefangen hat. Ab jetzt geht ihr euch mit zehn Metern Abstand aus dem Weg, bis sich die Gemüter wieder beruhigt haben.»

Während Sophie sich die Haare aus dem Gesicht wischte, ihr Fahrrad aufschloss und hocherhobenen Hauptes wegfuhr, musste sich Charlotte ganz schön zusammenreißen, um ihren Zorn im Zaum zu halten. Sie war fassungslos über Sophies hinterlistiges Verhalten, das sie aber leider nicht beweisen konnte. Oder tat sie ihr unrecht? Vielleicht hatte ihre Mitbewohnerin ja wirklich den gleichen Fehler entdeckt?

Nein, dazu war Sophie zu überrascht gewesen, als Charlotte am Küchentisch die Seriennummer erwähnt hatte. Charlotte straffte den Rücken. Sie schwor sich, kein Wort mehr zu irgendwem über ihre Ermittlungen zu sagen.

KAPITEL 28

Nachdenklich packte Henry seine Unterlagen zusammen. Die Studierenden hatten den Wettlauf mit ihm angenommen. Es freute ihn, dass sich auch Sophie gründlich mit der Ermittlungsakte beschäftigt und nach einer Erklärung für die Ungereimtheiten rund um die gefundene Titanplatte gesucht hatte. Er sah sich das Foto des Implantats genau an. Nein, nein, die letzte Ziffer war eindeutig eine Acht. Sie waren eben noch Welpen und neigten dazu, Informationen so auszuwählen und zu interpretieren, dass sie die eigenen Erwartungen erfüllten. Aber sie waren gut, lernten schnell. Gerade Sophie und dieser Marcus kamen ihm sehr hartnäckig vor in ihrem Wunsch, ihn zu übertrumpfen. Noch lag er vorn. Er durfte sie nicht unterschätzen und musste seinen Vorsprung ausbauen.

Er blieb dabei: Zuerst würde er Sahra Engelmann suchen. Lebte sie noch, musste er sich darum kümmern, die Namen der Teilnehmer der sozialpädagogischen Angebote zusammenzutragen. Am besten schaffte er beides parallel. Vielleicht gab es sogar eine Überschneidung, oder er fand einen anderen Namen, der in Beziehung zu Kuntze stand. Das war die richtige Richtung, das sagten Henry seine Erfahrung und seine Intuition. Dann war da noch das Treffen der Rocker mit Winkler & Partner. Der inselführende Immobilienmakler schien ihm nicht ganz koscher. Aus Erfahrung wusste er, dass Rockerbanden gerne mal Drecksarbeit wie beauftragte Brandstiftung erledigten. Das konnte eine weitere Spur sein. Vielleicht gab es aber auch eine Verbindung zwischen Kuntze und Winkler? Beide waren Insulaner und konnten sich von früher kennen. Vielleicht hatte Kuntze Geld gebraucht. Genau wie die drogensüchtige Sahra Engelmann.

Bevor er Malte Möhring über die Notfallnummer anrief, wählte er Marthas Privatanschluss. Sie ging sofort ran.

«Ja, bitte?», meldete sie sich und war offenbar überrascht, Henry in der Leitung zu haben.

«Ich brauch deine Hilfe», sagte er und weihte sie in die gefundenen Beweislücken, die von Francesco übersehenen Indizien und seine Befürchtung zur Identität des Brandopfers ein. Allein Martha kam an die Unterlagen ran, die er benötigte.

«Hmm!» Kurze Stille am anderen Ende. «Jetzt stiftest du mich also zum Amtsmissbrauch an. Hatte ich dir nicht ausdrücklich gesagt, dass ich nicht hören will, was du in der Akte findest?»

Henry schwieg. Er verfluchte sich dafür, wie rücksichtslos er schon wieder vorging, kaum hatte ihn der Ermittlerinstinkt gepackt. «Du hast recht», sagte er dann. «Ich habe nicht richtig nachgedacht. Ich will nicht, dass du deine Pension riskierst.»

«Komm zurück, Henry, dann kannst du offiziell ermitteln. Es ist deine Berufung. Du wirst es nie lassen können, weil du im Namen der Opfer Gerechtigkeit willst.»

«Ich wurde gefeuert. Schon vergessen?»

«Du hast es provoziert, bist einfach abgehauen.» Sie war tatsächlich wegen damals immer noch sauer auf ihn.

«Martha, ich war verantwortlich.»

«Noch mal! Hanna hat eigenmächtig gehandelt und sich dadurch in Gefahr gebracht, damit hattest du nichts zu tun», widersprach sie ihm.

Wenn sie wüsste, dachte er grimmig. «Wie auch immer. Bitte entschuldige die Störung. Ich melde mich demnächst wieder.» Henry beendete abrupt das Telefonat. Er hatte jetzt keine Lust darauf, dass Martha die Büchse der Pandora öffnete, die er mit aller Kraft verschlossen hielt.

Sein Handy klingelte. Er schaute auf das Display. Martha.

Widerstrebend nahm er ihren Anruf an. Sie kannte ihn manchmal besser als er sich selbst.

«Mag sein, dass du recht hast, Martha aber trotzdem …»

«Henry», unterbrach Martha ihn. «Du wirst deine Gründe gehabt haben. Also, ich soll nachsehen, ob Sahra Engelmann aktenkundig ist, und ihre DNA mit der des Brandopfers vergleichen, wenn ich dich richtig verstanden habe? Nur zu deiner Info. Ich bin nicht damit einverstanden, dass du privat ermittelst, aber du bist der Einzige, den dieses unbekannte Brandopfer interessiert und der nicht lockerlässt, bevor diese Frau einen Namen hat.»

«Ich weiß dein Vertrauen zu schätzen. Und wenn du mir noch ein Foto und ihre Meldeadresse sowie Namen und Adressen der Angehörigen besorgen kannst, wäre ich dir unendlich dankbar.»

Die Sisyphusaufgabe, die Namen junger Straftäterinnen aus dem Archiv der Staatsanwaltschaft zusammenzutragen, die ihre gemeinnützigen Stunden 2015 und 2016 in der Bibliothek abgeleistet hatten, wollte er ihr erst zumuten, wenn der DNA-Abgleich nicht übereinstimmte.

Martha seufzte. «Schade, dass ich dich nicht dazu bewegen kann, den Kampf gegen Ignoranz, Dummheit, Faulheit und Bestechlichkeit wieder in unseren Reihen aufzunehmen. Überleg es dir.»

«Vielleicht kämpfe ich ja gerade, aber auf meine Weise.»

Martha schwieg.

«Sei vorsichtig, Martha!»

«Für die Wahrheit muss man auch mal was riskieren. Das weiß niemand besser als du, Zornik.»

«Ich will aber nicht, dass du wegen mir deine Pension verlierst.»

«Sollte das passieren, weißt du, was auf dich zukommt. Dann hast du mich an der Backe und musst auch noch für meinen Lebensunterhalt sorgen.» Sie lachte auf.

«Kannst du nach Bergen kommen?»

«Ja. Gib mir zwei Stunden. Wir treffen uns im Café Meyer. Dort gibt es diese leckere Sanddorntorte.»

«Abgemacht.» Henry war erleichtert.

«Du zahlst aber.» Sie legte auf, und Henry wählte die Nummer des Sozialarbeiters.

Malte Möhring klang verschlafen. «Kommen Sie am Montag. Ich bin ab 9 Uhr im Büro», lautete seine Antwort auf Henrys Bitte, sich heute mit ihm zu treffen, um mehr über die Klientin der Drogenberatungsstelle Sahra Engelmann zu erfahren. Er legte auf. Henry drückte auf Wahlwiederholung.

«Wird das jetzt Telefonterror?»

«Das liegt ganz bei Ihnen, Herr Möhring. Laut Versprechen des Schildes an der Beratungsstelle sind Sie unter dieser Nummer rund um die Uhr erreichbar.»

«Für Notfälle.»

«Das ist ein Notfall.»

«Es ist Samstag …», maulte Möhring.

Henry atmete tief durch. «Wenn Sie nicht wollen, dass ich mich bei Ihrem Träger beschwere, heben Sie jetzt ganz schnell Ihren kleinen Sozialarbeiterhintern aus dem Bett und bewegen ihn ins Möwennest.» Er musste fast schmunzeln, als er in seiner Stimme den Ton des früheren Kommissars Zornik wiedererkannte.

«Ja, ja, bin ja schon unterwegs. Aber ich hoffe für Sie, dass es echt nicht warten kann.»

Henry legte auf. Mal sehen, ob Möhrings erzwungene Bereitschaft zur Mitwirkung anhielt, wenn er erfuhr, dass Henry kein Kriminalbeamter war.

KAPITEL 29

Charlotte saß im Café Köhler mit Borowski am Tisch. Er hatte nach dem Streit mit Sophie vorgeschlagen, dass sie, Neda und er zur allgemeinen Beruhigung ein Eis essen gehen könnten. Neda hatte keine Zeit gehabt, weil sie schon mit ihrer Familie verabredet war, die sie zu einem Ausflug nach Binz abholen wollte, aber Charlotte hatte sich überreden lassen.

Sie klappte die Eiskarte zu. «Danke für die Einladung, aber ich habe keinen Appetit», sagte sie und steckte sie zurück in den Kartenhalter, der zwischen ihr und ihrem Dozenten auf dem Tisch stand.

«Das Eis soll nicht deinen Hunger stillen, sondern Trost spenden.» Borowski winkte den Kellner heran, der gerade an einem anderen Tisch abkassiert hatte. «Und jetzt komm mir nicht mit einer Zuckerallergie», sagte er und zwinkerte ihr zu.

Sie knabberte am Daumen und rang sich ein Lächeln ab.

«Schoko oder Erdbeere?»

Charlotte schüttelte den Kopf.

Der Kellner eilte herbei, ein junger, schlaksiger Mann mit blassem Gesicht, der völlig erschöpft aussah. Borowski bestellte zwei Schokobecher.

«Ich hätte lieber einen Nussbecher», warf sie ein. Der Kellner korrigierte seine Notiz und lief zum Tresen, hinter dessen Glasscheibe unzählige Eissorten und Torten ausgestellt waren.

«Geht doch!», sagte ihr Dozent, lehnte sich entspannt zurück und musterte sie amüsiert. «Es war also deine Idee mit dem Fehler in der Seriennummer.»

«Ja. Natürlich kann Sophie auch darauf gekommen sein. Aber …» Sie saßen einen Moment nur da und schauten sich an. Der eindringliche Blick seiner wachen Augen ruhte auf ihr. Verlegen rückte sie die kleine Vase mit den Astern zurecht.

Borowski faltete die Hände vor dem Bauch. «Ärgerst du dich nun über Sophie oder über dich selbst?»

«Beides.»

«Du willst den Ruhm, du willst zuerst ins Ziel kommen, und du hast gleichzeitig Angst, dass Sophie dir das streitig macht.»

Charlotte schwieg. Borowski hatte mit seiner Äußerung ins Schwarze getroffen. Sie wollte den Wettlauf gewinnen. «Aber es geht nicht um Ruhm. Es geht darum, dass ich mir selbst beweisen will, gut genug für diesen Job zu sein. Manchmal habe ich den Eindruck, die anderen sind mir Meilen voraus.»

«Dann lass dich nicht zur Seite drängen. Gut, Sophie hat diese Spur vorgetragen. Nun kommt es aber darauf an, sie weiterzuverfolgen. Verdeckte Informationsbeschaffung.»

«Darin ist Sophie fast so perfekt wie Marcus.» Charlotte zuckte resigniert mit den Schultern.

«Jetzt stell mal dein Licht nicht so unter den Scheffel. Du bist mindestens genauso gut.»

Sie fühlte sich geschmeichelt, konnte ihm aber nicht so recht glauben.

«Ich kann das beurteilen, Charlotte. Ich bin dein Lehrer.»

Sie stützte den Kopf in die Hände. «Und dabei dachte ich, das könnte eine richtig heiße Spur sein, die ich da liefere. Als ich gesehen habe, dass die vorletzte Ziffer gar nicht übereinstimmt …» Sie brach ab.

Borowski zog eine Augenbraue hoch. «Sophie hat von der letzten Ziffer gesprochen, die Neun ist ihrer Meinung nach eine Acht, deren halber unterer Bogen weggeschmolzen ist.»

Charlotte schüttelte den Kopf. «Das habe ich zuerst auch gedacht, aber …»

«Dann hast du einen ganz anderen Fehler entdeckt?»

«Ja. Die vorletzte Ziffer auf dem Tatortfoto stimmt nicht mit der vorletzten Ziffer im Obduktionsbericht überein.»

«Ach so, es ist ein Schreibfehler?», fragte er und spielte nun seinerseits mit der Vase herum.

Charlotte nickte. «Ein simpler Zahlendreher.» Sie holte ihren Collegeblock heraus, schlug die letzte Seite auf, wo sie die Seriennummern des Obduktionsberichtes und auf dem Foto untereinander aufgeschrieben hatte. «Siehst du? Die ersten sechs Ziffern, das muss die Chargennummer sein, dann kommt ein Leerzeichen und danach die letzten vier Zahlen.»

«Krankenhäuser bestellen sicher keine einzelnen Metallplatten, sondern lassen sich die Dinger kistenweise liefern. Wenn du Glück hast, finden wir den richtigen Empfänger des Implantates im gleichen Krankenhaus, in dem der alte Mann damals operiert wurde. Und damit hätten wir die Identität des Brandopfers.»

«Wir?», fragte sie verblüfft. Der Kellner servierte die Eisbecher, und sie bedankte sich kopfnickend.

Borowski nahm den Löffel in die Hand, schmunzelte. «Du hast doch gestern Zorniks Bitte an mich gehört. Ich soll euch bei der verdeckten Informationsbeschaffung unterstützen. Wir haben beschlossen, fächerübergreifend zu arbeiten. Und da Sophie und Marcus, wie du sagst, perfekt sind, sehe ich keinen Grund, ausgerechnet ihnen zu helfen.» Er schaufelte sich Eis und Sahne auf den Löffel und steckte ihn sich genussvoll in den Mund.

KAPITEL 30

Henry stieg die Treppe zur Beratungsstelle *Möwennest* in der ersten Etage hinauf. Malte Möhring stand am Geländer. Der große Mann mit rasiertem Kopf, gepiercten Augenbrauen und Vollbart trug ein fusseliges Kapuzenshirt und Springerstiefel, in denen der Saum seiner olivgrünen Cargohose steckte. Erstaunlich, wie sich Sozialarbeiter optisch ihren Klienten anpassten, um bei den Gestrauchelten Vertrauen aufzubauen. Henry kannte keine andere Berufsgruppe, bis auf verdeckte Ermittler, die ihren Kunden so perfekt vorgaukelte, so wie sie zu sein. Es stimmte natürlich auch, dass kein Obdachloser mit einem Streetworker im Nadelstreifenanzug reden würde.

Möhring empfing Henry mit einem verständnisvollen Lächeln. Auch das schien ihm typisch für Sozialarbeiter. Die meisten hatten auch nach Jahren noch die Illusion, ihre Klienten mit ein paar Gesprächen und der nötigen Portion Hilfe zur Selbsthilfe zu therapieren. In achtzig Prozent unrealistisch, wie Henry wusste.

Sie setzten sich an einen Holztisch in einem hellen Büro. Henry bewunderte die Grünpflanzen in den Fensternischen. Ob deren üppiger Wuchs am Sonnenlicht oder am grünen Daumen der Mitarbeiter lag, konnte er nicht einschätzen.

«Die machen sicher eine Menge Arbeit», sagte er. Doch sein Versuch eines unverfänglichen Einstiegs, um abzuschätzen, wie zugänglich Malte Möhring war, scheiterte. Der Sozialarbeiter reagierte nicht auf den Small Talk. Henry betrachtete ihn lächelnd. Obwohl er Möhring gerade aus dem Bett geklingelt hatte, wirkte der Mann ausgeschlafen und hatte frisch gerötete Wangen. Aufgrund der feuchten Haarspitzen nahm Henry an, dass Möhring nach dem Anruf eiskalt geduscht hatte, um wach zu werden.

«Bevor wir reden, hätte ich gerne Ihren Dienstausweis gesehen.»

«Ich bin ehemaliger Polizist der Mordinspektion Stralsund. Die Familie von Sahra Engelmann hat mich beauftragt, nach ihr zu suchen. Ich ermittle privat», sagte Henry. Er hoffte, dass seine Strategie aufging, Wahrheit und Lüge zu vermischen.

Möhring verzog keine Miene. «Sie wissen schon, dass ich Ihnen allein aus Datenschutzgründen keine Auskunft über Klienten geben darf», sagte er gelassen.

Den brachte so leicht nichts aus dem Gleichgewicht. Ohne Dienstausweis würde es schwierig werden, diesem Mann Informationen zu entlocken. Was Henry verstand, da konnte ja jeder kommen. Im Moment war er selbst ein Jeder und brauchte eine gute Begründung für sein Anliegen.

Der Sozialarbeiter lehnte sich auf seinem Stuhl zurück, schlug die Beine übereinander und musterte Henry skeptisch. Kurze Stille. Dann erteilte Malte Möhring ihm mit einer Geste das Wort und gab ihm zu verstehen, dass er bereit war, wenigstens zuzuhören. Henry kam sich vor wie damals bei der Polizeipsychologin, die nach Hannas Tod versucht hatte, seine Emotionen zu analysieren. Es fehlte nur die Couch.

«Schon klar, dass Sie nicht reden dürfen. Können wir uns darauf einigen, dass Sie einfach nicken, wenn ich mit meiner Vermutung richtig liege. Körpersprache ist im Datenschutzgesetz nicht erwähnt.»

Malte Möhring zupfte unschlüssig an seinem Bart. «Es geht nicht nur um den Datenschutz. Sie sind nicht behördlich autorisiert. Eigentlich darf ich überhaupt nicht mit Ihnen reden.»

«Hören Sie, ich will nur ausschließen, dass Ihre Klientin tot ist. Sahra Engelmanns Spur verlor sich im November 2016 hier in Bergen.» Henry berichtete, was ihm Mona erzählt hatte.

«Die Familie möchte Sahra wiederfinden. Sie haben Angst, dass ihr etwas zugestoßen ist.» Noch eine Lüge, aber er sah keinen Grund, den Sozialarbeiter in seine tatsächlichen Absichten einzuweihen.

Malte Möhring runzelte die Stirn. «Mir ist nicht bekannt, dass es eine Vermisstenanzeige gibt.»

«Das stimmt. Die Familie fühlt sich für Sahras Entwicklung mitschuldig und schämt sich, deshalb wird ihr Verschwinden nicht öffentlich gemacht», baute Henry seine erfundene Geschichte weiter aus.

«Wissen Sie, wie oft mir das in meiner Arbeit begegnet?» Möhring setzte sich aufrecht hin. «Wer seelisch belastet ist, sucht Entlastung, Linderung eines als unerträglich empfundenen Zustandes. Ursache von Sucht ist eine schmerzhafte Erfahrung, die ein Ungleichgewicht im Leben ausgelöst hat. Oft unschöne Kindheitserlebnisse.» Die hatte Henry auch zur Genüge. «Solange die Familien nicht bereit sind, ihre Fehler mit dem Klienten aufzuarbeiten, haben die kaum eine Chance, einen Weg aus der Sucht zu finden, weil sie immer wieder zur Betäubung greifen, wenn der Schmerz hochkommt.»

Henry nickte. Irgendwie kam ihm das bekannt vor. Er nahm zwar keine Drogen, trank nicht, aber auch er lenkte sich von seinem inneren Schmerz, von der zeitweisen Leere mit Arbeit ab. Solange er sich mit dem Leid der anderen beschäftigte, hatte er keine Zeit, über sich nachzudenken. Anscheinend seine Strategie, mit Verletzungen fertig zu werden.

«Genau das möchte die Familie Engelmann mit Sahra tun, das Geschehene aufarbeiten», erwiderte Henry.

Möhring schüttelte den Kopf. «Manchmal ist es besser, die Klienten vor ihren Familien zu schützen.»

Henrys Gegenüber war offenbar ein harter Brocken, der sich nicht mit ein paar gut gemeinten Beteuerungen überzeugen ließ. «Verwehren Sie ihnen die Chance, verwehren Sie auch Sahra die Chance, ihre Sucht zu besiegen.»

Er bemerkte, dass Malte Möhrings Mundwinkel unsicher zuckten. Der Sozialarbeiter schien in einer Zwickmühle. Plötzlich stand er unvermittelt auf. War das Gespräch jetzt beendet? Nein, Möhring lief zum Metallschrank und zog ein Schubfach auf. Henry sah ein alphabetisch geordnetes Hängeregister. Der Sozialarbeiter holte eine dünne Akte heraus, legte sie auf den Tisch und entschuldigte sich auf die Toilette.

Mit so viel Kooperation hatte Henry nicht gerechnet. Verblüfft schaute er ihm hinterher, schnappte die Akte und blätterte darin herum. Der letzte Eintrag stammte vom 19. November 2016. Voller Spannung las er die Aktennotiz. Am Vortag hatte Sahra für eine Fahrkarte nach Stralsund quittiert, wo ihre Entgiftung stattfinden sollte. Ab 19. 11. war im Hanseklinikum auf Station 56 ein Platz für sie reserviert gewesen. Sahra war dort nie erschienen. Okay, ihre Familie vermisste sie nicht, weil sie wahrscheinlich sowieso nicht wussten, wo sie sich herumtrieb, und der Kontakt abgebrochen war. Ihre Drogenfreunde wie Mona vermissten sie nicht, weil sie genug mit sich selbst zu tun hatten. Die Sozialarbeiter rannten sicher auch nicht hinter ihren Klienten her. Kuntze vertuschte etwas. Henry schaute auf. Es gab also plausible Gründe, warum niemand die Tote vermisste.

Alles zusammengenommen, verstärkte sich seine Befürchtung, dass Sahra Engelmann das Brandopfer war.

Henry hörte, wie sich die Tür hinter ihm öffnete. Er schaute sich um. Möhring guckte demonstrativ weg, als Henry die Akte zuschlug und von sich schob. Der Sozialarbeiter nahm sie vom Tisch und hängte sie wieder in den Schrank.

«Das ist unser tägliches Brot», sagte er. «Man meint, jetzt haben sie's kapiert, und dann fehlt ihnen doch die Kraft, den Entschluss in die Tat umzusetzen. In den meisten Fällen gewinnt die Gier nach der Droge über die Einsicht, etwas ändern zu müssen, wenn man sich nicht zugrunde richten will.»

«Heißt das, sie hat die Fahrt nach Stralsund nicht angetreten?» Henry runzelte die Stirn. «Warum bringen Sie Ihre Klienten nicht hin?»

«Weil Entzug und Therapie freiwillige Entscheidungen des Klienten sind. Zwangseinweisungen würden nichts bringen.»

«Aber tauchen die Klienten dann nicht wieder in ihrem vertrauten Umfeld auf?»

«Meistens ja. Wenn ein Klient am Tag der Einweisung kurz vor der Klinik kneift, bleibt er aber auch manchmal in der anderen Stadt, weil ihm schlicht das Geld für die Rückfahrkarte fehlt.» Malte Möhring zuckte ratlos mit den Schultern.

Henry kratzte sich an der Stirn. Er hielt es für unwahrscheinlich, dass Sahra im fremden Umfeld hängen geblieben war, aber er wollte nichts ausschließen. In der Drogenszene Stralsund nach ihr zu suchen, wäre mühselig, aber machbar. «Nehmen Ihre Klienten an Sozialprojekten in der Stadtbibliothek teil?»

«Wir sind zwar eine Drogenberatungsstelle und keine Bewährungshilfe, aber ja, die Stadtbibliothek führt auch in Kooperation mit unserem Träger seit Jahren soziokulturelle Projekte durch. Es kann gut sein, dass die besagte Klientin damals an so einem Projekt teilgenommen hat. Das ist aus meinen Unterlagen leider nicht ersichtlich. Teilnehmerlisten führt immer der Projektträger, der die Fördergelder bekommt. Da müssten Sie sich an die Stadtbibliothek wenden.» Er sah Henry bedauernd an. «Ich bezweifle allerdings, dass Sie als Privatermittler Einsicht in die Listen bekommen.»

KAPITEL 31

Henry saß seit einer halben Stunde im Café Meyer und wartete auf Martha. Irgendwas schien schiefgelaufen zu sein. Zu spät kommen entsprach nicht ihrer Art, zumindest hätte sie ihn informiert. Er schaute auf sein Handy. Mist, der Akku war leer.

Henry trank den Espresso aus, da riss Martha die Tür zum Café auf. Sie ließ ihren Blick über die Köpfe schweifen. Erleichtert winkte er ihr zu, damit sie ihn am Tisch in der hinteren Nische entdeckte. Die Hüfte musste ihr heute extrem zu schaffen machen, denn sie humpelte auffallend. Außerdem war sie puterrot im Gesicht, als wäre sie gerannt.

Henry stand auf, um sie zu begrüßen, und zog den zweiten Stuhl vom Tisch weg, damit sie sich gleich hinsetzen konnte. Draußen heulte eine Sirene, das Martinshorn der Feuerwehr.

Völlig außer Puste blieb Martha vor ihm stehen. «Ganz der Gentleman wie immer.» Er empfand ihr Lächeln als gequält. Sie ließ sich schwer auf die Sitzfläche fallen und hielt die Handtasche wie einen Schatz mit beiden Händen vor dem Bauch fest. Dreimal atmete sie tief durch, bevor sie ihn entschuldigend ansah. «Er hat mich erwischt.»

«Wer?»

«Blume.» Martha presste die Lippen aufeinander.

«Kaffee?», fragte Henry. Sie würde ohnehin gleich erzählen.

«Um Gottes willen, mein Blutdruck ist so schon kurz vorm Überkochen.» Sie winkte nach dem Kellner und verlangte einen Schnaps.

«Du bist mit dem Auto.»

«Einer geht.» Sie wischte sich den Schweiß mit einem Taschentuch vom Gesicht. Der Kellner brachte einen Wodka und ein Glas Wasser dazu. Martha kippte beides hinunter. «Huuhhh!», atmete sie hörbar aus, bevor sie weiterredete. «Es ist natürlich zu ihm durchgedrungen, dass du vorgestern bei mir warst. Und dann stand er vorhin plötzlich hinter mir, nachdem er gerade von einem Tatort zurückgekommen war. Als er gesehen hat, was ich da im Intranet suche, hat er eins und eins zusammengezählt. Er wollte wissen, wozu ich den DNA-Abgleich haben will, und hat mir mit einer Anzeige wegen Strafvereitelung im Amt gedroht, wenn ich ihm nicht sage, was du vorhast.»

«Bist du okay?»

Martha nickte. «Ich glaube nicht, dass er seine Drohung wahr macht, weil ich mich ganz gut herausgeredet habe», sagte sie, aber Henry hörte den unsicheren Ton in ihrer Stimme.

«Was hast du ihm geantwortet, warum ich den Datenabgleich haben will?»

«Ich habe ihm gesagt, dass du jetzt Dozent für angewandte Kriminologie an der Academy of Criminal Investigation bist und den Fall als ein praktisches Beispiel für polizeiliche Ermittlungen herangezogen hast, um den Studierenden zu zeigen, welche Möglichkeiten die Polizei bei der Opferidentifizierung hat und an welche Grenzen sie manchmal stößt. Ich habe ihm beteuert, dass du wegen des Presseartikels über die Einstellung des Verfahrens auf den Fall gestoßen bist und ihn nur für Unterrichtszwecke benutzt.»

«Und das hat ihn zufriedengestellt?»

«Sagen wir so, er wird dich und mich im Auge behalten.»

«Oh Mann! Ich wollte dich wirklich nicht in Schwierigkeiten bringen.»

«Nein, er wird es nicht wagen, mich anzugreifen. Er weiß, dass ich seinen Vater gut kenne. Der alte Kriminalrat a.D. denkt nämlich, sein Sohn ist der Superbulle. Und Francesco weiß, was ich von ihm halte.» Entschlossen verschränkte sie die Arme vor der Brust. Henry hatte keine Zweifel, dass Martha diese Waffe einsetzen würde, wenn es notwendig war. Vor ihm saß keine hilflose Frau. Martha wusste sich zu wehren.

«Das heißt, zu dem DNA-Abgleich bist du nicht mehr gekommen.»

Sie öffnete ihre Tasche und übergab ihm einen braunen A4-Umschlag. «Zumindest konnte ich das hier vorher noch sicherstellen.»

Henry holte ein paar bedruckte Seiten heraus und betrachtete sie. Es waren Kopien aus Sahra Engelmanns Strafregister. Unter anderem ihre Meldeadresse in Ralswiek. Er nahm an, dass ihre Eltern dort wohnten. Und dann, endlich, hielt er ein Foto in den Händen, das sie im Spätsommer 2016 zeigte. Die Haare trug sie länger und tiefschwarz. Das Gesicht wirkte ausgezehrt, und unter dem linken Auge schimmerte ein abschwellender Bluterguss, der gut von einem Faustschlag herrühren konnte. Die letzten Straftaten, für die sie zum wiederholten Mal zu gemeinnützigen Stunden verurteilt wurde, stammten aus dem Januar 2016. Sie hatte sie im Februar und März in der

Stadtbibliothek abgeleistet, bestätigt und unterschrieben von S. Stein. Bingo! Es gab also eine Verbindung zwischen Sahra Engelmann und dem Tatort. Wenn sie dort gemeinnützige Stunden abgeleistet hatte, kannte sie auch das Lager für die Putzmittel und wusste, wo der Spiritus stand.

«Gut gemacht, Martha», sagte er und lächelte dankbar.

Sie winkte ab, dann wurde ihr Gesicht nachdenklich. «Es war komisch, Blume bekam so einen nervösen Blick.»

«Vielleicht ist ihm bewusst, dass er in dem Fall Mist gebaut hat, und er will es vertuschen.»

«Er ist regelrecht ausgerastet, hätte mir am liebsten den Hals umgedreht.» Martha runzelte die Stirn. «Zum Schluss hat er gedroht, dass er dich fertigmacht, wenn du alten Staub aufwirbelst.»

«Ach.» Das hatte Henry so ähnlich vor zwei Tagen schon einmal gehört.

«Irgendwas stinkt an dem Fall. Ich könnte es Montagfrüh noch einmal versuchen ...»

Er schüttelte den Kopf. «Bitte, lass es. Jede Abfrage in der Datenbank wird dokumentiert.» Er hatte offenbar die Büchse der Pandora geöffnet, und Martha steckte schon viel tiefer mit drin als beabsichtigt. Henry legte seine Hand auf ihren Arm. «Martha. Ich will nicht, dass du wegen mir ein Verfahren oder Schlimmeres riskierst.»

Martha nickte. «Ich hoffe, du bist auch vorsichtig. Da ist etwas gar nicht in Ordnung, das spüre ich in meiner kaputten Hüfte. Ich sage es dir noch mal: Dieser Fall stinkt.»

KAPITEL 32

Die Medicusklinik, ein moderner Bau mit viel Glas, bestand aus fünf Gebäuden. Sie sahen aus, als hätte ein Architekt verschieden große Würfel zusammengeschoben.

Charlotte und Borowski hatten den Transporter der Akademie etwas abseits auf dem riesigen Parkplatz abgestellt. Mit einem Blumenstrauß in der Hand schlenderten sie zum zentralen Haupteingang des Gebäudekomplexes. Ein Streifenwagen parkte davor. Dass Polizei vor Ort war, machte Charlotte noch nervöser, als sie ohnehin schon war. Sie blieb stehen. «Sollen wir unser Vorhaben nicht besser verschieben?»

«Du ziehst das jetzt durch», sagte Borowski und drückte ihre Hand. Auch wenn sie sich in seiner Gegenwart gut aufgehoben fühlte, zögerte sie. Er schaute sie aufmunternd an. «Zornik hat gesagt, ihr agiert unter realen Bedingungen. Wenn von der Informationsbeschaffung das Leben eines Menschen abhängt, kannst du auch nicht auf den passenden Moment warten. Geh jetzt da rein und stelle dich der Situation! Das haben wir oft genug geübt.»

Er hatte ja recht. Es gab überhaupt keinen Grund, wegen eines Streifenwagens schon im Vorfeld nervös zu werden. Die dazugehörigen Polizisten konnten sich irgendwo in der Klinik aufhalten. Es war noch nicht einmal gesagt, dass sie ihnen überhaupt begegnete. Außerdem wollte sie Borowski beeindrucken, gestand sie sich ein. Er übte eine eigenartige Anziehung auf sie aus. Mit einem Kopfnicken signalisierte sie Borowski, dass sie bereit war. Entschlossen trat sie auf die Glastür zu.

Keiner von beiden hatte sich verkleidet. Der Blumenstrauß reichte, damit sie nach Angehörigen eines Patienten aussahen. Zielgerichtet durchquerten sie die gläserne Empfangshalle, die alle Gebäudeteile miteinander verband. Charlotte schaute sich um. Keine Polizisten in Sicht. Die Halle war üppig begrünt. Hängepflanzen rankten sich von den Wänden und den weißen Brücken, die unter der etwa zwanzig Meter hohen Glaskuppel schwebten. Sie war überrascht, wie schön der hohe Eingangsbereich war. Man kam sich eher vor wie in einem botanischen Garten als wie in einem Krankenhaus. Allein der scharfe Geruch, eine Mischung aus Desinfektionsmittel, Blut und Urin, der in allen Kliniken gleich war, zerstörte die Illusion eines entspannten Parkspaziergangs. Auf der großen Uhr über dem Empfangstresen rückten die Zeiger auf Viertel vor sechs. Abendbrotzeit. An Tischen und in Lounge-Ecken herrschte Aufbruchsstimmung; Besucher verabschiedeten sich, Patienten strömten zu den Fahrstühlen, die sie wieder auf ihre Station brachten.

Sie blieben vor dem Wegweiser neben der Cafeteria stehen.

Charlotte orientierte sich am Hinweisschild. Das zentrale Patientenarchiv befand sich im Erdgeschoss, Gebäude 1, direkt hinter der Notaufnahme. Dort vermuteten sie die Patientenakten. Laut Ermittlungsbericht wurde die Titanplatte mit der Seriennummer 987654 3358 einem Hans Bergheim am 14. März 2016 implantiert. Es handelte sich um eine Art Platte, die nur bei Radiusfrakturen des linken Arms eingesetzt und üblicherweise nach einem Jahr wieder entfernt wurde. Das machte den möglichen Kreis der Implantatempfänger hoffentlich überschaubar. Trotzdem würde es schwierig werden, in das Dokumentationssystem der Klinik einzudringen. Eigentlich hätte sie Neda gebraucht, die jedes verschlüsselte Passwort knackte und ihnen den Weg in die Klinik schon im Vorfeld mit einem Hackerangriff erspart hätte. Aber Borowski meinte, dass Neda auch nicht bei jedem anderen Einsatz immer zur Stelle sein würde und dass Charlotte lernen müsste, andere Wege zu finden, um an die gewünschte Information zu kommen. Gemeinsam hatten sie nach einer Lösung für ihr Problem gesucht, und nun begleitete er sie, um zu sehen, wie sie sich in der Praxis anstellte. Falls sie sich in Schwierigkeiten brächte, würde er unterstützend eingreifen. Einerseits half ihr der Gedanke, dass er da war, falls etwas schiefging, andererseits wuchs ihre Anspannung auch, weil er sie für ihre Leistung benoten wollte. Hätte es für diese Aktion nicht mehr Vorbereitungszeit und Recherche gebraucht? Sie schob den Gedanken beiseite. Ihr blieb keine Zeit zum Zweifeln.

Sie betraten einen schmalen Flur, der sich ihnen im Gegensatz zum Foyer nüchtern und mit blassgrünen Wänden präsentierte. Ein Hinweisschild wies sie zur Notaufnahme. Der Weg verlief im Zickzack an der Röntgenabteilung und der Intensivstation vorbei. Längst hatte Charlotte den Blumenstrauß in einem Mülleimer entsorgt und war in die Rolle der Begleitperson eines Kranken geschlüpft, den Borowski bereitwillig spielte. Sie führte einen stöhnenden Mann, der die Hände an den Bauch presste und fast im Zeitlupentempo vorwärtsschlich. Eine Krankenschwester eilte ihnen entgegen und besorgte einen Rollstuhl. Dankbar ließ er sich darin nieder.

Im Wartebereich der Notaufnahme war es voll. Charlotte schob Borowski an die Seite und scannte binnen Sekunden Lage und Umgebung. Ein quengelndes Kind überforderte seine Mutter, ein kreidebleicher Mann trug ein Handtuch um den Arm gewickelt, das längst blutgetränkt war. Er sah aus, als fiele er gleich in Ohnmacht. Eine kleine Frau in Lederjacke war in ihr Handy vertieft. Diese Leute nahmen sie und Borowski gar nicht wahr, hatten sie doch alle mit sich selbst zu tun. Aber da saßen sie, in einer Nische und mit Blick zum Bildschirm an der Wand gegenüber, auf dem Nachrichten liefen. Zwei Polizisten in Uniform. Zwischen ihnen hockte ein Jugendlicher in verdreckten Markenklamotten und mit weißen Turnschuhen. Er hatte den Kopf nach unten gebeugt, die zotteligen Haare hingen ihm wie eine Gardine vor dem Gesicht. Er hob den Kopf. Seine glasigen Augen funkelten wütend. Die rechte Hand war zum Klumpen angeschwollen, eine Platzwunde auf seiner Stirn blutete. Das sah nach einem Sturz aus.

Charlotte lächelte freundlich in die Runde. Die Polizisten reagierten genauso teilnahmslos wie der junge Mann in ihrer Mitte. Denen bin ich egal, dachte sie. Wunderbar. Sie schob die Anspannung beiseite. Es konnte losgehen. Auffällig beugte sie sich zu Borowski herunter, der apathisch im Rollstuhl hing. «Kann ich dich kurz allein lassen?», fragte sie.

Er nickte schwach.

«Ich bin gleich zurück», sagte sie laut und tätschelte ihm die Hand.

Sie lief durch die Menge zur Anmeldung, reihte sich aber nicht ein, sondern ging weiter an der Damentoilette vorbei bis zum Ende und schlüpfte in einen dunklen Gang, wo über einer Tür «Patientenarchiv» stand. Verschlossen. Außerdem hing in Augenhöhe ein Schild: *Zutritt für Unbefugte verboten!* Sie registrierte den Scanner, den sie schon an den Türen zur Intensivstation und an den Behandlungsräumen auf dem Weg in die Notaufnahme gesehen hatte. Ohne elektronische Schlüsselkarte kam sie nicht weiter. Sie lief zurück zur Toilette, stellte sicher, dass sie niemand beobachtete, und huschte hinein. Drinnen war sie allein. Eine Toilettenkabine und ein Vorraum mit Waschbecken. Charlotte verschloss die Tür und schlüpfte in die weiße Arztkleidung, die sie in ihrer Beuteltasche aus dem Fundus der Akademie mitgebracht hatte. Die Haare versteckte sie unter einer blonden Langhaarperücke. Dann heftete sie sich ein gefälschtes Namensschild an, das sie als Dr. Anne Klein auswies. Die Tasche verstaute sie im Vorratsschrank für Hygieneartikel unter dem Waschbecken. Sie atmete tief durch, setzte sich eine schwarze Brille auf und trat erhobenen Hauptes auf den Flur. In zügigem Schritt marschierte sie zur Anmeldung der Notaufnahme. Sie hatte mit Borowski keine Strategie abgesprochen. Er hatte ihren Plan gar nicht wissen wollen, hatte ihr nur versichert, dass er mitspielen würde, egal was sie tat. Ab jetzt hieß es improvisieren.

Einer der Polizisten kam auf sie zu.

«Frau Doktor!»

Charlotte erstarrte innerlich und bemühte sich, ein freundliches Lächeln aufzusetzen.

«Wie lange dauert das denn noch mit der Blutentnahme? Unser Patient wird langsam ungeduldig.»

In dem Moment schrie Borowski vor Schmerzen auf, krümmte sich und rutschte ohnmächtig in seinem Rollstuhl zusammen.

«Entschuldigung, ein Notfall!» Charlotte ließ den Polizisten stehen und eilte unter den Augen der Wartenden auf Borowski zu. Ihr Herz schlug bis zum Hals. Sie zückte eine kleine Taschenlampe, die sie auch aus dem Fundus hatte, und leuchtete dem scheinbar ohnmächtigen Borowski in die Augen. Eilig schob sie ihn vor die Tür eines Behandlungszimmers, über dem eine Lampe grün strahlte. Sie suchte in ihrer Kitteltasche herum und rief den Schwestern in der Anmeldung zu, dass sie ihre Schlüsselkarte oben auf der Station vergessen hatte. Eine Brünette eilte herbei und drückte Charlotte ihre Karte in die Hand.

«Danke, ich rufe Sie, wenn ich Sie brauche! Kümmern Sie sich bitte um die Blutentnahme!», sagte Charlotte und zeigte auf die Polizisten.

«Aber die muss doch ein Arzt machen.»

«Dann kümmern Sie sich um einen Arzt. Sie sehen doch, was hier los ist.»

Schnell steckte sie die Schlüsselkarte ein und schob Borowski in den Behandlungsraum. Die automatische Tür schloss sich hinter ihnen. Charlotte atmete auf. Im zwanzig Quadratmeter großen Zimmer dominierten Weiß und Edelstahl. Medizinisches Besteck glänzte auf zwei Beistelltischen am Kopfende einer Krankenliege, die in der Mitte des Raumes platziert war. Ordentlich aufgereiht warteten Skalpelle, Scheren und Spritzen auf ihre Benutzung. Vor der linken Wand stand ein langer Schreibtisch mit zwei Computern. An der Stirnseite befand sich eine Schiebetür. Sie stand offen. Charlotte steckte den Kopf hindurch, um zu sehen, was sich dahinter verbarg.

«Das ist der Flur, über den das Personal zu den Operationssälen kommt», sagte sie und schloss auch diese Tür, indem sie auf den faustgroßen roten Knopf daneben drückte. Borowski sprang aus dem Rollstuhl und legte sich auf die Liege, während Charlotte sich am Computer zu schaffen machte.

«Wie erwartet, der Zugriff auf das System ist nur mit Personalnummer möglich.» Ihr Blick fiel auf die Schlüsselkarte der Krankenschwester. Unter dem Namen Carolin Weber stand eine Zahlenfolge. Sie tippte die Nummer in den Computer. Auf dem Bildschirm öffnete sich ein Fenster.

Charlotte atmete geräuschvoll aus. Sie war drin. Allerdings merkte sie schnell, dass das Pflegepersonal nur eingeschränkten Zugang zu den Patientendaten hatte. «Ich brauche die Karte eines Arztes, am besten eines Oberarztes der Chirurgie.»

«Das sollte kein Problem sein, oder?» Grinsend nickte Borowski in Richtung Operationssäle. Charlotte schluckte.

«Das schaffst du!» Er aktivierte die Stoppuhr an seinem Smartphone «Du hast eine Minute!»

Sie atmete tief durch, straffte die Schultern, öffnete die Stahltür und marschierte in geschäftsmäßigem Schritt schräg über den Flur zur Schleuse vor dem OP 3, aus dem sie klassische Musik hörte. In der Umkleide zum Operationssaal, wo die Ärzte ihre Kleidung wechselten und sich waschen konnten, fand sie lauter verschlossene Spinde. Regale waren gefüllt mit OP-Schuhen aus Gummi und grüner OP-Kleidung. In der Dusche rauschte das Wasser. Davor hingen ein Handtuch und ein weißer Arztkittel. Durch eine Glasscheibe sah sie, dass mehrere Ärzte hoch konzentriert um den ausgeleuchteten Operationstisch standen. Säge- und Bohrgeräusche übertönten die Musik. Bei der Vorstellung, dass die Ärzte da an einem Menschen herumwerkelten, sog Charlotte scharf die Luft durch die Zähne.

Sie griff in die Tasche des Arztkittels vor der Dusche. *Chef-*

arzt Dr. Frank Kröger, Unfallchirurgie, las sie den Namen auf der Schlüsselkarte und steckte sie ein. Das Wasser wurde abgestellt. Schnell trat sie den Rückweg an, schlüpfte zu Borowski in den Behandlungsraum und verschloss die Tür hinter sich.

Borowski hob den Daumen. «53 Sekunden», sagte er und steckte das Handy ein.

Insgeheim stolz zeigte sie ihm ihre Beute und machte sich zugleich am Computer zu schaffen. Jeden Moment konnte eine Schwester oder ein Arzt hereinkommen. Trotzdem war sie innerlich plötzlich ruhig. Sie schaffte es, die Aufregung auszublenden, und konzentrierte sich auf den Bildschirm. Nur so würde sie die Aufgabe schnell genug lösen können. In einer Datenbank suchte sie über den Filter Patienten mit Operationen am linken Arm. Sie schrieb «distale Radiusfraktur» und grenzte den Zeitraum von Dezember 2015 bis Oktober 2016 ein. Überrascht, wie viele Patienten mit dieser Diagnose operiert worden waren und eine Titanplatte eingesetzt bekommen hatten, starrte Charlotte ratlos auf die ellenlange Liste der Namen. Einhundertneunundachtzig Patienten zählte das System. Wie sollte sie so schnell die Seriennummer überprüfen. Sie überlegte kurz. Über die Suchfunktion filterte sie zuerst alle weiblichen Patienten heraus und stellte erfreut fest, dass sich die Liste um zwei Drittel verkürzte. Dann gab sie *links* ein und erreichte, dass fast die Hälfte der Namen verschwand. Mutig geworden, grenzte sie jetzt noch das Alter der Patientinnen ein und drehte sich lächelnd zu Borowski um, weil nur noch sieben Namen übrig blieben. Charlotte schrieb sie auf einen Zettel. Da öffnete sich die Tür zum Behandlungsraum. Reflexartig steckte sie den Zettel ein und schloss das Fenster im Computer. Ein junger Arzt mit schwarzen Haaren und dunkler

Haut entschuldigte sich in gebrochenem Deutsch für die Störung. Er hatte nicht auf die rote Lampe über der Tür geachtet. Hinter ihm traten die Polizisten mit ihrem Gefangenen ein. Die Schwester aus der Anmeldung drängelte sich vorbei und verlangte ihre Schlüsselkarte zurück. Charlotte übergab sie ihr. In dem Moment riss sich der Festgenommene los und schlug mit unbändiger Wucht auf die Polizisten ein, die zu Boden stürzten. Er überwältigte den Arzt und die Krankenschwester, nahm ihr die Schlüsselkarte ab und verschwand. Ehe die Polizisten reagieren konnten, schloss sich die automatische Tür. Entsetzt rappelten sie sich hoch und zogen ihre Waffen. Einer griff ins Leere. Er schaute sich panisch um.

«Scheiße!», rief er noch, bevor sie die Tür öffneten und hinausstürmten. Charlotte sah Borowski an. Sein Blick war ernst. Sie musste jetzt in ihrer Rolle als Ärztin handeln, aber trotzdem ihre Aufgabe erfüllen.

Charlotte half der Krankenschwester hoch, die offenbar unter Schock stand. Der junge Assistenzarzt schob der Frau einen Stuhl hin.

«Alles in Ordnung?», fragte Charlotte ihn.

Er nickte. «Kümmern Sie sich bitte um Schwester Carolin.» Dann zeigte er auf Borowski. «Was ist mit ihm?»

«Er braucht eine Neuronenlichtbestrahlung.»

Der Assistenzarzt riss die Augen auf. «Was ist das?»

Charlotte nahm den jungen Mann beiseite und sprach im Flüsterton weiter. «Ein Hypochonder, er ist kerngesund, bildet sich aber ein, todkrank zu sein.»

Die Augen des Assistenzarztes hellten sich auf. «Ah, die Neuronenlichtbestrahlung.»

Charlotte setzte sich in Bewegung. «Ich alarmiere besser

den Sicherheitsdienst», sagte sie und verließ den Raum in Richtung Anmeldung.

Dort herrschte das totale Chaos. Super, so achtete niemand auf sie. Trotzdem raste ihr Puls. Schnurstracks marschierte sie Richtung Patientenarchiv und ließ den Tumult hinter sich. Dort angekommen, drehte sie sich einmal kurz um. Niemand war ihr gefolgt. Sie atmete auf und hielt Dr. Krögers Schlüsselkarte mit zitternden Händen an den Scanner. Die Tür öffnete sich summend. Das Licht ging automatisch an, und Charlotte blickte auf Dutzende Metallschränke mit Registerauszügen. Sie standen ringsum an den Wänden und in drei Reihen Rücken an Rücken in der Mitte des Raumes. Die Patientenakten waren alphabetisch in den Schüben sortiert. Schnell fand Charlotte den ersten Namen von ihrem Zettel: Z wie Lydia Zinne, gleich links neben der Tür. Mist! Die letzten Ziffern der Seriennummer passten nicht. Sie arbeitete sich zum T durch. Marie Tannert entpuppte sich ebenso als Niete wie Nicole Richter. Vier Möglichkeiten waren übrig. Der Lärm aus der Notfallaufnahme wurde größer. Von Weitem hörte sie die Martinshörner von mehreren Einsatzwagen. Das verhieß nichts Gutes. Egal, ob der Typ mit Waffe noch in der Klinik war, gleich würde es hier von Polizisten wimmeln. Sie musste sich beeilen. Sie lief bis zum Ende der Reihe. Patientennamen mit den Anfangsbuchstaben M, N, O füllten mehrere Schränke. Sie suchte das H, lief dann um die Ecke und fand im quer stehenden Schrank das B, mit dem der letzte Name auf der Liste anfing. Hastig blätterte sie durch die Akte. Ihre Hände schwitzten vor Aufregung. Immer wieder guckte sie zur Tür und horchte, was draußen auf dem Gang vor sich ging, wo sich aufgeregte Stimmen überschlugen und immer näher zu kommen schienen. Charlotte überflog den Operationsbericht und suchte nach der Seriennummer des Implantates, die sie mittlerweile auswendig kannte. Ihr blieb fast die Luft weg. Treffer, oder? Sie wollte die Zahlenfolge mit dem Foto auf ihrem Handy vergleichen, das sie vom Tatortfoto in der Ermittlungsakte gemacht hatte. Da summte die Tür. Das Licht ging aus. Sie hörte derbe Schritte. Angestrengt hielt sie die Luft an und lauschte, schloss die Akte und hängte sie leise zurück. Polizei? Oder war das der Irre? Er hatte eine Schlüsselkarte. Wollte er sich etwa hier im Archiv verstecken? Beim Gedanken daran, dass er eine Waffe hatte, musste sie schlucken. Wenn Borowski das nicht mitbekommen hatte, war sie ganz auf sich allein gestellt. Langsam schob sie den Metallschrank zu. Die Schiene rastete mit einem Klicken ein. Charlotte erstarrte. Sie kniff die Augen zusammen, wagte sich nicht zu bewegen und hoffte, dass sie sich nicht verraten hatte. Hoch konzentriert lauschte sie in die Dunkelheit, an die sich ihre Augen langsam gewöhnten. Die Schritte waren verstummt. Im rechten Gang, aus dem sie gerade noch gekommen war, atmete jemand schwer. Sie schlich zum linken Gang, schaute um die Ecke und lief eilig in Richtung Ausgang. Kurz bevor sie die Tür erreichte, trat ihr eine große Gestalt in den Weg. Sie erstarrte, als der Mann sie am Arm packte. Auf alles gefasst, spannte sie ihre Muskeln an, bereit zum gezielten Schlag. Blitzschnell holte er die andere Hand hervor und richtete einen Gegenstand auf sie. Charlotte holte aus, wurde geblendet und musste für einen Moment die Augen schließen. Es war keine Waffe, sondern eine Taschenlampe, die er schon wieder runternahm. Jetzt erst erkannte sie, dass der Mann die Uniform des Krankenhaussicherheitsdienstes trug. Charlotte atmete auf. Die Erleichterung schien auch auf seiner Seite zu sein.

«Entschuldigung, Frau Doktor», sagte er und ließ los.

«Sie haben mir vielleicht einen Schrecken eingejagt.»

«Ich habe Licht unter der Tür gesehen und dachte, der Verrückte hat sich hier versteckt.»

«Ein Verrückter?»

«Es gab einen Vorfall in der Notaufnahme. Ein Verrückter hat zwei Polizisten überwältigt, einem die Waffe und Schwester Carolin die Schlüsselkarte entwendet. Am besten, Sie gehen da jetzt nicht raus, bevor wir ihn geschnappt haben.»

«Entschuldigung, aber ich muss zurück auf die Station, mich um meine Patienten kümmern.»

«Dann bringe ich Sie hin.»

Charlotte schüttelte den Kopf. «Suchen Sie mal weiter nach Ihrem Verrückten. Ich kann ganz gut auf mich selbst aufpassen.»

Der Mann vom Security-Dienst kratzte sich an der Stirn. Wie lange brauchte der denn, um eine Entscheidung zu treffen?

«Na los, hauen Sie ab. Ich bin schon groß», sagte Charlotte und nickte ihm aufmunternd zu. Sie zog eine Schublade auf, fuhr über das Hängeregister und entnahm irgendeine Akte, die sie aufschlug. Sie blätterte darin herum, als suche sie etwas. Er beobachtete sie. Charlotte hob den Kopf und schaute ihn an. «Das dauert hier noch einen Moment.»

«Okay, wie Sie meinen, aber seien Sie vorsichtig.»

Sie lächelte zustimmend. Endlich bewegte er sich und verließ das Archiv. Das hätte ihr jetzt gefehlt, dass die Haus-Security sie auf eine Station begleitete. Mit Schaudern stellte sie sich vor, wie Schwestern oder Ärzte auf sie, die unbekannte Ärztin, reagiert hätten. Sie wartete drei Minuten, zog die Akte

Berger noch einmal heraus und verglich die Ziffernfolge mit der in ihrem Handy. Sie stimmte überein. Charlotte blätterte aufgeregt weiter. Die Platte wurde der Patientin nicht wieder entfernt. Zum vereinbarten Termin im Mai 2017, ein Jahr nach dem Unfall, war sie nicht erschienen. Ein wichtiges Indiz für sie, die richtige Person gefunden zu haben. Charlotte vergaß zu atmen. Die unbekannte Tote vom Brand der Stadtbibliothek hatte endlich einen Namen. Sie hätte vor Freude in die Luft springen können, was sie natürlich nicht tat. Freudig erregt schickte sie Borowski eine SMS.

Der Vogel ist gelandet. Ich muss mich nur für die Party zurechtmachen.

Charlotte verließ das Patientenarchiv. Der Flur war verwaist, dann öffnete sich eine Tür, und zwei Polizisten kamen vom anderen Ende auf den Warteraum der Notaufnahme zu. Schnell bog sie auf die Damentoilette ab, wo sie ihre Tasche deponiert hatte. Die Tür klemmte. Erst als sie sich dagegenstemmte, ging sie auf.

Sie schlüpfte hinein und merkte zu spät, dass etwas nicht stimmte. Ihr Schrei verstummte, als er ihr seine geschwollene Hand auf den Mund presste. Mit der anderen drückte er ihr die Waffe in die Rippen. «Ein Mucks, und du bist tot, Fotze. Los! Verriegele die Tür.»

Gehorsam drehte Charlotte den Schlüssel im Schloss, und nur Sekunden später donnerten schwere Fäuste von außen gegen das Holz. «Polizei! Aufmachen!»

«Halt die Fresse», zischte der Jugendliche an Charlottes Ohr.

«Wenn ich nicht aufmache, brechen sie die Tür auf», sagte sie unter seiner Hand. «Versteck dich hinter der Tür»

«Ein falsches Wort, und ich baller dir den Kopf weg!»

«Na los, mach schon!» Charlotte warf dem Jugendlichen durch den Spiegel einen scharfen Blick zu. An seinem offenbar gedämpften Schmerzempfinden, dem Schniefen, den blutunterlaufenen Augen und weißen Partikeln am Ohrläppchen erkannte sie, dass er unter Drogen stand. Kokain. Er reagierte abnorm aggressiv und sprach viel zu schnell. Doch sein Höhenflug schlug gerade ins Gegenteil um. Er hatte Angst wie ein in die Enge getriebenes Tier. Das machte ihn unberechenbar.

Er ließ los und stellte sich hinter die Tür.

«Moment!», rief sie und bediente die Spülung. Dann entriegelte sie das Schloss. Beim Anblick der vermummten Polizisten des SEK, die ihre Waffen auf sie richteten, hob sie die Hände. «Hab ich was verbrochen?»

Die Männer nahmen die Waffen runter. «Entschuldigung, Frau Doktor!», sagten sie und traten einen Schritt zurück. Hinter ihnen sah sie Borowski, der das Schauspiel von Weitem beobachtete. Auch er hatte sich einen weißen Kittel besorgt und sah aus wie der Oberarzt aus einer Fernsehserie, dem die Frauen zu Füßen liegen. Er kam auf sie und die Polizisten zu und fragte im Ton des Retters: «Alles in Ordnung, Kollegin?»

«Ich glaube, die Herren haben sich nur in der Tür geirrt», sagte sie und merkte selbst, wie blechern ihre Stimme klang, denn hinter ihr wurde der Verrückte langsam ungeduldig. Sie griff sich an den Bauch. «Ich muss mir irgendwas eingefangen haben», murmelte sie und schlug sich die Hand vor den Mund und den Männern die Tür vor der Nase zu.

«Dein Glück, Schlampe!», zischte der Jugendliche, den sie auf höchstens achtzehn Jahre schätzte. Er schwitzte zusehends.

Charlottes Puls überschlug sich. Damit er nicht durchdrehte, musste sie ihn dazu bringen, dass er ihr vertraute. «Wenn ich dich hier unbeschadet rausbringen soll, sei still.»

Sie gab gurgelnde Geräusche von sich, als würde sie sich übergeben, bediente mehrfach die Spülung und drehte den Wasserhahn auf. Der Teenager machte große Augen, die noch größer wurden, als sie sich die Perücke herunterriss. Jetzt war sie ihm eindeutig überlegen.

«Was glotzt du so dämlich, dreh dich um! Und nimm verdammt noch mal die Knarre runter. Stell dir vor, die geht aus Versehen los. Dann hast du ein echtes Problem.»

Er drehte sich tatsächlich zur Wand. Wahrscheinlich hielt er sie für eine gewiefte Kriminelle, die ihn ohnehin nicht an die Polizisten ausliefern würde, weil sie selbst gerade ein Ding gedreht hatte. Sie holte ihre Tasche hervor und zog sich um.

«Was hast du denn verbrochen?», fragte sie betont lässig.

«Ich hab mit dem Auto meines Vaters einen Unfall gebaut, verdammte Scheiße. Totalschaden, der bringt mich um, wenn rauskommt, dass ich was genommen habe.»

«Und deshalb hast du dich der Blutentnahme verweigert und einem Beamten die Waffe gestohlen? Bist du bescheuert? Da draußen durchkämmt das SEK das gesamte Gelände. Die haben deine Personalien.»

«Ich hatte keinen Ausweis dabei und einen falschen Namen angegeben.»

Charlotte schüttelte den Kopf. «Wieso das denn?»

«Mein Vater ist der Oberstaatsanwalt», sagte er und holte tief Luft.

«Ach du Scheiße! Dann sollten wir das jetzt gemeinsam geradebiegen, bevor das alles noch mehr außer Kontrolle gerät.» Sie hielt die Hand auf. Er zögerte, aber dann gab er ihr die Waffe. Sie nahm die Pistole, leerte das Magazin, wischte sie ab, wickelte sie in Toilettenpapier ein und steckte sie in die Bauchtasche ihres Kapuzenshirts. «Zieh die Jacke aus!» Sie gab ihm einen Zopfgummi. «Und dann wasch dir das Gesicht und mach dir die Haare zusammen.»

Er gehorchte. Sie reichte ihm ihre Basecap.

«Ich gehe jetzt da raus, und du wartest hier!» Charlotte öffnete die Tür einen Spaltbreit. Von Borowski und den Männern war nichts zu sehen, aber ein Rollstuhl stand neben der Tür. Sie schnappte ihn sich und zog ihn in die Toilette. «Reinsetzen und Kopf runter!», befahl sie.

Der Junge schaute sie misstrauisch an.

«Beeil dich!»

Sekunden später öffnete sie die Toilettentür und schob ihn hinaus, an der Notaufnahme vorbei. Auf dem Gang wurde sie immer schneller, weil sie hinter sich Schritte hörte. So klang kein Krankenhauspersonal, so ging die Polizei. Sie wagte es nicht, sich umzudrehen. «Bleib einfach sitzen und rühr dich nicht!», zischte sie.

Die Person hinter ihr holte auf. «Na, wen haben wir denn da?»

Sie fuhr herum. «Musst du mich so erschrecken?»

Borowski lachte auf. «Sollten wir ihn nicht besser der Polizei übergeben?»

Der Junge drehte sich um. Er hatte Angst. Im nächsten Moment würde er aufspringen und wegrennen, fürchtete Charlotte, aber Borowski legte ihm die Hand auf die Schulter.

Bewaffnete Polizisten kamen ihnen entgegen. «Ruhig, oder willst du erschossen werden? Die suchen nach einem bewaffneten Gewalttäter, der zwei von ihren Leuten überwältigt hat. Wir sind deine einzige Chance.» Er wandte sich an Charlotte. «Hat er dir erzählt, was er ausgefressen hat?»

«Er hat Papis Auto unter Drogeneinfluss zu Schrott gefahren.»

«Da ist die Spritztour ja ganz schön aus dem Ruder gelaufen, mein Freund. Aber wegen einem bisschen Blech machst du so einen Scheiß?»

«Papi ist der Oberstaatsanwalt», sagte Charlotte.

Borowski war für einen Moment sprachlos. «Die haben deine Personalien ...»

«Er hatte keinen Ausweis dabei und hat einen falschen Namen angegeben.»

«Also sucht die Polizei nach einem zugedröhnten Dieb, der dem Oberstaatsanwalt das Auto geklaut hat.» Er bückte sich etwas herunter. «Wenn wir dich hier rausgebracht haben, siehst du zu, dass du nach Hause kommst. Sind deine Eltern da?»

«Nein, die sind übers Wochenende mit Freunden segeln.»

«Du warst den ganzen Samstag zu Hause, verstanden.»

«Danke!» Der Junge blickte zu Boden.

«Nichts zu danken, mein Freund. Nimm es als Wink des Schicksals, mach kehrt und gehe einen anderen Weg.»

Sie schoben ihn aus dem Haupteingang, wo es von Polizisten nur so wimmelte, liefen die Auffahrt herunter, quer über den beleuchteten Parkplatz. Verdeckt hinter einem Transporter trennten sich ihre Wege, und der Teenager verschwand in einer dunklen Seitenstraße. Charlotte stopfte die Basecap in den Rucksack. Den Rollstuhl ließen sie stehen.

«Wo ist die Waffe abgeblieben? Ich nehme an, er hat dich damit auf der Toilette bedroht.»

Sie holte sie aus der Bauchtasche. «Es gab keine Gelegenheit, sie verschwinden zu lassen. Sie auf der Toilette in den Papierkorb zu werfen, fand ich verantwortungslos.»

Borowski verschränkte die Arme vor der Brust und grinste anerkennend. «Du bist geradezu über dich hinausgewachsen, Charlotte Klein. Ich gebe zu, ich habe dich unterschätzt. Ich bin stolz auf dich. Du hast dir für deinen Mut eine glatte Eins verdient. Mein einziger Kritikpunkt: Du hast auf dem Rückzug die Alarmzeichen übersehen und bist dadurch geradezu in die Arme des bewaffneten Jungen gelaufen.»

«Ich weiß. Lass mich überlegen.» Sie rief sich die Situation noch einmal vor Augen. «Die Tür hat geklemmt. Ich hätte aufgrund der Gesamtsituation schlussfolgern müssen, dass etwas nicht stimmt.»

Er nickte. «Durch Unachtsamkeit hast du dich in große Gefahr gebracht. Du hast dich zwar gut auf ihn eingelassen, denn sonst wäre er dir nicht so gefolgt, aber stell dir vor, er wäre ein Psychopath oder ein psychisch Kranker gewesen, der nicht auf deine Ansprache reagiert hätte. Dann wärst du jetzt tot.» Er legte ihr den Finger unter das Kinn, sodass sie ihm direkt in die Augen sehen musste. Seine Berührung durchströmte sie wie ein elektrischer Schlag. Ihre Hände wurden feucht, und sie spürte, wie Hitze in ihre Ohren stieg. «Im Grunde ist die Bewertung unwichtig. Wichtig ist die Erfahrung, die du mitnimmst. Das nächste Mal wirst du wachsamer sein.» Er lächelte. «Sag mal, hast du solchen Hunger wie ich?»

«Bärenhunger», sagte sie und wurde verlegen, weil sie bemerkte, wie sich seine Pupillen weiteten. Borowskis Hunger schien sich nicht nur auf Nahrung zu beziehen. In ihrem Bauch begann es zu kribbeln. Er nahm seine Hand weg und wendete den Blick ab. «Willst du mir vor oder nach dem Essen erzählen, was du herausgefunden hast?»

«Das Brandopfer hat einen Namen, aber den verrate ich erst nach dem Essen», sagte sie und schmunzelte, weil sie sah, dass ihr Lehrer seine Neugier kaum verbergen konnte.

«Du machst es ja spannend. Aber erst solltest du noch schnell die Waffe an den richtigen Mann bringen. Das ist eine unserer leichtesten Übungen, oder?»

Natürlich hatten sie es bei ihren Taschendiebstahlaktionen tausendfach geprobt, dem Bestohlenen das Diebesgut unbemerkt zurückzugeben. Einem Polizisten die gestohlene Waffe unterzujubeln, war allerdings deutlich riskanter.

KAPITEL 33

Henry kam am frühen Abend auf den Campingplatz zurück. Es wehte kein Lüftchen, und die Sonne verlor bereits an Kraft. Entweder er hatte immer noch den Brandgeruch von letzter Nacht in der Nase, oder es machten schon die Nächsten ein Lagerfeuer vorne am Strand. Von fern hörte er einen Rasenmäher knattern und das Lachen der Kinder vom Spielplatz. Verschwitzt, aber voller Zuversicht, was die Lösung des Falls betraf, stieg er am Schlagbaum vor der Anmeldung vom Rad. Seine Strategie, jedem noch so kleinen Detail Aufmerksamkeit zu schenken, es zu hinterfragen und in Verbindung mit anderen Beobachtungen eine Theorie zu entwickeln, schien aufzugehen. Und das ohne Dienstausweis und den Zugriff auf DNA oder andere technische Möglichkeiten der Spurensicherung. Er hatte in den letzten zwei Tagen mehr Zusammenhänge aufgedeckt als Francesco in zwei Jahren. Ob seine Annahmen am Ende zutrafen, wusste er nicht, aber er hatte eine Spur, die im Moment immer heißer wurde.

Mit einer Armbewegung wehrte er die Insekten ab, die um seinen Kopf herumschwirrten. Er wollte kurz duschen, sich umziehen, etwas essen und dann die Familie von Sahra Engelmann in Ralswiek aufsuchen. Die Suche nach einer Wohnung für sich und Matti durfte er auch nicht vergessen. Henry spürte den Druck auf seinen Schultern. Spätestens in drei Tagen musste er einen Schlüssel in der Hand halten. Vielleicht gab es ja neue Anzeigen auf den Immobilienportalen, und er ergatterte für morgen noch einen Besichtigungstermin bei einem Privatvermieter? Er packte noch dreißig Minuten Internetrecherche auf seine To-do-Liste, bevor er weiter ermitteln würde. So viel Zeit musste sein.

Das letzte Stück über den Hügel schob er das Fahrrad. Als sein Stellplatz in Sicht kam, erstarrte Henry. Er traute seinen Augen nicht. Da, wo sein alter Wohnwagen gestanden hatte, guckte er auf ein verkohltes Gerippe. *Verfluchte!* Wie gelähmt hielt er sich am Fahrrad fest und brauchte einen Moment, bis er verstand. Seine gesamte Existenz war vernichtet. Ein technischer Defekt? Nein, das konnte nicht sein. Er hatte kein elektrisches Gerät in Gebrauch gehabt, und die Gasflasche war stets zugedreht gewesen, wenn er den Wohnwagen verließ. Brandstiftung? Eine Warnung?

Henry lehnte das Rad an einen Baum. Gestern hatten drei verwahrloste Männer Matti im Park aufgesucht. Dann wurde Ernesto getötet. Und jetzt das. Die drei Kerle konnten nur Kuntze, Loose und Baumann gewesen sein. Ging Ernesto vielleicht auch auf ihre Kappe? Aber woher wussten sie von Matti, von dem Kater und wo er lebte? Kuntze war nicht blöd, aber dass er diese privaten Informationen so schnell herausbekommen hatte, überraschte Henry.

Wenn Kuntze hinter alldem steckte, wovon Henry ausging, dann war er sich sicher, dass der nicht auf eigene Rechnung gehandelt hatte. Sonst hätte er Henry getötet und den Wohnwagen abgefackelt, während Henry schlief. Wer steckte also dahinter? Die Auftraggeber des Brandes in der Stadtbibliothek?

Nachdenklich suchte er in den Trümmern nach Überbleibseln seiner Habe. Es gab nichts Brauchbares mehr, alles verbrannt. Sein Laptop fehlte. Henry stocherte in der Asche herum und war sich sicher, den hatte jemand gestohlen. Warum? Um herauszufinden, was er in diesem Fall bereits herausgefunden hatte. Für Henry stand fest, er hatte mit seinen Fragen in ein Wespennest gestochen. War es zu gefährlich, die Studierenden weiter an diesem Fall arbeiten zu lassen? Er musste mit Borowski über Sicherheitsfragen bei der Informationsbeschaffung reden. Es mussten Regeln aufgestellt werden, damit sich niemand in Gefahr brachte.

Bloß gut, dass er seine Papiere immer bei sich trug. Aber jetzt besaß er nicht mal mehr eine Unterhose zum Wechseln.

Er klopfte bei seinen Nachbarn ringsum an. Keiner von ihnen hatte etwas bemerkt, weil sie selbst den ganzen Tag in den Badeorten der Küste am Strand verbracht hatten. Die Campingplatzverwaltung hob schulterzuckend die Arme und war froh, dass das Feuer nicht auf die umgrenzenden Wohnwagen übergegriffen hatte.

Er fragte: «War die Polizei da?»

«Ja, war sie. Die sind vor einer Dreiviertelstunde weg. Wir haben versucht, Sie anzurufen, konnten Sie aber nicht erreichen.»

Henry holte sein Handy aus der Tasche. Na klar, der Akku war ja leer. Das Ladekabel hatte im Wohnwagen gelegen.

«Hat sich die Polizei Ihnen gegenüber zur Brandursache geäußert?», fragte er den Campingplatzverwalter.

Der korpulente Mann in Anglerweste zuckte ratlos die

Schultern. «Deine Gasleitung war defekt. Wie sich das herausströmende Gas allerdings entzündet hat, konnten sie nicht feststellen. Sei froh, dass du nicht im Wagen warst.»

Den Propankocher samt Schlauch hatte Henry erst vor drei Wochen gekauft. Einen Defekt hätte er beim Kochen bemerkt. Es hatte nicht nach Gas gerochen, wenn er die Flasche aufdrehte. Henrys Vermutung schien sich zu bestätigen: Das war ein Anschlag. Er fragte: «Die Truppe am Strand ... Sind welche von denen zurückgekommen?»

«Heute früh, aber die haben gleich abgebaut und sind noch vor zehn Uhr verschwunden.»

Die Rocker konnten es also nicht gewesen sein. Noch eine Information, die Henrys Verdacht in Richtung Kuntze erhärtete.

«Hast *du* gestern die Polizei gerufen?» Der Verwalter schien zu ahnen, worauf Henry hinauswollte. Er kratzte sich am Kinn.

Henry schüttelte den Kopf. «Nein, ich war der, den sie verprügelt haben.»

Nachdenklich lief Henry zu seinem Fahrrad zurück. Er wurde anscheinend als eine Bedrohung gesehen. Hier steckte eindeutig etwas Größeres dahinter. Doch er ließ sich nicht einschüchtern. Konnte auch Blume darin verwickelt sein, so heftig wie dessen Reaktion auf Marthas Nachforschungen ausgefallen war? Organisierte Kriminalität? Was verbarg sich unter dem Schlamm?

Setzte Henry alle Details und Beobachtungen zusammen, konnte es sich nur um organisierte Kriminalität handeln. Es hieß, dass auf Rügen jeder fünfte Euro, der in Immobilien investiert wurde, aus schmutzigen Geschäften stammte. Die italienische Mafia hatte nach dem Zusammenbruch der DDR ihre Fühler gen Ostdeutschland ausgefahren. Vielleicht steckte hinter dem Feuer in der Stadtbibliothek doch eine beauftragte Brandstiftung, um an das interessante Objekt heranzukommen. *Nero hatte Platz schaffen wollen …*, dachte er an Mattis Satz. Und Nero war mächtig gewesen, genauso wie die Investoren, die dick in den Immobiliengeschäften auf der Insel mitmischten. Angenommen, es gab eine geschäftliche Verbindung zwischen dem Makler Winkler und Kuntze, dann war Kuntze vielleicht der Mann fürs Grobe. Falls Winkler von Henrys Nachforschungen Wind bekommen hatte, könnte er Kuntze beauftragt haben, sich um ihn, den Schnüffler, zu kümmern. Sie würden alle Register ziehen, um ihn davon abzuhalten, die Wahrheit ans Licht zu bringen.

Ob Lucia mehr über die Mafiastrukturen auf Rügen wusste? Immerhin hatte ihr Vater als Staatsanwalt gegen die organisierte Kriminalität in seinem Land gekämpft. Um sie anzurufen, brauchte er jedoch erst einmal ein Telefon. Und selbst dann kannte er weder ihre Nummer auswendig, noch wusste er, wo sie wohnte.

Also musste Kuntze ihm seine Fragen beantworten. Aber vorher wollte er noch ins Kinderheim, um sich davon zu überzeugen, dass es Matti gut ging und er in Sicherheit war. Henry schwang sich auf den Sattel und fuhr los. Am Schlagbaum zur Einfahrt des Campingplatzes hielt ihn der Verwalter auf.

«Was wird aus dem Wrack? Das kann auf keinen Fall ewig dort stehen bleiben.»

Henry stoppte kurz. «Die Pacht ist bis zum Ende der Saison im Oktober bezahlt.»

Und er rauschte davon.

Als Erstes fuhr er zum Kinderheim. Matti saß in seinem Zimmer und las. Erleichtert bat Henry die diensthabenden Erzieherinnen, besonders darauf zu achten, dass sich kein Unbefugter Zutritt zum Haus verschaffte. Matti hatte weder einen Onkel noch sonst irgendwelche Verwandte, die ihn besuchen könnten. Wenn sich jemand als solcher ausgab, sollten sie ihn sofort informieren.

Dann radelte er zum Kleingarten von Loose. Er traf weder den Besitzer noch seine Kumpel an. Henry wendete schnurstracks. Wie ein gehetztes Tier klapperte er im Eiltempo die Plätze ab, an denen die Jungs üblicherweise herumlungerten; Bahnhofsimbiss, Kirchplatz, Park, Brunnen auf dem Markt. Keiner von den Leuten, die dort rauchend und trinkend die Zeit totschlugen, wusste, wo Kuntze abgeblieben war. Der Typ versteckte sich, oder?

Gerade hatte er die Gruppe Männer vor dem Aldi erfolglos befragt und wollte sich schon abwenden, da tippte ihn ein Alter mit rotädriger Haut und blutunterlaufenen glasigen Augen an. Henry roch den Alkohol, den der Mann ausdünstete. Sein Kopfnicken interpretierte er als Aufforderung mitzukommen. Er folgte dem Mann um die Ecke des Supermarktes.

«Für einen Fünfer verrate ich dir was.» Der Alte rieb Daumen und Zeigefinger aneinander.

Henry holte Kleingeld aus der Hosentasche und zeigte dem Mann drei Euro. «Mehr hab ich nicht, bin gerade abgebrannt.»

Der Alte verzog missbilligend den Mund. In seinen Augen aber las Henry, dass er abwog. Drei Euro zu besitzen, wäre immer noch besser, als nichts zu haben.

Henry legte nach. «Wenn deine Information wertvoll ist,

kriegst du morgen nicht nur den Rest, sondern noch weitere fünf Euro obendrauf.»

Der Alte nickte. «Kuntze hat vor zwei Stunden seine untergestellten Klamotten bei mir abgeholt und seine Schulden bezahlt. Ich hab mich gewundert, wo der plötzlich das Geld herhatte. Monatelang bin ich ihm hinterhergerannt, und dann zahlt der alles mit einem Mal.»

«Wie viel?»

«Siebenhundert.»

Henry biss sich auf die Lippen. Das sah ganz danach aus, als sei Kuntze für einen Auftrag bezahlt worden. Den Auftrag, seinen Wohnwagen abzufackeln? Henry merkte, dass er sich wieder unbewusst an der Stirn kratzte. Eine Geste, über die sich Hanna immer lustig gemacht hatte. Er senkte den Arm. «Hat er gesagt, wo er hinwollte?»

«Nur, dass er dieses Scheißleben auf der Insel endlich für immer hinter sich lässt.»

Kuntze war also untergetaucht. *Verfluchte!* «Hat er dir mal was von Winkler erzählt?»

«Meinst du den Immobilienfritzen, für den wir gelegentlich arbeiten?»

Henry nickte. «Ihr arbeitet alle für das Immobilienbüro?» Es war fast unheimlich, wie sich Puzzleteil um Puzzleteil zusammenfügten. Wieso hatte Francesco dieses Geflecht an Verbindungen nicht entdeckt?

«Der hat auch Baustellen. Dort helfen wir manchmal beim Abriss.»

«Hat Kuntze auch Sonderaufträge von Winkler gekriegt?»

«Sonderaufträge?» Der Alte guckte misstrauisch, sagte aber sonst weiter nichts.

Henry winkte ab. «Lass gut sein, danke! Die sieben Euro kriegst du.»

Während er zum Fahrradständer neben dem Eingang des Supermarktes zurücklief, verhärtete sich sein Verdacht. Er war auf der richtigen Spur. Völlig abwesend holte er den Fahrradschlüssel aus der Hosentasche, steckte ihn wieder ein und betrat den Discounter, um sich wenigstens eine Zahnbürste, Zahnpasta, eine Wechselunterhose und ein T-Shirt zu kaufen. Dann brauchte er bloß noch einen Schlafplatz. Verdammt, die Wohnungsrecherche! Ohne Handy und Computer war er aufgeschmissen. Er schaute auf die Uhr. 19.58 Uhr. Murats Laden im Citycenter hatte seit einer Stunde geschlossen.

Sonntag, 15. September 2019

KAPITEL 34

Kurz nach neun stieg Charlotte aufs Fahrrad und fühlte sich innerlich so, wie sie ihre Umgebung wahrnahm. Glänzend. Der Tag begann mit herrlichem Wetter. Keine Ahnung, was gestern Abend nach dem Essen in sie gefahren war, ihren Lehrer zu küssen. Sie waren mit ihren Mc-Donald's-Tüten an den Nonnensee gefahren, weil er ihr die schlafenden Kraniche zeigen wollte. Und dann war es eben passiert. Sie hatten miteinander geschlafen. Sie war verliebt. Verliebt in ihren Lehrer. Der ihre Gefühle erwiderte. Was für eine vertrackte Situation. Es war wunderschön gewesen, dennoch waren sie beide sich bewusst, dass niemand davon erfahren durfte.

Charlotte stöpselte Kopfhörer in die Ohren. Im Takt der Musik trat sie in die Pedale und fuhr zu der Adresse, die in der Patientenakte der jungen Frau stand, die am 16. Mai 2016 die Titanplatte mit der Seriennummer 987654 3368 implantiert bekommen hatte. Petra Luise Berger. Zum Zeitpunkt der Operation 25 Jahre alt. War sie das Brandopfer, lebte sie nicht mehr. Das musste Charlotte überprüfen, bevor sie den Namen in Zorniks Kurs präsentierte. Falls Petra Luise Berger tatsächlich verschwunden war, erhoffte sie sich Hinweise durch die Nachbarn.

Der Rugardhof in der Rugardstraße war ein über Eck gebautes Mehrfamilienhaus in Gelb mit rotem Dach, dreigeschossig mit fünf Aufgängen. Charlotte las die Namen auf den Klingelschildern der Hausnummer eins. Der Name Petra Luise Berger stand nirgendwo. Kein Beweis dafür, dass sie verstorben war. Ob sie jemanden herausklingeln sollte? Sie sah, dass eine ältere Dame im Erdgeschoss des Nachbareingangs die Geranien auf der Fensterbank goss und zu ihr herüberschaute. Charlotte überlegte, wie sie ihr Anliegen formulieren sollte.

«Wen suchen Sie denn?», kam ihr die Frau mit dem grauen Dauerwellenkopf zuvor.

«Petra Luise Berger.»

«Ach, die wohnt doch schon lange nicht mehr hier.»

«Wann ist sie denn weggezogen?»

«Das ist bestimmt drei Jahre her.»

Charlotte wurde hellhörig. «Nach dem Armbruch?»

«Tragische Sache! Nee, der Arm war wieder verheilt. Aber seelisch hat sie das belastet, das hat man ihr lange angesehen. Das muss im Herbst gewesen sein, ja, Ende Oktober. An dem Tag war es ziemlich stürmisch.» Sie rümpfte die Nase. «Entschuldigung, ich muss rein, mein Braten. Die Kinder kommen heute zum Mittagessen», rief sie und wedelte den Qualm weg. Der angebrannte Geruch wehte bis zu Charlotte herüber.

«Wissen Sie, wo sie hingezogen ist?»

«Runter von der Insel. Sie hatte wohl ein tolles Jobangebot – oder war es wegen einem Mann? Daran kann ich mich gar nicht mehr erinnern», sagte die Dame, bevor ihr Kopf aus dem Fensterrahmen verschwand.

Tragische Sache? Ein Armbruch, der seelisch belastet? Charlotte schaute auf ihren Zettel. Das konnte ihr sicher Sabine Stein erklären, in deren Haus Petra Luise Berger die Treppe heruntergefallen war.

Zehn Minuten später war sie einmal quer durch Bergen geradelt. Sie bremste am Fischersteig 19 vor einem luxuriösen Einfamilienhaus mit Reetdach, weißer Klinkerfassade und Fenstern und Haustür in Himmelblau. Ein Container stand neben der Doppelgarage auf der rot gepflasterten Einfahrt, die von exakt gestutzten Buchsbaumkugeln gesäumt war und vor einem weißen geschwungenen Tor endete. Im Vorgarten blühten Gräser auf Kies, gleichmäßig verteilt um eine Krüppelkiefer. Das Anwesen wirkte edel und teuer. Hammergeräusche ertönten durch die mit Folie verhängten Scheiben. Die Besitzer renovierten.

Charlotte beugte sich zum Gartentor, um den Namen auf dem Klingelschild lesen zu können. B. Wolff. Wie es aussah, war Sabine Stein mittlerweile weggezogen. Charlotte stöhnte frustriert auf, klingelte aber trotzdem. Es dauerte einen Moment, bis die Hammerschläge verstummten, dann verging eine weitere Minute, bis sich die Haustür öffnete. Der Mann, dessen Haare, Gesicht und Arbeitskleidung von einer dicken Staubschicht überzogen waren, erinnerte sie an ein mit Mehl bestäubtes Brot. Er guckte sie fragend an.

«Guten Tag. Ich suche Sabine Stein.»

«Die wohnt nicht hier», sagte er knapp. Dann schloss er die Tür.

Verdattert sah Charlotte sich um. Schräg gegenüber kniete eine Frau mit Strohhut hinter dem Zaun und zupfte Unkraut zwischen den Pflanzen. Sie schätzte sie auf Mitte fünfzig. Das Haus sah nicht neu, aber gepflegt aus. Charlotte schob ihr

Fahrrad über die Straße. Spontan kam ihr eine Idee, wie sie ihre Suche nach Sabine Stein rechtfertigen konnte. Mal sehen, ob es funktionierte.

«Entschuldigung. Ich suche Sabine Stein. Sie hat den Fischersteig 19 als Adresse in der Ebay-Kleinanzeige angegeben. Ich will den Stuhl abholen, den sie verkauft, und jetzt ist sie nicht da. Der Herr», sie zeigte nach drüben, «hat gesagt, hier wohnt keine Sabine Stein. Was mache ich denn jetzt?» Sie atmete gespielt entrüstet aus.

«Sie haben den Stuhl ja hoffentlich noch nicht bezahlt?»

«Nein, zahlbar bei Übergabe. Ich komme mir nur etwas veralbert vor.» Charlotte machte einen Schmollmund.

Die Frau nickte verständnisvoll. Sie kaufte ihr die Geschichte ab, dachte Charlotte zufrieden. Sie durfte einfach nicht so viel an sich zweifeln, sondern musste sich wie gestern Abend im Krankenhaus selbst vertrauen und spontan auf schwierige Situationen einlassen. Das war der Weg zum Ziel. Diese Erkenntnis beflügelte sie.

Die Frau stand stöhnend auf. «Da hat sich wohl jemand einen bösen Scherz erlaubt. Das Haus der Steins wurde vor einem Jahr zwangsversteigert.» Sie schüttelte verständnislos den Kopf.

Charlotte bemühte sich, unschuldig zu lächeln. Sie zuckte mit den Schultern und wollte das Gespräch schon beenden, doch die Frau redete unerwartet weiter. Offenbar schöpfte sie keinen Verdacht, dass Charlotte ihr eine Lüge aufgetischt hatte.

«Es ist aber bestimmt schon …» Sie zählte mit den Fingern. «… na ja, fast drei Jahre her, dass Peter Stein weggezogen ist.»

«Und Sabine Stein?»

«Ach, die Sabine, tragisch, tragisch.»

«Oh, was ist denn passiert?», fragte Charlotte.

«Frau Stein lebt in einer Pflegeeinrichtung.»

«Das tut mir leid», sagte Charlotte betroffen.

Die Frau winkte ab. «Sie hat versucht, sich umzubringen. Ihr Mann hat sie gefunden und konnte gerade noch verhindern, dass das Haus abbrennt, aber für Sabine kam die Hilfe zu spät. Sie hatte sich mit Schlaftabletten vollgepumpt und einen irreparablen Gehirnschaden davongetragen. Danach hat sie ihren Job in der Stadtbibliothek verloren und konnte ihren Alltag nicht mehr ohne fremde Hilfe bewältigen.» Die Frau schüttelte mitfühlend den Kopf.

Charlottes Puls beschleunigte sich. «Oh, das ist wirklich tragisch.»

Die Frau nickte. «Das Schicksal kann grausam sein.» Ein weinender Junge von etwa fünf Jahren kam hinter ihr um die Ecke des Hauses gelaufen. Sein Knie blutete. Die Frau wandte sich dem Kind zu, um es zu trösten.

«Vielen Dank Ihnen und alles Gute!», sagte Charlotte und verabschiedete sich höflich.

Ohne zu wissen, wo sie am Ende rauskommen würde, schob sie das Fahrrad weiter die Straße entlang. Beim Laufen konnte sie ihre Gedanken besser sortieren, denn was sie da gehört hatte, war genauso rätselhaft wie die Behauptung von Petras Nachbarin, die von Petras seelischem Schmerz gesprochen hatte. Charlotte wurde das Gefühl nicht los, dass der Sturz etwas mit dem Brand in der Stadtbibliothek zu tun hatte. Aber was? Sie blieb stehen und starrte auf den Asphalt.

Im Mai 2016 war Petra Luise bei Steins die Treppe heruntergestürzt und hatte sich das Handgelenk gebrochen. Warum? War sie gestoßen worden? Hatte sie es eilig? Im Sommer hatte Frau Stein versucht, sich umzubringen, erlitt einen irreparablen Gehirnschaden und landete im Pflegeheim. Warum hat sie einen Suizid begangen? Depression? Schwierige, konfliktreiche Familiensituation? Ein belastendes Lebensereignis? Charlotte wiegte den Kopf hin und her. Ende Oktober 2016 war Petra Luise dann angeblich von der Insel weggezogen. Die Titanplatte, die ihr implantiert worden war, fand sich drei Wochen später in den Überresten der verbrannten Leiche in der Stadtbibliothek, in der Sabine Stein bis zum Sommer gearbeitet hatte. Das konnte doch kein Zufall sein? Es musste einen Zusammenhang zwischen den Ereignissen geben. Aber welchen? Was verband Petra Luise Berger mit dem Ehepaar Stein? Waren sie verwandt? Waren die beiden Frauen befreundet? Oder hatte Petra gar ein Verhältnis mit Sabines Ehemann gehabt? Die Worte der Nachbarin gingen ihr durch den Kopf. *Tragisch, tragisch.* Eifersucht? 27 Prozent aller Mord- und Totschlagsfälle sind Beziehungstaten, dachte Charlotte. Kam sie so vielleicht weiter? Angenommen, Sabine hatte ihren Mann im Mai mit Petra Luise zusammen im Bett erwischt. Oder er die beiden Frauen. Es hatte Streit gegeben. Am Ende war Petra die Treppe heruntergestürzt. Irgendwas musste an diesem Tag passiert sein, was das Leben der Beteiligten maßgeblich beeinflusst hatte.

Hinter ihr hupte es. Erst jetzt merkte sie, dass sie mitten auf der Straße stand und auf ihrem Daumennagel herumkaute.

Sie ging zur Seite und ließ das Auto vorbei.

Ihre Spur wurde immer heißer. Charlotte schaute aufs Handy. 10.08 Uhr. Sie schwang sich aufs Rad und raste los. Neda musste ihr helfen.

KAPITEL 35

Ein schriller Ton holte Henry aus dem Traum, den er sofort vergaß. Völlig benommen öffnete er die Augen. Sein Nacken und unterer Rücken schmerzten. Sein Körper war steif wie ein Holzbrett. Im ersten Moment fiel ihm die Orientierung schwer. Er lag inmitten raumhoher Bücherregale aus dunkler Eiche auf einem roten Sofa, das viel zu kurz für ihn war. Henry besann sich. Gestern Abend hatte er im Internetcafé über der Recherche nach Wohnungsanbietern die Zeit aus den Augen verloren und war in keiner Pension mehr untergekommen. Also war er in die Akademie gefahren und hatte sich in der Bibliothek auf das Sofa gelegt.

«Du elender Nichtsnutz, was hast du dieses Mal wieder angestellt. Die Polizei war da und hat nach dir gesucht», keifte ihn eine Frau mit faltiger Haut, weißen Haaren und wirrem Blick aus kristallblauen Augen an. Henry erkannte Frau von Bredow sofort. Sie war alt geworden. Er vermisste ihre einstige Würde. Sie schien nicht ganz bei Sinnen zu sein. «Ich habe es so satt, für dich zu lügen. Du bist eine Enttäuschung!» Wie eine wild gewordene Furie schlug sie mit ihrem Pantoffel auf ihn ein.

Henry hob die Arme und schützte seinen Kopf. Sie verwechselte ihn mit ihrem Sohn, den Henry vor einigen Jahren als den Rosenmörder überführt hatte. Er wusste noch, wie sie damals nicht hatte glauben können, dass ihr Tom fünf Touristinnen und Hanna auf bestialische Weise getötet hatte. Sie hatte die besten Anwälte aktiviert. Doch es hatte nichts genützt. Die Indizien waren eindeutig gewesen, sodass sich der Richter dem vorgeschlagenen Strafmaß der Staatsanwaltschaft angeschlossen hatte. Tom von Bredow wurde zu lebenslanger Haft mit anschließender Sicherheitsverwahrung verurteilt.

«Frau von Bredow, ich bin nicht Ihr Sohn. Tom sitzt im Gefängnis.»

Sie hörte auf, ihn zu schlagen, und ließ den Pantoffel fallen. Henry vermutete, dass sie dement war. Verblüfft schaute sie ihn an. «Und wer sind Sie dann?»

«Ein Dozent der Akademie.» Er setzte sich auf.

«Welche Akademie? Das ist doch mein Haus, oder?»

Er nickte. «Die Academy of Criminal Investigation. Die haben Sie doch vor vier Jahren in Ihrem Landgut mitgegründet.» Henry spürte ihr Misstrauen. Es tat ihm leid, wie diese Frau geistig und körperlich abgebaut hatte. Wahrscheinlich verkraftete sie die Verbrechen ihres einzigen Sohnes nicht. Ob die Gründung der Akademie eine Art Wiedergutmachung an der Gesellschaft war oder der verzweifelte Versuch, irgendwann mit einer neuen Generation von Ermittlern gegen das damalige Urteil anzukämpfen, konnte er nicht beurteilen.

«Sie lügen doch. Sind Sie ein Einbrecher?», sagte sie und wich panisch zurück. «Hilfe! Ich rufe die Polizei.»

Henry schlug einen beruhigenden Ton an. «Sie müssen keine Angst haben. Ich bin es, Henry Zornik, erinnern Sie sich an mich?» Er lächelte, um sie nicht weiter zu erschrecken, und beobachtete, wie sich ihr Blick verklärte. Sie senkte den Kopf und schloss die Augen, als müsse sie angestrengt darüber nachdenken, was er gesagt hatte. Dann hob sie den Blick und schaute ihn aus zusammengekniffenen Augen hasserfüllt an. «Und da wagen Sie es, in mein Haus zu kommen. Nach allem, was Sie mir angetan haben? Sie haben meinen Tom zum Mörder gemacht!»

Henry schnürte es die Kehle zu. Tom hatte nie ein Geständnis abgelegt. Seine Mutter glaubte immer noch an die Unschuld ihres Sohnes. Damals schon hatte sie felsenfest behauptet, dass ihr Tom selbst das Opfer eines Betrügers sei, der ihn fertigmachen und ihm die Morde anhängen wollte. Henry hatte alles geprüft, Tom hatte Mittel, Gelegenheit und Motiv, seine Fingerabdrücke und DNA fanden sich an allen Opfern. Nach seiner Verhaftung hatte das Morden aufgehört. Auch deshalb war Henry damals felsenfest davon überzeugt gewesen, dass er den richtigen Täter ermittelt hatte.

Er wusste, dass es keinen Sinn hatte zu versuchen, Frau von Bredow in ihrem Zustand von der Wahrheit zu überzeugen. Deshalb ging er nicht auf ihren Vorwurf ein, schwieg und kam sich ziemlich hilflos in der Situation vor. Gut, dass im nächsten Moment eine Krankenschwester zur Tür hereinstürmte. «Entschuldigung, sie ist mir irgendwie entwischt», sagte die junge Frau mit hochrotem Gesicht und beruhigte Frau von Bredow.

«Seit wann ist sie so verwirrt?», fragte Henry.

«Seit einem Jahr kann sie ihren Alltag kaum noch bewältigen. Unser Pflegedienst kümmert sich rund um die Uhr, weil es keine Angehörigen gibt.»

«Wäre sie da nicht besser in einem Pflegeheim aufgehoben?»

Die Pflegerin zuckte die Schultern. «Als sie noch bei klarem Verstand war, hat sie eine Senioreneinrichtung kategorisch ausgeschlossen und verfügt, dass sie bis zu ihrem Tod den Westflügel des Jagdschlosses bewohnen darf. Dort fühlt sie sich recht wohl.» Sie tätschelte der alten Dame die Hand, die jetzt mit leerem Blick vor sich hinstarrte. «Nicht wahr, Frau von Bredow?»

Die Gutsbesitzerin reagierte nicht, und die Krankenschwester führte sie aus dem Raum. Henry schaute auf die Uhr. 10.17 Uhr. *Verfluchte!* Heute war Sonntag. Er hätte längst bei Matti sein müssen. Und den Vermieter, der ihm gestern Abend auf seine Anfrage sofort geantwortet und für 14 Uhr einen Besichtigungstermin einer Erdgeschosswohnung angeboten hatte, wollte er vom Apparat des Kinderheims ebenfalls zurückrufen.

KAPITEL 36

Kurz nach 11 Uhr steckte Charlotte ihren Kopf in Nedas Zimmer. Im Gegensatz zu ihrem eigenen Chaos herrschte bei Neda absolute Ordnung im Raum. Alles hatte System. An den Wänden hingen Fotos ihrer Familie, die für Neda eine besondere Rolle spielte, das hatten Charlotte und die anderen gleich in der ersten Woche gemerkt. Sie hielten in Freud und Leid zusammen, passten aufeinander auf. Nach der Flucht aus Syrien und dem tragischen Tod ihrer Schwester waren die Eltern in eine Depression abgerutscht, gelähmt vor Schmerz und Schuldgefühlen. Neda hatte die Rolle des Familienoberhauptes übernommen und sich gekümmert. Nach ihrem Informatikstudium hatte sie das Jobangebot eines großen Medienkonzerns abgelehnt und sich stattdessen an der Akademie beworben. Sie wollte mit ihren Fähigkeiten gegen Krieg und Terror kämpfen, anstatt in einem Unternehmen zu arbeiten und ihr Talent in die Wirtschaft zu investieren.

«Aufstehen, Schlafmütze!», sagte Charlotte und setzte sich auf den Rand des Futonbettes, das inmitten des Zimmers stand und ihr wie eine flache Insel im Meer vorkam. Nedas sonst so blasse Gesichtshaut war braun gebrannt. Sie zog sich die Decke über den Kopf und protestierte. «Es ist Sonntag.»

«Ich hab Croissants mitgebracht und Frühstück gemacht», sagte Charlotte.

Neda blinzelte unter der Decke hervor. «Wie kann man so früh schon so wach sein? Das ist mir ein Rätsel.»

«Es ist zwanzig nach elf. Also fast Mittag! Dein Know-how ist gefragt.»

Neda musterte sie. «Du warst gestern ziemlich lange unterwegs.»

Charlotte spürte, wie ihr die Röte ins Gesicht stieg. Sie strich sich eine Haarsträhne hinters Ohr und wich Nedas Blick aus. «Das erzähle ich dir später.» Sie stand auf. «Komm, ich brauche deine Hilfe. Bring deinen Laptop mit!»

Schnell lief sie in die Küche voraus. Dabei versuchte sie, die Bilder von Borowski und sich am Nonnensee und das aufkommende Bauchkribbeln zu verdrängen. Sie hörte die Badezimmertür zugehen und die Toilettenspülung rauschen. Frisch gebrühter Kaffee tropfte in die Kanne und duftete verführerisch. Sie goss sich und Neda einen Pott voll ein. Einen Moment später tippelte Neda barfuß, im Nachthemd und mit dem Laptop unterm Arm in die Küche. Ihr Haar war zerzaust. Sie setzte sich die Brille auf, ließ sich auf dem Stuhl neben Charlotte am Tisch nieder und grinste verschwörerisch. «Warst du mit Aron?» Sie kreuzte die Finger.

«Wie kommst du denn darauf?» Charlotte runzelte die Stirn.

Neda schob den Fuß unter den Oberschenkel. «Du bist echt blind.»

«Also, wenn das seine Art ist, zu zeigen, dass er ein Mädchen mag, kommt er nie zum Zug.»

«Ich denke, er ist einfach zu schüchtern.»

«Den Eindruck habe ich weiß Gott nicht.»

«Er hat Angst, dass du ihm einen Korb gibst.»

«Weißt du, Arons Seelenzustand interessiert mich gerade so viel wie ein Sack Reis, der in China umfällt. Du musst was für mich herausfinden.»

«Du hast eine Spur?», fragte Neda und biss an einem Croissant die Spitze ab, bevor sie es mit Butter und Marmelade bestrich.

Charlotte trank einen Schluck Kaffee. «Sagen wir so, ich habe recherchiert, und dabei bin ich auf eine Frau gestoßen.»

«Sag nicht, du hast herausgefunden, wer das Opfer ist.» Neda legte das Messer ab.

«Nein», log Charlotte, denn sie war nicht bereit, ihre Gedanken zu teilen, auch wenn sie sicher war, dass Neda sie im Gegensatz zu Sophie nicht hintergehen und ihre Ermittlungsergebnisse stehlen würde. Vielleicht war es egoistisch, aber sie wollte den Triumph am Ende für sich allein. Außerdem hielt sie sich damit nur an die Regeln, die Zornik aufgestellt hatte. «Ich bin die Liste der ehemaligen Mitarbeiter der Stadtbibliothek durchgegangen und habe sie mit den Zeugenaussagen in der Akte verglichen», sagte sie wahrheitsgemäß. «Eine Sabine Stein wurde nie von der Polizei befragt. Dabei war sie diejenige, die Projekte mit straffällig gewordenen Jugendlichen durchgeführt hat.» Genau dieses Detail hatte Charlotte vor zehn Minuten, gleich nachdem sie von ihrem Ausflug zurückgekehrt war, in der Akte entdeckt. «Ich war gerade bei der Adresse besagter Sabine Stein, um ihr ein paar Fragen zu stellen. Leider wohnt sie dort nicht mehr. Die Nachbarin hat mir erzählt, dass sie nach einem Unfall in einem Pflegeheim untergebracht ist.» Charlotte nahm sich ein Brötchen. «Ich dachte, du könntest mit deinen Computerfähigkeiten herausfinden, in welchem?»

«Das sollte kein Problem sein.» Neda legte das angebissene Croissant auf den Teller und klappte den Laptop auf. Charlotte blickte in das Auge einer schwarzen Katze, Nedas Hintergrundbild.

«Wir weiten den Radius auf Pflegeeinrichtungen der gesamten Insel aus. Hast du ein Geburtsdatum?», fragte Neda.

«Ja, Sabine Stein, geboren am 28.2.1979.»

«Dann setzen wir bei der Rentenversicherung an. Als Angestellte der Stadtbibliothek war sie pflichtversichert.»

«Wie?», fragte Charlotte.

«Ich suche mir jetzt einen Mitarbeiter der Rentenkasse aus, sende ihm im Namen seines Chefs eine wichtige E-Mail mit einem Trojaner. Die meisten Leute bekommen ihre dienstlichen E-Mails auch aufs private Handy und reagieren schnell, auch wenn der Chef sie am Wochenende belästigt. Sobald die E-Mail geöffnet wird, gelange ich darüber ins System. Dann filtern wir Sabine Stein heraus und sehen, welches Pflegeheim Rechnungen an die Rentenkasse stellt.»

Charlotte war beeindruckt, wie leicht es anscheinend war, jemanden mithilfe des Internets ausfindig zu machen, ohne die Social-Media-Kanäle zu bemühen. Das Katzenauge öffnete sich. Neda rief die Website der Rentenversicherung auf, studierte das Organigramm und legte los. Charlotte schmierte sich derweil ein Brötchen, biss ab, lehnte sich zurück, kaute und wartete auf das Ergebnis.

«Tada!», rief Neda und hob die Hände. «Sie liegt im *Haus Sonnenschein*, einem luxuriösen Hospital für Privatpatienten hier in Bergen.»

Charlotte schrieb sich die Adresse des Pflegeheims und die des Ehemanns auf einen Zettel.

«Soso. Eine ehemalige Mitarbeiterin der Stadtbibliothek, die damals nicht als Zeugin befragt wurde.»

Charlotte drehte sich erschrocken um und sah, dass Marcus in der Tür stand.

«Hast du uns etwa belauscht?» Neda stemmte die Hände in die Hüften.

«Ihr habt ja nun nicht gerade geflüstert, und die Wände sind nicht besonders dick.»

«Was machst du überhaupt hier?», fragte Charlotte.

Er zeigte ihnen die Bäckertüte. «Ich wollte mich zum Frühstück einladen.»

«Und wie bist du reingekommen?» Nedas Stimme klang verärgert.

«Als Spross des Clans der besten Diebe stellt dieses Schloss», er zeigte Richtung Wohnungstür, «nun wirklich kein Hindernis für mich dar.»

«Das ist Einbruch!» Neda war kurz vorm Platzen. «Du kannst doch nicht einfach in unsere WG reinmarschieren, wie es dir passt!»

Marcus lächelte unsicher. «Ich wollte euch überraschen.»

«Das ist dir auch gelungen», sagte Charlotte.

«Ich kann euch helfen. Wir können zusammen zu Sabine Stein.»

Sie schüttelte den Kopf. «Verfolge bitte deine eigene Spur. Ich denke, das schaffe ich allein.»

«Aha», sagte Marcus und sah sie mit einem stechenden Blick an, der sie irgendwie befremdete. Etwas Feindseliges lag darin. Sie waren doch befreundet ...

KAPITEL 37

Punkt zwölf, genau wie die letzten drei Sonntage, stand er stumm neben Matti an Hannas Grab unter einer stattlichen Buche. Auf Henry wirkte der *Alte Friedhof* mit seinem Baumbestand wie ein englischer Park. Er sah zu, wie der Junge die verblühte weiße Lilie in der Vase gegen eine frische austauschte. Er war seiner verstorbenen Mutter wie aus dem Gesicht geschnitten. Sie verweilten exakt fünf Minuten schweigend. Das gleiche Ritual wiederholte sich am Grab der Großmutter. Dabei verzog Matti keine Miene. Selbst seine Augen blieben ausdruckslos. Henry konnte nicht einschätzen, was in dem Kind vor sich ging. Er hätte Matti gerne in den Arm genommen und getröstet, aber mit engen Berührungen kam der Junge nicht klar.

Erst bei dem obligatorischen Besuch im Schnellrestaurant in der Bahnhofstraße redete Matti wieder. Eigentlich hörte Henry ihm immer interessiert zu, wenn er seine wissenschaftlichen Vorträge hielt und Studien zitierte, die üblicherweise kein Lesestoff für einen Neunjährigen waren. Heute aber schweiften Henrys Gedanken ab, während Matti ihn über Proteingehalt, Kohlenhydratanteil sowie Fettbestandteile seiner Mahlzeit aufklärte und erläuterte, wie sich eine dauerhafte Ernährung mit Fast Food auf seine Gesundheit auswirken würde. Er beobachtete, wie Matti mit Genuss seinen Burger verschlang. Das Wissen über die Schädlichkeit seiner Mahlzeit verdarb dem Kind offenbar nicht den Appetit.

Eigentlich waren sie danach immer mit dem Bus an den Strand von Baabe gefahren, wo sie den ganzen Nachmittag Drachen steigen ließen und Matti ihm Vorträge über aerodynamische Zusammenhänge hielt. Es war für Henry erstaunlich, welches Wissen dieses außergewöhnliche Kind hatte und welche logischen Schlussfolgerungen es zog, bei der kleinsten Veränderung in seinem Tagesablauf aber völlig hilflos zusammenbrach. Er wusste nicht, wie er ihm beibringen sollte, dass aus dem Drachensteigen heute nichts wurde, weil er unbedingt diese Wohnung besichtigen musste. Um eine Enttäuschung zu vermeiden, hatte er Matti noch nicht in seine Adoptionspläne eingeweiht.

Beide putzten sich mit der Serviette den Mund ab, und Matti musterte Henry. «Bring mich zurück», sagte er bestimmend und faltete alle Pappschachteln auf dem Tisch auseinander, ohne ihn weiter anzusehen.

Henry sah ihn besorgt an. «Geht es dir nicht gut?»

«Du steckst fest und kannst deinen Fall nicht lösen. Es macht dich wütend, dass du mit mir Zeit verbringst.»

Henry erstarrte. Er hätte wissen müssen, dass Matti mit seinen feinen Antennen genau erspürte, dass er heute nur mit halbem Ohr hinhörte. Er war mit seinen Gedanken bei Sahra Engelmann und dem Wohnungsproblem, für dessen Lösung ihm nur noch zwei Tage Zeit blieben. Matti durchschaute ihn. Würde er dem Jungen von dem Wohnungsproblem erzählen, würde er nach dem Grund fragen, warum Henry so dringend eine Wohnung suchte. Er könnte ihm zwar sagen, dass sein

Wohnwagen abgebrannt war, aber er wollte Matti weder beunruhigen noch belügen. Besser, er erwähnte die Wohnung nicht.

«Es macht mich nicht wütend, weil ich meine Zeit mit dir verbringe. Es macht mich wütend, dass ich so langsam vorankomme», sagte er wahrheitsgemäß.

«Gras wächst nicht schneller, wenn man dran zieht.»

«Ich weiß. Bist du mir böse, wenn wir heute keinen Drachen steigen lassen?» Was für eine blöde Frage. Henry ärgerte sich über seine fehlende Sensibilität, aber er musste sich unbedingt heute noch kümmern.

«Es bringt meinen Tagesablauf durcheinander.»

«Kommst du damit klar?»

«Frau Haberland meint, ich muss lernen, unvorhergesehene Zeitfenster mit alternativen Aktivitäten zu füllen. Dafür habe ich mir eine Liste erstellt.» Er schaute auf die Uhr. «Findet das Drachensteigen nicht statt, entsteht eine Lücke von vier Stunden. Die lässt sich prima mit drei Lektionen Chinesisch füllen.»

Die Wohnung entpuppte sich als Flop, eine überteuerte Bruchbude mit Schimmelbefall. Würde er die Frau Jakob zeigen, hätte sie den Antrag sofort abgelehnt. Henry ärgerte sich, dass er auf die Bilder hereingefallen war. Er musste gleich morgen früh, noch vor dem Unterricht, die Wohnungsbaugenossenschaft kontaktieren. Das war seine letzte Chance. Henry hoffte auf ein Wunder.

Das freie Zeitfenster am Sonntagnachmittag wollte er nun nutzen, um Sahra Engelmanns Eltern einen Besuch abzustatten. Vielleicht wussten sie ja doch, wo ihre Tochter steckte. Das würde bedeuten, dass er fünf Schritte zurückgehen und noch mal von vorne anfangen musste. Jetzt, in der Nachsaison, fuhr sonntagnachmittags kein Bus nach Ralswiek. Ihm blieb nichts anderes übrig, als die knapp neun Kilometer mit dem Fahrrad zurückzulegen. Er fuhr auf dem gut erhaltenen Betonspurenweg aus der Vorwendezeit links an der Kante des Rugardwaldes vorbei und nutzte die geraden Streckenabschnitte für Sprints, um seine Fitness zu stärken. Im winzigen Örtchen Tetel, das am Niederungsrand zum kleinen Jasmunder Bodden lag und noch zu Bergen gehörte, bog er links auf die Straße nach Buschwitz ein. Sie stieg leicht an. Er trat kräftig in die Pedale, passierte den Abzweig zur Gokartbahn und folgte der Straße, die bis nach Zittvitz wieder abfiel. Dann sah er den kleinen Jasmunder Bodden. Schaumkronen tanzten auf dem Wasser, das sich im stetigen Rhythmus bewegte. Doch für die Schönheit der Natur im weichen Spätsommerlicht hatte er nur einen kurzen Blick übrig, bevor die Fahrt auf einem anderen Weg weiterging, den altehrwürdige Pappeln säumten. Henry kam an wenigen Gehöften vorbei und an abgeernteten Feldern, die nach Erde rochen. Bereits nach zwanzig Minuten gelangte er auf den Radweg an der B 96, der kurz vor Ralswiek steil abfiel. Im Hintergrund sah er das Ralswieker Schloss. Ein weißes Gebäude im französischen Renaissancestil, in dem zu DDR-Zeiten psychisch Kranke untergebracht waren.

Die Engelmanns wohnten am Ortsrand. Entgegen seiner Erwartung sahen Grundstück und Haus der Familie edel aus. Man konnte das Gelände ein Anwesen nennen. Warum hatte er angenommen, dass Sahra Engelmanns Eltern in einer Platte wohnten? Weil Sahra blaue Haare hatte? Blödsinn. Irritiert schüttelte Henry den Kopf und stieg vom Sattel. Er betrachtete den reetgedeckten roten Klinkerbau mit weißen Fenstern und gelben Rosenstöcken. Davor standen zwei Luxuskarossen auf der breiten Kiesauffahrt. Das geschwungene weiße Holztor war geschlossen.

Henry klingelte. Eine gestylte Frau in buntem Kimono und Schlaghosen öffnete die Tür. Ihre Augen waren von einer Sonnenbrille verdeckt, die an übergroße Fliegenaugen erinnerte. Sie trug das Haar zum Dutt hochgesteckt und die Lippen geschminkt. Trotz weniger Falten und einer superschlanken Figur schätzte er sie auf Mitte fünfzig.

«Frau Engelmann?», rief er laut, um den Schwarm Kraniche zu übertönen, der mit trompetenähnlichen Rufen über das Haus hinwegflog. Sie schien ihn nicht zu verstehen, fasste sich ans Ohr und kam die Auffahrt zu ihm herübergelaufen. Ihre Füße steckten in pinkfarbenen Pantoletten, die perfekt zu ihren lackierten Fuß- und Fingernägeln sowie zu den Lilien auf ihrem Kimono passten. Eine Frau, die sehr viel Wert auf Äußerlichkeiten legte, daran hatte er keinen Zweifel. Da passte eine drogensüchtige Tochter bestimmt nicht in das Bild, das sie der Öffentlichkeit von sich und ihrer Familie vermitteln wollte. Schon bevor er auch nur ein Wort mit ihr gesprochen hatte, ahnte Henry, dass sie sich für Sahra schämte.

«Henry Zornik, Privatdetektiv», stellte er sich vor und suchte in seinen Taschen herum. «Mir scheint, ich habe meine Visitenkarten vergessen.» Er hob den Blick und setzte sein gewinnendstes Lächeln auf, damit sie ihn nicht gleich wegschickte.

«Privatdetektiv?», fragte sie ungläubig. «Mein Mann ist nicht da.»

Er bemerkte ihre Nervosität. Die typische Unsicherheit bei Frauen, deren Ehegatten alles regelten.

«Es geht um Ihre Tochter Sahra.»

Sie wurde bleich. «Da können wir Ihnen leider nicht weiterhelfen.»

Henry beobachtete das Verhalten von Frau Engelmann. Ihre Gesichtszüge verhärteten sich, und sie wich kaum merklich vor ihm zurück. Sie verleugnete ihr Kind, ein Bewältigungsmechanismus, um vor der Wahrheit zu flüchten.

«Ich habe Grund zur Annahme, dass ihr etwas passiert ist», sagte er.

Eine tiefe Falte grub sich in ihre Stirn, und sie sah aus, als sei sie binnen einer Sekunde um Jahre gealtert. Ein Zucken um ihren Mund erzählte von mütterlichen Gefühlen, gegen die sie offenbar ankämpfte.

«Wir haben keine Tochter mehr. Sahra hat sich vor vielen Jahren gegen uns und für dieses Leben da draußen entschieden.»

Obwohl die Sonnenbrille ihre Augen verdeckte, ahnte Henry, dass sie die Lider schloss. Aus Erfahrung wusste er, was Familien von drogensüchtigen Jugendlichen emotional durchmachten, wenn sie hilflos mit ansehen mussten, wie sich ihre Kinder zugrunde richteten. Irgendwann gaben die meisten auf, um nicht selbst an ihren Schuldgefühlen zu zerbrechen. Dass Frau Engelmann ihre Tochter verleugnete, war sicher ein gewisser Selbstschutz. Vielleicht drängte sie auch der Ehemann.

«Ist sie tot?», fragte Sahras Mutter und hielt sich am Gartentor fest.

«Das versuche ich gerade herauszufinden.»

«Wer hat Sie denn beauftragt?»

«Hören Sie, dass kann ich Ihnen nicht sagen. Wann haben Sie das letzte Mal etwas von Sahra gehört oder sie gesehen?»

«Das ist bestimmt schon drei Jahre her. Sie hat den Kontakt abgebrochen.»

«Wann war das genau?»

«Im Herbst 2016. Da war sie kurz vorher mit diesem brutalen Kerl hier aufgetaucht. Sie hatte einen Schlüssel vom Haus. Den hatte ich ihr im Frühjahr gegeben. Sie schien sich ja gefangen zu haben, hatte nach der Verurteilung wegen unerlaubten Drogenbesitzes und Beschaffungskriminalität den Platz in der Bibliothek bekommen, um die gemeinnützigen Stunden abzuleisten. Früher hat sie so gerne gelesen. Bis zum Spätsommer 2016 sah dann auch alles positiv aus. Sie hatte das Praktikum in der Seniorenresidenz *Haus Sonnenschein* gemacht, und mein Mann hat ihr das Zimmer in Bergen besorgt. Doch dann kam dieser Kerl aus dem Knast, und alles ging von vorne los. Als mein Mann an besagtem Tag nach Hause kam, hat er die beiden beim Klauen erwischt. Sie hatten alles durchwühlt. Ich fand ihn zwei Stunden später blutend auf dem Teppich im Wohnzimmer. Ihr Freund hatte Thomas zusammengeschlagen.»

«Haben Sie Anzeige erstattet?»

«Nein, ich habe meinen Mann angefleht. Wir haben alle Schlösser ausgetauscht und eine Alarmanlage installiert. Glauben Sie mir, irgendwann kann man nicht mehr. Obwohl Bergen näher liegt, meide ich den Ort und fahre bis Sassnitz zum Einkaufen. Nur um ihr nicht zufällig über den Weg zu laufen. Ich ertrage es nicht, sie so zu sehen. Sie war doch mal mein Baby ...» Ihre Stimme brach.

Henry presste die Lippen aufeinander. Er hatte mit seinen Fragen aufgewühlt, was diese Frau tief in ihrem Inneren vor der Außenwelt und vielleicht auch ihrem Ehemann versteckte.

«Verstehen Sie?», fuhr sie fort. «Das Schlimmste ist, dass

ich nicht weiß, was der Auslöser war, dass sie mir so entglitten ist. Sie hatte doch eine behütete Kindheit …»

Sie machte sich Vorwürfe, grübelte sicher Nacht für Nacht, auf der Suche nach dem Fehler. Das kannte er nur zu gut. Er nickte mitfühlend, weil ihm einfach die Worte fehlten, um ihr Trost zu spenden. Henry fragte, wie der brutale Kerl aussah. Die Beschreibung passte eindeutig auf Kuntze.

KAPITEL 38

Guten Tag, Frau Stein», sagte Charlotte, nachdem sie die Tür des Zimmers Nummer 37 im Pflegeheim *Haus Sonnenschein* hinter sich geschlossen hatte. Sabine Stein antwortete nicht. Sie saß im Rollstuhl und starrte aus dem Fenster in den Park, der die luxuriöse Residenz am nördlichen Rand von Bergen unweit des Rugarder Waldgebietes umgab. Braunes Haar umrahmte ihr ebenmäßiges Gesicht mit dem schmalen Mund und der spitzen Nase, das keine Regung zeigte. Ihr abgemagerter Körper war von Kopf bis Fuß in Schwarz gekleidet, und sie wirkte wie ein Fremdkörper in dem Zimmer, das mit seinen pastellgrünen Wänden und Vorhängen, den hellen Holzmöbeln und den gelben Kissen mit Vogelmotiven frühlingsfrisch wirkte. Duftstäbchen verströmten Lavendelduft, der den unterschwelligen Geruch nach Desinfektionsmittel und Krankheit übertünchte. Charlotte entdeckte eine Kamera, über die das Pflegepersonal wahrscheinlich die Patienten überwachte, um sofort zur Stelle sein zu können, wenn es Probleme gab.

Sie hielt der Frau den Blumenstrauß hin, den sie an der Tankstelle zusammen mit einer Tafel Schokolade gekauft hatte, doch Sabine Stein würdigte sie keines Blickes und starrte weiter teilnahmslos aus dem Fenster. Ihr Selbstmordversuch hatte einen hypoxischen Hirnschaden durch Sauerstoffmangel verursacht, der nicht rückgängig zu machen war. In der elektronischen Akte der Rentenversicherung stand außerdem, dass sie nicht mehr in der Lage sei, sich selbst zu versorgen. Die Planung, Steuerung und Durchführung motorischer Handlungen sei eigenständig kaum möglich. Hinzu kam die Antriebslosigkeit bei depressiver Stimmungslage. Sprachzentrum, Langzeit- und Kurzzeitgedächtnis der Frau funktionierten laut Diagnose eingeschränkt, aber sie funktionierten.

Charlotte erhoffte sich wenigstens eine körpersprachliche Reaktion auf ihre Fragen nach Petra Luise Berger. Sie wusste, dass wirklich jede menschliche Empfindung sich im Gesicht zeigt, weil die mimische Muskulatur direkt mit dem limbischen System verknüpft ist, das Informationen filtert und mit Gefühlen belegt. Sie wusste auch, dass die Mikroexpressionen nur 0,4 Sekunden anhalten würden. Charlotte musste also genau hinschauen, um die Liebe, Wut, Trauer oder Verachtung zu erkennen, die Sabine Stein in Verbindung mit dem Namen Petra Luise Berger empfand. Eins stand schon jetzt fest: Diese Frau war sicher nicht in der Lage gewesen, Petra Luise Berger etwas anzutun.

Die Stille im Raum wirkte drückend. Charlotte fragte, ob sie sich setzen dürfe, und beobachtete genau, wie sich Frau Steins Mimik schon in dieser neutralen Situation veränderte. So würde sie die Reaktionen auf die entscheidenden Fragen besser entschlüsseln können. Doch Frau Stein zeigte null Reaktion. Vielleicht war es doch eine blöde Idee herzukommen.

Sie nahm auf dem einzigen Stuhl im Zimmer Platz und presste die Lippen aufeinander. Vielleicht war es am besten, mit einem unverfänglichen Thema zu beginnen.

«Schön haben Sie es hier. Gibt es irgendwo eine Vase?»

«Wer sind Sie?», sagte Sabine Stein plötzlich. «Ich kenne Sie nicht.»

Die Frage traf Charlotte völlig unerwartet und verunsicherte sie einen Moment. Sie rief sich ins Gedächtnis, wie gut es ihr bisher gelungen war, verdeckt Informationen zu beschaffen, wenn sie sich selbst vertraute.

«Ich bin eine Cousine von Petra Luise Berger und auf der Suche nach ihr. Man hat mir gesagt, sie waren einmal befreundet. Wissen Sie, wo ich sie finden kann?»

Frau Steins Gesichtszüge erstarrten in einer Art, die Charlotte beängstigten. Die Hände der Frau krallten sich so fest an den Rollstuhl, dass die Knöchel weiß hervortraten. Sabine Stein krampfte. Speichel lief ihr seitlich aus dem Mund. Charlotte starrte sie erschrocken an und betätigte schnell den Notknopf. Mit so einer heftigen Reaktion hatte sie nicht gerechnet. Sie hatte die Frau mit dem Namen Petra Luise Berger offenbar getriggert und eine körperliche Überreaktion hervorgerufen. Die heftige emotionale Antwort konnte nur bedeuten, dass Sabine Stein den Namen mit einem traumatischen Ereignis in Zusammenhang brachte. War dieses Ereignis vielleicht der Grund für ihren Suizidversuch im Sommer 2016 gewesen?

Sabine Stein rang nach Luft. Charlotte stand auf und versuchte die Frau zu beruhigen, in dem Moment schwang die Tür auf. Eine korpulente Pflegerin stürmte herein und eilte der Patientin zu Hilfe. Mit wenigen Handgriffen stabilisierte sie Frau Stein, deren Augäpfel sich unnatürlich verdrehten.

«Was haben Sie mit ihr gemacht?», fragte die Pflegerin barsch. Auf ihrem Namensschild stand Maria.

«Nichts, ich habe ihr nur eine Frage gestellt», stammelte

Charlotte. Sie war unfähig, sich zu bewegen, und konnte den Blick nicht von der hyperventilierenden Frau im Rollstuhl lösen. «Das hat sie anscheinend zu sehr aufgeregt.»

Schwester Maria musterte Charlotte von der Seite. «Wer sind Sie überhaupt? Ich habe Sie hier noch nie gesehen.»

«Eine ehemalige Arbeitskollegin aus der Bibliothek.» Charlotte gebrauchte die gleiche Lüge, mit der sie sich unten am Empfang Einlass verschafft hatte. Sie lächelte entschuldigend.

«Ah ja. Besser, Sie gehen jetzt!»

Frau Steins Atem ging wieder regelmäßig, und sie sank in einen apathischen Zustand. Charlotte betrachtete sie nachdenklich und versuchte, sich in sie hineinzuversetzen. Wieso hatte die Frau so heftig reagiert?

Du fühlst dich schuldig für ein Ereignis, das bei dir ein Trauma ausgelöst hat, und dessen Folgen. Du hast versucht, dich umzubringen, weil du das Ereignis überlebt hast. Und dieses Ereignis hat etwas mit Petra Luise zu tun. Der Brand in der Bibliothek kann es nicht gewesen sein. Der war ein halbes Jahr nach deinem Suizidversuch …

«Worauf warten Sie denn noch?», fragte Schwester Maria barsch, die Sabine Steins leblos wirkenden Körper ins Bett hievte.

«Entschuldigung!» Charlotte stürmte aus dem Zimmer.

Ein schmächtiger Pfleger mit blondem Haar stand mit dem Rücken zur Tür und hantierte auf einem Tablettwagen mit Geschirr herum. Sie sah ihn zu spät und rempelte ihn an. Klirrend ging Porzellan zu Bruch.

Der Pfleger drehte sich erschrocken um. Perplex starrte Charlotte ihn an. «Marcus!», rief sie empört und drängte sich an ihm vorbei. Er schob den Wagen zur Seite und rannte ihr hinterher.

«Da drinnen ging es ja ganz schön turbulent zu», sagte er und hob die Brauen. «Hast du etwas Brauchbares erfahren?»

«Das ist jetzt nicht dein Ernst, oder?», sagte sie und eilte wütend aus dem Heim. «Du hast mich verfolgt?»

«Mein Gott, nun hab dich nicht so! Immerhin ist es ein Wettbewerb.» Marcus grinste provokativ.

«Ja», zischte Charlotte, «für den Zornik Regeln festgelegt hat. Deine Art, ans Ziel zu kommen, ist verdammt unfair.»

«Wenn es ums Gewinnen geht, ist mir jedes Mittel recht. Komm schon, Charlotte. Wir können zusammenarbeiten?»

«Nein, können wir nicht!»

Sie holte ihren Fahrradschlüssel aus der Tasche und marschierte zum Fahrradständer. Erst dort wurde ihr bewusst, dass sie ja gelaufen war. Marcus folgte ihr wie ein Hund. «Das hört sich nach einer verdammt heißen Spur an. Und du hast Angst, dass ich dir zuvorkomme», sagte er und tänzelte um sie herum.

«Offenbar bist du nicht besser als Sophie. Einmal Dieb, immer Dieb.»

«Und du bist beleidigend», sagte er, und sie bemerkte, wie er in der Tiefe seiner Hosentasche eine Faust ballte. Es machte ihn wütend, dass er nicht bekam, was er wollte. Zornik hatte mit dem Wettbewerb etwas losgetreten, das einmal mehr zeigte, dass sie alle nach Anerkennung strebten und nicht als Versager dastehen wollten. Da nahm sich Charlotte nicht aus. Allerdings wollte sie den Sieg auf ehrliche Art erringen.

«Was hast du denn bisher Brauchbares herausgefunden?» Sie sah Marcus ins Gesicht.

Er guckte gespielt ratlos. «Das verrate ich dir nur, wenn wir zusammenarbeiten.»

Aha, offensichtlich fehlte ihm noch ein Puzzleteil, das er sich von ihr erhoffte. Wenn er dachte, dass er sie austricksen konnte, hatte er sich geirrt. Sie schob ihn beiseite, verließ das Gelände und lief in den Park, wo sie sich auf einer Bank niederließ. Sie musste sich erst einmal sammeln und über den Vorfall in Sabine Steins Zimmer nachdenken, bevor sie weitere Schritte unternahm. Dieser Fall schien eine neue Richtung anzunehmen. Auf keinen Fall wollte sie, dass Marcus ihr den Sieg streitig machte. Er war ein Fuchs und gab nicht auf, bis er sein Ziel erreichte. Sie wettete darauf, dass er sie auch jetzt beobachtete. Charlotte schaute sich suchend um und kramte nach dem Zettel in der Jackentasche, auf dem sie sich die neue Adresse von Sabine Steins Ehemann notiert hatte. Weg. Egal, sie hatte sie sich gemerkt. Mal sehen, wie Peter Stein auf den Namen Petra Luise Berger reagiert? Charlotte ließ den Blick über die Wiese und die angrenzenden Baumgruppen schweifen, zwischen denen sich ein Schatten bewegte.

Vorher musste sie ihren Verfolger abschütteln.

KAPITEL 39

Kurz vor 17 Uhr betrat Henry das Foyer des Luxuspflegeheims *Haus Sonnenschein.* Wenn Sahra im Sommer und Herbst 2016 hier ein Praktikum absolviert hatte, gab es vielleicht jemanden, dem sie ihre Pläne anvertraut hatte, jemanden, der eventuell über den November 2016 hinaus Kontakt mit ihr hatte. Henry glaubte nicht wirklich daran, dass er jemanden fand, der ihm Auskunft geben konnte, aber er wollte nichts unversucht lassen.

Verbiss er sich zu sehr in diese Theorie, dass Sahra Engelmann das Brandopfer war? Nein, es gab die Verbindung zur Bibliothek. Sie konnte Kenntnis von der Putzkammer und den Kanistern mit Spiritus haben. Francesco hatte nicht in diese Richtung ermittelt, weil seine Liste der Beschäftigten in der Stadtbibliothek unvollständig gewesen war. Und Sahra stand in einer Beziehung mit Kuntze. Beide brauchten Geld. Hinzu kam, dass alle Seiten ihm bisher bestätigt hatten, dass Sahra im November 2016 nach dem Brand der Stadtbibliothek verschwunden war. Und Kuntze? Der vertuschte etwas, war untergetaucht. Allein die Warnungen, die Henrys Ermittlungen stoppen sollten, waren ihm Beweis genug, dass er richtig lag.

Er musterte die ältere Dame am Empfang, die hinter der Glasscheibe des Tresens saß und ihn misstrauisch beäugte. Sie rückte Ihre Brille zurecht und ließ ihn keine Sekunde aus den Augen. Ihr kam es sicher komisch vor, dass er sich so aufmerksam umschaute und ausführlich in den ausliegenden Flyern neben der Sitzecke blätterte. Wow! Ein Platz an der Sonne kostete hier 4342 Euro im Monat, die Pflegeversicherung übernahm je nach Pflegegrad einen Anteil bis maximal 2005,00 Euro.

«Sie wünschen?», fragte die Dame jetzt in schnippischem Ton.

Gut, er sah in seinen zerknitterten Sachen, in denen er kilometerweit Fahrrad gefahren war und die Nacht auf dem Bibliothekssofa der Akademie verbracht hatte, bestimmt wenig vertrauenerweckend aus. Er fasste sich ins Gesicht und fuhr über die Bartstoppeln. Vielleicht hielt sie ihn für einen Obdachlosen, der sich in einem unaufmerksamen Moment auf die Besuchertoilette schlich oder das Abendessen von einem der herumstehenden Wagen stahl. Sie war in dieser Einrichtung offenbar der Wachhund, an dem niemand ungeprüft vorbeikam. Und ohne plausiblen Grund würde sie ihm keine Information geben. Hier half nur Diplomatie.

Er trat an den Tresen heran und las den Namen auf dem Plastikschild, das an ihre Brust geheftet war. «Guten Tag, Frau Öhmich. Ich nehme an, Sie sind hier die gute Seele des Hauses und kennen alle Patienten und Mitarbeiter mit Namen», sagte er anerkennend und zwinkerte ihr zu.

Sie lächelte irritiert.

«Arbeiten Sie schon länger hier?»

«Seit zehn Jahren. Warum wollen Sie das wissen?»

Er holte das Foto von Sahra Engelmann aus der Jackentasche und schob es ihr hin. «Kennen Sie diese junge Frau?»

«Sind Sie von der Polizei?»

«Nein, ich bin Privatdetektiv.» Er suchte wieder in seinen Taschen herum, hob die Hände. «Jetzt habe ich meine Visitenkarte nicht dabei», sagte er entschuldigend und wandte sich wieder dem Bild zu. «Sie heißt Sahra Engelmann. Ich weiß von ihrer Mutter, dass sie im Sommer 2016 hier ein Praktikum gemacht hat.»

Die Frau blies die Backen auf. «Das ist ja ewig her. Aber an die erinnere ich mich tatsächlich. Das war die Freche, die immer heimlich auf der Besuchertoilette geraucht hat.»

«Wissen Sie noch, wie lange das Praktikum gedauert hat?»

Frau Öhmich zuckte ratlos mit den Schultern. «Als ich damals aus dem Sommerurlaub gekommen bin, war sie wieder weg.»

Henry vernahm hinter sich das Öffnen der automatischen Eingangstür. Reflexartig drehte er sich um. Ein Mann mittleren Alters mit randloser Brille trat ein und marschierte quer durch das Foyer. Er hinkte leicht. Unfall oder Hüftschaden, schätzte Henry.

Frau Öhmich sprang auf und beugte sich an Henry vorbei. «Dr. Stein, ich soll Ihnen was geben!» Sie winkte dem Mann, der offenbar Arzt hier war, mit einem braunen Umschlag. Dr. Stein wandte sich um und kam auf sie zu.

«Von der Hausleitung», sagte sie und übergab ihm den Brief. Henry merkte, dass der Blick des Mannes an dem Foto auf dem Tresen hängen blieb. Man konnte ihn kaum als einen Frauenschwarm bezeichnen. Schütteres Haar, ausdrucksloser Blick, schmale Lippen, blasse Haut, Augenringe, nachlässige Kleidung und ausgetretene Schuhe zeugten davon, dass er wenig Wert auf sein Aussehen legte. Ein Mann, der sich selbst vergaß, weil er sich in seinem Beruf verlor? Das kam Henry vertraut vor. Ihm selbst war sein Erscheinungsbild auch ziemlich egal, wenn er ermittelte.

Dr. Stein nahm den Umschlag an sich, ohne ein Wort oder eine Geste des Dankeschöns. Auf Henry wirkte er genervt, fast überheblich. Könnte man Freundlichkeit mit einem Thermometer messen, läge die Temperatur bei ihm wohl um die null Grad. Der Doktor hinkte zur Treppe. Henry sah ihm nach. Möglicherweise tat er ihm unrecht, und der Mann hatte nur Schmerzen? Er schnappte das Foto und eilte ihm hinterher. «Dr. Stein», rief er in seinen Rücken. Der Doktor drehte sich um und musterte ihn herablassend, fast feindselig.

«Sie haben sich eben das Foto angesehen. Ich hatte den Eindruck, Sie kennen die junge Frau.» Der Arzt zuckte mit den Schultern, aber Henry ließ sich nicht abwimmeln und hielt ihm das Bild noch einmal hin. «Sahra Engelmann. Ihre Mutter sagt, sie hat vor drei Jahren im Sommer 2016 ein Praktikum hier gemacht. Im November verliert sich ihre Spur. Vielleicht könnten Sie mal in Ihren Unterlagen nachsehen, ob sie danach noch einmal hier tätig war.»

Dr. Stein gab ihm das Foto zurück. «Ich bin kein Arzt, sondern der Angehörige einer Patientin. Die junge Frau kenne ich nicht», sagte er.

Henry nickte, doch einer Sache war er sich zu fünfundneunzig Prozent sicher. Sein kommissarischer Instinkt sagte ihm, dass dieser Mann log.

KAPITEL 40

Charlotte lief schnellen Schrittes zum Bahnhof. Marcus konnte sich noch so viel Mühe geben. Sie spürte einfach, dass er sie beschattete. Eine Stunde lang war sie nun schon im Zickzack durch die Altstadt gelaufen, in Cafés geschlüpft und über Hintertüren und Hinterhöfe verschwunden. Das hatte sie im Fach «Verfolger abschütteln» ausgiebig geübt. Aber er hatte sie immer wieder aufgespürt. Langsam nervte sie das Katz-und-Maus-Spiel. Sie war drauf und dran, abzubrechen und nach Hause zu gehen. Aber so schnell gab Charlotte nicht auf. Einen Trumpf hatte sie noch im Ärmel.

Der Bus nach Binz kam etwa zweihundert Meter von ihr entfernt an der Haltestelle vor dem Bahnhof zum Stehen. Sie rannte los, sprintete quer über die Straße, um ihn zu erwischen. Doch anstatt in den Bus zu steigen, duckte sie sich hinter das Trafohäuschen neben der Haltestelle. Der Bus fuhr los, und Charlotte kam hervor. Grinsend winkte sie Marcus hinterher, der, gefangen im Bus, an der hinteren Fensterfront stand und die Sitze nach ihr absuchte. Erst jetzt bemerkte er, dass sie ihn ausgetrickst hatte. Der Bus verschwand hinter der nächsten Kurve. Den war sie erst einmal los. Charlotte lief zurück durch die Altstadt zum Burgwall, wo Peter Stein im letzten Haus wohnte.

Sie blieb vor dem Grundstück stehen und schaute auf die einstöckige Kate, die etwa zwanzig Meter abseits hinter einer Mauer aus Feldsteinen stand. Ein uraltes Fischerhaus, aus dem man mit dem nötigen Kleingeld etwas hätte machen können. Stattdessen zeugten grauer Putz, abblätternde Farbe an Haustür und Fenstern, das bemooste Dach mit vereinzelten Löchern, kniehohes Gras mit Unkraut im Vorgarten und undurchdringliches Gestrüpp an den seitlichen Grundstücksgrenzen davon, dass Stein das Haus verkommen ließ. Entweder aus Geldmangel oder aus fehlendem Interesse. Vielleicht war er depressiv? Es konnte gut möglich sein, dass Peter Stein den Suizidversuch seiner Frau und dessen Folgen nicht verkraftet hatte. Der Kontrast zu seinem vorherigen Leben war zu groß. Der soziale Abstieg zu offensichtlich. Jetzt hauste er selbst in einem Loch, aber finanzierte seiner Frau den Platz an der Sonne, dessen Kosten die Krankenkasse garantiert nicht hundertprozentig übernahm. Noch jemand mit einer schweren Schuld, die längst in Verbitterung mündete und selbstzerstörerische Züge angenommen hatte. Sie musste herausbekommen, was das alles mit Petra Luise Berger zu tun hatte. War sie der Wahrheit nah? Augenscheinlich liebte Stein seine Frau. War er der Mörder von Petra Luise? Was hat die Nachbarin gesagt? Frau Stein hatte Tabletten genommen und dann das Haus angezündet. Petra Luises Verbrennung könnte für Peter Stein die Wiederherstellung eines aus den Fugen geratenen Gleichgewichts bedeutet haben. Der gewählte Ort ein Symbol für die Verbindung der Toten zu seiner Frau. Ein ungutes Gefühl breitete sich in Charlotte aus. Konnte der Mann ihr gefährlich werden? Nein. Nur, wenn er sich in die Enge getrieben fühlte, wenn er ahnte, dass sie ihm auf der Spur war. Er würde alles dafür tun, um seiner Frau das Leben halbwegs erträglich zu machen. Die Gefahr, entlarvt zu werden und ins Gefängnis zu wandern, würde er um jeden Preis meiden, weil er sich sicher im Recht wähnte, das Unrecht, das ihr widerfahren war, beglichen zu haben. Charlotte musste aufpassen, dass er keinen Verdacht schöpfte. Sie hätte Marcus besser doch nicht abschütteln sollen. Niemand wusste, wo sie hingegangen war. Aber es war zu spät. Sie klingelte und brach die wichtigste Regel, die sie hatten: Gehe niemals allein in ein fremdes Haus oder eine Wohnung.

Ach was, bis jetzt hatte sie alle brenzligen Situationen gut gemeistert. Sie musste ja nicht mit hineingehen. Charlotte schaute sich um. Die Straße war an diesem Sonntagabend menschenleer. Nichts rührte sich. Das Haus wirkte unbewohnt. Eine leichte Brise wehte durch das hohe Gras auf der Wiese hinterm Friesenwall.

Sie betätigte den Klingelknopf erneut und legte sich zurecht, wie sie sich vorstellen wollte. Herr Stein durfte auf keinen Fall mitbekommen, dass sie ihn verdächtigte. Dann wäre er gewarnt, könnte Beweise vernichten oder abhauen. Sie atmete tief durch. Das würde sie schon schaffen. Erstens konnte sie Menschen anhand ihrer Körpersprache ganz gut lesen. Zweitens war sie gestern in verdeckter Informationsbeschaffung über sich hinausgewachsen. Sie drückte die Klinke an der Gartenpforte herunter. Das Törchen war unverschlossen. Nach wenigen Schritten stand sie vor der Haustür und linste durch die verdreckte schmale Scheibe in die Diele. Drinnen war es dunkel. Sie sah, dass eine hintere Tür zum Hof halb offen stand. Hielt sich Stein im Garten auf und hörte das Klingeln nicht? Ihre Neugierde und der neu gewonnene Mut siegten über ihre Vorsicht.

Charlotte marschierte auf einem kleinen Pfad um das Haus herum, das mit jedem Schritt gruseliger aussah. Hinten gab es einen windschiefen Anbau, der früher wahrscheinlich zur Tierhaltung gedient hatte, und überall lag Sperrmüll herum. Sie bahnte sich den Weg hindurch, an Hasenställen vorbei, die der Besitzer ewig nicht saubergemacht hatte und aus denen es entsprechend nach Kot, Urin und vergammeltem Stroh roch. Neben einer Wassertonne unter einem Fallrohr am Hintereingang des Wohnhauses standen Jutesäcke mit Möhren. Vor dem Stall gegenüber lehnten alte, rostige Gartengeräte an der Hauswand: Harke, Spaten, Mistgabel und eine Sense. Darüber hingen neben Zwiebelbündeln abgezogene Kaninchenfelle zum Trocknen. Auf einem Hackklotz lag ein abgetrennter Hasenkopf ohne Augen, in deren Höhlen Fliegen saßen. Daneben steckte eine blutverschmierte Axt. Es stank bestialisch nach verfaultem Fleisch und altem Blut.

Charlotte hielt sich die Nase zu, wich zurück und stolperte über einen verbeulten Blecheimer voll Knochen. Eine Schar Fliegen flog auf und stürzte sich auf sie. Sie wedelte die Insekten weg. Ihr war unheimlich zumute.

«Reiß dich zusammen!», murmelte sie. Im späteren Job würde sie auch nicht kneifen können, wenn es ein bisschen schaurig wurde. Jetzt war die beste Gelegenheit, sich auf solche Situationen vorzubereiten und damit umgehen zu lernen. Entschlossen lief sie weiter.

Die Fenster des Anbaus waren mit Brettern vernagelt. Sie rief nach Herrn Stein und lauschte. Da war ein rhythmisches Geräusch, hinter der angelehnten Stalltür. Jemand hackte Holz. Drinnen brannte kein Licht. Eine Katze huschte an ihr vorbei. Das Hacken verstummte. Charlotte atmete einmal tief durch, schob die Tür auf und lugte hinein. Ein breiter Gang mit Lehmboden, links drei leere Schweineboxen, rechts alte Strohballen. Davor eine Schubkarre mit frisch geschlagenem Holz. Spinnweben und Fliegen überall. Am Ende des Stalls eine geöffnete Luke, die wohl in einen Keller führte. Trübes Licht und leise Musik strömten aus dem Loch.

«Herr Stein?», rief sie, nahm ihren Mut zusammen und setzte ihren Fuß in den Stall.

KAPITEL 41

Er nutzte das Überraschungsmoment und überwältigte sie von hinten. Mit festem Griff hielt er ihr den Mund zu und drückte ihr die Spritze in den Hals. *«Das Hölzchen brennt gar hell und licht. Das flackert lustig, knistert laut, grad wie ihr's auf dem Bilde schaut. Paulinchen aber freut sich sehr und sprang im Zimmer hin und her»*, summte er.

Es dauerte wenige Sekunden, bis ihr Körper erschlaffte. Sie wurde schwer wie ein Kartoffelsack. Er legte sie erst einmal auf dem Boden ab und betrachtete sie nachdenklich. *Wohin mit ihr?*

Die Katze schlich ihm um die Beine. Genervt trat er sie weg. «Mistviech!» Das Tier miaute kläglich.

Er wandte sich ab, holte den Benzinkanister und steckte sich eine Zigarette an. Ein schlagendes Geräusch aus dem alten Vorratsspeicher lenkte ihn ab. Er nahm einen letzten Zug, schmiss die Kippe weg und trat sie aus. Er würde sie zwischenlagern müssen. Dumpfes Gebrüll im Keller schwoll an.

«Herrgott! Hat man nicht mal ein paar Minuten Zeit zum Nachdenken?», schimpfte er und stieg die Holzstufen hinunter, wo zuerst ein anderes Problem nach einer Lösung verlangte.

Montag, 16. September 2019

KAPITEL 42

Der Kaffee in der Pension war genauso wie das Bett, in dem er letzte Nacht geschlafen hatte: schrecklich. Nach einem Schluck hatte er die Tasse stehen lassen. Wenigstens war er geduscht, hatte sich rasiert und seine Klamotten gewaschen. Gleich um acht hatte er bei der Wohnungsbaugenossenschaft vorgesprochen und tatsächlich einen Besichtigungstermin für eine möblierte Dreiraumwohnung am Nachmittag erhalten. Zwar im Plattenbau, wo er nie wieder hatte wohnen wollen, weil ihn das an seine miese Kindheit erinnerte. Doch er konnte gerade nicht wählerisch sein. Wenn ihm die Wohnung zusagte, konnte er den Vertrag laut der freundlichen Mitarbeiterin noch heute unterschreiben und gleich einziehen. Damit wäre das Problem schon mal gelöst, und er könnte Frau Jakob am Mittwoch zeigen, dass er diese Voraussetzung für Mattis Adoption erfüllte. Außerdem käme er sich nicht mehr vor wie an Land gespültes Strandgut. Das war ja kein Zustand, ohne eigenes Dach über dem Kopf durch die Straßen zu irren. Wechselsachen, ein neues Handy und Hygieneartikel musste er sich auch noch besorgen, das schaffte er allerdings erst nach dem Unterricht.

Henry eilte die Treppe zum Hörsaal hoch. Freudig erregt nahm er zwei Stufen auf einmal, umrundete die Ritterrüstung mit genügend Abstand und bemerkte, dass ihr immer noch der rechte Handschuh fehlte. Henry schmunzelte. Allein Lucia und er wussten, wo der steckte. Ihm fiel ein, dass er ihr einige Fragen stellen wollte. Dafür blieben ihm noch vier Minuten bis zum Vorlesungsbeginn. Er eilte zu ihrem Hörsaal. Doch der war leer.

Auf dem Stundenplan im Lehrerzimmer sah er, dass sie erst gegen zehn mit dem Unterricht begann. Henry seufzte laut auf. Dann musste er sich eben gedulden.

Er betrat seinen Hörsaal. Die Studierenden saßen in ihren Bänken und unterbrachen ihre Gespräche erst, als er die Tür geräuschvoll hinter sich schloss. Sie wirkten wie aufgescheucht. Er ließ den Blick über die Reihen schweifen und wunderte sich, dass Charlotte schon wieder fehlte.

«Guten Morgen!», grüßte er und holte die Eieruhr aus der Tasche. «Ihre Gelegenheit, mich zu überraschen!» Er schüttelte die Kreidebox mit den Namenszetteln aus, als Neda sich meldete.

«Charlotte ist seit gestern verschwunden.»

Er stellte die Box auf das Lehrerpult zurück und runzelte die Stirn. «Woher wollen Sie das so genau wissen?»

«Wir wohnen zusammen.»

«Gestern war Sonntag. Vielleicht hat sie ihre Familie besucht, oder sie hat einen Freund und hat dort übernachtet.»

«Sie hat keinen Freund, und ihre Familie besucht sie ganz bestimmt nicht. Mit denen hat sie schon länger kaum Kontakt.»

«Nun machen Sie sich mal nicht verrückt. Vielleicht hat Ihre Mitbewohnerin Ihnen ja etwas verschwiegen. Haben wir nicht alle unsere kleinen Geheimnisse?» Henry sah die Verunsicherung in Nedas Augen und nahm seinen Faden wieder auf. Er zog einen Namen aus der Box und zeigte auf Ludwig, der sein Hemd wieder bis zum Hals zugeknöpft trug. Dann stellte er die Eieruhr auf eine Minute ein.

Doch bevor Ludwig beginnen konnte, fiel Neda ihm ins Wort. «Sie hat gestern mit mir nach einer Frau Stein gesucht, einer Mitarbeiterin der Stadtbibliothek, die soziale Projekte mit straffällig gewordenen Jugendlichen durchgeführt hat.» Ludwig wollte protestieren, doch sie hörte nicht auf ihn und redete weiter. «Sie wurde damals nicht als Zeugin von der Polizei befragt, weil sie im Sommer 2016 ihre Arbeitsstelle aufgegeben hatte. Charlotte war gestern Vormittag bei der Adresse der Frau und hat von der Nachbarin erfahren, dass sie nach einem missglückten Suizidversuch ins Pflegeheim gekommen ist, weil sie einen irreversiblen Gehirnschaden davongetragen hat. Ich habe ihr geholfen, das richtige Pflegeheim zu finden», brach es aus Neda heraus. Sie war total aufgeregt. «Sie wollte Frau Stein besuchen. Danach ist sie nicht mehr aufgetaucht.»

«Sie denken, Charlotte ist bei der Informationsbeschaffung etwas zugestoßen?», fragte Henry. Diese Vermutung musste er erst einmal verdauen. Er war gestern schließlich auch in einem Pflegeheim. «In welchem Pflegeheim sind Sie auf die Frau gestoßen?»

«*Haus Sonnenschein* in Bergen.»

Was hatte Neda da gesagt? Charlotte wollte zu einer ehemaligen Mitarbeiterin, die soziale Projekte mit straffällig gewordenen Jugendlichen durchgeführt hatte, und sie wohnte im *Haus Sonnenschein*? Gab es da eine Verbindung zu Sahra Engelmann? Er erinnerte sich an die Unterschrift auf der Bestätigung über die abgeleisteten Sozialstunden in der Strafakte, die ihm Martha kopiert hatte. *S. Stein.* Über diese Ermittlungsrichtung hatten sie doch im Unterricht noch gar nicht gesprochen. Wieso war Charlotte einfach losgezogen, um dieser Frau Fragen zu stellen?

Weil *er* sie zu diesem Wettbewerb angestiftet hatte. *Verfluchte!* Hoffentlich hatte diese Frau Stein Charlotte nicht zu den falschen Leuten geschickt oder an einen Ort, wo sie Kuntze begegnet war. Nein, das war unmöglich, der war untergetaucht und höchstwahrscheinlich gar nicht mehr auf der Insel. Es musste einen anderen Grund geben, warum sie nicht nach Hause gekommen war.

Henry bemühte sich, einen kühlen Kopf zu bewahren. «Weiß jemand von Ihnen, wo Charlotte Klein sich aufhalten könnte?»

Niemand meldete sich. Sophie runzelte die Stirn. Was ging ihr durch den Kopf? Auch Marcus wich seinem Blick aus. Wussten die beiden mehr? Henry nahm sich vor, sie im Auge zu behalten.

«Wir warten bis Mittag, wenn sie bis dahin nicht auftaucht, werden wir etwas unternehmen», sagte er und erteilte Ludwig erneut das Wort, hörte aber nur mit halbem Ohr hin. Ihm wurde zunehmend unwohl.

«Entschuldigung», sagte er, als Sushi gerade zu ihrem Vortrag ansetzte, und lief hinaus. Henry schwitzte. Ein Kloß wuchs ihm im Hals und machte das Atmen schwer. Die Übelkeit im Bauch breitete sich aus. Seine Hände zitterten. Er eilte auf die Herrentoilette und hielt das Gesicht unter kaltes Wasser. Was hatte er bloß schon wieder getan?

Er hob den Kopf, sah sich im Spiegel und ertrug den Anblick nicht. Hanna. Der Schmerz drohte ihn zu zerreißen. *Ver-*

fluchte! Er war immer noch das gleiche selbstgefällige Arschloch, dem seine Aufklärungsquote zu Kopf gestiegen war und das immer gewinnen wollte. Daran hatte sich nichts geändert. Er kam sich völlig hilflos vor. Dieser verdammte Wettbewerb war ein Fehler. Dieser Job hier war ein Fehler. Wieder zu ermitteln, war ein Fehler. Er durfte keine Zeit verstreichen lassen. Sie mussten Charlotte suchen. Nein, er allein musste sie suchen, um nicht noch jemanden in Gefahr zu bringen. Henry atmete durch, lief zurück in den Hörsaal und beendete die Vorlesung.

«Sie beruhigen sich jetzt und konzentrieren sich auf Ihren weiteren Unterricht. Ich kümmere mich. In Ordnung?»

Alle nickten. Marcus packte eilig seinen Kram zusammen. Henry beobachtete, dass er sich regelrecht davonschlich. Auf Nedas Hand, die ihn zurückhielt, reagierte er fast aggressiv. Henry schulterte seine Tasche und folgte ihm. Marcus' veränderte Körpersprache machte ihn stutzig. Welches Geheimnis versuchte der Junge vor ihm zu verbergen?

Obwohl er ihn rief, lief Marcus weiter, rannte immer schneller die Treppe zum Ausgang hinunter, hetzte über den Parkplatz zu einem alten VW und klemmte sich hinter das Steuer. Henry jagte ihm hinterher. Ein rückwärts ausparkender Lieferwagen kam von links und prallte mit voller Wucht gegen ihn. Henry stürzte, hörte Bremsen quietschen, dann wurde alles schwarz.

Als er wieder zu Bewusstsein kam, kniete ein Mann mit kariertem Hemd, buschigen Augenbrauen und Glatze über ihm. Er war kreidebleich. «Bedanken Sie sich bei Ihrem Schutzengel, dass ich doch noch einmal in den Rückspiegel geguckt habe. Das war verdammt knapp.»

Er zeigte auf den Hinterreifen, der fünf Zentimeter neben

Henrys Hals zu stehen gekommen war. Glück gehabt. Henry stöhnte erleichtert auf.

«Können Sie aufstehen, oder brauchen wir einen Krankenwagen?»

Vorsichtig rollte Henry sich unter dem Anhänger vor. Der Mann half ihm hoch und reichte ihm die Tasche.

«Geht es Ihnen gut?»

Henry nickte, klopfte sich den Staub von der Kleidung und lief zurück in die Akademie. Er durfte keine Zeit verlieren und musste Charlotte suchen.

KAPITEL 43

Henry wusch sich Hände und Gesicht. Er guckte in den Spiegel überm Waschbecken. An der Augenbraue kam ein Hämatom zum Vorschein. Entschlossen warf er das Papierhandtuch in den Müll.

Auf dem Flur lief ihm Frau Meyer, die Sekretärin, entgegen. Sie war völlig aufgeregt. «Herr Zornik, Frau Krohn verlangt nach Ihnen. Was ist denn mit Ihrem Gesicht passiert?»

«Kleiner Zusammenstoß mit einem Lieferwagen, nicht der Rede wert.»

«Wir versuchen Sie seit zehn Minuten auf dem Handy zu erreichen.»

«Das ist kaputt!», sagte er und folgte ihr. Hatte es sich etwa schon bis zur Rektorin herumgesprochen, dass Charlotte dank ihm verschwunden war?

Im Vorzimmer hantierte Borowski am Kopierer herum und beseitigte einen Papierstau. Sein «Hallo, Henry», rauschte an Henry vorbei. Durch die Bürotür drang die Stimme von Beatrice Krohn. Sie klang beschwichtigend.

«Ganz schön dicke Luft!», sagte Borowski hinter vorgehaltener Hand und verschwand mit dem Stapel Kopien.

Henry schwitzte. Was hatte er mit dem Wettbewerb nur angezettelt? Schwer atmend trat er ein. Auf dem Stuhl vor dem Schreibtisch der Rektorin saß mit überkreuzten Beinen Francesco. *Verfluchte!* Henry verdrehte genervt die Augen. Eine Auseinandersetzung mit Blume fehlte ihm jetzt. Aber das bedeutete auch, dass es nicht um Charlotte ging, oder?

Keine Miene verziehend, nickte er seinem Ex-Kollegen zur Begrüßung zu. Francesco Blume war ein großer, schlaksiger Mann, wie immer korrekt gekleidet, mit nunmehr angegrauten Schläfen. Henry kannte ihn als einen vornehmen Menschen mit polierten Schuhen, der sich allein aufgrund seiner Abstammung privilegiert fühlte. Sein Vater war bis vor zwanzig Jahren der Polizeichef des Landeskriminalamtes Mecklenburg-Vorpommern gewesen. Deshalb hatte Francesco die Nase immer hoch getragen und sich für unantastbar gehalten. Und daran schien sich auch nichts geändert zu haben, stellte Henry fest, als er beobachtete, wie Blume seine Pianistenfinger aneinanderrieb. Die Geste und seine sparsame Mimik unterstrichen, dass er immer noch allwissend auf die Welt hinabblickte.

Als Blume sich zu ihm umdrehte, traf Henrys Blick den von Beatrice Krohn, die hinter dem Rücken seines ehemaligen Kollegen die Augen verdrehte. Sie hatte das forsche Auftreten des Kriminalhauptkommissars offenbar durchschaut und schien genervt. Henry war sich sicher, dass sie auf seiner Seite stand.

«Nehmen sie Platz, Herr Zornik», sagte Frau Krohn und wies auf den freien Stuhl neben Blume. «Sie kennen sich bereits, also kann ich mir die Einleitung sparen, und wir können gleich zur Sache kommen. Ich nehme an, Herr Zornik, dass Sie ahnen, worum es geht.»

«Nein», sagte er knapp. War Francesco wegen Charlotte oder wegen der Ermittlungsakte und Henrys Nachforschungen in seinem alten Fall hier aufgekreuzt?

Blume setzte ein künstliches Lächeln auf und zeigte seine blendend weißen Zähne. «Typisch!» Er schüttelte voller Unverständnis den Kopf. «Du hast dir unerlaubt Zugang zu einer Ermittlungsakte in einem laufenden Verfahren verschafft und diese Dritten zugänglich gemacht.»

Nun wusste er Bescheid. So wie Martha ihn am Samstag gewarnt hatte, wollte Francesco sichergehen, dass Henry nichts aufdeckte, was seinen Ex-Kollegen das Gesicht verlieren ließ. Wahrscheinlich ahnte er, dass Henry längst dort weiterermittelte, wo er aufgehört hatte. Das machte ihm Angst. Durch die jahrelange Zusammenarbeit wusste auch Francesco, wie sein ehemaliger Kollege tickte.

Henry sah Blume mit festem Blick in die Augen. «Erstens ist es kein laufendes, sondern ein eingestelltes Verfahren ...»

«Bis es neue Erkenntnisse gibt.» Francesco kratzte sich an der Nase. Sein Blick wich dem von Henry aus. Beides Anzeichen, dass er log.

«Ach?» Am liebsten hätte Henry ihm die gravierenden Lücken in seinen Ermittlungen unter die Nase gerieben, aber er erinnerte sich an Marthas Worte und biss sich auf die Zunge. Wenn sie die Wahrheit herausbekommen und Charlotte finden wollten, konnte er nicht riskieren, dass Francesco ihm auf die Finger schaute. Falls er etwas vertuscht hatte, weil er in dubiose Machenschaften verwickelt war, würde er alle Hebel in Bewegung setzen, um Henry auszubremsen. Manchmal kam man mit Diplomatie weiter als mit Konfrontation. Das hatte er erst in Brasilien gelernt.

«Du hast ja recht», begann Henry. «Es war ein Fehler, die Akte ohne dein Wissen und deine Zustimmung zu kopieren.»

«Deine Einsicht überrascht mich», sagte Francesco und musterte ihn irritiert.

Henry rang sich ein Lächeln ab. «Deshalb bitte ich dich jetzt offiziell um Erlaubnis, den Fall als Praxisbeispiel zum Thema Opferwerdung in der angewandten Kriminologie zu nutzen. Er bietet sich geradezu an, um den Studierenden zu zeigen, was bei der Ermittlung der Identität eines unbekannten Opfers getan werden muss. Und dass man trotzdem nicht immer zum Ziel kommt.»

Blume runzelte die Stirn und schien im ersten Moment nicht zu wissen, was er von Henrys Bitte halten sollte. Beatrice Krohns Mund umspielte ein Schmunzeln. Henry setzte nach.

«Francesco, eigentlich müsstest du dich geehrt fühlen, dass ich einen Fall heranziehe, dessen Ermittlungen du geleitet hast.»

Sein Ex-Kollege kniff die Augen zusammen. Blume misstraute ihm, doch Henry wollte nicht aufgeben.

«Nach fünf Jahren ist es doch endlich an der Zeit, das Kriegsbeil zu begraben. Komm mit in den Hörsaal. Ich stelle dich gerne den Studierenden vor. Dann kannst du ihnen ihre Fragen direkt beantworten», bot Henry an.

«Dazu fehlt mir leider die Zeit», sagte Blume knapp. Er stand auf, hielt Henry die ausgestreckte Hand hin und verlangte die Aktenkopie.

Henry händigte sie ihm aus. Dabei guckte er Francesco in die Augen.

Der wich seinem Blick aus. «Gibt es weitere Kopien?»

«Ja, die Studierenden in meinem Kurs …», begann Henry.

Schlagartig färbte sich Blumes Gesicht dunkelrot. «Die Studierenden in Ihrem Kurs?», donnerte er und sah zwischen

Henry und der Rektorin hin und her. «Jetzt hören Sie mir beide mal zu: Ich lasse diese Akademie schließen, wenn Sie nicht sofort dafür sorgen, dass alle Kopien vernichtet werden.» Seine Augen blitzten vor Wut. «Und sollte sich herausstellen, dass sich irgendjemand aus diesem Haus meiner Anordnung widersetzt, wird das für Sie beide strafrechtliche Konsequenzen haben.» Mit einem letzten «Guten Tag!» rauschte er, die Akte unterm Arm, aus dem Büro.

Beatrice Krohn schüttelte sich wie ein Hund, der von einem Floh gebissen wurde. Sie sah zu Henry. «Sie haben es gehört.»

«Ist das eine Dienstanweisung?», fragte Henry.

«Wir wollen beide den Bestand der Akademie nicht gefährden, oder? Es gibt sicher andere Beispiele, die Sie heranziehen können. Also: Ja, das ist eine Dienstanweisung.»

KAPITEL 44

In Henrys Kopf setzten sich die Gedanken wie Zahnräder in einer Mühle nur langsam in Bewegung. Das musste an dem Sturz und den Kopfschmerzen liegen. Er versuchte, sich zu sortieren. Um die Kopien würde er sich später kümmern. Jetzt musste er erst einmal einen Anhaltspunkt finden, wo er mit der Suche nach Charlotte ansetzen konnte. Er suchte Neda im ganzen Haus, platzte zuletzt in Lucias Vorlesung und winkte die stille Studentin mit der Brille heraus.

Henrys Nervosität wuchs. Er faltete die Hände und rieb die Daumen gegeneinander. «Sie hat Sie also gestern Nachmittag gebeten, ihr bei der Recherche zu helfen.»

«Eher Mittag, gegen halb zwölf. Sie kam von ihrem Erkundungsausflug zurück, sie hatte Brötchen dabei.»

«Könnten wir vielleicht noch mal einen Blick in die Patientenakte von Sabine Stein werfen?»

Neda machte große Augen. «Jetzt?»

Er nickte.

«Dann muss ich meinen Laptop holen.»

«Bitte.»

Es dauerte keine zwei Minuten, da war Neda wieder da. Sie stellte ihren Rucksack auf dem Boden ab und holte ihren Laptop heraus. «Der WLAN-Empfang ist hier sehr schlecht.

Die Zwischenwände des Gebäudes sind zu dick. Am besten, wir gehen nach draußen in die Cafeteria. Dort kann ich mit meinem Handy einen Hotspot einrichten und den Laptop verbinden.»

Henry nickte und folgte ihr. Sie würde schon wissen, was sie da tat. Vom Internet mit all seinen technischen Möglichkeiten verstand er so viel wie ein Känguru vom Windsurfen.

Der Wind wehte ihnen entgegen und fegte die ersten herunterfallenden Blätter über die Terrasse. Heute war es deutlich kühler als in den vergangenen Tagen. Sie suchten sich ein geschütztes Plätzchen neben der Steintreppe zum Garten.

Neda fröstelte. Sie zog den Reißverschluss ihrer Jacke bis zum Hals zu. Henrys Adrenalinpegel war so hoch, dass er die Kälte kaum spürte. Ungeduldig sah er zu, wie sie auf der Tastatur herumtippte, dann drehte sie ihm den Bildschirm zu. Er holte Stift und Schmierzettel aus der Tasche. Seine Vermutung, dass der Mann Sabine Steins Ehemann war, bestätigte sich.

Über die Anfangsdiagnose runzelte Henry die Stirn. Sabine Stein hatte bei einem Suizidversuch mit Alkohol und Schlaftabletten Erbrochenes in die Lunge bekommen. Der Ehemann war vorzeitig von einer Dienstreise zurückgekommen und konnte gerade noch verhindern, dass das von ihr gelegte Feuer richtig ausbrach, das Einfamilienhaus niederbrannte und seine Frau den Flammen zum Opfer fiel. Durch den minutenlangen Sauerstoffmangel hatte ihr Gehirn einen irreversiblen Schaden erlitten, und seither konnte sie ihre Motorik nicht mehr steuern. Was für ein Drama. Schon wieder war Feuer im Spiel.

Bilder von Feuer, der Stadtbibliothek, von Sahra Engelmann, seinem abgebrannten Wohnwagen und von Kuntze wirbelten wie Herbstlaub durch seinen Kopf und ergaben kein zusammenhängendes Bild. Alkohol, Tabletten und Feuer passten nicht zusammen. Warum hatte Sabine Stein ihr Haus anzünden wollen? Schade, dass nichts dazu stand, warum die Frau vor drei Jahren versucht hatte, sich das Leben zu nehmen. Er schrieb sich den 23. Juni 2016 auf, das Datum des Suizidversuchs. Nachdenklich notierte er die Handynummer von Dr. Stein und die alte Adresse der Steins am Fischersteig.

«Charlotte wollte also zum Pflegeheim, um Sabine Stein etwas zu fragen?», wandte er sich an Neda.

Sie zuckte mit den Schultern. «Genaues hat sie nicht gesagt. Wir wurden ja auch von Marcus unterbrochen, der hatte uns belauscht, und die beiden haben sich gestritten, weil er mit ihr zusammenarbeiten wollte. Sie war ziemlich wütend und meinte nur, er solle seine eigene Spur verfolgen.»

«Sie sollten ohne Absprache noch gar keine Spuren verfolgen. Schon gar nicht allein.»

«Aber Sie haben doch gesagt, wer das Kardinalindiz findet und den Fall löst, kommt um die Prüfung herum.»

«Ja, das stimmt. Es war ein Fehler, Sie gegeneinander ins Rennen zu schicken», sagte er und hörte selbst, wie belegt seine Stimme klang.

Neda sah ihn mit ernster Miene schweigend an.

«Und dann?», wollte er wissen.

«Ist sie gegangen.»

«Und Marcus?»

«Auch.»

«Könnte sie ihre Meinung geändert haben?»

«Doch nicht Charlotte. Die hält sich an Ihre Regeln. Außerdem ist sie viel zu ehrgeizig. Ich habe immer das Gefühl, sie muss sich beweisen, dass sie die Beste ist. Genau wie Marcus, die beiden müssen sich immer messen.»

Henry musste schlucken. «Vielleicht ist er ihr gefolgt? Rufen Sie ihn an! Ich habe das Gefühl, dass er mehr weiß, als er vorhin zugegeben hat.»

Neda wählte Marcus' Nummer und wartete. «Weggedrückt.» Sie schrieb ihm eine Nachricht und zeigte Henry das Display ihres Smartphones. In einer grünen Blase stand: *Wo steckst du? Wir haben Unterricht.*

«Sehen Sie, er schreibt.»

Marcus' Antwort erschien prompt. *Sorry, bin krank.*

Wo bist du?, schrieb Neda, doch er war nicht mehr erreichbar. Komisch.

Die Klingel im Herrenhaus läutete die Pause ein. «Entschuldigung, ich muss gleich zum Schießtraining», sagte Neda.

Henry nickte nachdenklich. Sie verstaute ihren Laptop im Rucksack, und er folgte ihr ins Haus. Henry brauchte Ruhe, um eine Strategie zu entwickeln.

Lucia kam ihnen entgegen und schien in ihren Gesichtern zu lesen. «Problema?»

Henry klärte sie über ihre Sorge auf.

«Ich habe eine Freistunde. Wir können zusammen überlegen.» Sie winkte Aron und Sophie heran, die den Flur herunterkamen. «Hat Charlotte euch gegenüber erwähnt, welche Spur sie verfolgt?»

Beide schüttelten ratlos den Kopf.

«Ich war nicht so dicke mit ihr, dass sie über ihre Pläne mit mir geredet hätte», sagte Sophie.

Lucia spitzte nachdenklich die knallrot geschminkten Lippen. «Mich hat sie am Freitagabend angerufen und wollte wissen, wann eine Titanplatte wie auf den Tatortfotos implantiert wird», erinnerte sie sich.

Henry bemerkte, dass Sophie den Blick senkte. Sie schien sich plötzlich unwohl zu fühlen.

«Hat das was mit dem geschmolzenen Bogen an der letzten Ziffer der Seriennummer zu tun, den Sie uns am Samstag als mögliche Beweislücke vorgestellt haben?», fragte er sie.

Sophie verschränkte die Arme vor der Brust. «Vielleicht», sagte sie und zwirbelte eine Haarsträhne.

In diesem Moment bog Borowski um die Ecke. «Habt ihr Charlotte gesehen? Sie hat gleich eine Kurzpräsentation. Wir müssen die Technik ausprobieren.»

«Sie ist seit gestern verschwunden», übernahm Sophie die Antwort.

«Was?»

Henry hielt Sophie zurück, die sich schon zum Gehen gewandt hatte. «Warten Sie mal. Kann es sein, dass Charlotte die falsche Zahl in der Seriennummer der Platte entdeckt hat, und nicht Sie?»

Sophie biss sich auf die Lippen.

Borowski und Neda tauschten einen Blick.

«Sag es ihm!», sagte Neda an Sophie gewandt. «Sonst sag ich es.»

Sophie verdrehte die Augen. «Ja, das war ihre Entdeckung. Ich habe sie ihr geklaut.»

«Haben Sie sie weiterverfolgt?»

«Gestern war Sonntag», entrüstete sich Sophie.

Borowski rieb sich das Kinn. «Charlotte ist der Sache nachgegangen. Allerdings handelt es sich nicht um eine geschmolzene Ziffer, sondern um einen Zahlenfehler zwischen Tatortfoto und Obduktionsbericht. Sie war davon überzeugt, den richtigen Empfänger des Implantats im Patientenarchiv der Medicusklinik zu finden. Sie tat sehr geheimnisvoll und hatte einen Plan. Ich habe sie bestärkt und bei der verdeckten Informationsbeschaffung in das Krankenhaus begleitet. Das war Samstagabend. Ich wollte sehen, wie sie sich bei der Umsetzung schlägt.»

«Und, hat sie den richtigen Empfänger gefunden?»

«Das hat sie mir nicht verraten. Aber sie war sehr euphorisch. Wir haben ihr Vorgehen ausgewertet, und ich habe ihr ein *Sehr gut* in Tarnen und Täuschen gegeben. Dann haben sich unsere Wege getrennt.»

Alle sahen sich schweigend an. Selbst Sophie machte ein bedrücktes Gesicht.

«Also, wie finden wir sie?», fragte Borowski.

Henry übernahm die Führung, und sie suchten einen freien Raum. «Die Suche nach Charlotte hat oberste Priorität», sagte er. «Bitte! Und der Wettbewerb ist gestrichen. Außerdem haben wir noch ein Problem.» Er atmete einmal tief durch und berichtete von Blumes Forderung.

«Das ist nicht Ihr Ernst?»

«Sie werden Frau Krohn alle Kopien übergeben, damit sie sie vernichten kann. Sagen Sie den anderen Bescheid. Wenn wir Charlotte gefunden haben, stellen wir die Ermittlung ein.»

«Erst machen Sie uns heiß, und jetzt ziehen Sie den Schwanz ein?», sagte Sophie empört. Auch die anderen machten enttäuschte Gesichter.

«Ja. Die Kopien müssen auf jeden Fall zu Frau Krohn. Ich verstehe Ihren Unmut, aber Ihre Sicherheit geht vor.»

«Wir sind erwachsen», ergriff Aron das Wort. «Unser Studium soll uns bestmöglich auf den Beruf in Theorie und Praxis vorbereiten. Ich glaube kaum, dass wir später Ermittlungen aus Sicherheitsgründen einfach abbrechen können. Und ich denke, wir alle sind uns des Risikos bewusst, das der Beruf mit sich bringt.»

Henry schluckte. Aron hatte recht, das wussten alle im Raum. Es wäre fatal, die ganze Aktion jetzt abzubrechen, sowohl für den Fall als auch für Charlotte. «Na gut, wir werden undercover weitermachen, denn wir sind ja alle überzeugt, dass Charlottes Verschwinden etwas mit den Ermittlungen zu tun hat», sagte Henry. «Wir werden also weiterermitteln und parallel nach Charlotte suchen. Aber wir werden zusammenarbeiten und unsere Erkenntnisse miteinander teilen. Niemand beschafft Informationen oder befragt Leute ohne vorherige Absprache mit mir. Ich vertraue Ihnen, dass Sie sich an die neue Regel halten.»

Neda, Aron und Sophie nickten, zückten ihre Handys und fotografierten die wichtigsten Dokumente ab.

«Die Suche nach Charlotte hat Priorität. Finden wir sie, finden wir wahrscheinlich auch den Täter.»

«Sie haben Angst, dass sie ihm zu nahe gekommen ist», sagte Aron.

Sophie nickte. «Wie damals Ihre Kollegin.»

«Ja. Aber das war etwas anderes. Hanna Grabner wollte dem Täter eine Falle stellen und hat den Köder gespielt. Und darum geht es hier auch nicht.» Henry weihte Neda, Sophie, Aron, Lucia und Borowski in seine bisherigen Erkenntnisse ein. «Vielleicht steckt in diesem Fehler in der Seriennummer auf der Knochenplatte der letzte Hinweis, dass Sahra Engelmann das Brandopfer in der Stadtbibliothek war», schloss er seinen Bericht.

Sophie ergriff das Wort und ergänzte Henrys Ausführungen um Details. Henry staunte, dass sie sich auf einmal so engagiert einsetzte. Hatte er sich in ihr getäuscht? Zum Schluss forderte sie Neda auf, sich in die elektronische Patientendatenbank der Medicusklinik einzuhacken.

Neda guckte auf die Uhr. «Ich hab gleich Schießtraining.»

«Dann sag ab!», verlangte Sophie. «Das ist zwar nicht erlaubt, aber wir sollten keine Zeit verschwenden.»

Nachdem Neda sich beim Schießtrainer entschuldigt hatte, hackte sie sich in das System der Klinik ein. Lucia dirigierte die Suche. «Wir können den Zeitraum für die Operation einer linksseitigen distalen Radiusfraktur auf ein Jahr, maximal anderthalb Jahre vor dem Brand eingrenzen.»

In der Datenbank wurden 189 Operationen aufgelistet. Mit dem Einsatz weiterer Filter blieben sieben Frauen übrig, die zum Tatzeitpunkt im Alter des Brandopfers waren. Den Namen Sahra Engelmann las Henry nicht. «Verfluchte!»

Sie fanden die Seriennummer in der Patientenakte einer Petra Luise Berger und lasen gleichzeitig. Henry sah erst Lucia und dann die anderen an. Es war ihnen in die Gesichter geschrieben, was alle dachten. In der Akte stand schwarz auf weiß der Name Sabine Stein.

KAPITEL 45

Der Stoff auf ihrem Gesicht kratzte und stank nach alten Kartoffeln. Kein Lichtstrahl drang hindurch. *Ich habe einen Jutesack über dem Kopf. Und ich bin in einem verdunkelten Raum.* Kalte Fesseln schnitten sich in ihre Hand- und Fußgelenke. Sie lag auf der Seite, ihre Arme neben dem Körper. Unter ihren Handflächen rauer Lehm, der sich feucht anfühlte. In ihrem Mund steckte ein öliger Lappen, den sie nicht ausspucken konnte, denn ihre Lippen waren mit Klebeband verschlossen. Bei der kleinsten Bewegung von Armen und Beinen klirrten Ketten. *Was ist passiert?*

Charlotte hatte keine Ahnung, wie sie hergekommen war. Jegliche Erinnerung schien ausgelöscht. Das Rauschen von Rohren klang wie das Fauchen einer Bestie. Plötzlich war sie wieder das sechsjährige Mädchen, das im Keller eingesperrt worden war. Wie paralysiert, klammerte sie sich an den Gedanken, der ihr damals Sicherheit gegeben hatte. *Es gibt keine Monster! Ich bin erwachsen.* Sie presste die Augen zusammen. Krampfhaft sog sie Luft durch die halb verstopfte Nase. Rang um Sauerstoff. Der Lappen in ihrem Mund schmeckte widerlich. Ein Würgereiz übermannte sie. *Nein! Nicht! Ich werde ersticken.* Sie zog an den Fesseln, drückte die Hand in etwas Spitzes, um sich mit dem Schmerz vom Ekel abzulenken.

KAPITEL 46

Henry und Lucia überprüften die Seriennummern auf dem Tatortfoto und dem Obduktionsbericht noch einmal genau. Beide schrieben die zehn Ziffern auf ein Blatt Papier, verglichen diese unabhängig voneinander und kamen zu dem gleichen Ergebnis wie Charlotte. Die Seriennummer im Obduktionsbericht enthielt eindeutig einen Fehler, und die Seriennummer auf den Tatortfotos stimmte mit der im Operationsbericht von Petra Luise Berger überein. Selbst er hatte den Schreibfehler beim Durcharbeiten der Akte überlesen. Henry schüttelte ärgerlich den Kopf. *Idiot!*

«Die junge Frau hat den ausgemachten Termin zum Entfernen der Platte nicht wahrgenommen», sagte Lucia. «Bei dem Brandopfer handelt es sich also zu 99 Prozent um Petra Luise Berger.»

Henry knallte den Kugelschreiber auf den Tisch. «Eine Steuerfachangestellte?» Die Erkenntnis passte kein bisschen zu seiner bisherigen Theorie. Er fühlte sich um Meilen zurückgeworfen. Seine Fähigkeiten waren in den letzten fünf Jahren doch eingerostet. Er atmete tief durch. «Fangen wir also noch mal von vorne an. Streichen Sie alles in Ihrem Gedächtnis, was ich zu Sahra Engelmann, Kuntze und dem Immobilienbüro Winkler & Partner gesagt habe. Charlotte hat das entscheidende Puzzleteil gefunden», sagte er. Sie verdiente seine ganze Hochachtung. Den erwartungsvollen Blicken der anderen Studierenden hingegen konnte er kaum standhalten. Er fühlte sich wie einen Versager. Die Stundenklingel läutete. Die Pause war vorbei.

Es klopfte an der Tür, und ein bärtiger Student steckte den Kopf herein. «Entschuldigung! Herr Borowski, wir haben den Transporter eingeräumt und könnten los. Sie wollten doch überprüfen, ob wir an alles gedacht haben.»

«Einen Moment, ich komme.» Henrys Kollege lächelte gequält, verabschiedete sich knapp und verließ den Raum.

Henrys Gedanken rotierten. «Wie ich Charlotte einschätze, hat sie nach der Erkenntnis die Adresse von Petra Luise Berger aufgesucht, um zu überprüfen, ob die Frau noch lebt.»

Neda tippte auf ihrem Laptop herum, hob den Kopf und sagte:

«In der Rugardstraße ist sie seit November 2016 abgemeldet.»

«Haben Sie sich gerade ins Einwohnermeldeamt gehackt?»

«Nein, ich habe eine offizielle Dienstabfrage mit der Dienstnummer des unfreundlichen Polizisten getätigt, der mir vorhin beim Betreten der Akademie seinen Ausweis unter die Nase gehalten hat.»

Blume. Verfluchte! «Woher haben Sie das Passwort?»

«Das habe ich zurückgesetzt und ein neues vergeben», sagte Neda mit entschuldigender Miene.

Henry verstand nicht.

«Sie hat sich in den E-Mail-Account des Polizisten gehackt», klärte Aron ihn auf.

«Das wird er doch merken.»

«Ach was!», mischte sich Sophie ein und winkte ab. «Wenn er das nächste Mal eine Abfrage macht, kann er sich nicht einloggen, wird sich ein wenig wundern, dass sein Passwort nicht funktioniert, und mit der Funktion *Passwort vergessen* selbst ein neues vergeben.»

«Leute, Hauptkommissar Blume ist nicht blöd. Er wird sich nicht nur wundern, sondern einen Verdacht hegen. Er hat uns auf dem Kieker. Wir können der Akademie schaden. Also, solche riskanten Aktionen sind ab jetzt gestrichen, versprochen?»

«Versprochen», antworteten die drei im Chor, allerdings wenig überzeugend.

«Es geht um das Leben von Charlotte. Ich bin ehrlich froh, dass Sie so pfiffig sind, aber wir sollten den Hauptkommissar nicht unterschätzen.» Henry schmunzelte. «Seien Sie in Zukunft bitte etwas vorsichtiger bei der Internetrecherche. Und keine Alleingänge mehr! Das gilt für Sie alle», mahnte er und tauschte einen Blick mit Lucia, die hintergründig lächelte.

Aron, der neben Neda stand, zeigte auf den Bildschirm. «Merkwürdig, es gibt keine neue Meldeadresse.»

«Findest du die Frau in den sozialen Medien?», fragte Sophie und verschränkte die Arme.

Neda tippte den Namen bei Facebook, Instagram und Twitter ein und landete null Treffer.

«Von hier aus können wir das Rätsel um Petra Luise Berger nicht lösen», sagte Sophie. «Wir müssen raus, ihre ehemaligen Nachbarn, Arbeitgeber und Sabine Stein befragen.»

Neda nickte. «Sophie hat recht. Genau das wird Charlotte getan haben.»

«Und dabei hat sie wahrscheinlich etwas entdeckt, was

jemandem missfällt. Scheiße! Wenn ihr jemand etwas angetan hat, bringe ich ihn um», sagte Aron und ballte die Fäuste.

Lucia legte ihm beruhigend die Hand auf den Arm. Sophie schluckte. Henry las die Erschütterung in ihrem Gesicht. Dass von ihr kein blöder Spruch kam, konnte nur bedeuten, dass sie sich genauso sorgte wie er.

«Ich sage meine Vorlesungen für heute ab.» Lucia setzte sich in Bewegung.

Henry hielt sie am Arm zurück. «Nein, das wirft Fragen auf. Den Wirbel können wir jetzt nicht gebrauchen. Wir teilen uns in Zweiergruppen auf und halten dich auf dem Laufenden. Vielleicht irren wir uns ja auch, und Charlotte hat einen heimlichen Freund», sagte er und glaubte selbst nicht daran. Er zeigte auf Neda. «Was ist eigentlich mit ihrem Handy? Das hatte sie gestern doch bestimmt dabei.»

«Das habe ich heute früh schon gecheckt. Ausgeschaltet.»

«In welcher Mobilfunkzelle hat sie sich vorher bewegt?», fragte Henry und sah Neda die Verblüffung an, weil sie so weit wahrscheinlich nicht gedacht hatte.

Ihre Finger tanzten über die Tastatur. «Zum Schluss war es in der Wasserstraße 19 gestern um 20.03 Uhr eingeschaltet.»

Aron machte große Augen. «Dort wohnt Marcus.»

KAPITEL 47

Sie hatte jedes Zeitgefühl verloren, und dem Drang ihrer Blase, sich zu entleeren, hatte sie irgendwann nachgegeben. Durst quälte sie jetzt mehr als der Lappen in ihrem Mund, den sie gierig auszusaugen versuchte. Sie zitterte vor Kälte. Ihr Kopf schmerzte wie bei der schlimmen Migräne, die sie früher manchmal bei Luftdruckveränderungen überfallen hatte. Denken war unmöglich.

Plötzlich stand jemand neben ihr, und sie zuckte zusammen. Sie hatte ihn nicht hereinkommen hören, weil ihr Kopf immer noch unter dem schwarzen Jutesack steckte. Eine Hand schob ihn bis zur Nase hoch, löste das Klebeband von ihrem Mund und zog den Lappen heraus. Sie roch Katzenfutter. Als sie eine kalte Spitze auf ihrer Lippe spürte, erstarrte sie. Ein Messer? Was hatte ihr Entführer vor? Er fuhr mit der Klinge sanft über ihre Wange. Dann glitt die Klinge quer über ihren Kehlkopf. Er verharrte und drückte sie ihr leicht in die Haut. Obwohl sie sich zwang, still zu sein, hörte sie sich wimmern. «Es gibt keine Monster.» Der Druck der Klinge gab nach.

Nein, sie würde ihrer Angst und ihrem Peiniger die Stirn bieten. Schon als Siebenjährige hatte sie das gelernt und einen Ausweg aus ihrem Gefängnis gefunden. Jeder Mensch hatte eine Schwachstelle, die musste sie nur finden.

Er zog den Sack wieder über ihren Kopf und band ihn hinten am Hals zu. Kaltes Wasser ergoss sich über ihren Kopf und Oberkörper. Gierig öffnete sie den Mund. Sie verschluckte sich und rang hustend nach Luft. Ohne ein Wort mit ihr zu sprechen, goss die Person eine Flüssigkeit in ein großes Gefäß, das direkt neben ihr stehen musste. Dann entfernte sie sich. Charlotte lauschte bewusst. Die Schritte klangen derb, nach einem Mann in Arbeitsschuhen oder Gummistiefeln. Einem Mann, der hinkte.

Eine Tür wurde mehrfach verriegelt. Als sie sicher war, dass er nicht zurückkam, kämpfte sie sich hoch und beugte den Oberkörper seitlich vor. Sie tauchte das Gesicht in die Wasserschüssel und saugte die Flüssigkeit durch den Jutesack. Vor Kälte zitternd, zog sie die Beine an und umschlang sie mit den Armen, die vorne an den Händen fest zusammengebunden waren. Über ihr sprang eine Lampe an, die wohlige Wärme abstrahlte. Sie hob den Kopf. Das rote Licht schimmerte durch das schwarze Gewebe. Offensichtlich hing über ihr ein Infrarotlicht, wie es in der Tierhaltung benutzt wird. Sie schärfte ihre Sinne und versuchte, sich zu orientieren. Feuchtigkeit und modriger Geruch sprachen dafür, dass sie in einem Keller gefangen gehalten wurde. Den Gestank nach Urin hatte sie selbst verursacht. Langsam gewöhnten sich ihre Augen an die Dunkelheit. Bis auf das Rot der Lampe schimmerte kein Lichtfetzen durch den Stoff vor ihren Augen. Ein Fenster schien es nicht zu geben. Den nassen Lehmboden unter ihren Händen bedeckte Sand. Aus der Ferne hörte sie einen Schrei. War das ein Tier? Charlotte fröstelte. Sie war nicht allein an diesem Ort.

KAPITEL 48

Henry schaute in verärgerte Gesichter.

«Er geht nicht ran!», sagte Neda, nachdem sie, Aron und Sophie jeweils mehrfach versucht hatten, Marcus zu erreichen.

Sophie holte den Autoschlüssel aus der Jackentasche. «Kommt!»

Der Rest der Gruppe folgte ihr zum Parkplatz.

«Dem werde ich was erzählen!», drohte Aron und zwängte sich mit Neda auf die Rückbank des schwarzen Minis. Henry duckte sich beim Einsteigen auf den Beifahrersitz, um seinen ohnehin schmerzenden Kopf nicht noch am Türrahmen anzuschlagen. Sophie trat aufs Gas, wendete und raste die Allee herunter. Uralte Pappeln säumten den Straßenrand. Henry kamen sie vor wie Soldaten, die Spalier standen.

Sie brauchten keine zehn Minuten, um die Wasserstraße zu erreichen. Sophie fuhr rasant und überholte jedes Hindernis in riskanten Manövern, bei denen Henry fast das Herz stehen blieb. Ihre Mitstudierenden schien das weniger zu beeindrucken. Anscheinend waren sie Sophies Fahrstil gewöhnt. Geschickt parkte sie in einer winzigen Lücke vor einem dreistöckigen Neubau in typischer Bäderarchitektur des 19. Jahrhunderts ein.

Henry ging voran. Niemand reagierte auf sein Klingeln. Mit einem kurzen Seitenblick zu ihm zückte Aron ein Lockpickingset aus der Tasche. «Es könnte ihm ja etwas passiert sein», sagte er mit entschuldigender Miene.

Dieser Satz hätte auch von ihm sein können, dachte Henry und nickte. «Beeil dich, ich glaube, da stöhnt jemand in der Wohnung.»

Sie hatten keine Zeit für höfliche Zurückhaltung. Außerdem waren sie inoffiziell unterwegs.

Aron öffnete die Tür. Henry hielt die Studierenden mit einer Armbewegung zurück und lief voraus in den schmalen Flur. «Marcus?», rief er und schaute in alle Räume. «Ausgeflogen!»

«Von wegen krank!», sagte Neda.

Sophie schaute sich im Flur um und zeigte auf die Kamera in der oberen Zimmerdecke. «Ich nehme an, er sieht uns.» Sie winkte nach oben. «Er wird bestimmt gleich da sein. Ich glaube kaum, dass ihm gefällt, dass wir in seine Privatsphäre eingedrungen sind.»

«Dann lasst uns schnell das Telefon von Charlotte suchen», sagte Aron. «Wenn wir es finden, hat er uns einiges zu erklären.»

Sie teilten sich auf. Henry und Sophie durchsuchten zuerst die Küchenzeile gegenüber dem Küchenblock, vor dem zwei Barhocker standen. Neda nahm sich das Bücherregal vor, während Aron sich im Schlafzimmer zu schaffen machte. Es dauerte keine fünf Minuten, da rief er: «Ich hab's!»

Henry, Neda und Sophie ließen alles stehen und liegen und eilten ins Schlafzimmer. «Es lag in der Schublade neben dem Bett», sagte Aron und zeigte seinen Fund.

Neda stemmte die Hände in die Hüften. «Das muss er uns wirklich erklären.»

«Dafür müssen wir ihn erst einmal finden», sagte Henry und nahm Aron das Telefon ab, um es sich genauer anzusehen. Es war gelb und abgegriffen wie seins. Charlotte legte offenbar keinen Wert auf die neueste Technik. Oder sie konnte sich kein Besseres leisten.

«Ich denke, darauf müssen wir nicht mehr lange warten.» Neda setzte sich aufs Bett. Dabei rutschte die Mappe herunter, in der ein Stapel loser Blätter lag. Henry hob die Seiten auf. Es waren Kopien aus der Ermittlungsakte und Presseartikel der letzten fünf Jahre über Brände denkmalgeschützter Gebäude auf der Insel. Interessant. Henry betrachtete die Sammlung nachdenklich und las sich in einem Artikel fest. Darin wurde berichtet, dass der Investor, der das Ursprungsangebot der Stadt Binz über acht Millionen Euro für die Villa Clementine ausgeschlagen hatte, das Objekt nach dem verheerenden Brand für den symbolischen Euro erworben hatte. Der Bürgermeister würdigte die Bereitschaft des neuen Besitzers, die Villa im gleichen Stil wiederaufbauen und ein weiteres Luxushotel darin eröffnen zu wollen. Gemeinsam mit dem Immobilienbüro Winkler & Partner hatten sie eine gute Lösung für den Schandfleck an der Promenade gefunden.

Das Szenario ähnelte sieben weiteren Besitzerwechseln in verschieden Orten der Insel, die kaum Geld in die Gemeindekassen spülten. Die Gemeindeverwaltungen schienen froh, die Kosten des Wiederaufbaus immerhin nicht tragen zu müssen. Die Investoren waren zwar immer andere, aber als Vermittler tauchte stets Winkler & Partner auf. Alarmiert breitete Henry die Artikel auf dem Bett aus. Das erste denkmalgeschützte

Gebäude brannte im Juli 2015, das zweite im Oktober 2015, das dritte im Februar 2016, das vierte im September 2016, im November dann die Stadtbibliothek. In der Silvesternacht 2016/17 brannte das sechste Haus. Weitere zwei Villen in exponierter Lage gingen im Winter 2017 und 2018 in Flammen auf. Er wunderte sich, dass bei so einer Serie ein möglicher Zusammenhang nicht einmal dem Reporter des *Rügener Tageblatts* aufgefallen war. Vielleicht weil bis auf den Brand in der Stadtbibliothek nie ein Mensch zu Schaden gekommen war. Oder lag es an den großen zeitlichen und räumlichen Abständen, dass niemand hellhörig wurde? Nachdenklich stützte er das Kinn auf. Wenn das wiederaufgebaute Gebäude am Kirchplatz in Privatbesitz war, hatte sich die Stadt mit der Bibliothek eingemietet. Ein lukratives Geschäft für den Besitzer. Geldwäsche kam Henry in den Sinn. Vielleicht waren sogar EU-Fördergelder zum Wiederaufbau in die Taschen der Investoren geflossen. Und Winkler hatte bei diesen Geschäften kräftig mitgemischt. Ob der nur der Vermittler war oder die Brände zur Preissenkung für seine Kunden initiiert hatte, mussten sie noch herausfinden.

Aron bückte sich und angelte eine Kopie unter dem Bett hervor. Er drehte das Blatt um und wurde blass. Schnell guckte er weg und gab das Papier an Sophie weiter.

«Brisant!», sagte sie und zeigte den anderen die Kopie eines Fotos, auf dem Charlotte vor dem Hintergrund eines Sees nackt auf einem Mann saß.

Neda nahm ihr das Bild aus der Hand, richtete ihre Brille und schaute genau hin. «Das ist Borowski», sagte sie, verzog beschämt das Gesicht und reichte das Blatt an Henry weiter.

Er warf nur einen kurzen Blick darauf. Sein Interesse galt

den winzigen Zahlen in der unteren Ecke. «Die Aufnahme stammt vom Samstagabend, 22.11 Uhr.»

«Also war sie mit *ihm* so lange unterwegs», sagte Neda. Sie tätschelte Aron den Arm, dessen Gesicht wie versteinert wirkte.

«Interessant, er hat sie also nicht nur ins Krankenhaus begleitet, sondern auch noch einen kleinen Ausflug mit ihr an den See gemacht», stellte Sophie süffisant grinsend fest. «Das hätte ich unserem Küken gar nicht zugetraut.»

Aron schnaufte verächtlich.

«Nun guckt nicht so», sagte Sophie. «Wir sind erwachsen. Borowski ist ein Sahneschnittchen, da hätte ich auch nicht nein gesagt.»

«Er ist unser Lehrer!» Neda schüttelte verständnislos den Kopf.

Henry drehte das Blatt um und legte es beiseite. Er hatte keine Lust, sich jetzt damit auseinanderzusetzen. Das hatte nichts mit Charlottes Verschwinden zu tun. Wäre Lucia auf dem Foto gewesen, hätte es ihm aber wahrscheinlich einen Stich versetzt.

«Euer Liebesleben geht mich nichts an, und ich bin auch kein Moralapostel, der ein verbotenes Verhältnis an den Pranger stellt. Sophie hat recht. Es steht uns nicht zu, darüber zu urteilen. Charlotte ist erwachsen.» Er räusperte sich. «Und es sah ja nun nicht so aus, als hätte ihr Lehrer sie dazu gezwungen.»

Aron verließ das Zimmer.

«Verwerflich ist meiner Meinung nach, dass jemand dieses Foto gemacht hat. Da frage ich mich nämlich: Wozu?»

«Marcus steht nicht auf Frauen», erwiderte Sophie.

«Schon klar, aber er hat sie bis an den See verfolgt und gestalkt. Habt ihr eine Ahnung, warum er so was tut?», fragte Henry Sophie und Neda.

«Gestern, als er uns belauscht hat, hat er Charlotte angeboten, mit ihr zusammenzuarbeiten», sagte Sophie. «Sie hat abgelehnt.»

«Er tut zwar immer so lässig und entspannt, aber ich glaube, er ist ehrgeiziger als wir alle zusammen. Ein Spieler, dem es immer ums Gewinnen geht», überlegte Sophie. Plötzlich erhellte sich ihre Miene. «Natürlich! Als wir Freitagnacht mit Charlotte getrunken haben, hat sie die Titanplatte erwähnt. Wir haben sie betrunken gemacht.» Auf Henrys Blick erwiderte sie in bedauerndem Ton: «Ja, ich weiß. Das war nicht nett.» Sie stemmte die Hände in die Hüften. «Ich glaube, er hat mir den Vortritt überlassen, es vorzutragen, weil er wollte, dass ich Ärger bekomme, während er im Hintergrund völlig ungestört weiter hinter Charlotte her spionieren kann. Er wartet, bis sie den Schatz findet, dann nimmt er ihn ihr weg und verkauft ihn als seinen Triumph. Als Nachkomme einer Diebesfamilie hat er die kriminelle Energie im Blut. Vielleicht wollte er sie mit dem brisanten Foto erpressen.»

Das konnte gut möglich sein. Henry hatte Marcus in der Bibliothek als sehr ehrgeizig wahrgenommen. Traute er ihm zu, dass er so weit ging und Charlotte irgendwo festhielt, nur um als Erster ins Ziel einzulaufen?

In dem Moment hörten sie einen Schlüssel in der Wohnungstür.

Sophie setzte ein triumphierendes Lächeln auf. «Hab ich zu viel versprochen?»

Sekundenbruchteile später stand Marcus mit wütendem

Gesicht in der Schlafzimmertür. «Das ist Einbruch!», rief er und sammelte die ausgebreiteten Presseartikel über die Brände eilig ein. Offenbar war es Marcus immens wichtig, seine Rechercheergebnisse vor ihnen zu verbergen.

«Dass Sie dabei mitmachen, hätte ich nicht erwartet», sagte er zu Henry.

«Bevor Sie uns anklagen, sollten Sie uns vielleicht mal erklären, wieso Charlottes Telefon in Ihrer Nachttischschublade liegt.» Henry schaute ihm direkt in die Augen. Marcus' berechnender Blick gefiel ihm gar nicht.

«Ich habe es gefunden und wollte es ihr natürlich heute zurückgeben, aber sie war nicht in der Schule.»

«Richtig, sie ist seit gestern nicht mehr aufgetaucht», sagte Neda. «Seitdem sie zu Sabine Stein ins Pflegeheim fahren wollte. Du hast uns belauscht und zeitgleich mit ihr die Wohnung verlassen.»

Henry beobachtete Marcus genau, dessen Blick von einem zum anderen flatterte. Er fühlte sich ertappt und in die Enge getrieben.

«Wollt ihr damit sagen, ich habe etwas mit ihrem Verschwinden zu tun?» Marcus' aggressiver Ton erinnerte Henry an den von Verdächtigen, die selbst bei Vorlage eindeutiger Beweise ihre Unschuld beteuerten.

Aron kam zurück. In der vorgestreckten Hand hielt er weiße Pflegerkleidung und wies mit der anderen Hand auf das Schild *Haus Sonnenschein*. «Die waren in deinem Schmutzwäschekorb. Ich denke, du hast uns was zu erklären.»

Henry bemerkte Marcus' Unruhe. Nervös spielte er mit den Fingern am Saum seiner Jacke herum. «Ich gebe ja zu, dass ich ihr bis zum Pflegeheim gefolgt bin. Ich wollte wissen, was sie von Sabine Stein erfährt.» Henry musterte ihn genau. Entweder war das Taktik, oder Marcus erkannte, dass er aus der Nummer nicht mehr rauskam. Er wies auf die Mappe mit den Ermittlungsunterlagen. «Ich hatte den Namen in der Auflistung aller ehemaligen Mitarbeiter der Stadtbibliothek gelesen. Mir war ebenfalls aufgefallen, dass die Polizei die Frau damals nicht vernommen hat. Ich stand also vor der Zimmertür und habe nur mitbekommen, dass Sabine Stein einen Anfall bekam, als Charlotte bei ihr war. Sie rannte raus, hat mich entdeckt und war total wütend. Dabei muss sie das Handy verloren haben. Ich bin hinter ihr her, aber sie ist abgehauen.»

Henry wurde das Gefühl nicht los, dass Marcus ihnen immer noch etwas verschwieg oder sie sogar anlog. «Marcus, hier steht vielleicht das Leben Ihrer Mitstudentin auf dem Spiel. Sollten Sie uns etwas verschweigen und sollten wir Charlotte aus diesem Grund zu spät finden. Glauben Sie mir, dann werden Sie diese Schuld ewig mit sich herumtragen. Es geht hier nicht mehr darum, eine Trophäe zu gewinnen.»

Marcus schluckte.

Henry wies auf die Mappe mit den Presseartikeln. «Haben Sie bei dem Material einen Zusammenhang mit unserem Fall entdeckt?»

«Nur den Namen Stein. Als Charlotte gestern von Sabine Stein sprach, ist es mir plötzlich wie Schuppen von den Augen gefallen, dass ich den Nachnamen schon mal irgendwo gelesen habe. Ein Dr. Peter Stein ist als Prokurist des Immobilienbüros Winkler & Partner in mehreren Artikeln benannt und war anfangs maßgeblich für die Abwicklung dieser Immobiliengeschäfte verantwortlich. Es kann natürlich Zufall sein. Der Name Stein ist ja kein ungewöhnlicher.»

Henry kratzte sich an der Stirn. «Dr. Stein ist der Ehemann von Sabine Stein.» Er erzählte ihnen von seiner Begegnung im Pflegeheim und wie der Mann auf das Bild von Sahra Engelmann reagiert hatte.

«Einziger Knackpunkt ist die Tatsache, dass die am Tatort gefundene Titanplatte in einer anderen Frau steckte», erwiderte Sophie und erklärte Marcus in Kurzfassung, auf welchen Fehler Charlotte in der Seriennummer gestoßen war. «Sie hat die richtige Implantatträgerin gefunden. Petra Luise Berger.»

Marcus lehnte sich an den Schrank, er schien sich etwas beruhigt zu haben. «Wie gehen wir weiter vor?»

«Wie Charlotte.» Henry blickte in die Runde. «Wir finden sie, wenn wir ihrer Spur folgen.»

«Dass Petra Luise Berger nicht mehr an der angegebenen Adresse in der Patientenakte wohnt, hat sie genauso herausgefunden wie wir», sagte Neda.

Marcus verschränkte die Arme vor der Brust. «Ich nehme an, sie war am Sonntagvormittag dort und hat die Nachbarn befragt. Erfolglos. Und dann ...»

«Danach ist sie zu der Adresse der Steins gefahren», unterbrach Neda ihn. «Die hat sie in der Patientenakte von Petra Luise gelesen, weil dort der Treppensturz passiert war, bei dem sich Petra Luise das Handgelenk gebrochen hatte. Gut möglich, dass die zwei Frauen befreundet waren.»

«Sie wollte von Frau Stein nichts über die Sozialprojekte, sondern den Verbleib von Petra Luise wissen», stellte Sophie fest.

Neda holte tief Luft. «Dort muss sie von einem Nachbarn den Tipp mit dem Pflegeheim bekommen haben.»

Henry nickte. Charlottes Spur bis dahin zu verfolgen, hielt

er für ungefährlich. «Dann teilen wir uns am besten auf. Sie beide hören sich bei Petra Luises Nachbarn um, fragen Sie auch nach der Arbeitsstelle der Frau», sagte er zu Aron und Neda. «Marcus, Sophie, Sie versuchen Ihr Glück bei den alten Nachbarn von Sabine Stein. Sie unternehmen aber keine weiteren Schritte! Verstanden, Marcus?» Der blonde Lockenkopf nickte ihm mit zusammengepressten Lippen zu. Henry fragte nach der Uhrzeit.

«Kurz nach zwölf», antwortete Neda mit Blick auf ihr Handy. «Wir treffen uns dann in zwei Stunden in der Akademie und tragen die Ergebnisse der Informationsbeschaffung zusammen.» Henry rechnete. Dann blieb ihm noch genügend Zeit bis zum Besichtigungstermin der Plattenbauwohnung um 16 Uhr. Den musste er unbedingt wahrnehmen. «Sophie, können Sie mich mitnehmen und im Citycenter absetzen?»

«Das ist doch alles Zeitverschwendung!», beschwerte sich Marcus. «Ich vermute, sie wollte zu Sabine Steins Mann. Der kannte diese Petra Luise doch bestimmt auch.»

Henry schüttelte den Kopf. «Dafür ist es zu früh. Wenn die Steins mit Petra Luise befreundet waren, warum haben sie sie dann bis heute nicht als vermisst gemeldet? Wir müssen erst herausbekommen, in welcher Beziehung sie zueinander gestanden haben. Diese ganzen Verknüpfungen können kein Zufall sein. Angenommen, Dr. Stein hat was mit Petra Luise Bergers Tod zu tun, dann werden wir ohnehin keine Information von ihm bekommen, wenn wir die falschen Fragen stellen. Ist er gar für Charlottes Verschwinden verantwortlich, bringen wir sie durch zu forsches Vorgehen vielleicht erst recht in Gefahr.» Auch wenn er selbst am liebsten direkt vorpreschen würde, wusste er, wie fatal es sein konnte, einen Verdächtigen zu befragen, ohne etwas über ihn zu wissen. Und sie durften auf keinen Fall einen Fehler machen.

Neda, Aron und Sophie nickten. Marcus fügte sich widerwillig. «Nur wenn wir ermitteln, warum das Opfer das Opfer ist, können wir Charlotte finden, die dem Täter bei ihrer gestrigen Recherche höchstwahrscheinlich zu nahe gekommen ist. Oder haben Sie eine andere Idee, warum sie verschwunden ist?», fragte Henry Marcus und fixierte ihn mit einem durchbohrenden Blick. Er wurde das Gefühl nicht los, dass den Jungen etwas bedrückte.

KAPITEL 49

Henry legte sein Smartphone mit dem gesprungenen Display auf den Tresen von Murats Schlüsseldienst im Citycenter. «Ich brauche ein Ladekabel.» Noch gab er die Hoffnung nicht auf, sein geliebtes Telefon behalten zu können.

Der untersetzte Türke mit dem schütteren Haar und dem wachen Blick verdrehte die Augen. «Henry, das Teil ist museumsreif», sagte er und probierte verschiedene Kabel. Kein Stecker passte in den Anschluss. «Lass los und beerdige es.» Murat breitete einige Ersatzmodelle vor ihm aus. «Ich mache dir einen guten Preis, versprochen!»

«Kannst du kein passendes Kabel bestellen?»

Murat schaute in seinen Computer. «Ja, aber das dauert ein paar Tage, bis sie liefern.»

«Okay, dann mach das bitte. Bis dahin brauche ich eins von denen.» Er zeigte zu der Handysammlung auf dem Tresen.

Murat suchte ihm ein Gerät aus und erklärte Henry geduldig alle Funktionen. Er bastelte die SIM-Karte hinein, plädierte für einen unverwechselbaren Klingelton und stellte ihn ein. Henry zahlte und machte sich auf den Weg. Er wollte sich mal ein bisschen bei Winkler & Partner umsehen, um etwas über diesen Dr. Stein zu erfahren. Vielleicht konnten sie ihm dort ja auch helfen, sein Wohnungsproblem zu lösen. Besser, man hatte zwei Eisen im Feuer. Er fuhr die Rolltreppe hoch, blieb vor dem verglasten Immobilienbüro stehen und überflog die Aushänge mit den Angeboten. Durch die Scheibe sah er, dass im Kundenbereich nur einer von drei Beratungsplätzen besetzt war. Eine Brünette im Businesskostüm telefonierte am Schreibtisch.

Henry betrat das Büro. Sie winkte ihn zu sich und schirmte die Sprechmuschel des Telefonhörers ab. «Moment! Ich stehe Ihnen gleich zur Verfügung.»

Er setzte sich, stellte seine Tasche auf den Boden und schaute sich um. An den Wänden hingen lauter Hochglanzplakate von vermieteten und verkauften Immobilien. Die Referenzgalerie sollte wohl den Erfolg des Maklerbüros repräsentieren und Vertrauen wecken.

Die Brünette redete und redete. Er ließ den Blick schweifen. Das Büro des Chefs lag am Ende eines kurzen Flurs hinter einer Glastür. Dort lief Winkler mit dem Handy am Ohr vor offenen Aktenschränken auf und ab, in denen dicke Ordner standen. Henry beobachtete ihn. Winklers Gesichtsausdruck wirkte angespannt, fast wütend. Anscheinend gab es ein Problem, das der Mann nicht so einfach lösen konnte. Henry wendete den Blick ab. Die Kundenberaterin sprach noch immer in den Hörer.

«Ja, ja, ich verstehe, keine Sorge …» Sie spielte ungeduldig mit dem Schlüsselbund herum, das neben der Kaffeetasse auf dem Schreibtisch lag. Dann verabschiedete sie sich offensichtlich erleichtert, legte den Hörer auf und musterte Henry aus grünen Augen. «Was kann ich für Sie tun?», sagte sie mit dem geschäftigen Lächeln einer Verkäuferin, das sie eindeutig einstudiert hatte und auf Knopfdruck aufsetzen konnte.

«Ich suche eine Wohnung.»

«Kauf oder Miete?»

«Zur Miete. Ich bin beruflich erst einmal vorübergehend auf Rügen tätig und möchte vorerst flexibel bleiben.»

«In Bergen? Oder haben Sie einen anderen Ort auf der Insel im Visier?»

«Bis 15 Kilometer im Umkreis von Bergen.»

«Ihr Platzbedarf?

«Drei Räume plus Küche, Bad …», sagte er und stellte sich vor, wie Matti in einem hell eingerichteten Kinderzimmer spielte.

«Bis 90 Quadratmeter?»

«Das würde reichen.»

Winkler kam mit einem Aktenordner aus seinem Büro, den er sich geschäftsmäßig unter den Arm klemmte. Er schloss die Tür ab und marschierte auf sie zu. Henry bemerkte seinen abwesenden Blick und die Sorgenfalte auf der Stirn. Er täuschte ein Niesen vor, bückte sich schnell zu seiner Tasche und suchte nach einem Taschentuch. Winkler beachtete ihn nicht und wandte sich an seine Mitarbeiterin. «Ich fahre auf die Baustelle und komme heute nicht mehr rein.»

Henry schnäuzte sich die Nase, und gerade als Winkler die Glastür hinter sich schloss, quakte ein Frosch aus Henrys Tasche.

«Ich glaube, das sind Sie», sagte die Kundenberaterin belustigt, weil er nicht gleich reagierte.

«Oh, ja.» Er holte das Handy heraus, guckte aufs Display und wollte den Anrufer wegdrücken, was nicht funktionierte.

«Sie müssen Ihren Finger über den Balken auf dem Touchscreen ziehen.»

«Entschuldigung, es ist neu, ich muss mich erst daran gewöhnen.» Der Frosch verstummte von allein, und Henry steckte das Telefon wieder weg.

Die Brünette setzte wieder ihr geschäftliches Lächeln auf. «Wie hoch ist denn Ihr Budget.»

«400 Euro kalt.»

«Verstehe!» Ihr Lächeln fror ein. Innerlich verdrehte sie wahrscheinlich die Augen, weil das Gespräch für sie nun reine Zeitverschwendung war. «Wir bewegen uns bei Vermietung und Verkauf eher im oberen Preissegment. Das, was Sie suchen, finden Sie bei der regionalen Wohnungsgenossenschaft», sagte sie blinzelnd.

Nun war es auch für ihn an der Zeit, auf den tatsächlichen Grund seines Besuches zu kommen. «Schade, Dr. Stein hatte mir Ihre Firma empfohlen.»

Ihr Gesicht verdunkelte sich, und ihre grünen Augen beäugten ihn misstrauisch. «Dr. Stein?»

Die Brünette stellte sich also dumm. Henry war sicher, sie wusste genau, wer Dr. Stein war. «Ja, Dr. Peter Stein, der arbeitet doch hier.»

«Tut mir leid, einen Dr. Stein gibt es bei uns nicht.»

Interessant. Winkler hatte ihr anscheinend einen Maulkorb verpasst. Hier weiterzubohren, war auch für ihn Zeitverschwendung. «Oh, da muss sich der Mann einen Scherz mit mir erlaubt haben. Entschuldigen Sie», sagte Henry, stand auf und trat den Rückzug an.

Voller Skepsis zog er vor dem Einkaufszentrum das neue Handy aus der Jackentasche. Er tippte die Zahlenkombination zum Entsperren des Bildschirmes ein und berührte dann das grüne Symbol mit dem weißen Hörer, rief seine Kontaktliste auf und suchte unter B den Eintrag Borowski. Stolz, das Telefon bedienen zu können, vernahm er das Freizeichen.

«Henry, was gibt's?», hörte er seinen Kollegen fragen.

«Ich brauche deine Hilfe.»

Während er auf Borowski wartete, holte Henry sich eine Grillwurst vom Imbiss gegenüber. Dabei wurde ihm bewusst, dass er seit gestern Abend nichts mehr gegessen hatte. Gierig verschlang er den letzten Bissen, als ihn jemand von hinten anrempelte. Erschrocken fuhr er herum und schaute in Borowskis Gesicht. Sein Kollege entschuldigte sich wie ein Fremder. Aha, er war also schon in die Rolle geschlüpft, die Henry ihm zugedacht hatte. Henry musterte ihn. Borowski trug einen Anzug. Der Krawattenknoten saß perfekt. Er lief weiter an Henry vorbei und blieb vor dem Wegweiser stehen, der anzeigte, wo welches Geschäft im Einkaufscenter zu finden war. Henry wischte sich den Mund ab und warf die Serviette in den Mülleimer. Er stellte sich kurz neben Borowski. «Wir treffen uns beim Bäcker», sagte er leise und tippte auf das Brezelsymbol auf der Anzeigetafel.

«Gib mir zehn Minuten.» Borowski nickte knapp. Dann wandte er sich ab und fuhr die Rolltreppe hoch.

Murat runzelte bei Henrys Anblick die Stirn. «Gibt es ein Problem mit dem Telefon?»

«Nein, ich brauche Schlüssel.»

Murat guckte ihn mit großen Augen an. «Buntbartschlüssel, Wendeschlüssel, Zylinderschlüssel? Du musst schon etwas präziser werden», sagte er und wies auf die Auswahl an Schlüsseln hinter sich.

«Sonderanfertigung», sagte Henry und schob ihm ein Schlüsselbund über den Tresen, an dem eine Blechmarke mit der Gravur Winkler & Partner hing.

Murats Gesichtsausdruck wechselte von fragend zu besorgt. «Ich will gar nicht wissen, wo du das herhast. Sei vorsichtig! Die haben Kontakte in Kreise, mit denen man sich nicht anlegen sollte», sagte er leise.

Henry runzelte die Stirn. «Woher weißt du das?»

«Ich habe Augen im Kopf.» Murat zeigte auf die Rolltreppe. Schon klar, aus seiner Position hatte er jeden im Blick, der rauf- oder runterfuhr. Er nahm den Schlüsselbund und fragte: «Alle?»

Henry nickte und stützte sich mit den Armen auf dem Tresen ab. Dabei beobachtete er den kleinen wendigen Mann mit den harten Gesichtszügen, der immer einen schlauen Spruch auf den Lippen hatte und dessen undurchdringlichen Augen geheimnisvoll funkelten. Sein Gefühl sagte ihm nicht erst heute, dass mehr hinter der Fassade des harmlosen Schlüsselverkäufers steckte. Schade, dass er kein Foto von Dr. Stein hatte, vielleicht hätte Murat ihm auch damit weiterhelfen können.

Der Türke scannte die Schlüssel ein. «Was guckst du so?», fragte er und sah Henry kurz an.

«Wie lange hast du deinen Laden schon hier?»

«Drei Jahre.» Murat lächelte stolz.

Borowski schlenderte herein, schaute sich im Geschäft um und zeigte auf eine Verpackung, in der eine winzige Überwachungskamera steckte. Murat musterte ihn. Die Blicke der drei Männer trafen sich. Henry las in Murats Augen, dass er Borowski als Henrys Verbündeten erkannte.

«Sie interessieren sich für Sicherheitstechnik ...», begann

Murat ein Beratungsgespräch, an dessen Ende er die Kamera samt Schlüsselbund in eine kleine Papiertüte packte und Borowski 30 Euro abknöpfte. Der bedankte sich und fuhr mit der Rolltreppe wieder nach oben, um das Original unauffällig wieder am Platz seiner Entwendung zu platzieren.

Murat lächelte verschwörerisch. «In zwei Stunden kannst du deine Ware abholen.»

Henry bedankte sich und verließ den Laden. Jetzt musste er nur noch warten, bis das Citycenter schloss. Winkler konnte seine Mitarbeiter zum Schweigen verpflichten, aber er konnte noch nicht alle Unterlagen vernichtet haben, die in Zusammenhang mit Dr. Stein standen. Es gab eine Aufbewahrungsfrist für Personalakten und die Buchhaltung, über die sich auch ein einflussreicher Unternehmer nicht hinwegsetzen konnte. Henry war gespannt, was er finden würde.

KAPITEL 50

Pünktlich um 14 Uhr trafen die Studenten gemeinsam mit Henry wieder an der Akademie ein. Der Seminarraum, in dem sie sich heute Vormittag getroffen hatten, war besetzt, ebenso alle anderen Räume. Ihnen blieb nichts weiter übrig, als nach draußen auszuweichen. Der Wind fauchte ungemütlich, und die tiefhängenden dunklen Wolken kündigten Regen an. *Verfluchte!* Und Henry hatte immer noch kein eigenes Dach über dem Kopf. Eine weitere Nacht in der Pension, und er brauchte einen Orthopäden. Beim Gedanken an die durchgelegene Matratze tat ihm jetzt schon der Rücken weh. Sicher könnte er zeitweise bei Martha oder Murat unterkommen, aber sie zu fragen, dafür war er wohl zu stolz. Er käme sich wie ein Versager vor, der sein Leben nicht in den Griff bekam. Vielleicht klappte es ja nachher mit der möblierten Wohnung, und er konnte gleich einziehen.

Sie mussten sich beeilen, Henry durfte den Besichtigungstermin auf keinen Fall verpassen. Sein Handy vibrierte in der Hosentasche. Er holte es heraus und schaute auf das Display. Eine SMS von der Jugendamtsmitarbeiterin. Frau Jakob erinnerte ihn an den Termin am 18. September. Das war übermorgen. *Verfluchte!* Sie bat um die Adresse, die er ihr doch hatte schicken wollen. Als hätte sie es geahnt, dass er gerade über sein Wohnungsproblem nachdachte. Henry steckte das Handy schnell weg. Er würde später antworten. Hoffentlich konnte er ihrer Bitte nachkommen. Ansonsten brauchte er eine glaubwürdige Ausrede, um diesen Termin zu verschieben.

Sie setzten sich um einen Tisch, der abseits stand. Alle hatten ihre Jacken bis zum Hals zugezogen. Sophie versteckte ihr Gesicht unter der Kapuze, und Neda blies ihren Atem fröstelnd in die Handflächen. Henry schlug den Kragen hoch. Er war gespannt, was die vier zu berichten hatten.

Allerdings verstand er kein Wort, denn alle redeten gleichzeitig. Henry unterbrach sie und legte die Reihenfolge fest: «Zuerst Neda, dann Aron.»

«Niemand der Nachbarn in der Rugardstraße weiß, wo Petra Luise hingezogen ist», begann Neda. «Sie lebte sehr zurückgezogen, hatte kaum Kontakt zu ihren Nachbarn. Manche bezeichneten sie als einsame Katzenfrau, die ziemlich frustriert rüberkam. Einen Mann schien es in ihrem Leben nicht zu geben. Obwohl am Ende beim Umzug ein Mann geholfen hat.»

«Eine Umzugsfirma?», fragte Henry.

Aron schüttelte den Kopf. «Das haben wir auch gefragt. Der Transporter war von einem Mietwagenverleih.»

Henry stützte das Kinn ab. «Sonst noch etwas?»

«Eine Nachbarin wusste, dass sie im Steuerbüro Friedrichs gearbeitet hat. Die Dame hatte wohl ihre Unterlagen zur Steuererklärung dort abgeben wollen und dann doch das Steuerbüro gewechselt, weil sie nicht wollte, dass die merkwürdige Frau Berger Einblick in ihre Finanzen bekam», erzählte Neda weiter und übergab an Aron.

«Wir haben die Zeit genutzt und waren gleich noch im Steuerbüro. Dort hat Petra Luise Berger aber Ende Oktober

2016 aufgehört. Worüber niemand böse war, denn sie war bei den Kollegen mit ihrer besserwisserischen und pedantischen Art nicht gerade beliebt.»

«So stimmte ihr Arbeitgeber einem Aufhebungsvertrag zu, um ihr bei den beruflichen Plänen nicht im Weg zu stehen», ergänzte Neda. «Sie hatte wohl ein Jobangebot, um das sie ein ziemliches Geheimnis machte.»

Henry nickte knapp. «Familie, Auto, Krankenversicherung?»

Neda schien erstaunt über seine direkte Frage und suchte den Blick von Aron. Erst jetzt wurde Henry bewusst, dass er gerade den Ton eines Soko-Leiters angeschlagen hatte. An diese behördlichen Informationen kam man nur mit Dienstmarke heran.

Aron übernahm die Antwort. «Sie fuhr einen alten Peugeot, den hat sie Ende Oktober abgemeldet und kein neues Auto auf ihren Namen zugelassen. Auch GEZ, Handyvertrag, Kranken-, Renten- und Arbeitslosenversicherung hat sie alles zum gleichen Zeitpunkt gekündigt.» Henry sah darüber hinweg, dass sich Neda für diese Informationen höchstwahrscheinlich in die Datenbanken der Behörden eingehackt hatte. Ihr Vorgehen war mit der brisanten Lage zu entschuldigen, schließlich ging es um das Leben von Charlotte. Er hoffte nur, dass sie nicht wieder Francescos digitale Identität benutzt hatte.

«Das sieht aus, als wäre sie ausgewandert», sagte Marcus.

«Oder jemand hat es so aussehen lassen.» Henry kratzt sich an der Stirn.

«Ihre Mutter starb an Krebs, als sie siebzehn war», fuhr Neda fort. «Vater wohl unbekannt. Ansonsten gibt es keine Verwandten.»

«Freunde?»

Neda und Aron schüttelten den Kopf. «Auf der Arbeit nicht, und die Nachbarn haben auch nie Besuch bei ihr gesehen.»

«Nicht mal Sabine Stein?» Henry runzelte die Stirn. Vielleicht waren die Frauen gar nicht befreundet, und der Besuch im Mai 2016 hatte etwas mit ihrem Job im Steuerbüro zu tun gehabt?

Es begann zu regnen. Neda zog den Kopf ein. «Besser, wir gehen rein.»

Henry warf einen Blick ins Lehrerzimmer. Alle Dozenten waren im Unterricht. Hier konnten sie ungestört weiterreden.

Als sich alle um den großen Konferenztisch versammelt hatten, erteilte er Sophie das Wort, die schon ungeduldig darauf wartete dranzukommen.

«Also, die Nachbarin gegenüber der alten Adresse der Steins war erst maulfaul. Ich musste meinen ganzen Charme spielen lassen, um ihr Vertrauen zu gewinnen.»

«Ja, du bist die Beste! Kommst du mal auf den Punkt!», sagte Neda genervt.

«Geduld! Immerhin habe ich herausgefunden, warum sich Sabine Stein umbringen wollte», sagte Sophie. Henry sah ihr an, dass sie die volle Aufmerksamkeit ihrer Mitstudierenden genoss. Sie stand einfach gerne im Mittelpunkt. Er schmunzelte, denn Sophie machte noch eine Kunstpause, bevor sie endlich loslegte: «Erst bekam das Ehepaar ewig kein Kind. Nach vier Fehlgeburten brachte Sabine Stein im April 2016 die kleine Mia auf die Welt. Das Familienglück schien perfekt, bis zu einem Unfall im Mai, an dessen Folgen das Kind eine Woche später im Krankenhaus verstarb.»

Henry sah sie entgeistert an. «Petra Luise Berger hat sich die Radiusfraktur am Treppensturz im Haus der Steins doch auch im Mai 2016 zugezogen.»

Alle machten große Augen. Henry sah jedem von ihnen an, dass dieser Zusammenhang sie verblüffte. «Das Brandopfer könnte also für den Tod des Babys der Steins verantwortlich gewesen sein», sprach Neda aus, was alle dachten.

Henry fuhr sich mit der Hand übers Kinn. «Das wäre natürlich ein starkes Motiv.»

«Frau Stein überwand das Trauma nicht», fuhr Sophie fort. «Infolge des misslungenen Selbstmordes liegt sie jetzt im Pflegeheim.»

Aron raufte sich mit beiden Händen die Haare. «Wahnsinn. Der Ehemann hat sein Kind und seine Frau verloren. Was für ein Familiendrama.» Er wirkte auf einmal verletzlich. Henry meinte sogar, so etwas wie eine tiefe Trauer in seinem Blick zu sehen. Wahrscheinlich hatte der junge Mann selbst einen schlimmen Verlust erlitten, der ihn nachfühlen ließ, was in Dr. Stein vorging.

«Hat die Nachbarin erwähnt, was es für ein Unfall war?», fragte Henry.

Sophie schüttelte den Kopf. «Das haben die Steins wohl verschwiegen. Zumal Herr Stein ein sehr introvertierter Mann war, der keinen Kontakt zu den Nachbarn pflegte. Frau Stein war danach auch verstummt und kam gar nicht mehr aus dem Haus.»

«Ich nehme an, das Kind kam in die Medicusklinik. Könnten Sie dort noch einmal die Todesursache recherchieren?» Henry schaute Neda an.

«Aber klar doch», sagte sie und holte den Laptop aus dem

Rucksack. Alle warteten gespannt. «Mia Stein, geboren am 12. April 2016, verstarb am 23. Mai 2016. Todesursache: schweres Schädel-Hirn-Trauma, erlitten bei einem Treppensturz am 16. Mai», las Neda vor, was auf ihrem Bildschirm stand.

«Ach du Scheiße», sagte Aron. Die Erschütterung stand ihm ins Gesicht geschrieben. Auch Sophie schien fassungslos und hielt sich die Hand vor den Mund. Die Vermutung aller bestätigte sich: Petra Luise Berger war für den Tod des Babys der Steins verantwortlich. Aber was hatte Peter Steins eigenartiger Blick auf Sahra Engelmanns Foto im Foyer des Sanatoriums in diesem Kontext zu bedeuten? Gab es womöglich doch eine Verbindung zwischen Sahra Engelmanns Verschwinden am Tag des Brandes, dem Petra Luise Berger zum Opfer gefallen war, und ihrer Bekanntschaft mit den Steins? Und warum hatte Dr. Stein behauptet, Sahra nicht zu kennen?

Das Klopfen riss Henry aus seinen Gedanken. Die Tür öffnete sich schwungvoll, und Francesco trat ein.

«Da treffe ich genau den Richtigen. Henry Zornik, ich muss Sie bitten, mich aufs Revier zu begleiten.»

«So förmlich? Was gibt es denn Wichtiges zu bereden, dass wir das nicht hier erledigen können?»

Blumes Blick war eindeutig. Er mochte die Angelegenheit nicht vor den Studierenden besprechen. Henry schickte Neda und die anderen raus.

«Die Kopien haben wir vernichtet. Also, was hab ich verbrochen?», wollte er wissen, als Francesco die Tür hinter ihnen schloss.

«Dem Bergener Polizeiposten liegt die Vermisstenanzeige einer Charlotte Klein vor. Die ist doch deine Schülerin?»

Henry war überrascht. *Hatte Neda oder Aron* ... Bevor er den Gedanken zu Ende denken konnte, berichtete Blume, dass Charlottes Mutter sie vermisste. Eigenartig, hatten die anderen nicht behauptet, Charlotte hätte keinen Kontakt zu ihrer Familie?

«Ihre Mutter meint, sie war hinter einem Mörder her, der was mit dem Brand der Stadtbibliothek zu tun hat. Das wusste sie von der kleinen Schwester der Vermissten. Du hast mich belogen!» Blume war stinksauer. «Ich habe dich heute Morgen gewarnt. Und wenn ihr euch in dieser Akademie zehnmal der Erforschung des Verbrechens widmet, gibt es weder dir noch diesen Grünschnäbeln das Recht, euch in polizeiliche Ermittlungen einzumischen!»

Henry atmete hörbar aus. Er verkniff sich die Antwort, sonst wäre der alte Konflikt zwischen ihnen wieder ausgebrochen, denn Francesco hätte es garantiert nicht hingenommen, dass Henry ihm seine Schlampigkeit vorwarf oder ihn beschuldigte, irgendetwas in diesem Fall zu vertuschen. Leider saß der Kommissar derzeit am längeren Hebel.

«Kaum bist du wieder auf der Insel, gibt es Ärger», donnerte Blume. «Noch mal! Der Fall ist abgeschlossen. Das Brandopfer war die Einbrecherin und Brandstifterin.»

«Du widersprichst dir. Hast du nicht heute Morgen gesagt, es handelt sich um ein laufendes Verfahren?»

«Was willst du eigentlich? Uns beweisen, wie blöd wir alle sind? An einen Henry Zornik reicht niemand heran, was?»

Henry biss sich auf die Zunge, während Blume vor ihm immer wütender wurde.

«Du bist so ein Egomane, stachelst die jungen Leute an, sie bringen sich in Gefahr. Dabei geht es dir doch nur darum, am

Ende als Gewinner dazustehen, weil du denkst, nur du hast es drauf. Wehe, jemand ist besser», griff Blume ihn an. Seine Augen hatten sich zu Schlitzen verengt. «Du hast Hanna ins Messer laufen lassen und wolltest hinterher als Retter dastehen, was gründlich schiefgegangen ist. Nicht ich bin das Arschloch, Zornik, sondern du!»

Henry stutzte. Ihm selbst war klar, dass Charlotte sich durch ihre Nachforschungen in Gefahr gebracht haben musste, aber wieso dachte Blume das, wenn der Fall für ihn doch eindeutig geklärt war? Das konnte eigentlich nur bedeuten, dass Francesco tatsächlich etwas vertuscht hatte. Wenn es bei dem Mord um Rache wegen einer Familientragödie gegangen war, hatte es keinen Grund für eine Vertuschung gegeben. Hing dieser Fall jedoch mit Immobilienspekulationen zusammen, dann steckten einflussreiche Leute dahinter, deren Arm bis in die Ermittlungsbehörden reichen konnte. Henry durfte Francesco die Suche nach Charlotte auf keinen Fall überlassen. Er musterte seinen Ex-Kollegen von der Seite. Er misstraute ihm in jeglicher Hinsicht.

Francesco öffnete die Tür und rief Henrys Studenten rein, die im Korridor warteten. Er unterrichtete sie über die Vermisstenanzeige und darüber, was Charlottes Mutter vermutete. «Sie werden sich ab sofort nicht mehr mit diesem Fall beschäftigen. Ist das klar? Die Suche nach Charlotte Klein ist ausschließlich Sache der Polizei. Ich hoffe, wir haben uns verstanden. Halten Sie sich bitte bereit. Mein Kollege», er zeigte auf einen Streifenpolizisten, der sich dezent im Hintergrund aufhielt, «wird Sie nacheinander befragen. Außerdem möchten wir uns Charlottes Zimmer ansehen.»

«Das kannst du dir genauso sparen, wie ihr Handy zu orten», mischte sich Henry ein. «Das habe ich.» Er holte es aus der Tasche.

Blume zog die Augenbrauen hoch. «Das ist ja interessant. Henry Zornik, ich nehme Sie wegen dringendem Tatverdacht in Gewahrsam, etwas mit dem Verschwinden von Charlotte Klein zu tun zu haben.»

«Das ist doch absurd», sagte Sophie und tippte sich an die Stirn.

Francesco legte Henry Handschellen an und wollte ihn in Richtung Flur schieben, doch die Studierenden stellten sich ihm in den Weg. «Das ist nicht Ihr Ernst, oder?», fragte Aron.

«Zu seiner eigenen Sicherheit!» Francesco schob die vier beiseite und führte Henry über die Haupttreppe ab.

Lucia kam ihnen entgegen und schien die Situation mit einem Blick zu erfassen. «Ich kümmere mich», sagte sie zu Henry und nahm den Rest der Treppe im Laufschritt.

KAPITEL 51

Charlotte saß mit angewinkelten Beinen in absoluter Dunkelheit. Sie hörte das Öffnen und Schließen von Türen. Ein schleifendes Geräusch, hinkende Schritte. Das monotone Klopfen von Metall auf Stein hatte sich vor einer gefühlten Ewigkeit zum wütenden Scheppern von Metall auf Metall gesteigert und hörte jetzt schlagartig auf. Erleichtert atmete sie aus, sie war kurz davor gewesen durchzudrehen. Sie versuchte, einen klaren Gedanken zu fassen, doch nun drangen Töne von fletschenden Zähnen und lautes Hundegebell an ihre Ohren. Es hörte sich nach einem Kampf an, der minutenlang dauerte und mit einem markerschütternden Schrei endete. Einem menschlichen Schrei.

Nach einer Weile der absoluten Stille hörte sie Bewegungen außerhalb ihres Verlieses, die aus einer neuen Richtung kamen, von links. Ihre Zelle schien am Ende eines Flures zu liegen. Dann klassische Musik. Ein Moderator redete über die Oper Othello. Was machte ihr Entführer jetzt? Radio hören? Das klassische Stück vermischte sich mit einem anderen Geräusch. Holzhacken. Die Erinnerung traf sie wie ein Schlag. Sie hatte Steins Haus umrundet und war in den Schuppen gegangen, weil sie annahm, Stein dort zu finden, um ihn nach Petra Luise Berger zu fragen. Doch da war niemand. Nur dieses düstere

Licht, das aus einer geöffneten Luke drang, durch die eine Treppe in den Keller führte. Sie war weiter in den Stall hineingegangen und hatte plötzlich einen Stich am Hals gespürt. Charlotte wurde heiß. Er hatte sie narkotisiert.

Aber warum? Weil sie in sein verborgenes Reich eingedrungen war? Er wusste doch gar nicht, was sie von ihm wollte? Perplex starrte sie ins Schwarze. *Deine Frau hat dir von mir und meiner Frage nach Petra Luise Berger berichtet. Und du hast mich erwartet. Sie hat den Anfall vorgetäuscht. Sie steckt mit dir unter einer Decke? Aber warum?*

Waren sie etwa Komplizen und hatten Petra Luises Mord gemeinsam geplant? Oder wollte Sabine Stein ihrem Mann jetzt im Nachhinein nur helfen, den Tod von Petra Luise zu vertuschen, damit er nicht ins Gefängnis muss? Charlotte versuchte ihre Gedanken zu sortieren: Erst Petras Treppensturz, tragisch, tragisch ... Dann Sabines gescheiterter Suizidversuch. Fünf Monate später verbrennt Petra Luise in der Stadtbibliothek. Fest stand, die drei verband irgendeine Beziehungstragödie. *Und ich habe Nachforschungen angestellt und bin zur Gefahr geworden. Sie werden mich beseitigen. Aber warum hat er mich dann nicht gleich umgebracht? Weil er wissen will, wer noch alles nach Petra Luise sucht?*

Weiter kam sie nicht, denn die Tür zu ihrem Verlies wurde aufgerissen. Der Hinkende trat ein. Ohne ein Wort zu sagen, drückte er ihr etwas Haariges in die Hände. Charlottes Finger fuhren über die Oberfläche. Sie erstarrte und schrie vor Entsetzen.

Eine dunkle Stimme sagte: «Du bist die Nächste!» Dann spürte sie den Stich am Hals und versank in grauem Nebel.

KAPITEL 52

Erst im Verhörraum des Bergener Polizeipostens nahm Blume ihm die Handschellen ab. Henry verkniff sich dankbares Seufzen und beherrschte sich, nicht seine schmerzenden Handgelenke zu reiben. Diese Genugtuung gönnte er Francesco nicht. «Zufrieden?», fragte er stattdessen sachlich.

Francescos Grinsen verrutschte. Hatte er etwa Reue erwartet? Francesco war der Letzte, vor dem sich Henry rechtfertigen würde.

Blume wies ihm den Platz am Tisch zu, auf den das Mikrofon gerichtet war. Er wollte es einschalten, doch Henry hielt ihn zurück. «Ich glaube, es ist besser für dich, du lässt es erst einmal aus.» Blume zog den Finger zurück. Henry hatte sich entschlossen, die Samthandschuhe abzulegen und zum Angriff überzugehen. Er wollte sehen, wie Francesco reagierte.

«Was geht hier vor auf der Insel? Warum hat der Staatsanwalt den Fall der brennenden Stadtbibliothek einfach so eingestellt, obwohl das Opfer bis heute nicht identifiziert ist?», fragte er, setzte sich und beobachtete seinen Ex-Kollegen genau.

Francesco ließ sich ihm gegenüber nieder. Er lehnte sich zurück, faltete die Hände wie beim Gebet und schlug die Beine übereinander. Das Zucken seiner Mundwinkel verriet seine innere Anspannung, die er mit scheinbarer Gelassenheit zu überspielen versuchte. *Du siehst aus, als würdest du in der Scheiße stecken.*

«In den letzten vier Jahren hat es siebenmal auf der Insel gebrannt», bohrte Henry weiter. «Immer wieder denkmalgeschützte Gebäude, die die Gemeinden verkaufen wollten. Das muss euch doch aufgefallen sein. Oder bezahlen sie euch fürs Wegsehen?»

«Ich glaube nicht, dass du in der Position bist, derartige Anschuldigungen zu machen.» Blume verschränkte die Arme vor der Brust. Eine typische Abwehrhaltung, wie jedes Kind wusste. Henry war überrascht, dass Francesco sich so durchschaubar präsentierte. Überhaupt, korruptes Verhalten passte eigentlich nicht zu ihm. Henry konnte sich nicht vorstellen, dass sein Ex-Kollege absichtlich einer falschen Spur gefolgt war.

«Verfluchte, Francesco!» Henry beugte sich zu Blume vor. «Ich habe mir eine geschlossene Ermittlungsakte aus dem Archiv beschafft, um sie mit meinen Studierenden als Beispiel zum Thema Opferwerdung durchzunehmen. Dabei bin *nicht nur ich*, sondern auch diese sehr intelligenten jungen Leute auf einige Schlampigkeiten gestoßen, die dazu geführt haben, dass deine Ermittlungen im Sande verlaufen sind. Daraufhin haben wir ein bisschen geforscht.» Was er insgeheim längst bereute. Der Gedanke, dass er diesen Wettbewerb angezettelt und damit vielleicht Charlotte in Todesgefahr gebracht hatte, sorgte für mehr als ein flaues Gefühl in seinem Magen. Er würde es sich nie verzeihen, wenn ihr dadurch etwas zugestoßen war. *Verfluchte!* Und jetzt bremste ihn Francesco im Rennen gegen die Zeit aus, sorgte mit seiner blödsinnigen Festnahme dafür, dass er nicht weitermachen konnte. Oder war das sogar der Plan? Henrys Hand donnerte auf den Tisch. «Was willst du, mich dafür hinter Gitter bringen? Die rechtliche Grundlage musst du mir erst einmal erläutern.»

Blume schluckte schwer. Ein Zeichen starker Belastung. Er vollführte wieder seinen Fingertanz, um sich zu beruhigen. Seine Selbstsicherheit schien zu bröckeln.

«Francesco, du warst immer ein Polizist, der sich an Regeln und Vorschriften gehalten hat», appellierte Henry an Blumes Vernunft. «Im Gegensatz zu mir. Hier geht es weder um dein noch um mein Ego. Das Mädchen ist genauso clever, wie Hanna es war. Ich nehme an, sie hat sich mit ihrem Alleingang in Gefahr gebracht. Was ja auch deine Vermutung ist. Also lass mich gehen, damit ich nicht noch einmal zu spät komme.»

Blume straffte den Rücken, sein Blick verhärtete sich. Er schüttelte den Kopf und stand auf. «Vergiss es, Zornik! Du bist raus.»

Entweder hatte dieser nordische Sturkopp nichts kapiert, oder er steckte tatsächlich knietief im Sumpf. Was Henry ihm eigentlich nicht zutraute. Und wenn Blumes Vorgesetzter oder der Staatsanwalt involviert waren? Blume war seinen Dienstherrn hörig. Er ermittelte nie auf eigene Faust weiter, wenn er den Befehl bekam, die Füße still zu halten.

«Wenn du mir nicht glaubst, vergleich die Seriennummer der Titanplatte auf den Tatortfotos mit der Seriennummer im Obduktionsbericht. Das Originalasservat ist ja verloren gegangen», sagte Henry. Doch der Vorwurf prallte an Blume ab. Er rief einen Kollegen und wies ihn an, Henry in die Gewahrsamszelle zu bringen. Der junge Schutzpolizist hatte noch die Pubertätspickel im Gesicht. Ohne Uniform musste der Junge garantiert seinen Ausweis zeigen, wenn er Alkohol kaufen wollte. Er war bis an die Zähne bewaffnet. Den unfreundlichen Gesichtsausdruck hatte er sicher aus einem Actionfilm abgeguckt und heimlich vorm Spiegel geübt, aus Angst, dass die Gesetzesbrecher ihn für ein Weichei hielten. Kaum bedachte Henry ihn mit einem eisigen Blick, begann er zu schwitzen. Lehrbuchmäßig forderte er ihn auf, die Arme auszustrecken, löste die Handschellen vom Gürtel und ließ sie um Henrys Gelenke schnappen, bevor er ihn zum Trakt der Gewahrsamszellen abführte.

«Du bist zu nah an mir dran», sagte Henry zu ihm und blieb stehen. Sofort legte der Junge die Hand an die Waffe, die in seinem Gürtel steckte. «Ein klassischer Fehler. Im Notfall hätte ich dir längst mit einer Drehung den Ellenbogen ins Gesicht gerammt und mir deine Waffe geschnappt. Merk dir das für die Zukunft, wenn du es mit echten Kriminellen zu tun hast.»

Keine Miene verziehend, öffnete der Jungbulle die Tür zur linken Gewahrsamszelle. Auf dem Tisch stand ein Tablett mit benutztem Plastikgeschirr, die rechte Pritsche sah gebraucht aus. Es roch nach Bratensoße und Männerschweiß.

«Hier wohnt schon jemand», sagte Henry und trat einen Schritt zurück.

«Ihr werdet euch schon vertragen. Einzelzimmer besitzt unser Hotel leider nicht.»

Cooler Junge! Jetzt wollte er witzig sein. «Was ist mit der Zelle nebenan?», fragte Henry, der sich mit den Räumlichkeiten und den gesetzlichen Bestimmungen bestens auskannte. In Gewahrsam mussten Verdächtige immer einzeln untergebracht werden.

«Anderweitig belegt.»

«Du willst mir doch nicht erzählen, dass ihr ausgebucht seid.» Henry runzelte die Stirn.

«Ich habe meine Anweisungen.»

«Ach», sagte Henry nur und bedachte den Jüngling mit einem Blick, der sagte: Ich durchschaue das Spiel. Der Polizist lief rot an, verlangte vorschriftsgemäß Henrys Gürtel, Schnürsenkel und dass er seine Hosentaschen leerte. Henry blieb vorerst nichts anderes übrig, als sich mit den Umständen abzufinden. Wenn Lucia sagte, sie wolle sich kümmern, würde der Aufenthalt sicher nur von kurzer Dauer sein. Länger als 24 Stunden durften sie ihn ohne richterlichen Beschluss sowieso nicht festhalten.

Verdammt, den Wohnungsbesichtigungstermin konnte er auch vergessen. Ihm blieb wohl nichts anderes übrig, als Frau Jakob zu vertrösten. Vielleicht geschah ja ein Wunder, und Blume hörte auf seinen Rat und erkannte den Fehler. Er lachte verächtlich. *Träum weiter.*

«Könnte ich wenigstens einen Kaffee haben?», fragte Henry, obwohl er wusste, dass die dünne Brühe seine aufkommenden Kopfschmerzen nicht vertreiben würde.

«Mit Milch und Zucker?»

«Ohne Milch, mit sieben Stück Zucker.»

Der Junge grinste schief. «Sehe ich aus wie ein Kellner? Abendessen gibt's um sechs. Sonderwünsche werden grundsätzlich nicht erfüllt. Wir sind hier nämlich nicht im Erholungsheim.»

«Hör mal zu, du kleiner Scheißer, anstatt den bösen Bullen hier zu spielen, solltest du den lieber nachts auf Streife im Park raushängen lassen und die Dealer bei ihren Geschäften mit den

Kids stören. Bist du zur Polizei gegangen, um mit einer Waffe am Gürtel Schaulaufen zu veranstalten, oder um Straftaten zu verhindern?»

Der coole Junge verzog keine Miene.

«Räum da draußen dein Revier auf! Sonst verkommt diese Stadt bald zum Mekka der Kriminellen.»

Kommentarlos räumte der Polizist das Geschirr des anderen Zellenbewohners ab und schloss die Tür. Henry legte sich auf die freie Pritsche, verschränkte die Arme unterm Kopf, starrte an die Zimmerdecke und versuchte, seine Gedanken zu sortieren. Konzentrier dich! Er schloss die Augen.

Er hatte sich geirrt, Sahra war nicht die Tote in der Bibliothek. Charlotte könnte von dem Familiendrama der Steins erfahren haben. Sie hatten ein handfestes Motiv gehabt, sich an Petra Luise Berger zu rächen. Das könnte Charlotte erkannt haben. Sie verheimlichte Neda und Marcus, warum sie Sabine Stein befragen wollte, und schickte ihre Kommilitonen auf eine falsche Fährte. Marcus wollte sie übertrumpfen, ihr den Sieg abjagen. Er heftete sich an ihre Fersen, um sie im passenden Moment zu überholen. Er folgte ihr ins Pflegeheim und bekam mit, dass Sabine Stein beim Besuch von Charlotte einen Anfall bekam. Henry vermutete eine heftige emotionale Reaktion, weil Charlotte die Frau auf Petra Luise Berger angesprochen und ihr das Trauma in Erinnerung gerufen hatte. Damit kannte er sich aus. Vor dem Zimmer traf Charlotte auf Marcus. Sie war sauer und versuchte, ihn loszuwerden, weil er nicht mitkriegen sollte, was sie als Nächstes vorhatte. Herrn Stein besuchen!

Dann verschwand sie spurlos. Entweder war sie auf den Mörder getroffen, oder Marcus hatte sie alle belogen. Seine Heimlichtuerei ließ Henry zweifeln. Charlotte konnte das

Handy nicht in der Klinik verloren haben. Er erinnerte sich an das aufgezeichnete Bewegungsprofil, das Neda ihnen gezeigt hatte. Sie hatten sich nur auf den letzten Punkt an Marcus' Adresse konzentriert. Davor war das Gerät im Funkmast am Burgwall eingeloggt gewesen. Dort wohnte Dr. Peter Stein. Doch wie kam das Handy in Marcus' Schublade?

Die Tür öffnete sich, und Henrys Zellengenosse trat ein.

Ein frisch geduschter fetter Glatzkopf mit Lederweste und gebrochener Nase.

KAPITEL 53

Man trifft sich immer zweimal im Leben», sagte der Kerl, war in drei Schritten bei Henry, packte ihn am Kragen und drückte ihn auf das Bett. «Ein Mucks, und du bist ein toter Mann.» Er griff in die Hosentasche, holte eine abgebrochene Zahnbürste raus und presste Henry die scharfe Spitze an die Schlagader unterm Ohr. Er musterte ihn. «Scheiße, was machst *du* in meiner Zelle?»

«Entschuldigung, dass ich störe. Aber den Urlaub hab ich nicht selbst gebucht.»

«Du bist doch ein Bulle!»

«Stimmt, Ex-Bulle.»

«Verarsch mich nicht! Warum hast du uns dann am See bespitzelt.»

«Ich war wütend. Ihr habt meine Katze gegrillt.»

«Haben wir nicht», sagte der Rocker, kam nah ran und raunte leise: «Du gehörst nicht zu denen hier, oder?»

Henry signalisierte dem Mann mit einem Blick, dass er mit seiner Vermutung richtig lag. Der Typ nickte. «Die planen was ganz Großes.»

«Du bist ein Informant?» Jetzt signalisierte ihm der Mann seinerseits mit einem Blick, dass Henry richtiglag. «Weißt du, wer das hier veranlasst hat?»

«Besser, du verschwindest von der Insel. Pass bloß auf dich auf!» Der Glatzkopf packte ihn am Hals, drückte aber nicht zu.

Henry spielte mit und stöhnte laut auf, bevor er leise fragte: «Was ist dein Auftrag?»

«Den plattzumachen, der in meine Zelle kommt. Aber ich bin kein Polizistenmörder.»

«Dann sollten wir jetzt mal so tun, als wolltest du deinen Auftrag erfüllen.» Henry drückte ihn von sich, nahm ihm die Zahnbürste ab und warf sie weit weg. Sie schlugen sich. Henry gewann die Oberhand und flüsterte dem Rocker ins Ohr: «Egon Kuntze? Dr. Stein?»

Bevor der Fette ihm eine Antwort geben konnte, wurde die Tür aufgeschlossen, und der Milchbubi in Uniform trat ein.

«Hey! Aufhören!», schrie er. «Ihr Anwalt ist da.»

Henry sprang auf. Der Polizist hielt ihn zurück und winkte den Rocker heran. Der drehte sich noch einmal zu Henry um. Das kurze Kopfnicken und der Blick bestätigten ihm zumindest, dass er Kuntze und Dr. Stein kannte.

Was ging hier ab? *Sie planen etwas Großes.* Da wäre eine Ermittlung störend. Nachdenklich legte Henry sich wieder hin. Kuntze, Stein, Stein, Berger, Engelmann, Winkler & Partner. Selbst das Steuerbüro, in dem Petra Luise gearbeitet hatte, konnte Teil dieses Beziehungsgeflechtes sein, das er noch nicht durchschaute. Sie war eine akribische, unbeliebte Mitarbeiterin gewesen. Hatte sie in den Unterlagen der Immobilienfirma Ungereimtheiten entdeckt ... *Verfluchte!* Charlottes Spur endet bei Dr. Stein. Henrys Spur führte zu Winkler & Partner, wo Dr. Stein Prokurist war. Hatte Kuntze für ihn die Drecksarbeit erledigt, die Brände gelegt und bei der Gelegenheit Petra Luise

Bergers Leiche entsorgt? Und Sahra Engelmann? Ihre Spur verlor sich auch am 19. November 2016. Henry zermarterte sich den Kopf. Das konnte doch alles kein Zufall sein.

Das Geräusch eines Schlüssels holte ihn aus den Gedanken. Blume stand im Raum. Das Gesicht ernst, fast erschüttert.

«Hast du den Fehler entdeckt?» Henry richtete sich auf und rutschte auf den Pritschenrand.

«Ich habe keinen Fehler gefunden, sondern eine Leiche.»

Henry hielt die Luft an. Ihm wurde schlecht. «Meine Studentin?»

Blume zögerte die Antwort hinaus. Er genoss es sichtlich, dass Henry der Boden unter den Füßen wegglitt. Henry starrte ihn an. Als Blume die Frage mit einem Kopfschütteln verneinte, atmete er erleichtert auf.

«Egon Kuntze.»

Das musste Henry erst einmal sacken lassen.

«Was hast du gestern Abend gemacht?»

«Du verdächtigst *mich*?» *Verfluchte!* Er war nach dem Besuch im Pflegeheim sinnlos herumgelaufen, bevor er sich ein Zimmer in der Pension genommen hatte. «Ich bin zeitig zu Bett gegangen.»

«Wo? Du bist auf dem Campingplatz gemeldet, aber dein Wohnwagen ist abgebrannt. Du hast keine Anzeige erstattet. Eigenartig. Oder doch nicht, weil du wusstest, wer der Täter war. Du wolltest ihn dir selber schnappen. Ich nehme an, in Brasilien geht man so miteinander um. Auge um Auge.»

Henry sparte sich eine Antwort.

«Du hattest eine Auseinandersetzung mit ihm. Du hast dich überall nach ihm und seiner Freundin erkundigt.»

«Sehr verdächtig.»

«Nicht nur du bist in der Lage, Mordfälle zu lösen! Du hältst dich für unwahrscheinlich clever, aber hast leider einen gravierenden Fehler begangen. Wir haben zehn Meter neben der Leiche einen Klappspaten im Gebüsch gefunden, auf dem sind deine Fingerabdrücke drauf. Der Boden war wohl zu hart, um ihn zu vergraben?»

KAPITEL 54

Henry lachte auf. «Das stinkt doch zum Himmel! Glaubst du wirklich, ich wäre so blöd, so ein Indiz am Tatort zu hinterlassen?», sagte er.

Verfluchte! Jemand lenkte den Verdacht auf ihn. Er hatte nur eine Erklärung: Winkler & Partner. Anscheinend war Kuntze zum Risiko geworden. Jemand hatte Angst, dass er redete. Dieser Jemand fühlte sich nun durch Henrys Schnüffelei in die Enge getrieben und zog nun alle Register, um ihn auszubremsen. Vielleicht hatten Kuntze oder dessen Mörder damals auch Sahra Engelmann zum Schweigen gebracht, weil sie in der Brandnacht zur Zeugin geworden war?

«Ich habe ... Henry, hörst du noch zu?», holten Blumes Worte ihn aus den Gedanken. «Ich habe Haftbefehl beantragt, der ist bereits genehmigt, du wirst nach Stralsund in U-Haft verbracht.»

«Ach, das ging aber schnell, sonst braucht es doch immer Tage, bis die Staatsanwaltschaft reagiert. Wen habt ihr mir dort als Zimmergenossen ausgesucht, einen Mörder, den ich mal irgendwann in den Knast gebracht habe? Vielleicht löst der ja euer Problem.»

«Was willst du damit sagen?»

«Komm, Blume, du weißt genau, was hier läuft.»

«Wir mögen unsere Differenzen haben, aber eins lasse ich mir von dir nicht unterstellen. Dass ich käuflich bin.»

«Es gibt hier doch eindeutige Bemühungen, mich davon abzuhalten, die Wahrheit ans Licht zu bringen!»

«Du verkennst die Situation, du hast ein eindeutiges Motiv, dich an Kuntze zu rächen.»

«Nein, *du* verkennst die Situation. Ich habe mit meinen Fragen in ein Wespennest gestochen. Dadurch sind einige Leute nervös geworden. Gehörst du dazu, kriege ich dich dran. Das verspreche ich dir! Mehr habe ich nicht zu sagen.»

Kaum schloss sich hinter Blume die Zellentür, wurde sie schon wieder geöffnet. Der uniformierte Jungspund führte Henry in den Vernehmungsraum zurück. Dort saß Lucia an der Seite eines Mannes, der einen Anzug mit perfekt sitzendem Krawattenknoten trug. Borowski, dachte Henry erstaunt. Sein Kollege schien voll in seinem Element. Hinter Henry trat Blume ein. Borowski schaute nur kurz zu ihm hoch, stellte sich als Dr. Anders vor und studierte wieder die Papiere, die vor ihm ausgebreitet auf dem Tisch lagen.

«Also ich kann beim bisherigen Ermittlungsstand keinen Grund erkennen, der eine Untersuchungshaft oder die Ingewahrsamnahme rechtfertigen würde. Dass mein Mandant kein Alibi für die Tatzeit hat, macht ihn noch lange nicht zum Mörder. Die Fingerabdrücke auf dem Klappspaten reichen nicht als Beweis. Immerhin handelt es sich nicht um die Tatwaffe.» Borowski wandte sich an Henry. «Herr Zornik, wo haben Sie Ihren Spaten zuletzt aufbewahrt?»

«Üblicherweise lehnte er außen neben der Tür zu meinem Wohnwagen. Womit wurde Kuntze denn getötet?»

«Sehen Sie, mein Mandant hat keine Ahnung», sagte Borowski und beantwortete Henrys Frage: «Egon Kuntze wurde mit einer Machete der Kopf abgeschlagen, der Torso wurde hinterher mit Benzin übergossen und angebrannt.»

Henry blieb der Mund offen stehen.

Blume mischte sich ein: «Ihr Mandant ist ein ehemaliger Polizist mit Kampferfahrung, der fünf Jahre in Brasilien gelebt hat. Ich nehme an, dort hat er auf den Zuckerrohrplantagen den Umgang mit Buschmessern gelernt und sich auch die rohe Art der Konfliktaustragung angeeignet.» Francesco war offenbar ziemlich gut informiert, was Henrys Leben in Brasilien anging. Henry konnte sich nicht erinnern, mit ihm oder einem anderen Polizisten je darüber gesprochen zu haben. Selbst Martha hatte er nur einmal eine Karte geschickt.

«Letztere Behauptung stützt sich auf welche Beweise?», fragte Borowski.

Blume verdrehte die Augen.

Borowski rückte sich die Lesebrille zurecht und zeigte auf die ausgebreiteten Unterlagen. «Wie ich lese, ist Ihr Wohnwagen am Samstag abgebrannt.» Er hob den Kopf und richtete seinen fragenden Blick auf Henry.

«Ja, als ich gegen 18 Uhr auf den Campingplatz zurückkam, stand ich vor einem verkohlten Gerippe.»

«Wo befand sich der Klappspaten zu diesem Zeitpunkt?»

«Keine Ahnung? Darauf habe ich nicht geachtet.»

Borowski machte sich Notizen. «Wann haben Sie ihn das letzte Mal benutzt?»

«In der Nacht zuvor, als ich meinen toten Kater begrub.»

«Und danach haben Sie den Spaten wieder an den Wohnwagen gelehnt?»

«Ja.»

«Laut Ihrer Aussage waren Sie ab Samstag früh unterwegs, in der Academy of Criminal Investigation und in einem Café. Haben Sie den Klappspaten mitgeführt?»

«Nein, ich wüsste nicht, wozu ich einen Klappspaten mit zum Unterricht nehmen sollte.»

Borowski jonglierte den Stift zwischen den Fingern der rechten Hand und richtete seinen selbstgefälligen Blick auf Blume. «Sie haben die Aussagen meines Mandanten gehört. Den Klappspaten könnte also jeder am Wohnwagen entwendet haben. Sie können weder die Tatwaffe noch die Behälter, in denen der Täter das Benzin mitgeführt hat, mit Herrn Zorniks Fingerabdrücken oder DNA vorweisen. Egon Kuntze hat selbst wegen Totschlags im Gefängnis gesessen und war kein unbeschriebenes Blatt. Das gibt Grund zur Annahme, dass er viele Feinde hatte. Laut Paragraf 112 Strafprozessordnung sehe ich keinen Rechtfertigungsgrund, Herrn Zornik länger seiner Freiheit zu berauben.» Er zeigte mit dem Stift auf Henrys Gesicht. «Zumal mein Mandant in Ihrer Obhut körperlichen Angriffen ausgesetzt ist. Das Hämatom am Wangenknochen sieht ziemlich frisch aus.»

Blume schwieg.

«Unter den gegebenen Umständen würde ich meinem Mandanten raten, Anzeige wegen Körperverletzung während der Inhaftierung zu erstatten. Das würde in der Öffentlichkeit ein sehr schlechtes Licht auf die Polizei werfen.»

KAPITEL 55

Verfluchte! Der Wohnungsbesichtigungstermin war natürlich geplatzt. Um 17.58 Uhr bekam Henry Gürtel, Schnürsenkel und sein Handy zurück. Die Mitarbeiterin der Wohnungsgenossenschaft hatte mehrfach versucht, ihn anzurufen. Er rief sie zurück. Vergeblich. Am liebsten hätte er das Handy gegen die Wand gepfeffert, aber er riss sich in Gegenwart von Francesco zusammen. Nachdem er für seine Habseligkeiten quittiert hatte, verließ er grußlos das Polizeirevier.

Lucia und Borowski warteten vor der Tür. Henry bedankte sich mit einem Kopfnicken. Lucia setzte die Sonnenbrille auf.

«Ein echter Anwalt unseres Vertrauens war leider nicht so schnell verfügbar.»

Es hatte doch funktioniert. Er konnte auf der Suche nach Charlotte das Rennen gegen die Zeit wieder aufnehmen. Und mit der Wohnung musste er eben eine andere Lösung finden.

Borowski streckte den Arm aus, und die Lichter eines weißen Volvo blinkten. «Den haben wir uns von der Chefin ausgeborgt. Man weiß nie, wie genau das Publikum hinschaut.» Stolz lächelnd deutete er auf Lucia. «Wären wir mit ihrer alten Klapperkiste vorgefahren, hätte selbst der Hausmeister an unserer Identität gezweifelt.»

Borowski, der Perfektionist. Henry schmunzelte über ihn.

Lucia stieg hinten ein und überließ Henry den Beifahrersitz. Er würde den Termin mit Frau Jakob um zwei Wochen verschieben. Basta! Das konnte ja nun nicht die ganze Adoption zum Platzen bringen. Und morgen würde er sich mit einem Blumenstrauß oder Pralinen bei der Wohnungsgenossenschaftsmitarbeiterin entschuldigen. Immerhin erschien Matti ihm in Sicherheit, das Kinderheim war gewarnt.

Während Borowski sich hinters Steuer setzte, schnallte Henry sich an. In den nächsten Stunden hatte die Suche nach Charlotte erst einmal oberste Priorität.

«Was habt ihr noch zum Ermittlungsstand Mordfall Kuntze gelesen?»

«Tatzeitpunkt des Brandes heute Morgen gegen drei», antwortete Lucia. «Fundort der kopflosen Leiche neben einer Gleisarbeiterbaustelle unweit vom Bahnhof. Das ist der Ort, an dem der Tote mit Benzin übergossen und angezündet wurde.»

Henry schluckte. «Wie hat man ihn identifiziert?»

«Fingerabdrücke. Wind und Regen müssen verhindert haben, dass der Leichnam vollständig verbrannt ist.»

«Todesursache?» Die erübrigte sich vielleicht, allerdings konnte der Kopf auch postmortal abgetrennt worden sein.

«Das Durchtrennen des Halses mit einer scharfen Klinge. Der Fundort war nicht der Tatort. Der Kopf und die Waffe, wie vermutet eine Machete, wurden ebenso nicht aufgefunden wie der Behälter, in dem der Täter das Benzin transportiert hat. Nur der Spaten mit deinen Fingerabdrücken lag bei der Leiche.»

«Das hört sich nach einer Hinrichtung an.»

«Die man dir in die Schuhe schieben will», sagte Borowski.

Lucia spitzte den Mund. «Mafiamethoden.»

«Der Haftbefehl mit Überstellung ins Untersuchungsgefängnis nach Stralsund war schon ausgestellt.» Henry lachte bitter. Er erzählte, dass er zu einem Rocker in die Zelle gesperrt worden war, trotz der rechtlichen Vorschrift, dass man im Gewahrsam einzeln untergebracht sein musste. «Der sollte mich plattmachen. Allerdings war der Kerl ein Informant und nicht bereit, seinen Auftrag zu erfüllen. Er meinte, dass seine Auftraggeber etwas ganz Großes vorhaben.»

Lucia sah ihn mit entsetztem Blick an. «Wenn es um ihre Geschäfte geht, sind sie zu allem bereit.»

Das war ihm klar. Doch in welchem Zusammenhang stand all das mit dem Brandopfer Petra Luise Berger? Ihr Tod, Sahra Engelmanns Verschwinden am gleichen Tag, Charlottes Verschwinden und nun Kuntzes Tod, für den man ihn, Henry, mit manipulierten Spuren verantwortlich machen wollte?

«Gab es schon einen Obduktionsbericht?», fragte Henry.

Lucia schüttelte den Kopf. «Nein, der stand noch aus.»

«Wisst ihr, wer die Polizei zum Fundort gerufen hat?»

«Anonym.» Borowski zuckte mit den Schultern und startete den Motor.

«Denkst du, das hat was mit Charlottes Verschwinden zu tun?», fragte Lucia.

Henry sah erst sie an, dann Borowski. Wie gerne hätte er sich geirrt, aber er konnte die besorgten Blicke der beiden nur erwidern.

«Zum Citycenter», sagte er zu Borowski. Der holte eine Tüte mit dem Logo von Murats Schlüsseldienst aus dem Handschuhfach und übergab sie ihm. «Schon erledigt.»

«Dann sollten wir keine Zeit verschwenden und uns in der Akademie mit den anderen besprechen.»

Borowski trat beherzt aufs Gas. «Übrigens ein netter Typ,

dieser Murat. Obwohl ich nicht glaube, dass er ist, was er uns glauben machen will.» Er zwinkerte Henry zu und reihte sich auf der Wasserstraße in den Verkehr ein.

Henry schwieg. Er hatte andere Sorgen. Wenn es den Zusammenhang gab, den er befürchtete, wollte er sich gar nicht ausmalen, was Charlottes Entführer mit ihr anstellten. Er konnte nur hoffen, dass man sie nicht folterte oder schon umgebracht hatte. Lucia hatte vollkommen recht, die Mafia und ihre Partner kannten keine Skrupel, wenn es darum ging, ihre Geschäfte zu schützen.

Neda, Aron und Sophie schienen erleichtert aufzuatmen, als Henry in den kleinen Seminarraum mit den blauen Wänden eintrat. Er bemerkte Arons Feindseligkeit gegenüber Borowski sofort. Der Student musterte Henrys Dozentenkollegen düster und ballte die Hände zu Fäusten. So war das schon seit Jahrtausenden, dachte Henry, wenn zwei Männer die gleiche Frau begehrten. Wo ein Gewinner ist, gibt es immer einen Verlierer. Deswegen wurde in der Menschheitsgeschichte schon so mancher Krieg entfacht. Borowski, wie immer ein exzellenter Beobachter, reagierte auf Arons Verhalten mit einem winzigen Zucken der Mundwinkel. Er ahnte wahrscheinlich, dass Aron Bescheid wusste, und offensichtlich schämte er sich für sein Verhältnis mit Charlotte, oder was auch immer die beiden miteinander hatten. «Wenn ich gerade nicht gebraucht werde, würde ich den hier …», Borowski hielt den Autoschlüssel hoch, «… zurückgeben und mich vorerst verabschieden.» Er verließ den Raum, und Aron entspannte sich sichtlich. Henry rieb sich die Schläfen. Solche Feindseligkeiten im Team konnte sie jetzt am wenigsten gebrauchen.

Sophie reichte Aron ein Taschentuch. «Wisch dir die Krokodilstränen ab. Akzeptiere, dass Charlotte ihn dir vorgezogen hat», sagte sie.

Aron winkte genervt ab. «Können wir bitte über was anderes reden.»

Alle Augen richteten sich auf Henry.

«Egon Kuntze ist tot», sagte er, ging an die Tafel, schrieb den Namen darauf und versah ihn mit einem Kreuz. «Wir haben über ihn, seine Vergangenheit, seinen Charakter und seine Beziehung zu Sahra Engelmann bereits gesprochen. Wie ihr wisst, habe ich ihn verdächtigt, verfolgt und hatte eine Auseinandersetzung mit ihm. Er hat mir gedroht. Ich nehme an, dass er für den Tod meines Katers und den abgebrannten Wohnwagen verantwortlich war. Ein Bekannter von Kuntze hat mir berichtet, dass Kuntze am Samstagnachmittag seine Sachen abgeholt und auf einen Schlag alle Schulden bei ihm bezahlt hat. Angeblich wollte Kuntze das Scheißleben auf der Insel hinter sich lassen.» Henry atmete laut aus, bevor er weiterredete: «Jetzt ist er tot, und Charlotte ist verschwunden. Ich wurde verdächtigt, etwas mit Kuntzes Tod zu tun zu haben. Ihm wurde der Kopf mit einer scharfen Klinge abgetrennt. Die Polizei vermutet eine Machete.» Er gab den Studierenden alle Informationen, die Lucia und Borowski den polizeilichen Unterlagen entnommen hatten. «Die Befragungen der Beamten in Kuntzes Umfeld haben ergeben, dass ich drei Tage vorher eine handfeste Auseinandersetzung mit ihm hatte. Ich habe kein Alibi, bin kampferfahren und kann mit einem Buschmesser umgehen. Ich habe also Motiv, Gelegenheit und Mittel. Das macht mich verdächtig. Da ich es aber nicht war, der Kuntze getötet hat, ziehen Sie welche Schlussfolgerungen?»

«Jemand hat den Klappspaten absichtlich dort platziert und damit den Verdacht auf Sie gelenkt, um Sie am Herumschnüffeln zu hindern», sagte Neda.

«Und Charlotte?», fragte Sophie. Henry hörte das leichte Zittern in ihrer Stimme. Die ungewisse Situation machte ihr mehr Angst als Neda, die mit zusammengepressten Lippen an ihrer Brille herumnestelte. Sie schien einen klaren Kopf zu bewahren, was sicher zum Teil daran lag, das sie auf der Flucht gelernt hatte, dass es in vielen schlimmen Situationen besser war, Emotionen zu unterdrücken. In Arons Gesicht las Henry, dass sich der große, entschlossene Student, der immer etwas ruppig rüberkam, gerade ziemlich hilflos fühlte.

«Sie hat von Sabine Stein nichts erfahren, deshalb hat sie bestimmt ihren Ehemann aufgesucht», sagte Aron. Für einen Moment herrschte eine bedrückende Stille im Raum. Neda nickte. «Der bei Winkler & Partner damals für die Vermittlung denkmalgeschützter Gebäude auf der Insel zuständig war, von denen acht abgebrannt sind.»

«Warum ist Kuntze das Opfer?», fragte Henry.

«Er weiß etwas über seinen Mörder, das nicht ans Licht kommen darf», sagte Neda. «Bevor Sie ihn finden und er etwas ausplaudern kann, hat sein Mörder ihn erledigt.»

Henry blickte in die Runde. «Was glauben Sie, warum Charlotte verschwunden ist?»

«Sie könnte ihrem Entführer die falschen Fragen gestellt haben», sagte Neda. «Er hatte Angst, dass sie ihn als den Mörder von Petra Luise Berger entlarvt.»

«Mörder und Entführer haben also sehr viel zu verlieren.» Henry malte zwei Kurven an die Tafel, die sich am Ende an einem Punkt kreuzten. Darüber schrieb er Dr. Peter Stein. Bei ihm lief alles zusammen. «Es kann kein Zufall sein, dass Charlottes und meine Spur zu der gleichen Person geführt haben.»

«Was hat der Mann zu verlieren?», fragte Sophie. «Eigentlich ist er doch schon unten angekommen? Kind tot, Frau im Pflegeheim, Haus und Job verloren. Ist es da nicht egal, wenn man am Ende im Gefängnis landet? Sollte sein Motiv für den Mord an Petra Luise Berger Rache für das zerstörte Leben seiner Familie gewesen sein, dann hätte er seine Genugtuung doch längst gehabt?» Sie verschränkte die Arme vor der Brust.

Es war etwas Trotziges in ihrer Haltung. Aber Henry merkte ihr auch an, dass sie ein schlechtes Gewissen hatte. Immerhin hatte sie Charlottes Erkenntnis geklaut. Das konnte dazu geführt haben, dass Charlotte sich niemandem mehr anvertrauen mochte. Deshalb fühlte sich Sophie mitschuldig an der Situation.

Neda nahm die Brille ab. «Na ja, würdest du in einem Moment der tiefen Befriedigung freiwillig aus dem Fenster springen?»

«Wenn es darauf ankommt, den eigenen Arsch zu retten, setzt bei jedem der Selbsterhaltungstrieb ein», meinte Aron. «Da wachsen Menschen über sich hinaus. Das gilt im Positiven wie im Negativen.»

«Fassen wir zusammen.» Henry lehnte sich ans Pult. «Alles deutet darauf hin, dass der Mörder Kuntze getötet hat, um seine Spur zu verwischen und es mir in die Schuhe zu schieben. Er hat meine Verhaftung einkalkuliert und dass ich in U-Haft komme, wo man sich wahrscheinlich um mich gekümmert hätte. Charlotte hat er gekidnappt, weil sie ihm zu nahe gekommen ist. Wir müssen vorausschauend denken. Habt ihr eine Idee, was er als Nächstes vorhaben könnte?»

«Er wird Charlotte töten, wenn er es nicht schon getan hat», murmelte Sophie.

«Und er wird versuchen, von ihr zu erfahren, wer noch alles von ihm weiß», sagte Lucia, die bis dahin geschwiegen hatte. Sie schaute Henry an. «Mit deiner Freilassung wurden ihre Pläne durchkreuzt. Du könntest zur Zielscheibe eines Anschlags werden. Sei auf alles gefasst und pass bloß auf dich auf!» Die Warnung hatte er heute schon von seinem Zellennachbarn gehört.

Neda setzte die Brille wieder auf. «Freiwillig wird sie ihm nichts sagen.»

«Das bedeutet Folter», sagte Aron und stützte den Kopf in die Hände. «Wäre ich Freitagnacht nicht so betrunken in ihrem Bett gelandet, wäre das vielleicht alles gar nicht passiert.»

Noch einer, der sich schuldig fühlte.

Nachdenklich legte Henry die Kreide weg. Was hatte er übersehen? Seit er Kuntze auf das Mädchen mit den blauen Haaren angesprochen hatte, hatten sich die Ereignisse überschlagen. Alles, was er beobachtet und erfahren hatte, waren einzelne Puzzleteile, zwischen denen es offensichtlich Verbindungen gab, die er aber noch nicht zusammensetzen konnte.

«Ich finde, wir sollten Dr. Stein einen Besuch abstatten. Wollen doch mal sehen, was er uns zu erzählen hat», schlug Aron vor.

«Ich finde ihn auch verdächtig, aber das ist zu früh.» Henry hob mahnend die Hand. «Wer einen Mörder fassen will, muss wie ein Mörder denken. Wenn wir danach handeln, müssen wir zuerst dieses Geflecht aus Informationen verstehen, dann ein Gesamtbild, eine Theorie aufstellen, damit wir gezielt vorgehen können.»

«Zornik hat recht», sagte Lucia. «Kopflos losrennen und Dr. Stein besuchen, könnte Charlotte erst recht in Gefahr bringen. Wir brauchen Beweise.» Sie nahm die Kreide, schrieb neben die Kurve, die Charlottes Spur darstellte, den Namen *Petra Luise Berger*, malte ein Kreuz sowie ein brennendes Haus dahinter und schrieb das Datum 19. 11. 2016 hin. Unter Kuntze auf der anderen Seite schrieb sie den Namen Sahra Engelmann, dahinter malte sie ein Fragezeichen und schrieb, *verschwunden am 19. 11. 2016.*

Henry ergänzte das Tafelbild um einen dicken roten Strich, der die Namen Engelmann und Kuntze verband.

Jetzt nahm Neda die Kreide. Sie schrieb den Namen Sabine Stein in die Mitte der beiden Kurven und malte dicke Striche zu Peter Stein, Petra Luise Berger und Sahra Engelmann.

Sophie trat an die Tafel, verband Kuntze und Dr. Stein mit einem dünnen Strich, den sie mit *Winkler & Partner* und einem Fragezeichen beschriftete.

Alle traten zurück und betrachteten das Tafelbild. Henry ergänzte noch den Namen des Steuerbüros und verband ihn mit Petra Luise Berger und der Immobilienfirma. Darüber setzte er ein Fragezeichen.

Borowski war leise durch die Tür getreten und stellte sich dazu. Er nahm die Kreide und schrieb hinter das Kreuz von Kuntze das Datum 16. 9. 2019 und malte ein Feuersymbol. Auf der anderen Seite schrieb er auf gleiche Höhe: *Charlotte, verschwunden am 15. 9. 2019.* Er legte die Kreide weg, trat zurück und rieb sich die Hände. Henry umkreiste Kuntze und Petra Luise Berger mit blauer Kreide, Sahra Engelmann und Charlotte mit gelber Kreide.

«Seht ihr es? Alles hängt irgendwie auch mit Winkler &

Partner zusammen. Stein war dort in einer Führungsposition, und Kuntze hat laut Aussage seines Bekannten hin und wieder für die Immobilienfirma gearbeitet. An diesem Überschneidungspunkt sollten wir ansetzen und nach Hinweisen suchen, die belegen, dass sich Stein und Kuntze kannten. Was konnte Kuntze wissen, das Stein und/oder Winkler geschadet hätte? Warum arbeitet Stein nicht mehr im Immobilienbüro? Gibt es die Verbindung zum Steuerbüro, in dem Petra Luise gearbeitet hat?»

«Sie haben also eine Theorie?», fragte Aron.

«Vage. Ich nehme an, dass Dr. Stein den klammen Kuntze mit der Brandstiftung in der Stadtbibliothek beauftragt hat. Vielleicht sogar zusammen mit Sahra.» Henry hielt inne. Mit dieser Vermutung ließe sich auch erklären, warum Stein so komisch auf Sahras Foto reagiert hatte. Er redete weiter: «Stein hat diese Gelegenheit genutzt, um Petra Luise Berger loszuwerden. Vielleicht hatte er die Frau vorher schon irgendwo festgehalten und nun die Chance wahrgenommen, sie endgültig zu beseitigen. Sie war für sein größtes Unglück verantwortlich, in seinen Augen war sie eine Hexe.»

«Und Hexen wurden früher auf dem Scheiterhaufen verbrannt», warf Neda ein. Sie fragte, wie Henry Sahra Engelmanns Verschwinden einordnete.

«Ich denke, sie hat hinterher Schwierigkeiten gemacht, nach dem Brand. Eine Drogensüchtige ist unberechenbar. Ich vermute, sie ist auch tot. Irgendwo verscharrt. Man hat sie bloß noch nicht gefunden.»

«Aber wie hat Stein es geschafft, dass niemand Petra Luise vermisst?», wollte Aron wissen.

«Tja, das ist die große Frage. Wir wissen, dass Petra Luise

bereits Ende Oktober alle Brücken hinter sich abgebrochen hat. Ich nehme an, Stein hat ihren Tod von langer Hand geplant. Vermutlich hat er sich ihr Vertrauen erschlichen, sie isoliert, dafür gesorgt, dass sie kündigt. In diesem luftleeren Raum hat er sie entführt und irgendwo versteckt gehalten.» Henry wischte sich die kreidigen Hände am Tafellappen ab. «Und doch hat er sie nicht schon Ende Oktober umgebracht. Zwischen ihrem Verschwinden und ihrem Tod lagen circa drei Wochen. Das lässt vermuten, dass er entweder gezögert oder sie vor der Ermordung gequält hat, physisch und psychisch. Ich tendiere zu Ersterem. Ich glaube nicht, dass er ein eiskalter Mörder ist. Das gibt mir die Hoffnung, dass Charlotte noch lebt.» Alle schwiegen. «Am besten, wir teilen uns auf. Neda, kommen Sie irgendwie an den Obduktionsbericht der Rechtsmedizin?»

Sie holte ihren Laptop aus der Tasche, klappte ihn auf. «Ich könnte noch einmal die Dienstnummer und das Passwort des Kommissars benutzen.»

«Nein, das ist zu riskant. Ich habe eine andere Idee.» Henry zückte sein Handy, rief Martha an, fragte Lucia nach ihrer E-Mail-Adresse und gab sie Martha durch. «Martha schickt ihn dir, sobald sie ihn hat.»

Lucia nickte. «Ich schaue mir in der Zwischenzeit den Ort an der Gleisbaustelle an, wo Kuntzes Leiche verbrannt wurde. Vielleicht entdecken wir noch etwas, das uns weiterhilft.»

«Ich nehme an, der Täter wurde gestört. Die Nachlässigkeit, einen halb verbrannten Leichnam zurückzulassen, der über die Fingerabdrücke identifizierbar ist ... passt eigentlich nicht zu den Leuten, die du hinter Winkler & Partner vermutest», gab Borowski zu bedenken.

Henry schüttelte den Kopf. «Ich würde dir recht geben, wenn es nur darum gegangen wäre, Kuntze loszuwerden. Die Leiche hätten sie, ohne dass sie jemals jemand findet, im Meer, im Bodden oder im Nonnensee versenken können. Sie halbherzig zu verbrennen und den Spaten mit meinen Fingerabdrücken am Fundort zu deponieren, damit wollten sie mich eindeutig ausschalten. Dass sie mich mit diesem Rocker in eine Zelle gesperrt haben, war ja nun kein Zufall.»

«Okay, du bist der legendäre Ermittler», sagte Borowski und hob beide Hände. Er schien beleidigt.

Henry klopfte ihm auf die Schulter. «Ich will nicht beweisen, dass ich recht habe, sondern Charlotte retten. Dafür brauche ich dich jetzt.» Sein Kollege nickte versöhnlich. Henry griff seine Jacke vom Tisch, zeigte auf Neda, Aron und Sophie: «Ihr kommt mit uns mit!» Er hielt inne.

«Weiß jemand, wo Marcus steckt?»

Die Studierenden sahen sich an. «Seit Ihrer Verhaftung haben wir ihn nicht mehr gesehen.»

KAPITEL 56

Der graue Nebel verflog, wurde immer durchsichtiger. Sie war barfuß und trug ein weißes Kleid, pflückte Blumen auf einer Wiese. Schmetterlinge tanzten über den Blüten. Das nasse Gras unter ihren Füßen kitzelte. Das ungute Gefühl, beobachtet zu werden, kroch der kleinen Charlotte den Rücken hoch, und sie sah sich um. Da stand er, am Waldrand, übergroß und behaart, mit feurigen Augen, aus denen Funken sprühten. Bereit zum Sprung. Er fletschte die Zähne. Speichel tropfte ihm aus dem Maul. Sie ließ die Blumen fallen und rannte. Doch sie kam nicht vom Fleck. Sie drehte sich um. Das Monster kam immer näher. Es fauchte. Sprang. Plötzlich spürte sie seinen heißen, stinkenden Atem in ihrem Nacken. Sie riss die Augen auf. Alles schwarz. Sie trug eine Augenbinde. Durch ihre Finger rieselte Sand. Sie war nicht mehr auf der Wiese. Lag sie am Strand? Das Monster war ein Albtraum. Oder? Der heiße stinkende Atem über ihrem Gesicht war echt.

Die Erinnerung traf sie wie ein Schlag. *Ich bin entführt worden.* Sie erstarrte und wagte es nicht, sich zu bewegen. Da war jemand direkt neben ihr. Zwei Finger fuhren sanft über ihren linken Arm, erreichten die Schulter, streichelten ihren Hals und packten zu, schnürten ihr die Luft ab. Sie röchelte, schlug um sich und bekam den Angreifer nicht zu fassen. Panisch nach Luft schnappend, hallte ihr der letzte Satz ihres Peinigers in den Ohren. «Du bist die Nächste.»

KAPITEL 57

Henry setzte die Basecap auf und schob einen Wagen mit Putzutensilien aus dem Akademiefundus zu dem Transporter ohne Logo, den Borowski immer für seine Informationsbeschaffungseinsätze mit den Studierenden benutzte. Er wusste, dass im Citycenter nachts eine Sicherheitsfirma ihre Runde drehte. Der Reinigungsdienst kam gleich nach Ladenschluss.

Borowski hatte auf seine Methode der verdeckten Informationsbeschaffung bestanden. Eine gute Prüfungssituation für die Studierenden. Henry fand dieses ganze Verkleiden zu umständlich. Entsprechend widerwillig war er in den grauen Arbeitsoverall geschlüpft und hatte sich das Schild der Reinigungsfirma an die Brust geheftet. Der Perfektionismus seines Kollegen schien ihm übertrieben, er kam sich albern vor. Ungewohnt. Ohne Dienstmarke und ohne Durchsuchungsbeschluss wären die Informationen in seinem früheren Job vor Gericht gar nichts wert gewesen. Damals hätte er den Staatsanwalt erst einmal von der Notwendigkeit des Einsatzes überzeugen müssen, bevor dieser das nötige Dokument ausstellte. So manche Ermittlungen hätten ohne dieses Hindernis schneller zum Erfolg geführt und Opfern manches Leid erspart.

Borowski musterte ihn mit einem kritischen Blick. «Kostüm und Requisite helfen dem Schauspieler, sich in die Figur einzufühlen, und sind nötig für eine perfekte Illusion. Wir müssen damit rechnen, dem Sicherheitsdienst zu begegnen.» Er warf einen Blick auf Henrys Schuhe. «Sophie in High Heels würde auch jeden misstrauisch machen, selbst mit Besen in der Hand.» Streng schickte er Henry zurück in den Fundus, wo er sich notgedrungen Arbeitsschuhe anzog.

Um 22.02 Uhr öffneten sie den Nebeneingang zum Citycenter mit der Schlüsselkopie und schoben den Putzwagen in den gläsernen Fahrstuhl. Ringsum in den Läden putzten Männer und Frauen in ähnlichen Overalls.

«Borowski, du hast recht gehabt», sagte Henry zu seinem Kollegen. Der grinste nur.

Bei Winkler und Partner brannte Licht. Drinnen kehrte ihnen ein Mann mit Basecap den Rücken zu. Er saugte den Teppich.

«Verfluchte!», platzte es aus Henry heraus. Auch die anderen machten zerknirschte Gesichter. Henry riss die Tür auf. «Hey, Sie müssen sich im Büro geirrt haben. *Wir* haben den Auftrag, hier sauber zu machen», motzte er den Arbeiter an.

Der Mann drehte sich um. Henry traute seinen Augen nicht. Marcus! Was machte der denn hier? Sie hatten doch ausdrücklich vereinbart, nichts im Alleingang zu unternehmen. Henry packte Marcus am Ärmel und zerrte ihn in das offen stehende Büro des Firmeninhabers.

«Was machen Sie hier?» Er drückte ihn unsanft auf den Stuhl, der vor Winklers Schreibtisch stand.

«Das Gleiche wie Sie. Informationen beschaffen. Ich konnte nicht tatenlos herumsitzen, Sie wurden schließlich heute Mittag verhaftet.»

Aron, Neda und Sophie traten ins Büro. Borowski hatte vorne im Kundenbereich den Staubsauger übernommen.

«Warum werde ich das Gefühl nicht los, dass Sie uns etwas verschweigen», sagte Henry in scharfem Ton. Er machte eine Pause, um zu sehen, wie Marcus reagierte. Der blieb reglos sitzen. Henry zeigte dann mit dem Finger auf ihn und sprach aus, was er die ganze Zeit vermutete. «Sie wissen, wo sie ist. Stimmt's?»

«Ist das so?», brüllte Aron und ging auf Marcus los. Henry hielt ihn zurück.

Sophie schüttelte den Kopf. «Du bist das Letzte!»

«Scheiße, ich weiß eben nicht, wo sie ist!» Marcus senkte den Blick. «Ich habe sie gestern nach dem Streit vor dem Pflegeheim durch ganz Bergen verfolgt. Am Busbahnhof hat sie mich ausgetrickst. Ich habe nur geahnt, wo sie hinwollte, und bin zu der Adresse von Peter Stein. Die stand auf dem Zettel, den ich ihr bei unserem Streit vor dem Sanatorium aus der Jackentasche geklaut habe. Ich bin also auch dorthin und habe bestimmt eine Stunde gewartet und das Haus observiert. Niemand ging rein oder raus. Ich bin dann hintenherum auf das Grundstück und habe gelauscht. Es lief nur das Radio im Schuppen. Ich habe keine Stimmen gehört. Ich war unsicher, vielleicht hatte sie den Mann gar nicht aufgesucht und sich nur einen Spaß mit mir erlaubt. Wir legen uns manchmal so rein, um uns gegenseitig zu übertrumpfen. Ich kam mir wie ein Idiot vor, weil da nichts war. Also bin ich zurück in die WG. Dort war Charlotte auch nicht. Ich habe sie angerufen. Sie ging nicht ran. Ich habe Borowski aufgesucht. Es hätte ja gut sein können, dass sie zu ihrem heimlichen Lover wollte, und mich deshalb abgehängt hat. Der war nicht da.» Marcus warf einen Blick hinter sich in den Kundenbereich, den Borowski saugte. «Dann habe ich sie wieder angerufen.» Er zuckte ratlos mit den Schultern. «Keine Antwort. Also bin ich noch mal zu der Adresse von Peter Stein zurück. Im Haus brannte Licht. Ich habe mich hinter einem Baum auf der gegenüberliegenden Straßenseite versteckt und noch einmal versucht, sie zu erreichen. In dem Moment hat etwas im Gebüsch neben mir geklingelt. Ihr Handy. Ich habe es an mich genommen und gedacht, dass sie doch da gewesen sein muss und das Haus bestimmt aus der gleichen Position wie ich beobachtet hat.»

«Warum haben Sie uns das nicht gleich erzählt?» Marcus machte ein betretenes Gesicht. «Sie wollten den Fall alleine lösen. Sie wissen, dass Sie mit Ihrer Heimlichtuerei Charlottes Leben aufs Spiel setzen.»

«Du bist so ein Idiot!», sagte Sophie verächtlich.

Aron tigerte im Raum auf und ab. «Was ist, wenn wir wegen dir zu spät kommen?»

«Hören Sie auf zu streiten, sonst verlieren wir noch mehr Zeit», sagte Henry barsch und wandte sich wieder an Marcus. «Gibt es noch etwas, was wir wissen sollten?»

«Nachdem Sie festgenommen wurden, habe ich Stein observiert. Er hat sich am Ernst-Moritz-Arndt-Turm mit einem Mann getroffen.» Marcus beschrieb die zweite Person knapp.

«Winkler», sagte Henry.

«Ich konnte nicht hören, was sie gesprochen haben. Stein bekam von dem Typen, Winkler, einen braunen Umschlag, den er hastig einsteckte. Nach der Übergabe schienen sie sich zu streiten. Das sah nach gegenseitigen Drohungen aus.»

«Geld?», fragte Sophie.

Aron setzte sich auf einen zweiten Stuhl. «Stein erpresst Winkler vielleicht.»

«Das habe ich auch gedacht», sagte Marcus kleinlaut. Irgendwie konnte Henry ihn verstehen. Wahrscheinlich fühlte Marcus sich schuldig, weil er mit seinem Verhalten mitverantwortlich dafür war, dass Charlotte sich niemandem anvertraut hatte. Mit seinem Alleingang hatte er es wiedergutmachen wollen. Hätte Henry doch nur diesen verdammten Wettbewerb nicht angezettelt!

«Wir suchen nach einer Verbindung zwischen Kuntze und Stein», wandte er sich jetzt an alle. «Sophie, Sie nehmen sich die Personalakten vor. Achten Sie auf zeitliche Überschneidungen der Beschäftigungsverhältnisse. Uns interessiert auch, seit wann und warum Stein nicht mehr hier arbeitet. Hat er gekündigt oder wurde er gekündigt? Gab es zum Beispiel Abmahnungen?» Sie nickte und machte sich an die Arbeit. «Marcus, Sie kümmern sich um die Bauprojekte aus den Zeitungsartikeln. Die Immobilien, die abgebrannt sind. Schreiben Sie die Namen der Investoren auf. Später werden wir recherchieren, ob es da Verbindungen in die organisierte Kriminalität gibt.» Marcus begann die nach Jahren sortierten Ordner in den Wandschränken zu durchsuchen, die jeweils ein Bauprojekt enthielten. Dass Neda sich den Computer vornahm, war klar.

Henry fragte: «Können Sie Dateien kopieren, damit wir sie später in Ruhe durchsehen können?»

«Ich kann die ganze Festplatte kopieren. Soll ich?»

«Wie lange dauert das?»

«Ein paar Minuten.»

«Legen Sie los!», sagte er und forderte Aron auf, ihm bei der Sichtung der Kontoauszüge zu helfen. «Fangen Sie 2015 an. Suchen Sie nach Überweisungen an Kuntze und Stein. Und nach Zahlungen, die Ihnen komisch vorkommen. Ich mache gleich mit, nachdem ich den hier durchgeschaut habe.» Henry hielt den Ordner hoch, in dem die Unterlagen zum Wiederaufbau der Stadtbibliothek abgeheftet waren. Ein Blick in das Bauprojekt reichte, um zu sehen, dass hier nichts Belastendes zu finden sein würde. Dr. Stein war zwar federführend in der Abwicklung des Projektes gewesen, aber das schien alles legal.

Henry stellte den Ordner zurück an seinen Platz und machte sich über tagesaktuelle Buchhaltungsunterlagen her. Aha! Die Jahresbilanzen wurden vom Steuerbüro Friedrich erstellt, dem Steuerbüro, in dem Petra Luise Berger gearbeitet hatte. Aron tippte mit dem Finger auf den Kontoauszug, den er vor sich hatte, und Henry sah ihm über die Schulter. Das nächste Indiz im Beziehungsgeflecht. Es gab unregelmäßige Überweisungen im geringfügigen Bereich an Kuntze, Baumann und Loose als Bauhelfer, die dem Lohn eines Minijobbers entsprachen. Steins Gehaltszahlungen endeten im Januar 2017. Aron und Henry entdeckten außerdem Barabhebungen im vierstelligen Bereich. Die monatlich regelmäßig auftauchenden zweitausenddreihundertsiebenunddreißig Euro waren mit dem Vermerk «Privatentnahme» versehen. Die letzte Abhebung der krummen Summe war heute um 15.41 Uhr erfolgt. Eine Stunde nachdem Henry mit der Kundenberaterin gesprochen hatte. Er erinnerte sich an die Situation. Winkler war telefonierend im Büro auf und ab gelaufen. Der Gesichtsausdruck des Mannes war angespannt gewesen, als gäbe es ein größeres Problem. Dann hatte er das Haus verlassen.

«Marcus, wann haben Winkler und Stein sich heute getroffen?», fragte Henry und drehte sich zu dem Studenten um.

Marcus schaute hoch. «16.15 Uhr.»

Wie passend. Henrys Verdacht, dass Dr. Stein seinen ehemaligen Chef erpresst, erhärtete sich. Er musste etwas wissen, womit er Winkler schaden konnte. Hatte Winkler tatsächlich Verbindungen zur italienischen Mafia, die mit den Immobiliengeschäften auf der Insel ihr Geld reinwusch? Dann würde Stein eine Bedrohung darstellen. Andererseits hätten sie ihn längst verschwinden lassen können, ohne dass jemand etwas bemerkt hätte. Außer Stein hatte irgendwo eine Art Lebensversicherung hinterlegt, die ihn schützte. Solange er nicht mehr als die zweitausenddreihundertsiebenunddreißig Euro im Monat verlangte, war die Zahlung für Winkler vielleicht besser zu verschmerzen, als eine polizeiliche Untersuchung im Haus zu haben, die in seiner Firma jedes Blatt umdreht. Henry hielt inne. Plötzlich fiel es ihm wie Schuppen von den Augen. Zweitausenddreihundertsiebenunddreißig Euro kostete die Zuzahlung für den Pflegeplatz im *Haus Sonnenschein*.

Das hatte er in dem Prospekt gelesen. Henry stellte die Unterlagen an ihren Platz zurück. Damit, blitzsaubere Bauprojekte vorzufinden, hatte er gerechnet. Die Bezahlung der Auftraggeber zur Preisminderung von Objekten wurde garantiert über Schwarzkassen abgewickelt. Und der Vermittler kassierte eine Provision. So lief das. Dass es sich bei der Privatentnahme um Erpressergeld handelte, darauf musste man erst mal kommen.

«Besen!», rief Borowski plötzlich nach hinten. Das vereinbarte Codewort. Schnell stellte Henry die Ordner an ihren Platz zurück. Die anderen reagierten auch sofort und schoben die Unterlagen dahin, wo sie sie hergeholt hatten. Sie nahmen Lappen und Staubwedel in die Hand und putzten Regaloberflächen und Fenster, leerten den Papierkorb aus.

Nur Neda blieb sitzen. «Ich brauche noch dreißig Sekunden!», sagte sie aufgeregt und sah abwechselnd von der Tür zum Bildschirm und wieder zur Tür. Henry sah, dass noch 16 Prozent fehlten, bis der Kopiervorgang abgeschlossen war. Würde sie den jetzt abbrechen, wären die gesamten kopierten Daten verloren.

Henry schnappte sich Eimer und Wischmopp vom Wagen mit den Putzutensilien, der neben der Tür stand, eilte damit hinaus und flutete den Boden des kleinen Flurs, der Kundenbereich und Chefbüro verband, mit reichlich Wasser. Dabei zog er die Basecap tief ins Gesicht. Winkler lief schlecht gelaunt auf ihn zu, doch Henry stellte sich ihm in den Weg und hob eine Hand. «Moment, der Boden ist sehr rutschig.»

In aller Ruhe wischte er ihn trocken. Dabei bemerkte er Winklers Ungeduld. Der Immobilienmakler schien es eilig zu haben, doch er fügte sich, trat einen Schritt zurück, zückte sein Handy und schaute auf das Display, während er wartete. Henry vermutete, dass er seine Nachrichten oder E-Mails checkte. Der Mann schöpfte also keinen Verdacht. Die Putzkolonne in den Overalls nahm er wahrscheinlich nur als graue Masse wahr, niederes Volk, das seinen Dreck wegräumte und keine Aufmerksamkeit verdiente. Henry verachtete respektlose Menschen, doch im Moment war er froh, dass Winkler zu ihnen gehörte. Er drehte ihm den Rücken zu und vergewisserte sich, dass Neda fertig war. Sie putzte bereits den Schreibtisch. Erleichtert trat er zur Seite und ließ den Immobilienmakler durch.

«Finger weg von meinem Schreibtisch!», ranzte Winkler Neda an. «Wie oft soll ich das eurem Chef eigentlich noch sagen, dass ihr euch nur um den Fußboden, den Müll und die Glasflächen zu kümmern habt.»

Neda wich zurück und entschuldigte sich unterwürfig. «Aidhirni! Bitte nicht Chef anrufen», bettelte sie in gebrochenem Deutsch mit arabischem Akzent.

«Geh weg!», sagte er, schob sie grob beiseite, raffte die losen Blätter zusammen und packte sie in eine Mappe, die er in der Schreibtischschublade verschloss. In dem Moment klingelte Henrys Smartphone und gab den Froschgesang von sich, den Murat ihm aus Spaß eingestellt hatte. Geistesgegenwärtig drückte er den Anruf stumm und eilte zum Immobilienbüro hinaus, um zu telefonieren. Durch die Schaufensterscheibe sah er, dass Winkler sich irritiert nach ihm umdrehte. Wahrscheinlich wunderte er sich, dass er diesen Klingelton heute schon zum zweiten Mal hörte. Henry entfernte sich. Den Rückzug würden die Studierenden und Borowski auch ohne ihn schaffen. Erst als er die Nebeneingangstür zum Citycenter hinter sich geschlossen hatte, holte er das Handy aus der Tasche und guckte auf das Display. 22.49 Uhr. Lucia hatte versucht, ihn zu erreichen. Er wollte sie schon zurückrufen, da öffnete sich die Tür hinter ihm ein zweites Mal. Es war Neda. Ihr Gesichtsausdruck verriet, wie wütend sie war.

«Was für ein arrogantes Arschloch!» Sie meinte Winkler. Neda schüttelte sich. «Ich muss hier weg.» Entschlossen sah sie Henry an. «Wenn es Neuigkeiten zu Charlotte gibt, komme ich mit», sagte sie mit fester Stimme.

Henry nickte und rief Lucia zurück.

«Die Polizei hat anscheinend unweit der Brandstelle am Rande der Gleise noch eine Leiche zwischen Güterzügen gefunden», sagte seine Kollegin knapp und beschrieb ihm die Stelle, wo sie sich befand. «Am besten, du kommst her.»

KAPITEL 58

Schon von Weitem sah Henry das Blaulicht von zwei Einsatzfahrzeugen. Sie hatten ihn auf dem Weg zum Bahnhof mit eingeschaltetem Martinshorn überholt. Lucia erwartete ihn und Neda etwa hundert Meter hinterm Bahnhof auf der anderen Seite der Gleise am Rande einer Baumgruppe. Genau wie er beobachtete sie die Szene schräg gegenüber. Polizisten in Uniform brachten hinter einem stehenden Güterzug auf dem Abstellgleis Scheinwerfer in die richtige Position, um einen mit schwarzgelbem Band abgesperrten Bereich auszuleuchten. Das Szenario war Henry bestens bekannt. Er hatte keine Zweifel: Die Polizei hatte noch eine Leiche gefunden. Zwei Leichen beinahe am selben Fleck. Das flaue Gefühl in seinem Bauch nahm zu.

«Das kann kein Zufall sein. Wir haben nicht viel Zeit. Blume braucht von Stralsund maximal dreißig Minuten. Wir müssen näher ran.»

«War ich schon, die haben mich weggeschickt», entgegnete Lucia.

«Hast du einen Blick auf die Leiche werfen können?»

«Nein, die war abgedeckt.»

Henry verbot sich den Gedanken, dass es Charlotte sein könnte. Er atmete schwer.

«Wir können nur hoffen, dass es nicht Charlotte ist», sprach Neda mit brüchiger Stimme aus, was er gerade zu verdrängen versuchte. Er sah, dass ihre Hände zitterten.

«Haben sie was gesagt, ob es sich um einen Mann oder eine Frau handelt?» Henry versuchte, einen klaren Kopf zu bewahren.

Lucia schüttelte den Kopf.

Henry atmete tief durch. Er musste sich beruhigen. Doch er hielt die Ungewissheit nicht aus. «Bleibt hier stehen», sagte er und lief los.

Im Schutz der Bäume und Sträucher pirschte er sich bis zu der Baustelle der Gleisarbeiter heran, die etwa fünfzig Meter entfernt lag. Er lief an aufgestapelten Betonplatten und einem Schotterhaufen vorbei, in dem eine Schippe steckte, umrundete einen Bagger und lief am Güterzug entlang zurück. Vorsichtig duckte er sich weg und kroch unter den Waggon, hinter dem das Licht auf dem Boden am hellsten war. Im Schutz eines Wagenrades kauerte er sich hin und betrachtete die Leiche am Boden. Aufgrund der Wölbung des Tuches, mit dem sie abgedeckt war, schien sie ihm sehr klein und schmal zu sein. Sie hatte die Beine angewinkelt und die Arme abgespreizt. Einer zeigte in seine Richtung. Die Hand unter dem Tuch war etwa einen Meter von ihm entfernt. Er zählte vier Polizisten. Zwei kümmerten sich um die Absperrung zwischen den Güterzügen, einer stand am Rand und telefonierte. Ein anderer drängte einen Fotografen zurück und drohte ihm, die Kamera zu beschlagnahmen, wenn er es wagen sollte, ein Foto zu machen.

Henry schaute sich auf dem Boden nach einem Stock um. «Verfluchte!», murrte er leise, weil er nicht fand, was er suchte. Er krabbelte unter dem Zug hervor, eilte zur Baustelle und holte sich die Schippe. Damit lief er zurück und kroch abermals unter den Waggon. Die Streifenpolizisten standen mit dem Rücken zu ihm und warteten auf die Mordermittler. Er musste es wagen! Henry hielt die Luft an. Vorsichtig schob er den Stiel in Richtung Leiche, hob das Tuch über der Hand an und legte ein Stück der Finger frei.

Die Nägel waren schmutzig, der blaue Lack abgeblättert. Eine zierliche Frau, nicht besonders groß, mit blauem Nagellack. Konnte es Charlotte sein? Sie könnte im Dreck gewühlt haben. Aber trug sie überhaupt Nagellack? Er war sich nicht sicher. Der Täter könnte ihr die Nägel auch lackiert haben. Erschüttert kroch Henry wieder hervor, nahm den gleichen Weg zurück und legte die Schippe wieder auf der Baustelle ab. Die beiden Frauen sahen ihn erwartungsvoll an.

«Trug sie blauen Nagellack?»

«Nein», sagte Neda knapp.

Henry blieb regungslos stehen und grübelte. Warum sollte der Täter ihr die Nägel lackiert haben? Stopp! Finger mit abgeblättertem blauem Nagellack hatte er vor ein paar Tagen schon einmal gesehen. Bei Mona. Schwer schluckte er den Kloß herunter, der ihm schon die ganze Zeit im Hals steckte. Er musste seinen objektiven Blick bewahren. Wenn Mona tatsächlich die Tote war, konnte sie infolge ihres Drogenkonsums gestorben sein.

«Ich glaube nicht, dass es Charlotte ist, aber ich ahne, wer es sein könnte. Mona Friedrich», sagte er und klärte die beiden auf, was er im Zusammenhang mit Sahra Engelmann von ihr wusste.

«Die Tote muss nichts mit unserem Fall und Charlottes Verschwinden zu tun haben», sagte er und wusste, dass er sich mit seinen Worten nur selbst beruhigen wollte. «Wo ist die Stelle, an der Kuntze verbrannt ist?»

«Komm!» Lucia ging voraus.

Langsam setzte er sich in Bewegung. «Hat Martha dir den Obduktionsbericht gemailt?»

«Ja, und sie hat auch den vorläufigen Bericht der K-Technik angehängt. Glatter Schnitt, mit großer Wucht ausgeführt. Machete oder Schwert haben ihm den Kopf vom Hals getrennt. Vorher wurde er mit einer Eisenstange gequält, die ihm in den Anus gesteckt wurde.»

«So hat er damals vor elf Jahren Piet Jansen getötet. Der Täter muss davon gewusst haben», sagte Henry verwundert.

Lucia blieb kurz stehen. «Das ist aber auch eine Bestrafungsmethode der Mafia und krimineller Rockerbanden.»

«Ich weiß.»

«Er hatte lauter Sand in den Schuhen», fuhr Lucia fort.

Henry starrte in die Dunkelheit. «Dann könnte der Tatort an einem abgelegenen Strand gewesen sein. Er schaute die beiden Frauen an. «Tatzeitpunkt?»

«Gestern Nacht gegen 1 Uhr», antwortete Lucia.

«Wann hat man die Leiche verbrannt?»

«Die Feuerwehr bekam den Anruf gegen 2.40 Uhr.»

Nachdenklich rieb er sich das Kinn. «Hundert Minuten. Das bedeutet, der Tatort kann überall auf der Insel gewesen sein. Du brauchst mit dem Auto von keinem Ort länger als fünfzig Minuten. Und in der Nachsaison ohne Touristen bist du um die Uhrzeit quasi allein auf den Straßen unterwegs.»

«Und zeitgleich mit dem anonymen Anruf bei der Feuerwehr kam ein starker Regenguss runter», sagte Neda.

Henry aktivierte die Taschenlampe in seinem neuen Handy.

Er schirmte den Lichtstrahl mit der Hand ab und leuchtete über den Boden. Dann lief er bis zum angrenzenden Gebüsch, in dem die Polizei wohl seinen Klappspaten gefunden hatte. Ein Stück daneben gab es einen Trampelpfad, der zur Straße führte. Der Täter war mit dem Auto gekommen, hatte am Straßenrand geparkt und Kuntzes Leiche aus dem Kofferraum auf die Gleise gezerrt, mit Benzin übergossen und angezündet. Henry lief auf dem Trampelpfad bis zur Straße und leuchtete den Boden sowie links und rechts das Gebüsch ab, in dem lauter Müll lag. Der Regen hatte alle Fuß- und Reifenspuren eines möglichen Transportwagens weggespült.

«Gab es sichergestellte Gegenstände, Fasern oder Ähnliches, was im Bericht der K-Technik erwähnt wurde?»

«Nix», antwortete Lucia, die ihn beobachtete.

Er kam wieder zurück. «Ein perfekter Ort. Ohne den Regen wäre der Tote binnen kurzer Zeit vollständig verbrannt und die Überreste wären vom nächsten durchfahrenden Güterzug zermalmt worden. Die Stelle ist so abseits gelegen, dass die Aktion von niemandem beobachtet werden konnte.» Er schüttelte den Kopf. «Das war Absicht. Er sollte zusammen mit meinem Klappspaten gefunden werden. Die Tatwaffe war genauso zielsicher gewählt wie das In-Brand-Setzen der kopflosen Leiche.» Henry setzte sich wieder in Bewegung. «Ein anonymer Anruf», sagte er und lief zur Baustelle, überquerte sie und nahm Kurs auf die Ruine des alten Bahnwärterhäuschens, das noch mal hundert Meter weiter am einstigen Bahnübergang stand. Lucia und Neda folgten ihm.

«Mona?», rief er zum verhängten Fenster hinein, obwohl er wusste, dass er keine Antwort bekommen würde. Er stieg über den herumliegenden Müll. Es roch verfault. Ratten huschten über den Boden und verschwanden in Hohlräumen unter dem Schutt. «Ich bin's, Henry.» Er schob die alte Wolldecke beiseite, die Mona als Haustür diente.

Der Anblick der leeren Matratze rührte ihn an. Henry griff sich an den Hals, der ihm auf einmal eng war. Er rief Lucia und Neda heran. Schweigend zeigte er auf das Drogenbesteck; Löffel, eine benutzte Einwegspritze und das Feuerzeug, das in einer aufgeklappten Brotdose am Kopfende des versifften Lagers lag. «Das hätte sie nicht liegen lassen.»

Lucia und Neda nickten. «Die …» Weiter kam Lucia nicht, denn hinter ihnen polterte es plötzlich.

«Polizei, verlassen Sie sofort das Gebäude!»

Verfluchte! Blume war schneller da, als Henry befürchtet hatte.

Er guckte irritiert zur Türöffnung herein.

«Was machst du hier?»

«Wonach sieht es denn aus?»

Blume kniff die Augen zusammen. «Das kann ich im Moment noch nicht sagen.»

«Eine meiner Studentinnen ist verschwunden. Glaubst du wirklich, ich sitze tatenlos rum und warte, bis ihr sie findet?»

«Woher weißt du von der Toten? Hörst du etwa den Polizeifunk ab?» Blume trat ein.

«Ich war zufällig in der Nähe. Denkst du, dass ich als jahrelanger Mordermittler nicht deuten kann, wenn mehrere Einsatzwagen mit Blaulicht und Martinshorn in eine Richtung durch die nächtliche Kleinstadt rasen und einen Ort mit Absperrband sichern.»

«Du warst also zufällig in der Nähe. Soso! Mit der forensischen Pathologin aus der Akademie», sagte Blume, der in seinem Mantel aus edlem Zwirn, dem schwarzen Anzug und weißen Hemd wieder aussah, als käme er geradewegs aus der Oper. Er faltete die Hände vorm Bauch und schaute ihn wieder mit dieser selbstgefälligen Miene eines Mannes an, der von sich meinte, etwas Besseres zu sein. Er musterte Neda. «Und Sie sind sicher eine Studentin», sagte er in herablassendem Ton. «Waren Sie auch zufällig hier?»

Henry hob die Arme. «Okay, du hast uns erwischt. Wir haben uns den Fundort von Kuntzes Leiche angesehen.»

Er sah, dass sich Francescos Ohren rot färbten und die Nasenflügel bebten. Er atmete ein, dass sich sein ganzer Brustkorb hob. Sein Ex-Kollege stand kurz vor einem Wutausbruch.

«Begreifst du es nicht, Zornik?», donnerte er. «Du bist raus, du bist kein Polizist mehr, und diese Grünschnäbel von der Privatschule haben erst recht nichts zu ermitteln. Wo kommen wir denn hin, wenn sich jeder einen Sheriffstern an die Brust heften kann?»

«Du hast wohl Angst, dein Gesicht zu verlieren», konterte Henry und ärgerte sich im gleichen Moment, dass er Blume gerade provozierte. Das war jetzt wenig zielführend. Henry bückte sich, griff hinter die Matratze und ertastete tatsächlich ein Klapphandy, das er hervorzog. Es war nicht durch einen Code gesichert. Er rief die Anrufliste auf und übergab Francesco das Beweismittel.

«Hier hast du das Motiv für den Mord an Mona Bergheim. Denn das ist die Frau auf den Gleisen. Sie hat letzte Nacht um 2.40 Uhr das Polizeirevier angerufen. Ich nehme an, sie hat von hier aus Kuntzes Mörder gesehen.»

Henry sah die Verblüffung in Blumes Gesicht. Er schob sich an Francesco vorbei und stieg über den Müll. Die Schuld lag tonnenschwer auf seinen Schultern. Die Schuld an Monas Tod, der vielleicht nur passiert war, weil er diese Ereigniskette in Gang gesetzt hatte.

«Wie kommst du auf Mord?», rief Blume ihm hinterher. «Sie ist an einer Überdosis gestorben. Die Spritze steckt ihr noch im Hals.»

Natürlich. Francesco hatte am Fundort der Leiche auf den ersten Blick erkannt, was passiert war. Henry lachte bitter auf. Ohne zu hinterfragen, ohne zu zweifeln, zog Blume keine anderen Todesumstände in Betracht. Vielleicht interessierte es ihn auch nicht, weil Mona eine Drogensüchtige war.

Henry drehte sich zu Blume um. «Das wäre Mona nicht passiert. Sie wusste, was sie tat.» Er wies auf das herumliegende Drogenbesteck hin. «An deiner Stelle würde ich mir Spritze und Inhalt mal genauer ansehen.»

Er konnte über so viel Ignoranz und Dummheit nur den Kopf schütteln. Es war Zeitverschwendung, überhaupt mit ihm zu reden. Blumes Geltungssucht siegte wieder über jegliche Vernunft. Henry musste hier weg und sich erst einmal abreagieren.

Er lief über die Gleise zum Bahnsteig, setzte sich auf eine Bank und stützte den Kopf in die Hände.

Nach einer Weile setzten sich die beiden Frauen links und rechts neben ihn. Lucia berührte seinen Arm.

«Mona. Woher kanntest du sie?»

Henry erzählte ihnen vom Chemieunterricht und wie er sie vor vier Tagen wieder getroffen hatte.

«Wahrscheinlich hat sie Kuntzes Mörder gesehen. Der wollte kein Risiko eingehen. Vielleicht hat sie ihn sogar gekannt», sagte Neda.

Lucia starrte nachdenklich geradeaus. «Das war ihr Todesurteil.»

«Oder ihre Erlösung», sagte Henry und wischte sich eine Träne weg.

KAPITEL 59

Sie trafen sich im Park vor dem Bahnhof. Henry wollte alle nach Hause schicken und Dr. Stein allein unter die Lupe nehmen. Die ganze Geschichte wurde ihm zu gefährlich. Er wollte nicht, dass noch jemandem etwas passierte, er fühlte sich so schon schuldig genug. Doch seine vier Studierenden bestanden darauf, ihn zu begleiten.

«Es geht um eine reine Observation. Sie sind doch bei uns. Und wir lernen praktisch, wie man dabei vorgeht», sagte Sophie. «Wir beobachten Stein ja nur.»

Sie hatte ja recht, solange sie zusammenblieben und Stein unauffällig observierten, konnte eigentlich nichts passieren. Außerdem sahen viele Augen mehr als zwei. Borowski und Lucia verabschiedeten sich, hielten sich aber bereit.

«In Ordnung», sagte Henry zu den Studierenden. «Aber das kann sich hinziehen. Klüger ist, wenn Sie sich stundenweise einteilen.»

«Und Sie?»

«Ich kann sowieso nicht schlafen.» Dass er gar keinen Schlafplatz hatte, verschwieg er. Erst jetzt fiel ihm ein, dass er vergessen hatte, die Pension für eine weitere Nacht zu buchen, weil er so voller Hoffnung war, die Wohnung in der Platte gleich heute beziehen zu können. Wäre Blume ihm mit der blöden Festnahme nicht dazwischengegrätscht, hätte das bestimmt geklappt. Frau Jakob musste er auch noch vertrösten.

Sophie holte ihn aus den Gedanken. «Dann übernehme ich mit Aron die erste Schicht», bestimmte sie. «Wir benutzen mein Auto, das ist unauffällig. Na ja, fast.»

«Das Haus hat zwei Ausgänge», klärte Marcus sie auf.

«Gut mitgedacht.» Henry rieb sich die Nase. «Trauen Sie sich zu, den hinteren mit Neda zu überwachen?»

Marcus nickte.

«Sie bleiben außerhalb des Grundstücks und beobachten nur.» Henry sah jedem Einzelnen ins Gesicht. «Wir lassen alle unsere Telefone an.»

Sie standen in einer Reihe parkender Autos am Burgwall auf der anderen Straßenseite, fünfzig Meter von Steins Adresse entfernt. Henry betrachtete das Grundstück. In der Einfahrt ein alter Ford. Das Haus verwahrlost und marode. Im Gegensatz zu dem teuren Platz im privaten Pflegeheim passten Steins Wohnverhältnisse und das alte Auto zu den finanziellen Verhältnissen eines Mannes, der durch einen Schicksalsschlag alles verloren hatte. Henry schätzte ihn als verbittert, zynisch und selbstzerstörerisch ein. Das Einzige, was ihn am Leben hielt, war die Liebe zu seiner Frau. Für sie erpresste er sogar seinen ehemaligen Chef, um damit den Pflegeplatz finanzieren zu können.

Im Haus brannte Licht hinter zugezogenen Vorhängen. Unverändert seit einer Stunde. Hin und wieder huschte ein großer Schatten am Fenster vorbei. Sophie saß neben Henry hinterm Steuer und gähnte. Sie rutschte in eine bequeme Position und verlangte ihre Jacke von Aron, der auf dem Rücksitz schon nach dreißig Minuten Observation Probleme mit dem Stillsitzen hatte. Er warf sie ihr nach vorn. Sie knüllte den Stoff zusammen und stopfte sich das Kleidungsstück als Kopfkissen in den Nacken.

Henry war hellwach. Er hielt das Smartphone in der Hand und setzte mehrmals an, Frau Jakob in einer E-Mail zu erklären, dass er den Besichtigungstermin seiner Wohnung verschieben musste, weil er mit einer Grippe im Bett lag. Irgendwie fand er nicht die richtigen Worte. Der kurze Text klang wie eine fadenscheinige Ausrede. Erst recht, wenn er ihn kurz vor Mitternacht versendete. Er speicherte die Nachricht als Entwurf und würde sie erst morgen früh verschicken. Nachdenklich schaute er hoch. Der Schatten im Haus blieb am Fenster stehen. Er sah, dass der Mann telefonierte und dabei wild gestikulierte.

Henry steckte das Handy weg, beugte sich vor und nahm einen Schluck aus dem dampfenden Kaffeebecher, den er in der Halterung abgestellt hatte. Im ganzen Auto roch es nach Fast Food, das sie sich auf dem Weg noch im Schnellrestaurant in der Celler Straße besorgt hatten. Der Kaffee im Pappbecher war kochend heiß. Er verbrannte sich die Zunge. Im Radio, das leise vor sich hin lief, verlas der Sprecher die Mitternachtsnachrichten. Sophie neben ihm hatte die Augen geschlossen. Sie war eingeschlafen.

Henry schaltete das Radio aus. Die Meldungen über Krieg, Katastrophen, Terror und Politikversagen wollte er nicht hören. Er drehte sich um. Aron spielte auf dem Handy herum.

«Tetris», beantwortete er Henrys fragenden Blick. «Das schult räumliches Denkvermögen und Konzentration.»

Henry drehte sich wieder um und wollte sich seinen Gedanken hingeben, da ging bei Stein das Licht aus. Er setzte sich ruckartig auf.

«Ich gehe mal pinkeln», sagte Aron und wollte aussteigen.

Henry hob die Hand, und Aron hielt inne. Die Haustür ging auf, Stein trat heraus. Er zog eine schwarze Reisetasche in der Größe eines Golfbags über die Schwelle. Sie sah verdammt schwer aus. Stein schloss das Haus ab. Mühsam schleppte er die Reisetasche zu seinem klapprigen Ford.

Henry weckte Sophie: «Es geht los!» Sie war sofort wach und steckte den Schlüssel ins Zündschloss.

«Der haut ab», sagte sie.

«Nein, nein, der lässt seine Frau nicht im Stich. Der hat etwas anderes vor.» Henry kniff die Augen zusammen. Wo wollte Stein mitten in der Nacht mit dieser Tasche hin? Bei dem Gedanken, dass sie groß genug für den Transport eines Menschen war, musste er schlucken.

«Was schleppt der Kerl da mitten in der Nacht aus dem Haus?» Sophie musterte die Tasche genau, die Stein in den Kofferraum hievte. Entsetzt sah sie Henry an. Ihm war klar, dass sie beide das Gleiche dachten: Bringt er damit Charlotte weg?

Sophie startete den Motor.

«Schön Abstand halten», sagte Henry. Sophie glitt mit ausgeschalteten Scheinwerfern aus der Parklücke.

«Rufen Sie Marcus an», forderte er Aron auf.

Der tippte sogleich auf sein Handy. «Marcus? Wir folgen ihm. Er fährt mit dem Auto weg.»

Henry verlangte das Telefon. «Marcus, sehen Sie sich auf dem Grundstück und in den Gebäuden um. Ich nehme an, es ist kein Problem für Sie, da reinzukommen, ohne Spuren zu hinterlassen.»

Marcus antwortete «Aye, aye, Sir!», dann legte er auf.

Gespannt schaute Henry auf die Rücklichter des Fords, der in gemächlichem Tempo in etwa hundert Meter Entfernung vor ihnen die Ringstraße entlangfuhr. Eilig schien es Dr. Stein nicht zu haben. Henrys Adrenalinspiegel stieg. Stein hielt sich exakt an die Geschwindigkeitsbegrenzung, um nicht aufzufallen. Das beunruhigte ihn. Er kratzte sich an der Schläfe. Plötzlich setzte Stein den Blinker und bog links ab, wo es zum *Haus Sonnenschein* ging.

Wo willst du mitten in der Nacht mit dieser Reisetasche hin? Ins Pflegeheim zu deiner Frau? Haben dich die Pfleger angerufen? Braucht sie etwas?

Tatsächlich. Der Ford fuhr auf den Besucherparkplatz des Sanatoriums und hielt direkt vor dem Haupteingang. Stein stieg aus und verschwand im Foyer. Ohne die Reisetasche. Der Inhalt hatte also nichts mit seiner Frau zu tun. Wollte oder musste Stein kurzfristig verreisen und verabschiedete sich? Henry dachte an Steins Treffen mit Winkler am Nachmittag, das laut Marcus mit gegenseitigen Drohungen geendet hatte. Haute der wirklich ab? Aber vor wem? Henry runzelte die Stirn. Er konnte sich kaum vorstellen, dass Stein seine Frau alleinließ.

«Nachts haben die doch keine Besuchszeit», stellte Sophie misstrauisch fest.

Aron löste seinen Gurt. «Soll ich hinterher?»

«Bleiben Sie sitzen. Sie warten! Haben Sie den Lockingpick?» Aron reichte Henry den Türöffner nach vorne. Kaum war Stein im Pflegeheim verschwunden, stieg Henry aus. Er musste wissen, was in dieser Tasche war! Er rannte quer über den Parkplatz und versuchte, die Kofferraumklappe des Fords zu öffnen. Wie erwartet, war sie abgeschlossen. Während er mit dem Lockingpick im Schloss herumpulte, behielt er das hell erleuchtete Foyer im Auge. Dort saß der Nachtportier hinterm Empfangstresen und las Zeitung.

«Verfluchte!», schimpfte Henry vor sich hin, weil das Schloss nicht aufging. «Charlotte, bist du da drin?», flüsterte er und forderte sie auf, sich zu bewegen oder ein Klopfzeichen zu geben.

Nichts rührte sich. Da kam Stein schon wieder zurück. Henry duckte sich am Hinterrad, damit der Mann ihn nicht sah. Benzingeruch kroch in seine Nase. Der kam nicht aus dem Auspuff, sondern aus dem Kofferraum. Stein musste Benzinkanister transportieren. Der Mann wollte nicht verreisen, sondern etwas beseitigen. Eine Leiche? Charlotte? Die Vorstellung schickte einen stechenden Schmerz in seinen Magen. Henry stöhnte auf. Vielleicht lebte sie ja noch, war nur bewusstlos. Er könnte den Mann überwältigen und zwingen, den Kofferraum zu öffnen. Aber wenn sie nicht da drinnen war, musste er ihn ziehen lassen. Dann wäre Stein gewarnt. Angenommen, er hielt sie irgendwo versteckt, dann würde er sie vielleicht zu ihr führen. Besser war eindeutig, ihm weiter heimlich zu folgen. Sie durften ihn auf keinen Fall verlieren.

Stein öffnete die Zentralverriegelung des Wagens. Die Tür schlug zu, der Motor sprang an, und das Auto rollte im Schritttempo bis zum Ende der Zufahrt, blinkte links und bog auf die Parkstraße ab.

Sophie fuhr vor und sammelte Henry ein.

Was hatte er um diese Zeit im Heim bei seiner Frau gemacht? Dass ihn die Pfleger vorhin angerufen hatten, hielt Henry für unwahrscheinlich. Für ihn sah Steins kurzer Besuch bei seiner Frau eher danach aus, dass er sich Mut zusprechen lassen hatte. Wollte oder musste der Mann zu Ende bringen, was er angefangen hatte? Für seine Frau? Henry wusste noch zu wenig über Stein, um bestimmt voraussagen zu können, was der vorhatte. Er starrte auf die Windschutzscheibe.

Sophie holte tief Luft. «Steckt Charlotte im Kofferraum?»

Verneinend schüttelte er den Kopf, denn er wollte sie und Aron nicht beunruhigen. Henry nahm den Deckel des Kaffeebechers ab. «Der Anruf vorhin kam sicher aus dem Pflegeheim. Wahrscheinlich brauchte sie was, sagte er, rührte den Kaffee um, da sich der Zucker schon abgesetzt hatte, und trank ihn aus.

Stein fuhr die Parkstraße entlang, überquerte die Raddasstraße in die Rugardstraße, bog bei der Inselrodelbahn in den Stedarer Weg ein und rollte auf den leeren Parkplatz am Rugard. Henry begriff nicht, was der Mann da tat, mittlerweile waren sie wieder ziemlich nah an Steins Zuhause. Sophie fuhr vorbei, lenkte den Mini vor der Einfahrt des nächsten Wohnhauses auf der gegenüberliegenden Seite in eine Parklücke und schaltete das Licht aus. Von hier aus hatten sie Stein durch die Rückspiegel gut im Blick. Die Scheinwerfer am Ford gingen aus. Henry hörte, dass Stein den Motor abgestellt hatte. Aber der Mann blieb im Auto sitzen. Wartete er auf jemanden? Jemand, dem er die Reisetasche übergeben wollte oder sollte?

«Was hat der vor?», fragte Aron von hinten. «Eine Verabredung?»

«Keine Ahnung», antwortete Henry wahrheitsgemäß.

Sophie schwieg, die Hände startbereit am Lenkrad. Die Anspannung war ihr ins Gesicht geschrieben. Sie warteten drei Minuten, fünf Minuten, zehn Minuten, nichts passierte. Weder stieg Stein aus, noch telefonierte er. Er saß völlig regungslos hinterm Steuer. Dann gingen auf einmal die Scheinwerfer des Ford an. Der Wagen rollte los und fuhr im Schritttempo an ihnen vorbei.

«Der fährt nach Hause zurück. Wir müssen Marcus und Neda warnen», sagte Henry. Sophie lenkte den Mini aus der Lücke, sah im letzten Moment ein Auto von hinten kommen und bremste scharf. Aron fiel das Handy aus der Hand. Er fluchte und kroch halb unter Sophies Sitz. «Ich komme nicht ran!»

Stein war noch etwa dreihundert Meter vom Abzweig in den Burgwall entfernt. Er musste nur noch eine Ampel passieren, bevor er abbiegen konnte. Sophie bückte sich nach dem Handy im Fußraum, reichte es Aron nach hinten und trat aufs Gas, dass Henry sich am Fenstergriff festhalten musste. In einem riskanten Manöver überholte sie zuerst das Auto, mit dem sie fast zusammengestoßen wäre, dann den Ford und bremste ihn vor der Ampel aus, die auf Gelb umschaltete.

«Bist du wahnsinnig?», rief Aron.

«Wenn du zu blöd bist, dein Handy festzuhalten?»

Er tippte auf Marcus' Nummer. «Achtung! Er kommt zurück», sagte er knapp. Henry hörte Marcus' Stimme durch den Hörer. «Ihr glaubt nicht, was wir entdeckt haben.» Dann legte er auf.

Die Ampel schaltete auf Grün. Sophie ließ sich Zeit beim Anfahren und beschleunigte im Schneckentempo. Der Ford hinter ihr blinkte rechts. Henry hatte die Lage also richtig eingeschätzt. Auch wenn er nicht verstand, was das sollte. Sophie bog ebenfalls in den Burgwall ein. Kurz vor der Nummer neunzehn überholte sie der Ford. Stein gab Gas.

«Hä?», fragte Sophie und machte große Augen, weil Dr. Stein an seinem Grundstück vorbeifuhr.

Sie sahen Neda und Marcus, die wie ein Liebespaar auf den Fußweg traten und sich küssten. Sophie hielt, damit sie einsteigen konnten.

Der Ford blinkte an der nächsten Straßenecke links und verschwand aus ihrem Sichtfeld.

Kaum hatte Marcus die Tür zugeschlagen, trat Sophie aufs Gas, dass alle in die Sitze gedrückt wurden, und raste hinterher. «Was soll das?», murmelte sie mit hoch konzentriertem Blick auf die Straße.

«Leute», rief Aron von hinten, «der fährt im Kreis. Der hat uns bemerkt, oder?»

«Wer was zu verbergen hat, ist wachsamer als der Durchschnitt. Furcht schärft die Sinne», gab Henry zu bedenken. «Ich nehme an, er versucht uns abzuhängen. Wir haben ihn erst irre ausgebremst und sind dann in seiner menschenleeren Wohnstraße im Schneckentempo weitergefahren. Das könnte ihn aufmerksam gemacht haben.»

«Zur Furcht hat er auch allen Grund», sagte Marcus geheimnisvoll.

Sophie drehte sich um. «Na los, rede!»

Neda schrie entsetzt auf. «Guck nach vorne, sonst bringst du uns noch um!» Sophie raste über eine rote Ampel und nahm einem Audi die Vorfahrt.

«Das Haus ist vermüllt», begann Marcus. «Überall stehen leere Flaschen und Kisten mit Erinnerungen herum. Er hat nach dem Umzug in dieses Loch seinen Kram nicht wirklich ausgepackt. Wir haben eine Anstecknadel der Jugendfeuerwehr Sassnitz gefunden. Das lässt vermuten, dass er sich als Jugendlicher in seiner Freizeit mit Feuer beschäftigt hat. In einer Holzkiste lagen verschiedene exotische Waffen, Buschmesser, Pfeil und Bogen, persische Säbel und Kung-Fu-Schwerter.»

«In einem Umzugskarton waren alte Fotos von Reisen nach Südamerika», fiel Neda ihm ins Wort. «Darauf sieht man die Steins mit Ureinwohnern im Dschungel, wo Dr. Stein eine Machete in der Hand hält.»

«Er kann also mit der Tatwaffe umgehen, mit der Kuntze ermordet wurde», sagte Henry nachdenklich, während er versuchte, die wechselnden Fahrmanöver des Fords zu verstehen, den sie dank Sophies geschickter Fahrweise immer noch nicht aus den Augen verloren hatten.

«Nicht nur das. Er war deutscher Jugendmeister in Kendo, also japanischem Schwertkampf», sagte Marcus und reichte ihm eine Goldmedaille von 1997 am Band nach vorne.

Henry drehte sich um. «Sind Sie von allen guten Geistern verlassen?», sagte er entgeistert. «Sie können doch nicht einfach was mitnehmen. Der Auftrag war: reingehen, ohne Spuren zu hinterlassen. Welchen Teil davon haben Sie nicht verstanden?» Er raufte sich die Haare.

«Dort gab es eine ganze Schachtel voll davon», sagte Marcus verständnislos.

Neda redete aufgeregt dazwischen: «Im Schlafzimmerschrank hat er einen Altar versteckt.» Sie zückte ihr Handy und zeigte Henry Bilder, die sie von den brisanten Funden gemacht hatte.

Über einem mit Kerzen geschmückten Tischchen im Schrank waren Fotos an die Rückwand geklebt. Ein Ultraschallbild, Babyfotos, Bilder der schwangeren Sabine, Sabine mit Kinderwagen, Sabine beim Stillen, Sabine am Grab ihres

Kindes, Sabine, die mit Schläuchen verkabelt im Krankenbett lag. Mittig sah Henry das Bild einer korpulenten Frau, über deren Kopf das Wort Hexe stand, das Gesicht ein weggebranntes Loch. Henry schloss die Augen.

Petra Luise war die Freundin deiner Frau. Du mochtest sie von Anfang an nicht. Sie drängte sich in euer Leben, wollte ein Teil davon sein. Du hast hinter der freundlichen Fassade der einsamen jungen Frau die Eifersucht auf euer Glück gespürt und ihre Boshaftigkeit erkannt. Petra Luise ging es schlecht, und sie wollte, dass es Sabine und dir mindestens genauso schlecht geht, weil sich ihre Gier nach Zugehörigkeit und Liebe nicht erfüllte. Du hast deine Frau gewarnt. Doch sie hat dich nur angelächelt und gemeint, du siehst Gespenster. Nach dem Tod eures Babys war deiner Frau klar, dass du recht hattest. Petra Luise ist nicht einfach die Treppe heruntergestürzt. Sie hat sich fallen lassen, um euer Glück zu zerstören, weil sie es nicht mehr mit ansehen konnte. Aus Schuldgefühl, nicht rechtzeitig auf dich gehört zu haben, hat deine Frau den Suizidversuch begangen. Du hast sie nicht gehen lassen und guckst nun jeden Tag in ihre leeren Augen …

«Haben Sie in eventuellen Nebengebäuden etwas entdeckt?»

«Nein, wir mussten ja raus.»

Sophie hatte sich etwas zurückfallen lassen. Fast eine Stunde fuhren sie nun schon ziellos in der Gegend herum.

«Entweder hat er uns tatsächlich bemerkt, oder er zögert hinaus, wofür er sich entschieden hat», sagte Sophie.

Marcus fuhr sich durch die blonden Locken. «Auf mich macht es den Anschein, als suche er noch nach dem passenden Ort für sein Vorhaben, etwas zu entsorgen.»

«Passen Sie auf! Er biegt rechts ab», sagte Henry. Er war

immer noch verärgert über Marcus' unprofessionelles Verhalten, das die ganze Ermittlung gefährden konnte. Er rutschte auf dem Beifahrersitz nach vorn. «Jetzt blinkt er links!»

«Zurück zum Pflegeheim? Das ergibt keinen Sinn», sagte Aron von hinten.

Stein lenkte das Auto auf den Besucherparkplatz.

Henry warf einen Blick zu Sophie. «Fahren Sie im Schritttempo und schalten Sie das Licht aus.» Geschmeidig glitten sie in eine Parklücke am Straßenrand. «Gut gemacht!», lobte Henry.

Ein Martinshorn ertönte und wurde schnell lauter. Henry runzelte die Stirn. Wenig später fuhren ein Krankenwagen und zwei Einsatzfahrzeuge der Polizei mit Blaulicht und lauter Sirene vor. Polizisten, Notarzt und Pfleger eilten in das Gebäude hinein.

«Was ist da los?», fragte Sophie und guckte Henry an, als versuche sie, seine Gedanken zu ergründen. Er wollte seine Befürchtung nicht äußern. Schließlich war gar nicht sicher, dass dieses Aufgebot an Rettungskräften wirklich etwas mit Frau Stein zu tun hatte.

Dr. Stein blieb im Auto sitzen, nach drei Minuten startete er den Motor und fuhr los.

Henry sprang aus dem Wagen. «Folgen Sie ihm, lassen Sie die Handys an! Sie unternehmen nichts, bis ich da bin. Ist das klar?» Vier erschrockene Gesichter nickten ihm zu.

Er schlug die Autotür zu und rannte im Schutz der abgestellten Fahrzeuge über den Parkplatz. Er musste wissen, was im Pflegeheim passiert war.

KAPITEL 60

Henry folgte den Rettungskräften bis in die zweite Etage. Fast alle Zimmertüren standen offen. Es herrschte Chaos auf dem Flur. Schwestern versuchten, aufgeregte Patienten in Nachthemden und Schlafanzügen zu beruhigen und in ihre Zimmer zurückzubringen. Er lief an der Tür vorbei, in die der Notarzt abbog, und erhaschte einen Blick in den Raum. Bei dem vielen Blut bedurfte es wenig Fantasie, um sich vorzustellen, was geschehen war. Er blieb am Ende des Flurs neben einem kleinen Mann im Trainingsanzug stehen, der mit wirrem Haar und aufgerissenen Augen hinter dicken Brillengläsern wie ein verschrecktes Huhn wirkte. Dieser trat von einem Bein auf das andere und fragte: «Ist sie tot?»

«Wer?»

«Na, die Sabine.»

«Meinen Sie Sabine Stein?»

Der Mann nickte und versteckte sich in der Ecke hinter einer Yuccapalme. Eine Schwester kam auf sie zu.

«Manfred, komm zurück ins Bett! Du musst keine Angst haben.»

«Sie ist tot. Der schwarze Mann hat sie geholt.»

Die Schwester nahm Manfred an die Hand und musterte Henry misstrauisch. «Und wer sind Sie?»

«Ich warte auf meine Kollegen», sagte er und guckte geschäftig auf sein Handy. «Sie sind hier die Nachtschwester auf der Station?», fragte er und bedachte sie mit kritischem Blick.

«Nein. Ich war auf Station eins.» Sie zeigte nach unten.

«Ihren Namen?» Henry tippte auf das Notizzettelsymbol auf seinem Display.

«Ich habe jetzt überhaupt keine Zeit für eine Befragung. Sie sehen doch, was hier los ist.»

Er nickte verständnisvoll, lief am Fahrstuhl vorbei und blieb vor dem Schwesternzimmer stehen, bei dem die Tür angelehnt war. Drinnen hörte er zwei Männerstimmen, die eine schluchzende Frau beruhigten.

«Sie haben die Tote gefunden?»

«Ja, ich habe die nächtliche Kontrollrunde gemacht, wie immer.»

«Wann war das genau?»

«Na, vor zwanzig Minuten, kurz nach 1 Uhr.» Sie schluchzte wieder auf. «Ich kann mir überhaupt nicht erklären, wie Frau Stein an die Rasierklinge gekommen ist.»

«Das klären wir.»

Mehr musste Henry nicht hören, um zu wissen, was in den letzten Stunden mit Dr. Stein vor sich ging. Voller Entsetzen schloss er einen Moment die Augen, steckte das Handy ein und eilte zum Treppenhaus. Er rannte die Stufen hinunter. Als er keuchend auf dem Parkplatz ankam, rief Neda an.

«Wir haben ihn verloren.»

Verfluchte! Wütend trat Henry einen Kieselstein weg. Am liebsten hätte er das Handy auf den Boden geworfen und zertreten. Doch davon wäre Charlotte auch nicht wieder aufgetaucht. Und Frau Stein wäre nicht wieder lebendig geworden.

KAPITEL 61

Henry ließ das Pflegeheim hinter sich und lief quer über den dunklen Parkplatz zu der Seitenstraße, wo er ausgestiegen war und sie ihn wieder abholen wollten. Dort wartete er unter einem Baum. Sabine Stein war tot. Warum jetzt? Hatten sie ihren Mann mit ihren Ermittlungen in die Enge getrieben?

Der Wind wehte ihm feinen Nieselregen ins Gesicht. Henry überlegte fieberhaft.

Deine Aufgabe wird gewesen sein, den Preis der Objekte zu senken, die Winklers spezielle Kunden begehrten. Als jugendlicher Feuerwehrfreund wusstest du nicht nur, wie man Feuer löscht, sondern auch, wie man Brände legt.

Henry fiel ein, dass Egon Kuntze als Jugendlicher auch bei der freiwilligen Feuerwehr in Sassnitz gewesen war. Er wischte sich das Wasser aus dem Gesicht und rechnete. Steins Anstecknadel der Sassnitzer Feuerwehr war von 1997. Da war Kuntze dreizehn Jahre alt gewesen. Sie konnten sich von damals kennen. Henry starrte in die Dunkelheit.

Du bist kein eiskalter Mörder. Bei allen anderen Immobilienbränden auf der Insel ist nie ein Mensch zu Schaden gekommen. Nur in der Stadtbibliothek. Dort ist Petra Luise Berger verbrannt, die du für eine Hexe gehalten hast. Ein Brandopfer zieht immer eine Mordermittlung nach sich. Das schmeckte deinem Chef und seinen Investoren im Hintergrund sicher nicht. Deshalb wurdest du danach entlassen. Du hast Winkler erpresst. Wahrscheinlich habt ihr euch geeinigt, und er zahlte den Platz an der Sonne für deine Frau. Das reichte dir. Hauptsache, deine geliebte Sabine war versorgt. Drei Jahre ist alles gut gegangen. Die Staatsanwaltschaft hat das Verfahren eingestellt. Niemand hat dich oder das Immobilienbüro mit dem Brand in Zusammenhang gebracht. Bis ich gekommen bin, in diesem alten Fall herumgestochert und Kuntze aufgescheucht habe.

«Verfluchte!», zischte Henry. Er selbst war es gewesen, der diese Ereigniskette ins Rollen gebracht hatte, indem er bei Kuntze aufgetaucht war.

Mag sein, dass der sich mit dir oder Winkler in Verbindung gesetzt hat. Ihr hattet plötzlich ein Problem. Und dann tauchte auch noch Charlotte bei deiner Frau auf, fragte nach Petra Luise Berger. Sie kam zu dir. Du wusstest vielleicht schon Bescheid und hast gehandelt, Charlotte überwältigt und erst einmal irgendwo eingesperrt. Nun hast du noch ein Problem. Wahrscheinlich hat Winkler bei eurem Treffen am Moritz-Arndt-Turm verlangt, dass du eine Lösung dafür findest, was du damals zu verantworten hattest.

Henry trat ungeduldig von einem Fuß auf den anderen. Wahrscheinlich hat Winkler Stein gedroht, dass sie ihn umbringen, wenn er die Sache nicht regeln würde. Vielleicht waren sie es auch gewesen, die ihn gezwungen hatten, Kuntze zu beseitigen und alle Spuren auf Henry zu lenken. Aber warum hat er seine geliebte Frau umgebracht? Henry wischte sich den Regen aus dem Gesicht. Weil ihm alles über den Kopf gewachsen ist, er so etwas wie Schuld verspürte, sich selbst richten und seine Frau nicht allein zurücklassen wollte. Scheiße! Bedeutete das, Charlotte war tot? Er schlug die Faust gegen den Baum, neben dem er stand. Was zur Hölle hatte er übersehen?

Der Kleinwagen, der quietschend neben ihm zum Stehen kam, riss ihn aus seinen Gedanken. Aron stieg aus, gab den Beifahrersitz frei und quetschte sich zu Neda und Marcus auf die Rückbank. Henry stieg ein.

«Sie sind nass», sagte Sophie, während sie ihn von der Seite musterte.

«Es regnet.»

Marcus tippte ihm auf die Schulter. «Zum Glück ist der Mensch wasserdicht.» Niemand lachte.

Henry atmete tief durch. «Sabine Stein ist tot. Sie hat sich dic Pulsadern mit einer Rasierklinge aufgeschnitten.»

Aron steckte den Kopf durch die Mitte. «Wo hat sie die denn her?»

«Woher schon? Von ihrem nächtlichen Besucher», sagte Sophie und wendete aggressiv.

Neda faltete die Hände vorm Gesicht. «Dann hat er sie aufgegeben und jetzt wirklich nichts mehr zu verlieren.»

Niemand antwortete. Die Erkenntnis erschütterte sie alle. Und Henry spürte, dass jedem im Auto klar war, was das bedeutete. Stein würde es jetzt zu Ende bringen.

«Neda, können Sie ihn vielleicht orten?» Er reichte ihr einen zerknitterten Zettel aus der Jackentasche. «Das ist die Mobilfunknummer, über die ihn das Pflegeheim erreichen kann.» Er hatte sich die Nummer bei ihrer Recherche in der Patientenakte aufgeschrieben.

Neda holte ihren Laptop aus dem Rucksack und klappte ihn auf. Henry drehte sich um und beobachtete, wie die kleine

Studentin mit der Brille hoch konzentriert auf der Tastatur ihres Rechners herumtippte. Voller Ungeduld las er jede Regung ihres Gesichts, das vor Anspannung wie versteinert wirkte. Mit einem Schlag hellten sich ihre schwarzen Augen auf. «Ich habe ein Signal. Es bewegt sich sehr langsam im Waldgebiet nördlich von Schloss Semper.»

Dann war Stein höchstwahrscheinlich zu Fuß unterwegs. Henry schaute auf die Zeitanzeige am Armaturenbrett. 1.43 Uhr. «Wann genau haben Sie ihn verloren?»

«Vor fünfzehn Minuten. Kurz bevor wir telefoniert haben.»

In einem Zeitfenster von fünfzehn Minuten könnte er die Tasche bereits irgendwo entsorgt haben. Vielleicht war Stein aber auch kurz davor, sein Ziel zu erreichen.

«Fahren Sie!», forderte Henry Sophie auf und schnallte sich an.

«Mist!», rief Neda. «Es bewegt sich nicht mehr.» Kein gutes Zeichen. «Jetzt ist es ganz weg! Entweder hat er das Telefon ausgeschaltet, oder er ist im Funkloch.»

«Sichern Sie die Koordinaten der Stelle, wo es zuletzt gesendet hat.» Hoffentlich kamen sie nicht zu spät.

KAPITEL 62

Die B 96 nach Lietzow führte zum großen Teil durch den Wald. Sophie fuhr wegen des Wildwechsels vorsichtig, außerdem nahmen ihnen Nebelschwaden die Sicht. So brauchten sie für die zwölf Kilometer fast zwanzig Minuten. Henry kam es vor, als fuhren sie auf der Stelle. Doch jede Kurve konnte ihnen zum Verhängnis werden. Hier schnell zu fahren, wäre zu gefährlich. Es herrschte angespannte Stille. Niemand wagte etwas zu sagen, damit sich Sophie auf die Straße und Neda auf das GPS-Signal von Steins Handy konzentrieren konnte, falls es doch wieder auf dem Bildschirm auftauchte.

Als sie das Schild *Semper fünf* erreichten, schöpfte Henry wieder Hoffnung. Stein war wegen des Nebels sicher auch nicht schneller vorangekommen. Wenn er ausgestiegen und in den Wald gelaufen war, begab er sich vielleicht geradewegs an den Ort, wo er Charlotte versteckt hielt. Stein war ein Einheimischer, vormals für ein Immobilienbüro tätig, der kannte sich sicher gut mit ruinösen Bauten auf der Insel aus. Vielleicht gab es einen alten Bunker aus der Nazi- oder NVA-Zeit, von dem er wusste. Hatte er sich unter die Erde begeben, erklärte sich der Abbruch des GPS-Signals. Und in der Reisetasche konnte alles Mögliche gewesen sein. Henry glaubte nicht, dass der Mann einen Menschen von etwa sechzig Kilo quer durch den Wald schleppte. Hoffentlich war er nicht in den Wald gelaufen, um sich umzubringen. Entschlossen schüttelte er den Kopf. Dafür hätte er nicht bis hierher fahren müssen. Im Rugard gab es auch genügend Bäume, wo man sich aufhängen konnte. Noch einfacher wäre es an einem Balken oder Haken in seinem Haus gewesen.

Sie bogen links ab und sahen Dr. Steins Ford in fünfzig Metern Entfernung am Straßenrand stehen. Henry fühlte, wie seine Halsschlagader pulsierte. «Wie weit sind wir von dem letzten Signal entfernt?»

«Etwa dreihundert Meter», sagte Neda.

«Und es ist nicht wiederaufgetaucht?»

«Nein.»

«Behalten Sie den Bildschirm im Blick!», forderte er sie auf, stieg eilig aus und eilte zu dem Ford. Aron, Marcus und Sophie folgten ihm. Henry schaute ins Innere des Autos, dessen Seitentüren nicht abgeschlossen waren. Leer. Er sah keinen Schlüssel im Zündschloss. Das machte ihm Mut: Wenn Stein ihn mitgenommen hatte, wollte er wiederkommen. Selbstmörder ließen Dinge, die sie nicht mehr brauchten, meist zurück. Andererseits konnte er ihn auch unterbewusst eingesteckt und auf dem Fußweg weggeworfen haben. Henry zwang sich, positiv zu denken, und drückte auf den Knopf am Kofferraum. Die Klappe sprang auf. Auch leer. Keine Reisetasche und keine Kanister. Aber es stank nach Benzin. Sein Herz schlug schneller. Die anderen sahen ihn entsetzt an. «Was denken Sie?»

«Ich glaube nicht, dass Charlotte in dieser Tasche ist. Der Mann schleppt doch keine sechzig Kilo durch den Wald. Er hat den Zündschlüssel mitgenommen, das Auto nicht abgeschlossen. Sieht aus, als wolle er nur schnell was erledigen.» Henry guckte sich um und lauschte. Er hört nichts und hatte auch nicht das Gefühl, dass jemand sie beobachtete. Also konzentrierte er sich wieder auf den Kofferraum. In einer Ecke entdeckte er einen schmutzigen Lappen. Henry hob ihn mit zwei Fingern an und roch daran. «Benzin und Chloroform.» *Verfluchte!* «Damit hat er jemanden betäubt.»

«Charlotte?»

«Gut möglich, dass er sie am Sonntag betäubt und an einen abgelegenen Ort verschleppt hat, vielleicht an den Ort, wo er schon Petra Luise Berger festgehalten hat. Sie ist ja Ende Oktober 2016 ausgezogen und hat ihren Job gekündigt. Ihre Spur verlor sich also schon drei Wochen vor dem Brand der Stadtbibliothek. Und es ist sehr wahrscheinlich, dass er sie in diesen drei Wochen irgendwo gefangen gehalten hat. Er ist ein Einheimischer, hat für ein Immobilienbüro gearbeitet. Er kennt sich bestens auf der Insel aus.»

«Außerdem ist das hier der Hexenwald», wies Marcus auf ein Schild am Straßenrand neben einem Wanderweg hin, der in den Wald führte. «Erinnert euch an Petra Luises weggebranntes Gesicht. Darüber stand *Hexe*.»

Henry sah, dass Aron skeptisch die Augenbrauen zusammenzog. «Sie ist aber in der Bibliothek und nicht im Hexenwald verbrannt.»

«Darüber können wir später spekulieren. Jetzt sollten wir ihm schleunigst folgen», sagte Henry. «Schafft ihr es, einen klaren Kopf zu behalten?» Die drei nickten.

Er lief zu Neda im Mini zurück. «Sind Ihr Laptop und Ihr Handy synchron?»

«Natürlich», sagte sie. Ohne dass er etwas erklären musste,

klappte sie den Laptop zu, stieg aus und aktivierte die Kartenfunktion in ihrem Handy.

Henry erhob den Zeigefinger. «Wir bleiben zusammen, was auch geschieht!»

Der Hexenwald sah in der Dunkelheit gespenstisch aus. Henry ging voran, den Blick auf Nedas Smartphone gerichtet. Nach hundert Metern blieben sie stehen. Der Waldweg machte einen rechten Bogen, der Zielpunkt aber lag in der anderen Richtung. Sie bogen links ins Unterholz ab und schlugen sich zwischen den Krüppelbuchen durch. Damit kein Lichtschein sie verriet, schalteten sie die Taschenlampen aus. Er schirmte das Display des Smartphones mit der Hand ab. Der Nieselregen machte das Laub unter ihren Füßen glitschig. Bei jedem Schritt musste Henry aufpassen, nicht wegzurutschen. Über ihren Köpfen bildeten die Baumkronen ein Dach. Nebelschwaden hingen über dem Waldboden. Er hörte Äste knacken. Es roch erdig nach Wald. Das Gelände war riesengroß und unübersichtlich, aber Henry wusste, dass der Wald links am Jasmunder Bodden endete.

Als sie den roten Punkt auf Nedas Handydisplay erreichten, standen sie direkt vor der Ruine des alten Wasserturms. Die Fassade aus Feldsteinen schien aus dem Mittelalter zu stammen und war mit Grünzeug überwuchert. Er gab Neda das Handy zurück.

«Das ist die Stelle, an der das Signal vorhin verschwunden ist», sagte sie. «Die Genauigkeit beträgt ungefähr fünfzig Meter.»

Alle lauschten einen Moment, doch außer dem Flüstern der Bäume war nichts zu vernehmen. Henry übernahm die

Führung. Er drehte sich zu den anderen um und legte den Zeigefinger auf den Mund. Vorsichtig ging er näher und schaute in die bogenförmige Öffnung des Wasserturmes. Im Gemäuer flitzten nur ein paar Ratten davon. Er trat wieder heraus und sah nach oben, wo es einen Raum ohne Tür in der zweiten Etage gab, den man über eine äußere Steintreppe erreichte. Auch wenn er nicht glaubte, dass er Stein oder die Tasche dort oben fand, wollte er sich vergewissern. Lautlos kletterte Henry mit Arons Hilfe über den mannshohen Zaun, der den Zugang versperrte, und schlich sich nach oben. Leer.

Bevor er den Rückweg antrat, hielt er kurz in alle Richtungen Ausschau. Vielleicht konnte er von hier oben eine Bewegung oder ein verstecktes Gebäude entdecken. Aber es war viel zu dunkel, und den Wald abzuleuchten, wollte er nicht riskieren.

Die Studierenden empfingen ihn mit angespannten Gesichtern. Henry schüttelte den Kopf und forderte sie stumm auf, hinter ihm zu bleiben. Langsam umrundete er den Turm. Mit der Mauer im Rücken blieb er immer wieder stehen, spähte in den Wald und versuchte, etwas zu erkennen. Da war nichts. Keine versteckte Ruine, kein Eingang zu einem Bunker. *Verfluchte!* Ratlos zuckte er mit den Schultern. Vielleicht hörten sie Steins Handy, wenn sie ihn anklingelten. Nein, das könnte ihn warnen. Henry drehte sich um und sah nur drei Studierende.

«Wo ist Sophie?»

«Pinkeln», antwortete Neda.

Henry schüttelte verständnislos den Kopf. «Wir wollten zusammenbleiben.»

Da durchschnitt ein Schrei die Stille, der erstickt erstarb. Blätter raschelten, Unterholz knackte. Henry sprintete los, stolperte über Wurzeln, schaufelte sich mit den Armen den

Weg durchs Gebüsch. Zweige, Schlingpflanzen und Dornen peitschten ihm ins Gesicht. Nach dreißig Metern sah er Sophie. Sie stand neben einem Baum, hielt sich den Mund zu und fasste sich ans Herz. Vor ihr saß ein schwarz gekleideter Mann mit ausgestreckten Beinen auf dem Waldboden. Er lehnte mit dem Rücken am Stamm. Sein Kopf hing seitlich nach vorn gekippt und blutete an der rechten Schläfe. Henrys Blick wanderte zu der Pistole, die dem Toten aus der geöffneten rechten Handfläche auf den Boden gerutscht war. Dr. Stein hatte sich mit einem aufgesetzten Schuss umgebracht.

Henry rannte hin, überprüfte Steins Vitalfunktionen und stellte dessen Tod fest. Er war noch warm, aber sie hatten keinen Schuss gehört. Also musste es passiert sein, bevor sie an der Straße vorne angekommen waren. Henry wusste, er musste sich erst einmal um Sophie kümmern. Selbst in der Dunkelheit konnte er erkennen, dass sie kreideweiß geworden war. Panisch schnappte sie nach Luft.

«Kommen Sie her!» Er nahm sie fest in den Arm. «Ruhig, ganz ruhig. Atmen Sie! Ein, aus ... Gut machen Sie das!»

Ihr Blick wanderte zum Toten. Dann schubste sie Henry beiseite, stolperte los und kotzte nach fünf Schritten ins Gebüsch. Mittlerweile waren die anderen näher gekommen. Niemand sagte etwas. Selbst Marcus hatte es dieses Mal die Sprache verschlagen.

«Er ist es, oder?», sagte Sophie und wischte sich den Mund ab. Sie atmete wieder regelmäßiger.

Henry nickte. «Sind Sie okay?»

Sophie versuchte ein tapferes Lächeln und klemmte sich eine wirr ins Gesicht fallende Haarsträhne hinters Ohr. Ihre grünen Augen waren wieder klar. Sie hatte sich gefangen.

Gerade wollte Henry sich den anderen zuwenden, da schlug Sophie sich erneut die Hand vor den Mund und schnappte erschrocken nach Luft. «Scheiße, wo ist diese verdammte Tasche?» Gehetzt suchte sie das Gebüsch ringsum ab. Sie wurde zusehends panisch. «Er hat sie entsorgt. Vielleicht hat er sie doch in den fünfzehn Minuten, die wir ihn verloren hatten, im Wasser versenkt. Kommt, wir müssen zum Bodden», rief sie schrill und wollte schon loslaufen.

Henry hielt sie fest. «Sophie!», sagte er laut. «Es ist unlogisch, dass Charlotte in dieser Tasche war. Wir finden sie, ich verspreche es!»

Henry nahm ihre Hand, doch Sophie riss sich los. Sie fixierte ihn, zog die Augenbrauen zusammen. Ihre Pupillen weiteten sich. Er konnte sehen, wie sich die Wut in ihr zusammenbraute. «Das ist alles Ihre Schuld! Nur weil wir uns mit diesem blöden Fall beschäftigt haben. Ist es das wert?», schrie sie ihm ihre ganze Verzweiflung ins Gesicht. Sie schluchzte laut auf. «Es ist unverantwortlich, was Sie getan haben. Wir sind noch in der Ausbildung. Sie haben uns da in etwas hineingezogen, was Charlotte wahrscheinlich das Leben gekostet hat. Die einzige Spur zu ihr ist tot. Wir haben diesen Mann in die Enge getrieben. *Sie* haben ihn in die Enge getrieben. *Wer einen Mörder fangen will, muss wie ein Mörder denken.* Wenn Ihre ach so geniale Methode funktionieren würde, wieso haben Sie das dann nicht vorausgesehen?» Sie zeigte auf den Toten.

Henry rieb sich die Stirn. Er hatte es in dem Moment befürchtet, als Stein zum Pflegeheim zurückgekommen und nicht ausgestiegen war. Spätestens, als er das Blutbad in Sabines Zimmer gesehen hatte, war ihm klar gewesen, dass der Mann seinem Leben ein Ende setzen würde.

«Wir finden sie», sagte Henry, um einen ruhigen Ton bemüht. «Wenn Stein nichts zu verbergen gehabt hätte, von dem er Angst hatte, dass es ans Licht kommt, würde er nicht so hier sitzen. Wir sind also auf dem richtigen Weg.»

Er kam sich irgendwie schäbig vor, weil er ihr nicht die Wahrheit sagte. Im Grunde war er sich überhaupt nicht mehr sicher, dass sie auf dem richtigen Weg waren. Aber wenn sie sich jetzt nicht alle beruhigten und es zu Ende bringen würden, war auch Charlottes letzte Chance vergeben.

«Hören Sie doch auf!», mischte sich Aron ein. «Dieser Kampf um die Trophäe hat doch nur dazu geführt, dass wir versucht haben, uns gegenseitig aus dem Rennen zu werfen. Als ob die Ermittlung in einem Mordfall ein Wettbewerb ist.» Er folgte Sophie, die bereits zum Weg zurücklief. Marcus und Neda zuckten schweigend mit den Schultern.

«Ich denke, Sie sollten die Polizei rufen», schlug Marcus vor, bevor er und Neda ihren Kommilitonen folgte.

Henry hielt sie nicht auf. Es war besser, dass sie gingen und er allein weitermachte. So brachte er sie wenigstens nicht weiter in Gefahr.

KAPITEL 63

Er blieb mit dem Toten am Baum zurück. Nein, er würde noch keine Polizei rufen. Irgendwas stimmte hier nicht. Henry begriff nicht, warum Stein hierhergefahren und dreihundert Meter in den Wald gelaufen war, um sich zu erschießen. Ein unlogisches Verhalten für einen Mann, der ihm als Täter ziemlich organisiert vorkam und beim Mord an Petra Luise Berger nichts dem Zufall überlassen hatte. Henry rekapitulierte. Bevor Stein das Haus verlassen hatte, hatte er telefoniert. Eine Verabredung hier im Wald? Eine Verabredung vorne an der Straße, bei der Stein die Reisetasche übergeben hatte? Er leuchtete den Boden ringsum ab. Es war weder eine Schleifspur noch ein Abdruck zu erkennen, wo die Tasche gestanden haben könnte. Die Tasche, in der vielleicht doch Charlotte war. Ihre Leiche? Warum sollte er jemandem Charlottes Leiche übergeben? Das ergab keinen Sinn. Henry zermarterte sich den Kopf. Noch mal von vorn! Winkler und Stein hatten sich gestern am Moritz-Arndt-Turm getroffen und sich gegenseitig gedroht. Nach einem Telefonat hatte Stein mitten in der Nacht das Haus mit einer riesigen Reisetasche verlassen. Er fuhr ins Pflegeheim seiner geliebten Frau, ließ ihr eine Waffe da und überzeugte sich eine Stunde später, dass sie sie benutzt hatte. Wenn er eine Pistole besaß, warum hatte er sie und sich selbst nicht im gleichen Moment erschossen? Hatte er es auf diese unmittelbare Art nicht fertiggebracht? Henry presste die Finger an die Schläfen, als könnte das helfen, die Denkleistung seines Gehirns zu erhöhen. Stein war mit der Reisetasche im Kofferraum zwölf Kilometer gefahren, in die Einfahrt zum Schloss Semper abgebogen und ausgestiegen. Henry und die Studierenden hatten sein Auto gefunden, ohne Reisetasche im Kofferraum. Stein saß dreihundert Meter entfernt mitten im Wald tot an einem Baum. Dreißig Minuten vorher hatten sie das Handysignal des Mannes genau an dieser Stelle verloren. War hier ein Funkloch oder hatte Stein sein Handy ausgeschaltet? Henry schaute auf das Empfangssignal seines eigenen Handys. Drei Balken. Kein Funkloch. Das bedeutete, Stein hatte zuerst sein Handy ausgeschaltet, sich dann die Pistole an den Kopf gehalten und abgedrückt.

Henry brauchte Licht. Er schaltete die Taschenlampenfunktion an seinem Smartphone ein. In fiebriger Ruhelosigkeit leuchtete er den Toten und abermals den Boden ringsum ab. Er fand ein Handy, von dem er annahm, dass es Stein gehörte, neben dem Baum unter ein paar Zweigen. Scheinbar achtlos weggeworfen. Henry griff in die Hosentasche, holte ein Papiertaschentuch heraus und angelte das Telefon aus dem Gebüsch. Es war ausgeschaltet. *Mit wem hast du telefoniert, bevor du das Haus verlassen hast?*

Henry drückte den Knopf zum Einschalten. Der Akku war voll. Drei Balken zeigten guten Empfang. *Verfluchte!* Ohne Passwort konnte er es nicht entsperren und die Anrufliste prüfen. Henry nahm den Toten und den Waldboden ringsum erneut unter die Lupe. Lage der Pistole und Einschusswinkel der Kopfwunde ließen keinen Zweifel, dass Stein sich die Waffe mit der rechten Hand an die rechte Schläfe gehalten und abgedrückt hatte. Ob der Mann Schmauchspuren am Unterarm hatte, konnte man nur im Labor feststellen. Henry bückte sich, um den Arm genauer zu betrachten. Boa! Es stank nach Hundekacke. Einen halben Meter neben der Waffe entdeckte er einen matschigen Fleck, so groß wie ein Zweieurostück, auf dem er den Abdruck eines Wander- oder Turnschuhs mit Profilsohle ausmachte. Er, Sophie und die anderen Studierenden waren dem Baumstamm nicht so nahe gekommen. Sofort schaute er unter Steins Schuhsohlen. Kein Profil. Er leuchtete noch mal auf den stinkenden Fleck. Kot und Abdruck sahen relativ frisch aus. Dort konnte jemand gestanden und Stein aus nächster Nähe mit einem aufgesetzten Schuss getötet haben. Womöglich hatte der Mörder ihn an den Baum gesetzt und ihm die Waffe in die Hand gelegt. Die Selbstmordinszenierung hätte keine fünf Minuten gedauert. Vielleicht ein Auftragskiller von Winklers speziellen Kunden. Vielleicht hatte Stein geahnt, was ihm blüht, als er sich, warum auch immer, hier mit jemandem verabredet hatte. Ja, vielleicht hatten sie ihm angeboten, Charlotte zu beseitigen, weil er es selbst nicht fertiggebracht hatte. Die Ahnung, den Tag selbst nicht zu überleben, könnte ihn dazu getrieben haben, seine Frau umzubringen. Immerhin wollte sie damals im Sommer 2016 bereits sterben. Er hatte es verhindert.

Henry war überzeugt, dass der Fundort der Leiche genauso inszeniert war wie bei Kuntze und Mona. Er war außerdem sicher, dass Dr. Stein getötet worden war, kurz bevor sein Handysignal auf Nedas Bildschirm erstarb. Er musste mit seinem Mörder verabredet gewesen sein. Hier!

Henry schaltete Steins Telefon wieder aus und legte es ins

Gebüsch zurück. Nachdenklich presste er die Lippen aufeinander. Er war der Spur Kieselstein um Kieselstein gefolgt, genau wie Charlotte. Ihre beiden Wege endeten bei Dr. Stein. Ihm fiel der Satz von Sophie ein. «Alles nur, weil wir diesen blöden Fall aufgerollt haben», murmelte er. Wie recht sie doch hatte. Henry starrte in die Dunkelheit, spürte, dass der Wind an Kraft verloren und der Regen aufgehört hatte.

Er war auf den Fall gekommen, weil das Suchplakat der Polizei und der Artikel von der Einstellung des Ermittlungsverfahrens in dem Buch steckten, das Lucia ihm auf den Platz gelegt hatte. Ihr Vater war von der italienischen Mafia getötet worden. Sie war nicht ohne Grund forensische Pathologin geworden. Und ausgerechnet sie unterrichtete an einer Akademie, die Spezialkräfte ausbildet, auf einer Insel, die bereits als Nest der italienischen Mafia bezeichnet wurde, weil sie im Tourismus- und Immobiliengeschäft kräftig mitmischte.

Henry runzelte die Stirn. Ein eigenartiger Zufall. Zeit, Lucia genauer unter die Lupe zu nehmen.

Henry wartete an der Rhododendronallee. Er hatte sie gebeten herzukommen und erzählt, dass sie eine weitere Leiche im Wald gefunden hatten. So konnte er sie zugleich genau beobachten und unauffällig befragen. Henry nutzte die Zeit und sah sich das Innere des Fords etwas genauer an. Bis auf den Lappen, der nach Chloroform roch, fand er keine weiteren Hinweise, die auf Charlottes Entführung oder ihren Tod hindeuteten. Nichts, was dafür sprach, dass Dr. Stein Egon Kuntze oder Mona umgebracht hatte. Hatte Stein den Lappen vergessen oder wurde er auch platziert, so wie Steins Leiche im Wald?

Mit Kuntzes Tod hatte jemand versucht, den Fokus auf

Henry zu lenken. Nun wollte dieser Jemand vielleicht, dass der Verdacht auf Stein fiel. Er war tot, konnte nicht mehr reden, nichts mehr richtigstellen. Fand die Polizei Charlottes Leiche, wäre der Fall schnell abgeschlossen, und es kehrte wieder Ruhe ein, die die Hintermänner von Winkler & Partner für ihre Geschäfte bevorzugten. Dort, wo die Mafia Geld wäscht, kann sie keine Aufmerksamkeit, geschweige denn polizeiliche Ermittlungen gebrauchen, dachte Henry.

Winkler hatte gestern vielleicht endgültig die Schnauze voll gehabt und seine speziellen Kunden informiert. Die haben einen Profi geschickt, der nun kurzen Prozess mit dem Mann gemacht hat, der ihnen den ganzen Schlamassel eingebrockt hatte. Henry wusste, dass er selbst auch sehr tief mit drinsteckte, denn eins stand fest: Der Mörder von Kuntze hatte den Fokus gezielt auf ihn gelenkt. Er sollte festgenommen und in U-Haft ausgeschaltet werden. Das stank eindeutig nach Mafiamethoden.

Noch bevor er die Scheinwerfer des Autos sah, hörte er den Motor. Ein hellblauer Fiat 500 mit einigen Dellen und Kratzern am Kotflügel bremste neben ihm. Lucia ließ die Seitenscheibe herunter. Sie wirkte überhaupt nicht wie jemand, den er aus dem Schlaf gerissen hatte, sondern hellwach, als hätte sie die halbe Nacht nur darauf gewartet, angerufen zu werden. Sie trug eine blaue Strickmütze. Mit ernstem Gesicht lenkte sie den Wagen hinter den Ford. Henry schaute auf die Uhr. Es war 2.36 Uhr.

Lucia stieg aus, verriegelte den Fiat mit einem Knopfdruck auf den Autoschlüssel, den sie in die Jackentasche ihres Parkas steckte. Sie gab Henry ein Paar Gummihandschuhe und zog sich selbst welche an. Da sie keine Fragen stellte, nahm er an, dass sie sich erst einen eigenen Eindruck verschaffen wollte, bevor er ihr seine Sicht der Dinge erläuterte. Genauso ging er selbst auch vor, wenn man ihn ließ.

Ohne ein Wort öffnete er den Kofferraum des Fords. Es war nicht nötig, sie auf den verschmierten Lappen hinzuweisen.

Sie roch daran. «Benzin und Chloroform.» Lucia runzelte die Stirn. «Führ mich zu der Leiche.»

Sie liefen auf dem Waldweg Richtung Hexenwald und bogen an der Stelle ins Unterholz ab, die er auf dem Rückweg mit einem Stock markiert hatte.

Auf dem Weg beantwortete er nur die Fragen, die sie ihm stellte. Nach zehn Minuten Geländemarsch waren sie da.

«Das sieht nach einem klassischen Selbstmord aus.»

«Pass auf, wo du hintrittst», warnte er vor dem Hundehaufen, als sie näher an den Toten herantreten wollte. Henry richtete den Lichtstrahl auf die Stelle am Waldboden. Nachdem sie den Sohlenabdruck begutachtet hatte, schaute sie gleich unter die Schuhe der Leiche.

«Bist du in den Haufen getreten?»

Er schüttelte den Kopf.

Sie presste die Lippen zusammen und bemerkte, dass er sie aufmerksam musterte. «Was denkst du?», fragte sie.

«Dass es inszeniert aussieht.»

Lucia sah sich Schusseintrittswunde, beide Hände und Unterarme des Toten genau an. Sie schüttelte den Kopf. «Um sicher festzustellen, ob Dr. Stein mit einem aufgesetzten Schuss getötet wurde, müsste ich ihn auf den Tisch kriegen und die Verteilung der Schmauchspuren an seiner Kleidung und seinem Körper sichtbar machen. Dazu sind wir nicht befugt.»

«Richtig. Wie kommst du auf Dr. Stein? Ich habe den Namen des Toten bis jetzt nicht erwähnt.» Henry beobachtete, wie sich Lucia auf die Zunge biss. Er hatte sie ertappt. «Was weißt du über ihn?», fragte er.

«Nicht mehr, als du bisher über ihn herausgefunden hast.»

Henry runzelte die Stirn.

Lucia atmete tief durch. «Also gut. Stein war bis vor drei Jahren der Prokurist von Winkler & Partner. Sein Name tauchte im Zusammenhang mit verschiedenen Immobiliengeschäften auf, die die 'Ndrangheta aus Kalabrien auf der Insel getätigt hat. Komischerweise brennen Objekte, für die sich dieser Mafiaclan interessiert, regelmäßig kurz vor Abwicklung des Kaufvertrages ab. Die Gemeinden müssen den Preis senken und fast betteln, dass der Käufer ihnen die Immobilie noch abnimmt. Zur Unterstützung der Käufer beim Wiederaufbau werden von den Gemeinden sogar noch Fördergelder bereitgestellt. Die Objekte werden dann mit schmutzigem Geld aus Menschen- und Drogenhandel und staatlicher Unterstützung saniert, anschließend teuer vermietet oder verkauft. Eine perfekte Geldwaschmaschine. Mein Vater hatte vor fünfzehn Jahren die Spur nach Ostdeutschland aufgenommen, wo die italienische Mafia im großen Stil zu investieren begann. Rügen ist dabei eine besonders lukrative Perle und liegt dem Boss am Herzen. Es ist vergleichbar mit Sylt, wo die konkurrierende Cosa Nostra ihr Revier hat.»

«Bist du deshalb auf die Insel gekommen?»

«An der Akademie bewirbt man sich nicht. Man wird ausgewählt, um unterrichten zu dürfen. Das weißt du.» Sie zog die Gummihandschuhe aus. «Du kennst meine Motivation. Nennen wir es eine Fügung des Schicksals, dass die Akademie an dem Ort ist, wo sich die Spur meines Vaters verloren hat.»

«Du hast gesagt, er sei getötet worden.»

«Ja, davon sind wir in unserer Familie nach so langer Zeit auch überzeugt. Aber wir konnten es nie beweisen.»

«Jetzt verstehe ich. Du hast mir das zusammengefaltete Plakat und den Artikel über die Einstellung des Verfahrens um die brennende Stadtbibliothek auf den Platz gelegt, weil du vermutest, dass die italienische Mafia dahintersteckt. Du hast gehofft, dass ich darauf anspringe. Was ich getan habe, ich Idiot.» Er fühlte sich wie ein dummes Schaf, das in die simpelste Falle getappt war. «Du hast mich und die Studierenden einfach nur kalt benutzt, um deinen privaten Feldzug gegen die Mörder deines Vaters zu führen!»

«No, non l'ho fatto! Ich habe dir nur das Buch hingelegt. Ein Plakat und ein Artikel steckten nicht darin. Ich weiß doch, wozu die fähig sind! Glaubst du wirklich, ich hätte unsere Studierenden dieser Gefahr ausgesetzt?»

Henry schwieg. Glaubte er ihr? Er kannte sie zu wenig, um einschätzen zu können, ob sie eine gute Lügnerin war. In jedem Fall hatte sie ein sehr persönliches Motiv, sich an diesen Leuten zu rächen. Und hatte sie nicht damals gesagt, sie sei von ihm überzeugt und wolle ihn unbedingt an der Schule behalten? Schon als er ihr den Obduktionsbericht gezeigt hatte, hatte sie ihn doch als jemanden eingeschätzt, der diesen Fall selbst aufklären und nicht lockerlassen würde, bis der oder die Täter gefasst waren. War es das?

Er war innerlich so aufgewühlt, dass ihm die Worte fehlten. Was sollte er von ihr halten, der Frau, zu der er sich so hingezogen gefühlt hatte? Er spürte, wie sie seinem Blick auswich und ihm nicht in die Augen sehen konnte.

Nachdem sie ihre eigenen Fußspuren verwischt und Sophies

Erbrochenes beseitigt hatten, rief Henry mit unterdrückter Nummer die Polizei zum Fundort der Leiche von Dr. Stein. Sie warteten nicht, denn er wollte Francesco auf keinen Fall die Gelegenheit geben, ihn des nächsten Mordes zu verdächtigten. Auf der Rückfahrt nach Bergen schwiegen sie sich an. Henry war klar, dass sie sein Misstrauen spürte. Sie unternahm aber auch keinen Versuch, es auszuräumen. Das konnte nur bedeuten, dass sie entweder enttäuscht von ihm war oder dass er mit seinem Verdacht doch richtig lag. Er würde sie weiter im Auge behalten.

«Wo soll ich dich absetzen?», fragte Lucia, ohne den Blick von der Straße abzuwenden.

«Am Park vor dem Bahnhof. Dort steht mein Fahrrad.»

Sie hielt auf dem Bahnhofsvorplatz an. Er stieg aus, sagte «Bis später!» und schlug die Tür zu.

War er wirklich ein solcher Idiot und auf sie hereingefallen? Als sie um die Ecke gebogen war, trat er den Fuß mit voller Wucht gegen einen Mülleimer aus Beton, der neben einer Bank stand. Er wollte, dass es richtig wehtat. Der Schmerz raste vom großen Zeh bis in sein Gehirn.

Die Morgenkälte kroch ihm durch die Kleider. Er setzte die Kapuze seines Sweatshirts auf und marschierte zu den Fahrradständern vor dem Backsteingebäude mit den blauen Fenstern und Türen. Dort, wo er sein Rad abgestellt hatte, lag nur das durchtrennte Schloss auf dem Boden.

«Verfluchte!» Henry hob es auf und warf es in den Müll. Er drehte um und starrte ratlos die leere Straße hinunter. Der Taxistand war verwaist. Wohin? Nachts um drei konnte er nicht in einer Pension anklopfen und ein Zimmer mieten. Fünf Kilometer bis zur Akademie zu laufen, dazu fehlte ihm jetzt die Kraft. Henry klinkte an den Türen des Bahnhofsgebäudes. Abgeschlossen. Der Fahrkartenschalter öffnete erst um sechs.

Er umrundete das Haus und lenkte den Schritt zu der Eisenbank, die unter dem Vordach auf dem Bahnsteig stand. Völlig erschöpft ließ er sich darauf nieder. Er musste nachdenken.

Henry wickelte sich in seine Jacke ein, packte die Ledertasche unter den Kopf und legte sich hin. Er starrte in die Ferne, wo Signale rot leuchteten und parallel verlaufende Gleise andere kreuzten. Wo lag der Fehler? Wo war Charlotte? Was hatte er übersehen? Henrys Gedanken kreiselten ihm in Endlosschleife durch den Kopf. Immer schneller und schneller.

Dienstag, 17. September 2019

KAPITEL 64

Ein Zug rauschte vorbei. Bei dem plötzlichen Lärm fiel Henry vor Schreck beinahe von der Bank. Er rappelte sich hoch. Die Zeiger der Bahnhofsuhr standen auf 5.39 Uhr. Mist! Er musste eingenickt sein. Erwacht aus bleiernem Schlaf, war er wie gerädert. Sein Rücken fühlte sich an wie ein morsches Brett, Finger und Zehen waren taub von der Kälte, die ihm bis in die Nieren kroch. Charlotte. Sie musste irgendwo da draußen sein. Der Gedanke an sie trieb ihn zur Eile. Er würde so lange suchen, bis er sie fand, und er durfte keine Zeit mehr verlieren. Hastig warf er sich die Tasche über die Schulter und rannte los zur Akademie, um die drängende Frage zu beantworten: Wer hatte ihm dieses Plakat und den Presseartikel in das Buch gesteckt? Allein darin sah er im Moment den Schlüssel, um das Rätsel zu knacken.

Als er in die Allee zum Landgut der von Bredows einbog, ging gerade die Sonne auf. Über den Weiden hingen Nebelschwaden, Kühe lagen regungslos im Gras. Eine Atempause, in der die Welt verharrte. Die Ruhe vor dem Sturm.

Die Akademie war noch menschenleer, sodass seine Schritte im Treppenhaus hallten. Im Lehrerzimmer stellte er die Tasche auf seinen Stuhl, rieb sich das Kinn und rief sich die Situation letzten Mittwoch ins Gedächtnis.

Er war aus dem Rektorat zurückgekommen, da lag das Buch auf seinem Platz. Henry überlegte. Die Besprechung bei Beatrice Krohn hatte höchstens fünfzehn Minuten gedauert. Er schaute auf den Stundenplan. Mittwochs um eins waren fast alle Dozenten im Unterricht. Professor Tatter? Er schüttelte den Kopf. Auch Borowski hatte um diese Zeit schon frei. Henry rief sich die Situation in Erinnerung. Sein Kollege war umgezogen wieder hereingekommen, hatte etwas in sein Fach gelegt und ihn nach dem Ausgang des Gesprächs bei der Rektorin gefragt. Sein erster Blick hatte nicht ihm, sondern dem Buch auf seinem Platz gegolten. Moment! War das ein Kontrollblick gewesen? Möglich. Dann wäre Hugo nur zurückgekommen, weil er wissen wollte, ob er den Artikel und das Plakat gefunden hatte. Dieses zufriedene Lächeln auf seinem Gesicht, als Henry ihm von seiner Idee erzählt hatte ... Er hatte es als versöhnlich interpretiert, weil er ihm vorher so barsch begegnet war. Konnte es sein, dass er damit falschgelegen und Hugo sich gefreut hatte, weil er auf den Fall angesprungen war? Henry kratzte sich am Kopf. Warum sollte Hugo gewollt haben, dass er sich mit dem alten Fall beschäftigte? Gab es da irgendeine Verbindung zu Dr. Stein, zu Winkler und Partner? Hatten sie Hugo oder jemanden, der ihm nahestand, auch geschädigt und wollte er mit dem Aufrollen dieses Falles dafür sorgen, dass man sie endlich drankriegte? Anders konnte Henry sich Borowskis Verhalten nicht erklären. Eine Verbindung zu Petra Luise schloss er aus. Dann hätte Hugo sie damals ja als vermisst gemeldet.

Henry überlegte nicht lange. Er marschierte über den Flur und stand vor der verschlossenen Rektoratstür. Sein Schlüssel passte nicht. «Verfluchte!»

«Der wird nicht passen», sagte die Schulsekretärin, die

hinter ihm um die Ecke kam. Henry drehte sich um und blickte in Frau Meyers misstrauisches Gesicht, umrahmt von dunklen Locken, die im Takt ihrer Schritte wippten. Er trat beiseite. Sie roch, als hätte sie in Haarspray gebadet.

«Was machen Sie denn schon hier?» Frau Meyer schloss auf und musterte ihn von Kopf bis Fuß.

Er setzte ein verlegenes Lächeln auf. Die Sekretärinnen waren die gute Seele jeder Schule. Lehrer und Schüler taten gut daran, sie nicht zu verärgern. Hatte man sie aber auf seiner Seite, halfen sie einem sogar aus der Patsche, wenn man das Geld fürs Mittagessen verloren hatte. Ohne die hilfsbereite Schulsekretärin wäre der kleine Henry manchmal hungrig geblieben und hätte sich im Winter ohne Handschuhe die Finger abgefroren.

«Sie sehen aus, als hätten sie sich die Nacht um die Ohren geschlagen.»

«Haussanierung. Die Handwerker haben mich so früh aus dem Bett getrieben», sagte er und seufzte.

«Das kenne ich. So ein Mist.» Sie stieß die Tür auf und legte die Handtasche auf dem Schreibtisch ab.

«Ich konnte nicht mal duschen, weil sie das Wasser abgestellt haben.»

«Ach du Schreck.»

«Deshalb bin ich ja schon hier», sagte er.

«Brauchen Sie ein Handtuch?» Sie zog den Mantel aus, hängte ihn in den Schrank und gab ihm ein großes Handtuch. Dann schob sie die Jalousien der Aktenschränke hoch und stellte den Computer an.

«Danke! Zu Ihrem leckeren Kaffee würde ich auch nicht nein sagen.»

Frau Meyer rümpfte die Nase. «Gehen Sie mal erst duschen.»

Henry gehorchte, stiefelte aus dem Zimmer, versteckte sich hinter dem nächsten Steinbogen und wartete, bis Frau Meyer mit der Glaskanne der Kaffeemaschine zum Wasserholen über den Flur lief. Er huschte in ihr Büro und suchte den Ordner mit den aktuellen Dozentenverträgen. Hugo Borowski, wohnhaft Billrothstraße 5, Bergen. Rasch stellte er den Ordner zurück und verschwand in der Umkleide der Studenten, hinter denen sich der Sanitärbereich befand.

Als er aus der Dusche kam, hatte Frau Meyer ihm bereits einen Pott hingestellt. Er trank im Stehen und merkte, wie das Gebräu seine Lebensgeister weckte. «Danke! Sie retten mir gerade das Leben.»

«Nun übertreiben Sie aber!», wehrte sie verlegen ab.

Er lächelte. «Ich hätte da noch etwas Dringendes zu regeln. Handwerker, Sie wissen ja, wie das ist. Können Sie meinen Kursteilnehmern bitte heute für die erste Stunde absagen?»

Sie nickte wohlwollend.

Henry bedankte sich für den Kaffee, lief los, blieb gleich wieder stehen und drehte sich um. «Den Akademiebus, den kann ich mir doch mal ausborgen, oder?»

«Wenn Herr Borowski ihn schon wieder zurückgebracht hat, gerne.» Sie holte einen Schlüssel aus der Schreibtischschublade und öffnete den Briefkasten im Flur vor dem Sekretariat. Darin lag ein Mäppchen, das sie Henry reichte. «Vergessen Sie aber nicht, sich ins Fahrtenbuch einzutragen.»

Er wandte sich zum Gehen und winkte mit dem Mäppchen über seinem Kopf. «Wird erledigt, danke!»

KAPITEL 65

In der Billrothstraße fuhr Henry in südliche Richtung an Borowskis Adresse vorbei. Er parkte in fünfzig Meter Entfernung auf der anderen Straßenseite hinter einem weiteren weißen Kleinbus vor dem Friedhof. Wenn Borowski das Haus verließ, würde er die Straße Richtung Norden nehmen, um zum Unterricht in die Akademie zu fahren. Die erste Stunde begann in dreißig Minuten. Von hier aus hatte Henry das Haus gut im Blick, ohne selbst gesehen zu werden. Er wartete.

Gegen 7.30 Uhr kam Borowski mit einem Rucksack auf dem Rücken aus dem frisch sanierten Mehrfamilienhaus. Sein Kollege schwang sich aufs Fahrrad, trat schwungvoll in die Pedale und radelte in die Richtung davon, aus der Henry gekommen war. Bis 14 Uhr würde Borowski jetzt beschäftigt sein. Henry konnte sich also gründlich hinter der Fassade seines Kollegen umsehen, der den echten Hugo tagtäglich in den unterschiedlichsten Rollen versteckte.

Im Hausflur der Nummer 5 roch es nach Holz und frischer Farbe. Er stieg die Treppe hoch bis zum Dachgeschoss, wo Borowskis Wohnung lag. Wenn es einen Hinweis gab, warum Hugo ihn auf diesen Fall gestoßen hatte, fand Henry ihn hier.

Wie ein Mensch wohnt, spiegelt seine Persönlichkeit wider, das lernte jeder Kriminalbeamte in den ersten Lektionen. Ein

Blick würde Henry genügen, um Rückschlüsse auf Borowskis wahren Charakter, seine Beziehungen und seine Identität zu ermöglichen.

Er guckte sich das Türschloss unter dem Knauf genau an. Borowski hatte nicht abgeschlossen, sondern die Tür nur hinter sich zugezogen. Ganz schön leichtsinnig, der Mann. Machte das jemand, der etwas zu verbergen hat? Henry war verunsichert. Verdächtigte er Hugo zu Unrecht, genau wie Lucia? Er zögerte einen Moment, ehe er die EC-Karte am Türschlitz oberhalb des Schlosses ansetzte. Jeder, der Zutritt zum Lehrerzimmer hatte, konnte ihm Plakat und Artikel in dieses Buch gelegt haben. Ihm rauschte das Wort *Bestätigungsfehler* durch den Kopf. Er musste aufpassen, dass er nicht in seine eigene Falle tappte und Informationen Vorrang gab, die seinen bereits existierenden Verdacht unterstützten. Mit einem Ruck zog er die Plastikkarte nach unten durch. Die Tür sprang auf. Er zog die Gummihandschuhe an, die er seit dem Hexenwald in der Jackentasche hatte, und trat in den Flur.

Henry schloss die Tür hinter sich und warf einen Blick in alle Räume. Die Zweizimmerwohnung mit Dachschrägen war minimalistisch eingerichtet und sehr aufgeräumt. Durchgehender Holzdielenboden, weiße Wände, weiße Hochglanzoberflächen an Schränken und Sideboards, ein weißes Bücherregal, das im Wohnzimmer bis unter die Decke reichte, Lampen und Beistelltische aus schwarzem Metall, ein graues Ledersofa, ein graues Bett, einige Eames Plastic Chairs um einen Esstisch aus Holzbohlen, keine Teppiche, keine Pflanzen. Wenige Dekorationsobjekte in verschiedenen Grautönen und Grafiken in Schwarz-Weiß rundeten das Bild ab. Borowski schien auch bei der Inneneinrichtung zum Perfektionismus zu neigen. Hätte

Henry sich hier wohlgefühlt? Nein, viel zu geradlinig und steril. Man traute sich ja gar nicht, sich hinzusetzen, weil man dann das Arrangement zerstören würde.

Henry blieb stehen. Er musste nach einem Hinweis suchen, der Borowski irgendwie mit dem Brand der Stadtbibliothek, dem Opfer, Stein, Kuntze oder Winkler & Partner in Verbindung brachte. Wo sollte er anfangen? Auf dem Couchtisch lag ein Laptop, doch der war passwortgesichert. Henry nahm sich das Sideboard vor, auf dem ein schnurloses Telefon in der Ladestation stand. Er suchte in den Schubladen nach Fotoalben, persönlichen Dokumenten, der Todesanzeige eines Familienangehörigen, eines Freundes oder einer Freundin, um sich das *Warum* erklären zu können. Nichts. Vielleicht im Bücherregal? Eine bedeutsame Widmung, ein versteckter Brief oder ein Foto? Er nahm einige Bücher heraus. Tolstoi, Shakespeare, Maurice Leblancs *Arsène Lupin, der Gentleman-Gauner*, Hoffmanns *Struwwelpeter*, Stephen King. In Mary Shelleys *Frankenstein* steckte ein Zettel, auf dem ein Zitat der Autorin stand.

Eine Erfindung besteht nicht darin, etwas aus dem Nichts zu erschaffen, sondern aus dem Chaos.

Das brachte ihn nicht weiter. Er stellte das Buch wieder zurück und blätterte die Schallplattensammlung durch. Leonard Cohen entsprach seinem Geschmack. *You're fucking up.* Henry wusste nur zu gut, wie es war, mit klaffender Wunde weiterzuziehen. Tief durchatmend stellte er die Schallplatte zurück. Kein Hinweis auf einen Menschen, den Borowski geliebt und dessen Verlust er nicht verkraftet hatte. Dass sein Kollege dem oder den Verursachern des Brandes in der Stadtbibliothek die

Schuld an diesem Verlust gab, wäre Henrys einzige Erklärung, warum Hugo wollen könnte, dass er sich mit diesem Fall beschäftigte. Francesco hatte versagt. Die Polizei hatte versagt, den oder die Täter zur Rechenschaft zu ziehen. Wer immer das Plakat und den Artikel in das Buch gelegt hatte, traute ihm, dem ehemaligen Ermittler mit 98 Prozent Aufklärungsquote, zu, Licht ins Dunkel zu bringen. Henry blieb mitten im Wohnzimmer stehen und verschränkte die Arme vor der Brust. Er war umgeben von einem Nichts, das nicht den kleinsten Rückschluss auf Hugos Beziehungen zuließ. Er hatte das Gefühl, in der Wohnung eines Mannes ohne Vergangenheit zu stehen.

Selbst in Küche und Bad besaß Hugo keinen überflüssigen Schnickschnack. Das, was er zum Leben brauchte, bewahrte er übersichtlich in Schränken und Schubladen auf. *Verfluchte!* Hatte er sich geirrt? Aber wenn er Lucias Aussage Glauben schenkte, dass Artikel und Plakat noch nicht im Buch steckten, als sie es ihm auf den Platz gelegt hatte, wer hatte ihm die Hinweise dann zugespielt? Hatte sie ihn doch angelogen? Aber warum sollte sie ihm jetzt nicht die Wahrheit sagen? Hatte sie Angst, womöglich dafür verantwortlich gemacht zu werden, dass die ganze Sache aus dem Ruder gelaufen war? Sie hatte sicher damit gerechnet, dass er genügend Ehrgeiz besaß, den Fall zu lösen, aber nicht damit, dass er diesen Wettbewerb anzetteln würde. Verdammte Scheiße! Anstatt dieses Rätsel zu knacken und Charlotte zu suchen, müsste er sich eigentlich um die Wohnung kümmern, damit er Matti adoptieren konnte. Allein deshalb war er doch aus Brasilien zurückgekehrt. Und kaum war er zurück, hatte er den gleichen Fehler wieder gemacht, der ihn damals hatte fliehen lassen: Andere mit seiner Besessenheit angesteckt und dadurch in Gefahr gebracht. Als hätte er durch

Hannas Tod nichts gelernt, ging sein Leben schon wieder den Bach runter. Francesco hatte vollkommen recht, wenn er ihn als selbstgefälliges Arschloch bezeichnete.

Henry überlegte, zu gehen und der Polizei die Suche nach Charlotte zu überlassen. Aber irgendwie schaffte er es nicht, das mit seinem Gewissen zu vereinbaren. Halbherzig warf er einen Blick ins Schlafzimmer. Dort sah es genauso aufgeräumt aus wie in den anderen Räumen. Bis auf das zerwühlte Bett. Es kam ihm wie ein Fremdkörper vor. Auf dem Schreibtisch unterm Fenster diente eine Miniatur der Oscarstatue als Briefbeschwerer. Henry hob sie hoch und schob den Stapel Papiere auseinander. Rechnungen und ein Schreiben der Hausverwaltung, in dem Winkler & Partner ankündigte, dass die Bauarbeiten an der Fassade am 1. Oktober losgehen würden und die Bewohner mit Lärmbelästigung und Staub zu rechnen hätten. Borowski kannte das Immobilienbüro also. Aber das bedeutete gar nichts.

Henry öffnete den chinesischen Hochzeitsschrank. Beim Anblick von Borowskis Unterhosen und zusammengerollten Socken kam er sich mit seinem Verdacht schäbig vor. Nichts! Henry kratzte sich am Kinn.

Genau das war es eben, dieses Nichts, was ihn stutzig machte. Alles in dieser Wohnung war übersichtlich sortiert, keine Klamotten lagen herum. Es stand nicht einmal benutztes Geschirr im Geschirrspüler. Diese Wohnung wirkte auf ihn wie ein Ausstellungsraum, eine Kulisse. Das machte nur Sinn, wenn der Bewohner damit rechnete, dass jemand die Inszenierung betrachtet. Plötzlich hatte Henry das Gefühl, beobachtet zu werden. Oder drehte er jetzt durch? Das war doch völlig irre! Aber er ließ die irren Gedanken zu. Einen Versuch war es wert.

«Okay, du lenkst meine Aufmerksamkeit auf das Bett. Damit ich dort suche?», sagte Henry laut und durchwühlte die Kissen, zerrte das Laken ab und hob die Matratze hoch.

Im Wohnzimmer klingelte das Telefon. Er hielt inne. Borowskis Anrufbeantworter sprang an. «Hey!», sagte eine künstliche Stimme. «Alles, was du Hugo erzählen willst, kannst du auch mir anvertrauen.» Danach ertönte ein Piep.

«Henry, du enttäuschst mich», hörte er Borowski sagen.

Er riss die Augen auf und erstarrte. Enttäuscht? Weil er in seine Wohnung eingedrungen war oder …

Henry sprang auf, suchte nach der Kamera und fand sie versteckt im Rauchmelder an der Decke. Die neueste Technik, winzig klein. Sein Gefühl, beobachtet zu werden, hatte ihn also nicht getrogen. Er lief in die Küche, dann ins Bad, in den Flur und ins Wohnzimmer. Überall waren Kameras so gut versteckt, dass er sie auf den ersten Blick nicht bemerkt hatte. Auch weil er nicht damit gerechnet hatte. Henry nahm den Festnetzapparat und rief Borowski zurück. Der nahm beim ersten Freizeichen ab. Henry hörte ihn atmen. Hugo wartete, was er ihm zu sagen hatte.

«*Du* wolltest, dass ich mich mit dem Fall der unbekannten Toten beim Brand der Stadtbibliothek befasse.»

Borowski lachte in den Hörer.

«Warum?»

«Du bist der Held, finde es heraus.»

Es knackte in der Leitung. Sein Gesprächspartner hatte aufgelegt. Was hatte denn dieser Spruch jetzt zu bedeuten? Konnte der Mann ihn nicht einfach über den Grund aufklären und ihm sagen, was er von ihm erwartete? Was sollte diese Schnitzeljagd?

Henry lief zurück ins Schlafzimmer, starrte auf das umgewühlte Bett. Er hatte jeden seiner Schritte beobachtet, seit er die Wohnung betreten hatte, aber erst reagiert, als er das Bett durchsucht hatte. Er führte ihn an der Nase herum. Oder war das unerheblich, und Borowski hatte einfach gewartet? Nein, irgendwie bekam er das Gefühl, dass sein Kollege mit ihm spielte. Dieser Gedanke irritierte ihn. Henry hob den Kopf zum Rauchmelder.

«Du bist enttäuscht, dass ich auf deine Inszenierung reingefallen bin. Das bedeutet, du hast mich erwartet. Was wolltest du mir zeigen? Dem Betrachter fällt automatisch der einzige Gegensatz ins Auge. Das zerwühlte Bett. Ein Mensch, der so viel Wert auf Ordnung legt, dass seine Umgebung wie unbenutzt aussieht, wäre niemals aus dem Haus gegangen, ohne die Kissen zu richten.» Henry dachte an die letzten Tage, die Jagd nach einem Phantom, das sie nicht hatten fassen können. «Ich nehme an, du weißt, was eine Denktäuschung ist, oder? Das Publikum wird gezielt auf die scheinbare Fährte gebracht. Die Erklärung ist zum Greifen nah. Natürlich ist die Erklärung falsch, und bei längerer Betrachtung führt sie auch nicht zum Ergebnis. Der Zuschauer hat sich aber so in diese Idee verrannt ...» Henry begriff: Die ganze Ermittlung war von Hugo gesteuert worden. Alles, was er in den letzten Tagen getan hatte, war von seinem Kollegen geplant gewesen.

Borowski, von dem Henry sicher war, dass er ihn über die Kamera hören konnte, widersprach nicht. Henry schnappte sich die Matratze, öffnete den Reißverschluss des Schonbezugs, griff in den seitlichen Schlitz des Schaumstoffpolsters hinein und holte eine dicke Mappe mit losen Blättern sowie ein Ringbuch heraus. Er hielt den Fund mit ausgestrecktem

Arm nach oben. «Das mit der doppelten Täuschung musst du noch ein bisschen üben.»

Er trug die Sammlung von Presseartikeln, Fotos und handschriftlichen Aufzeichnungen zum Schreibtisch und setzte sich auf den Stuhl. Das Festnetztelefon klingelte. Er ging nicht ran. Nach dem dritten Läuten sprang der Anrufbeantworter an. Nach dem Piep meldete sich Borowski.

«Gefällt dir, was du siehst?»

KAPITEL 66

Er öffnete die Mappe mit den losen Blättern. Entgegen seiner Erwartung, eine Antwort auf die Frage zu finden, ob und warum Borowski ihm diesen Artikel und das Plakat über den Brand in der Stadtbibliothek hingelegt hatte, fand Henry eine Materialsammlung aus Kopien von Presseartikeln, Fotos und Aufzeichnungen über sich selbst. Borowski hatte alles über ihn zusammengetragen, dienstlich und privat, bis zu seiner damaligen Personalnummer bei der Polizei. Er fand Recherchematerial über seine hochgelobten Ermittlungserfolge, auch im Fall Piet Jansen, über Kuntzes Verhaftung, über den *Rosenmörder* Tom von Bredow, der seine Kollegin Hanna ermordet und ihm damit den Boden unter den Füßen weggerissen hatte. Sein Statement gegenüber der Presse, in dem er die volle Verantwortung für die schiefgelaufene Überführung des psychopathischen Serientäters übernahm. Was hatte das zu bedeuten? Henry war unwohl dabei, sein gesamtes Leben so vor sich zu sehen. Ihm lief ein Schauer über den Rücken, so ausspioniert, regelrecht seziert worden zu sein. Oder kam diese Beklemmung daher, dass Borowski ihm mit dieser Sammlung eine Person vor Augen hielt, die Henry gar nicht sein wollte? Ein Mensch, der über der Mörderjagd alles ringsum vergaß und dem jedes Mittel recht war, die Täter zu schnappen. Ein

Mensch, der süchtig nach Erfolg war und sich stets beweisen musste, dass er der Beste ist, weil er Angst hatte, als Versager dazustehen.

Er raste durch die Seiten. Hoch konzentriert betrachtete er Bilder, die ihn Anfang August bei der Ankunft am Flughafen und bei der Beerdigung von Mattis Großmutter zeigten. Schnappschüsse von sich auf dem Campingplatz, im Waisenhaus, bei Murats Schlüsseldienst im Citycenter, wo er gerade einen Kunden beriet. Kopien seiner Kontoauszüge. Seite für Seite konnte Henry immer weniger fassen, dass ihm jemand so nahegekommen war, ohne dass er es bemerkt hatte. Seite für Seite wurde ihm klarer, dass er es mit einem Besessenen zu tun hatte. Einem Besessenen, der ihn offenbar auf kranke Weise bewunderte. Einem Besessenen, der ihn ausgewählt hatte. Aber wofür? Damit er diesen Fall des unbekannten Brandopfers in der Stadtbibliothek löste? Ein Fall, mit dem Henry doch überhaupt nichts zu tun hatte? Ein Mord, der während seiner Abwesenheit von der Insel verübt wurde und unaufgeklärt blieb? War es das?

Henry las und las. Unglaublich, welche Mühe sich Borowski mit dem Zusammentragen all dieser Informationen gemacht hatte. Dieses ganze Material hatte sein Kollege niemals in der einen Woche zusammengestellt, seit Henry an der Akademie unterrichtete. Ihm schwante, was das bedeutete. Borowski hatte dafür gesorgt, dass Henry an die *Academy of Criminal Investigation* kam. Der Platz war frei geworden, weil Dorothea Weller bei einem Unfall auf der Baustelle ihres Hauses verunglückt war. Der kurzfristige Tod der Professorin zu Semesterbeginn stellte das Rektorat vor ein Problem. Hatte Borowski sie umgebracht? Fassungslos fuhr Henry sich mit der

Hand über das Gesicht. Dann hatte Borowski wahrscheinlich auch dafür gesorgt, dass er aus Brasilien zurückkam. Er kannte Henrys Schwachpunkt. Borowski konnte Mattis Großmutter umgebracht haben, damit Henry nach Rügen zurückkam.

«Ich bin sein Projekt», flüsterte er lautlos. *Verfluchte!* Borowski hat das alles geplant. Henry schnürte es die Kehle zu. Für einen Moment blieb ihm die Luft weg. Er holte sein Handy aus der Jackentasche und rief Beatrice Krohn an.

«Guten Morgen, Chefin, eine Frage. Wer hat Sie eigentlich auf die Idee gebracht, mir Professorin Wellers Job anzubieten?»

«Herr Borowski hatte einen Artikel über Sie und Ihre außergewöhnlichen Fähigkeiten gelesen. Warum fragen Sie?»

«Nur so, danke.»

«Wo sind Sie? Frau Meyer steht vor mir und meint, ich soll Sie daran erinnern, dass der Hausmeister den Transporter braucht.»

«Sagen Sie ihr, ich bin in zwanzig Minuten zurück.»

Er steckte das Telefon weg. Übrig blieb eine große Frage: Warum das alles?

Die Antwort fand Henry, als er den handgeschriebenen Titel auf dem Ringbuch las, in dem Borowski ein paar Seiten mit sauberen, gut leserlichen Sätzen gefüllt hatte. *Der perfekte Mörder.*

Plötzlich verstand Henry. Borowski war nicht nur von Henry besessen. Er strebte danach, der perfekte Mörder zu sein. Bei der Erkenntnis lief ihm ein Schauer über den ganzen Körper. Borowski war ein Psychopath. Ein Mann ohne Empathie, der zur Erreichung seines Zieles keine Skrupel hatte, Menschen zu töten. Wenn er es recht überlegte, alle Verhaltensweisen seines Dozentenkollegen passten dazu: Borowski war trickreich, sprachgewandt, ein Blender mit oberflächlichem Charme und übersteigertem Selbstwertgefühl, der andere betrügerisch manipulierte. Henry las die ersten Seiten des handschriftlichen Textes:

19. November 2016, 23.58 Uhr.
Sie haben oben auf dem Kirchturm am Fenster gestanden und sich den Hals verrenkt, um zu sehen, wo ich war. Erst als ich mich bemerkbar gemacht habe, haben sie sich zu mir umgedreht.
«Da staunt ihr, was?»
Ihre Blicke haben sich an die Beule in meiner rechten Jackentasche geheftet, wo meine Hand steckte. Langsam habe ich sie herausgezogen, und ihre Augen haben sich vor Überraschung geweitet.
Der grimmige Typ mit der Wollmütze hat den Mund geöffnet und auf das Geldbündel gestarrt, das ich ihnen hinhielt.
«Ihr habt sicher Verwendung dafür», habe ich gesagt und beobachtet, wie die beiden reagieren. Während der Wollmützenkerl dankbar genickt hat, hat das Mädchen die Augen zu Schlitzen zusammengekniffen und diesen unzufriedenen Gesichtsausdruck bekommen, den ich bei schwachen Menschen immer wieder sehe: den Ausdruck der Gier.
Ich habe dem Mann das Geld übergeben.
«Auf gute Zusammenarbeit!»
Der Wollmützentyp hat die Scheine grinsend eingesteckt, während das Mädel protestierte.
«Ihr werdet euch doch nicht streiten?», habe ich gesagt, erneut in die Jacke gegriffen und ihr einen Schlüssel hingehalten. Ich

habe aus dem Fenster auf das Haus gegenüber gezeigt. Die Stadtbibliothek. «Da drüben ist noch mehr. Du musst es dir nur holen.»
Lächelnd bin ich auf dem Kirchturm stehen geblieben und habe aus dem Fenster zugeschaut, wie die beiden eilig über den Kirchplatz gelaufen sind, den Schlüssel ins Schloss der Bibliothek gesteckt haben und im Inneren verschwanden.
Ich habe auf mein Smartphone gesehen und gewartet. Sieben Minuten später ist das Gebäude gegenüber in Flammen aufgegangen.

18. August 2019, 15.47 Uhr. Über die Lautsprecher im Citycenter dudelt Unterhaltungsmusik in Dauerschleife. Durch die Drehtür am Eingang schwappt mit jedem Besucher eine Welle Meeresbrise herein. Zornik steht missmutig hinterm Tresen von Murats Schlüsseldienst im Citycenter und versucht, einen braun gebrannten Mittfünfziger mit Siegelring und vor Pomade glänzenden Haaren von der Notwendigkeit einer Alarmanlage für sein Ferienhaus zu überzeugen.

Es folgten noch viele Seiten Aufzeichnungen. Henry blätterte durch. Er traute seinen Augen nicht, was er da las.

Ich habe ihn so weit. Henry ist neugierig geworden. Heute hat Zornik doch tatsächlich einen Wettbewerb unter den Studierenden ausgerufen. Wer den Fall vor ihm löst, besteht den Kurs ohne Prüfung. Was für ein Spaß!

Am liebsten hätte er laut geschrien. Alles deutete darauf hin, dass Borowski hinter dem Brand in der Stadtbibliothek steckte. Der Kerl mit Wollmütze und seine Begleitung mussten Kuntze und Sahra gewesen sein. Petra Luise Berger befand sich zu diesem Zeitpunkt eingesperrt in der Belletristikabteilung. Es bestand kein Zweifel. Und wenn Borowski der perfekte Mörder war, hatte er sich Henry als Gegenspieler ausgesucht.

«Du bist der Held, finde es heraus», hatte er vorhin auf Henrys Frage nach dem Warum geantwortet. Das Ganze ist ein Spiel! Ein Spiel, das ihm mit Francesco als Gegner wahrscheinlich keinen Spaß gemacht hatte. «Verfluchte!» Henry starrte auf die leeren Seiten. Die Memoiren waren unvollendet. Das konnte nur heißen, das Finale stand ihm noch bevor.

Er sprang auf, schnappte sich den Hörer des Festnetztelefons und rief Borowski an.

«Du willst einen Wettlauf, den kannst du haben.»

Borowski kicherte entzückt. «Das ist der Zornik, den ich mir wünsche. Wie schön, du hast es begriffen. Dann kann es endlich richtig losgehen.»

Das klang, als hätte er bereits einen ausgeklügelten Plan. Borowski hatte ihn monatelang studiert. Wahrscheinlich seit der Einstellung des Verfahrens um die Stadtbibliothek. Er hatte sich alles bereits zurechtgelegt. Also musste Henry jetzt anders regieren, als Borowski es erwartete. Nur so konnte er ihn vielleicht dazu bringen, dass er einen Fehler machte, weil er improvisieren musste.

Henry raffte die Unterlagen zusammen, marschierte in die Küche, zerrte einen großen Suppentopf aus dem Schrank, warf das Papierzeug hinein und durchsuchte die Schubladen. Er war sich sicher, dass Borowski ihn über die Kamera beobachtete. In einer fand er neben ein paar Kerzen ein Gasfeuerzeug.

Jetzt musste er schneller sein als beim Münztrick mit Matti, damit ihm die Wahrnehmungstäuschung gelang. Ohne zu zögern, setzte er den Inhalt des Topfes in Brand. «Wie gefällt dir das?», rief er. Als der Topf in Flammen aufging, zerstörte er die Kamera.

Das Telefon klingelte, der Anrufbeantworter sprang an. Borowski lachte schallend. «Du hast dich mal wieder selbst in den Arsch gefickt und des Rätsels Lösung vernichtet, zumindest für dich. Glaubst du wirklich, ich bin so blöd und habe keine Sicherheitskopien?»

Henry nahm den Hörer ab. «Tja, anscheinend tauge ich nicht zum unfehlbaren Helden, der dir die Stirn bieten kann. Du hast dich in mir geirrt. Hanna und Charlotte sind viel cleverer, als ich es jemals gewesen bin.»

Am anderen Ende der Leitung war kurz Ruhe. «Nein, nein, so funktioniert das nicht», sagte Borowski dann. «Lass die psychologischen Spielchen. Du bist der Held, und du wirst alles dafür tun, Charlottes Leben und das der anderen vier zu retten.»

«Das werde ich nicht. Ich übergebe die Ermittlungen an die Polizei.»

«Das tust du nicht», rief Borowski wütend.

«Oh doch, Hugo.»

«Du bluffst doch.»

«Sehe ich so aus?» Henry legte auf, warf sich die Umhängetasche über die Schulter, verließ das Haus und stieg in den Transporter. Dort rief er Borowski von seinem Handy an. «Es war umsonst, dass du Mattis Großmutter umgebracht hast und dass Professorin Weller sterben musste, damit der Platz an der Akademie für mich frei wird. Ich nehme an, Kuntze, Mona und die Steins gehen auch auf dein Konto …»

«Henry, wenn du das einfach an die Polizei gibst, werden Charlotte, Aron, Neda, Marcus und Sophie sterben. So feige bist du nicht.»

«Entschuldige, aber Frau Meyer ruft gerade an. Da muss ich rangehen», sagte er lässig, obwohl ihm das Herz bis zum Hals pochte. Charlotte lebte. Aron, Neda, Marcus und Sophie musste er erst einmal kriegen. Sie waren hoffentlich in der Akademie, genau wie Borowski. *Verfluchte!* Henry musste sie warnen. Hektisch drückte er Borowski weg und nahm den Anruf der Schulsekretärin an.

«Herr Zornik, wo bleiben Sie denn, unser Hausmeister wartet auf den Bus.»

«Liebe Frau Meyer, ich stecke gerade in einigen Schwierigkeiten, die Handwerker, Sie verstehen? Könnten Sie unseren Hausmeister bitte auf später vertrösten. Ich brauche den Transporter noch ein Stündchen. Haben Sie die Studierenden aus meinem Kurs informiert?»

«Ja, ich habe mit allen gesprochen, bis auf Neda, Marcus, Aron, Sophie und Charlotte, die habe ich nicht erreicht ...»

«Haben Sie sie heute schon in der Schule gesehen?»

«Nein. Ich habe ihnen nur auf Band gesprochen.»

«Und Herrn Borowski?»

«Na, der ist doch im Unterricht.»

«Danke!» Er drückte sie weg, bevor sie ihre Mahnung wiederholen konnte, das Fahrtenbuch nicht zu vergessen. Henry schlug mit den Händen aufs Lenkrad. Konnten die vier wegen letzter Nacht zu Hause geblieben sein? Oder suchten sie gar alleine nach Charlotte? Er raste los. Wie erwartet, war Borowski immer noch in der Leitung.

«Du willst mich also herausfordern, ich spiele aber nicht

nach deinen Regeln, mein Freund», sagte Henry und bog in die Wasserstraße ein, wo Marcus in der Nummer 19 wohnte und das Polizeirevier in einem hässlichen Betonklotz untergebracht war. «Das ist es doch, ein Spiel. Ein Wettlauf mit einem Gegner, den du dir ausgesucht hast.»

Borowski widersprach nicht. Henry hörte ihn atmen.

«Einem Gegner, den du für würdig hältst, deiner Cleverness die Stirn zu bieten. Aber ich bin nicht clever. Wäre ich es gewesen, hätte ich nicht Kieselstein um Kieselstein umgedreht, die du mir ausgelegt hast.»

«Netter Versuch, dich dumm zu stellen.» Borowski klang beleidigt.

Henry atmete laut aus. Er würde Borowski natürlich nicht sagen, was er dachte. Denn genau das war es, was dieser Narzisst wollte: seine Aufmerksamkeit. Henry war klar, dass Borowski ihn seit dem Abend in der Sportbar gestalkt hatte und immer genau wusste, auf welcher Fährte er war. Der Kollege hatte ihn in seinen logischen Erklärungen bestärkt. Sie waren so plausibel gewesen. Natürlich waren sie falsch, aber er hatte sich so in die Idee verrannt ... Genau wie Charlotte.

Du hast sie manipuliert. Sie auf den richtigen Weg geleitet, der Schritt für Schritt eine logische Erklärung ergab. Du hast sie sogar ins Krankenhaus begleitet, damit sie die Identität des unbekannten Brandopfers herausfindet. Das bedeutet, du kanntest Petra Luise und ihre Beziehung zu den Steins. Du wusstest von dem Treppensturz und den Folgen. Petra Luise war das perfekte Opfer. Keine Freunde, keine Verwandten. Nicht Peter Stein hat ihr Vertrauen gewonnen, sondern du hast dich wie ein unsichtbares Phantom in ihr Leben geschlichen, sie ausspioniert und ihren Tod vorbereitet. Du hast sie manipuliert und irgendwie dazu gebracht, dass sie Job und Wohnung kündigt, Auto und Sozialversicherungen abmeldet. Du hast sie isoliert. Sollte doch jemand die Identität des Brandopfers feststellen, würden die Steins mit ihrem handfesten Motiv in den Fokus der Ermittlungen geraten. Niemand hat dich je mit Petra Luise in Verbindung gebracht. Weil niemand wusste, dass es diese Verbindung gab. Der perfekte Mord. Das war dein Motiv, Petra Luise Berger zu töten und die Bibliothek in Brand zu stecken. Der blöde Schreibfehler in der Übermittlung der Obduktionsergebnisse und Francescos Mangel an Motivation und kriminalistischem Spürsinn haben für die Einstellung des Verfahrens gesorgt. Darüber hast du dich geärgert. Gegen eine Schlafmütze zu gewinnen, mindert den Erfolg. Dein Ego braucht Bewunderung.

«Ich bin auf deine Denktäuschung hereingefallen», sagte Henry. «Also durchgefallen. Ich nehme an, du kannst mich orten. Dann sieh mal, wo ich mich gerade befinde. Falls du noch in der Akademie bist, würde ich dort verschwinden. Nach den Informationen, die ich Hauptkommissar Blume gleich auf dem Silbertablett serviere, hat er allen Grund, dich in Gewahrsam zu nehmen. Dann hat es sich ausgespielt.»

«Du spielst unfair.»

«Weil ich nicht tue, was du erwartest? Für ein faires Spiel hättest du dir einen anderen Gegner aussuchen müssen.»

Henry drückte Borowski weg und parkte vor dem Polizeirevier. Bevor er ausstieg, rief er Neda an. Ihre Nummer war noch in der Anrufliste von gestern, als sie ihn informiert hatte, dass Stein ihnen entwischt war. Die Nummern der anderen drei kannte er nicht. Nedas Handy war ausgeschaltet.

Henry ließ das Smartphone im Auto, rannte zu Marcus' Adresse, klingelte oben an der Wohnungstür, klopfte, rief nach ihm. Keine Reaktion. Wo Aron wohnte, wusste er nicht, aber die Mädchen wohnten zusammen in einer WG im ehemaligen Gesindehaus auf dem Gutsgelände. Vorher musste er Borowski loswerden und täuschen. Henry rannte zum Auto zurück, schnappte das Handy und marschierte ins Polizeirevier.

KAPITEL 67

Im Warteraum des Bergener Polizeireviers ließ Henry sein Handy neben dem Stuhl in einen Blumenkübel gleiten. Dann stellte er bei einer jungen Polizistin mit burschikosem Kurzhaarschnitt Strafanzeige: «Man hat mir mein Fahrrad geklaut.»

Ihr fragender Blick blieb am Hämatom an seiner Augenbraue hängen, doch sie nickte irritiert und tippte seine Angaben in den Computer.

Zurück im Transporter, raste er zur Akademie. Er fuhr nicht bis aufs Gelände, sondern parkte so, dass ihn niemand sah, rannte zum Gesindehaus, klingelte, klopfte an der Tür der WG. Niemand da. Verdammt! Wo waren die hin? Er schaute um die Ecke zum Akademieparkplatz, ob Marcus' und Sophies Autos da standen. Fehlanzeige. Hatte Borowski sie sich schon in der Nacht geholt? Vielleicht waren sie ihm nach dem Streit im Wald direkt in die Arme gelaufen? Sie waren so wütend und frustriert gewesen. Vielleicht hatten sie bei ihm Hilfe gesucht, und er hat sie unter einem Vorwand irgendwohin gelockt. Dahin, wo er auch Charlotte festhielt?

Zurück im Transporter, fiel ihm das Fahrtenbuch ein. Frau Meyer achtete akribisch darauf, dass sich jeder Busbenutzer eintrug. Henrys Gedanken überschlugen sich. Er fuhr sich durchs

Haar, als helfe das dabei, sie zu sortieren. Borowski besaß genau wie er kein eigenes Auto. Wenn er Charlotte am Sonntag entführt hatte, hatte er das nicht mit dem Fahrrad getan. «Ein Mietwagen?», murmelte er im Selbstgespräch. Zu riskant mit dem GPS-System, das die Verleihfirma jederzeit orten konnte. Aber lag es näher, den Kleinbus der Akademie zu benutzen und die Fahrt danach auch noch einzutragen? Borowski war alles zuzutrauen. Außerdem hätte das sicher den Nervenkitzel erhöht, weil er quasi direkt vor Henrys Augen handelte.

Henry holte das Fahrtenbuch aus dem Handschuhfach. Dozent Borowski hatte den Transporter regelmäßig benutzt. In der letzten Woche fast täglich. Allerdings nur für kurze Fahrten. Gestern hatte er den Transporter nicht direkt nach ihrer Aktion im Citycenter zurückgebracht, sondern erst heute Morgen um vier. Henry verglich die gefahrenen Kilometer mit dem angezeigten Spritverbrauch. Seitdem der Bus vor einer Woche zuletzt betankt worden war, hatte er laut Fahrtenbuch und Tacho kaum 250 Kilometer zurückgelegt. Der Tank war aber nur noch zu 40 Prozent gefüllt. Hier hatte jemand eindeutig geschummelt und den Tacho manipuliert. Henry glaubte nicht, dass es der Hausmeister gewesen war. Borowski hatte den Transporter das ganze Wochenende ausgeliehen und ihn erst Montagfrüh zurückgebracht. Henry rechnete. Er musste Charlotte außerhalb von Bergen festhalten.

Borowski brauchte einen einsamen Ort, an dem er ungestört sein würde. Wahrscheinlich ein Sanierungsobjekt, das gerade weder bewohnt noch im Umbau war. Und wo war die Quelle, um an einen solchen Ort heranzukommen? Das Immobilienbüro Winkler & Partner. Nach diesem Objekt musste Henry suchen. Jetzt!

Er fuhr zum Citycenter. Murat stand im Laden und las in der *Bild*-Zeitung.

«Ich brauche ein Prepaidhandy mit einer neuen SIM-Karte.»

Murat stutzte im ersten Moment, stellte aber keine Fragen, sondern reichte Henry ein Mobiltelefon über den Tresen.

«Der Mann, mit dem ich gestern die Schlüsselnummer durchgezogen habe», sagte Henry, «hast du den vorher schon mal bei Winkler & Partner gesehen?»

Murat nickte. «Wenn du mich so fragst, ja, da trug er aber einen Vollbart und keine Brille.»

«Danke, mein Freund!» Henry zögerte einen Moment. «Deine Beobachtungsgabe kommt nicht von ungefähr. Liege ich richtig, dass du eine militärische Ausbildung durchlaufen hast und entsprechende Erfahrung besitzt?»

Murat grinste hintergründig. Genau das hatte Henry geahnt. Der Schlüsseldienst war nur eine Fassade, hinter der ein Mann mit einer geheimen Identität steckte. Ein Mann, schlau wie ein Rabe, der kampferfahren war und sich zu schützen wusste. Deshalb hatte Henry keine Angst, ihn in Gefahr zu bringen, wenn er ihn jetzt um einen Gefallen bat.

«Ich habe das neue Smartphone im Warteraum auf dem Polizeirevier in einem Blumenkübel verloren. Könntest du es abholen, damit an den Strand nach Binz fahren und eine Weile damit spazieren gehen, bevor du es ausschaltest?»

«Ein Ablenkungsmanöver.» Murat zwinkerte ihm zu. «Kein Problem, Kumpel, bei dem schönen Wetter kommt heute sowieso keiner mehr.» Er holte seine Jacke, folgte Henry aus dem Laden und schloss ab.

Henry fuhr mit der Rolltreppe nach oben, ging auf die öffentliche Toilette und schlug mit dem Ellenbogen die Scheibe des Brandmelders ein. Sofort heulte der Alarm los. Er rannte auf den Gang. Besucher und Mitarbeiter des Citycenters eilten über Rolltreppe und Notausgänge aus dem Gebäude. Der Lärmpegel stieg. Henry reihte sich in den Strom ein und ließ sich dann langsam zurückfallen. Niemand achtete auf ihn. Auch Winkler und seine Mitarbeiterin verließen das Immobilienbüro, und der Inhaber schloss die Glastür ab. Sie fuhren mit der Rolltreppe nach unten. In kurzer Zeit war die Etage menschenleer.

Er marschierte los, öffnete das Immobilienbüro mit der Schlüsselkopie, die er in der Jackentasche hatte. Ihm blieben höchstens zehn Minuten, bis die Feuerwehr kam und feststellte, dass es sich um einen Fehlalarm handelte. Henry setzte sich an Winklers Schreibtisch, der Computer war noch hochgefahren. Schnell fand er sich in Winklers Ablagesystem zurecht. Es gab Neubauten, Ferienwohnungen, Eigenheime.

Im Ordner *Besondere Objekte* stieß er auf eine Liste mit Bauernhöfen, Bunkern und Herrenhäusern, die Ruinen glichen, einer Wassermühle, einem Leuchtturm, einer ehemaligen Kinderkurklinik und einer alten Kreidefabrik bei Sassnitz.

Hatte Borowski so ein Objekt gekauft? Unwahrscheinlich bei den Preisen. Die Aufnahme eines Kredites setzte Sicherheiten und persönliche Auskünfte voraus. Henry schüttelte den Kopf. Denk nach! Warum sich so ein Objekt ans Bein binden, das man nur für einen begrenzten Zeitraum benötigte. Unter falschem Namen konnte man besser pachten. Am besten ein Objekt, für das sich niemand interessierte. Einen Ladenhüter, der zum Verkauf nicht vermittelbar war. Die Pacht spülte dem Besitzer wenigstens etwas Geld in die Tasche. Damit wäre er zufrieden und würde sich hüten, nachzufragen, was der Pächter in dem Gebäude trieb.

Draußen ertönte das Martinshorn der Feuerwehr. Henry sah auf die Uhr. Ihm blieben höchstens fünf Minuten. Hektisch tippte er auf der Tastatur herum, öffnete das Symbol einer Hausverwaltungssoftware zur Kostenabrechnung und gab das Stichwort Pacht ein. Der Computer reagierte nicht auf die Maus. Verfluchte Technik! Er sah Feuerwehrmänner die Rolltreppe hochrennen. Sie eilten in verschiedene Richtungen und suchten nach Brand und Auslöser des Alarms, der immer noch schrillte. Los, beeil dich!, spornte er den Computer an. Der Bildschirm färbte sich blau. Darauf erschien in weißer Schrift: *Einen Moment bitte ...*

Das konnte doch nicht wahr sein, oder? Dass dieses Mistding jetzt ein Upgrade machte. Ein Feuerwehrmann in Schutzkleidung lugte durch die Scheibe in das Immobilienbüro. Henry duckte sich schnell hinter dem Computer weg. Als die Luft rein war, tauchte er wieder auf. Das blaue Fenster verschwand. Es öffnete sich eine Liste mit den Adressen der Objekte, die Winkler & Partner verwaltete, und den Namen der Pächter. Er rechnete nicht damit, dass er den Namen Borowski las. Beim Namen Maurice Leblanc jedoch, der einmal in der Tabelle auftauchte, schrillten Henrys Alarmglocken. Das war der Name des Autors der Romane über den Gentlemangauner Arsène Lupin. Das Buch hatte er in Borowskis Regal gesehen. Außerdem war es Pflichtlektüre im Fach Tarnen und Täuschen, wie ihm die Studierenden erzählt hatten. Leblanc pachtete einen Bunker auf der Halbinsel Bug bei Dranske. Henry schrieb sich die Adresse auf. Der Hausmeister musste wohl etwas länger auf den Transporter warten.

KAPITEL 68

Die Panzerstraße aus Betonelementen führte mitten durch den Wald. Die Fahrt, die ihn auf den letzten Kilometern ordentlich durchgerüttelt hatte, endete an einem umzäunten Gelände auf einer Lichtung. Der Bunker lag unter einem grasbewachsenen Sandhügel inmitten der unberührten Natur auf dem Sandhaken im nordwestlichsten Teil von Rügen. Er erreichte ihn über Dranske. Nur etwa 540 Meter Luftlinie bis Hiddensee. Henry blickte auf abgestorbene Bäume, die teilweise umgestürzt waren und zwischen den lebenden liegen gelassen wurden. Hier überließ der Mensch Kiefernwald und Graslandschaft sich selbst. Früher wurde das Gebiet militärisch genutzt. Im Zweiten Weltkrieg hatte es hier einen Seefliegerhorst und zu DDR-Zeiten einen Volksmarinestützpunkt gegeben, wie er auf einem Schild las. Heute durften Touristen das verlassene Sperrgebiet, das zur Schutzzone 1 des Naturparks Vorpommersche Boddenlandschaft gehörte, nur mit Sondergenehmigung betreten. Der perfekte Ort für ein Versteck.

Er stieg aus. Jetzt, um 13 Uhr, hatte die Sonne ihre ganze Kraft entfaltet und strahlte vom wolkenlosen Himmel herab. Es roch wie Urlaub, nach Kiefern und Salzwasser. Möwen kreischten vor dem allgegenwärtigen Hintergrundrauschen des Meeres. Die Steilküste war hier nur wenige Hundert Meter entfernt. Mückenschwärme tanzten über den Gräsern, die sich im leichten Wind wiegten.

Henry hatte gerade null Interesse für die Schönheit der Natur, die ihn an diesem verlassenen Flecken Erde umgab. Eigentlich war er ein robuster Mensch, den gesundheitlich nichts so leicht aus dem Gleichgewicht brachte. Nur wenn er richtig angespannt war, bekam er Magenschmerzen, und die quälten ihn jetzt. Verdient, dachte er grimmig. Hoffentlich kam er nicht zu spät. Er atmete tief durch, stieg aus, steckte das Handy ein und ließ den Parka im Wagen liegen. Zuerst schaute er sich das halb verrostete Tor an. Es war mit einem Abus-Hängeschloss gesichert. Aufhebeln unmöglich. Er musste das Gelände erkunden, einen anderen Weg nach drinnen finden. Borowski konnte nicht hier sein. Er war in der Akademie, hatte bis 14 Uhr Unterricht, und Henry hatte den Bus. Aber er konnte nach Unterrichtsschluss mit einem anderen Fahrzeug herkommen und ihn überraschen. Hatte er hier auch Kameras aufgehängt, die alles beobachteten? Henry schaute sich um. Über dem zwei Meter hohen Maschendrahtzaun spannten sich drei Reihen Stacheldraht. Die Schilder an Zaun und Tor sollten die wenigen Leute abschrecken, die sich in diese Ecke der Insel verirrten. Neben den Angaben zur früheren Nutzung des Geländes wiesen weitere Schilder darauf hin, dass es sich um Privatgelände handelte, unbefugtes Betreten Lebensgefahr bedeutete und das Grundstück videoüberwacht wurde.

Er umrundete das Gelände. Kameras entdeckte er ebenso wenig wie ein Schlupfloch im Zaun. Henry lief zum Transporter zurück und suchte nach Werkzeug, mit dem sich der Maschendraht durchtrennen ließ. Er musste sich beeilen. Wenn Borowski Charlotte und die anderen vier hier eingesperrt hielt, musste er sie befreien, bevor sein Kollege dahinterstieg, dass Henry das Versteck gefunden hatte und ihn austrickste. Die Taschenlampe im Handschuhfach half ihm nicht, den Zaun zu überwinden, aber sie würde im Inneren des Bunkers sicher nützlich sein und sparte den Akku am Smartphone. Er steckte sie ein. Unter der Abdeckung im Kofferraum, wo das Reserverad verstaut war, fand er einen Klappspaten, einen Vorschlaghammer, einen Wagenheber und eine Werkzeugkiste mit Steck- und Maulschlüsseln. Eine Zange oder Drahtschere war nicht dabei. Das Schloss bekam er nicht auf, oben kam er nicht drüber, unten kam er jetzt gerade noch nicht durch. Henry stöhnte, dann musste er eben graben. Er zog den Hoodie aus und klappte den Spaten auseinander, suchte sich eine geeignete Stelle am Zaun und hob eine Sandkuhle aus.

Nach zwanzig Minuten passte er hindurch. Er schwitzte und wischte sich mit dem Rand des T-Shirts das Gesicht ab. Zuerst schob er Werkzeugkoffer, Hammer und Spaten auf die andere Seite des Zauns, dann zwängte er sich selbst unter dem Drahtgeflecht hindurch und eilte zum Bunkereingang, der sich hinter einem Eisengitter befand, das mit einem Vorhängeschloss gesichert war. Dahinter versperrte eine geteerte Holztür den Zugang zum Bunker. Henry nahm zwei gleichgroße Maulschlüssel, schob die Mäuler um die Bügel des Schlosses und drückte die Hebel zusammen. Das Schloss zerbarst, die Gittertür sprang auf. Doch das Schloss der Holztür war weitaus robuster. Er wischte Schweiß und Fliegen aus dem Gesicht, nahm den Vorschlaghammer und schlug ihn krachend gegen das Holz, bis es splitterte.

Aus dem Loch strömte süßlicher Verwesungsgeruch nach Fleisch, das zu lange gelegen hatte. Reflexartig hielt er sich die

Nase zu. Er trat das Loch größer und zwängte sich hindurch. Auf das Schlimmste gefasst, leuchtete er in den Raum. Eine Schleuse mit runder Betondecke, etwa vier Meter lang und drei Meter breit. Am Ende ein weiteres Hindernis. Eine Tür aus Stahl. Es überraschte ihn, dass sie nur mit einem Riegel verschlossen war. Er öffnete sie und gelangte in einen Gang, der quer zum Eingang verlief. In beide Richtungen etwa zehn Meter lang. Zwei vergitterte Glühbirnen sprangen an. Sie spendeten spärliches Licht. Bewegungsmelder, mit Batterie oder Notstrom betrieben. Henry schaute sich suchend nach Überwachungskameras um. In Schleuse und Flur entdeckte er keine. Hatte Borowski sie so gut versteckt, dass er sie nur nicht sah? Wenn er ihn beobachtete, würde er vielleicht gleich auf der Matte stehen. Oder war er schon da? Musste Henry darauf gefasst sein, ihm jeden Moment in die Arme zu laufen? Nein, das Vorhängeschloss an der Gittertür des Bunkereingangs hätte er nicht von innen schließen können. Außer es gab einen zweiten Eingang. Henry behielt den Vorschlaghammer besser in der Hand.

An der Stirnwand ihm gegenüber zählte er sieben Türen. Sechs hatten in Kopfhöhe viereckige Gucklöcher zum Auf- und Zuklappen, wie Gefängniszellen. Jeweils zwei Türen an den beiden Außenseiten waren verschlossen, die drei mittleren standen offen. Vor der Türöffnung ihm direkt gegenüber hing ein Vorhang aus dicken Plastiklamellen. Es stank wie im Raubtierhaus. Henry musste schlucken. Er schob den Vorhang beiseite und leuchtete in die Dunkelheit.

Er hielt die Luft an. Der etwa dreißig Quadratmeter große Raum war leer. Mittig gab es eine Art Arena mit schmutzigblutigem Sandboden, wie er sie am Rande der Favela Paraisópolis in São Paulo schon einmal gesehen hatte. Dort wurden illegale Hundekämpfe veranstaltet. Über der Arena hing eine scheinwerfergroße Lampe, vermutlich bei Bedarf mit einem Notstromaggregat betrieben.

In den zwei äußeren Ecken standen große Tierkäfige. An den seitlichen Wänden hingen Messer, Knochensägen, rostige Nägel, ein Stahlseil und eine Machete. Wurden hier Hunde in den Ring geschickt? Oder etwa Menschen? Wie krank musste man sein, um sich so etwas einzurichten?

Henry stürmte in den Raum daneben, eine Art Küche und Vorratsraum, in dem es nach Tierfutter roch. Er fand einen gefüllten Wasserkanister, in den circa dreihundert Liter passten, weiße Kunststoffwannen, die in der Tierverarbeitung für Schlachtabfälle verwendet wurden. Dosenfleisch für Katzen, Haferflocken, Möhren und jeweils eine Kiepe mit Äpfeln und Kartoffeln waren ordentlich in Regalen sortiert. In einer Arztvitrine aus Metall und Glas lagen neben Medikamenten auch Spritzen und Ampullen. Henry schüttelte fassungslos den Kopf. Wahnsinn!

Im dritten Raum, dessen Tür offen stand, vergaß er einen Moment das Luftholen. Verfluchter Geist! Mit erhobener Taschenlampe trat er in eine Art Werkstatt und blieb einen Augenblick stehen, um alles zu betrachten. Eine massive Werkbank mit Schraubstock, darüber eine Lochwand mit S-Haken, an denen allerlei Werkzeug hing. Und da stand auch sein Laptop. Chirurgisches Besteck und mittelalterliche Folterinstrumente lagen aufgereiht in offenen Regalen. Darunter Daumenschrauben und eine Mundbirne. In der Ecke stand ein halbhoher Aktenschrank aus verbeultem Blech, darauf ein Kofferradio. Borowskis Werkstatt des Todes. Penibel und sauber eingerichtet, wie bei einem Hobbyheimwerker. Mittig stand ein großer Holztisch, auf dem unter einer schnurlosen Schreibtischlampe, sicher batteriebetrieben, handbeschriebene Blätter und Zeichnungen ausgebreitet herumlagen, darauf bunte Drahtreste, eine Zeitschaltuhr, Fensterkitt, Reste von Gewebeklebeband, eine leere Plastikflasche und eine Handvoll rostiger Nägel. Henry trat neben den Tisch und sah sich die Unterlagen an. *Du baust eine Bombe. Nein, du hast eine Bombe gebaut.*

Er drehte sich um und richtete den Lichtstrahl der Taschenlampe auf die Wand neben dem Eingang. Nun war klar, wen Borowski damit in die Luft jagen wollte. Henrys Puls raste. Er trat an die Pinnwand heran, an der sechzehn Porträtfotos hingen. Zehn Bildern fehlte das Gesicht. Ausgebrannt. Auf den restlichen Fotos waren Charlotte, Neda, Marcus, Aron, Sophie und er selbst zu sehen. Er hatte ihn also nicht belogen. Sie waren als Nächstes dran.

Henry klammerte sich an den Gedanken, dass Charlotte und die anderen lebten. Er musste sich beeilen. Wenn Borowski sie mit der Bombe alle auf einmal hochjagen wollte, ließ sich das nur an einem Ort realisieren, wo er sie alle zusammen einsperren konnte. Ein Ort, an dem Charlotte schon war. Dort hatte er Neda, Marcus, Aron, Sophie letzte Nacht wahrscheinlich auch hingelockt. Ein Ort abseits, wo sonst niemand hinkam und die Explosion bemerken würde. Dieser Ort war hier. Oder? Ein Bunker unter der Erde auf einem ehemaligen Armeegelände. Den Knall würde man trotzdem weit hören, doch Borowski bräuchte nur auf ein Gewitter warten, dann konnte er loslegen. Und die beste Zeit dafür war jetzt. Nun im September prallten ständig kalte und heiße Luftmassen über Rügen aufeinander und sorgten für heftige Unwetter. Die anderen fünf waren schon hier, an dem Ort, an dem es geschehen würde. Und jetzt war auch er hier. Selbst hergefahren, in dem Glauben, dem Mörder einen Schritt voraus zu sein. War er schon wieder auf Borowski reingefallen und in seine Falle getappt?

Henry sah sich um. Er sollte diesen Ort finden, die Anleitungen, die Reste des Bombenbaus und diese Pinnwand. Er nahm sein Foto ab und drehte es rum. Was er auf der Rückseite fand, war das Werk eines Psychopathen. Ihm lief es eiskalt den Rücken herunter. Sein Mund wurde trocken. Er blickte auf eine schwarz-weiße Fotokopie von Hannas Leiche am Strand von Sellin. Darunter stand: *Henry, du kommst schon wieder zu spät!*

Unweigerlich umklammerte er den Schaft der Taschenlampe. Borowski hatte ihn erwartet. Was würde er hier noch finden? Nackte Panik schnürte ihm den Hals zu. Henry eilte weiter, öffnete das Guckloch der verschlossenen Tür am linken Ende des Flures. Weiße Wände mit blutigen Kratzspuren, nackter Lehmboden, in den eine lange Eisenkette mit einer breiten Manschette am Ende verankert war. Ein leeres Verlies. In der Zelle daneben sah er Blutspuren an Wand und Boden. Mittig im Raum ein undefinierbarer Haufen Fell, über dem ein holzgerahmter Glaskäfig stand. Darin wimmelte es von Ratten, die sich nach unten durch einen Kadaver fraßen. Der Fäulnisgeruch drehte Henry den Magen um. Er würgte, rannte zur nächsten verschlossenen Tür und leuchtete hinein. Leer. Nun blieb noch eine Zelle übrig. Er stürzte zur Tür. Hektisch schob er die Klappe des Gucklochs beiseite. Eine zierliche Frau mit geschorenem Kopf, nur mit einem Slip bekleidet, kniete steif, den geraden Rücken ihm zugewandt, in einem Käfig auf einer versifften Matratze. Er hörte ihr Wimmern, das von

Kieksen unterbrochen wurde. Ihre Hände waren hinten von einer Kette zusammengehalten, die mit einem Gürtel verbunden war, den sie um den Hals trug. Über ihr hing eine Wärmelampe, wie sie in Ställen zur Aufzucht von Schweinen, Kälbern oder Hühnern benutzt wird. Ihre Haut war blutig, mit Hämatomen, Striemen und Schnittwunden übersät, die offenbar von Peitschenhieben und Messern stammten. Henry schluckte schwer. Charlotte. Doch wo waren die anderen? Es gab keine weitere Tür.

«Charlotte, kannst du mich hören? Ich bin's, Zornik.»

Ihr entfuhr ein Angstschrei, und hinter ihm fiel die Stahltür ins Schloss. Henry drehte sich um. War das Borowski, der sie in die Luft jagen wollte? Zuerst musste er Charlotte befreien, und dann mussten sie hier raus. Er holte den Vorschlaghammer und schlug mit ganzer Kraft auf das Vorhängeschloss ein, bis er es zertrümmert hatte. Henry riss die Tür auf. «Keine Angst, ich hole dich raus!»

Wie im Trance stand sie auf, drehte sich mit dem gesamten Körper zu ihm um. Sie zitterte. Dunkel unterlaufene Augen mit leerem Blick fixierten ihn. Sie war völlig verdreckt, getrocknetes Blut klebte ihr am Mund. Unter ihrem Kinn steckte ein Metallstück mit einer zweizackigen Gabel an jedem Ende, das an dem Gürtel vertikal zwischen Kinn und Brustbein befestigt war. Henry hatte das Folterinstrument aus dem Mittelalter einmal im Museum gesehen. Wenn der Kopf des Opfers aus Müdigkeit runterkippte, durchbohrte die Gabel sofort Brust und Hals.

Verfluchte! Das war nicht Charlotte. Das war Sahra Engelmann.

KAPITEL 69

Durch Henrys Körper rauschte eine Welle Adrenalin. Sie verdrehte die Augen, als würde sie gleich das Bewusstsein verlieren. Die Lider flatterten, weil die Erschöpfung sie übermannte.

«Bleib wach!», schrie er sie an. Panisch untersuchte er das Vorhängeschloss am Käfig, schwang den Hammer und zertrümmerte es. Ihr erstickender Schrei fuhr ihm durch Mark und Bein.

«Nicht bewegen!», befahl er.

Sie stieß ihn mit den Füßen von sich.

«Sahra! Es ist vorbei! Ich will dir helfen.»

Mit letzter Kraft fletschte sie die Zähne wie ein aggressiver Hund. Ihr Kopf fiel nach vorn. Henry schrie und presste ihr die Hand unters Kinn. Die Gabelspitzen durchbohrten seine Haut am Handrücken. Der Schmerz schoss ihm durch den Körper. Sofort tropfte Blut herunter. Er umklammerte ihren Kopf, öffnete den Verschluss des Halsbandes und nahm es ihr samt der Handfesseln ab.

Kaum war sie befreit, griff sie ihn an. Sie ging wie eine Furie auf ihn los und grub ihre Zähne in seinen Arm.

«Au!», brüllte er und stieß sie von sich. Sie fiel auf die Matratze. Henry rieb sich den blutenden Abdruck ihrer Zähne.

Sahra rappelte sich blitzschnell hoch, stürzte sich auf ihn und zog ihm die Beine weg, dass er stürzte. Von ihrer Erschöpfung war nichts mehr zu spüren. Im Gegenteil, sie entwickelte eine Kraft, die er der zierlichen Person niemals zugetraut hätte. Im Kampf bekam sie den Vorschlaghammer zu fassen, stand auf einmal über ihm und holte zum Schlag aus. Der Hammerkopf sauste auf ihn herab. Geistesgegenwärtig drehte er den Oberkörper beiseite. Das schwere Metall krachte neben seinem Kopf mit einem dumpfen Knall auf den Betonboden. Er schnappte sie an der Wade und warf sie zu Boden. Reflexartig ließ sie den Hammer fallen, um sich abzufangen. Sie keifte und fauchte, als er sich über sie warf, sie auf den Bauch drehte und sich auf ihren Rücken kniete, während er ihre Arme nach hinten bog.

Es gab keinen anderen Weg. Er musste sie fesseln.

Noch mal sagte er eindringlich: «Sahra, es ist vorbei! Ich bin Henry Zornik, du brauchst keine Angst mehr zu haben. Beruhige dich.»

Das Mädchen wand sich wie ein wildes Pferd, das nicht gezähmt werden wollte. Beim näheren Blick in ihr Gesicht, auf Hals und Arme wusste er, warum. Jahrelanger Drogenkonsum hatte seine Spuren hinterlassen. Sie litt unter Entzugserscheinungen und war nicht zurechnungsfähig.

Henry sperrte sie im Käfig ein. Wo war Charlotte? Hatte Borowski sie weggebracht? Oder war sie gar nicht hier gewesen? *Du kommst zu spät!*, hämmerte es in seinem Kopf. Nein, hier war der falsche Ort! Borowski hatte ihm mit dem Namen Maurice Leblanc in Winkler & Partners Datenbank eine weitere Brotkrume hingeworfen, die ihn auf die falsche Fährte geführt hatte. Das alles war die Kulisse einer perfekten Inszenierung.

Ein Schauspiel, extra für ihn. Henry sollte begreifen, wie ernst es seinem Gegner war. Hatte Borowski gar zwei Bomben gebaut? Eine, um ihn und Sahra in diesem Bunker in die Luft zu jagen, und eine, mit der er Charlotte und die anderen vier töten würde?

Sie mussten so schnell wie möglich hier raus. Henry hielt inne. Nein, der Psychopath hatte alles bis ins Detail geplant. Er tötete den Menschen erst, wenn er ihn nicht mehr brauchte. Und ihn brauchte er noch, denn er hatte Freude daran, Henry wieder und wieder vor Augen zu führen, dass er zu spät kam. Er begriff. Borowskis Genugtuung würde darin bestehen, dass Henry zusehen musste, wie seine Studierenden starben. Hier sollte er einen Hinweis finden, wo Borowski Charlotte und die anderen vier versteckt hielt.

Sahra musste mindestens seit letzter Nacht so dort sitzen. Borowski hatte ihren Überlebenswillen wahrscheinlich unterschätzt. Henry sollte sie finden, aber tot. Er drückte sich gegen die Stahltür nach draußen. Sie öffnete sich mit einem schrammenden Geräusch. Die hatte nur eine Windböe zugeschlagen. Henry war sich sicher, dass er den Psychopathen richtig einschätzte. Er hetzte zu Sahra zurück.

Wusste sie etwas? Sie schrie und fauchte weiter und rüttelte an den Gitterstäben ihres Käfigs wie ein gefangenes Tier. In ihrem Zustand würde sie ihm kaum helfen können.

Außer …

Er lief in die Küche und öffnete die Arztvitrine, wo er Spritzen, Ampullen und Medikamente gesehen hatte. Er las die Etiketten. Antibiotika, Schmerz- und Beruhigungsmittel, sogar Diamorphin – reines Heroin – und Chloroform. Henry erinnerte sich an den getränkten Lappen in Steins Auto und war sich sicher, dass Borowski den dort platziert hatte. Nachdenklich betrachtete er das Diamorphin. In São Paulo hatte er mit einer alten Ärztin Tür an Tür gewohnt, die in einer Drogenambulanz arbeitete. Von ihr wusste er, dass sie schwer Heroinabhängigen eine durchschnittliche Tagesdosis von 440 Milligramm Diamorphin verabreichte, wenn Methadon nicht mehr half. Damit wurden die Patienten zwei- bis dreimal am Tag substituiert. Er musste Sahra eine Spritze geben. Er hoffte, dass sie ihm dann helfen konnte, die anderen zu finden. Wenn er jetzt die Polizei rief und auf Francescos Unterstützung baute, würde er zu spät kommen, und Charlotte, Aron, Neda, Marcus und Sophie wären verloren. Henry entnahm eine Spritze samt Kanüle und eine Ampulle reines Heroin.

Sahra tigerte hin und her, kratzte sich völlig unkontrolliert Gesicht, Hals, Brust und Arme auf. Er zeigte ihr, was er gefunden hatte, und setzte sich auf den Boden. Mit dem Mund riss er die Verpackung der Einwegspritze auf, entfernte den Schutz der Kanülen und zog die Spritze vor ihren Augen mit 220 Milligramm Diamorphin auf.

«Richtig so?», fragte er und merkte, wie sie sich etwas beruhigte.

Ihre Augen verfolgten ihn gierig. Sie krallte sich an den Gitterstäben fest.

«Was hat er von dir verlangt?»

«Dass ich sie töte», zischte sie.

Henry schluckte. «Wen?», fragte er und merkte selbst, wie verzweifelt seine Stimme klang.

«Egon und das Mädchen.»

Mit Egon meinte sie Kuntze. «*Du* hast ihm den Kopf abgeschlagen?» Er hatte aus ihr eine Mörderin gemacht.

Sie biss sich auf die Unterlippe, und Blut lief in einem dünnen Rinnsal ihr Kinn herunter. «Er hatte es verdient.»

«Und das Mädchen?», fragte Henry.

«Sie war stärker.»

Erleichtert atmete er auf. Sahra hatte ihren Peiniger enttäuscht, Borowski brauchte sie nun nicht mehr. Er überlegte. Was wäre gewesen, wenn sie den Kampf gewonnen hätte? Dann hätte er hier die tote Charlotte oder leere Räume vorgefunden. Aber vielleicht hatte Borowski den Kampf der beiden Frauen auch manipuliert, damit er wie gewünscht ausging. Er war von Anfang an der Spielmacher, und sie alle waren seine Marionetten.

Sahra gierte nach der Spritze und ließ sie nicht aus den Augen. Henry zögerte. Es widersprach seinen Prinzipien, ihr das Gift zu geben, aber er musste ihre Schmerzen lindern. Bei einem kalten Entzug konnte sie sterben. Das Heroin war im Moment das Einzige, was half.

Sahra lecke sich die Lippen, stach die Nadel neben den Bauchnabel und drückte sich das Diamorphin in die Beckenvene, genau wie er es bei Mona gesehen hatte. Schlagartig beruhigte sie sich, verdrehte die Augen und bekam diesen abwesenden Blick, den er schon kannte. Henry zog sein T-Shirt aus und gab es ihr. Sie nahm es und schlüpfte hinein.

«Lass mich hier raus! Ich bin kein Tier», bat sie leise und mit schwerer Zunge. Er öffnete den Käfig. Sie taumelte und legte sich auf die Matratze.

«Okay?», sagte er.

In diesem Zustand würde er sie nie durch das Loch unter dem Zaun hindurchbekommen. Er eilte in Borowskis Horrorkabinett und suchte nach einer Drahtschere. Borowski hatte ihn mit versteckten Hinweisen zu diesem Ort geführt. Irgendwo musste es einen Wink geben, wo er Charlotte und die anderen hingebracht hatte. Sie waren der Köder, um ihn dorthin zu locken. Dorthin, wo Borowski wahrscheinlich das große Finale geplant hatte, um sie alle zur Strecke zu bringen.

Henry leuchtete alle Wände ab. Nichts, kein Foto eines Ortes, eines Hauses. Er suchte in den Zeichnungen auf dem Tisch, hoffte, dass sich darunter der Grundriss irgendeines Gebäudes versteckte. Ohne Erfolg. Er wühlte sich durch Schubladen und den Inhalt des verbeulten Aktenschranks, musterte jeden Zentimeter des Regals, auf der Suche nach einem Gegenstand, der das Muster sprengte. Irgendwo musste doch etwas sein. Enttäuscht ließ er die Arme hängen. Er hatte keine Idee. Henry schnappte sich die Drahtschere und sah nach Sahra. Sie lag mit geschlossenen Augen auf der Matratze. Er prüfte ihren Puls am Hals. Normal. Henry eilte aus dem Bunker, schnitt den Maschendraht durch und bog die Enden so weit auseinander, dass er bequem mit Sahra hindurchpasste. Dieser unheimliche Ort, von dem er nicht wusste, was er von ihm halten sollte, jagte ihm selbst hier draußen noch Angst ein. Er hatte keine Spur gefunden. Aber warum hatte Borowski ihn dann mit diesen versteckten Hinweisen hierhergelockt? Henry wollte nur noch weg, und er musste Sahra mitnehmen. Ihm würde schon etwas einfallen, wie er Borowskis anderes Versteck fand.

Er lief zurück, um Sahra zu holen. Sie war weg. Henry erstarrte. Wo konnte sie sein? Er wusste, das Spritzen von reinem Heroin verursachte nur einen kurzen Rauschzustand. Panisch hetzte er von Raum zu Raum. Alle leer. Hatte sie sich hinter seinem Rücken nach draußen geschlichen, während er den Zaun bearbeitet hatte? Oder war noch jemand hier?

Henry stürmte raus und umrundete das abgesperrte Gelände. Nichts. Sie konnte sich doch nicht in Luft aufgelöst haben. Die Sandkuhle? Er schaute nach. Nein, die war unverändert. Er rannte wieder zum Bunker. Was hatte er übersehen? Er bog um die Ecke und blieb schlagartig stehen.

Sahra stand in der Schleuse. Sie hielt ein Paket in der Hand. «Er hat gesagt, dass du kommst.» Sie reichte ihm den Karton. Der Hinweis? Oder die Bombe?

Henry nahm das Paket. Er hatte Angst, es zu öffnen. Gleichzeitig wusste er, dass es die einzige Möglichkeit war weiterzukommen. Also musste er es wagen. Langsam klappte er die Pappdeckel auseinander und erstarrte, als er sah, was hier sorgfältig verpackt worden war.

Voller Entsetzen hob Henry den durchsichtigen Vakuumbeutel hoch, in dem ein abgeschlagener Kopf steckte. Er schloss die Augen, um das Gesicht mit den aufgerissenen Augen nicht länger betrachten zu müssen. Das war Egon Kuntze. Erleichtert, dass es keine Bombe und nicht Charlotte war, atmete er einmal tief durch. Dann öffnete er die Augen wieder. War das der nächste Schnipsel, den er finden sollte? Am unteren Rand des Beutels klebte ein Zettel. Eine Art Haltbarkeitsetikett mit dem Logo der Kreidefelsen. Das aufgedruckte Verfallsdatum 17.09.2019 war mit blauem Kugelschreiber durchgestrichen. Daneben stand handschriftlich das Wort *abgelaufen.* Henry stutzte. Der 17. September. Heute. Kuntze war aber gestern gestorben? Das ergab keinen Sinn.

Er schaute hoch. Doch! Erst jetzt sah er die Wölbung unter ihrem T-Shirt. Sie hielt ihm ihre geschlossene Hand entgegen, die etwas umklammerte. Er sah etwas Rotes unter dem Daumen aufblitzen. Nur wenige Millimeter trennten ihren Daumen von einem roten Knopf. Verfluchte Scheiße!

«Sahra, tu das nicht!»

«Er hat gesagt, du wirst mich schlimmer quälen als er. Wenn du mich lebend findest, soll ich dich im Kampf töten. Für den Fall, dass ich das nicht schaffe, hat er mir diese Waffe in die Hand gegeben.»

«Wenn du auf diesen Knopf drückst, gehen wir beide drauf. Er hat dich manipuliert.»

«Er hat mir versprochen, dass ich nie wieder Schmerzen haben werde.»

«Sahra!», rief er verzweifelt und wusste doch, dass seine Worte sie nicht erreichten. Sie lächelte entrückt. Henry wartete nicht, bis sich ihr Daumen senkte. Er rannte aus dem Bunker und über die Wiese.

Keine fünf Sekunden später schleuderte ihn die Druckwelle der Explosion meterweit durch die Luft. Er landete im Sand und vergrub seinen Kopf unter den Armen. Betonbrocken krachten neben ihm herunter. Dann war es schlagartig still.

KAPITEL 70

Benommen öffnete Charlotte die Augen. Unter den schwarzen Sack über ihrem Kopf drang kein Licht durch das Gewebe. Alles schwarz. Es roch nach nichts. Eine Uhr tickte. Sie war eindeutig an einem anderen Ort. Sie lauschte in die Dunkelheit. Er hatte sie weggebracht. Langsam hob sie den Kopf unter dem Jutesack. Sie trug Unterwäsche und saß auf einem Stuhl, die Arme auf den Rücken verdreht. Schmale Fesseln schnitten schmerzhaft in Hand- und Fußgelenke. *Kabelbinder.* Kein Knebel im Mund, das bedeutete, dass ihren Schrei niemand hören würde. Sie versuchte es gar nicht erst.

Da ist jemand.

Sie lauschte auf das gleichmäßige Atemgeräusch, das sie hinter sich hörte. Unruhe erfasste sie. Ihr Herz begann zu rasen, und Übelkeit kroch ihr im Hals hoch. Sie zitterte unkontrolliert, atmete flach und schnell. Trotzdem hatte sie das Gefühl, keine Luft zu bekommen.

«Du hast Angst», sagte eine Stimme, die Charlotte kannte.

Hugo? Sie erstarrte.

Schritte näherten sich, und ihr wurde der Sack vom Kopf gerissen. Lächelnd stand er vor ihr. «Überrascht?»

Sie war völlig irritiert. «Was soll das?»

Sie schaute an sich herunter und sah, woher das Ticken

kam. Sie saß auf einem Sprengsatz. Panik überkam sie. Ihr wurde schwindlig. Nur mit Mühe unterdrückte sie ihren Fluchtinstinkt und zwang sich, ruhig zu bleiben.

Borowski schmunzelte. «An deiner Stelle würde ich mich lieber nicht bewegen.»

«*Du* bist ...»

Er breitete die Arme aus und begann zu singen. «Jetzt hat sie's! Bei Gott, jetzt hat sie's!» Er tänzelte vor ihr herum und imitierte unterschiedliche Stimmen und Gesichtsausdrücke, wie Kevin Wendell Crumb aus den Filmen *Split* und *Glass*, der dreiundzwanzig verschiedene Persönlichkeiten in sich trug. «Ich bin der Täter, der Bösewicht, das Moooonster. Huuuuh!»

«Hör auf! Was soll der Quatsch?»

«Das ist kein Quatsch, Cheri!» Er humpelte im Rhythmus des Mannes, den sie die ganze Zeit unter dem Jutesack gehört hatte, um sie herum und sagte mit verstellter Stimme: «Du bist die Nächste.»

«Ist dieses Mädchen tot?»

Er schaute auf seine Armbanduhr. «Ich denke schon. Charlotte Klein, ich muss ehrlich zugeben, ich habe dich schon wieder unterschätzt.»

Sie schluckte. «Habe ich sie ...?»

«Du hast beim Zuschlagen keinen Moment gezögert.» Er lachte auf, zeigte auf die Mauer aus Beton. «Du hast den Kampf gewonnen, und nun will ich dich belohnen.» Er grinste breit wie ein Clown. *«Paulinchen war allein zu Haus. Die Eltern waren beide aus. Als sie nun durch das Zimmer sprang, mit leichtem Mut und Sing und Sang, da sah sie plötzlich vor sich stehn, ein Feuerzeug, nett anzusehn. Ei, sprach sie, ei, wie schön und fein! Das muss ein trefflich Spielzeug sein.»* Er lachte wieder laut auf. «Oder ist dir so kurz vor deinem Tod egal, was mit Petra Luise passiert ist?»

Charlotte schüttelte den Kopf.

«Hab ich es doch geahnt, neugierig bis zum Schluss.» Er betätigte einen Beamer und schaltete das Licht aus. «Sie war eine höchst unangenehme Person, das perfekte Opfer für den perfekten Mord, genauso besessen vom Gewinnen wie du.» Charlotte blieb der Mund offen stehen. Regungslos starrte sie auf die Wand, wo jetzt ein Film losging. Eine junge Frau mit korpulenter Statur stand auf der Leiter vor einem Bücherregal, strich sich eine Haarsträhne aus dem verschwitzten Gesicht und schlug das einzige Buch ohne Titel auf, das sie im obersten Regalfach entdeckt hatte. Es war hohl und verbarg einen Zettel. «Gefunden!», entfuhr ihr ein Jubelschrei, und sie las eine Rätselfrage, die auf dem Zettel stand. Ihrem Gesichtsausdruck sah man an, dass sie entschlossen war, die Antwort zu finden. Sie war allein. Eingeschlossen in einer fensterlosen Bibliothek mit Tausenden Büchern. «Welcher Autor hat als zweiten Roman eine Adaption des klassischen Vampirromans Dracula nach Bram Stoker geschrieben? Im 5. Kapitel, Absatz 18, Zeile 11 findest du den Schlüssel, mit dem du die Tür öffnen kannst», wiederholte sie die Frage laut und kniff die Augen zusammen, bevor sich ein überlegenes Lächeln um ihre Mundwinkel breitmachte. Sie schaute auf die Uhr. Offenbar arbeitete sie gegen die Zeit. Hastig kletterte sie von der Leiter und rannte durch die Regalreihen. Die Bücher waren alphabetisch nach den Anfangsbuchstaben der Autoren sortiert. Ihr Zeigefinger fuhr über die Markierungen. «H, I, J, K ... da war er! Stephen King!» Fieberhaft durchsuchte sie die Titel, die in ungeordneter Reihenfolge dastanden, und murmelte leise vor sich hin. «Der Anschlag, Carrie, Es, Sie, The Stand, Cujo, Schwarz. Noch eine Minute. Hier!» Triumphierend drehte sie sich zur Kamera um. «Brennen muss Salem. Kings zweiter Roman, der nach Carrie 1975 erschienen, aber schon früher entstanden ist.»

Borowski hielt den Film an. «King war quasi ihr Steckenpferd. Sie hat alle seine Romane verschlungen und verneigte sich in Ehrfurcht vor dem Meister der Horrorgeschichten.» Der Film lief weiter. Petra Luise zerrte das Buch aus dem Regal, blätterte darin herum, bis sie das fünfte Kapitel fand. Hektisch fuhr sie mit dem Zeigefinger über den Text und zählte die Absätze. «Drei, vier …» Sie schlug die nächste Seite um. «Scheibenkleister!», sagte sie enttäuscht.

Charlotte sah, dass Buchseiten herausgerissen waren.

Stattdessen steckte ein Streichholzbriefchen im Buch. Petra Luise zog die Augenbrauen hoch. Sie schaute auf die Uhr. Wieder unterbrach Borowski den Film, und Petra Luise erstarrte zum Standbild. «Jetzt erwacht der Kampfgeist in ihr. Sie hat noch vierzig Sekunden. Dann ist das Spiel vorbei. Und wenn man Petra Luise eins nachsagen konnte, war es Hartnäckigkeit. Sie hat die Fragen meines Preisausschreibens alle richtig beantwortet und natürlich die Auslosung gewonnen. Siehst du die Entschlossenheit in ihren Augen? Was sage ich, in der ganzen Körperhaltung. Sie will die geheimnisvolle Trophäe im Wert von 1000 Euro unbedingt mit nach Hause nehmen. So gierig war sie in allem, beim Essen, beim Sex … genau wie du. Ihr seid so leicht zu steuern.»

Borowski drückte auf Play. Die Frau im Film drehte das Streichholzbriefchen nachdenklich in der Hand und verzog die Nase, als würde sie etwas Unangenehmes riechen. Sie ließ das Buch fallen und rannte zum Ausgang. «... findest du den Schlüssel, mit dem du die Tür öffnen kannst», sagte sie. Das Licht ging aus. Sie schien sich die letzten Meter voranzutasten und rüttelte an der verschlossenen Tür. Hektisch bewegte sich das leuchtende Ziffernblatt der Armbanduhr. «Ich halte den Schlüssel doch in der Hand ...?» Sie schwieg einen Moment. «Natürlich! Ich muss ihn benutzen.» Sie zündete ein Streichholz an. Aus dem Schlüsselloch der Tür hing ein dicker weißer Faden heraus, der im Schein der Flamme leuchtete. «Und nun? Los, denk nach! Noch zwanzig Sekunden.»

Mit zitternden Fingern hielt sie das brennende Streichholz an die Schnur, bis sie sich entzündete. Die Flamme züngelte zischend empor und verschwand im Schlüsselloch.

Nichts passierte. Sie erhob die Hände und machte ein stutziges Gesicht. «War das nun die Lösung? Habe ich gewonnen?»

Sie hielt das Ohr ans Holz, lauschte und rief: «Hallo, ist da jemand?» Da wurde es auf einmal hell im Zimmer. Im Bruchteil einer Sekunde fraßen sich Flammen unter der Tür hindurch und setzten das erste Regal in Brand. Voller Panik schlug Petra Luise um sich, hämmerte gegen die brennende Tür, wollte wegrennen, rutschte aber aus und stürzte.

«Hilfe!», schrie sie, verschluckte sich am Qualm und hustete kräftig, bevor die Flammen auf sie übergriffen und sie plötzlich lichterloh brannte.

Borowski schaltete den Beamer aus. «Zufrieden?», fragte er und musterte Charlotte mit großen Augen.

«Warum?»

«Warum, warum? Beschreib mir lieber das Gefühl, wie es ist, wenn man seinen Hunger gestillt hat, Charlotte.»

«Du musst töten, um deine innere Leere auszufüllen, weil du nichts empfindest», sagte sie. Sie konnte es nicht fassen. Er, Hugo, war der Psychopath.

«Haben wir die nicht alle in uns, diese ewige Sehnsucht, satt zu sein?» Hugo lächelte. «Das Leben ist ein Wettbewerb. Schneller, höher, weiter. Der Mensch kämpft seit ewigen Zeiten um Wohlstand, um Liebe, um Gesundheit, gegen die Natur und gegen den Tod. Selbst für Gerechtigkeit muss er kämpfen. Es steckt einfach in uns, dieses Gewinnen-Wollen. Der Urmensch hat seine Höhle nicht verlassen, um gegen den Säbelzahntiger zu verlieren. Es war immer da, und es hört nie auf, denn es liegt uns in den Genen. Gier ist der Treibstoff der Evolution. Nur der Stärkere überlebt. Was du ja letzte Nacht selbst bewiesen hast. Du hast dich nicht von der armen Sahra abschlachten lassen. Du hast gekämpft, weil du gierig nach dem Leben bist.» Mit einem Schritt war er hinter ihr. Hielt ihr ein Messer an die Kehle und ein Handy vors Gesicht. «Los, sag deinen Freunden, wo sie dich finden, damit sie dich retten.»

«Ich habe keine Freunde.»

«Oh doch, du glaubst ja gar nicht, wie fieberhaft sie nach dir suchen. Es ist richtig rührend zu sehen, wie Sophie ihr Mitgefühl entdeckt hat und Aron trauert, weil du dem armen Jungen das Herz gebrochen hast.»

Charlotte schluckte. «Nein, ich werde sie nicht in deine Falle locken.»

«Wie schade ...», säuselte er und drückte das Messer fester an ihre Kehle. «Wie schade.»

KAPITEL 71

Benommen hob Henry den Kopf. Die Sonne verschwand hinter den Wolken, die sich am Himmel zusammenrotteten. Es war vorbei. Er fröstelte. Seine Knochen schmerzten. Die Bisswunde brannte genauso wie die Handrückseite, in die sich die scharfen Spitzen des Folterinstrumentes hineingebohrt hatten. Er hatte keine Ahnung, wie viel Zeit vergangen war. Sein Handy? Er suchte es in der Hosentasche, doch es war herausgefallen und lag neben ihm im Dreck. Es piepte, aber das Display blieb schwarz. Er zog sich an einem Grasbüschel in den Sitz, spuckte Sand und wischte sich den Staub aus den Augen. Erschüttert schaute er auf den Bunkereingang, der teilweise eingebrochen war. Aus einem medizinballgroßen schwarzen Loch stieg Rauch auf. Drinnen war sicher alles verbrannt. Von Sahra und Borowskis Horrorkabinett blieb nur ein Haufen Schutt unter einem grasbewachsenem Sandhügel übrig. Der Gedanke an Sahra schoss ihm durch den Kopf, und die Trauer über ihr Schicksal und ihren sinnlosen Tod erfasste ihn. Er musste die Polizei rufen und den Bunker spurentechnisch auseinandernehmen lassen. Doch davon würde Sahra auch nicht wieder lebendig werden. Francesco würde ihn mit Formalien und Vorschriften ausbremsen, ihn womöglich wieder verdächtigen und wegsperren, nur um seine Macht zu demonstrieren.

Solange er Charlotte und die anderen nicht gefunden hatte, war das zu riskant.

Er rappelte sich hoch, schleppte sich zum Transporter und steckte den Zündschlüssel ins Schloss. Auf der Armatur erschien die Uhrzeit. 16.12 Uhr. Er war fast drei Stunden bewusstlos gewesen. Henry trank einen Schluck Wasser und schüttete sich einen Schwall über den Kopf und die verkrusteten Wunden an Arm und Hand. Wo hatte Borowski Charlotte und die anderen hingebracht? Er musste nachdenken.

Sahra hatte den Kampf gegen Charlotte verloren. Deshalb hatte Borowski sie mit dem Tod bestraft. Für ihn waren Menschen Objekte. Er sammelte Leichen wie andere Leute Briefmarken, das machte für ihn keinen Unterschied. Weil er ohne Mitgefühl war und keine Angst vor den Konsequenzen hatte, ging er skrupellos vor, um sein Ziel zu erreichen. Er mordete, um die ständige Langeweile, die er empfand, zu besiegen. Henry wusste, Psychopathie hatte genetische Ursachen, wurde aber auch durch Faktoren in der Sozialisierung eines Menschen begünstigt. Petra Luise Berger war nicht der erste Mensch gewesen, den Borowski getötet hatte. Das war ihm in dem Moment klar gewesen, als er die zehn Fotografien mit den verbrannten Gesichtern gesehen hatte. Vor Petra Luises Mord musste er schon Erfahrung gesammelt und sein Handeln perfektioniert haben. Henry hatte es mit einem Serienmörder zu tun, der sich bereits weiterentwickelt hatte. Aber wenn er nie erwischt wurde, langweilte ihn selbst das Morden. Deshalb hatte er ihn herausgefordert. Das Ganze war für Borowski nichts weiter als ein Spiel. Und langsam hatte Henry begriffen, wie Borowski tickte. Ihn, den großen Gegner, einfach zu töten, war nicht sein Plan. Stattdessen dienten Charlotte und die anderen vier als Köder, um ihn in eine Falle zu locken. Doch wo war diese verdammte Falle?

Henry war sich gewiss, dass Borowski sie erst töten würde, wenn sie ihm nichts mehr nützten. Aber vorher würde er sie quälen, um ihn, Henry, zu motivieren.

Er langte in die Hosentasche nach dem Prepaidhandy, drückte auf Wahlwiederholung und hoffte, dass er mit dem Gerät wenigstens noch telefonieren konnte. Das Freizeichen ertönte. Frau Meyer nahm ab. Sie wetterte wegen des Transporters, und er vertröstete sie erneut, bevor er zur Sache kam.

«Sind Marcus, Neda, Aron und Sophie mittlerweile erschienen?»

«Ja, ich habe ihnen Bescheid gesagt.»

Henry war erstaunt. Hatte er sich schon wieder geirrt? «Und Kollege Borowski?»

«Was wollen Sie denn immer von Borowski? Der ist heute für Sie eingesprungen und mit einigen von Ihren Studierenden zu einer Exkursion unterwegs. Da Sie den Akademiebus haben, musste er sich den Dienstwagen der Chefin ausborgen und konnte nur die vier mitnehmen, nach denen Sie suchen. Wo Charlotte Klein ist, weiß ich übrigens nicht. Sie fehlt ja auch schon seit gestern.» Frau Meyer legte auf.

Er hatte sich nicht geirrt. Die Umsetzung erfolgte nur anders als gedacht. Hatte er ihn wütend gemacht, weil er nicht nach seinen Regeln spielte? Nein, die Entführung von Neda, Marcus, Aron und Sophie war Teil des perversen Plans. Das Handy in seiner Hand klingelte. Er drückte auf den grünen Hörer.

«Murat, mein Freund», sagte er erschöpft. Beim Klang von Murats aufgeregter Stimme krampfte sich sein Magen zusammen.

«Henry, na endlich. Du hast vor einer halben Stunde auf deinem Smartphone eine SMS mit Videobotschaft erhalten. Die musst du dir unbedingt ansehen. Ich schicke sie an das Prepaidhandy weiter.»

Ein Pling verriet Henry, dass eine Nachricht einging.

«Weißt du, wie man das öffnet?», fragte Murat am anderen Ende der Leitung.

«Es gab eine Explosion. Das Display ist blind. Ich sehe nichts.»

«Okay. Wo bist du?»

Henry beschrieb es ihm.

«Dann müssen wir uns treffen.»

«Mach mein Handy aus und nimm die SIM-Karte raus», sagte Henry und beschrieb ihm den Weg.

«Ja, kenne ich.»

«Wir treffen uns am alten NVA-Stützpunkt.» Murat stellte keine Fragen. «Danke, mein Freund.»

Henry beendete das Telefonat und setzte sich hinters Steuer. Mit einem letzten Blick in den Rückspiegel ließ er den Ort des Grauens hinter sich. Er befürchtete, dass vor ihm etwas noch Schlimmeres lag.

Henry trat aufs Gas. Der Transporter holperte über den löchrigen Asphalt. Am ehemaligen NVA-Stützpunkt bog er nach rechts auf den Parkplatz ein, rollte aus und schaltete den Motor ab. Seine Schläfen pochten vor Anspannung. Eine Videobotschaft. Die konnte nur von Borowski sein. Er wollte ihm sicher Druck machen oder einen Hinweis geben. Er durfte nicht zu spät kommen. Dieses Mal nicht! Er musste die aufkeimende Panik unterdrücken, um einen klaren Kopf zu bewahren.

Es dauerte nicht lange, bis er ein Motorengeräusch hörte. Der Transporter mit dem Logo des Schlüsseldienstes auf der Seitentür kam neben ihm zum Stehen. Das Logo erinnerte Henry an etwas. Er tippte sich an die Stirn. Das Kreidefelsen-Logo auf dem Vakuumbeutel mit Kuntzes Kopf, darin musste der versteckte Hinweis stecken. Vielleicht war doch nicht alles verloren? Erst jetzt nahm er wahr, dass eine schwarzhaarige Frau auf dem Beifahrersitz in Murats Transporter saß. Lucia?

Henry öffnete die Beifahrertür und starrte beide an.

«Ihr kennt euch?» Irgendwie wunderte es ihn nicht.

«Das zu erklären, dauert etwas länger.» Sie stieg aus, sah seine Wunden und machte ein besorgtes Gesicht, doch er winkte ab.

«Später erkläre ich es dir. Das Video?»

Murat trat hinzu. Henry sah beiden an, dass die Botschaft auf dem Handy alles andere als erfreulich war. Murat hatte ja schon am Telefon alarmiert geklungen. Er reichte Henry sein Smartphone. Sofort spürte Henry, wie die Nervosität sein Herz schneller schlagen ließ. Er öffnete das Video. Ein mit Musik unterlegter Stummfilm.

Henry sah, wie Neda, Aron, Marcus und Sophie mit einer Taschenlampe in einen dunklen, fensterlosen Raum mit beschmierten Fliesenwänden und freiliegenden Rohren hineinleuchteten. Dreck und Spinnweben hingen unter der niedrigen Decke, herausgerissene Kabel standen aus der Wand, und der Boden war mit Schutt übersät. Inmitten der Überreste dieses verlassenen Ortes stand ein Stuhl, auf dem eine gefesselte Frau in Unterwäsche regungslos und mit einem schwarzen Sack über dem Kopf saß. An ihrem geschundenen Körper klebte verkrustetes Blut. Das musste *Charlotte* sein. Ihr Kopf hing nicht zur Seite. Ein Zeichen, dass sie lebte.

Der Lichtstrahl der Taschenlampe senkte sich. Henry sah ihre Knöchel. Sie waren mit Kabelbindern an den Stuhlbeinen gefesselt. Hinter ihren Beinen blinkten Leuchtbuchstaben auf einer Anzeige, die an einem Paket klebte, das unter dem Stuhl festgebunden war.

Ein zweiter Sprengsatz! Der zum Zeitpunkt der Aufnahme noch zweieinhalb Stunden ticken und dann explodieren würde. Henry stockte der Atem. Als die vier sich erschrocken umdrehten, fiel die Tür hinter ihnen zu. Jetzt saßen sie alle in der Falle. Das Video brach ab, und ein Abspann flimmerte über das Display.

Es wird Zeit, dass mein Held die Initiative ergreift.
Du willst doch nicht wieder zu spät kommen, oder?

Verfluchte! «Wann wurde das Video gesendet?»

«15.45 Uhr», sagte Murat.

«Das müsste kurz nach der Aufnahme gewesen sein.» Jetzt war es 16.35 Uhr. Ihm blieben also einhundert Minuten, um die fünf zu retten. Doch dafür musste er sie erst finden. Henry erzählte kurz, was er erlebt hatte.

«Das schaffst du nicht allein», sagte Lucia.

«Es ist die einzige Chance. Er will mich. Sie sind der Köder.» Henry zeigte auf das Smartphone.

«Und wenn wir die Polizei einschalten?», fragte sie.

«Nein, das würde er mitbekommen, und es würde ihn noch unberechenbarer machen. Außerdem hast du Blume selbst erlebt.»

Sie nickte.

«Dann kommen wir mit», sagte Murat entschieden.

«Nein! Es reicht, dass die fünf wegen mir in Gefahr sind. Außerdem muss ich erst einmal herausfinden, wo er sie festhält.» Er spielte das Video erneut ab. «Da! Seht ihr?» Henry zeigte auf ein Bild mit einem Kreidefelsenlogo. «Kennt ihr das?»

Lucia überlegte. «Heilerde. Das ist das Logo der Rügener Kreidefabrik.»

Henry dachte fieberhaft nach. Von einer Kreidefabrik hatte er in der Datenbank besonderer Immobilien bei Winkler & Partner auch gelesen. Doch wo war diese verdammte Fabrik? Er versuchte sich die Liste vor Augen zu führen. «Boddenhagen», sagte er dann.

Lucia googelte den Ort. «Dort ist nichts. Das ist mitten im Wald, im Naturschutzgebiet nördlich von Sassnitz.»

«Da muss aber was sein, eine Ruine oder so?»

«Hier! Du hast recht.» Sie zeigte ihm alte Schwarz-Weiß-Bilder von einer ehemaligen Kreidefabrik.

«Dort hält er sie fest. Ich bin sicher.» Henry biss sich auf die Unterlippe. «Wenn ihr in siebzig Minuten immer noch nichts von mir hört, dann ruft ihr diese Nummer an.» Er gab ihnen den Kontakt eines alten Freundes vom SEK und die Anweisung, was sie ihm sagen sollten. Dann wollte er los, doch Murat hielt ihn zurück.

«Hast du eine Waffe?»

«Mit Klappspaten und Vorschlaghammer kann ich besser umgehen als mit dem Smartphone», sagte Henry und zwinkerte ihm zu.

«Warte!» Murat holte eine Makarow und ein Magazin aus

dem Handschuhfach. Mit geübtem Handgriff prüfte er, dass keine Patrone mehr im Lauf steckte, und hielt Henry die Waffe hin.

«Wo zum Teufel hast du *die* her?» Henry starrte Murat an, ohne sie zu nehmen. Der Mann wurde für ihn immer undurchsichtiger.

Murat zuckte mit den Schultern. «Ist das wichtig?»

«Eine illegale Waffe.» Was für eine bekloppte Idee. «Wie stellst du dir das vor?»

«Hey, ist doch nur zu deiner Sicherheit.»

Lucia nahm Murat die Waffe ab, betrachtete sie prüfend und hielt sie Henry hin. «Er hat recht.»

«Wenn ihr meint.» Henry steckte Waffe und Magazin ein.

«Pass auf dich auf!», sagte Lucia und berührte ihn am Arm.

Er nickte. «Entschuldige, dass ich dich verdächtigt habe.»

Sie lächelte versöhnlich.

Henry sprang in den Akademiebus und legte sein Smartphone eingeschaltet auf dem Armaturenbrett ab. Er musste die Taktik ändern. Ab jetzt sollte sich Borowski in Sicherheit wiegen, dass der ausgelegte Köder funktionierte. Henry musste den Fokus auf sich lenken. Das war die einzige Chance, die fünf zu retten. Ihn, und nur ihn, wollte Borowski wirklich haben, die anderen waren nur Mittel zum Zweck.

KAPITEL 72

«Charlotte?», flüsterten die anderen entsetzt ihren Namen und befreiten sie von dem Jutesack. Sie schaute in bestürzte Gesichter. Nun würde alles noch viel schlimmer. Sie hatte sie hergerufen, und jetzt steckten sie zusammen in der Falle. Warum hatten sie nicht erkannt, dass sie nur ein Köder war?

«Charlotte, du bist ja voller Blut und Hämatome. Was ist mit dir passiert? Wer war das?», fragte Aron besorgt.

«Moment», flüsterte Marcus, bevor sie antworten konnte. «Und was ist das unter dir? Eine Bombe? Charlotte, du sitzt auf einer Bombe!» Er zeigte mit aufgerissenen Augen unter ihren Stuhl.

Sophie rüttelte an der Tür und rief nach Borowski.

«Nein!», schrie Charlotte auf. «Ist er hier? Seid still!»

«Wieso still? Wir haben Borowski auf der Suche nach dir im Gebäude verloren. Er hat uns geholfen und hergebracht. Wenn wir klopfen, findet er uns, und wir holen dich hier raus», erklärte Sophie.

Charlotte schüttelte den Kopf. «Es ist alles anders, als ihr denkt. Borowski ist der Mörder von Petra Luise Berger, dem unbekannten Brandopfer in der Stadtbibliothek. Ihr seid in seine Falle getappt, genau wie ich. Er ist ein Psychopath. Und er wird uns umbringen.»

«Borowski? Unser Borowski?», rief Sophie. Auch die anderen machten ungläubige Gesichter.

Charlotte sah sie der Reihe nach an. «Ihr müsst mir das glauben, bitte. Haut ab!»

«Dafür ist es zu spät.» Sophie rüttelte erneut an der Tür.

Charlotte schniefte. «Es tut mir leid mit dem Anruf, er hat mich dazu gezwungen.» Sie hörte, wie ihre Stimme weinerlich klang.

«Sein Fachgebiet ist Tarnen und Täuschen», sagte Neda. «Könnte die Bombe eine Attrappe sein?»

Aron und Marcus krochen halb unter den Stuhl und untersuchten das Paket vorsichtig. Marcus schüttelte den Kopf. «Sieht ziemlich echt aus.»

«Verdammt, Charlotte sitzt auf dem Auslöser», sagte Aron und guckte zu ihr hoch. So verängstigt hatte sie ihn noch nie gesehen. «Der Sprengsatz zündet, sobald du aufstehst.»

«Schön sitzen bleiben!» Sophie rieb sich vor Anspannung die Schläfen.

Die Jungs nahmen Charlotte die Fesseln ab. Aron zog sein Sweatshirt aus und gab es ihr. «Ich bringe ihn um», murmelte er. Dann wurde er ganz ruhig und bekam einen sehr nachdenklichen Blick, den er auf die Bombe richtete.

«Ich denke eher, er bringt *uns* um.» Sophie zeigte auf den Sprengsatz unter Charlottes Stuhl. «Außer du weißt, wie man das Ding zum Stillstand bringt. In einer Stunde und neunundzwanzig Minuten bleibt von uns genauso viel übrig wie vom Brandopfer der Stadtbibliothek.» Trotz ihrer scheinbaren Coolness konnte Charlotte sehen, dass Sophie kurz davor war, in Panik zu verfallen.

«Hat er dir das angetan?», fragte Neda.

«Nein, das war dieses Mädchen.»

«Was für ein Mädchen?»

«Sahra. Sie war dort, an dem Ort, wo er mich zuerst hingebracht hat.»

«Sahra Engelmann?» Alle vier guckten sich an.

«Zorniks Spur», sagte Neda. «Sie verschwand auch am 19. November 2016.»

«Er hat uns wie Gladiatoren aufeinandergehetzt.» Charlotte fasste sich an den Hals, als die Bilder vor ihrem inneren Auge aufflackerten. «Ich war in diesem dunklen Raum, hockte in einem Tierkäfig. Genau wie das andere Mädchen gegenüber. Es war stumm. Ich konnte mich befreien und wollte dem Mädchen helfen, um mit ihr zu fliehen. Als ich ihre Käfigtür geöffnet habe, ist sie wie eine Furie auf mich losgegangen und hat mich überwältigt. Wir haben gekämpft, und dann hockte sie auf mir, hat mir die Luft abgedrückt. Ich habe in ihren Augen gesehen, dass sie mich töten wird.» Sie atmete tief durch. «Ich musste um mein Leben kämpfen. Es war entsetzlich, so entsetzlich, dass ich in diesem Moment genauso bereit zum Töten war wie sie.» Das Schrecklichste dabei war die Erkenntnis gewesen, was Borowski aus ihr und Sahra machen konnte, wenn er nur wollte. Er konnte sie zu Tieren machen. Sie zwang sich, einen klaren Kopf zu bewahren, und sah die anderen an. «Borowski ist der Täter. Er hat mir das Video gezeigt. Via Livestream hat er gefilmt, wie Petra Luise Berger … Er hat sie mit einem Preisausschreiben für ein Escape-Room-Spiel in die Bibliothek gelockt, eine Falle. Sie hat Rätsel für Rätsel gelöst und sich am Ende selbst entzündet, ist in Panik geraten, ausgerutscht und hat lichterloh gebrannt.» Charlottes Atem ging immer schneller.

«Beruhige dich! Alles wird gut», redete Aron auf sie ein und berührte ihre Schulter. Dann legte er sich auf den Boden, um sich den Sprengsatz erneut anzusehen.

«Okay, der Fall ist gelöst, nützt uns nur nichts, weil wir alle in einer Stunde achtundzwanzig Minuten und dreiunddreißig Sekunden sterben werden», fasste Sophie zusammen. «Vordergründig sollten wir uns vielleicht Gedanken machen, wie wir hier rauskommen.»

Neda zückte ihr Handy. «Kein Empfang.»

«Das wäre ja auch zu einfach gewesen», sagte Marcus, der wie Sophie ebenfalls das Handy aus der Hosentasche holte.

Neda kratzte sich am Haaransatz. «Da wir keinen Telefonjoker haben und auch Google nicht nach einer Lösung für unser Problem befragen können, müssen wir wohl oder übel selber denken. Das hat unser Entführer sicher einkalkuliert, als er uns mit einem Sprengsatz in diesem Raum eingesperrt hat.»

Marcus verschränkte die Arme vor der Brust. «Ein Entführer, der mit seinen Opfern spielt.»

«Und der unsere Stärken und Schwächen kennt», merkte Neda an.

Aron setzte sich auf und schüttelte den Kopf. «Keine Attrappe.» Er putzte sich die Hände ab und ließ den Blick durch den Raum schweifen. «Wir sind Idioten. Leute, schaut euch mal um. Das hier *ist* ein Escape Room. Wir sind mittendrin. Wie Petra Luise Berger.»

Sophie steckte ihr Handy weg. «Und in dieser alten, abgelegenen Fabrik findet uns kein Mensch.»

«Er hätte Charlotte und uns längst töten können, wenn er es gewollt hätte. Tür zu, uns alle mit der Bombe in die Luft jagen», überlegte Marcus.

Charlotte nickte. «Er gibt seinen Opfern die trügerische Hoffnung, entkommen zu können. Hätte ich den Kampf gegen Sahra verloren, hätte sie bestimmen dürfen, wie ich sterbe.»

Neda sah sie verstört an. «Du hast sie getötet?»

«Ich weiß es nicht. Wenn, dann war es Notwehr.» Charlotte war ganz bestimmt nicht stolz darauf, überlebt zu haben.

«Los, denkt nach.» Aron stand auf.

Auch Marcus drehte sich suchend im Kreis. «Irgendwo muss es einen versteckten Hinweis geben.»

«Du bist der Spross einer Diebesbande und kriegst das Schloss dieser Tür nicht auf?», fragte Neda herausfordernd.

Marcus griff in die Hosentasche und holte das Innenfutter heraus. «Keine Chance, außer ihr habt eine Haarnadel, eine Geldkarte oder eine Plastikflasche samt Schere dabei.»

Charlotte schwitzte. Sie musste die Nerven behalten. «Denkt an Zorniks Worte. Wenn wir den Mörder schnappen wollen, müssen wir wie der Mörder denken.»

«Wenn man nicht weiterkommt, muss man noch mal zum Ursprung zurück», sagte Aron. «Alles begann damit, dass Zornik diesen ungelösten Fall mitgebracht hat.»

Sophie verschränkte die Arme vor der Brust. «Es kann doch kein Zufall gewesen sein, dass wir an einem Fall arbeiten, in dem Borowski der Mörder ist. Könnte es also sein, dass er auch schon dafür gesorgt hat, dass Zornik diesen Fall auswählt?»

«Dann hat er ihn irgendwie darauf gebracht», sagte Marcus.

«Noch weiter zurück», forderte Neda. «Wie kam Zornik an die Akademie?»

Aron legte den Kopf in den Nacken. «Professorin Weller starb zwei Tage vor Semesterbeginn bei einem Unfall auf der Baustelle ihrer Villa.»

«In der Zeitung stand, sie ist aus dem zweiten Stock mit der Zigarette im Mund vom Gerüst gefallen, in einer Benzinpfütze gelandet und hat sich dadurch selbst entzündet», erinnerte sich Neda.

Alle schauten sich an. «Selbst entzündet wie …»

«Wie Petra Luise Berger», sagte Charlotte.

«Wenn das kein Unfall war, dann hat Borowski dafür gesorgt, dass ein Platz frei wird.» Marcus runzelte die Stirn.

«Wahrscheinlich hat Borowski Zornik sogar empfohlen. Und dann muss er ihn irgendwie auf den Fall gebracht haben.»

«Das können wir Zornik gerne fragen, wenn wir hier rauskommen!», machte Sophie Druck und zeigte auf die Bombe.

«Beruhige dich, Sophie», verlangte Aron. «Wir müssen Borowskis Handeln begreifen, um nicht noch mal in seine Falle zu tappen.»

Sie lachte bitter auf. «Klar doch! Anscheinend ist euch entgangen, dass wir bereits mittendrin sitzen.»

Charlotte berührte ihren Arm. «Mich erwischt es zuerst, also bleib ruhig.» Sie lachte bitter. «Aron hat recht. Mit Panik kommen wir nicht weiter.»

«Warum Zornik? Er hat doch nichts mit dem Fall zu tun gehabt», fragte Neda in sachlichem Ton.

Marcus rieb sich die Hände. «Borowski ist ein Spieler, er will gewinnen, ist gierig nach Applaus.»

«Und ein Spiel macht nur Spaß mit einem würdigen Gegner», merkte Neda an. «Dieser Hauptkommissar Blume muss ihn gelangweilt haben. Dann wurde der Fall auch noch eingestellt.»

«Zornik ist eine Legende mit einer Aufklärungsquote von 98 Prozent», warf Charlotte ein.

«Stimmt, und Borowski hat davon erfahren und ihn sich als Gegner ausgesucht», spann Marcus den Faden weiter. «Er war von Anfang an bei den Ermittlungen dabei, hat uns alle manipuliert»

«Wartet! Dann sind wir alle der Köder.» Plötzlich schöpfte Charlotte Hoffnung. «Er wird ihn irgendwie herlocken. Ihn will er besiegen, nicht uns.»

Sophie presste die Lippen zusammen. «Das würde er nur schaffen, wenn er ihn und uns alle umbringt.»

KAPITEL 73

Henry bog in Dranske rechts ab, um auf der L 30 die Insel nach Osten zu durchqueren. Die Landstraße führte am Bodden entlang. Die Bisswunde an seinem Arm brannte wie Feuer. Er passierte den Schifferkrug Kuhle in Starrvitz, ließ Wiek rechts liegen und nahm die Biegung links nach Altenkirchen. Er fuhr viel zu schnell und wurde mehrmals beinahe aus der Kurve getragen. Er war stinksauer.

Warum? Warum war er darauf reingefallen? Er hätte doch merken müssen, dass am Tod von Mattis Großmutter etwas faul war, dass ausgerechnet er als Nachfolger für eine Dozentin ausgewählt wurde, die keines natürlichen Todes gestorben war. Spätestens da hätte er hellhörig werden und sich fragen müssen: Wieso ich? Henry schüttelte den Kopf. Nach Hannas Tod hatte er nie wieder ermitteln wollen. Denn diese Scheißangst wollte er nie wieder haben. Nie wieder diesen Schmerz verspüren, weil er zu spät kam und dadurch den Tod eines Menschen zu verantworten hatte. Sein Blick fiel auf die Zeitanzeige auf dem Armaturenbrett. Ihm blieben noch 90 Minuten. Um 18.15 Uhr würde die Bombe hochgehen. Henry atmete tief durch und zwang sich, den Fuß ein wenig vom Gaspedal zu nehmen. Er durfte keinen Unfall bauen. Kurz vor Breege klingelte sein Smartphone. Henry drosselte die Geschwindigkeit und schaute auf das Display. Borowski. Wie erwartet. Er tippte auf den grünen Hörer und lauschte.

«Du hast mich gelinkt, mein Freund.» Borowski lachte. «Hast du echt geglaubt, dass ich darauf reingefallen bin? Henry, du unterschätzt mich.»

«Es tut mir leid. Mein Fehler.»

«Den du fast mit deinem Leben bezahlt hättest. Zu früh. Wie soll ich denn meine Memoiren zu Ende schreiben, wenn mein Held zu früh ins Gras beißt?»

«Ich bin auf dem Weg, wie du mithilfe deiner Überwachungssoftware sicher verfolgen kannst.»

«Wahnsinn, was mit der Technik heutzutage alles möglich ist, wenn man sie beherrscht», sagte Borowski im Plauderton. «Smarthome-Security, Smarthome-Steuerung. Ich muss nicht einmal mehr vor Ort sein, um meine Kaffeemaschine anzuschalten ...» Er machte eine kurze Pause. Henry horchte auf. Wollte Borowski andeuten, dass er selbst gar nicht dort war, wo Charlotte und die anderen waren?

«Übrigens», sprach er weiter, «solltest du in Juliusruh aufpassen. Die Ortsdurchfahrt Wittower Straße ist gesperrt. Die Beschilderung sehr verwirrend. Sie leitet dich im Kreis. Am besten, du biegst rechts in Richtung Räucherkate ab und fährst dann weiter bis zum Parkplatz am Kurhaus. Dort folgst du nicht der Umleitung, sondern biegst links ab und dann gleich wieder rechts in den Waldweg. Den fährst du bis zum Hotel *Windland*, dann wieder links auf die Wittower. So sparst du fünf Minuten. Und du weißt ja, die Uhr tickt. Wie du siehst, bin ich kooperativ.»

Eine kurze Pause entstand. Was erwartete Borowski von ihm? Dankbarkeit? Henry lachte bitter auf.

«Ich hätte da noch eine Überraschung für dich. Schau mal in deine Nachrichten. Aber halt vorher bitte an. Nicht, dass du noch einen Autounfall baust.» Borowski war es also nicht nur wichtig, dass Henry rechtzeitig, sondern auch unbeschadet ankam. Weil er ihn wahrscheinlich erst psychisch quälen und dann selbst erledigen wollte.

Ohne anzuhalten, nahm Henry das Handy in die Hand und öffnete das digitale Postfach. Beim Anblick des Fotos bremste er scharf ab und lenkte den Transporter an den Straßenrand.

Wie war das möglich? Henrys Finger krampften sich so fest um Lenkrad und Handy, dass die Knöchel weiß hervortraten. Hektisch wählte er die Nummer des Waisenhauses.

«Henry Zornik hier. Tim, sehen Sie bitte sofort nach, ob Matti da ist.»

«Der ist doch Dienstagnachmittag immer beim Hundetraining. Ich gebe Ihnen mal die Chefin.» Er hörte, dass der junge Erzieher durchs Treppenhaus lief. Im Hintergrund tobten Kinder. Es dauerte eine Ewigkeit, bis Frau Haberland den Telefonhörer übernahm.

«Ich verstehe nicht, warum Sie anrufen und wissen wollen, ob Matti da ist? Sie haben ihn doch vorhin selbst von der Hundetherapie abgeholt?»

Übelkeit übermannte Henry. Schwer atmend spürte er, wie eine Ohnmacht ihn mitzureißen drohte. Matti, nicht Matti. Henry kämpfte gegen die Schwärze an. Er musste klar bleiben.

«Zornik! Was ist passiert?»

«Nichts, alles gut, Frau Haberland! Er ist hier, ich dachte, er wäre …» Henry brach ab.

Er hätte in dem Augenblick damit rechnen müssen, als er in Borowskis Wohnung begriffen hatte, dass der Psychopath ihn mit allen Mitteln herausfordern würde. Und er hatte nichts getan, um Matti vor dem Killer zu schützen. Borowski hatte wahrscheinlich auch Kuntze beauftragt, Matti Angst zu machen, um Henry in die Irre zu führen.

«Sie wissen aber, dass das nicht so geht. Sie können Matti doch nicht einfach abholen, ohne uns vorher Bescheid zu sagen», sagte Frau Haberland. «Mit solchen Aktionen bringen Sie seinen Tagesablauf durcheinander. Wir haben die Regeln nicht umsonst aufgestellt. Bei Verstoß gefährden Sie auch die Adoption. Eigentlich muss ich das melden.»

«Entschuldigung. Ich bringe ihn nach dem Abendessen zurück.»

Er drückte sie weg und schmiss das Telefon auf den Beifahrersitz, um es im nächsten Augenblick wieder in die Hand zu nehmen. Henry zögerte. Zuerst musste er sich deutlich zusammennehmen, damit er ruhig sprechen konnte. Er durfte Borowski auf keinen Fall zeigen, wie entsetzt er war. Henry atmete tief durch und rief ihn an.

«Der Junge hat nichts damit zu tun. Lass ihn gehen.»

«Ich musste den Einsatz meines Helden erhöhen. Die Entscheidung, wen du retten willst, liegt allein bei dir.»

«Ich entscheide mich nicht, ich spiele nicht nach deinen Regeln. Wenn du dem Jungen ein Haar krümmst oder den anderen etwas antust, bringe ich dich um.»

Borowski lachte herzhaft und drückte Henry weg. Henry versuchte die Wahlwiederholung, doch die Nummer war nicht mehr erreichbar.

Denk nach!, befahl er sich. Borowski ist ein Kontrollfreak, er inszeniert das ganz große Kino. Er hält sie nicht an unterschiedlichen Orten fest. Oder? Henry trat aufs Gas und raste los.

Der Forstweg zur stillgelegten Kreidefabrik führte durch den Buchenwald im Nationalpark der Halbinsel Jasmund. Löcher waren notdürftig mit Splitt und Kies gefüllt. Henry lenkte den Wagen im Slalom drum herum. Er durfte jetzt nicht liegen bleiben. Die tief stehende Sonne zwischen den Bäumen blendete ihn. Es gab mehrere Abzweigungen, und er sah frische Reifenspuren. Der rote Punkt im Navi des Smartphones näherte sich dem Ziel Boddenhagen. Henry folgte ihm. Plötzlich endete der Wald. Er bremste, blieb stehen und schaute auf ein freies Gelände mit einer weißen Abraumhalde im Hintergrund. Kreide. Wo hielt der Psychopath Matti und die anderen fest? Henry blieben noch sechsundsechzig Minuten, bis die Bombe explodierte. *Du musst dich schon entscheiden, wen du rettest*, hatte Borowski gesagt. Das konnte bedeuten, er hatte Matti nicht zu den anderen gesperrt. Der Junge war das Wichtigste in Henrys Leben und damit Borowskis größter Trumpf. «Hör auf zu grübeln, konzentrier dich!»

Er musste das Gelände genau erfassen. Nur so konnte er seine weiteren Schritte planen. In dreihundert Metern Entfernung stand die Fabrik, verdreckt und marode. Links daneben zwei Gleise, die durch eine Laderampe mit der Halde verbunden waren. Darauf jeweils eine Lore. Rechts drei riesige Wasserbecken, daneben einige offene Schuppen. Mittig ein zweigeschossiges Gebäude mit angrenzender Werkhalle, auf der ein kegelförmiger Schornstein saß, im oberen Drittel verrußt. Er rauchte. Henrys Alarmglocken schrillten. Diese Fabrik, in der früher Kreide zu Branntkalk und zum Teil Löschkalk verarbeitet wurde, war seit Jahrzehnten stillgelegt. Der aufsteigende Rauch verhieß nichts Gutes. Borowski hatte den Ofen angeheizt. 900 Grad heiß. Garantiert nicht, um gebrannten Kalk zu produzieren.

Henrys Ader an der Schläfe pulsierte. Aussteigen und anpirschen? Oder hinfahren? Hatte er ringsum Kameras installiert, sah er ihn sowieso. Ein Überraschungsmoment war fast unmöglich. Das freie Gelände bot keine Deckung, machte ihn zu Fuß eher zur Zielscheibe. Mittlerweile traute er Borowski alles zu. Auch dass er ihn mit einem Gewehr jagte, um seine *Burg* zu verteidigen. Henry steckte das Magazin in die Waffe, legte sie griffbereit hin und trat aufs Gas. Er fuhr rechts an das Gebäude heran, drosselte die Geschwindigkeit auf Schritttempo, rollte langsam um die Ecke und parkte hinter dem Dienstfahrzeug der Rektorin.

«Der Psychopath ist also zu Hause und erwartet mich.» Fast spürte er so etwas wie Erleichterung. So hatte er wenigstens eine Chance, ihn überwältigen zu können. «Sicher gibt es eine vorbereitete Bühne für meinen letzten Auftritt.»

Henry steckte die Waffe ein. Sein einziger Joker, den er nur aus dem Ärmel ziehen würde, wenn es notwendig war, um Borowski zu stoppen. Er stieg aus. Auf dem Weg zu einer Nebeneingangstür sah er unterschiedlich große Schuhabdrücke im Kreidestaub. Die Kamera darüber richtete sich sofort auf ihn. Er ließ die Waffe versteckt unter seinem Hoodie im Gürtel.

Die Tür war unverschlossen. Er drückte sie vorsichtig auf. Hoch konzentriert betrat er die Fabrik. Er gelangte in ein Treppenhaus, durch ein Fenster mit kaputter Scheibe sickerte Dämmerlicht. Nach unten ging es in den finsteren Keller, nach oben in die halbdunkle Verwaltung, geradeaus zur Produktion. Alle Oberflächen überzog Kreidestaub. Selbst die Luft schmeckte danach. Er guckte sich um, lauschte. Keine Kameras zu sehen, aber das hieß nicht, dass sie nicht da waren. Der Psychopath hatte seine Ankunft ohnehin längst bemerkt. Verschieden große Schuhabdrücke und das Maschinengeräusch eines Förderbandes auf gleicher Ebene wiesen Henry den Weg. Hoffentlich den richtigen. Er musste bedenken, dass Borowski ein Meister im Tarnen und Täuschen war. Er wollte ihn manipulieren. Henry zog die Waffe, trat durch die Tür, die mit einem klappernden Geräusch hinter ihm ins Schloss fiel. Er stand in einem dunklen Flur, etwa zwanzig Meter lang. Ein Bewegungsmelder sprang an. Keine Kameras. Auch wenn Borowski ihn nicht sah, er ahnte bestimmt, dass Henry nicht unbewaffnet kam. Mit der Makarow fühlte er sich zumindest sicherer. Mit ausgestreckten Armen entsicherte er die Waffe und lief los. Drei offene Türen rechts, links eine verschlossene am Ende des Gangs. Von dort kamen das Maschinengeräusch und der Brandgeruch, der ihm jetzt in die Nase stieg. Er lief an den offenen Türen vorbei und richtete den Pistolenlauf in den jeweiligen Raum, bereit zum Schuss. Umkleiden, Toiletten und ein Pausenraum für die einstigen Arbeiter. Alle leer. Die Türen waren aus den Angeln gehoben, Spinde und Möbel umgekippt, Toiletten und Waschbecken aus Fliesenwänden gerissen. Alles mit einer grauen Staub- und Kalkschicht überzogen. Er zielte auf Bauschuttberge. Ein Klopfen ließ ihn aufhorchen. Er trat in die Mannschaftsdusche, immer darauf bedacht, eine Wand im Rücken zu haben. Das Geräusch kam aus dem Keller, wo jemand gegen das Wasserrohr schlug.

Seine Studierenden? Er wollte gerade in den Keller gehen, da hörte er einen Schrei. Kam er aus der Werkhalle?

Leise ging er zur Tür, die zur Werkhalle führte. Sie war aus grünem Stahl, alt und verrostet. Unter einer trüben Scheibe in Augenhöhe hing ein Schild. Notausgang. Darunter stand mit Kreide in krakeliger Schrift: *Tür zumachen*. Er lugte durch die Scheibe und sah nur verschwommene Umrisse. Gesteinsbrocken bewegten sich von rechts nach links auf einem circa zwanzig Meter langen Förderband in Zeitlupe Richtung Brennofen. Dazwischen festgeschnallt ein Kind, das vollkommen erstarrt war. Matti.

Verfluchte! Henry verkrampfte sich. Am liebsten wäre er sofort hineingestürmt, aber er wusste, dass Borowski genau das wollte. Es kostete ihn unmenschliche Kraft, seinem Drang nicht nachzugeben, innezuhalten und zu überlegen, was es für Alternativen gab. Aber er kannte keine, sah keinen anderen Weg.

Bringen wir es hinter uns, dachte er. Das Ende hatte begonnen. Henry rechnete damit, dass Borowski ihn hinter der Tür mit einer Waffe empfing. Er musste einfach schneller sein. Er stieß die Tür mit dem Fuß auf, trat mit vorgehaltener Waffe ein. Den unsichtbaren Faden unterhalb der Knie bemerkte er erst, als die Angelsehne ihm in die Haut schnitt. Zu spät begriff er, dass Borowski über dem Türrahmen einen Eimer angebracht hatte, der bei Kontakt mit der Angelsehne seinen Inhalt auskippen würde. Der Steinbrocken fiel ihm direkt auf den Kopf.

Henry ließ die Waffe fallen, stürzte benommen zu Boden und verlor das Bewusstsein.

KAPITEL 74

Wenn das ein Escape Room ist, müssen wir nach den Hinweisen suchen. Der Aufbau ist entweder linear oder verschachtelt», sagte Sophie. «Ich habe das schon einmal gemacht. Zuerst gilt es die Puzzleteile zu finden, dann das Puzzle zusammenzusetzen, danach die Nachricht auf dem Puzzle zu entschlüsseln. Mit dem Code kriegen wir dann die Tür auf oder können die Explosion des Sprengsatzes verhindern.»

«Klingt doch supereinfach, wenn man weiß, wonach man suchen muss», sagte Marcus. Hinter seinem sarkastischen Ton hörte Charlotte seine ganze Verzweiflung. Es schien, als hätte er mit Sophie die Rolle getauscht, die jetzt proaktiv nach Lösungen suchte.

«Darf ich erinnern, dass Petra Luise diesem Muster gefolgt und in eine Falle getappt ist, die sie das Leben gekostet hat?» In Charlotte tobte ein Kampf zwischen dem Willen, klar zu denken, und der panischen Angst, dass sie mit einer falschen Bewegung den Sprengsatz auslösen könnte.

Neda rückte ihre Brille zurecht. «Wir sind aber gegenüber Petra Luise Berger im Vorteil. Sie ist blind in die Falle ihres Mörders getappt. Wir rechnen damit, dass Borowski uns mit einer vermeintlichen Lösung täuschen will.»

Aron schaute sich suchend um. «Wir haben doch auch gar keine Wahl. Sucht nach Gegenständen, die nicht hierhergehören. Oder einer ungewöhnlichen Botschaft.» Er leuchtete den Raum ab und blieb mit dem Lichtstrahl der Handytaschenlampe an einer Fliese mit einem Pinguinaufkleber hängen. «Was haltet ihr davon?»

«Pinguine sind gerne dort, wo es kühl ist», sagte Neda. Sophie lief zu dem alten, verbeulten Kühlschrank, der umgekippt auf einem Haufen Schutt in einer Ecke lag. Sie öffnete ihn und fand einen zerfetzten Lappen, den sie mit zwei Fingern herausholte. Sie verzog das Gesicht. «Hat jemand eine Ahnung, was uns Borowski damit sagen will? Vorausgesetzt, der Lappen liegt nicht schon Jahrzehnte da drin.»

Marcus schob Sophie beiseite und untersuchte den Kühlschrank nach einem versteckten Hinweis. «Nichts!», sagte er frustriert. «Los, Leute, strengt euren Grips an.»

Charlotte dachte an das Video mit Petra Luise Berger. «Du musst ihn benutzen.»

«Wie?»

«Zum Abwischen.»

«Die Frage ist nicht wie, sondern wo. Leuchte mal alle Oberflächen ab!», forderte Neda Aron auf und ließ den Lichtstrahl ihres Handys über Boden und Wände wandern.

«Da, der verschmierte Spiegel», rief Charlotte und zeigte auf ein abgebrochenes Waschbecken in der Ecke, über dem ein blinder Spiegel hing. Dabei musste sie sich verdammt bemühen, still zu sitzen, weil sie plötzlich ziemlich aufgeregt war. Sie schöpfte leise Hoffnung. Sophie wischte den Spiegel sauber. «Da ist nichts.»

«Wartet. Spiegel zeigen das Gegenteil von allem», sagte

Neda zu Sophie. «Was siehst du im Spiegel, wenn du genau davorstehst?»

«Mich.»

«Und hinter dir?» Charlotte runzelte die Stirn.

Sophie neigte den Kopf etwas zur Seite. «Eine blitzsaubere Spiegelfliese.»

«Aha. Geh hin und sieh dort hinein!», forderte Charlotte Sophie auf. Die trat vor die Spiegelfliese, in der sie offensichtlich nichts Ungewöhnliches sah, außer sich selbst. Sie trat dichter ran. Der Spiegel beschlug von ihrem Atem.

Sophie runzelte die Stirn. «Da steht eine Nachricht.»

Neda riss die Augen auf. «Offenbar mit Seife geschrieben.» Sie trat hinzu, hauchte den Spiegel an und las laut vor: «Einige versuchen sich zu verstecken, andere versuchen zu betrügen; aber die Zeit wird zeigen, wir werden uns immer treffen.»

«Hä? Versteht ihr das?», fragte Marcus.

Aron fuhr sich mit der Hand über das Gesicht. «Ja. Er meint den Tod. Er macht sich lustig über uns.»

«Verdammte Scheiße! Der verarscht uns.» Marcus presste die Lippen aufeinander und sah ziemlich wütend aus.

Sophie musterte ihn. «Zumindest wissen wir jetzt, dass er uns tatsächlich in einen Escape Room gesperrt hat und mit uns spielt.» Wahrscheinlich wollte sie Marcus damit Mut machen, doch seine Augen verrieten, wie hilflos er sich fühlte.

Aron, der die ganze Zeit schon so nachdenklich war, deutete auf den Sprengsatz. «Wir haben einen Denkfehler. Wir konzentrieren uns auf die Suche nach einem Schlüssel für diese Tür. Wenn wir ihn finden würden, müssten wir Charlotte zurücklassen, weil sie ja auf dem Auslöser der Bombe sitzt, die in spätestens 56 Minuten explodiert. Eine doppelte Täuschung.»

Marcus' Augen hellten sich auf. «Stimmt, wenn die Bombe hochgeht, sobald Charlotte aufsteht, bräuchte es die Zeitschaltuhr nicht. Andersherum bräuchte es den Auslöser unter Charlottes Sitz nicht, wenn die Bombe sowieso nach Ablauf der Zeit zündet. Fast ein Hütchenspielertrick. Eins von beiden ist eine Täuschung. Aber welches ist die Täuschung?»

«In fünfundfünfzig Minuten wissen wir es», sagte Sophie in scherzhaftem Ton, der reiner Galgenhumor war.

«Eigentlich ist es doch logisch.» Alle guckten Marcus an. «Borowski sperrt uns mit Charlotte zusammen, die gefesselt auf dem Auslöser sitzt. Wäre sie wirklich durch den Auslöser an diesen Stuhl gefesselt, wären die Kabelbinder überflüssig gewesen. Er musste damit rechnen, dass wir sie von den Kabelbindern befreien. Dass Charlotte aufsteht, bevor wir den Auslöser unter ihrem Stuhl entdecken. Bumm! Eigentlich wären wir längst tot, wäre Charlotte ihrem ersten Fluchtimpuls gefolgt. Der Auslöser unter Charlottes Hintern ist der Fake.»

Aron runzelte die Stirn und legte Charlotte die Hand auf die Schulter. «Wie viel wiegst du?»

«Zweiundfünfzig Kilo.»

«Etwa so viel wie der Kühlschrank. Komm, Marcus!» Aron stapfte zum Kühlschrank und hob ihn auf einer Seite an. Offenbar wollte er nicht riskieren, dass Marcus mit seiner Logik falschlag. Marcus griff die andere Seite, und sie trugen den Kühlschrank neben Charlottes Stuhl.

«Habt ihr vor, wonach es aussieht? Das ist doch irre. Wenn der Stuhl darunter zusammenbricht?», sagte Sophie.

«Hast du eine andere Idee?», fragte Aron.

«Ja!» Sophie lief zu dem Platz, wo der Kühlschrank stand, bückte sich und hielt eine Pipettenflasche Sekundenkleber hoch. «Ich nehme an, die sollten wir finden.»

Neda nestelte an ihrer Brille herum. «Dann ist der Auslöser doch echt?»

Charlotte überlegte. «Ich glaube nicht, dass er uns töten würde, bevor Zornik uns gefunden hat. Es würde Borowskis Gegner demotivieren und dem Psychopathen den Spaß verderben.» Mittlerweile meinte sie, durchschaut zu haben, wie Borowski tickte.

Aron trat neben sie. «Wir schieben dir jetzt langsam unsere Hände unter den Po. Ist das okay für dich?» Charlotte nickte. «Du darfst erst aufstehen, wenn wir es sagen.» Ihr Herz schlug bis zum Hals. Hoch konzentriert beobachtete sie, wie Aron und Marcus sich links und rechts neben den Stuhl knieten und ihre Handflächen synchron unter ihren Po schoben. «Jetzt!»

Sie hielt die Luft an, stand langsam auf und kniff die Augen zusammen. Würde sie gleich sterben? Nichts passierte. Die Bombe tickte weiter. Charlotte öffnete die Augen. Atmete erleichtert aus und trat beiseite. Ihre Hände zitterten. Die Knie waren weich. Sie drehte sich zu Marcus und Aron um. Beide bissen vor Konzentration die Zähne zusammen. Neda und Sophie hockten sich hinter und vor den Stuhl.

«Macht uns ein bisschen Platz, aber behaltet den Druck bei», befahl Sophie.

Aron und Marcus verlagerten den Druck auf ihre Daumen. Das Zusammenspiel der vier erinnerte Charlotte an die Chirurgen im Operationssaal der Medicusklinik. Vorsichtig schob Sophie die lange, dünne Spitze der Pipette unter den Rand des roten Knopfes mit dem Durchmesser eines Eierbechers und drückte den gesamten Klebstoff heraus, der laut Etikett bis in den kleinsten Spalt fließen sollte und nach wenigen Sekunden aushärtete.

«Ich habe keine Ahnung, ob das hält.»

Aron blies Luft aus. «Ich bin nicht gläubig, aber jetzt habe ich das Bedürfnis zu beten.»

«Wartet, er hat uns auf die Spur gebracht und uns gleichzeitig abgelenkt.» Charlotte eilte zu dem Haufen Schutt, auf dem der Kühlschrank gelegen hatte. Wenn sie richtig gesehen hatte, verbarg sich dahinter die mögliche Lösung des Rätsels.

KAPITEL 75

Als Henry wieder zu sich kam, saß er auf dem Boden, angekettet an einen Maschinenblock neben dem Brennofen. Die Hitze, die der Ofen abstrahlte, trieb ihm den Schweiß aus den Poren. Trotzdem hatte er das Gefühl, gefrorenes Blut raste ihm durch die Adern. Er sah die Girlande aus bunten Drähten und Dynamitstangen, die um seinen Hals gewickelt war.

Das Förderband stand still. Matti zeigte keine Regung. Ihm hing der Kopf seitlich herunter.

«Matti? Hab keine Angst. Das ist nur ein Spiel. Hörst du? Dir wird nichts passieren», rief er dem Jungen zu. Matti reagierte nicht.

«Den letzten Satz hast du auch zu Hanna gesagt, oder?»

Henry erstarrte, als Borowski hinter dem Ofen hervortrat. «Er kann dich nicht hören. Ich habe ihn betäubt. Wir sollten uns beeilen, die Wirkung lässt in spätestens fünfzehn Minuten nach. Dann erlebt er alles bei vollem Bewusstsein mit. Das ist dann doch ein bisschen grausam.»

Henry zwang sich mit aller Kraft, nicht in Panik zu verfallen. «Was hast du mit Hanna zu tun?»

«Nichts, ich bin im Rahmen der Nachbereitung meiner Tat in der Stadtbibliothek bei Martha im Polizeiarchiv auf deinen letzten Fall gestoßen.» Er musterte Henry belustigt.

«Nun guck nicht so. Es war kinderleicht, da ranzukommen. Ich war ein fleißiger Praktikant, der ihr vom 21. November 2016 bis kurz vor Weihnachten beim Umsortieren der Vorgangsnummern geholfen hat. Irgendwie musste ich ja Zugang zur Asservatenkammer bekommen, um die Innentürschlösser der Bibliothek und die Titanplatte verschwinden zu lassen. Dann habe ich noch die Seite des Obduktionsberichtes mit der richtigen Seriennummer ausgetauscht. Martha hat so von dir geschwärmt, da habe ich nebenbei deine abgeschlossenen Ermittlungsakten studiert. Du warst echt gut. Verwöhnt vom Erfolg. Bis auf den letzten Fall. Du hast ein Phantom gejagt und bist nicht vorangekommen. Deine Kollegin hat in sein Beuteschema gepasst. Mal ehrlich, du selbst bist auf die Idee gekommen, dass sie den Köder spielt. Du hast mit ihr darüber geredet, stimmt's? Sie manipuliert.»

«Ich wollte nicht ...»

«Ja, ja, das hast du in der anschließenden internen Untersuchung auch gesagt. Genauso wie zur Polizeipsychologin. In Wirklichkeit war dir jedes Mittel recht, um den Rosenmörder endlich zu entlarven. Getrieben von der Gier nach Erfolg und Anerkennung, hast du mit Hannas Leben gespielt. Und du hast verloren. Wir sind uns ähnlicher, als dir lieb ist.»

«Mir ging es nie um Anerkennung.»

Borowski lachte. «Du begehrst vielleicht nicht die Anerkennung der anderen, aber musst dir stets selbst beweisen, dass du kein Versager bist. Ein Gutmensch, Retter der Welt. Ich wette, du hast in deiner Jugend Bruce-Willis-Filme geguckt. Du weißt schon. Der Typ mit der Glatze in *Stirb langsam* 1, 2, 3 und 4. Ihm eiferst du nicht nur mit der Frisur nach. Du bist Bulle geworden, um so zu sein wie er.»

Henry runzelte die Stirn. Er schluckte schwer.

«Die Realität ist kein Hollywoodstreifen, Henry. Du hast Tom von Bredow gefasst, doch er war es leider gar nicht, der Hanna getötet hat.»

Henry konnte nicht weiteratmen. Hatte er sich tatsächlich geirrt? Die Indizienlage war damals eindeutig gewesen, aber Bredow hatte nie ein Geständnis abgelegt.

«Oh, habe ich jetzt Zweifel gesät?» Borowskis Stimme triefte vor Hohn. «Ich habe ihn im Gefängnis besucht. Er hat mir den Namen des wahren Täters genannt.»

«Du lügst doch, um mich zu verunsichern.»

«Glaub, was du willst. Bredow ist unschuldig. Er hätte Hanna nie etwas angetan. Du hast dich geirrt. Willkommen in der Wirklichkeit! Der Rosenmörder läuft noch frei herum. Schade, dass Tom nun tot ist.»

Henry sah auf. «Bredow ist tot?»

«Er hat sich erst vor ein paar Tagen kurz nach meinem letzten Besuch in seiner Zelle erhängt. Wahrscheinlich hat er nicht verkraftet, dass der Mann, der in Wahrheit Hannas Tod zu verantworten hat, seinen Sohn adoptieren will.»

Henry gefror das Blut in den Adern. Unfähig, etwas zu sagen, starrte er Borowski an.

«Ach, das wusstest du nicht? Tom ist Mattis Vater.» Borowski hielt den Kopf schief und musterte Henry von der Seite.

Offenbar genoss er seinen Triumph. Dann kam wieder Bewegung in den Psychopathen. Er breitete die Arme aus. «Genug geredet. Wie findest du deinen Platz? Erste Reihe, extra für dich reserviert.»

Henry fixierte Borowski mit festem Blick. Er biss die Zähne

zusammen. *Er manipuliert mich, verletzt mich, um mich zu schwächen.*

«Gib zu, du kanntest ihn.» Borowski hob die Brauen.

«Wen?»

«Den Trick mit dem Eimer. Du hättest dein Gesicht sehen sollen.» Er lachte auf. «Ihn zu perfektionieren, ist mir wahrlich gelungen.»

Henry verzog keine Miene. In ihm arbeitete es. Er kämpfte gegen seinen inneren Dämon, der ihn zu verschlingen drohte. Wenn sie das hier alles überlebten, blieb ihm noch genügend Zeit, sich wegen seiner Fehler selbst zu hassen. Jetzt ging es nicht um ihn, sondern allein um Matti, Charlotte, Neda, Aron, Marcus und Sophie. Er brauchte eine verdammte Strategie!

«Ich verlange ja nicht, dass du mich bewunderst, aber ein bisschen Anerkennung könntest du ruhig zeigen ...»

Während Borowski redete, überlegte Henry fieberhaft, wie er ihn stoppen konnte. Seine Waffe lag fünf Meter von ihm entfernt auf dem Stuhl, neben dem der Psychopath jetzt stand. Sie war ungesichert. Daneben lag ein Smartphone. Er nahm an, dass Borowski damit die Bombe unter Charlottes Stuhl und den Sprengsatz um seinen Hals auslösen konnte.

«... immerhin räume ich dir, dem größten aller Ermittler, ein, ein würdiger Gegner für mich gewesen zu sein. Auch wenn du verlieren wirst, was gewiss ist, habe ich dich aus der Masse der Idioten herausgehoben. Da hätte ich zumindest etwas Dankbarkeit erwartet.»

«Dankbarkeit wofür? Dass du Mattis Großmutter und Professorin Weller getötet hast?»

«Irgendwie musste ich dich ja herlocken, und die olle

Weller hätte sowieso nicht mehr lange gemacht, bei dem Zigarettenkonsum.»

«Wo sind Charlotte, Neda, Marcus, Aron und Sophie?», fragte er. Seine Hände im Rücken waren schwitzig. Er presste die eine mit der anderen zusammen, doch es nützte nichts, er rutschte nicht durch die Schlinge.

«Sie spielen gerade Escape Room und haben die Hoffnung zu entkommen. Genau wie du hoffst, dich noch rechtzeitig von deinen Handfesseln befreien zu können. Scheiß Daumen, was?»

Henry biss wütend die Zähne zusammen. Er musste ihn weiter in ein Gespräch verwickeln, um ein wenig Zeit zu schinden, damit er seine Hände freibekam. Konnte er einen Psychopathen verblüffen, der genau wusste, wie Henry tickte? Er musste sich anders verhalten, als Borowski erwartete.

«Du hast gewonnen. Ich ergebe mich. Meinetwegen schnall mich auf dieses Förderband und fahr mich in den Ofen, aber lass den Jungen und die anderen frei. Du hast mich nach Bergen geholt und mir das Rätsel aufgegeben. Ich habe schon wieder versagt und den gleichen Fehler noch mal begangen. Also: Ich habe verloren.»

Borowski lächelte zufrieden. Mit Demut und Wertschätzung hätte er also nicht gerechnet.

«Du hast wahrscheinlich recht, wir sind uns ähnlicher, als ich wahrhaben will. Ja, mir war jedes Mittel recht, um den Rosenmörder zu fassen», sprach Henry die Wahrheit aus, die ihn so belastete. Er hatte Hannas Vorhaben geahnt und ihre Entscheidung in Kauf genommen. «Mich musst du bestrafen.» Er starrte Borowski an und wusste, er sah sich als Herrscher einer Welt, in der Henrys Worte bedeutungslos verklangen.

«Henry, dein Tod an sich ist keine Strafe, sondern Erlösung», sagte Borowski und lächelte milde. «Du wirst ihn begehren, mich darum anbetteln. Davon abgesehen, dass er am Ende schlicht notwendig ist. Vorher aber findet die Bestrafung des Verlierers statt. Das ist doch das wahre Vergnügen, nicht dein Tod. In deinem Fall besteht sie für dich darin, dabei zuzusehen, wie Matti bei lebendigem Leib verbrennt und die anderen in Stücke gerissen werden, ohne dass du ihnen helfen kannst. Ich freue mich schon, denn das wird dir einen noch viel unerträglicheren Schmerz bereiten als Hannas Tod.»

Die ins Unerträgliche wachsende Panik vernebelte Henry die Sinne. Gab es wirklich keine Möglichkeit, Borowski mit seinen eigenen Waffen zu schlagen?

«Wollen wir beginnen? Oder hast du vorher einen Wunsch. Popcorn, Cola, Eis. Nein, wie gewöhnlich! Wir sind ja nicht im Kino, sondern im Theater. Viel realer und unmittelbarer, weil keine Mattscheibe oder Leinwand Akteure und Zuschauer trennt. Titel des Bühnenwerkes ist *Der perfekte Mörder.* Oder besser *Todesglut*! Zu deinem Verständnis: Es ist ein Mitmachstück in drei Akten. Im ersten Akt wird das Kind verbrannt, im zweiten zerfetzt die Bombe fünf hoffnungsvolle Menschen, und im dritten Akt explodiert der Held.» Borowski kicherte irre. «Eine Weltsensation, die das Hollywoodkino abstraft, weil am Ende endlich einmal das Böse triumphiert und damit die Wirklichkeit abbildet.»

«Denkst du im Ernst, damit kommst du durch?»

«Wenn selbst du es nicht geschafft hast, wer soll mich aufhalten? Francesco Blume?» Borowski schnaubte. «Ich bitte dich.»

«Die Explosion ist kilometerweit zu hören.»

«Na und? Bis die Bullen hier sind, bin ich längst von der Insel verschwunden. Mein Fachgebiet ist Tarnen und Täuschen, schon vergessen? Wenn sie eure Eingeweide zusammenkratzen, sitze ich bereits mit neuer Identität auf der Terrasse meines Ferienhauses in Schweden. Du unterschätzt mich immer noch.»

«Nein, nein, ich glaube schon, dass du alles gründlich vorbereitet hast. Allerdings hättest du einkalkulieren müssen, dass ich mich auch rückversichere.»

«Du bluffst!»

«Was meinst du wohl, woher ich die Waffe habe?»

«Du bist ein Ex-Bulle, du weißt, wo man so was kauft. Also noch einmal, hast du noch einen letzten Wunsch, bevor die Vorstellung beginnt?»

Henry probierte krampfhaft, seine Hände zu befreien. Das war die einzige Möglichkeit, an die Waffe zu kommen. Er merkte, dass er sie etwas bewegen konnte. «Warum Sahra, warum Petra Luise Berger?», fragte er weiter, um Borowski abzulenken und ihn in Sicherheit zu wiegen.

«Das war ja klar. Am Ende siegt der Ermittler in dir, die Gier nach dem Warum. Hey, du bist spätestens in zwanzig Minuten tot, was interessieren dich die? Aber okay, Petra Luise war ein Experiment. Nachdem ich an der Akademie mit dem Studium angefangen hatte, bin ich ihr zufällig vor der Bibliothek begegnet. Es hat geregnet, und es gab einen Zusammenstoß, bei dem ich sie fast umgerannt hätte. Ihre Stephen-King-Bücher sind runtergefallen und nass geworden. Ich habe sie als Entschuldigung zum Kaffee in die *Trattoria Russo* eingeladen. Dort hat sie mich angehimmelt und mir ihre halbe Lebensgeschichte erzählt. Ich habe mich irre gelangweilt. Sie war das perfekte Opfer. Gierig nach Nähe und Liebe.»

«Wie hast du es angestellt?»

«Henry, jetzt beginnst *du* aber, mich zu langweilen.»

«Und Sahra Engelmann?», sagte er schnell, denn es fehlte nur noch ein Stück, um sich von der Schlinge zu befreien.

Borowski verdrehte die Augen. «War zum falschen Zeitpunkt am falschen Ort», sagte er in schläfrigem Ton. «Eine Zeugin, blabla, die gierig wurde und mich erpressen wollte.» Er blies die Backen auf. «Da hab ich sie einkassiert. Eigentlich wollte ich sie gleich töten, aber dann hatte ich die Idee, sie einzusperren und mir für mein kleines Hobby zunutze zu machen. Eine Drogensüchtige frisst dir schnell aus der Hand.» Er steckte sich Henrys Pistole in den Gürtel. «Falls du nun denkst, ich hatte eine miese Kindheit wie du, muss ich dich leider enttäuschen. Meine Eltern waren sehr bemüht um mich», sagte er mit einem verklärten Lächeln.

Henry presste die Lippen aufeinander und machte ein interessiertes Gesicht, während er im Rücken mit der Fessel kämpfte. «Du hast also ihre Erwartungen nicht erfüllt. Das haben sie dich spüren lassen.»

Borowski schluckte. Für den Bruchteil einer Sekunde sah er verwundbar aus. Dann kehrte er Henry den Rücken zu und setzte sich in Bewegung. Jetzt oder nie! Henry biss die Zähne zusammen und quetschte den Daumen seiner rechten Hand nach innen, bis es knackte. Der Schmerz raste ihm ins Gehirn, und für einen Moment wurde ihm schwarz vor Augen. Vorsichtig rutschte er mit der glitschigen Hand durch die Schlinge der Metallfessel. Es tat höllisch weh. Schweiß lief ihm von der Stirn in die Augen und brannte.

Borowski blieb am Schaltkasten des Förderbandes stehen, nahm Isolierband und umwickelte damit eine Fernbedienung mit einem gelben Knopf. In Zeitlupe setzte sich das Förderband in Bewegung. «Man muss den Knopf gedrückt halten, damit es nicht stehen bleibt», erklärte er. «So, nun gibt es kein Zurück mehr. The show must go on!»

Henry riss sich die Dynamitgirlande vom Hals, sprang auf, rannte auf Borowski zu. Der ließ die Fernbedienung fallen, zog die Waffe und zielte auf Henrys Kopf. Henry blieb stehen und hob die Hände. Voller Verzweiflung schaute er zu, wie Matti dem Ofen näher kam. Irgendwie musste er ihn von diesem Förderband runterkriegen.

«Ach, Henry, du weißt, dass ich dich erschießen muss, wenn du näher kommst. Du versaust den Ablauf meines Plans.»

«Ich dachte, das haben würdige Gegner so an sich.»

«Was machen wir denn jetzt?», fragte Borowski leichthin.

«Kämpfen.» Das war seine einzige Chance. «Mann gegen Mann. Auf Augenhöhe.» Henry bemerkte Borowskis kurzen Blick auf seine kaputte Hand.

«Abgemacht.»

Damit hatte Henry nicht gerechnet. Wieso ließ sein Gegner sich darauf ein? Entweder unterschätze Borowski ihn, oder er hatte noch einen anderen Trumpf im Ärmel. Borowski legte die Waffe auf den Boden und gab ihr mit dem Fuß einen Stoß, dass sie meterweit entfernt liegen blieb.

«Mach das Förderband aus.»

«Nein, das erhöht die Spannung», sagte Borowski. «Also, los geht's.» Er nahm Anlauf und sprang mit dem ausgestreckten Fuß in Henrys Gesicht. Henry wehrte ihn mit der gesunden Hand ab, schob Borowskis Fuß schwungvoll nach oben und stöhnte vor Schmerz, weil er die kaputte Hand unbewusst mitbenutzte. Borowski drehte sich aus Henrys Griff und landete mit den Füßen wieder auf dem Boden. Nicht nur Henry schien kampfsporterfahren zu sein. Als ehemaliger Student der Akademie beherrschte Borowski mindestens Jiu Jitsu. Blitzschnell griff Henry seinem Gegner an die Beine und warf ihn nach hinten um. Borowski fing sich mit den Händen ab und vollführte den nächsten Salto. Geschmeidig wie ein Gepard. Henry sah aus dem Augenwinkel, dass Matti nur noch höchstens zehn Meter vom Ofen entfernt war. Borowski versuchte Henry immer wieder an seinem gebrochenen Daumen zu erwischen. Er wich aus und trat ihn zurück. Mit einem Sprung fegte er Borowski die Beine weg. Der landete krachend auf dem Rücken. Matti war nur noch maximal acht Meter vom Ofen entfernt. Er war wach geworden, hatte Augen und Mund weit geöffnet und starrte in den brennenden Schlund, der den nächsten Steinbrocken verschlang. Panisch sah er zu Henry, dem Mann, der ihm helfen musste. Henry rannte auf ihn zu, um ihn zu schnappen und vom Förderband zu stoßen, doch Borowski war schon wieder hinter ihm und packte ihn an den Waden. Beide landeten hart auf dem Betonboden, wälzten sich im Kampf. Henry schlug ihm mit der Faust ins Gesicht, kassierte selbst Schläge, die ihn an Schläfe, Nase und Kinn trafen. Er schüttelte sich. Borowski zog ein Messer, zog Henry auf die Knie und drückte es ihm an die Kehle, während er ihn mit dem anderen Arm in den Schwitzkasten nahm. Henry spürte sein Blut, das an seinem Hals herunterlief.

Matti schrie.

Borowski trat Henry mit voller Wucht auf die kaputte Hand. Die Sohle seines derben Schuhs quetschte sie zusammen. Der Schmerz schoss Henry ins Gehirn. Er biss die Zähne zusammen, schaffte es kaum zu atmen. Borowski zerrte ihn herum, sodass er Matti sah, der nur noch sechs Meter vom Ofen entfernt war. Er schrie herzzerreißend. In Henry krempelte sich alles um. Panik mobilisierte seine Kräfte. Er wand sich hin und her, doch Borowski war stärker und drückte die Klinge tiefer in seine Kehle. «Schön zugucken, mein Freund», sagte er.

Da durchschnitt ein Schuss die Luft. Borowski fuhr herum.

«Lass ihn sofort los!», sagte Charlotte. Sie trat in Henrys Blickfeld und richtete die Makarow auf Borowskis Stirn. Ihre Hände zitterten. Die Augen blitzten vor Wut.

«Du musst das nicht tun», rief Henry Charlotte zu. Hinter ihr tauchte Sophie auf.

«Er hat recht, gib her, ich bin die bessere Schützin.»

«Sophie, mach das Förderband aus, dahinten, die verklebte Fernbedienung», brachte Henry mühevoll hervor. Sophie zögerte, wollte Charlotte die Waffe abnehmen, doch die hielt die Pistole fest in der Hand und schüttelte den Kopf.

Borowski grinste schief. «Ihr müsst euch schon entscheiden, wen ihr retten wollt, ihr zwei Heldinnen. Den Jungen oder Zornik.»

Matti war drei Meter vom Ofen entfernt.

Sophie rannte los.

«Tu es nicht!», rief Henry, doch er sah die Entschlossenheit in Charlottes Augen.

«Es geht nicht, der Knopf ist eingerastet!» Sophies Stimme klang verzweifelt. Matti war nur noch zweieinhalb Meter vom Ofen entfernt. Sein Schrei verstummte.

«Dann mach ihn los!», brüllte Henry. Das Messer drückte ihm die Luft ab.

Sophie rannte zu Matti. «Die Schnüre sind zu fest, ich brauche ein Messer», schrie sie panisch und wich vor der

Hitze zurück. Matti trennten jetzt noch höchstens zwei Meter vom Ofenschlund.

Ein Schuss krachte. Charlotte taumelte nach hinten. Borowski erschlaffte, und das Messer fiel klirrend zu Boden. Henry sprang auf, schnappte es mit der gesunden Hand und sprang auf das Förderband. Flammen schlugen ihm aus der Ofenluke entgegen. Mit drei gezielten Schnitten durchtrennte er das Seil, an dem Matti festgemacht war, und stieß ihn mit letzter Kraft vom Band in Sophies Arme. Er wollte ihm hinterher, doch er bemerkte panisch, dass er seinen Fuß nicht bewegen konnte, der sich verfangen hatte. Das Förderband lief weiter und brachte ihn dem Höllenschlund näher.

Er dachte an Hanna, für deren Tod er ganz allein verantwortlich war. Sah seine Studierenden, die er nicht hatte retten können. Sie alle wären ohne ihn nicht in Lebensgefahr geraten. Er war schuld an dem, was ihnen widerfahren war, schuld an Hannas Tod. Henry spürte, wie sich eine Schwere über ihn legte und wie der Schmerz in seiner Hand seinen Geist dumpf betäubte. Die Wärme hieß ihn willkommen. Blinzelnd sah er Matti an. Matti, den Jungen, der einen Vertrauten brauchte, einen, der sich um ihn kümmerte, einen, der eine Verbindung zu seiner Mutter hatte und ihm erzählen konnte, was für eine wunderbare Frau sie gewesen war, die ihr Kind über alles geliebt hatte. Henry konnte und durfte sich seinem Schicksal nicht ergeben. Auch wenn er sich hasste. Er musste kämpfen, für den Jungen.

Verzweifelt nestelte er mit seiner gesunden Hand an der Schleife, bis es ihm gelang, das Schuhband zu lösen. In letzter Sekunde zog er seinen Fuß aus dem Schuh und rollte sich ab. Er sah, wie sein Schuh Feuer fing und verbrannte.

Henry brauchte einen Augenblick, um den Schock zu überwinden. Er sah zu Matti, der keine Miene verzog, aber leicht zitterte. Henry verspürte einen Stich im Herzen, gleichzeitig erfüllte ihn eine Welle der Erleichterung: Matti war gerettet. Henry war dankbar, dass Sophie seine Beschützerrolle übernahm und den Jungen nun vor dem Grauen abschirmte, das in dieser Werkhalle geschehen war. Er selbst musste sich erst einmal um Charlotte kümmern und sie alle sicher aus der Gefahrenzone bringen.

Charlotte stand wie versteinert da. Den Blick immer noch auf Borowski gerichtet, der regungslos und mit einem Einschussloch mitten auf der Stirn am Boden lag. Überall war Blut. Sie hielt die Waffe in der Hand, ihre Arme hingen schlaff an ihren Seiten. Sie war barfuß, ihre Beine nackt. Das Sweatshirt, das sie trug, reichte ihr fast bis zu den Knien und erinnerte ihn an den letzten Anblick von Sahra. Gott, war er froh, dass Charlotte wiederaufgetaucht war und noch lebte. Aber was war mit den anderen dreien und der Bombe?

«Wo sind Neda, Aron und Marcus?», rief Henry hektisch und rappelte sich hoch.

«Neda ist mit uns durch den Lüftungsschacht geklettert», antwortete Sophie. «An einer Gabelung haben wir uns getrennt, um die Tür zu dem Raum im Keller zu finden, in dem wir eingesperrt waren, damit wir den Jungs aufmachen können. Sie halten den Auslöser der Bombe gedrückt, auf dem Charlotte vorher gesessen hat. Wir wollten es mit Sekundenkleber versuchen, aber dann haben wir dem Ganzen nicht getraut, schließlich kam der Kleber wahrscheinlich von Borowski. Die Jungs wollten den Stuhl mit der tickenden Bombe nach draußen bringen, bevor sie explodiert.»

Henry war kurz irritiert. Der Sprengsatz würde doch über einen Zeitzünder aktiviert. Hatte Borowski sich doppelt abgesichert? Darüber nachzudenken, blieb jetzt keine Zeit.

«Wo genau wollten sie damit hin?»

«Zur Abraumhalde.»

«Wie spät war es da?» Er wusste, die Bombe würde um 18.15 Uhr explodieren.

«17.26 Uhr.»

Henry sprang über das Förderband und schnappte sich Borowskis Handy vom Stuhl. 17.35 Uhr. In vierzig Minuten würde hier alles in die Luft gehen. Ihm fehlte das Passwort zum Entsperren, um den Timer anzuhalten. Wenn das überhaupt möglich war.

«Los, raus mit euch, rennt in die andere Richtung zum Wald und geht dort in Deckung», wies er die beiden Frauen an. «Und bitte passt auf Matti auf.»

Charlotte rührte sich nicht. Er lief zu ihr und nahm ihr die Pistole ab. «Das hier ist nicht passiert. Verstanden?»

Sie sah ihn mit großen Augen an. «Müssen wir nicht die Polizei ...»

«Später. Jetzt müssen wir erst einmal hier weg.»

Henrys Worte schienen Charlotte nicht zu erreichen. Sie war zutiefst schockiert, weil sie einen Menschen getötet hatte.

«Du hast das einzig Richtige getan. Er war ein kaltblütiger Mörder, der mindestens acht Menschen auf dem Gewissen hat.» Henry schaute ihr tief in die Augen. «Du hast Matti und mir das Leben gerettet», sagte er eindringlich. «Und jetzt hilfst du Sophie, das Kind wegzubringen. Ich suche die anderen.»

Er fasste Charlotte an der Hand und zog sie mit sich. Sie

rannten. Sophie trug Matti. Als sie am Treppenhaus angekommen waren, setzte sie den Jungen ab. Henry ging in die Hocke. Von seinem Gefühl der Erleichterung überwältigt, drückte er Matti an sich. «Es wird alles gut», sagte er.

Matti machte sich steif. Henry ließ ihn los, für einen Moment hatte er vergessen, dass Matti enge Berührungen nicht mochte. Dann überließ er das Kind Sophie und Charlotte. «Los, rennt schon. Schnell. Beeilt euch!», forderte er sie auf und lief die Treppe zum Keller hinunter.

Schnell fand er die einzige zugeriegelte Tür, öffnete sie und trat ein. Aron und Marcus hockten neben dem Stuhl, unter dem die Bombe immer noch tickte. Beide Jungs schwitzten. Ihnen blieben noch fünfunddreißig Minuten.

«Raus mit euch!» Henry wollte den Knopf übernehmen. Ihm würde schon etwas einfallen.

«Nein!», sagte Aron bestimmt. «Der Stuhl. Wir müssen ihn samt Sprengsatz draußen ins Wasserbecken werfen.»

«Sehr gute Idee!», sagte Henry. Offensichtlich wusste Aron, dass die Wasserdecke vor Splitterflug schützt. Sein Blick fiel auf den Timer. Noch dreiunddreißig Minuten. «Dann sollten wir uns beeilen.»

Henry ging auf die Knie und griff unter das Paket. Er war so angespannt, dass er den Schmerz in seiner kaputten Hand kaum noch spürte.

«Achtung! Auf drei stehen wir auf», sagte er und zählte.

Zu dritt trugen sie Stuhl samt Bombe vorsichtig nach oben. Die Gesichter der Jungs waren hoch konzentriert. Niemand sprach ein Wort. Noch 32 Minuten. Henry lief der Schweiß in die Augen, und er war einen Moment lang blind. Dabei verfehlte er die letzte Stufe und stolperte.

«Verfluchte!», rief er und fing sich im letzten Moment. Sein Herz raste. Nicht auszudenken, was passiert wäre, wenn er das Paket fallen gelassen hätte. Er schaute auf den Timer. Henry erstarrte. Die Anzeige war in der Zeit gesprungen. Nur noch achtzehn Sekunden.

«Rennt!», brüllte er.

Sie stürmten nach draußen. Das erste Schlammbecken war zwanzig Meter vom Gebäude entfernt. Sie erreichten es keuchend, warfen Stuhl samt Sprengsatz hinein. Henry brüllte: «Runter!», warf sich auf den Boden und schützte seinen Kopf mit den Armen. Keine Sekunde zu früh, denn im nächsten Moment gab es einen gewaltigen Knall, der sich zusammen mit einer riesigen Wasserfontäne entlud, die sich über ihm ergoss. Vollkommen durchnässt hob er den Kopf, schaute zu Aron und Marcus. Sie waren pitschnass, die Gesichter hochrot und verdreckt, aber sie lebten und schienen sich nicht verletzt zu haben. Fassungslos schauten sie sich an.

Henry spürte, wie seine Hände zitterten, und zwang sich, tief durchzuatmen. Er stand auf und half den beiden hoch, die genauso bestürzt waren wie er selbst. Nur langsam schienen sie zu begreifen, wie knapp sie mit dem Leben davongekommen waren.

Henry sah Charlotte und Sophie mit Matti, die sich am Waldrand auf den Boden gelegt hatten und sich nun langsam aufrappelten. Erleichterung strömte in warmen Wellen durch Henrys Körper. Am liebsten wäre er direkt zu Matti gerannt, doch er nahm zuerst sein Handy, wählte Murats Nummer und gab Entwarnung. Gerade noch rechtzeitig, bevor sie das SEK eingeschaltet hätten. Nach allem, was vorgefallen war, musste Henry die Polizei raushalten, um Charlotte zu schützen.

Murat und Lucia waren erleichtert. Ihre Fragen würde er später beantworten.

Er lief zu Charlotte, Matti und Sophie. «Seid ihr verletzt?» Charlotte und Sophie schüttelten den Kopf. Henry ging auf die Knie und sah Matti in die Augen. Der Neunjährige schien ziemlich gefasst, obwohl er gerade derart in Lebensgefahr war, wirkte er weder verängstigt noch geschockt. Es konnte aber auch gut möglich sein, dass Henry es einfach nicht sah, weil sich Mattis Emotionen nie in seinem Gesicht abzeichneten. Es tat ihm so leid, dass der Kleine so etwas miterleben musste. Hoffentlich konnte er die traumatischen Bilder verarbeiten. Jetzt fehlte nur noch Neda.

Sie fanden sie hinter der Werkhalle, wo sie aus dem Luftschacht kroch. Erleichtert stellte Henry fest, dass auch sie mit wenigen Blessuren davongekommen war. Erst jetzt wurde ihm wieder seine schmerzende Hand bewusst, die inzwischen zu einem unförmigen Klumpen angeschwollen war. Sophie schaute sich den gebrochenen Daumen an und machte ihm mit Nedas Hilfe einen provisorischen Verband, der den Knochen ruhigstellte.

«Wir müssen die Polizei rufen», sagte Charlotte mit abwesendem Blick. Kein Mensch steckte einfach weg, was sie getan hatte. Auch wenn es nur Notwehr war. Henry konnte nachvollziehen, wie erbärmlich und schuldig sie sich fühlte. Sie hatte Borowski mit einem gezielten Schuss in den Kopf getötet. Das konnten schlaue Anwälte nach allem, was Borowski ihr angetan hatte, als Hinrichtung auslegen. Und davor musste er sie bewahren. Denn er allein hatte sie in diese Situation gebracht.

Henry sah ihr und den anderen tief in die Augen und wiederholte: «Das hier ist nicht passiert. Ich regle das. Ihr könnt euch auf mich verlassen. Bitte fahrt zurück und liefert Matti im Kinderheim ab.» Er beugte sich zu ihm herunter. «Ist das in Ordnung, wenn sie dich zurückbringen? Kommst du damit zurecht?»

Matti nickte. «Ja.» Henry strich ihm über den Kopf. Er war heilfroh, dass der Junge lebte.

«Wartet kurz!», sagte er zu den fünf. «Wir treffen uns morgen und überlegen, wie es weitergeht.» Er kratzte sich am Kopf. «Ich habe euch in Gefahr gebracht. Dafür möchte ich mich entschuldigen. Aber doch haben wir unseren ersten Fall gelöst und einen Psychopathen gestoppt. Jemanden, der auch deshalb zum Psychopathen geworden ist, weil er die Erwartungen seiner Eltern nie erfüllen konnte. Getrieben von der Gier nach Anerkennung und Erfolg, strebte er nach dem perfekten Mord. Und wir? Wir wären beinahe selbst zu seinen Opfern geworden, weil wir uns aus der gleichen Motivation wie der Täter in eine Richtung haben treiben lassen. Wir haben versucht, uns zu übertrumpfen. Da nehme ich mich nicht aus. Aber ihr müsst weder mir noch euch gegenseitig etwas beweisen. Ihr seid gut, so wie ihr seid, und ich bin sehr stolz darauf, euer Lehrer sein zu dürfen. Am Ende haben wir Borowski überführt, weil wir so gut zusammengearbeitet haben. Das sollten wir in zukünftigen Lektionen bedenken. Und ihr hattet im Hexenwald vollkommen recht.» Er lächelte. «Eine Mordermittlung ist kein Wettbewerb.»

Mittwoch, 18. September 2019

KAPITEL 76

Mittlerweile war es stockfinster. Matti war noch vor 20 Uhr zurück im Kinderheim. Der Junge hatte Unaussprechliches gesehen. Das würde ihn für immer prägen. Henry würde einen Weg finden, damit Matti das Geschehene mit professioneller Begleitung würde besprechen und hoffentlich verarbeiten können, aber für den Moment würde er schweigen, und das war in Ordnung so.

Professorin Krohns Volvo stand wieder auf dem Akademieparkplatz. In der Kreidefabrik hatte er alle Spuren, soweit es ging, beseitigt. Prasselnder Starkregen hatte dafür gesorgt, dass selbst am Akademietransporter der letzte Kreidestaub abgespült wurde und die Fuß- und Reifenspuren außerhalb des Gebäudes verschwanden. Das Einfachste, aber auch das Dümmste wäre gewesen, Borowskis Leiche im Ofen zu verbrennen. Henry hatte eine bessere Idee, sie verschwinden zu lassen.

Kurz nach 23 Uhr parkte er den Transporter auf dem Festland abseits, am Rande einer Kuhweide hinter einigen Bäumen versteckt. Von hier aus hatte er das Klubhaus der kriminellen Rockerbande im Blick. Ein zweistöckiges Gebäude, weiß getüncht, mit flachem Dach und heruntergelassenen Jalousien, in dem früher die Verwaltung der LPG Popenhagen untergebracht war. Ein Kaff, zehn Kilometer hinter Stralsund, das aus einer Handvoll Häusern bestand. Ein Eterno Brother schloss ab, schwang sich aufs Motorrad und fuhr mit dröhnender Maschine davon.

Jetzt musste er sich beeilen, wenn er nicht dabei überrascht werden wollte, wie er der kriminellen Bande ein Geschenk in den Klubsaal legte. Henry war überzeugt, dass sie nach dem Fund keine Polizei einschalteten und die Leiche auf ihre Weise beseitigen würden, so wie sie es in ihren Kreisen immer taten, das wusste er aus seiner Erfahrung als Mordermittler.

Gegen sieben Uhr morgens weckte ihn das Dröhnen von Motorenlärm. Er hob den Kopf vom Lenkrad und rieb sich den Schlaf aus den Augen. *Sie kommen!*

Zwei Eterno Brothers in Lederkluft stiegen von ihren Rössern, nahmen die Helme ab und marschierten ins Klubhaus. Schade, dass er ihre Gesichter nicht sah. Der eine mit Bürstenhaarschnitt kam wieder raus, lief aufgeregt hin und her, telefonierte mit großer Geste. Der Zweite, ein Kerl mit vernarbten Wangen und kleinerer Statur, trat vor die Tür und guckte den Telefonierenden fragend an. Der zuckte mit den Achseln und nickte dann ergeben Richtung Telefon. Offensichtlich nahm er die Anweisung eines höhergestellten Klubmitgliedes, möglicherweise sogar des Präsidenten, entgegen. Henry kannte die Strukturen innerhalb der Banden. Der Rocker beendete das Telefonat und gab den Befehl weiter. Sie liefen wieder ins Haus.

Es dauerte nicht lange, und ein Bestatter fuhr vor. Henry atmete erleichtert auf. Sein Plan funktionierte wie erwartet. Zwei Männer im schwarzen Anzug holten einen Transportsarg aus dem Kofferraum des Leichenwagens und rollten ihn ins Haus.

Keine fünf Minuten später verfrachteten sie den Sarg zurück in den Kofferraum. Der Leichenwagen setzte sich in Bewegung, und Henry folgte ihm unauffällig. Die Fahrt ging Richtung Osten über Greifswald nach Swinemünde, wo das Fahrzeug hinter dem Tor eines Krematoriums verschwand.

Aufatmend fuhr er sich mit der gesunden Hand über die Bartstoppeln, wendete und trat die Rückfahrt an. Auf dem Rügendamm hielt er an, stieg aus und ließ die Makarow ins Meer fallen.

Henry parkte den Kleinbus vor dem Haus, in dem Borowski gewohnt hatte. Er stieg die Treppen zur Dachwohnung hoch. Drinnen kochte er sich zuerst einen Kaffee. Dann setzte er sich an den Laptop, überlegte nicht lange und tippte als Passwort seinen Namen ein. Das Fenster sprang auf. Henry öffnete Borowskis E-Mail-Briefkasten und verfasste zwei Nachrichten. Die eine schickte er an Beatrice Krohn, die andere an Winkler & Partner.

Allerliebste Chefin,
ich stehe auf dem Flughafen, vom Fernweh gepackt. Die Welt ist so groß, das Leben zu kurz und der Mensch doch kein Baum, der Wurzeln schlägt … Aus persönlichen Gründen habe ich mich jetzt und hier dazu entschlossen, meinen Job fristlos zu kündigen und in einen dieser Flieger zu steigen.
Auf Ihr Verständnis hoffend, grüßt Sie
Ihr Hugo Borowski

Sehr geehrte Damen und Herren,
spontan hat sich für mich eine längere beruflich begründete Abwesenheit ergeben. Deshalb habe ich meine Wohnung Herrn Henry Zornik als Nachmieter überlassen. Er setzt sich in den nächsten Tagen wegen der Mietzahlung mit Ihnen in Verbindung. Alle Rückfragen bitte ich, mit ihm zu klären, da ich mich für längere Zeit im Ausland befinde.
Hochachtungsvoll,
Hugo Borowski

Frisch geduscht und umgezogen fuhr Henry in die Notaufnahme der Medicusklinik, wo er den gebrochenen Daumen behandeln ließ. Der diensthabende Chirurg Dr. Frank Kröger, Chefarzt der Unfallchirurgie, musterte ihn abschätzend. Ein Arzt, wie Henry ihn sich wünschte, vertrauenserweckend, empathisch, kompetent. Keine Sekunde kaufte ihm der erfahrene Chirurg, den er auf Mitte fünfzig schätzte, seine Geschichte des Fahrradsturzes ab, fragte aber nicht weiter nach und klärte Henry über die Behandlungsmethode auf. «Wir müssen operieren und die Fraktur Ihres linken Daumens mit einer Miniplatten-Osteosynthese fixieren.»

Henry riss die Augen auf. «Jetzt gleich? Ich habe einen Termin.»

Der Arzt lächelte. «Nein, Sie kommen morgen früh. Nüchtern.»

Eine Stunde später betrat er das Rektorat, mit Schmerzmitteln im Blut und frischem Notverband, der seine Hand für die nächsten 24 Stunden ruhigstellte.

Beatrice Krohn hatte ihn zu sich gerufen. Sie saß hinter ihrem Schreibtisch, auf dem verschiedenfarbige Mappen durcheinanderlagen. Ihr ernster Gesichtsausdruck verriet, dass sie über der Lösung eines unvorhergesehenen Problems grübelte. Hatte sie ihn einbestellt, weil sie vermutete, dass er etwas mit ihrem Problem zu tun hatte? Sie musterte ihn mit prüfendem Blick, blieb an seinen Verletzungen hängen und runzelte die Stirn.

Henry bemühte sich, cool zu bleiben. «Was gibt es? Sie sehen aus, als wäre jemand gestorben.»

Ohne ein Wort drehte sie den Computerbildschirm zu ihm herum.

Er schaute auf die E-Mail, die er selbst vor zwei Stunden abgeschickt hatte.

Die Rektorin beobachtete ihn genau.

«Verraten Sie mir, was das zu bedeuten hat?»

Henry zuckte ratlos mit den Schultern. «Er hat es also wahr gemacht.»

«Sie wussten davon?»

«Er hat es in den letzten Tagen angedeutet.»

Es klopfte. «Ja bitte!», sagte die Rektorin. Lucia Bertolli trat ein. Ihr und sein Blick trafen sich. Sie sah die Rektorin an. «Problema?»

Beatrice Krohn unterrichtete sie über Borowskis E-Mail.

«Es war abzusehen, dass Hugo uns verlässt.» Lucia lächelte verlegen.

«Sie wussten es auch?», fragte die Rektorin überrascht.

Lucia zuckte mit den Schultern. «Wenn einen das Fernweh packt ...»

Beatrice Krohn legte die Finger beider Hände an die Stirn,

als wolle sie ihre Zornesfalte ausstreichen. «Warum haben Sie mich nicht vorgewarnt?»

Lucia sah Henry an und überließ ihm die Antwort.

«Wenn es Ihnen hilft, könnte ich vorübergehend seine Kurse übernehmen», bot er an.

«In Tarnen und Täuschen?»

Er erwiderte Lucias Blick. «Eine sehr wichtige Fähigkeit, um Psychopathen zu überwältigen.»

Sein Handy klingelte. Henry schaute auf das Display. «Entschuldigung, da muss ich rangehen.» Er tippte auf das grüne Hörersymbol und hörte am anderen Ende die aufgeregte Stimme von Frau Jakob.

«Oh, der Termin. Entschuldigung, Frau Jakob, die letzten Tage waren etwas turbulent. Ich schicke ihnen meine Adresse gleich aufs Handy. Okay, dann sehen wir uns dort in dreißig Minuten.»

Beatrice Krohn ließ ihn nicht aus den Augen.

«Das Jugendamt. Es geht um …», setzte er zu einer Erklärung an.

Die Rektorin unterbrach ihn: «Ich weiß Bescheid. Die haben sich schon bei mir über Sie erkundigt.» Sie hielt ihm ihre Autoschlüssel hin, und ein warmes Lächeln umspielte ihre Mundwinkel. «Verschwinden Sie schon, ich übernehme so lange Ihre Studierenden.»

Er eilte die Treppen herunter, hetzte über den Parkplatz und sprang hinters Steuer des weißen Volvos. Um seine Häuslichkeit unter Beweis zu stellen, sollte er der Dame Kaffee und Franzbrötchen servieren. Ja, das war eine gute Idee, dachte er völlig aufgeregt.

Das Citycenter lag auf dem Weg. Henry marschierte

schnurstracks zum Backshop neben der Rolltreppe an Murats Schlüsseldienst vorbei. Murat stand hinter seinem Tresen und bediente einen Kunden.

«Henry!», rief er.

«Ich hab's eilig, wir reden später», rief Henry winkend zurück und lief weiter.

Murat rannte ihm mit einem kleinen Karton in der Hand hinterher. «Henry, warte!»

«Gegen Mittag auf einen Kaffee. Okay, mein Freund?»

Murat grinste. «Gerne. Hier! Sie haben dein Ladekabel geliefert.» Er gab Henry den Karton.

«Wie viel kriegst du?»

«Geschenkt.»

«Danke! Du bist ein wahrer Freund!»

Zurück im Auto warf Henry die Bäckertüte auf den Beifahrersitz. Er riss das Ladekabel aus der Verpackung, verband es mit seinem alten Handy und steckte es in den mitgelieferten Adapter für den Zigarettenanzünder.

Vier Minuten später parkte er den Volvo vor Borowskis Wohnhaus. Ihm blieben neun Minuten bis zum vereinbarten Termin. Er warf einen Blick auf das Handy. Der Akku war so weit aufgeladen, dass er es einschalten konnte. Sein Adrenalinspiegel stieg. Er drückte auf das Nachrichtensymbol und atmete tief durch. Dann öffnete er die einzige gespeicherte Nachricht. Sie war vom 18. August 2014. Eine Sprachnachricht, die er sich tausendmal angehört hatte.

«Hallo, Henry, wir treffen uns heute zum Abendessen bei dir. Ich bringe was vom Inder mit. Vermisse dich», hörte er endlich wieder Hannas Stimme.

Dieser Abend war der erste nach der einzigen gemeinsam

verbrachten Nacht gewesen, und der letzte, an dem er sie lebend gesehen hatte. Hanna. Er hatte sich in sie verliebt und von einer gemeinsamen Zukunft mit ihr geträumt. Und sie hatte es allein für ihn getan. Er hatte ihr in dieser Nacht anvertraut, wie fertig es ihn machte, dass er den Rosenmörder nicht zu fassen bekam. Sie lagen erschöpft nebeneinander, und dann hatte er eine Falle mit einem Köder erwähnt. Hätte er diese Idee nur nie geäußert. Er allein war schuld, dass sie zum Opfer geworden war.

Henry schloss die Augen, lehnte sich zurück. «Ich vermisse dich auch.» Er strich über das Display. Nein, die Sprachnachricht war nicht das Einzige, was ihm von ihr geblieben war. Da war noch Matti, längst ein Teil von ihm. Für ihn würde er lernen, mit seinem Selbsthass fertig zu werden. Er würde um ihn kämpfen.

Borowski war ein Lügner, der ihn über seinen Tod hinaus quälen wollte. Henry glaubte nicht, dass Tom von Bredow Mattis leiblicher Vater war. Ebenso wenig konnte er sich vorstellen, dass er sich in ihm als Täter der Rosenmorde geirrt haben sollte. Aber er würde auch dieser Sache nachgehen.

Henry steckte das Telefon ein. Er schnappte die Bäckertüte, stieg aus und lief quer über die Straße zu der jungen Frau, die ihr Fahrrad am Zaun vor dem Haus abschloss.

«Guten Tag, Frau Jakob», sagte er lächelnd und wedelte mit dem Wohnungsschlüssel. «Kommen sie doch rein.»

DANKSAGUNG

Liebe Leserinnen und liebe Leser,

ich hoffe, Sie haben sich gut unterhalten. Übrigens, die Idee der «Akademie des Verbrechens» ist entstanden, weil meine erwachsenen Kinder mich herausgefordert haben. Sie sind begeistert von Spannungsliteratur. Also habe ich das Genre gewechselt und mich auf dieses Wagnis eingelassen. Ich wollte es ihnen und mir wohl beweisen, dass ich es schaffe, einen mitreißenden Kriminalroman zu schreiben. Wahrscheinlich war das sogar der inspirierende Grundgedanke für Zorniks Wettbewerb.

Auf das Urteil, ob es mir gelungen ist, meine beiden Kinder und Sie, liebe Leserinnen und Leser, so zu fesseln, dass Sie den Krimi nicht aus der Hand legen konnten, bin ich total gespannt. Schreiben Sie mir! Ich freue mich über jedes Feedback, Lob und Kritik. Und vielen Dank, dass Sie das Buch überhaupt aufgeschlagen haben.

Auf dem Cover steht zwar mein Name, aber an der Entstehung des Buches waren natürlich noch andere Menschen beteiligt, ohne die es niemals in Ihre Hände gelangt wäre. Sie nicht zu benennen, wäre eine Schande.

Dass die Idee einer «Akademie des Verbrechens» auf einem Verlagsschreibtisch landete, verdanke ich allein meinem

Agenten Bastian Schlück von der gleichnamigen Literaturagentur. Er glaubte an mich, an diese Idee und verdient ein Riesendankeschön!

Der Schreibtisch gehörte Anne Tente, Lektorin im Rowohlt Verlag. Bevor sie sich entschied, mit mir zusammenzuarbeiten, griff sie zum Telefonhörer. Und dann haben wir das erste Mal miteinander gesprochen. Über eine Stunde haben wir uns zu Figuren und Handlung ausgetauscht. Wir sprudelten vor Ideen, die wie beim Pingpong zwischen uns hin und her flogen. Herzlichen Dank, liebe Anne, dass du mich so inspiriert hast!

Einen lieben Dank auch an Lea Daume, die mit ihrem frischen kritischen Blick im Feinlektorat einige Ungereimtheiten aufgedeckt hat. Bloß gut! Sonst wäre Neda einmal zeitgleich an zwei Orten gewesen ...

Danke auch an alle Beteiligten im Verlag und an die vielen Buchhändlerinnen und Buchhändler.

Danke, mein lieber Veit und meine liebe Alice, für die tolle Homepage.

Danke, liebe Familie und Freundinnen und Freunde, für eure Beratung und Unterstützung. Was wäre ich ohne eure kriminalistischen und medizinischen Fachkenntnisse. Danke auch für euer Verständnis, wenn ich in so manchen Schreibphasen Verabredungen abgesagt oder auch nicht zugehört habe, weil ich gedanklich bei Zornik und seinen Studierenden war.

Ein Dankeschön geht natürlich auch an alle Rezensentinnen und Rezensenten, Bloggerinnen und Blogger, die sich die Zeit für den Roman nehmen.

Machen Sie es gut, wir lesen uns spätestens bei Zorniks zweitem Fall, oder Sie besuchen mich auf meiner Homepage www.cathrinmoeller.com. Dort finden Sie auch das Kontaktformular, über das Sie mir eine E-Mail schreiben können. Ich würde mich freuen!

Herzlichst, Cathrin Moeller